Julius Elias, Björnstjerne Björnson, Max Bamberger

Gesammelte Werke in fünf Bänden

1. Band

Julius Elias, Björnstjerne Björnson, Max Bamberger

Gesammelte Werke in fünf Bänden
 1. Band

ISBN/EAN: 9783337353087

Hergestellt in Europa, USA, Kanada, Australien, Japan

Cover: Foto ©Andreas Hilbeck / pixelio.de

Weitere Bücher finden Sie auf **www.hansebooks.com**

BJÖRNSTJERNE BJÖRNSON GESAMMELTE
WERKE IN FÜNF BÄNDEN

1

EINZIGE AUTORISIERTE DEUTSCHE VOLKSAUSGABE

ERSTER BAND

GEDICHTE UND ERZÄHLUNGEN

HERAUSGEGEBEN VON JULIUS ELIAS

1911

INHALT

VORWORT

GEDICHTE[1]:

[1] Die Gedichte mit B sind von *Max Bamberger*, die mit F sind von *Ludwig Fulda*, die mit Mj sind von *Cläre Mjöen*, die mit Mo sind von *Christian Morgenstern* und die Gedichte ohne Zeichen sind von *Roman Woerner* übersetzt.

Romsdalen (Mj)
Holger Drachmann (F)
Wiedersehen
Des Dichters Sendung (B)
Psalmen (F)
Frage und Antwort
Wecklied an die norwegische Schützengilde (Mj)
Arbeitermarsch (B)
Der Zukunft Land (Mj)
Ein junges Völkchen kerngesund (Mj)
Norge, Norge (F)
Meistern oder gemeistert werden
Im Walde (F)
Der siebzehnte Mai (Mj)
Frederik Hegel (Mj)
Unsere Sprache (Mo)

In die Sammlung seiner "Gedichte" hat Björnson aus den
Erzählungen und Dramen eine Reihe von Liedern
übernommen, die hier mit den Stellen, wo sie in der
vorliegenden Ausgabe zu finden sind, verzeichnet werden
sollen:

Synnöves Lied (Mo)
Der Fuchs und der Hase (F)
Lied der Mutter (Mo)
Das Böcklein (Mo)
Das Lied vom Schneider Nils (Mo)
Venevil (Mo)
Über die hohen Berge (Mo)
Der sonnige Tag (Mo)
Ingerid Sletten (Mo)
Der Baum (Mo)
Der Ton (Mo)
Lockruf (B)

Abendstimmung (Mo)
Marits Lied (B)
Lieb' deinen Nächsten
Öyvinds Lied (B)
Liebeslied (F)
Berglied (F)
Die erste Begegnung (F)
Morgengruß
Vaterlandsweise (Mo)
Frederik Hegel (F), Band III.
Wann wird es Morgen (Mj), Band III.
Kåres Lied (Mo) ("Sigurd Slembe"'2, A. III, 1. Sz.), Band IV.
Ivar Ingemundsens Lied (ebda.'3 A. II, 1. Sz.), Band IV.
Magnus der Blinde (B) (ebda.'3 A. III, 1. Sz.), Band IV.
Sünde, Tod (Mo) (ebda.'3 A. III, 4. Sz.), Band IV.
Sie haben einander gefunden (F) (D. König, 3.
Zwischenspiel), Band IV.

ERZÄHLUNGEN:

Thrond (1856)
Die gefährliche Freite (1856)
Synnöve Solbakken (1857)
Arne (1858)
Ein fröhlicher Bursch (1859)
Der Vater (1859)
Das Fischermädel (1868)

* * * * *

VORWORT

Nicht erst Björnstjerne Björnsons Heimgang hat den Plan
geformt und gereift, sein Werk in gedrungener Ausgabe dem
deutschen Volke vorzulegen: vielmehr ist das Unternehmen
einem seiner letzten und eigensten Wünsche entsprungen.
Am Entwurf noch hat er so eifrig und entschieden
mitgearbeitet, wie er alles ergriff, was der Bestätigung seiner
feurigen Persönlichkeit dienen konnte. Björnsons Todestag
(26. April 1910) jährt sich, da dieses Gegenstück der
volksmäßigen Ibsenausgabe ans Licht tritt, und der
Herausgeber kann ein Gefühl der Wehmut nicht
unterdrücken, daß der Dichter die Verwirklichung dessen
nicht mehr gesehen hat, was wir gemeinsam ersonnen
haben.

Die "Gesammelten Werke" sollen nichts anderes als eine
Auswahl, allerdings im weitesten Wortsinne, bieten, eine
Auswahl, die Björnsons Lebensarbeit in ihren wesentlichen
und bleibenden Bestandteilen erschöpfend zusammenfaßt.
Hierdurch unterscheidet sie sich von der bekannten
Unternehmung des Langenschen Verlages, die, ohne sich als
eine eigentliche Gesamtausgabe zu charakterisieren,
Dichtung an Dichtung, Buch an Buch in Einzelbänden
reiht. Der von Björnson befürwortete Gesichtspunkt war: in
eine Volksausgabe aus dem gewaltigen Korpus seiner
literarischen Wirksamkeit das aufzunehmen, was im
künstlerischen und geistigen Dasein seiner Nation wie der
modernen Völker überhaupt Epoche gemacht hat, mit

besonderer Berücksichtigung der Arbeiten, die in seinem
eigenen Leben Epoche machten, d.h. als Dokumente seiner
menschlichen und dichterischen Entwicklung gelten
können. Ein zwiefacher Maßstab also: der
kulturgeschichtliche und der autobiographische. So ergaben
sich auf natürliche Art drei Gruppen: die Sammlung der
"Gedichte", die aus seinem Gesamtwirken geschöpften,
unmittelbaren lyrischen Zeugnisse eines
Persönlichkeitswachstums; die großen und kleinen
Erzählungen, sowie die beiden weltumspannenden Romane;
zehn Schauspiele, die als die wichtigsten Leistungen sowohl
seiner romantisch-nationalen Dichtung als auch seiner
Gesellschaftsdramatik gelten können: sie füllen zwei Bände
aus, während die Gedichte und Prosastücke in drei Bänden
vereinigt werden. Innerhalb dieser einzelnen Abteilungen
herrscht eine chronologische Ordnung, die nur einmal
unterbrochen wird, um den dritten Band, durch die
Verkoppelung der voluminösen Romane, zum Schaden des
stofflichen Gleichgewichts, nicht allzusehr anschwellen zu
lassen.

Die künstlerische Aufgabe, die dieses Werk darbot, hätte
ohne das verständnisvolle Entgegenkommen des Verlages A.
Langen kaum erfüllt werden können; wir schulden seinen
Vertretern nicht geringen Dank: sie haben uns alles zur
Verfügung gestellt, was den Wert und die Fülle dieser
Ausgabe steigern konnte. Die Texte selbst waren den
Grundsätzen der Interpretation unterworfen, die das
Ibsenwerk als Maßstab gesetzt hat: einen ebenso
formkräftigen, wie sprachlich reinen und alles
Charakteristische treu und doch frei wiedergebenden
deutschen Ausdruck anzustreben. Ob dies Ziel erreicht ist,
unterliegt nicht unserer Entscheidung. Die "Gedichte"
gingen ohne wesentliche Änderungen aus der Langenschen
Sammlung in unsere Ausgabe über, nur mit dem

Unterschied, daß einerseits eine, übrigens kurze Reihe von
Poesien ausgelassen ist, die in engstem Sinne
"Gelegenheitsdichtungen" sind, und andrerseits—um
doppelten Abdruck zu vermeiden—28 Lieder in der
Sammlung selbst unterdrückt wurden, weil sie später in den
Prosastücken und Dramen als lyrische Intermezzi
wiederkehren: nach dem übersichtlichen Tableau des
Inhaltsverzeichnisses zum ersten Bande sind sie unschwer
aufzufinden.

Als maßgebender Originaltext wurde die elfbändige
Volksausgabe "Samlede Vaerker" (Kopenhagen, Gyldendal)
bestimmt. Die Übersetzungen der Prosawerke sind durch
eine grundlegende Revision und vielfache stilistische
Umformung der älteren Ausgaben entstanden; hier ist,
unter der rührigen Mitwirkung von *Elsa Glawe, Gertrud J.
Klett* und *Max Bamberger* eine Arbeit geleistet worden, die als
neu und selbständig anzusprechen ist. Damit wird das
Verdienst zumal Cläre Mjöens, unserer lyrischen
Mitarbeiterin, die besonders für die vier reichen Bände der
"Gesammelten Erzählungen" auf der ersten Etappe der
deutschen Björnsonpropaganda Wesentliches geleistet hat,
durchaus nicht beeinträchtigt. Von besonderer Bedeutung
wurde es für die Neugestaltung der Texte, daß *Ludwig Fulda*
seine feine und starke Verskunst in den Dienst unserer Sache
stellte. Von ihm stammen die lyrischen Nachdichtungen in
den Erzählungen "Arne" und "Das Fischermädel", soweit die
Fassungen nicht durch die Sammlung der "Gedichte"
vorgeschrieben waren. Er hat hier und in vielen anderen
Winkeln unseres verzweigten Baus ein Interesse bezeugt, so
hilfreich und tatkräftig, daß wir uns ihm zu dauernder
Dankbarkeit verpflichtet fühlen.

Von *Ludwig Fulda* stammt ebenfalls die deutsche Form der
lyrischen

Zwischenspiele und eingestreuten Lieder im Drama "Der König", während
man *Roman Woerner* für die nachschaffende Übertragung des Versstücks
"Sigurds erste Flucht" ("Sigurd Slembe", 1. Teil) verbunden ist.

Die neue und von allen Vorbildern unabhängige Übersetzung der zehn
Prosadramen hat sich *der Herausgeber* allein vorbehalten. Er trägt auch
die zusammenfassende Studie über Björnson—das Werk und den
Menschen—bei, die im fünften Bande die Ausgabe abschließt.

Die "Gesammelten Werke" Björnsons sollen nicht in die Welt ziehen, ohne daß in dankbarer Gesinnung der wertvollen Unterstützung gedacht wäre, mit der *Halvdan Koht, Kr. Collin, W.P. Sommerfeldt, Max Bernstein, Max Dreyer* und die Universitätsbibliothek zu Kristiania in so mancherlei Beziehungen das Werk gefördert haben. In der Frage des Korrekturlesens erwies sich, wie so oft schon, *Theodor Poppe* als tätiger Freund.

Berlin, 13. März 1911.

Julius Elias.

* * * * *

GEDICHTE

*****

NILS FINN

Und der kleine Nils Finn wollte flugs über Land;
Doch sein Schneeschuh, der hielt nicht, so oft er ihn band.
—"Das ist schlimm!" sagt' es drunten.

Nils stieß mit dem Fuße: "Wo bist du denn—du?
Verdammter Kobold! nun laß mich in Ruh'!"
—"Hi—ho—ha!" sagt' es drunten.

"Da siehst du ein Hexenstück!" schrie Nils und hob
Seinen Stab und schlug in den Schnee, daß es stob.
—"Hit—li—hu!" sagt' es drunten.

Ein Fuß stak im Schnee; mit kräftigem Zug
Riß Nils daran, bis er hintüber schlug.
—"Zieh doch fest!" sagt' es drunten.

Nils weinte und stampfte und stach und hieb—
Und sank immer tiefer, je toller er's trieb.
—"Das ging gut!" sagt' es drunten.

Und die Birken, die tanzten, es bogen sich krumm
Vor Lachen wohl hundert Tannen ringsum.
—"So bekannt?!" sagt' es drunten.

Und es lachte der Berg, daß der Schnee nur so flog;
Nils ballte die Faust und schwor, daß er log.
—"Nun gib acht!" sagt' es drunten.

Und der Schneehang gähnte, der Himmel fiel ein;
Nils dachte: nun schluckt er mich auch mit hinein.
—"Ist er weg?" sagt' es drunten.

Zwei Schneeschuhe ragten und sahen umher,
Aber sahen nicht viel; denn da war nichts mehr.
—"Wo ist Nils?" sagt' es drunten.

LIED DER JUNGFRAU

(Aus dem Drama "Hinke-Hulda")

Guten Morgen, Sonne in grünem Laub!
Jugend strahlst du dem Schluchtengrunde,
Lächeln seinem finstern Munde,
Himmelsgold dem Allweltenstaub!

Guten Morgen, Sonne auf ragendem Schloß!
Lockst seine Jungfraun aus den Hallen;
Leuchtsternlein zünde den Herzen allen, —
Kläre das Leid, das der Nacht entsproß.

Guten Morgen, Sonne am Felsengrat!
Licht gib den Fluren, soweit sie sich strecken;
Laß deine Wärme sie baden, sich recken
Dem Tage entgegen, der dort naht!

DIE TAUBE

(Aus dem Drama "Hinke-Hulda")

Eine Taube sah ich zittern
In eines Sturmwirbels Toben;
Sie ward von Ungewittern
Jäh über die Hochflut gehoben.
Ich hörte sie nicht klagen,
Nicht stöhnen und nicht flehen, —
Die Schwingen fühlt' sie versagen,
Da mußte sie untergehen.

VATERLANDSWEISE

(1859)

Es reckt sich ein Land in den ewigen Schnee,
Von Sagen umrauscht wie vom Donner der See.
Wohl trägt es dem Landmann nur kärglichen Lohn,
Doch ist es geliebt, wie die Mutter vom Sohn.

Sie nahm auf den Schoß uns, dieweil wir noch klein,
Und weihte uns fromm in ihr Sagabuch ein.
Wir lasen —. Das Auge ward feucht und groß.
Die Alte saß lächelnd und nickte bloß.

Wir sprangen zum Fjorde, wir schauten gebannt
Den Bautastein, der da seit Urzeiten stand;
Sie stand da, noch älter, und träumte stumm,
Und Steingräber lagen im Kreis ringsum.

Sie nahm bei der Hand uns und führt' uns gemach
Zum Steinkirchlein schlicht unters niedrige Dach,
Wo demütig beugten die Väter ihr Knie,
Und mütterlich sprach sie: tut ihr wie sie!

Sie deckte die bergschroffen Hänge mit Schnee,
Sie krauste mit Sturmfaust den Spiegel der See,
Sie gab ihren Söhnen des Schneeschuhes Hast
Und rief ihre Söhne zu Ruder und Mast.

Sie rief ihre Töchter in Reih' und in Glied

Und hieß sie uns spornen mit Lächeln und Lied.
Sie selber hielt auf dem Sagathron Wacht
In ihrem Mantel aus Nordlichtpracht.

Da scholl ein Vorwärts durch Norwegen hin
In Väterzunge, mit Vätersinn!
Für Freiheit und nordische Art hurra!
Und rings von den Bergen kam's wieder: hurra!

Da ging der Begeistrung Lawine zu Tal,
Da straffte sich jegliche Sehne zu Stahl,
Da stand über Gipfeln ein flammendes Haupt,
Des Blick uns nun ewig die Ruhe raubt.

EIN LIED FÜR NORWEGEN

(1859)

Ja, wir lieben diese Feste,
Wie sie, flutbedräut,
Ihrer Berge Stamm und Äste
Wind und Wolken beut.
Lieben ihre tausend Hütten,
Ihres Meeres Zorn,
Und, den kein Meer kann verschütten,
Ihrer Saga Born.

Harald hat ihr Volk verflochten,
Daß kein Feind sie zwang,
Håkon hat für sie gefochten,
Während Öjvind sang.
Olav malt' auf ihre harte
Stirn ein Kreuz von Blut,
Sverre brach von ihrer Warte
Romas Übermut.

Bauern ihre Äxte schliffen,
Wo ein Feind sich wies;
Tordenskjold mit seinen Schiffen
Ihn wie Spreu zerblies.
Weiber sah man kühn sich einen
Mit der Männer Hauf;
Andre konnten nichts als weinen;
Doch die Saat ging auf!

Waren unser auch nicht viele,
Waren doch genug,
Als das Land stand auf dem Spiele,
Da die Stunde schlug.
Lieber mocht's in Flammen stehen,
Eh' es kam zu Fall;
Denkt nur dessen, was geschehen
Einst in Fredrikshall!

Tragen galt es Not und Plage,
Gott verstieß uns ganz;
Doch in schlimmster Drangsal Tage
Glomm der Freiheit Glanz.
Das gab Kraft für alles Schwere,
Hunger, Krieg und Pest,
Gab dem Tod selbst seine Ehre—
Und dem Zwist den Rest.

Unser Feind zerbrach den Degen,
Auf fuhr das Visier:
Brüder flogen sich entgegen;
Denn das waren wir!
Schamrot eilten wir hernieder
Übern Öresund:
Und da schlossen wir, *drei Brüder*,
Einen ewigen Bund.

Volk Norwegens, deinem Gotte
Dank' in Hütt' und Haus!
Ließ dich werden nicht zum Spotte,
Sah's auch düster aus.
Müttersorgen, Väterstreiten,
Durch Geschlechter hin,
Wußt' Er still zum Ziel zu leiten:
Unsres Rechts Gewinn.

Ja, wir lieben diese Feste,
Wie sie, flutbedräut,
Ihrer Berge Stamm und Äste
Wind und Wolken beut.
Und wie Väterkampf beschieden,
Freiheit ihr und Macht,
Ziehn auch wir für ihren Frieden,
Wenn es gilt, auf Wacht.

NORWEGENS ANTWORT

(auf die Reden im schwedischen Ritterhaus 1860)

Hörst, jung Norge, du mit Schweigen,
Was der Schwede sagt?
Siehst du's aus der Tiefe steigen,
Wo der Grenzfels ragt?
Schatten sind's gefallner Ahnen,
Die da winken, die da mahnen,
Wenn der Hohn den Streit entfacht,
Die da fordern treue Wacht.

Hör' den Schweden, hör' ihn grollen:
Norges Flaggenrot,
Das aus Wunden reich gequollen
Einst bei Magnus' Tod;
Das ob Haldens Zinnen schwebte,
Adlers Kraft zum Sieg belebte, —
Durch dies Rot im Flaggenfeld
Sei sein Blau und Gelb entstellt.

Hör' den Schweden: nichtig seien
Norges Ruhm und Glanz;
Ehre sollten wir entleihen
Seinem Strahlenkranz.
Ruhmlos, eignen Herd zu schützen!
Ziehn wir denn hinab nach Lützen,
Schleppen auch im Wanderschritt
Urahns alten Armstuhl mit.

Laßt ihn stehn. Der "dürftige Krempel"
Wird von uns verehrt;
Seines Alters würdiger Stempel
Macht ihn doppelt wert.
Drinnen saß durch lange Zeiten
Mancher, groß in Rat und Streiten, —
Sverre und sein Heldenschlag, —
Der wohl hier noch spuken mag.

Hört den Schweden: nur *sein* Ringen
Hätte uns befreit,
Beißen könnten Schwedenklingen
Noch in heutiger Zeit!
Dünkt uns das wohl sehr gefährlich?
Vorsicht raten wir ihm ehrlich;
Will er sprengen unser Tor,
Fallen einige zuvor.

Hört doch nur: wir waren Knaben,
Ihm gehorsam-still
Mit der Schleppe nachzutraben
Stets, wohin er will.
Hei, was sagten wohl dem Kecken
Christie und die alten Recken,
Stünden die, das Schwert gewetzt,
Noch beim Werk auf Ejdsvold jetzt?

Groß war Schweden oft im Prahlen,
Wir, wir waren klein;
Galt's mit Eisen zu bezahlen —
Nun, wir hieben drein.
Wessel und Norwegens Knaben,
In dem Kutter nur, die haben
Schwedens Flaggschiff unverzagt
Übers Kattegatt gejagt.

Laßt den Schwedenadel schwingen
Karls des Zwölften Hut!
Mit ihm raten, mit ihm ringen
Wir, ihm gleich an Mut.
  Will er Streit vom Zaune brechen,
  Wird ein Torgny für uns sprechen—:
  Einst dann überm Norden loht
  Unsrer Flagge Freiheitsrot.

JOHAN LUDVIG HEIBERG

(1860)

Nun geleiten sie zum Grabe
Ihn, den alten, muntren Gärtner;
Nun gehn Kinder mit der Gabe,
Die sein eigen Beet ihm zog.

Nun steht jener Garten offen,
Drin er unterm Baum gesessen;
Nun sucht unser Blick betroffen,
Ob er dort nicht fürder sitzt.

Leer der Platz. Im schwarzen Kleide
Wandelt eine Frau jetzt einsam
Dort umher in stillem Leide,
Wo sein helles Lachen klang.

Die als Kind erstaunt, voll Sehnen
Durch das Gitter draußen blickte,
Dankt mit großen, schweren Tränen
Nun, daß ihr der Einlaß ward:

Märchen-, Saga-, Geistesflammen
Rauschten um ihn her im Laube;
Leise schwebt sie, sucht zusammen
Jeden Funken für ihr Weh.

Einstmals drang er fern zur Weite,

Dieser alte Herr, der muntre;
Wer gelauscht an seiner Seite,
Hat so manches wohl gelernt.

Denn ihn führten Leben, Schriften
Auf zu dem, was wenige schauen;
Kaum ein Platz in Geistestriften,
Der nicht seine Spuren weist.

Schutz war er in Mannesjahren
Allem Großen, allem Schönen,
Und den stillen Sternenscharen
Folgt' er dann im Gang zu Gott.

Denkt ihr noch, die alt nun worden,
Wie die "Neujahrs"-Glocken dröhnten?
Wie sie Kämpfer rings im Norden
Sammelten der großen Zeit?

Denkt ihr noch an ihn, der sprengte
Frisch voraus mit hellem Hornruf
Und das Niedre abseits drängte,
Daß dem Großen frei die Bahn?

Kinder, Faunen als Begleiter,—
Lachen, Geistesspiel und Tränen,—
Hinter ihm der Freiheit Scheiter,
Langsam aus sich selbst entflammt.

Worten kam der Ruhe Segen,
Tönen kam der Herzensfrieden;
Mächtig fuhr es allerwegen
Durch das Land wie Ahnungschor.

Schutz war er in Mannesjahren
Allem Großen, allem Schönen,
Und den stillen Sternenscharen

Folgt' er dann im Gang zu Gott,

Oder ging in Nordens Garten,
Wie ein alter, muntrer Gärtner,
Saat der Ewigkeit zu warten,
Die des Volkes Lenz ihm gab.

Bald voll Ernst und bald voll Laune,
Pflanzte er und rückte höher, —
Saß dann abends, wo die braune
Buche gab der Seele Licht.

Nun steht jener Garten offen,
Drin er unterm Baum gesessen,
Nun sucht unser Blick betroffen,
Ob er dort nicht fürder sitzt.

DAS MEER

(Aus "Arnljot Gelline")

Meerwärts verlangt es mich, ja zum Meere,
Das fern dort ruhsam rollet in Hoheit.
Nebelgebirge, lastende, tragend,
Wandert es ewig sich selbst entgegen.
Lind senkt sich der Himmel, hell ruft die Küste,
Es kann nicht weilen, es kann nicht weichen.
Klagend wälzet es seine Sehnsucht
In Sommernächten, in Winterstürmen.

Zum Meere verlangt mich, ja zum Meere,
Das fern dort erhebet die kalte Stirne.
Siehe, die Welt wirft darauf ihren Schatten
Und spiegelt flüsternd hinab ihren Jammer.
Aber warm und lichtsanft streichelt's die Sonne
Und spricht ihm munter von Lebensfreuden.
Eisig, schwermütig-ruhig doch immer
Versenkt es den Trost und versenkt es die Trauer.

Der Vollmond saugt —, der Sturm reißt es an sich,
Doch kein Griff packt, und die Wasser strömen.
Hinabwirbelt Tiefland, Berge hinschmelzen:
Zeitlos bespült es der Ewigkeit Ufer.
Was es erfaßt, geht mit ihm die Wege;
Was einmal sinket, das steiget nimmer.

Kein Bote naht, kein Schrei wird vernommen,

Und der Wogen Sprache kann niemand deuten.
Zum Meer hinaus, weit hinaus zum Meere,
Das Versöhnung nicht kennt eines Wellenschlags Dauer!

Allem, was seufzet, ist es Erlöser,
Doch weiter schleppt es das eigne Rätsel.
Fühl' seinen seltsamen Pakt mit dem Tode:
Ihm alles zu geben—sich selbst nur nimmer.

Mich führt, o Meer, deine große Schwermut
Und streift zu Boden die matten Pläne
Und läßt entfliegen die bangen Wünsche:
Dein kalter Atem kühle die Brust mir!
Und der Tod mag folgen, auf Beute lauern:
Wir würfeln ums Leben noch ein Weilchen!
Noch reiß' ich Stunden weg deiner Raublust,
Unterm Drohblick des Zornes die Flut durchschneidend,
Du sollst nur bauschig füllen mein Segel
Mit deinen sausenden Todesorkanen,
Nur eilender trage der Woge Rasen
Mein kleines Fahrzeug zu stillen Wassern.
Ob einsam und düster auch am Steuer,
Verlassen von allen, gestundet vom Tode,
Wenn fremde Segel von ferne winken
Und andere nächtens vorbei mir streichen:
Den Unterton zu belauschen der Strömung
—Des Meeres Seufzer, wenn Atem es holet—
Und der Welle Kleingang gen das Gebälke
—Des Meeres Zeitvertreib in der Schwermut.
Da spülen die Wünsche langsam hinüber
In der Allnatur meerestiefe Schmerzen,
Und der Nacht und des Wassers rauher Anhauch
Rüstet fürs Reich des Todes die Seele.

Dann kommt der Tag! Und in weiten Bogen
Aufspringt der Mut zum Lichte, zur Wölbung

Das Schifflein schnauft und legt seine Seite
Mit Wollust hinab in die kalten Wogen,
Und der Bursch erklettert den Mast mit Singen,
Das Segel zu richten, auf daß es schwelle,
Und die Gedanken, wie müde Vögel,
Doch ruhlosen Fluges, umschwärmen die Raaen...

Ja, ja, zum Meere! Dahin zog Vikar!
Gleich ihm zu segeln, gleich ihm zu sinken
Im Vordersteven für König Olav!
Mit dem Kiel zerteilen das kalte Bedenken,
Doch Hoffnung haschen vom leisesten Lüftchen.
Mit des Todes Finger hinten am Steuer,
Mit des Himmels Klarheit vorn über den Bahnen!

Und dann einmal, in der letzten Stunde,
Zu fühlen, die Nägel lösen sich langsam,
Und es drückt der Tod auf das Plankengefüge,
Daß vom Kiel die erlösende Flut heraufschwillt!
Dann hingestreckt in den feuchten Segeln
Und still hinüber ins ewige Schweigen. —
In großen, mondscheinklaren Nächten
Strandwärts roll' meinen Namen die Woge!

ALLEIN UND IN REUE

(An einen abgeschiedenen Freund)

Ich hab' einen Freund, im Grauen der Nacht
Hör' ich oft seinen Gruß: Gott mit dir!
Wenn die Lichter sterben, mein Sinn nur wacht,
Dann tritt er am liebsten zu mir.

Er hat kein Wort, das mich kränken will,
Denn er selbst kennt Sünde und Leid.
Er heilt mit Blicken und wartet still,
Bis ich ausgekämpft meinen Streit.

Und schafft mir Kummer, was ich getan,
So bekennt er sich selbst dazu.
Er faßt meinen Glauben so handweich an,
Und bringt den Schmerz zur Ruh.

Stieg jubelnd die Hoffnung—er folgte ihr,
Und verzagte nicht, wenn sie sank.
Jetzt wieder—mild steht er neben mir—:
Mein Aufschwung werde sein Dank!

DIE PRINZESSIN

Prinzeßchen saß hoch in der Jungfernbastei,
Ein Bürschlein ging unten und blies die Schalmei.
"Du Kleiner, was bläst du am Abend?—sei still!
Das hält meine Seele, die fortfliegen will
Mit der Sonne dort."

Prinzeßchen saß hoch in der Jungfernbastei,
Das Bürschlein blies länger nicht auf der Schalmei.
"Du Kleiner, so blase, was schweigst du denn still?
Das trägt meine Seele, die fortfliegen will
Mit der Sonne dort."

Prinzeßchen saß hoch in der Jungfernbastei,
Das Bürschlein nun wiederum blies die Schalmei.
Sie weint in den Abend und seufzet vor Qual:
"O sagt doch, was fehlt mir?—Mit einem Mal
Ist die Sonne fort."

VOM MONTE PINCIO

Der Abend bricht an, die Sonne steht rot,
Von Strahlen entlodert der Himmelsbogen;
Lichtsehnender Glanz in unendlichen Wogen
Verklärt das Gebirg' wie ein Antlitz im Tod.
Es flammen die Kuppeln; doch mehr im weiten
Die Nebel, die schwarzblaue Felder umbreiten,
Ruhn drüber gleichwie das Vergessen zuvor:
Dies Tal deckt tausendjähriger Flor.
  Abend so rot und warm,
  Lärmenden Volkes Schwarm,
  Glutende Hornmusik,
  Blumen und Feuerblick! —
Rings stehen in stummen Marmor gebannte
Heroen der Vorzeit, kaum gekannte.

Wie Opferdampf in errötender Luft
Hat Vespergeläut' die Schwingen entfaltet;
Die heilige Dämmrung der Kirchen waltet,
Gebete zittern in Wort und in Duft.
Hell glühn die Sabiner, die lichtumflirrten,
Es blitzt die Campagna von Feuern der Hirten,
Und Romas Lichter, sie glitzern sacht
Wie Sagen durch der Geschichte Nacht.
  In den Dämmerschein
  Steigen Raketen hinein; —
  Fröhlicher Menschen viel
  Lachen beim Morraspiel,

Und jeder Gedanke versucht in Tönen
Und Farben sich mit dem All zu versöhnen.

Das Licht unterlag in lautlosem Kampf;
Es wölbt sich der Himmel in stahlblauem Dunkel,
Entlockt seinen Tiefen der Sterne Gefunkel,
Die Erde versinkt in Nebel und Dampf.
Nun wendet sich stadtwärts der Augen Flug:
Dort naht mit Fackeln ein Leichenzug;
Er sucht die Nacht; doch der Lichtglanz mag
Ihm Hoffnungen zuwehn vom ewigen Tag.
   Zechen und Mönchsgesang,
   Tanz, Mandolinenklang
   Werden betäubt zugleich
   Kräftig vom Zapfenstreich; —
Durch pochender Träume lebendiges Schwanken
Mitschimmert das Taglicht im Gedanken.

Still wird es; der Himmel, noch dunkeler blau,
Läßt unter seinen unendlichen Räumen
Sowohl von Vergangnem wie Künftigem träumen —
Unsicheres Blinken im brütenden Grau.
Doch geben wird Roma das Flammenzeichen,
Weit sichtbar rings in Italiens Reichen:
Mit Glockengeläut' und Kanonengedröhn
Aufschwebt die Erinnrung zu neuen Höhn! —
   Köstlich tut Sängermund
   Hoffnung und Glauben kund,
   Bringt einem jungen Paar
   Ständchen zur Laute dar.
Die stärkere Sehnsucht ruht süß im Hafen; —
Die mindere lächelt und will nicht schlafen.

ACH, WÜSSTEST DU NUR!

Ich darf dich zu sprechen mich nimmer getraun,
Du wagst nicht, zu mir herunterzuschaun;
Doch seh' ich dich immer am Fenster stehen,
Muß immer dort auf und nieder gehen.
Dann schleicht mein Denken auf heimlicher Flur
Und wagt nicht zu folgen der eigenen Spur!
  Ach, wüßtest du nur!

Als festgewurzelt ich Wache hier stand,
Hast oft du spröde dich abgewandt;
Doch seit ich seltner den Weg genommen,
Nun dünkt mich, du wartest auf mein Kommen.
Zwei Augen, sie flechten die Angelschnur;
Weh dem, der ihren Zauber erfuhr!
  Ach, wüßtest du nur!

Ja, wenn du ahntest, du Engelsgesicht,
Daß ich hier unten ersann ein Gedicht,
Das just auf Flügeln wollte gelangen
Dorthin, wo du stehst in lieblichem Prangen!
Doch hörst du ihn nie, den verstohlenen Schwur.
Leb' wohl; dir lächle des Glückes Azur!
  Ach, wüßtest du nur!

DIE ENGEL DES SCHLAFES

Als rosig das Kind
In Schlummer fiel,
Nahten ihm Engel
Mit Lachen und Spiel.
Und die Mutter stand vor ihm, als es erwachte:
"Wie schön mein Kleines im Schlafe lachte!".

Zu Gott ging sie bald,
Weg gab man das Kind;
Einschlief's in der Fremde,
Vom Weinen schier blind;
Doch Kosen und Mutterwort hellten die Räume:
Denn die Engel lachten ihm kindliche Träume.

Heran wächst das Kind,
Die Träne erstarrt;
Einschläft's mit Gedanken;
Die lasten so hart!
Doch nicht weichen die Engel, sie scheuchen die Sorgen:
"Schlafe! Im Frieden des Schlafs geborgen!"

DAS MÄDCHEN AM STRAND

Sie ging am Strande so jung dahin,
Sie dachte an nichts in ihrem Sinn.
Da kam ein Maler geschritten heran,
  Der im Schatten sodann,
  In des Meeres Bann,
Den Strand und sie zu malen begann.

Langsamer im Kreise ging sie dahin;
Ein einziger Gedanke, der lag ihr im Sinn:
Sie dacht' an das Bild auf der Leinewand,
  Wo sie selber stand,
  Sie selber am Strand,
Und im Meer mit dem Himmel gespiegelt sich fand.

Es trieb, es zog ein Traum sie dahin;
Sie dachte an vieles in ihrem Sinn:
Weit, weit übers Meer und doch so nah
  Zum Strand, den sie sah,
  Zum Mann allda—
Ei, was für ein sonniges Wunder geschah!

HEIMLICHE LIEBE

Er saß im Winkel allein;
Sie schwang sich lustig im Reihn.
Sie scherzte, sie lachte
Mit einem, mit zwein...
O, daß sie ihm das tun mußte!
Doch niemand war, der davon wußte.

Sie hofft' auf den Abend ein Wort.
Er sagte Lebwohl und—ging fort.
Sie weinten, ein jedes,
Sie hier und er dort,
Ob eines Lebens Verluste.
Doch niemand war, der davon wußte.

Er sah von der Erde ein Stück.
Doch Heimweh trieb ihn zurück.—
Sein Bild war geblieben
Ihr einziges Glück,
Bis daß sie zu Gott gehen mußte.
Doch niemand war, der davon wußte.

OLAV TRYGVASON

Weiß von Segeln die Nordsee blitzt;
Hoch am Steuer im Morgen sitzt
Erling Skjalgsson von Sole, —
Späht übers Meer gen Dänemark:
Wo bleibt Olav Trygvason?

Sechsundfünfzig füllten den Plan,
Harrende Drachen; gen Dänemark sahn
Sonnbraune Mannen; — da scholl es:
"Wollte der Orm nicht kommen?
Wo bleibt Olav Trygvason?"

Doch als beim nahenden Morgengraun
Noch kein Mast am Himmel zu schaun,
Schwoll der Ruf wie ein Sturm an:
"Wollte der Orm nicht kommen?
Wo bleibt Olav Trygvason?"

Stille, stille zur selben Stund
Alle standen: von Meeres Grund
Stieg's empor wie ein Seufzen:
"Längst ist der Orm genommen,
Tot liegt Olav Trygvason."

Alle hundert Jahre seither
Raunt um Norwegens Schiffe das Meer
Dumpf in mondigen Nächten:
"Längst ist der Orm genommen,

Tot liegt Olav Trygvason."

41

SEUFZER

Abendsonnenfunkeln
Nie durch meine Scheiben bricht,
Auch die Morgensonne nicht; —
Stets bin ich im Dunkeln.

Sonne, sprich, wann gleitet
In die Kammer mir dein Schein?
Fällt kein Strahl ins Herz hinein,
Das im Finstern streitet?

Meinem Kindersehnen,
Morgensonne, bist du gleich;
Wenn du spielst so rein und weich,
Quellen mir die Tränen.

Abendsonnenfrieden,
Ach, du gleichst des Weisen Ruh;
Meinem Fensterlein wirst du
Künftig sein beschieden.

Morgensonnenklingen,
Ach, du bist die Phantasie,
Die der Welt Verklärung lieh.
Könnt' ich dich erringen!

Abendsonnenmilde,
Du bist mehr als Weisheitsruh',
Christenglaube bist mir du:

Leucht' auf mein Gefilde!

43

AN EIN PATENKIND

(1861)

Mit einem Album von Bildnissen aller derer, die in seiner
Geburtsstunde die Gedanken formten in der Welt des Geistes
und der Politik.

Hier beschau' dir die Konstellation im Bilde—
Unter ihr ist dein Lichtlein erglüht!—
Die Sternenschar, die im Himmelsgefilde
Des Gedankens nun strahlet und sprüht.
Was künden sie dir? Wir wissen es nicht.
Deinem Weg, dem noch dunklen, vorleuchtet ihr Licht,
Deiner harrend, ihr Geistesglanz nimmt dich in Pflicht.—

Erst laß sie dich führen,
Doch trenne dich dann,—
Mußt tasten und spüren
Dich selber voran.

BERGLIOT

(In der Herberge)

Nun wird König Harald
Wohl Tingfrieden geben;
Denn Ejnar sammelte
Fünfhundert Bauern.

Die Burg umschließet
Ejndride, der Jüngling,
Dieweil sein Vater
Redet zum König.

Nun hoffe ich, Harald
Bedenkt, daß Ejnar
Zween Könige schon
Für Norge geküret—

Und schenkt uns Versöhnung
Auf Grund der Gesetze;
So war sein Gelübde,
Heiß wünscht es das Volk.

Wie auf den Wegen
Sandwolken stieben,
Und Lärm wacht auf!—
Schau' nach, mein Knappe.

—Es war wohl der Wind nur!

Denn unwirtlich ist's hier
Am offnen Fjord
In den niedren Bergen.

Seit früher Kindheit
Kenn' ich die Stätte;
Der Wind hetzt die grimmen
Hunde hierher.

—Doch tausendstimmig
Entfacht sich Getöse,
Durch Stahlklang wachsend
Zu kampfroter Flamme.

Ja, das ist Schildlärm!
Und sieh, welch Staubmeer,
Speerwogen turmhoch
Um Tambarskelve.

In Not ist Ejnar!—
Treuloser Harald.
Deinem Tingfried entsteigen
Die Totenvögel.

Fahrt zu mit dem Wagen.
Ich muß zum Kampfe,—
Jetzt müßig sitzen,—
Nicht um das Leben!

(Auf dem Wege)

O Bauern, bergt ihn
In schirmendem Kreise!
Ejndride, nun schütze
Den alten Vater!

Baut ihm eine Schildburg

Und reicht ihm den Bogen;
Mit Ejnars Pfeilen
Pflügt ja der Tod!

Und du, Sankt Olav!
O denk deines Sohnes,
Und bitte für Ejnar
In Gimles Hallen.

(Näher)

Kampflose Mengen— ...
In wirrem Drängen...
Gleich Wellen,
Den schnellen,
Zum Strande nun fliehn
Mit bebenden Knien
Und starren zurück.
Verließ uns das Glück?
Mit trauernden Zeichen
Halten die Scharen;
Sie pflanzen die Lanzen
Im Kreis um zwei Leichen.
Und Harald darf fahren?
Welch dumpfes Gedränge
Beim Tinghause dort!
Stumm wendet die Menge
Sich schaudernd fort.
Wo ist Ejndride! — —
Angstvolle Blicke,
Wohin ich sehe,
Wollen mich meiden...
Nun weiß ich's, wehe,
Tot sind die beiden.
— —Platz. Ich muß sehen.
Weh mir, sie sind es.

Konnt' es geschehen?
Ja, sie sind es.

Gefallen ist Nordens
Herrlichster Helde,
Norriges bester
Bogen zerbarst.

Gefallen ist Ejnar
Tambarskelve,
Der Sohn ihm zur Seite, —
Ejndride.

Ermordet im Finstern,
Er, der dem Magnus
Mehr als ein Vater,
Knuds, des Reichen,
Söhnen ein Freund.

Meuchlings ermordet
Der Schütze von Svolder,
Der springende Löwe
Der Lyrskogheide.

Tückisch geschlachtet
Der Bauern Häuptling,
Der Trönder Heide
Tambarskelve.

Mit weißen Haaren
Den Hunden zur Beute, —
Der Sohn ihm zur Seite,
Ejndride!

Auf, auf, ihr Bauern, er ist gefallen.
Doch er, der ihn fällte, er lebt.
Kennt ihr mich nicht? Bergliot,

Tochter des Håkon von Hjörungavaag:
Nun bin ich Tambarskelves Witwe.

Euch rufe ich an, Heerbauern,
Mein greiser Mann ist gefallen.
Seht, seht, hier ist Blut auf dem bleichen Haar.
Auf euer Haupt mög' es kommen,
Wenn es erkaltet, eh' ihr es rächt.

Auf, auf, Kriegsheer, es fiel euer Feldherr,
Euer Stolz, euer Vater, eurer Kinder Wonne,
Eurer Kinder Märchen, eures Landes Held, —
Hier liegt er, gefallen. Und ihr wolltet ihn nicht rächen?

Meuchlings ermordet, im Königshause,
Im Tinghaus, dem Hause des Rechtes ermordet,
Ermordet vom obersten Manne des Rechts!
Des Himmels Blitz zermalme das Land,
Läutert sich's nicht in der Lohe der Rache!

Stoßt die Langschiffe ab!
Ejnars neun Langschiffe liegen ja hier,
Laßt sie die Rache zu Harald tragen.

O stündest du hier, Håkon Ivarson,
Stündest hier auf der Höhe, mein Blutsfreund,
Nicht erreichte den Fjord dann Ejnars Mörder, —
Nicht müßt' zu euch, Feigen, ich flehn!

O Bauern, hört mich, mein Mann ist gefallen,
Meines Denkens Hochsitz durch fünfzig Jahre!
Zermalmt, zerbrochen, und ihm zur Seite
Der einzige Sohn, ach! all unser Hoffen!

Leer ist es nun zwischen diesen zwei Armen —
Kann ich betend sie je noch erheben?
Wohin auf Erden soll ich mich wenden?

Zieh' ich von hinnen zu fremden Stätten, —
Sehn' ich mich heim, wo wir beide gewandelt.
Aber wende ich mich heimwärts, —
Ach! sie selbst vermisse ich dann.

Odin in Walhall darf ich nicht suchen;
Den verließ ich ja schon in der Kindheit.
Und der neue Gott in Gimle? — —
Der hat mir ja alles genommen!

Rache? — Wer spricht von Rache? —
Kann Rache meine Toten erwecken?
Kann sie mich wärmen, wenn fröstelnd ich bebe?
Gibt sie mir traulichen Witwensitz,
Trost einer Mutter ohne Kind?

Geht mit eurer Rache! Laßt mich in Frieden!
Legt ihn auf den Wagen, ihn und den Sohn,
Kommt, wir geleiten sie heim.
Der neue Gott in Gimle, der fürchterliche, der alles nahm,
Laßt ihn auch Rache nehmen; denn die versteht er,
Fahrt langsam! Denn so fuhr auch Ejnar immer, —
Und wir kommen früh genug heim.

Nicht springen die Hunde heut freudig herbei, —
Sie winseln und heulen mit hängendem Schwanz.
Im Stalle spitzen die Pferde die Ohren,
Froh der Stalltür entgegenwiehernd,
Lauschend auf Ejndrides Stimme.

Doch nimmer ertönt sie mehr, —
Und nimmermehr Ejnars Schritt im Flur,
Der allen kündet: steht auf, ihr Leute,
Jetzt kommt euer Häuptling!

Die großen Stuben will ich schließen,

Fortschicken all unsre Leute;
Vieh und Pferde will ich verkaufen,
Von hinnen ziehn und einsam leben.
  Fahrt langsam!
Denn wir kommen früh genug heim.

AN MEINE FRAU

(Mit einem Satz römischer Perlen)

Nimm diese Perlen!—als späten Reim
Auf die, so geschmückt einst mein Jugendheim!
Der tausend Stunden stilles Glück,
Da du drin geatmet, es blieb zurück
Ein Haufe Perlen schimmernd hell,
Die der junge Gesell
Um die Brust sich hing
Und ums Haupt sich band—
Daß aller Welt zu lesen stand,
Von wem sein Herz und Geist erst rechte Zier empfing:
Von ihr, die ihre Liebe um sein Leben wand!

IN EINER SCHWEREN STUNDE

Wohl dem, der ernster Fährnis
Dankt seiner Kraft Bewährnis:
  Je ferner das Ziel,
  Desto schwerer das Spiel,
Doch herrlicher auch das Gelingen!
Zerbricht dein Stab in Stücke,
Und wird aus Freundschaft Tücke,
  Ei, das geschieht,
  Damit man sieht,
Du brauchest keine Krücke.
  Wen Gott auf Erden
  Allein gestellt,
Dem wird er selbst zur Stütze werden.

FRIDA [Symbol: gestorben]

Frida, ich wußte, du wolltest nicht leben.
Bloßen Gedanken schon war es gegeben,
Dich zu entgeistern, als wären in ihnen
Engel erschienen.

Wie deine Augen, die staunenden, klaren,
Fern dann und fremd allem Irdischen waren:
Da wuchs die Schwinge, die nach deinen Tagen
Fort dich getragen.

Sprachest du, fragtest du, ward mir oft bange;
War's doch, als ob Blick und Stimme verlange,
Dir einen Schatz der Erkenntnis zu zeigen,
Der mir nicht eigen.

Sprangst du, wie eben der Schulbank entronnen,
Flog dein Gelock wie ein wehender Bronnen;
Lachtest du, tat sich der Himmel auf, strahlend
Über dein Strahlen.

Oder wie konntest du bitter dich grämen!
Alles zerfloß gleich zu Schatten und Schemen,
Chaos ward, wie vor des Ewigen Werde,
Himmel und Erde.

Da, o, da sah ich: dein Glück, deine Schmerzen
Fanden nicht Raum mehr im irdischen Herzen.
Dort winkte Weite!—Doch *hier* blieb ein Schweigen
Wunderlich eigen.

AN BERGEN

Wie du dasitzt stumm,
Hochgebirg ringsum,
Meer um deinen Fuß und vor dir deine Schären,
Sinnest du wohl auf
Saga, deren Lauf
Noch einmal die Welt erstaunen soll!

Stadt, dir selber treu,
Bergen, "niemals neu",
Unverwüstlich, echt, wie deines *Holberg* Laune.
Vormals Königswacht,
Später Handelsmacht,
Sitz sodann des ersten Freiheittings!

Wie die Sonne oft
Hell und unverhofft
Deinen Dunst durchbrach und deine Regenschleier,
Kamst du uns mit Rat
Oder rascher Tat,
Wann uns Nacht am dunkelsten umfing.

Tief aus Volkesgrund,
Witzig, kerngesund,
Sproßten da Gedanken, stand uns eine Kunst auf,
Trotzig, blaugeäugt,
An der Brust gesäugt
Deiner düstern, mächtigen Natur.

Deine Berge kahl
Malte unser *Dahl*,
Träumend wandelte an deinem Strand *Welhaven*,
Und auf deiner Flut
Kreuzte hochgemut
Ole Bull vor Flaggen aller Welt.

Deine Nordsee wacht
Treulich deiner Macht,
Und durch deine blauen Fjorde, wie durch Adern,
Strömst du Glück in dein
Nordisch Land hinein, —
Stadt durch Vorzeit reich, an Zukunft reich!

P.A. MUNCH [Symbol: gestorben]

(1863)

Viele Formen hat das Große.
Er, der von uns ging, er trug es,
Wie wir einen Zweifel tragen,
Der den Schlaf uns raubt, doch endlich
Offenbarung uns gewähret, —
Wie ein höheres Sehvermögen
Leidend über Unsichtbares, —
Einen Flug durch schwere Arbeit
Vom Gedachten zum Gewissen,
Vom Gewissen zum Geahnten,
Der in ruhelosem Drängen,
Gotterfüllt und ewig wechselnd
Unsre Welt im Sturm durchkreuzet,
Ihrer Zweifel und Gedanken
Last ihr von den Schultern nehmend,

Und sie abwirft, und sie aufhebt,
Nimmer matt — doch ewig rastlos.

  Still! Nur ein einziger Zufluchtsort
  Wußte ihn sanft zu versöhnen:
  Seiner Familie lichtmilder Hort,
  Schmeichelnd in Farben und Tönen.

  Spann ihn sein Weib mit dem Zauberspiel
  Unter der Birken Schleier
  Mitten in duftender Blumen Gewühl
  Ein in des Walddomes Feier, —

  Kamen die Töchter dann lieblich und leis
  In ihrer Unschuld Klarheit,
  Fächelten Kühlung der Stirne heiß,
  Sprachen von kindlicher Wahrheit, —

  War er bald mitten in Spiel und Lied
  Zärtlich von Tönen umfangen,
  Wolken zerrannen, und hoch im Zenit
  Jubelnd Millionen sangen.

Doch wie in des Herbstes stiller,
Traumhaft schwerer Abenddämmrung
Wetterleuchten die Gedanken
Schreckhaft auf Gewitter lenket, —
Oder wie ein Schlag im Boote,
Das in stiller zarter Mainacht
Schläfrig zwischen Felsen gleitet, —
Nur ein einziges leises Plätschern, —
Doch das Echo jagt es weiter,
Jagt's von Fels zu Fels, die Drossel
Flattert auf, es kreischt das Birkhuhn,
Lauschend hebt das Reh sein Köpfchen,
Steine rollen, wach wird alles:

Hunde heulen, Glocken gellen,
Weckend all des Tages Lärmen, —
Also könnt' ihm ein Erinnern,
Daunweich nur im Spiel gefallen,
Wecken der Gedanken Heerschar.

Und dann jagte es durchs Weltall,
Und dann flammt's in seiner Seele,
Doch es ward zu Licht für andre.

Rassenursprung, Wortverzweigung,
Namenquell, Gesetzverwandtschaft,
Groß und Klein in gleichen Qualen,
Gleichen Zweifeln jagt zum Ziele.
Wo nur Steine andre sahen,
Sah er's glitzern, sah er's funkeln,
Sprengte er den Schacht zum Bergwerk.
Und wo andre vor dem sichern
Funde des Jahrhunderts standen,
Griff ihn Zweifel, und er wühlte
Tag und Nächte bis zum Grunde,
Grub—und sah den Fund versinken.

Doch es ließ sein rastlos Wollen,
Das so vielen Kraft gespendet,
Oftmals übers Ziel ihn schießen.
Klarheit, die er ändern schenkte,
Trog ihn selbst als neue Ahnung.

Darum: wo er schon gewesen,
Kehrte er nur ungern wieder.
Stoff so oft wie Arbeit wechselnd,
Floh er vor dem eignen Denken.
Das Gedachte aber hielt ihn,
Folgte, wuchs gleich einem Brande,
In Brasiliens Wald geschleudert,

Prasselnd vor der Windsbraut fliehend.
Wo kein Menschenfuß gegangen,
Fraß sich's Weg für Millionen.

Nordens Reich streckt seinen Busen
In des Eismeers frostige Nebel,
Finsternis der Wintermonde
Lastet schwer auf Meer und Bergen.
Und den Landen gleich, erstreckt sich
Auch des Volkes tiefste Wurzel
Weit hinein in Nacht und Nebel.
Doch wie durch die Nacht ein Leuchtturm,
Doch wie Nordlicht durch Polarnacht
Blinkte leuchtend sein Gedanke.
Zärtlich wie nach seines Vaters
Angedenken frug er eifrig,
Forschend nach des Volkes Wegen.
Namen, Gräber, rostige Waffen,
Steine brachten ihm die Antwort.
Über Asiens Urwaldberge,
Wüstensand und öde Steppen
Sah er Karawanenspuren
Unterm Moder von Äonen
Heimatsuchend nordwärts deuten.
Wie einst sie den Flüssen folgten,
Folgte ihnen all sein Denken,
Das so reich ins Weltall strömte. —

Sieh, es war ja nur Versöhnung,
Was sein rastlos Schaffen wollte,
Doch die fand er nicht; — statt dessen
Fand er neue Wunderdinge,
— Ganz wie jene Alchymisten,
Die im Suchen nach dem Golde
Zwar nicht Gold, doch Kräfte fanden,

Die noch heut die Welt bewegen.

Tief im Grunde barg sein Wesen
Eine Kraft des Gegensatzes,
So daß Töne, angeschlagen
Von des Nordens hehrer Saga,
Mild harmonisch weiterklangen
In der Sehnsucht nach dem *Süden.*
Und es war des Auges Flamme,
Des Gedankens Blitz verwandt dem
Feuer des Improvisators
In dem heißen Land der Trauben.
Und sein leichter Stimmungswechsel
Und der Feuergeist, der Frondienst
Tat den lieben langen Winter,
Doch die Frucht oft spielend wegwarf, —
Jener unermessene Reichtum,
Drin Gedanken, Launen, Töne,
Leid und Wonne, Ernst und Frohsinn
Unaufhörlich glitzernd spielten, —
Das war wie ein Tag im Süden.

Eine Reise war sein Leben
Unaufhaltsam drum gen Süden,
Durch das Nebelland des Ahnens,
Aus dem Dunkeln in das Klare,
Aus dem Kalten in das Warme, —
Und sein Wirken war die Brücke
Über Berg und Meeresströmung.

——O, und dann des Glückes Stunde,
Da mit Weib und Spielgefährten,
Seinen kindlich frischen Töchtern,
Er dort stand, wo Abendsonne
Kapitol und Forum grüßte, —
Wo aus tiefem Grund der Weltstadt

Weisheit und Erkenntnis sprudeln; —-
Wo jetzt Klarheit, ätherreine,
Die Jahrtausende erleuchtet,
Die zur Ruhe hier gegangen; —
Wo dem Forscher aus dem Norden
War, als sei er allzulange
Irr im Nebel nur gerudert
Auf den tiefen, breiten Fjorden; —
Stand, wo Tote ihre Gräber
Sprengen und als Zeugen schreiten
In der schweren Marmortoga;
Wo die Göttinnen von Delos
In die Freskensäle tanzen
Wie einst vor zweitausend Jahren; —
Wo der Erde wachsend Werden
Pantheon und Kolosseum
Stolz in ihrem Schoße bargen; —
Wo ein Hermes dort am Eckstein
Cato würdig schreiten sah als
Pontifex im Priesterzuge, —
Nero als Apollon schaute,
Opferrauchumhüllten Wahnes, —
Gregor schaute, zornig reitend
Als der Geisterscharen Herrscher
Über alle Erdenreiche, —
Cola di Rienzi schaute,
Huldigend der Freiheitsgöttin
Bei des Römervolkes Jauchzen, —
Sah der Kirche Geistesfürsten,
Leo, sich statt Christus wählen
Aristoteles und Plato; —
Sah dann die katholische Kirche
Stärkre Zeiten neu errichten,
Bis der Franzmann sie zertrümmert,
Und *Natur* zur Gottheit wurde, —

Sah aufs neu' die alten Frommen
Dann in Prozessionen wallen
Mit dem Lamm als Weltbeherrscher!—
All das sah der kleine Hermes
Dort am Eckstein hinterm Tempel,
Und es sah der nordische Weise
Ihn und seine Visionen.—

—Ja, als er in der Geschichte
Hehrer Klarheit Rom erblickte,
Und sein Auge sinnend streifte
Abendsonnumflammte Höhen,—
Flossen seiner Sehnsucht Strahlen
Über in entzückte Ahnung.
Und—er sah in eine Kirche,
Größer als der Dom des Weltalls,
Und ein Friede sank hernieder,
Über alles Jetzt erhaben.—

Und als er zum zweiten Male
Dorthin kam, durch langer Tage
Müh' und Fleiß—als gält's Erlösung,—
Da ging Gott ihm selbst entgegen,
Führte ihn hinauf und sagte:
"Friede mit dir, du bist Sieger!"

Doch zu uns, die klagen wollten, Wandte Gott sich um und
sagte: *"Wenn ich rufe, wer darf sagen, Der Berufne sei nicht fertig?"*

Er, der stirbt, er war hier fertig!
Sieh, das glauben wir im Schmerze.
Und daß Er, der allen Forschern
Jene Ruhelosigkeit gegeben
(Die Kolumbus trieb und Newton),
Weiß, wann Ruhe kommen soll.

Aber jenen Geistesscharen,
Die verklärt zur Heimat wallen,
Blicken starr wir nach und fragen:
Wer soll abermals sie sammeln?

Denn, wenn er den Kriegspfeil schnitzte,
Strömten sie von allen Ländern:
Schweden, Dänemark und England
Und von Frankreich her zusammen;
Übers Meer die Schiffe flogen
Seinem Banner rasch entgegen.

Die gewaltige Königsflotte
Lag vor Anker hier am Strande,
Und es ward uns zur Gewohnheit,
Sie zu sehn und zu befragen
Nach Eroberung und Fahrten.

Was sie uns gewann, bleibt ewig.
Doch sie selbst darf nun zur Heimat.
Fest vereint, sehn wir entschwinden
Überm Meer das letzte Segel,
Wenden uns und fragen leise:
Wer wird abermals sie sammeln?

KOENIG FRIEDRICH DER SIEBENTE [Symbol: gestorben]

(1863)

Nun schied unserm König ein wahrer Freund!
    Und es senkt bei dem Schlag
Sein Banner der Norden und folgt vereint
    Am Begräbnistag.
Doch, Dänemark! dein sind die tiefsten Schmerzen:

Nun brach dir das wärmste, das größte der Herzen,
    Nun brach deine beste
    Landesfeste,
Nun dehnt sich ein Schrei ob des Königs Tod
    Wie aus tiefster Not!

Ihn, der geboren zu Dänemarks Glück,
    Traf des Todes Los.
Jung stießen sie ihn vom Hofe zurück—
    In des Volkes Schoß.
Da gedieh er gut und ward eins mit den Scharen
Der Bauern, Matrosen in Lust und Gefahren.
    Selbst hat ihm das Leben
    Die Schule gegeben—:
Als fertig die Schlinge für Dänemark,—
    War er lebensstark.

Schnell zeigte sein Geist sich bauerndumm,
    Wo ein Kniff sich fand;
Der Verräter feinste List schlug um
    Vor dem schlichten Verstand.
Er kannte ja nur des Volkes Gedanken,
Drum gab er ihm Freiheit sonder Schranken;
    Dem Ganzen war hold er—
    Nicht teilen wollt' er,
Und hielt eine Rede, nur kurz, die hieß:
    "Nicht geschehn wird dies!"

Ein Matrose am Steuer beim Ansturm vom Meer
    Standfest und klar!
Größeres Lob war nicht sein Begehr.
    Wir bringen's ihm dar!
Stracks dreht' er das Schiff gen Nordensrunde,
Dem wahren, sicheren Ankergrunde;—
    Rings sprach im Reiche
    Bald jeder das gleiche:

"So dumm ist der wohl nimmer; seht,
    Wie trefflich es geht."

Auf Deck rief er eben die Männer all:
    Sturmsegel gesetzt!
"Land", klang es vom Mast beim Wogenprall
    Jetzt, eben jetzt, —
Da entglitt das Steuer den treuen Händen,
Tot sank er hin — das Schiff will wenden…
    Wenden? Nimmer!
    Sein Kurs bleibt immer;
Ihr kennt ihn, Dänen, Mann für Mann, —
    Sein Kurs heißt: Voran!

In Reih' und Glied allzeit bereit,
    Als Wahlspruch er kor.
Wie ragt' er in ehrlicher Tatkraft weit
    Den andern vor.
Sie ernten die Frucht: *geübte Soldaten,*
Stehn alle, so treu, so erprobt in Taten!
    Das Schiff *kann nicht* schlingern:
    In vielen Fingern
Liegt fest das Steuer geborgen an Bord;
    Hurra gen Nord!

Nichts andres bleibt jetzt in der Zeiten Drang:
    Ausharren voll Pflicht,
Wachthalten im Dunkel, nicht blaß, nicht bang, —
    Gott ist unser Licht!
Hier ist's dumpf, ist es still, drückt die Sehnsucht nieder,
Lauscht jeder halb atemlos wieder und wieder, —
    Hier sind Wartezeiten, — —
    Bis die Himmelsweiten
Rosig erhellt uns künden: es naht
    Der Tag zur Tat!

ALS NORWEGEN NICHT HELFEN WOLLTE

(Osterabend 1864)

Und segelst im Kattegatt du umher
 Und durch den Belt,
Du findest die Dänenfregatte nicht mehr
 Mit rotweißem Feld;
Hörst nicht mehr Wessels Stimme beim Klang
 Vom Kommandowort,
Nicht hinter dem Danebrog mehr den Sang,
 Den frischen, an Bord,
Du hörst kein Lachen, du siehst keinen Tanz
 Unterm Segelweiß,
Um Spiegel und Mast nicht den leuchtenden Kranz,
 Der Künste Preis.
Denn alles, was unser war, ertrank
 Auf dem Meeresgrund,
Jedwedes Erinnerungsbild versank
 Im nächtlichen Schlund, —
In der Winternacht, da bei Sturmeswut
 Unter Norwegens Strand
Notschüsse krachten und brandende Flut
 Tang anwarf und Sand;
Ein Boot fuhr vom Hafen zur Hilfe aus,
 Doch wandt' es in Hast, —
Da trieb die Fregatte gen Deutschland hinaus
 Mit zertrümmertem Mast!

Da flog unsre Blutsverwandtschaft vom Bord,
    Mit Stumpf und Stiel, —
Gepackt, gewirbelt, trieb fluchend sie fort,
    Ein Wellenspiel!
Der nordische Leu am Gallion, durch Sturm,
    Durch Alter so grau, —
Er ward zerstückt; ein zerschossener Turm,
    Lag das Schiff zur Schau.

Sie flickten es wieder, sie machten es klar
    Am deutschen Strand;
Schwarzgelb war die Flagge, es spreizt sich ein Aar,
    Wo der Löwe stand.
Wir segeln im Kattegatt; wie leer,
    Wie still ist es nun!
Nur ein deutsches Schlachtschiff sahn wir im Meer
    Vor Schonen ruhn.

AN DEN DANEBROG

(als Düppel fiel)

Danebrog, in alten Tagen,
Schneeweiß, rosenrot
Sah man, Sohn des Lichts, dich ragen
Über Nacht und Not,
Reif wie schwere Fruchtgehänge,
Hehr wie Heldengrabgesänge,
Frei, mit Geistes Wandervögeln
Durch die Welt dich segeln.

Danebrog, ach, heute steigst du
Todbleich, blutigrot,
Wund wie eine Möwe neigst du
Dich, verletzt zu Tod.
Heiligen Blutes Purpurlache
Zeugt für die gerechte Sache.
Fallend Volk, nun trag die schwere
Kreuzeslast der Ehre!

DER NORRÖNASTAMM

(4. November 1864)

Es zog Norrönas Söhne
Zum freien Meergestad';
Ihr Ziel war Kampfgedröhne
Und hehre Mannestat.
Ihr Geist, in Surtrs Feuer
Sich senkend wurzelfest,
Trieb Schossen ungeheuer
Zu Ygdrasils Geäst.

Ging zu der Brüder Schaden
Oft jeder eigne Spur,
Gab's auf getrennten Pfaden
Doch *eine* Ehre nur.
Die Zeit schuf Platz für jeden:
Erst Norge, Dänemark;
Kam auch danach erst Schweden,
So wuchs es doppelt stark.

Vom Stern des dänischen Drachen
War Ost und West entbrannt;
Normannengeists Erwachen
Drang bis zum heiligen Land.
Sowie von Sveas Stamme
Die Polnacht ward erhellt,
Gibt Lützens Siegesflamme
Noch Licht der halben Welt.

Es schweißten harte Tage
Norges und Dänmarks Band;
Den größern Sinn der Saga
Hat kleine Zeit verkannt.
Dann trat, sich zu verbinden,
Norge zu Schweden hin,
Und nie mehr soll verschwinden
Der Saga größrer Sinn.

Der Volksgeist birgt im Schoße
Weissagung wundersam:
Die Zukunftstat, die große,
Eint den Norrönastamm.
Ein jedes Fest entfache
Des heiligen Schwures Klang:
Für unsres Blutes Sache
Sieg und nicht Niedergang.

GESANG DER PURITANER

(Aus dem Drama "Maria Stuart")

Gib mir Stärke, reich' mir Waffen,
Halt meinem Notschrei den Himmel offen!
Herre, ist sie dein, mein' Sach',
Schenk' ihr du den Siegestag!
Stürz' deine Feinde!
  Stürz' deine Feinde!
Roll' vor dein Zorngewölk, schmettre hinab sie,
In ihrer Sünden Abgrund begrab' sie,
  Seng' ihre Saat,
  Zertritt ohne Gnad'!
Dann laß auf schneeweißen Taubenschwingen
Dem Gläubigen Tröstung herniederbringen,
Das Ölblatt des Friedens, der deinem Frommen
Nach der Strafen Sündflut dereinst wird kommen!

JAGDLIED

(Aus dem Drama "Maria Stuart")

Hinter uns steigt Heidedampf,
  Heidedampf,
Vor uns fliegt der Falk zum Kampf,
  Vor zum Kampf.

Birkenduft erfüllt den Hang,
  Füllt den Hang,
Felswärts stürmt der Hörnerklang,
  Hörnerklang.

Durch die klare Luft dahin!
  Durch! Dahin!
Voran eilt sie! Die Königin!
  Königin!

Jagt ihr nach! Hei, Jagd voll Glut!
  Jagd voll Glut!
Nach—bis in die Todesflut!
  Todesflut!

TAYLORS LIED

(Aus dem Drama "Maria Stuart")

Auf Erden jede Freudenstund
Bezahlest du mit Sorg',
Und wird dir mehr als eine, glaub',
Du hast sie nur auf Borg.
Bald fordert eine Schmerzenszeit
In Seufzern streng zurück
Für jedes Lächeln Zinseszins,
Abschlag für jedes Glück.
  Mary Anne, Mary Anne,
  Mary Anne, Mary Anne,
Du, hätt' ich dich nicht lächeln sehn,
Müßt' ich nicht weinend stehn.

Gott helfe dem, der's nicht vermag,
Zu geben halb sein Herz;
Es kommt die Zeit, sie kommt, da ganz
Er nehmen muß den Schmerz.
Gott helfe dem, der nicht vergißt,
Daß er so froh einst war;
Gott helfe dem, dem alles bricht,
Dem nur der Geist blieb klar.
  Mary Anne, Mary Anne,
  Mary Anne, Mary Anne,
All, was ich je gepflanzt, erfror,
Nun, da ich dich verlor.

HOCHZEITSLIED

Du standest vorm Altar in weißem Kleide,
Und Ewigkeiten lauschten deinem Eide;
  Dein banges Denken schwebte
  Um ihren tiefen Grund,
  Und was dein Herz durchbebte,
  Das betete dein Mund.
Da ward dein Blick von hellem Glanz umwoben,
Denn deine Mutter betete dort oben
  Mit dir zugleich.

Nun fühltest du, die Hand, die dir gegeben,
Festhalten werde sie fürs ganze Leben;
  Dir wurde leichter, freier,
  Dein Herz schlug nicht mehr bang;
  Du sahst durch Tränenschleier
  Die Zukunft hell und lang!
Betaut von milden Liebestränen deuchte
Das Leben dir ein Lenz, der ewig leuchte;
  Du faßtest Mut.

Ihm, der die Eltern deinen Kindertagen
Ersetzte, galt es Lebewohl zu sagen.
  Sein Werk war nun geschehen:
  Du standest froh verklärt
  Und, wie's ersehnt sein Flehen,
  Warst deiner Mutter wert.
Er sah dein Aug' voll Dank emporgehoben,

Und Dank schien ihm zu tönen von dort oben,
  Dank für sein Werk.

Von den Geschwistern, denen Kinderpflege,
Selbst Kind, du gönntest, scheiden deine Wege.
  Den besten Lohn von allen,
  Sie geben heut ihn drein;
  Einst in die Wage fallen
  Wird er am Tag der Pein!
Dank und Gebet ist deines Glücks Geleite,
Dank und Gebet sei stetig ihm zur Seite,
  Dank und Gebet!

LEKTOR THÅSEN [Symbol: gestorben]

Von einer Blume las ich einst, die stand,
Bebend und bleich, abseits vom Wegesrand;
Denn der Gebirgsnatur geringe Kraft
  Gab sparsam Saft
  Und kaum noch Farbe.

Ein Blumenfreund sah sie im Schatten stehn;
Froh brach er aus: du sollst nicht so vergehn!
In sonnenwarmem Grund sollst du hinfort
  Ein fruchtbar Lebenswort
  Für viele werden!

Als er sie samt dem Erdreich hebt und hält,
Blinkt's seltsam ihm entgegen, — denn ihm fällt
Goldstaub von ihrer Wurzel in die Hand:
  Die Blume stand
  Auf reichen Gruben.

Von ringsher eilt der Jugend rasche Schar

Zur Wunderstätte—und sie wird gewahr:
Hier liegt des Landes Zukunftsschacht;
  Ein Blick in Nacht
  Von Gott war die Blume.

Ach, daran dacht' ich, als die Kunde kam—
Als ihn der Herr des Lebens sänftlich nahm
Aus kaltem Felsgrund und des Winters Wehn,
  Dort aufzugehn
  In ewiger Wärme.

Denn wo sein Sehnen sich hinabgesenkt,
Da blinkt es! Diese Lebenswurzel lenkt
Dem Weisheitshort entgegen, der da reich,
  Goldadern gleich,
  Ruht in den Tiefen.

Nun, da er fort ist, wird ans Licht gebracht
Die Herrlichkeit, von ihm so treu bewacht.
Gedankenschatz der Vorzeit glänzt herauf,
  Und es blitzt auf
  Der Zukunft Reichtum.

Nach dem Metall, ihr Jungen, grabet jetzt,
Des Staub die Blume trug, von Gott versetzt.
—Euch gilt die Botschaft! Schürft es aus dem Grund!
  Ihm ward's nur kund
  In Sehnsuchtsträumen.

AUF EINER REISE DURCH SCHWEDEN

Von Kind auf war ich dir verschrieben,
Denn Größe lehrtest du mich lieben, —
Und rufe laut als Mann dir zu:
Des Nordens Sache führe du!

So reich an Land und Gaben bist du,
Doch deines großen Ziels vergißt du.
Eh' du den Norden nicht geeint,
Bleibst du dir selber fremd und feind!

Es webt ein Sehnen und ein Singen
Durch all dein Volk, doch ohne Schwingen.
Wohl stehst du da, vor vielen stark,
Doch deinen Taten fehlt das Mark.

Zu vieles wird von dir begonnen,
Zu viele Kraft zu Wind versponnen; —
An Herzensfülle mangelt's nicht,
Doch Treue fehlt und Ernst der Pflicht.

Du kannst nicht ohne Kampf gedeihen,
Ein Sinn muß deine Tage weihen,
Ein heldisch Wollen, daß die Welt
Vor Schwedens Namen inne hält.

Aus Eignem wirst kein Glied du rühren,
Der Ehre Stern muß dich verführen,
Aus Taten wird dir erst und Mühn

Die rechte Freudigkeit erblühn.

Denn deines großen Einst Versprechen Sind allzu strahlend,
sie zu brechen. *So schmiede denn des Nordens Glück! Er gibt es
doppelt dir zurück!*

Du kannst kein größer Werk beginnen,
Kein heiliger Gebot ersinnen:
Dies Werk schließt deine Zukunft ein
Und macht dich aller Sünden rein!

Du Volk von Schwärmern und Propheten,
Du Volk von Träumern und Poeten!
Der Unkraft lähmend Joch zerbrich!
Des Nordens Fahne harrt auf dich!

STELLDICHEIN

Still ist der Abend;
Selbst sich begrabend,
Rollen die Stunden und scheidet das Licht.
Nur die Gedanken
Lauschen und schwanken:
Ob sie heut kommt oder nicht?

Frostiges Dämmern;
Wolken gleich Lämmern
Ziehen vorüber; der Sterne Heer
Zaubert im Glänzen
Liebe und Lenzen;
Kennt sie den Weg denn nicht mehr?

Sehnsuchtsleise
Unter dem Eise
Seufzt das Meer in wegmüder Ruh.
Schiffe vor Anker —
Ach, und ein Kranker
Fragt: wo verweilest du?

Schneeflocken stieben,
Bergwärts getrieben,
Märchenhaft wirbelnd zum dunkelen Hain;
Nachtvögel schwirren,
Schlagschatten irren;
War das ihr Schritt? — Ach nein!

Bist du so feige?
Sehnende Zweige
Starren von Reif; du wurdest verhext.
Doch ich bin stärker,
Sprenge den Kerker,
Wo du dich träumend versteckst.

LIED DES STUDENTENGESANGVEREINS

Auf, Brüder, stimmt an ein Lied!
Im Lichtgeleit dahin es zieht,
  Hell flammt es in Liebessonne,
  Voran eilt des Sieges Wonne,
Und ringsum träufelt Blütensaat
Auf junger Willenskräfte Pfad!

Weithin unser Sang schon fuhr,
Und ruhmreich leuchtet seine Spur
  In Fahnen und Freundschaftsspenden,
  In Kränzen aus Frauenhänden,
In Festen voller Jugendschaum,
In Volkes Vorzeit, Volkes Traum.

Nach *Halden* ging unser Zug,
Die Fahne hing zerfetzt genug;
  Sie wehte durch unsre Sänge,
  Sie mahnte durch Liederklänge,
Erglühend in dem mächtigen Brand
Des Heldentods fürs Vaterland.

Gen *Arendal* die Sommerfahrt
Zu "Macht und Ruhm", sei treu bewahrt.
  Inmitten der Flotte zogen
  Wir Sänger auf blauen Wogen
Zu Norges Schiffs- und Handelsflor, —

Da sangen wir den Jubelchor.

In *Bergen*, am Meeresstrand,
Wo Altes sich mit Neuem band,
Von Lurklang die Berge hallen;
  Held *Sverre* lebt noch bei allen;
Doch frisch und voll von Lebenslust
Entstieg das Lied der Volkesbrust.

Upsala, Kopenhagen, Lund, Wie zündend klingt's aus Herz
und Mund! Da banden wir in Akkorden Im Dreiklang den
ganzen Norden. In vollem Chor zum Himmel klang
Norrönastammes Einheitssang.

Frischauf in die Welt hinaus!
Wo's Echo gibt, sind wir zu Haus.
  Im Lied unsre Zukunft winket,
  Im Lied die Vorzeit nicht versinket, —
Wir wandern weiter Hand in Hand,
Und singen Sommer unserm Land.

AN DEN BUCHHÄNDLER JOHAN DAHL

(Zu seinem sechzigsten Geburtstag)

Herr Wirt, dir sei dies Hoch gebracht!
  —"Hurra!"
Doch während wir singen, so gebt fein acht!
  —"Ja ja!"
Zuerst müßt von schrecklichen Leiden ihr wissen,
Als in unsern Wirrwarr sein Los ihn gerissen
  Zu Adlern und Schären,
  Zu Wergelands Bären,
    —Au ja!

Er kam als ein unschuldig Lämmelein,
    —O je,
So niedlich, appetitlich und sauber und rein
    Wie Schnee.
Das köstliche Fleisch ließ zu Füllsel man hacken
Und später in Teig von Herrn Wergeland backen
  Und munter zerbeißen,
  Die Knochen verschleißen
    Im Ramsch.

Doch hei! wie ein Böcklein des göttlichen Tor
    Er sprang,
Und stieß ihnen kräftiglich hinter das Ohr, —
    Das klang!

Da schmunzeln die Kerle in vollem Behagen:
"Jetzt hat der Gesell sich zum Bruder geschlagen,"
  Und balde war keiner
  Beliebter und feiner
    Als Dahl.

Das Licht aus der Bude dort konnt' wohl erhellen
    Das Land.
Dort hat sich gar mancher zum Spießgesellen
    Bekannt;
Dort machte man Mode und kritische Normen,
Und wollt' ein gut Stückchen Norwegen formen.
  Das wird die Geschichte
  Schon bringen zum Lichte
    Dereinst!

Für das, was du littest, entflammtest und strebtest,
    Hab' Dank!
Für alle die Kraft, die du freudig belebtest,
    Hab' Dank!
Für all dein gutmütig Eifern und Zanken,
Dein goldnes Gemüt, deine Freundschaft, wir danken,
  Du seltsamer Falter,
  Du Lieber, du Alter,
    Hab' Dank!

DIE SPINNERIN

Ach, was fragte er mich,
Eh' er jetzt vom Fenster schlich?
    "Du, ein Band, das knüpf' ich still,
An den Tag soll's im April.
    Traust du dich?—dann gib mir dein
Gespinst hinein."

Wie soll ich's wohl verstehn?
Wer hat je ihn weben sehn?
    Und mein Gespinst so rein,
Will er in sein Band hinein?
    Und so eilig webt er's hin,—
Bis—Lenzbeginn?

Und wie lacht' er dabei!
Ach! Stets treibt er Narretei.
  Gebe mein Gespinst ich hin,
Ihm, der also leicht von Sinn?—
  Füge du es, Gottes Hand,
Fest zum Band!

DIE WEISSE UND DIE ROTE ROSE

Die weiße und die rote Rose,
So hießen der Schwestern zwei — ja, so!
Die weiße, die war stumm und still,
Die rote allzeit froh.
Doch umgekehrt ging's seither, ja,
Da kamen die Freier weit her, ja.
Die weiße ward so rot, so rot,
Die rote ward so weiß.

Der, den die rote liebte,
Den wollt' der Vater nicht han, nicht han.
Doch den die weiße liebte,
Den nahm er glattweg an.
Die rote, ach, bleicht in Tränen, ja,
Vor Seufzen, Sorgen und Sehnen, ja.
Die weiße ward so rot, so rot,
Die rote ward so weiß.

Da, Wetter, wird dem Alten bang,
Er rückt heraus mit: ja doch — ja!
Und Hochzeit gab's mit Sang und Klang
Und Böllerschuß, hurra!
Bald kamen auch Röschen nun, o ja, —
Röschen in Strümpfen und Schuhn, o ja.
Die der roten waren weiß, doch — hm! —
Die der weißen alle rot.

IN DER JUGEND

Jugendmut,
Jugendmut,
Wie der Falke kühn und leicht
Hebt er sich im Blau und steigt,
Bis er alle Höhn erreicht.
Jugendblut,
Jugendblut,
Braust wie Dampf durch Meer und Nacht,
Sprengt das Stromeis, daß es kracht,
Trotzt dem Sturm und jauchzt und lacht.
Jugendtraum,
Jugendtraum,
Schleicht sich wie ein Schelm hinein
In schön Mägdleins Kämmerlein;
Aller Duft und Glanz des Lenzen
Seine leichten Wellen kränzen.
Jugendlust,
Jugendlust,
Sprudelt aus der Felsenbrust,
Schleudert noch im Sturz zum Grabe
Lachend seine Strahlengabe.
Jugendlust,
Jugendtraum,
Jugendblut,
Jugendmut
Streun auf unsern Erdenwegen
Singend ihren goldnen Segen.

DAS BLONDE MÄDCHEN

Ich weiß, sie wird sich von mir wenden,
So scheu, wie je ein Traum entwich —:
Und doch, ich kann nur immer enden:
Du blondes Kind, ich liebe dich!
  Ich liebe deiner Augen Träume:
  So weilt auf Schnee der Mondnacht Ruh
  Und tastet sich durch steile Bäume
  Nur ihr verschlossnen Tiefen zu.

Ich liebe diese Stirn: ein Siegel
Der Reinheit, blickt sie sternenklar
In der Gedankenfluten Spiegel,
Der eignen Fülle kaum gewahr.
  Ich liebe dieses Haar, sich drängend
  Aus seines Netzes strengem Band:
  Voll kleiner Liebesgötter hängend,
  Verlockt es Auge mir und Hand.

Ich liebe diese schlanken Glieder
Mit ihrem Rhythmus wie Gesang.
Hell klingt des Lebens Wonne wieder
Aus ihrer Pulse dunklem Drang.
  Ich liebe diesen Fuß, dich tragend
  In deiner Herrlichkeit und Kraft,
  Durchs muntre Land der Jugend wagend
  Den Weg zur ersten Leidenschaft.

Ich liebe diese Lippen, Hände,

In Amors eifersüchtiger Pacht;
Des Würdigsten als Siegesspende
Gewärtig und für ihn bewacht.
  Ja, schürze nur die schönen Brauen
  Und wende dich zur Flucht und sprich:
  Kein Mädchen dürfe Dichtern trauen.
  Ich liebe dich! Ich liebe dich!

MEIN MONAT

Ich lobe mir April,
In dem das Alte fällt,
Das Neue Kraft erhält;
Wohl liebt er Friede selten, —
Doch soll wohl Friede gelten?
Nein: daß man etwas will.
Ich lobe mir April,
Weil er, der Stürmer, Feger,
Der Eis- und Herzbeweger,
Weil er, der Kräftereger,
Des Sommers Kommen will!

HOCHZEITSLIED

(Zu Ditmar Meidells Hochzeit, den 21. Juli 1868)

Blick' auf, o Braut, er naht
An Freundeshand zum Buchtgestad',
Ein wenig kahl und träg',
Doch frisch und herzensreg'.
Hier kommt er treu und grad'—
Der alte braune Kreuzeraar,
Erprobt in Sturmgefahr,
Mit Augen kindlich klar.

Er war ein Bursch so keck,
Lag gern auf seines Boots Verdeck
Und ließ vom Wogenschaum
Sich wiegen in den Traum.
Der Segel breite Last
Schlug sonnbeschienen an den Mast,
Und ohne Ruder glitt
Der Kiel im Strome mit.

Doch als er müßig da
Sein Bild im tiefen Blau besah,
Getrieben ward sein Kahn
Zum offnen Ozean.

Hei, wie er munter sprang
Zum Steuer unter Flutgesang;
Die erste harte Not

War ihm wie Morgenrot.

Er kehrte nicht nach Haus, —
Fuhr in der Freiheit Reich hinaus,
Wo alles ringsumher
Unendlich wie das Meer.
Hinaus ins Flutgetos, —
Und ward das Boot auch steuerlos,
Hat kühne Manneskraft
Ihm doch den Sieg verschafft!

Da draußen stand er frisch;
Ihm wuchs der Mut im Sturmgezisch.
Sein Deck zerbarst; doch ihn
Konnt' es nicht niederziehn.
Nach oben kam er leicht,
Wie übers Meer ein Vogel streicht,
Dieweil manch stolzes Schiff
Zertrümmert ward am Riff.

Sein Kahn schwamm flott dahin,
Weil ihn gebaut ein freudiger Sinn, —
Der Sturm blieb ohne Macht:
Denn Jugend war die Fracht.
Und ein unbändiger Klang
Von Schüssen, Feuerwerk und Sang
War immerzu an Bord
Mit Echo über Nord.

Ein wenig müd' zuletzt,
Dacht' er der Kindheit sehnend jetzt,
Lag wieder friedlich-mild
Und sah sein Spiegelbild.
Er sah, der Schelm, er sah —
Sein eignes nicht, nein *ihres* da,
Als seiner Sehnsucht Fund

Lächelnd im Wellengrund.

Zum zweiten Mal zieht aus
Sein Leben in den Wogenbraus,
Und Sturm soll seinem Kahn
Zum zweiten Male nahn!
Zum zweiten, zweiten Mal hinfort
Soll tönen Schuß und Sang an Bord;
Denn diesmal mit ihm fährt
Der Glaub' an Weibes Wert!

NORWEGISCHES SEEMANNSLIED

(Zu einem Fest norwegischer Seeleute in Stavanger 1868)

Norwegisch Seevolk ist
Ein derber Schlag voll Kraft und List;
Wo Schiffszeug schwimmen kann,
Da ist es vorne dran.
Auf Meerfahrt und zu Haus,
Im Sund und bei den Schären draus,
Vertraut es Gottes Schutz
Und beut den Wogen Trutz.

Hier müht ein Volk sich ab
Fürs Leben ruhlos bis zum Grab, —
Des Todes Sense mäht
Sich Opfer früh und spät.
Was Tag um Tag geschieht,
Bewahrt nur selten Wort und Lied,
Und von so manchem Stück
Kehrt keiner mehr zurück.

Ja, schlichter Fischer Kiel,
Von Mut und Witz geführt zum Ziel,
Hat Werke viel erschaut,
Die niemals wurden laut.
Und manches Seemanns Haupt
Ward feucht mit Schilf und Tang umlaubt,
Statt daß ihn goldnes Reis
Gekränzt im Heldenkreis.

Des Olavkreuzes Ruhm
Hätt' manches Lotsen Heldentum
Verdient, der Schar um Schar
Gerettet aus Gefahr.
Und manchem Bürschchen auch,
Das heimritt auf der Jolle Bauch,
Stand Vater hoch an Bord,
Gebührte wohl ein Wort.

Doch Norges Küste ist
Des Landes Mutterbrust und mißt
Ihm Nahrung zu, wenngleich
Oft Nahrung tränenreich.
Sie hütet und bewacht,
Was ihre Söhne je vollbracht,
Vom großen Hafurstag
Bis auf das letzte Wrack.

Das fühlte, wer sein Land
Nach langem Fernsein wiederfand;
Das fühlte, wer es ließ,
Wann er vom Ufer stieß.
Das fühlten, die weit fort:
Der Heimat Glück war mit an Bord:
Der weißen Segel Fleiß
Gewann uns Macht und Preis.

* * *

Hurra, wer immer heut
Zur See sich unsrer Flagge freut!
Hurra, der Lotse brav,
Der sie zuerst heut traf!
Hurra, der Fischer, der
Sich rudernd wagt auf Fjord und Meer!
Hurra, im Schärenkranz

Die Küste unsres Lands!

HALFDAN KJERULF [Symbol: gestorben]

(1868)

Hart griff der Winter die jungfrohe Kraft,
Doch er griff fehl. Der lenzfrische Saft
Rettete sich in dem leidenden Stamme.
Hochsommer bracht' ihm der Blütezeit Flamme,
Spätherbst gab reifender Früchte Prangen, —
Wenige, doch süß und mit rosigen Wangen.

Sein ward die Frucht — und wird ewig gesät,
Da, wo man ewig im Sommer steht.
Er allein fand
Leidengebeugt sich an Todesstroms Rand.
Weiter kämpft' er mit Winter und Eis,
Kämpft' um den Sommer, des Sängers Preis,
Kämpfte im Sinken, noch demütig schön
In brünstigem Flehn.

Hat ihn der Sommer auch wirklich gefällt, —
Jetzt, da man's erntet, das goldene Korn,
Hat er gesiegt; unter Jagdruf und Horn,
Einzugsfeier er hält.

Er ist der Dichtkunst mächtiges Bild.
Winterlich herb und doch sommerlich mild.
Gleichwie die Lüfte in zitterndem Schein,
Rosige Gipfel und laubfrischer Hain,
Bäche, die blumige Wiesen durchgleiten,
Klingen und spielen in Sonnenlichts Saiten,
So soll die Dichtkunst erstehen aufs neu', —

Bleibt sie, selbst fallend, der Sache nur treu, —
Mächtig sich dehnen,
Bald ist hier Sommer mit Sommers Sehnen.

VORWÄRTS

"Vorwärts! vorwärts!"
Scholl der Ahnen Losungswort.
"Vorwärts! vorwärts!"
Pflanzen wir den Schlachtruf fort!
Was die Sinne flammen, die Herzen glauben heißt,
Auch uns, die Enkel, vorwärts reißt
In ihrem Geist.

"Vorwärts! vorwärts!"
Wer gern haust als freier Mann.
"Vorwärts! vorwärts!"
Freiheit ewiglich voran!
Was sie auch an Leiden und Opfern kosten mag,
Wer weiß noch vom empfangnen Schlag
Am Siegestag?

"Vorwärts! vorwärts!"
Wer da traut des Volkes Kraft.
"Vorwärts! vorwärts!"
Wer am Werk der Väter schafft.
Schätze schlafen tief noch in nordischer Berge Schoß:
Die lege treuer Spatenstoß
Von neuem bloß!

WIE MAN SICH FAND

(Zum Studententag 1869)

Träume, die zu Träumen drängen,
Finden bald ihr Reich;
Herzen, die sich suchen, sprengen
Alles lenzstrahlgleich.
Und je tiefre Leiden binden
Ihren jungen Drang,
Desto heller beim Sichfinden
Braust der Jubelsang.

Jeder von den Hochgemuten
Spornt zwar hundert an,
Doch wenn tausend auch verbluten,
Wär's doch nicht getan.
Nein, erst wenn der Volkslenz brausend
Stürmt durch Wald und Land,
Weckend all die Hunderttausend, —
Dann erst man sich fand.

Heil nun Norges jungem Tage,
Fern in Dunst versteckt.
Mit dem Dämmergrauen jage
Weg, was uns erschreckt.
Und des Schlachthorns hohle Lieder,
Tränen, Schmach und Blut,
Die beseelten immer wieder
Uns erst recht mit Mut.

Aus des Volkes Geist und Werken
Wächst er Tag für Tag,
Niederlagen ihn nur stärken
Zum Entscheidungsschlag.
Frühlingsahnen ist entglommen,
Spricht das Jubelwort
Von dem Lenz, der einst wird kommen,
Heil dir, Volk im Nord!

NORWEGISCHE NATUR

(Auf Ringerike während des Studententages 1869)

Wohlauf, ihr Wanderer, singt,
Von Norges Herrlichkeit umringt!
  Laßt stille den Ton sich ranken,
  Wie Farben vorüberschwanken
Zu Fjord und Strand, Gebirg und Flur
Und Wald im Borne der Natur.

Die Glut in des Volkes Drang,
Die tiefe Kraft in seinem Sang,
  Hier hebt sie zu dir die Augen,
  Um deine Schönheit zu saugen,
Und daß du dich vor ihr enthüllt,
Dankt dir ein Blick, von Lieb' erfüllt.

Hier kam die Geschichte zur Welt,
Hier träumte Halvdan als ein Held.
  Er sah in Nebelgestalten
  Das ganze Reich sich entfalten,
Und *Nore* stand und gab ihm Mut,
Und in die Weite wies die Flut.

Hier führe des Liedes Chor
Der Heimat ganzes Bild uns vor!
  Es brause der Sturm in der Stille;
  Ins Milde soll dringen der Wille:
Wenn sich das Land zusammenschart,

Erkennt ein jeder unsre Art.

Was immer als erstes sie will,
Sind hundert Häfen im April.
  Da hebt sich das Herz zum Gotte,
  Wenn Anker lichtet die Flotte;
Norges Gebete segeln fort
Mit sechzigtausend Mann an Bord.

Schau' felsigen Küstenhang
Mit Möwen, Walen, Platz zum Fang,
  Fahrzeugen im Inselschutze,
  Doch Boten im Wogentrutze
Und Garn im Fjord, Schleppnetz im Sund—
Von Rogen weiß den ganzen Grund.

Im wilden Lofotenschwarm
Umschlingt den Fels der Meeresarm;
  Die Höhen hält Nebel umzogen,
  Doch am Fuße keuchen die Wogen,
Und alles dunkelt, schreckt und droht;
Jedoch im Strudel Boot an Boot.

Den Eismeerfahrer dort schau'
Hinziehn durch Schnee und Dämmergrau.
  Laut schallen Kommandoworte;
  Durchs Eis wird gebrochen die Pforte,
Und Schuß auf Schuß die Seehundsjagd,
Doch Leib und Seele unverzagt.

Dann kommen wird abends zu Gast,
Wo das Gebirgsvolk weilt zur Rast,
  Wo Kühe man melkt auf den Matten
  In des dräuenden Felshangs Schatten,
Wo sehnsuchtsbangem Fragelaut
Natur die Antwort anvertraut.

Doch müssen wir weiter im Flug;
Denn unser wartet noch genug, —
  Das Bergwerk, drin Erze wuchten,
  Die Renntierjagd in den Schluchten,
Der schäumend weiße Strom, der stolz
Zu Tale trägt des Flößers Holz.

Und weilen wir wieder hier,
Die breiten Dörfer lieben wir,
  Wo Bauern in treuem Walten
  Hoch unsere Ehre halten;
Von ihrer Ahnen Glanz umloht
War unsres Aufgangs Morgenrot.

Wohlauf, ihr Wanderer, singt,
Von Norges Herrlichkeit umringt!
  Uns leiht unser Wirken Flügel,
  Es grüßt uns die Vorzeit vom Hügel,
Und unsre Zukunft werd' erbaut
So stark wie Gott, dem sie vertraut.

ICH REISTE VORÜBER

—Ich reiste vorüber im Morgenrot:
Lautlos ein Hof noch im Lichte ruht,
Und wie die Scheiben brennen in Blut,
Loht auf in der Seele erloschene Glut:—
  In Frühjahrsstunden
  Dort war ich gebunden
  Von lächelnden Lippen und feinen Händen,
  Und das Lächeln mußte in Tränen enden.

Lang, bis der Hof meinem Blicke entschwand,
Schaut' ich hinüber, unverwandt.
Alles Vergangne erglänzte rein,
Alles Vergessne ward wieder mein:—
  Gedanken wandern
  Nun auch zu andern
  Frühlingstagen, und Wonnen und Fehle
  Wogen vor und zurück in der Seele.

Freudvoll damals und freudvoll nun,
Schmerzen damals und Schmerzen nun.
Sonne im Tau: wie das funkelt und weint—
Tränen und Lächeln verklärt und vereint.
  Wenn Erinnerungswellen
  Flutend erst schwellen
  Über die Seele und ebben dann wieder,
  Grünt sie und sprengt die Knospen der Lieder.

MEIN GELEIT

Durch strahlende Wonnen fahr' ich heut
In Sonntagsstille mit Glockengeläut.
Die Sonne, vom Saatfeld bis zu den Mücken,
Will alles alliebend, allsegnend beglücken.
Ich sehe das Volk in die Kirche wallen,
Hör' Psalmen aus offener Pforte hallen. —
Sei fröhlich! Nicht mir nur galt dein Gruß,
Wenngleich du's nicht merktest mit eiligem Fuß.

Ich habe das herrlichste Reisegeleit —
Zwar birgt es sich listig von Zeit zu Zeit;
Doch sahst du mich Sonntagsfreude bekunden,
So war's, weil mehrere mit mir verbunden,
Und hörtest du meinen gedämpften Gesang,
Sie saßen schaukelnd in jedem Klang.

Mir folgt eine Seele von solcher Macht,
Daß alles sie mir zum Opfer gebracht;
Ja, sie, die lachte, wenn umschlug mein Nachen,
Die nicht gebebt vorm Gewitterkrachen,
In deren weißen Arm ich geruht,
Erwärmt von des Lebens und Glaubens Glut.

Seht, hierin bin ich von Schneckenart:
Ich nehme das Haus mit auf die Fahrt,
Und wer da glaubt, daß die Bürde mich drücke,
Der sollte nur wissen, wie hold es beglücke,
Ein Obdach zu finden, wo himmlisch klar

Sie steht unter lachender Kinderschar.

Kein Denken, kein Dichten hat je ersonnen
So hohe Wölbung, so tiefen Bronnen,
Wie von der himmlischen Liebe der Schein
Hinabdringt bis in die Wiege hinein.
Nie leuchtet und taut dir die Seele so lind,
Wie wenn mit Gebeten du wiegst dein Kind.

Wer nimmer die Liebe gekannt für das Kleine,
Dem winkt nicht die große, die allgemeine.
Wer nicht sein eigenes Haus kann baun,
Wird auch seine Türme zertrümmert einst schaun;
Und zwingt er ganz Europa ins Joch,
Stirbt einsam er auf Sankt Helena doch.

Erbau' dir nur selbst eine Zufluchtsstätte;
Dann weiß auch dein Nächster, wohin er sich rette.
Obwohl von Kindern und Frauen geschaffen,
Birgt diese Festung so starke Waffen,
Daß heil sie bleibt in Kampf und Gefahr
Und Mut verleiht einer ganzen Schar.

Ein einzelnes Heim trug oft ein Land,
Wenn dessen Retter es ausgesandt,
Und wieder viel tausend Heime trug
Das Land erlöst aus dem Kriegeszug;
So trägt es auch auf des Friedens Wegen
Den Pulsschlag des Heims in emsigem Regen.

Trotz all dem Feinen im fremden Duft,
Ganz lauter allein ist die Heimatluft.
Nur dort stellt kindliche Wahrheit sich ein
Und wird von der Stirn dir geküßt der Schein.
Zur Heimat dort oben stehn offen die Türen;
Denn von dorten kam's, und dahin wird es führen.

Du Kirchenpilger, drum freue dich;
Du betest für deine, für meine ich;
Denn das Gebet läßt uns aufwärts wandern
Ein Stück von dem einen Heim zum andern. —
Ihr bieget hinein; im Weiterwallen
Hör' ich den Psalm aus der Pforte hallen. —
Sei fröhlich! Nicht mir nur gilt dein Gruß,
Wenngleich du's nicht merktest mit eiligem Fuß.

AN MEINEN VATER

(Als er Abschied nahm)

Unser Geschlecht sah einstmals stolze Tage.
Noch in geräumigen Weilern und auf breiten
Gehöften sitzt es; doch in harten Zeiten
Ward *unser* Zweig gebeugt in andre Lage.
Nun reckt er wieder sich zum Licht empor,
Und frische Knospen sprießen draus hervor:
Du stärktest ihn; dein Abend sieht aufs neue
Ihn blühn, gelabt vom Quickborn deiner Treue.

Wie das Geschlecht sich ausruht, um zu steigen
In seines Wesens Tiefe, still geschäftig
Dort einzusaugen, was erlösungskräftig
Die reichen Gaben aufweckt, die sein eigen —
So konnt' ich fühlen noch in dir die Spur
Der dumpfen, ungezügelten Natur;
Sie war so stark, daß ihre dunklen Mächte
Fortwirken bis zum spätesten Geschlechte.

Ein Funke fiel hinein vom warmen Herzen
Der Mutter, und der Bund, der euch beglückte,
Wird, wie er segnend euer Alter schmückte,
Noch leuchten nach dem Tod mit hellen Kerzen.
Wenn unser Volk einst recht versteht das Bild
Der Heimat, der mein ganzes Dichten gilt,
Des Glaubens und der Liebe stilles Walten,
Dann soll's auch euch für immer lieb behalten.

Wird Norges Bauer, wie ich ihn beschrieben
Aus Sagas oder bei des Pfluges Lenken,
Genannt, —muß, Vater, man auch dein gedenken:
Ich ahnt' ihn nur, weil dich ich lieben durfte.
Und wenn das treue Weib, das ich gemalt,
Mit wackrem Mut, von Glaubensglanz umstrahlt,
Von Fraun genannt wird, mag es leicht geschehen,
Daß meine gute Mutter sie erspähen.

Und nun in Abendrast mögt ihr verweilen
Nach schwerem Tagwerk und nach manchen Plagen,
Mögt euch erzählen von entschwundnen Tagen,
Von manchem müden Schritt die tausend Meilen —
Wie über Winterschnee der Sonnenschein
Blickt euch ins Fenster freudiger Dank herein,
Umwebend einstiges Leid mit goldner Hülle,
Und Leben quillt euch aus des Glaubens Fülle.

Doch niemand ist, der wärmer für euch betet
Als euer Sohn, den ihr in Angst und Beben
Gehegt vom ersten leisen Flügelheben,
Für dessen Wohl zu Gott ihr täglich flehtet.
Wißt, wenn das Blut zu wild mir schoß durchs Hirn,
War mir, als rührten Hände meine Stirn;
Und pochte Reue still an meine Schläfen,
War mir, als ob wir uns beim Höchsten träfen.

Seht, deshalb bitt' ich Gott, mir Kraft zu senden
(Fürs Leben werden wir uns neu begegnen,
Und Scherz wird Hoffnung und Erinnrung segnen),
Um einen heitern Abend euch zu spenden!
O laß die Enkel, wenn dein Arm sie hält,
Im Abend schaun die morgendliche Welt!
So wird einst tröstlich ihnen noch im Sterben
Das Morgenrot die blassen Häupter färben.

AN ERIKA LIE

Wer in Töne bände
Nordische Gelände,
Zeigte nicht nur rauhe Bergeswände,
Nein, auch ebne Auen,
Die gen Morgengrauen
Glitzerperlen frisch betauen.

Wälder, traumumflogen,
Die in schweren Bogen
Wie ein Meer das Glommental durchwogen, —
Lieblich grüne Weiten,
Die von allen Seiten
Leicht und licht zusammengleiten.

All den feinen, klaren
Reiz uns offenbaren
—Nordlands sonnbeglänzte Vogelscharen.
Und die Purpurspende
Ferner Nordlichtbrände—
Sieh, das müssen Mädchenhände.

Deine Hände schlagen
Töne an und jagen
Bilder auf aus langentschwundnen Tagen,
Die in Sehnsuchtstiefen
Unsrer Dichtkunst schliefen,
Bis dann deine Hände wach sie riefen.

Bald in leichten Ringen
Sehn wir blinkend schwingen
Funken, die aus Vaters Frohsinn springen;
Bald erhabnes Schauern,
Heiliges Bedauern
Aus der Mutter Wehmutsauge trauern.

Kinderseele, klinge
Reingestimmt und dringe
Gläubig durch das Sein und alle Dinge,
Rein wie Melodien,
Festsaalharmonien
Dich, du Kind des Glommentals, umziehen.

AN JOHAN SVERDRUP

Nicht war's zu rauhem Kriegeswerke,
Daß deines Namens Wunderstärke
Ich mir zum Losungswort erkor.
Kein Gassenkampf kränkt unser Ohr!
Soll denn der Dichtkunst Opferhain
Gefeit vor Meuchelmord nicht bleiben, —
Ist das das Neue, was sie treiben,
Dann mag ich nicht der ihre sein.
Dann sage ich, wie Ejnar sagte,
Als er um seinen König klagte
Und Harald mit Verheerung droht':
"Ich folge eher Magnus tot
Als Harald lebend; —" ja fürwahr,
Dann mache ich mein Langschiff klar.
Auch darum senkte nicht vor dir
Mein Lied sein flatterndes Panier,
Weil ich bei dir Erlösung wähnte
Für alles, was mein Herz ersehnte.
Nein, wo die *größten* Fragen brennen,
Da eben ist's, wo wir uns trennen —
Von des Gedankens Ursprung an,
Bis er sich formt zu Ziel und Plan.
Ich steh' auf Kinderglaubens Grund —
Er muß dem Volk die Freiheit geben,
Durch ihn kann es nach Gleichheit streben,
Nach freier Brüdervölker Bund.
Wohl heißest du gleich mir ein *Christ,*

Doch ist die Kluft so tief geblieben,
So tief, wie wir *verschieden* lieben
Dies Land, das uns *gleich* teuer ist.
Heut mögen wir am Sieg uns freun, —
Das Morgen wird uns neu entzwein.
  Doch darum dich mein Sang erkor,
Weil eben das, was uns *jetzt* gilt,
Von allen dich am stärksten füllt,
Du hältst im Kampf es hoch empor.
Wenn graue Nebel uns umschlingen,
Nach Licht das trübe Auge lechzt,
Die Erde schlummermüde ächzt,
Und ängstlich wir nach Atem ringen, —
Dann weicht von dir die Erdenschwere,
Dann regt dein Geist die Donnerflügel,
Dann packt dein Blitz die Wolkenheere,
Und sonnenklar stehn Berg und Hügel.
Du bist der frische Regenguß
In unsres Alltags trägem Muß;
Du bist die Salzflut, die so wild
In unsre schwülen Fjorde quillt.
Dein Wort bricht durch wie Bergmannsgänge,
Wo Erz erglänzt in Felsenenge;
In deines Seherauges Flammen
Schmilzt Einst und Jetzt in eins zusammen.
Solang' du Sverres Klinge schlägst,
Macht sie dein Schlachtenhorn erzittern;
Solang' wir dich als Führer wittern,
Du Sieg auf Sieg von hinnen trägst.
Sie weichen unter deinen Hieben,
Verkriechen sich in scheuer Kluft,
Doch frei in des Gedankens Luft
Ist unversehrt dein Haupt geblieben.
Wir lieben deinen Löwenmut,
Der vor der Fahne kämpft voll Glut,

Die Fähigkeit, die unverzagt
Den eignen Stahl zu schmieden wagt,
Die wachsame Verwegenheit
In Not, Verachtung, Krankheit, Leid.
Wir lieben dich, weil alles du
Hingabst für uns—Ruhm, Zukunft, Ruh;
Wir lieben dich trotz Haß und Groll:
Du glaubtest an uns allezeit.
    Wer wagt's, noch rückwärts jetzt zu zeigen?
Nein, aufwärts Jahr für Jahr wir steigen,
Aufwärts in Freiheit und in Sang
Und froh-norwegischem Eigenleben;
Wer wagt es noch, zu widerstreben
Befreitem hundertjährigen Drang?
Kein Zwiespalt mehr um Recht und Macht;
Ob Kriegstumult, ob Friedensstille,
Nur *einer* Freiheit Ehrenwacht,
Ein Volk nur und ein einziger Wille.
    Der Geist, dem unsres Morgens Graun
Den Traum von freien Göttern brachte,
Der groß von allem Großen dachte,
Wird nimmer dem Unechten traun.
Der Geist, der Wikingschiffe baute,
Als er dem Königswort mißtraute,—
Der sich, bedroht, gen Island schwang
Auf Heldenruf und Heldensang,
Im Sturm dann Land und Zeiten nahm,—
Den macht ihr nicht so leicht mehr zahm.
Der Geist, dem einst am Hjörungsunde
Schlug langersehnter Freiheit Stunde,
Der keines Königs Macht gescheut,
Der selbst dem Papstspruch Trotz noch beut,
Der selbst in seiner Schwachheit Stunde
Frei saß auf freier Väter Grunde,
Und sich gewehrt mit Mund und Hand,

Wo fremdes Herrentum ihn band, —
Der Wessel führte Hand und Degen,
Der Holbergs Witz zu wetzen wagte
Und der Gedanken Funkenregen
Aus stillem Schlot gen Ejdsvold jagte, —
Der durch des Glaubens Machtgebot
Die Brücke *über* Odin spannte
Im Baldurmythus auf zu Gott, —
Der Geist, der sich aus tiefem Dunkel
Zu Gimles Klarheit durchgerungen,
Als Papstesspruch wie Mönchsgemunkel
Ihm allerwärts den Weg verrannte, —
Und abermals dann Brückenbogen
Zu sonnigen Freiheitshöhn gezogen,
So daß, als rings für Luthers Lehre
Des Schlachtfelds Opfer blutig rauchte,
Im Norden, an der Freiheit Wehre,
Nur eine Wand zu fallen brauchte, —
Der Geist, der auch die finstern Stunden,
Da man den Glauben abgeschafft,
Durch Brun und Hauge überwunden,
Und der mit unbeirrter Kraft
In pietistischer Nebelnacht
Bei Kerzenschein am Altar wacht, — —
Glaubt ihr, den bringt man in die Mode
Durch die neumodische Synode?
Der ließe sich in Stücke feilen
Und in politische "Kammern" teilen,
Der ließe sich wie Schmugglerwaren
Über die Grenze heimlich fahren?
  Und *eben jetzt*, da auf den Höhen
Die Feuerzeichen flammend rauchen,
Da Schulen für das Volk erstehen
Und nicht um Platz zu kämpfen brauchen,
Wo Mut und Sinne sich verjüngen,

Dieweil wir hören, glauben, singen; —
Jetzt, da mit dumpfen Wetters Macht
Sich Wellen aus der Tiefe heben,
Und drüber hell wie Nordlichtpracht
Der Jugend Sehnsuchtrufe schweben, —
Jetzt, da der Geist allüberall
Die alte, starre Form verschmähte,
Wo schmetternd mit der Kriegsdrommete
Der junge Wille stürmt den Wall!

Kampfgroße Zeit! Und wir mittinnen!
Der Erde Größtes ist's: zu sein,
Wo Kräfte gärend sich befrein
Und Formen und Gestalt gewinnen;
Von eignen Feuers Überfluß
Zu opfern für den großen Guß,
Den Abdruck seiner eignen Form
Zu sehn als der Geschlechter Norm, —
Zu hauchen in den Mund der Zeit
Den Geist, den Gott in uns geweiht.

* * *

Das war's, was ich dir sagen mußte, —
Just dir, der wach zu jeder Frist
Die Werkstatt seiner Zeit durchmißt
Und stets, was kommen würde, wußte;
Dir, der des Volkes Herz geweiht
Zu diesem neuen Freiheitsleben, —
Und dem dies Volk dafür gegeben
Sein Schöpfertum samt seinem Leid.

DAS KIND IN UNSRER SEELE

Zum Herrn im Himmelsraume
Blickt auf ein Knabe unschuldstraut,
Wie wenn zum Weihnachtsbaume,
Ins Mutteraug' er schaut.
Doch schon im Sturm der Jünglingsbahn
Trifft ihn der Edenschlange Zahn,
Und seines Glaubens Schranken,
Sie wanken.

Da winkt voll Sonnenschimmer
Sein Kindertraum im Myrtenkranz;
Im Liebesblick malt immer
Sich frommer Himmelsglanz.
Wie einst im Mutterarm so gern,
Preist wieder stammelnd er den Herrn
Und löst sein betend Sehnen
In Tränen.

Wenn dann zum Lebensstreite
Er zweifelnd eilt in jähem Lauf,
Steht lächelnd ihm zur Seite
Sein Kind und weist hinauf.
Mit Kindern wird er wieder Kind;
Wohin sein Herz auch trägt der Wind,
Gebet wird ihn vereinen
Den Seinen.

Der größte Mann auf Erden,

Das Kind in sich verlier' er nicht,
Und selbst in Sturmbeschwerden
Erlausch' er, was es spricht!
Oft, wenn ein Kämpe fiel mit Scham,
Das Kind war's, das als Retter kam;
Es läßt von allen Wunden
Gesunden.

Was Großes ward ersonnen,
Ist Werk des Kinderfreudenstrahls;
Was Starkes ward gesponnen,
Das Kind in uns befahl's.
Was schönheitsvoll in Herzen fiel,
Lebt in des Kindes Unschuldspiel,
Und Klugheit vollgewichtig
Wird nichtig.

Wohl dem, der sich hienieden
Wert zeigt, im eignen Heim zu ruhn;
Denn dieses nur gibt Frieden
Des Kindes mildem Tun.
Uns alle, die des Lebens Schlacht
Verhärtet hat und müd' gemacht,
Wird Kinderlachens Tönen
Versöhnen.

DER ALTE HELTBERG

Ich besucht' eine Schule—klein, doch geziert
Mit allem, was Kirche und Staat approbiert.
Sie drehte sich fügsam und honett
In der Staatsmaschine, freilich mit Knarren,
Denn geschmiert wurde selten mit Geistesfett.
Jedoch eine andre gab's dort mit nichten:
Und so mußten wir denn ins Geschirr vor den Karren,
Aber statt zu ziehn—las ich Snorres Geschichten.
Dieselben Bücher, dieselben Gedanken,
Die der Lehrer pflichtschuldigst jahraus, jahrein
In die Köpfe paukt ohne Wanken und Schwanken,
—Denn dies befohlne System allein
Bringt das Amt, nach dem Lehrer wie Schüler nur zielen!—
Dieselben Bücher, dieselben Gedanken,
Die einen machen aus noch so vielen,
Der auf einem Bein seine Lektion absurrt,
Der Tausendsassa, wie ein Ankertau schnurrt!—
Dieselben Bücher, dieselben Gedanken
Von Mandal bis Hammerfest—(ja, wie mit Planken
Umschließt uns der Staatspferch, darin alle feinen,
Korrekten Leute dasselbe stets meinen!)Die
nämlichen Bücher, die gleichen Gedanken
Sollt' ich schlucken; doch mir widert' der Brei,
Ich trotzt' mit der Schüssel und machte mich frei,
Froh überhüpfend der Heimat Schranken.
Was mir draußen begegnet und was ich dachte,
Was die neue Stätte mir Neues brachte,

Wo die Zukunft lag,—darauf will ich verzichten,
Um von der "Studentenfabrik" zu berichten.

Bärtige Gesellen, oft über die Dreißig,
Auf jedes Wort hungrig, büffelten fleißig
Neben mausigen Bürschlein von siebzehn Jahren,
Die sorglos närrisch wie Spatzen waren;—
Teerjacken, einst ins Abenteuerland
Keck aus der Schule durchgebrannt,
Dann reuig wieder und sehr erpicht,
Die Welt nun zu sehen im Weisheitslicht;—
Fallierte Kaufleute, die hinterm Pult
Mit den Büchern liebelten, bis die Geduld
Ihrer Gläubiger riß, und auf Pump jetzt studierten;—
Salonlöwen, faule, die hier noch sich zierten!—
Junge, halb ausgebackne Juristen
Und predigtlüsterne Seminaristen;—
Kadetten mit Schäden an Arm oder Bein,
Bauern, denen 's Lernen fiel allzuspät ein:—
Was andre in fünf Jahren nicht verschlingen
An Latein, in knapp zweien wollten sie's zwingen.—
Sie hingen über die Bänke, lehnten gegen die Wand,
Ein Paar hockt' in jedem Fenster, einer prüfte just am Rand
Eines tintenklecksigen Pultes, ob denn sein Messer schneide.
So füllten sie die zwei Stuben, zum Brechen voll beide.

Lang und hager, im Halbtraum, auf der äußersten Linie
Saß vor sich hinbrütend A.O. Vinje.
Angespannt und mager, die Gesichtsfarbe gipsen,
Hinterm kohlschwarz-unmenschlichen Bart Henrik Ibsen.
Ich, der jüngste, war damals noch nicht von der Partie,
Bis ein neuer Schub einrückte mit Jonas Lie.

Doch der Alte, der wackre Chef in dem Loch,
Heltberg war von allen der schnurrigste doch!
In Pelzstiefeln stand er, in Hundefell dicht

Vermummt (denn es beugten ihn Asthma und Gicht,
Den Riesen), doch barg uns die Pelzmütze nicht
Seine Stirne, das klassische Adlergesicht.
Nun schmerzgekrümmt, nun besiegend, was widrig,
Warf er starke Gedanken—und er warf sie nicht niedrig.
Kam der Schmerz unbändig und stieß zusammen
Mit dem starken Willen, der Sturm dann lief
Gen den Anfall, sahn wir sein Auge flammen
Und die Hände sich ballen, als schämt' er sich tief
Jeder Schwachheit. Wie uns da entgegenschlug
Das Große im Kampfe! Und jeder trug
Ein Bild mit sich fort jener stürmischen Zeiten,
Da durchs Land gebraust Wergelands wilde Jagd,
Welch ein Spiel der Kräfte im Toben und Streiten.
In der Kraft welch ein Wille unverzagt!
Nun stand er verlassen, der einzige noch,
Vergessen in seinem Winkel—und war ein Häuptling doch!
Los sprengt' er den Gedanken aus der Schule Zwang und
Zucht,
Sein Eigen war die Lehre, seine Führung Geistesflucht,
Persönlich all sein Wesen: höchst ungeniert-anarchisch
Risch rasch! ging's in den Text; doch absolut monarchisch
War sein Grimm über Fehler;—zwar legte er sich bald
Oder stieg zu einem Pathos von edelster Gestalt,
Das in Selbstverhöhnung sich löste wieder
Und als Spottregen prasselt' auf uns hernieder.—
So führt' er seine "Horde", so ward im Flug durchbraust
Das klassisch schöne Land,—wo wir verdammt gehaust!
Entsetzt standen Cicero, Virgil und Sallust
Auf dem Forum und im Tempel, rasten wir Wilden just
Vorüber: Hie Tor, hie Odin! ein zweiter Gotenzug,
Der Jupiters Lateiner und die ewige Roma schlug.
Und es war des Alten Grammatik ein Hammer von Zwergen
geschweißt,
Wenn er ihn schwang, da sprühte Flammen der nordische

Geist.
Doch die neue Barbarenhorde, die hinter ihm jagte dahin,
In Rom sich niederzulassen, hatten sie nicht im Sinn.
Sie wurden nicht "Lateiner", nicht fremden Denkens Knecht,
Sie lernten sich selber kennen auf der Fahrt als
Herrengeschlecht.
Des Denkens hohe Gesetze erwies er uns am Worte,
Zu Wundern und zu Taten erschloß er uns die Pforte
Und schärft' uns, zu erobern, zu stürmen, den Mut,
Was unberührt gestanden in altersheiliger Hut.
Als schauten wir Gesichte, in atemloser Haft
Hielt uns des Alten Lehre und mehrte unsre Kraft.
Seine Bilder gaben Nahrung dem jungen Schöpferdrang,
Sein Witz war Stärkeprobe und stählte zum Waffengang;
Seine Macht war uns die Wage, die Kleines von Großem
schied,
Sein Pathos zeugte vom Kampfe, der im Verborgnen glüht!
Wie sehnte der kranke Kämpe sich aus dem Winkel vor,
Nur einmal der Welt zu zeigen, was sie an ihm verlor,
Wenn er von seinem Besten nur wenigen Schülern gab.
Tagtäglich hißt' er die Segel, doch niemals stieß er ab.

Seine Grammatik erschien nicht! Er selbst ging in das Land,
Wo man des Denkens Gesetze nicht mehr in Bücher bannt.
Seine Grammatik erschien nicht! Aber ein Lebenswort,
Bedurft' es der Druckerschwärze? Es dauerte schaffend fort!
Aus seiner Seele strömt' es so mächtig, so warm,
Das Leben von tausend Büchern, wie scheint es dagegen
arm!
In einer Schar von Männern, selbständig und stark,
Lebt weiter, was ihrem Denken Halt verliehn und Mark.
In der Schule und in der Kirche entfalten sie ihr Wirken,
Im Tingsaal und vor den Schranken, in allen
Geistesbezirken, —
Und immer behält ihr Walten einen freien, starken Zug,

Seit Heltberg ihre Jugend in reinere Höhen trug.

131

FÜR DIE VERWUNDETEN

(1871)

Ein stiller Zug bewegt
Sich durch des Kampfs Getöse,
Das Kreuz am Arm er trägt.
Sein Flehn in tausend Zungen klingt,
Und den gefallnen Kriegern
Er Friedenskunde bringt.

Nicht nur auf blutigem Feld
Des Kriegs ist er zu Hause, —
Nein, in der ganzen Welt.
Was in der Welt an Liebe glüht
Aus edlen, guten Herzen,
Andächtig-still hier kniet.

Es ist der Arbeit Scheu
Vor Kriegesmord, die betet
Um Schutz vor Barbarei,
's sind alle, die das Leid durchwühlt,
Die ihrer Brüder Qualen
Je seufzend mitgefühlt.

Es ist das Schmerzgestöhn
Der Kranken und der Wunden,
Der Christen frommes Flehn,
Ist der Verlassnen bleiche Qual,
Ist der Bedrückten Klage,

Der Toten Hoffnungsstrahl;—

Der Wolken Nacht durchbricht
Als Friedensregenbogen
Des Heilands Glaubenslicht:
Daß über Leidenschaft und Streit
Die Liebe triumphiere,
So wie Er prophezeit.

LAND IN SICHT

Und das war Olav Trygvason,
  Den sein Kiel durch die Nordsee trug
  Heimwärts zu seinem jungen Reiche,
  Wo noch kein Herz für ihn schlug.
  Scharf späht' er aus nach dem Lande:
  Dort—sind das Mauern am Meeresrande?

Und das war Olav Trygvason;
  Wallgleich hob es sich himmelan;
  All seine jungen Königswünsche
  Wollten zerschellen daran,—
  Bis ein Skald, wo der Nebel braute,
  Türme und blasse Zinnen erschaute.

Und das war Olav Trygvason,
  Deucht' ihn nun selbst, dort stiegen auf
  Altersgrau ragende Tempelmauern,
  Schneeweiße Kuppeln darauf.
  Sehnt' er sich, wie sie herüber sehen,
  Mit seinem jungen Glauben darinnen zu stehen.

AN H.C. ANDERSEN

(Bei einem Sommerfeste zu seinen Ehren, Kristiania 1871)

Willkommen hier am lichten Sommertag,
Da Kinderträume heimisch uns geworden
Und blühen, singen, spiegeln, schweben, fliehn;
  Den sie umziehn,
Ein Märchen ist nun unser hoher Norden
Und nimmt dich an sein Herz zum Weihebund,
Und danket, jubelt, flüstert Mund zu Mund.
  Und Engelslaut
  Von Kinderherzen traut
Trägt dich empor für kurze Frist,
Wo unsrer Träume Born und Ursprung ist.

Willkommen! Unser ganzes Volk ist jung
Und steht im Märchenalter noch, dem schönen,
Das träumend eine Zukunft wirken kann.
  Der geht voran,
Der fügsam hört den Ruf des Herrn ertönen.
Wer Kindes Sehnsucht so wie du verstand,
Botschaft vom Größten bringt er unserm Land:
  Der Zauberstab,
  Den Phantasie dir gab,
Hat spielend uns den Weg befreit,
Den wir entgegenwandeln großer Zeit.

BEI EINER EHEFRAU TODE

Sie kannte des Todes Auge seit jenem dunklen Tag,
Da ihr der Erstgeborne entseelt zu Füßen lag;
Und als sie's rief zur Mutter, zur fernen, die verschied,
Da folgte ihr dies Auge mit unbewegtem Lid;
Ihr ahnte, als am Grabe sie stand im Trauerflor:
Jetzt trifft es mehr als Einen, jetzt, Leben, sieh dich vor!
Und als ihr Gatte umsank, der starke Mann, da sprach
Sie schmerzlich: O, ich wußte, das Schwerste käme noch
nach.
Sie dachte, ihn, ihn hätte gewählt des Schöpfers Grimm,
Und stemmte ihre Hände wider den Boten schlimm
Und wollte mit ihrem Leibe, schwach wie ein Birkenreis,
Ihn schirmen, ihren Helden—und gab sich selbst so preis.
Sie lächelte so selig: ihr Urteil war gefällt,
Ihr Opfer angenommen,—gerettet war ihr Held.
Bewundrung, Liebe wölbten ein strahlend Sternenzelt
Von Glück zu ihren Häupten in ihrer letzten Stund,
Bis schneeweiß sie entschwebte fort in der Engel Rund.
Es zieht solch eine Liebe wohl bis an Gottes Brust
Die Seelen mit sich, die sie umfängt voll Opferlust.

AN DER BAHRE DES KIRCHENSÄNGERS A. REITAN

(1872)

Sein lachend Auge durfte sich
An Land und Himmel weiden;
Denn beider Bildnis in ihm glich
Den ewigen Jubelfreuden.
  Als "Quellchen" sprang
  Sein Wort, sein Sang
Durch Täler grün und eng und lang,
Und fruchtbar sprießt's am Rande.

Beim armen Volk im Winter dann
Da litt er und da fror er.
Und doch stieg als der frohste Mann
Zur Orgel dann empor er.
  "Die Achse, seht,
  Um die sich's dreht,
Auch durch das ärmste Dörflein geht."
So sang vom hohen Chor er.

Ach, und als Krankheit jahrelang
Kam, um sein Lied zu prüfen,
Und all die Kleinen hilflos bang
Zutraulich nach ihm riefen,
  Mit leisem Klang
  Dem Staub entrang

Sich Äolsharfen gleich sein Sang
Den dumpfen Erdentiefen.

Sein Leben sagte uns voraus:
Wenn wir uns Gott ergeben,
Dann wird in Kirche, Schule, Haus
Das Volk im Liede leben:
  In Volksgesang,
  In Lustgesang,
Im Abglanz von des Herrn Gesang
Hoch überm Weltenweben.

Mein Land, o denk der Kleinen auch,
Die er ans Herz dir legte,
Und ärmer, als ein Rosenstrauch,
Selbst noch im Sterben pflegte. —
  Ein Herz wie er
  Darf nimmermehr
Dies Land verlassen freudenleer,
Das er so treulich hegte.

DAS LIED

Das Lied hat Leuchtkraft; drum über die grauen
Werktage gießt es Verklärung hin.
Das Lied hat Wärme; drum läßt es tauen
Den Frost und die Starrheit in deinem Sinn.
Das Lied hat Dauer; drum was vergangen
Und was zukünftig, es flicht's dir zum Kranz,
Entzündet in dir unendlich Verlangen
Und bildet ein Lichtmeer von Sehnsucht und Glanz.

Das Lied vereint; denn es läßt entschwinden
Den Mißton und Zweifel in strahlendem Gang;
Das Lied vereint; denn es weiß zu verbinden
Kampflustige Kräfte in friedlichem Drang:
Im Drang zur Schönheit, zur Tat, zum Reinen!
Es lädt uns, zu schreiten auf schimmerndem Steg
Stets höher und höher, empor zu dem Einen,
Das nur für den Gläubigen öffnet den Weg.

Die Sehnsucht der Vorzeit im Vorzeitsgesange
Glänzt wehmutsvoll wie der Abendflor;
Die Sehnsucht der Gegenwart halten im Klange
Wir fest für der Zukunft lauschendes Ohr.
Es trifft sich im Liede der Lenz der Geschlechter
Und tummelt sein Leben im tönenden Wort;
Die Geister der Ahnen wie mahnende Wächter,
Sie rauschen heut festlich in jedem Akkord.

AUF N.F.S. GRUNDTVIGS TOD

(1872)

Gleichwie der Urzeit Wala hehr
Aufstieg über den Wassern der Sagen,
Kündend, was Himmel verbarg und Meer,
Dann, wieder sinkend hinabgetragen,
Ließ die Kunde zu Lehr' und Ehr'
Spätesten Tagen:

Also ließ uns, der unser war,
Schwindend Gesichte, die nicht entschwanden,
Die noch schweben, leuchtend und klar,
Sonnenwolken ob Meer und Landen,
Unsern Ausblick auf tausend Jahr'
Hell zu umranden.

AUS DER KANTATE FÜR N.F.S. GRUNDTVIG

(1872)

Sein Lebenstag, der größte, den Norden je gekannt,
Der mitternächtigen Sonne war wunderbar verwandt.
Das Licht, in dem er wirkte, von "Gottes Frieden" war,
Das nimmer untersinket, nie neuen Tag gebar.

Im Licht von Gottes Frieden Geschichte er uns gab,
Als Geistesschritt auf Erden, hoch über Zeit und Grab.
Im Licht von Gottes Frieden hat er der Väter Bahn,
Zur Warnung und als Beispiel, klar vor euch aufgetan.

Im Licht von Gottes Frieden folgt' er mit Wachsamkeit
Dem Volke, wo es baute, der großen Geister Streit.
Im Licht von Gottes Frieden Aufklärungsmacht er sah, —
Wo seinem Wort man glaubte, Volksschulen blühten da.

Im Licht von Gottes Frieden stand für ganz Dänemark
Sein Trost, wie eine Schildburg hellschimmernd, trutzig-
stark.
Im Licht von Gottes Frieden erobert werden soll
Verlornes und was brach liegt, mit tausendfachem Zoll.

Im Licht von Gottes Frieden steht heut sein Greisentum
Als Amen seines Lebens voll Manneskraft und Ruhm.
Im Licht von Gottes Frieden, wie strahlte er so rein,
Wenn am Altar er schenkte des Herrn Versöhnungswein.

Im Licht von Gottes Frieden gehn über Meer und Land
Die Worte und die Psalmen, die er uns hat gesandt.
Das Licht von Gottes Frieden, sein Sonnenstrahlenhort,
Umglänzte still sein Leben —: so lebt er in uns fort.

BEI EINEM FEST FÜR LUDV. KR. DAA

Junge Freunde im innigen Kreis,
Alte Feinde kommen;
Fühle dich sicher, denn freundschaftsheiß
Sind dir die Herzen entglommen.
Wieder gab's hier einen ernsten Tag,
Wieder schlugst du mit Reckenschlag:
Jeder bekam wie stets seinen Hieb,
Doch jetzt sei lieb!

Nicht mit Hallo und mit Handschuhen nicht,
Noch mit Sektglasklingen, —
"Alter Forscher", herzenschlicht
Wollen wir Dank dir bringen.
Ziehen die Wasser in stillem Lauf,
Steigt unser Lotse selten hinauf,
Türmt sie zu Wellen des Sturmes Braus,
Segelt er aus!

—Segelt er aus als Bergungspilot,
(Gekannt ist das Auge des Alten),
Lacht in den Bart, wenn ein Wetter droht
Und zagend die anderen halten.
Dank trug er nicht, das weiß ich, nach Haus;
Denn er schimpfte die Schiffer aus,
Wandte den Rücken, ging heim voll Kraft,
Das Werk war geschafft!

Er hat erprobt, was es heißt, zu gehn

Gehaßt, bis die Wahrheit am Tage;
Er hat erprobt, was es heißt, zu stehn
Nach beiden Seiten dem Schlage.
Er hat erprobt, was es kostet an Leid,
Voranzuschreiten seiner Zeit,
Er, den so Hohes wir wirken sahn,
Ward in Bann getan!

Wirst du nicht, Norge, endlich ihr Recht
Jenen Helden gewähren,
Die mehr vollbrachten, als beim Gefecht
Nachzuhinken den Heeren?
Soll es denn immer so kläglich gehn,
Wollen wir stets um das Kleine uns drehn,
Stilliegen, spähn, bis ein Fehler erkannt?—
Nein, Segel gespannt!

Segel zu größrer Fahrt gespannt,
Wozu uns die Kräfte gegeben —
Leben, dem Alltag nur zugewandt,
Das ist nicht wert, es zu leben;
Leben, dem höheren Kampf geweiht,
In Gottvertrauen und Einigkeit,
Von Ehren und Sangesflagge umweht, —
Seht: das besteht!

NEIN, WO BLEIBST DU DOCH?

(1872)

Nein, wo bleibst du doch, du, der besitzet die Macht,
Zu zertreten dies Lügengezwerg,
Das mein Haus mir umlagert und tückisch bewacht
Jeden Weg, den zum Ziel ich mir ausgedacht,
Und bricht mir nun ein,
Zu belauern voll Haß
Meinen Sinn, zu entweihn
Mir jedes Gelaß
Meines traulichen Heims, wo so harmlos ich saß.

Nein, wo bleibst du doch! Jahrelang hat mich der Troß
Besudelt, dem Volk mich entstellt;
Lügennebel umhüllt meiner Dichtung Schloß,
Als lag' da ein Sumpf, dem der Brodem entfloß,
Und ein Halbtier, ein Faun
Bin ich selbst, den mit Graus
Die "Gebildeten" schaun —
Oder ziehn weidlich aus
Zur Hatz auf den Keiler, zum lustigen Strauß.

Wenn ein Buch ich schreibe, "just sieht es mir gleich";
Wenn ich spreche—ist's Eitelkeit.
Wenn ich zimmre und baue fürs Bühnenreich,
Mein Dünkel nur führt jeden Hammerstreich.
Und schlag' ich mich treu
Für altheimische Art

Auf der Väter Bastei,
Umtobt und umschart,—
Kämpf' ich nur, weil mit Orden zu sehr man gespart.

Nein, wo bleibst du doch, du, der mit eins kann zerhaun
Dies umstrickende Lügengewirr—
Der verjagt aus den Köpfen dies krankhafte Graun
Vor enschlossenem Wollen, begeistertem Schaun—
Und hat Trost für den Mut,
Der in Frost und in Nacht
Seine Waffenpflicht tut
Und die Runde macht,
Bis das Heer sich erhebt, wenn der Tag erwacht.

Komm, Volksgeist, du, gottgeboren—entstammt
Dem riesenbezwingenden Tor.
Fahr auf Donnern einher und von Blitzen umflammt,
Daß die Furcht dies Gezüchte zum Schweigen verdammt;
Du kannst wecken im Land
Die schlummernde Kraft,
Du kannst stärken das Band,
Das in Blutsbrüderschaft
Uns eint, wo dein Banner je flattert am Schaft.

Hab' Dank, unser Volksgeist!—denk' ich nur dein,
Wird alles zum Nichts, was ich litt.
Deinem Kommen nur weih' ich mich, dir allein,
Deinem Angesicht beug' ich mich, dein, nur dein,
Und erfleh' einen Sang,
Du liedreicher Mund,
Daß in Not und Drang,
In entscheidender Stund'
Ich dir Kämpen erweck' auf der Väter Grund.

WECKRUF AN DAS FREIHEITSVOLK IM NORDEN

Der "vereinigten Linken"

(Tirol 1874)

Verachtet von den Großen, nur von den Kleinen geliebt,
Den Weg geht alles Neue, — sag', ob's einen andern gibt?
Von denen, die schützen sollten, verraten und gehetzt, —
Sag', ob je eine Wahrheit sich anders durchgesetzt?

Anhebt es wie ein Sausen im Korn am Sommertag
Und wächst zu einem Brausen hin über Wald und Hag, —
Bis es, vom Meer empfangen, in Donnern rollet fort
Und alles überdröhnet, dies Wort, dies Losungswort.

Im Gotenkampfe nordwärts verschlagen wurden wir;
"Leben in Freiheit und Glauben!" ist unser Volkspanier.
Der Gott, der Land und Sprache und alles hat verliehn:
In Werken, die er uns heischet, in Taten finden wir ihn!

Der Vielen und der Kleinen Pflichteifer soll er sehn,
Kampf gilt es gegen alle, die da nicht wollen verstehn. —
Anhebt es wie ein Sausen im Korn am Sommertag
Und geht nun schon als Brausen hin über Wald und Hag.

Es wird zum Sturme wachsen, eh's einer noch erkannt,
Mit Donner in seiner Stimme weit über Meer und Land.
Ein Volk, dem Ruf gehorsam, ist der Erde größte Kraft,

Hat je noch Hoch und Nieder geworfen und hingerafft.

151

OFFNE WASSER

Offne Wasser, offne Wasser!
Sehnsucht, — bange, winterlange, —
Wird nun gar zum heftigen Drange.
Blaut ein Streifchen kaum im Sunde,
Dehnt zum Monat sich die Stunde.

Offne Wasser, offne Wasser!
Sonne lächelt, nascht vom Eise
Schamlos bald nach Prasserweise.
Läßt sie ab: zur Nacht geschwinde
Trotzig härtet's neu die Rinde.

Offne Wasser, offne Wasser!
Sturm muß her! — er kommt, der Wandrer,
Bringt herauf vom Sommer andrer
Freie Wogen, starke Wellen, —
Krach folgt nach und Sturz und Schnellen.

Offne Wasser, offne Wasser!
Wieder Luft und Berg sich spiegelt,
Schiffen ist die Bahn entriegelt:
Botschaft braust herein von draußen —
Kampffroh steuern wir nach außen.

Offne Wasser, offne Wasser!
Sonnengluten, kühlem Regen
Jauchzt die Erde nun entgegen:
Seele tönet mit und zittert —

Neugeschaffen, kraftumwittert.

FREIHEITSLIED

An "die vereinigte Linke"

(1877)

Freiheit! bist der Volkskraft Kind,
Zorn und Sang dir Mutter sind!
Kämpenstark als Junge schon
Rangst du früh um Kampfeslohn;
Warst umkreist allermeist
Von Gesang und Witz und Geist;
Freudig ist dein Tun, voll Macht
So beim Pflug wie in der Schlacht.

Feinde stets und überall
Lauerten auf deinen Fall;
Fanden dich zu grob bei Tag,
Führten, als du schliefst, den Schlag;
Banden sacht dich bei Nacht.
Du sprangst auf, — die Fessel kracht...
Weiter schrittst du froh und stark,
Du hast Schwung und du hast Mark!

Wo du wandelst, blüht der Pfad,
Schwillt aus deinem Mut die Tat,
Facht Gedanken deine Glut:
Doppelst Kraft in Hirn und Blut.
Landesrecht ist dein Knecht;
Selber schufst du's, wahrst es echt.

Nicht durch "wenn" und "ach" beschränkt,
Fällst du jeden, der es kränkt.

Freiheitsgott, bist Lichtesgott, —
Nicht der Knechte Schreckensgott, —
Liebe, Gleichheit, Vorwärtsdrang,
Frühlingsbotschaft sät dein Sang.
Freiheitshort! Friedensport
Winkt den Völkern durch dein Wort:
"Einer nur ist Herre hier;
Keine Götter neben mir!"

AN MOLDE

Molde, Molde,
Treu wie ein Sang,
Wogende Rhythmen mit lieben Gedanken,
Farbige Bilder, die spielend sich ranken
Um meines Lebens Gang.
Nichts ist so schwarz, wie dein Fjord, wenn er fauchend
An dir vorbeifegt, meersalzig rauchend,
Nichts ist so sanft, wie dein Strand, deine Inseln,
Ja, deine Inseln!
Nichts ist so stark wie dein bergiger Kranz,
Nichts ist so zart wie der Sommernacht Glanz.
Molde, Molde,
Treu wie ein Sang
Summst du auf meinem Gang.

Molde, Molde,
Blumiger Ort,
Häuslein im Gärtchen, Freunde dort weilen!
Bin ich auch ferne wohl hundert Meilen,
Steh' ich im Rosenschutz dort.
Heiß brennt die Sonne auf Berglands Weite,
Fort muß der Mann zum ernsten Streite.
Sanft nur die Freunde entgegen mir gehen
Und mich verstehen —
Kampf schlichtet einzig der Tod allein, —
Hier sei dem Denken ein heiliger Hain!
Molde, Molde,

Blumiger Ort,
Kindheiterinnerungs-Hort.

Und wenn einmal
Im letzten Kampf ich liege,
Mein Heimattal,
In deinem tiefen Abendrot
Lag meiner Gedanken Wiege, —
Dort nahe ihnen der Tod.

DIE REINE NORWEGISCHE FLAGGE

I

Dreifarbig reines Panier,
Norwegens schwer errungne Zier!
Tors Eisenhammer hält
Im Bann das christlich weiße Feld.
Und unser Herzensblut
Strömt hin als rote Flut.

Hoch über der Erdenschwere
Du jubelst, in Sehnsucht, zum Meere;
Der Freiheit Lenzkraft gewähre
Dir Kraft, uns zu speisen Seele und Mund
Fahr hin übers Erdenrund!

II

"Die reine Flagge ist Torheit",
So raunen die "Weisen" allhier.
Nein, Poesie ist die Flagge,
Und die Toren, ihr Guten, seid ihr.
Es schwingt in der Poesie sich
Der Volksgeist himmelan,
Als Führer geht die Fahne
Ihm unsichtbar lenkend voran.
Und was er erkämpft und errungen,

Und was ihn an Sorgen bewegt,
Das tönt jetzt in ewigen Liedern,
Die Flagge den Takt dazu schlägt.
Wir halten sie hoch, umbrauset
Von Sehnsucht, meersturmgleich,
Von vollen Erinnerungschören,
Von Worten, so flüsternd weich.
Sie kann nicht schwedisch plappern,
Wie ein zierlicher Schwadroneur,
Sie kann sich nicht sperren und spreizen,
Drum weg mit der fremden Couleur.

III

Die Sünden, die wir begangen,
Die gab's in der Flagge nicht,
Denn die Flagge das Ideal ist
In ewig harmonischem Licht.
Die besten Taten der Vorzeit,
Der Gegenwart bestes Gebet
Umhüllt sie und trägt sie weiter,
Daß vom Vater zum Sohn es geht.
Trägt es rein und ehrlich
Und nicht mit Versuchers List,
Denn unserem jungen Willen
Sie Führer und Schirmer ist.

IV

"Den Brautring nehmt nicht aus der Flagge",
So rufen sie allerwärts,
Doch Norge hat nimmer versprochen
Einer andern Braut sein Herz.

Es teilt mit keinem sein Wohnhaus,
Sein Bett, seinen Tisch, seine Ehr',
Sein Bräutigam ist sein Willen,
Selbst herrscht es auf Feld und Meer.

  Es ehrt unser Bruder im Osten
Die Kraft, die nach Freiheit ringt,
Er weiß, daß sie alleine
Uns Ruhmeskränze erzwingt.
Er weiß, warum unsrer Flagge
Der Pomp seiner Farben nicht steht:
Weil unsre eigene Ehre
Uns über die seine geht.
Und niemand, der Ehre im Leib hat,
Nennt andre Freundschaft ein Glück.
Wir opfern ihm gern unser Leben,
Doch von unsrer Flagge kein Stück.

V

An Schweden

  Voll Ehrerbietung ich nahe, —
  Ich weiß, du trägst hohen Sinn, —
  Und lege in schlichten Worten
  Vor dich meine Sache hin.

Wärst *du* der Kleinere, Schweden,
Und jüngst erst durch Freiheit beglückt,
Und trüg' deine Flagge ein Zeichen,
Das dich tiefer und tiefer drückt,
Und behauptete, du seist der Kleine,
An des Größeren Tisch gesetzt,
(Denn also deuten die Völker

Dies Flaggenzeichen jetzt)—
Und wäre deine Freiheit
Nicht alt,—nein—wie unsre jung,
Und hundertjährige Ohnmacht
In deine Erinnerung
Mit frischen Furchen gegraben
Von altem Unrecht und Blut,
Von ziellosen Sehnsuchtsklagen,
—Ja wüßtest du, wie das tut,
Und solltest dein Volk erziehen
Zu neuer Freiheit Ehr',
Zu neuen Freiheitsgedanken,
Und die Flagge dein Dolmetsch wär',
Ob du dir wohl ließest rauben
Aus der Flagge das eine Feld?
Ob du wohl erträgst das Zeichen,
Das die Freiheit dir vorenthält?
Ob du dir nicht selber sagtest:
"Je älter des ändern Rang,
Je größer der Ruhm seiner Farben,
Um so lockender ist sein Sang.
Versuche nicht den, der gefallen
Und der jüngst sich erst wieder befreit.
Mit reinen Zeichen deute.
Empor zur Unsterblichkeit."

So sprächest du, alter Recke,
Wenn du wohntest in *unserm* Land,
Denn dir sind die Pfade der Ehre
Von altersher wohlbekannt.
Seit achtzehnhundertvierzehn
Und bis auf den heutigen Tag,
So oft unsre Freiheitssehnsucht
Qualvoll in Fesseln lag.
Gab es Männer in deiner Mitte,

Die trotz deiner Halsstarrigkeit
Für unsere Sache sprachen,
Wie Torgny in alter Zeit.

VI

Antwort an den alten Ridderstad

Im Kampf um die reine Flagge
Schwatzt du von "Ritterpflicht"?
Mein Bester, ich achte dich höchlich,
Doch wisse, *die* schert dich nicht.
Denn grade weil uns Verleumdung
Bewirft mit Ruß und Dreck,
Ist's "Ritterpflicht", aus unsrer Flagge
Zu wischen den Anfechtungsfleck.
Die *Gleichheit*, die dieser predigt,
Die lügt er mit frechem Gesicht;
Ein großskandinavisches Schweden,
Das nämlich mögen wir nicht.
Nein, "Ritterpflicht" ist's für den Kleinen,
Zu sagen: "ich bin kein Teil,
Ich will das Selbständigkeitszeichen
Ganz haben zu eignem Heil."
Und "Ritterpflicht" ist's für den Großen,
Zu sagen: "der falsche Schein
Gereicht mir ja doch nicht zur Ehre,
Der soll meine Waffe nicht sein."
Und "Ritterpflicht" ist's für beide,
In streitender Völker Gemisch,
Zu sein mit gereinigtem Banner
Ein Beispiel, stolz, wacker und frisch.

AN DEN MISSIONAR SKREFSRUD IN SANTALISTAN

Ich ehre dich, weil du, verschmäht, geschändet,
Der Stimme lauschend, doch den Sieg errafft,
Und neuer Lästrung Antwort nur gesendet
Mit Wundern deines Glaubens, deiner Kraft.

Ich ehre dich, weil du nur stets gedürstet
Nach Gottes Taten unter Not und Streit;
Du Sohn des Gudbrandstales, geistgefürstet,
Der Heimat bester Mann in deiner Zeit.

Ich teile nicht dein glaubensstarkes Träumen,
Das scheidet nicht, wo Geist zum Geist sich kehrt;
Was groß und edel strebt zu höhern Räumen,
Verehrt mein Sinn, dieweil er Gott verehrt.

POST FESTUM

Ein Mann, bedeckt mit Schnee und Eis,
Stand einstmals auf am Eismeerstrande,
Da schallte laut durch alle Lande
Des Riesenrecken Lob und Preis.

Ein König klomm zu ihm hinan
Und reicht' ihm gnädig seinen Orden:
"Den tragen die, die groß geworden!"
"Stopp!" knurrte ihn der Recke an.

Der König wich verblüfft, entsetzt
Zurück mit bänglichem Gesichte:
"Mein Orden wird nach der Geschichte
Verschmäht von just den Größten jetzt.

"Nimm, nimm, mein Lieber; bitte schön,
Laß mich nicht in der Patsche stecken;
Du wirst mehr Größe ihm erwecken,
Uns, die ihn tragen, miterhöhn!"

Zu gut war unser Eismeerheld,
Wie oftmals Recken, will mir scheinen;
Die Narren werden sie der Kleinen, —
Er nahm ihn, — Hohngelächter gellt.

Da krochen alle Könige hin
Mit ihren Orden, sie zu heben
Und ihnen neuen Glanz zu geben:

Für arme Ritter zum Gewinn.

Honny soit ... et caetera—
Bespickt mit Orden stand er da;
Doch größer ward der Orden keiner,
Der Recke nur verteufelt kleiner.

ROMSDALEN

Komm auf das Deck, der Morgen bricht an, —
Ob ich das Land wohl erkennen kann?
Sieh, wie die Inseln die Köpfe recken,
Frischgrün und felsig; Salzfluten lecken,
Mutwillig plätschernd, den steinernen Fuß.
Seevögel flattern mit kreischendem Gruß,
Heben sich, senken sich, geistergleich.
Hier ist ein Reich
Voll Sturmeserinnrung, — ganz für sich.

Wir sind auf Fischers gefahrvoller Bahn!
Draußen — erzählt der Kapitän — am Riffe
Drängt sich der Heringsschwarm. Segelschiffe
Schwärmen just eben von dort herein; —
Der Fang war fein!

Wahrlich, — ich habe euch gleich erkannt,
Knorrige Leute von Romsdalland, —
Ja, ihr könnt segeln, wenn es gilt.

Doch halt! Fast entschwand mir das herrliche Bild!
— — —Beim ersten Blick
Wirft's Blitze zurück,
So mächtig war's in der Erinnerung nicht.

Wohin auch meine Augen wandern,
Ein Bergesriese über dem andern,
Des einen Brust an des andern Lende,

Bis an des Himmels äußerste Säume.
Wir harren auf Donner und Weltenende;
Die ewige Stille weitet die Räume.

Blau sind die einen, andere weiß,
Mit ragenden, hitzigen, eifernden Zacken,
Andere packen
Fest sich beim Arm zu geschlossenem Kreis.
Den riesigen Berg dort heißt man das "Hemd",
Ein Prediger ist er, in hehrer Gemeinde,
Von Größen der Urzeit, erhaben und fremd.
Was predigt er wohl? Dem Kindheitsfreunde
Tat oft ich die Frage, und immer wieder
Lauscht' ich, in Andacht versunken ganz.
Auf meine Lieder
Fällt majestätisch sein weißer Glanz.

— —Wie groß das ist! Ich werde nicht fertig.
Die größten Gedanken aus Leben und Sage
Strömen herbei, meines Winks gewärtig,
Mit all dem Großen sich eifrig zu messen, —
Dantes Hölle, indische Sagen,
Shakespearesche Dramen zum Himmel ragen,
Äschylos' Donnerwolken ziehen,
Beethovens mächtige Symphonien, —
Weiten sich, heben sich, dampfen, strahlen:
—Und schrumpfen zusammen zu Spatzengeschnack
Und Ameisenfleiß;—umsonst euer Plagen!
Es ist, als wollte ein Ballherr im Frack
Die Berge zum Tanze zu bitten wagen.
Versuche sie nicht! Nein, gib dich hin,
Dann wirst du spüren,
Wie all die Großen zum Größern dich führen.

Beug' dich in Demut; denn wer sie fragt,
Dem sagen sie: *eines* ist doch das Größte.

Sieh, wie der Bach durch den Spalt sich nagt;
Und denke, wie einst er vom Urfels sich löste
Und sich durch Eis und Klippen biß,
Um den Riesenleib zu durchfeilen.
Anfangs ein Ganzes, mußt' er sich teilen,
Als sich die Lenzfluten auf ihn ergossen; —
Doch Jahrmillionen verflossen,
Eh' der Gigant zerriß.

Jetzt stampft der Fjord in die Bande hinein,
Lüpft den Südwester mit keckem Gruße.
Wenn sie benebelt vom Kopf bis zum Fuße,
Zwickt sie der Bursch an der Nase gar gern, —
Der Fjord gehört nicht zu den höflichsten Herrn.

Ihm entgegen mit schaumweißem Kuß
Eilen Quelle, Gießbach und Fluß,
Das Lärmen der Sippe will nicht enden.
Oftmals treibt's ihm die Bande zu bunt,
Sperrt ihm den Weg, daß er halten muß.
Wie eine Muschel mit nassen Händen
Nimmt er den ganzen zudringlichen Schwarm
Frisch an den Mund und bläst darauf
Mit Westwindlungen —juchhei, pass' auf!
Dann heult es und tutet's, daß Gott erbarm'.

—Schwarzgrau ein Fjord die Küste jetzt teilt,
Schnell unser Boot ihn durcheilt;
Gießbäche donnern zu beiden Seiten.
Am Bergeskamm
Dampfende Regenwolken gleiten,
Voll wie ein Schwamm.
Ob Sonne, ob Sturm—das urewige Streiten.

Das ist des Romsdals trutzig Land!
Jetzt bin ich daheim.

Hier liegt des Volkes tiefster Keim.
Hier hat es Stimme und Herz und Verstand.
Jedweden Mann ich *hier* richtig deute:
Kennst du den Fjord, so kennst du die Leute.

Wild ist der Fjord in Sturm und Schlacht;
Ein *anderer* ist er in Sommerpracht,
In Mittsommersonne,
Wenn still er träumt in seliger Wonne, —
Was er nur sieht,
Innig und warm an sein Herz er zieht,
Spiegelt es, schaukelt es, —
War' es so arm wie das Moos am Fels,
Flüchtig wie Schaumesperlen des Quells.

Sieh, welch ein Glanz! So offen und minnig
Bittet er, bis man ihm gerne entschuldigt,
Was er verbrach und bereute so innig!
Allen den Bergen in Demut er huldigt,
Spiegelt so kosend
Wider im Spiel ihr erhabenes Bild.

—Denken die Alten: er ist doch nicht schlecht;
Frohsinn und Zorn sind sein altes Recht;
Ist reicher als andre, ist nimmer falsch,
Nur rücksichtslos, launisch und—eben "romsdalsch".
Berge! Ihr wißt das. Ihr kennt das Geschlecht,
Ihr saht sich's plagen,
Kriechend am Felshang, das Wildheu zu schlagen.

Ihr saht es ringen
Beim Fischfang, in Sturmnot, mit wenig Gelingen,
Roden und hauen und pflügen und pflanzen,
In Moor und Geröll mit den Gäulen schanzen;
Maßlos zu Zeiten,
Trunkene Flegel,

Sich raufen und streiten,
Doch nimmer weichen, — zu Topp die Segel!

Weiler wechseln; doch tief gekerbt
In euch liegt Sehnsucht, die quellenreiche,
Singende Tiefe — die wellengleiche:
Windboenfjord hat den Sinn euch gefärbt.

Wikinggeschlecht, ich grüße dein Nest!
Tief liegt dein Grundstein, die Wölbung ist fest,
Sonnennebel erfüllt deine Halle,
Gischtschaum vom brausenden Wasserfalle.
Wikinggeschlecht, so sei mir gegrüßt!

Wo uns so hohe Wölbung umschließt,
Kostet's zwar Kampf, sich den Thron zu erringen —
Nicht allen wollte das leider gelingen —
Kampf kostet's, das Erbgut des Fjords zu heben
Aus wollüstigem Nichtstun zu fruchtbarem Streben,
Kampf kostet's; — doch der, der es wagt, wird Mann.
Ich weiß, daß er's kann.

HOLGER DRACHMANN

Lenzbote, sei gegrüßt! Kommst du vom Walde?
Denn du bist naß im Haar, belaubt, bestaubt...
Hast an deine Kraft geglaubt?
Schlugst dich auf der Halde?
Der Lärm um dich von fesselloser Flut,
Die deiner Ferse folgt—sei auf der Hut:
Sie spritzt nach dir!—schlugst du dich seinetwegen?
Du warst da drinnen zwischen Stumpf und Knorren,
Wo diese Wintergreise längst verdorren.
Sie geizten? Wollten dir den Weg verlegen?
Doch dir ward Kraft verliehn vom alten Pan!
Sie schrien wohl unheilkündend, wie besessen?
Sie nannten es wohl Raub, was du getan?
In jedem Lenz geschieht's, wird bald vergessen.

Du wirfst dich hin am Salzmeer; dir zur Labe
Hat sich's gelöst, sucht kräuselnd deine Gunst.
Du kennst den Takt; Pan wies dir seine Kunst
Zur Dämmerzeit an einem Wikinggrabe.

Doch von dem Arme der Natur umschlungen
Hörst du den feuchten Grund vom Kampftritt beben,
Siehst Dampfer mit der Freiheitsflagge streben
Nach Norden hin;—dein Name ist erklungen.

So zwischen zweien dich erschöpfest du:
Den Freiheitskämpfern, stolz geschart zum Streite,
Der Sagenwelt in ihrer Traumesruh';

Die ersten mahnen, und es lockt die zweite.

Bald tönt dein Lied wie Hörnerklang vorm Feind,
Bald zärtlich wie durch Schilfrohr schwebt's heran.
Du bist Naturmacht halb und halb ein Mann,
Und noch hast du die Hälften nicht vereint.

Jedoch wie du auch spielst und selber seist
(Faunartige Liebe mit dem Kraftakkord
Des Wikings wechselnd), heil dir, Feuergeist—
Trägst du die Tür auch mit der Angel fort.

Das eben war's, wonach wir uns gesehnt:
Auf, auf, es gilt dem Lenz! Der üble Duft
Von Königsweihrauch und von Mönchstabak,
Ja, diese Schwindsucht in romantischem Lack
Preßt wie Moral die Lungen: frische Luft!

Weit lieber venetianischen Gesang,
Des Südens Üppigkeit und Farbenwunder,
Lieber "zwei Schüsse" (machen sie auch bang),
Als all den marklos faden Bildungsplunder!

Gegrüßt, Lenzbote von dem schlanken Wald,
Vom Meeresrauschen und von Kampfgefahren!
Wenn oft dein Lied ein wenig lässig hallt—
Wo Reichtum ist, da braucht man nicht zu sparen.
Des Riesen Art weckt aller Zwerge Tadel,
Ich liebe dich; du bist von eignem Adel.

WIEDERSEHEN [Symbol: gestorben]

… Bergfrisch die Luft, Schneeflocken drin;
Gewundnen Weg rasch fuhr ich hin

Zwischen zarten Birken und Tannen.
Die Tannen grübelten einzeln; weiß
Und fröhlich lachte das Birkenreis:—
Ein Erinnern, ein Bild will mich bannen.

  Und die Luft so harsch und frei und leicht,
Weil alles Schwere aus ihr weicht,
Das fächelt der Schnee von hinnen;
Und lebhaft hinterm dünnen Flor
Schimmert die Landschaft, drüber empor
Steigen beschneite Zinnen.

  Doch:—wie unter braunweißem Mützenrand—
Wohin ich blicke—: unverwandt——
Wer ist's nur—wer schaut mir entgegen?
Flink starr' ich unter den Haubenschild—
In ein Schneegeflimmer, toll und wild;—
Ist jemand auf meinen Wegen?

  Ein Sternchen fiel auf den Handschuh ... da
Und da wieder ... jedes verschieden ja,...
Wollen die Rätsel spielen?
Und wie Lächeln durchglänzt es die Luft ringsum
Von guten Blicken ... ich seh' mich um...
Sind's Erinnrungen, die nach mir zielen?

  Dies Sterngespinst, dies Filigran—
Ob sich wohl ein Geist drin bergen kann?
Ich fühl's nach mir tasten und greifen...
Du feine Birke, du Luft so rein,
Du muntrer Schnee,—wer haucht euch ein
Sein Wesen, wer sammelt im Schweifen

  Sein Bild in den Zügen der Natur,
In diesem Behagen auf schneeiger Flur,
Im Flockenspiel, daß er mich necke,—

In diesem weißen, sanften Glanz,
In diesem schweigenden Rhythmentanz?
Nein, das bist du, Hans Brecke!

DES DICHTERS SENDUNG

Dem Dichter ward Prophetenamt;
Zumal in Not und Gärungszeiten,
Wenn alle, die da leiden, streiten,
Sein Glauben stärkt, erhebt, entflammt.
Ein auferstandner Vorzeitheld,
Führt neuen Heerbann er ins Feld,
  Und ihn umzieht
  In weitem Raum
  Mit Seherlied
  Der Zukunft Traum;
Des Volkes ewige Frühlingssäfte
Macht frei das Lied durch seine Kräfte.

Er straft das Volk um eitlen Wahn
Und Heidentum und Molochschrecken,
Sieht unter herbstlich grauen Decken
Der Gotterkenntnis Triebe nahn.
Befreit pflanzt sich ihr Blütenschoß,
Gleich lichtem Kraft- und Liebessproß,
  Dem Volke ein,
  Erwärmt sein Herz,
  Trägt Heil hinein
  Und Zorn und Schmerz,
Läßt Mut und Klarheit kund ihm geben:
Wißt, Gott ist offenbart im *Leben*!

Den Königsmantel reißt er fort,

Um Volkesschultern ihn zu breiten,
Daß blind sich dies nicht lasse leiten
Von fremder Hoheit Wink und Wort,
Daß es als eigne Majestät
In eignen Amt und Würden steht,
  Von Sagaruhm,
  Von Mut entflammt,
  Mit Heldentum
  Ihm selbst entstammt,
Mit ungebrochner Willensstärke,
Mannhaft beim Worte, wie beim Werke.

Er zwingt das Volk zur Buße hin,
Ein grimmer Lug- und Trugverhöhner,
(Kein Sonntagsheld, ein Tagelöhner,
Dem seine Kühnheit kein Gewinn).
Aus trägem Frieden, Geistesnacht,
Aus Feigheit zwingt er's auf voll Macht;
  Nicht Volkessinn,
  Nicht Königsdank
  Lenkt seinen Gang:
  Frei zieht er hin;
Und wankt er, Schmerzen fühlt er gären,
Sein Herz durch läuternd Leid zu klären.

Er ist der Schwachen Hort und Held,
Kein Ritter dient den Frauen treuer.
Er führt des zagen Neulings Steuer,
Bis rechter Wind sein Segel schwellt.
Er wächst, halb wollend, halb verdammt,
Durch sein ihm auferlegtes Amt
  Und fleht am Ziel:
  "O Herr vergib!
  Ich war nicht viel.
  Ein bessrer Trieb

Aus reicherm Seelenfrühling mehre
Nach mir des Volks wie deine Ehre!"

PSALMEN

I

Ich fühl' in mir
  Den Drang nach dir,
Du Harmonie, im All entfaltet.
  Bin ich verbannt?
  Hast du erkannt,
Daß ich mein Eigen schlecht verwaltet?
  Denn ohne Kraft,
  Bald feig erschlafft,
Bald in Verzweiflung sieh mich beten,
  Daß Trost und Gnad',
  Ein Ruf, ein Rat
Mich aufhebt, wo du mich zertreten.
  Gott, hör' mein Wort!
  Stoß mich nicht fort
Vom Hoffen auf mein Ziel und Streben!
  Mein Stern lischt aus;—
  Von nächtigem Graus
Sind meine Schritte nun umgeben.
  Im öden Sinn
  Wogt her und hin
Ein Schwarm von schreckensvollen Geistern.
  Ihr, oft verjagt,
  Was wollt ihr, sagt?
Nur heut kann ich sie nicht bemeistern.

Ach, Friede, komm!
Laß glaubensfromm
Des Lebens starkes Band mich tragen!
Laß nicht nach mir
Vergebens hier
Mich zweifelnd suchen, rufen, fragen!

II

Ehre dem ewigen Frühling im Leben,
Der alles durchweht!
Kleinstem wird Auferstehung gegeben,
Die Form nur vergeht.
Geschlecht auf Geschlecht
Müht sich empor zu schreiten;
Art bringt Art hervor
In unendlichen Zeiten;
Welten gehn unter und steigen empor.

Nichts ist so klein, daß nicht Kleinres bestünde
Unsichtbar.
Nichts ist so groß, daß nichts Größres bestünde
Ferne von ihm.
In der Erde der Wurm
Ist Berge zu bauen imstand'.
Der Staub im Sturm
Oder der rinnende Sand,
Reiche hat er gegründet einst.

Unendlich das All, und Großes und Kleines
Verschmelzen darin.
Kein Auge wird schauen das Ende—keines
Sah den Beginn.
Der Ordnung Gebot

Hat lebenerhaltend das All beseelt;
  Furcht und Not
Zeugen einander; was uns quält,
Wird zum Born, der die Menschheit stählt.

Ewigkeitssamen sind wir, die leben.
  Im Schöpfungstage
Wurzeln unsre Gedanken; sie schweben,
  Antwort wie Frage,
  Saatenvoll,
Über dem ewigen Grunde;
  Frohlocken drum soll,
Wer in einer schwindenden Stunde
Mehrte die Erbschaft der Ewigkeit.

Tauch' in die Wonnen des Lebens, du Blüte
  Im Frühlingsrain;
Genieße, preisend des Ewigen Güte,
Dein kurzes Sein.
  Füg' auch du
Schaffend dein Scherflein hinzu;
  Klein und zag,
Atme, soviel deine Kraft vermag,
Einen Zug in den ewigen Tag!

III

Chor

Wer bist du, von tausend Zeiten und Zungen
Mit tausend Namen genannt?
Du hieltst unsre Sehnsucht mit Armen umschlungen,
Warst Hoffnung den Vätern ins Joch gebannt;
Warst Ängsten des Todes der nachtdunkle Gast,
Warst Lebensfesten der Sonnenglast.

Noch bilden wir alle verschieden dein Bild,
Noch nennen wir jedes Offenbarung,
Und jedem seins für das wahre gilt—
Bis daß es zerbricht in bittrer Erfahrung.

Solo

  Ach, wer du auch seist,
  In mir ist dein Geist;
Meiner Seele ewiger Ruf—das bist du!—
  Nach Licht und nach Recht,
  Nach Sieg im Gefecht
Für den kommenden Tag, das bist du, das bist du!—
  Ein jedes Gebot,
  Das ins Aug' uns loht,
Oder das nie uns bewußt, das bist du!—
  Mein Leben ruht
  In schirmender Hut,
Und es jubelt in mir: das bist du, das bist du!

Chor

Da nimmer wir können dein Wesen erreichen,
Erdachten wir uns Vermittler von dir;
Sie alle ließ ein Jahrtausend erbleichen,
Und wieder stehen wir weglos hier.
Sind krank wir geworden und klammern uns an?
Wo winkt uns ein Trost für den Traum, der zerrann?
Der Ewigkeitshoffnungen leuchtend Verlangen,
Das hoch uns erhob aus des Lebens Jammer,
Soll's weichen in schauderndem Todesbangen,
Sich wandeln zum Wurm in unserer Kammer?

Solo

Er, der mich durchhaucht,
Nein, nimmer er braucht
Den Mittler; ich hab' ihn in mir: das bist du!
Ist mein Ewigkeitsflug
Sein Wille, und trug
Mich zur Taufe sein Geist—bist es du, bist es du.—
Werd' ich teilhaft, ich Nichts,
Des ewigen Lichts?
In Demut mich beug' ich; denn ich weiß, das bist du!
Still wart' ich und fromm:
Erwecker, o komm,
Wenn du willst, wie du willst—das bist du, das bist du!

FRAGE UND ANTWORT

Das Kind

Du, Vater! Ich sah mich im Walde um,
War alles stumm,
Kein einziger Vogel sang ringsum.

Der Vater

Er flog gen Süd übers Meer hinab,
Der Lieder uns gab;
Kann sein, er findet dort sein Grab.

Das Kind

Der Arme; warum denn blieb er nicht?

Der Vater

Er suchte mehr Wärme und mehr Licht.

Das Kind

Du, Vater, ist das auch recht getan?
Er denkt nicht dran,
Daß wir andern hier bleiben und frieren dann.

Der Vater

Ein neuer Frühling will neuen Sang
Aus Herzensdrang;
Den bringt er uns mit, es währt nicht lang.

Das Kind

Aber wenn er stirbt in den kalten Wellen?

Der Vater

So kommen wohl seine Weggesellen.

WECKLIED AN DIE NORWEGISCHE SCHÜTZENGILDE

(1881)

Zu den Fahnen, zu den Fahnen,
Junger Freiheit Chor!
Eure Fahnen, eure Fahnen,
Schützen, hebt empor!
Hinterm Stutzenringe
Unsrer jungen Schar
Soll der Greis im Tinge
Reden fest und klar.
  In dem frischen
  Kugelzischen
Liegt ein muntrer Klang;
  Freiheitkündend,
  Führt er zündend
Uns zum Königsrang.

In die Tingesrunde
Klingt aus Talesgrunde
Hell und freudig "ja" auf "ja",
Daß aus Stutzenröhren
Wir das Echo hören
Als ein tausendfältiges Hurra.
  Hurra,
Hurra, hurra, hurra, hurra.

Mutter Norge lauscht so heiter
Auf des Widerhalles Töne,
Und durch ihre jungen Söhne
Erbt das Freiheitsgut sich weiter.

ARBEITERMARSCH

Takt! Takt! Auf Takt habt acht!
Der ist mehr als halbe Macht.
Formt aus vielen, vielen Einen,
Hebt den Mut der bangen Kleinen,
Läßt das Schwerste leicht erscheinen,
Zeigt die Ziele uns, die reinen,
Näher, schärfer ohne Schatten,
Als wir auf dem Korn sie hatten.

Takt! Takt! Auf Takt habt acht!
Das ist mehr als halbe Macht.
Nahn im Takt wir einige hundert,
Ist da keiner, der sich wundert;
Nahn im Takt wir einige tausend,
Wird sein Ohr schon mancher recken;
Nahn im Takt wir hunderttausend, —
Ja, dies Dröhnen wird sie wecken!

Takt! Takt! Auf Takt habt acht!
Der ist mehr als halbe Macht.
Wenn in solchem Takt wir schreiten
Fest von Norges Uferweiten
Bis zum höchsten Katarakte, —
Kommen alle wir im Takte, —
Schwinden Herren, schwinden Knechte,
Helfen jedem wir zum Rechte!

DER ZUKUNFT LAND

(Herman und M. Anker zu ihrer silbernen Hochzeit. 15.
September 1888, zugeeignet)

Zukunftsland!
Dahin sich all unsre Sehnsucht schwingt, —
All unser Seufzen, das ziellos verklingt,
Formt sich zu Bildern in Wolkenrot
  Jenseits der Not, —
Alles, was aus unserm Glauben sprießt,
  Selig uns grüßt
  Im Zukunftsland.

Zukunftsland!
All unsre Arbeit zu Nutzen und Frommen
Wächst in Geschlechtern, die nach uns kommen.
Sammelt für sie in verjüngendem Drang,
  Was *uns* gelang;
Trägt voller Kraft unser Werk hinein,
  Unfehlbar hinein
  Ins Zukunftsland.

Zukunftsland!
Tränen, vergossen um all das Schlechte,
Blutschweiß vom Kampfe für höhere Rechte
Salben die Kraft, die den Sieg verspricht.
  Uns es zwar bricht,
Schlechtes doch hindert es, Gutes es sät,
  Das aufersteht

Im Zukunftsland.

Zukunftsland!
Dämmert in Farben und Melodien,
Die uns wie Sonnengold glitzernd umziehen,
Schimmert im Auge des Kindes und weht
  Durch dein Gebet.
Siegen wir—und ist der Sieg gesund,
  Stehn wir zur Stund
  Im Zukunftsland.

EIN JUNGES VÖLKCHEN KERNGESUND

Ein junges Völkchen kerngesund
Wächst überquellend frisch empor
In Spiel und Sang und Blumenflor
Auf unsres Vätererbes Grund;
Es träumt von dem, was schon errungen,
Sehnt sich nach dem, was nicht bezwungen.

Ein junges Völkchen kerngesund,
Des ganzes Volkes Ehrenpreis,
Des Lebensfrühlings Edelreis,
Ein Osterfest auf Vätergrund
Für alle Alter. Neu entfalten
Im Lenz der Jungen sich die Alten.

Ein junges Völkchen kerngesund
Ist unser Können, doppelt stark,
Ist unsrer Hoffnung Lebensmark, —
Aus des Charakters tiefem Grund
Wächst unsrer Väter Geist auf Erden
Empor zu immer höherm Werden.

NORGE, NORGE

Norge, Norge,
Blauend empor aus dem graugrünen Meer,
Inseln ringsum gleich Vogeljungen,
Fjorde in Zungen
Dorthin, wo Stille sich breitet umher.
Ströme, Täler;
Felsen begleiten sie; Waldgipfel fern
Ragen dahinter. Wo Tore sie brechen,
Seen und Flächen,
Feiertagsfrieden und Tempel des Herrn.
Norge, Norge,
Hütten und Häuser und keine Burgen,
Hart oder weich,
Du bist unser, bist unser Reich,
Du bist der Zukunft Land.

Norge, Norge,
Schneeschuhlaufes leuchtendes Land,
Teerjackenhafen und Fischgehege,
Des Flößers Wege,
Bergecho der Hirten und Gletscherbrand.
Äcker, Wiesen,
Runen im Waldboden, Klüfte versprengt,
Städte wie Blumen, Flüsse verschäumend,
Wo sich bäumend
Aufblitzt das Meer, wo der Schwarm sich drängt!
Norge, Norge,

Hütten und Häuser und keine Burgen,
  Hart oder weich,
Du bist unser, bist unser Reich,
Du bist der Zukunft Land.

MEISTERN ODER GEMEISTERT WERDEN

Dieses Land, das trotzig schaut,
Meerumbrandet, bergumbaut,
Winterkalt und sommerbleich,
Kurzes Lächeln, niemals weich, —
Ist der Riese, der, gemeistert,
Fördern soll, was uns begeistert.
Er soll hämmern, er soll tragen,
Er soll singen, er soll sagen,
Er soll malen Glanz und Gischt: —
Was da donnert, tost und zischt
Zwischen Fjord und Bergeswacht,
Schaff' uns eine Schönheitsmacht.

IM WALDE

Der Wald gibt sausenden sachten Bescheid;
Was immer er sah in den einsamen Stunden,
Was immer er litt, als man doch ihn gefunden,
Das klagt er dem Winde; der trägt es weit.

DER SIEBZEHNTE MAI

(1883)

Wergelands Denkmal am siebzehnten Mai
Grüßte der Festzug. Und als die letzten,
Männer im Takt,
Frauen mit Blumen in ihrer Mitten,
Schritten die Bauern, die Bauern schritten.

Österdalswaldes mächtiger Häuptling
Trug ihre Fahne. Als wir sie sahen,
Über dem Purpur
Sich ein Gedanke in Tausenden malte:
Das ist die Alte, das ist die Alte!

Noch trug nicht fremden Volks Krone der Löwe,
Danebrog hat noch das Tuch nicht gespalten,
Zukunft erschien mir,
Sah dort um Wergelands Denkmal in Mengen
Bauern sich drängen, Bauern sich drängen.

Von den vergangnen Verlusten das Meiste,
Von dem Errungenen, von dem Ersehnten,
Ja, meist von allem:
Pflichten der Vorzeit, der Zukunft Ehre
Tragen der Bauern, der Bauern Heere.

Bitter sie sühnten, was einst gesündigt.
Doch sie erheben sich. Jüngst erst im Tinge

Kämpften sie mannhaft.
Von Süd, West und Norden, aus Trondhjemer Landen
Alle die Bauern, die Bauern erstanden.

Halten die Beute, da weiter sie wollen;
Ganz sei uns eigen der Freiheitsgedanke!
Alle wir wissen's:
Wenn einstmals Wergelands Sommer entglommen,
Mit ihm die Bauern, die Bauern kommen.

FREDERIK HEGEL

Die Lüfte liebe ich, die kühlen,
  Erhaben rein,
  Im Hoheitsschein,
Die mich wie Freiheitsflut umspülen.

Im Walde mich's am liebsten leidet,
  Wenn Phantasie
  Mit Herbsts Genie
Ihn malt, nicht wenn ihn Grünschmuck kleidet.

Ich kannte einen: seine Reinheit
  War herbstlich mild,
  Sein Ebenbild
War Herbsteshimmels Farbenfeinheit.

Sein Bild ist wie—wenn in frostigem Tanz
  Des Winters Graus
  Umstürmt das Haus,—
Meines Herdes erster erwärmender Glanz.

Und wenn das Sehnen nimmt ein Ende,
  Wenn Sommers Lied
  Nach innen zieht,
Hat Freundschaft Tempelsonnenwende.

UNSERE SPRACHE

(1900)

Nordischer Berge Widerhall,
Wiegengesang am dänischen Sunde,
Feuerglocke bei Fredrikshall,
Lerchenjubel aus Kindermunde, —
  Du Herz der Herzen,
  Mein norwegisch Wort,
  Für Freuden und Schmerzen
  Als Burg uns gebautes,
  Du Gott vertrautes, —
    Wir lieben dich!

Holbergs flüsternder Geisterchor,
Heim den Dichter und morgenwärts ladend,
Schärfend das Schwert ihm, hebend empor
Schätze, in klingendem Lachen sie badend, —
  Du Heim der Bedrohten,
  Mein norwegisch Wort!
  Hier grüßen die Toten
  Die Lebensroten,
  Die Zukunftsboten, —
    Wir lieben dich!

Kierkegaard warst du ein tiefes Meer,
Da er die Segel nach Gott hin spannte.
Wergeland warst du ein Adler hehr,
Der sich vor vielen zur Sonne wandte.

Du Herz der Herzen,
Mein norwegisch Wort,
Für Freuden und Schmerzen
Als Burg uns gebautes,
Du Gott vertrautes, —
  Wir lieben dich!

Warst wie ein Maitag voll strahlender Zier
Für den Frühling der Freiheit im Norden.
Durch deine Lieder ist unser Panier
Weit auf Erden Sieger geworden.
  Du Heim der Bedrohten,
  Mein norwegisch Wort!
  Hier grüßen die Toten
  Die Lebensroten,
  Die Zukunftsboten, —
    Wir lieben dich!

Über die Wogen rollst du als Weg
Deinen Blumenteppich, es schreiten
Freunde zu Freunden auf diesem Steg,
Fühlen Himmel und Glaube sich weiten.
  Du Herz der Herzen,
  Mein norwegisch Wort,
  Für Freuden und Schmerzen
  Als Burg uns gebautes,
  Du Gott vertrautes, —
    Wir lieben dich!

Der beste Freund, den ich fand, warst du;
Im Aug' der Mutter harrtest du meiner.
Und wer mich am letzten verläßt, bist du;
Denn du nur sahst mir ins Herz, sonst keiner!
  Du Heim der Bedrohten,
  Mein norwegisch Wort!
  Hier grüßen die Toten

Die Lebensroten,
Die Zukunftsboten, —
   Wir lieben dich!

* * * * *

ERZÄHLUNGEN

* * * * *

THROND

Es war ein Mann mit Namen Alf, in den seine Mitbürger große Hoffnungen setzten; denn er war den meisten an Klugheit und Tatkraft überlegen. Doch als dieser Mann dreißig Jahr alt war, zog er hinauf ins Gebirge und machte sich dort, zwei Meilen von allen Menschen entfernt, ein Stück Land urbar. Manche wunderten sich, daß er diese Nachbarschaft mit sich selbst aushielt, aber sie wunderten sich noch mehr, als nach einigen Jahren ein junges Mädchen aus dem Tal sie mit ihm teilen wollte, und zwar gerade das Mädchen, das bei allen Festen und bei jedem Tanz die Fröhlichste gewesen war.

Man nannte sie die "Waldmenschen", und er war unter dem Namen "Alf vom Walde" bekannt; die Leute drehten sich lange nach ihm um, wenn er sich in der Kirche oder bei der Arbeit einfand; denn sie konnten nicht aus ihm klug werden, und er schien kein Interesse daran zu haben, sich auszusprechen. Die Frau war nur selten im Dorf gewesen, einmal aber, um ein Kind über die Taufe zu halten.

Dies Kind war ein Sohn, der Thrond getauft wurde. Als er heranwuchs, sprachen sie des öfteren davon, sie müßten eine Hilfe haben, und da sie nicht die Mittel hatten, sich eine erwachsene Magd zu halten, so nahmen sie eine halbwüchsige, wie sie sich ausdrückten, ins Haus: ein vierzehnjähriges Mädchen, das auf den Jungen zu achten hatte, wenn die Eltern auf dem Felde waren.

Sie war freilich ein bißchen einfältig, und der Junge merkte bald, daß alles, was die Mutter ihm sagte, leicht zu begreifen war, während das, was Ragnhild ihn lehrte, schwer war. Mit dem Vater sprach er nicht viel, und er hatte auch Angst vor ihm, denn wenn er in der Stube war, mußte alles mäuschenstill sein.

Einmal an einem Weihnachtsabend—auf dem Tisch brannten zwei Lichte, und der Vater trank aus einer weißen Flasche—packte der Vater den Jungen, nahm ihn auf den Schoß, sah ihm streng in die Augen und rief: "Buh, Junge!" Dann fügte er milder hinzu: "Du bist gar nicht so'n Angsthase; möchtest Du ein Märchen?" Der Junge antwortete nicht, sondern sah den Vater groß an. Der aber erzählte ihm von einem Mann aus Vaage, welcher "der Blessommer" hieß. Er war in Kopenhagen, dieser Mann, um des Königs Schiedsspruch einzuholen in einem Prozeß, den er führte, und das zog sich so in die Länge, daß ihm der Weihnachtsabend über den Hals kam; das gefiel aber dem Blessommer durchaus nicht, und wie er so durch die Straßen schlenderte und nach Hause dachte, da sah er einen wuchtigen Kerl in einem weißen Mantel vor sich hergehen. "Du gehst ja so schnell", sagte der Blessommer.—"Hab's weit bis nach Haus heut abend", sagte der Mann.—"Wo willst Du hin?"—"Nach Vaage", sagte der Mann und schritt aus.—"Das trifft sich aber fein," sagte der Blessommer, "dahin möchte ich auch."—"Dann kannst Du hinten bei mir auf den Kufen stehen", antwortete der Mann und bog in eine Querstraße ein, wo sein Schlitten stand. Er schwang sich hinauf und sah sich nach dem Blessommer um, der sich auf die Kufen stellte. "Du mußt Dich festhalten", sagte er. Der Blessommer tat es, und es war auch nötig; denn es ging nicht etwa immer auf der glatten Erde hin. "Mir scheint, Du fährst übers Wasser", sagte der Blessommer.—"Das tu' ich", sagte der Mann, und der Gischt umstob sie. Aber nach einer Weile kam es dem Blessommer vor, als führen sie nicht mehr übers Wasser. "Mir scheint, es geht durch die Luft", sagte er.—"Ja, das tut es", antwortete der Mann. Aber als sie noch weiter gefahren waren, kam dem Blessommer die Gegend, durch die sie fuhren, so bekannt vor. "Mir scheint, das ist Vaage", sagte er.—"Ja, jetzt sind wir da", antwortete der Mann, und der Blessommer fand, es sei recht schnell gegangen. "Schönen Dank für die Fahrt", sagte er.—"Gleichfalls!" sagte der Mann und fügte hinzu, während er auf das Pferd einschlug: "Jetzt sieh Dich lieber nicht weiter nach mir um!"—"Nein, nein", dachte der Blessommer und trollte sich über die Höhen heimwärts. Aber da erhob sich hinter ihm ein Dröhnen und Getöse, als wolle der ganze Berg einstürzen, und ein Leuchten ging über das Land hin; er sah sich um, und da sah er den Mann in dem weißen Mantel durch krachende Feuersäulen hindurch in den offnen Berg einfahren, der sich wie ein Tor über ihm wölbte. Dem Blessommer wurde es etwas unbehaglich zumute bei der Reisegesellschaft, die er gehabt hatte, und er wollte den Kopf wieder umwenden; aber wie der Kopf saß, so blieb er sitzen, und der Blessommer hat in seinem ganzen Leben den Kopf nicht mehr umdrehen können.

So etwas hatte der Bursch sein Lebtag nicht gehört. Er getraute sich nicht den Vater weiter zu fragen, aber am andern Morgen in aller Frühe fragte er die Mutter, ob sie keine Märchen wisse. Doch, sie wußte welche, aber die handelten meistens von Prinzessinnen, die sieben Jahre lang gefangen saßen, bis der rechte Prinz kam. Der Bursch dachte, alles, was er hörte und las, lebe in seiner nächsten Nähe.

Er war etwa acht Jahr alt, als an einem Winterabend der erste fremde Mensch bei ihnen durch die Tür trat. Er hatte schwarzes Haar, und das hatte Thrond noch nie gesehen. Er

sagte kurz "Guten Abend" und kam herein; Thrond wurde
die Sache ängstlich, und er setzte sich auf einen Schemel am
Herd. Die Mutter nötigte den Mann zum Sitzen; er tat es,
und da faßte sie ihn genauer ins Auge: "Herrjeh, ist das
nicht der Fiedel-Knut?" sagte sie. — "Ja, freilich ist er das. Es
ist lange her, daß ich auf Deiner Hochzeit spielte." — "Ach ja,
das ist schon eine ganze Weile. Kommst Du weit her?" — "Ich
habe Weihnachten auf der andern Seite des Berges gespielt.
Aber mitten im Gebirge wurde mir schlecht; ich mußte hier
einkehren, um mich auszuruhen."

Die Mutter brachte ihm Essen herein; er setzte sich an den
Tisch, sagte aber nicht "in Jesu Namen", wie der Junge es
doch immer gehört hatte. Als er fertig war, stand er auf:
"Nun ist mir wieder ganz gut", sagte er; "laßt mich jetzt ein
klein bißchen ruhen." Und er wurde zum Ausruhen in
Thronds Bett gesteckt.

Für Thrond wurde eins auf dem Fußboden gemacht. Wie er
so dalag, fror ihn an der Seite, die dem Herd abgekehrt war,
und das war die linke. Ihm fiel ein, das komme daher, daß
die eine Seite in der nächtlichen Kälte bloß lag; denn er lag ja
mitten im Walde. Wie war er nur in den Wald gekommen?
Er richtete sich auf und blickte sich um, und das Feuer
brannte in weiter Ferne, und er lag wirklich allein im Walde;
er wollte nach Hause gehen zum Feuer, kam aber nicht von
der Stelle. Da überfiel ihn große Angst; denn hier konnten
Ungeheuer hausen und Hexen und Gespenster; heim mußte
er zum Feuer, aber er kam nicht von der Stelle. Da wuchs
seine Furcht, er raffte seine ganze Kraft zusammen, schrie
"Mutter" — und wachte auf. "Mein Junge, Du träumst so
schwer", sagte sie und nahm ihn auf den Arm.

Ihn überlief ein Schauder, und er sah sich um. Der Fremde
war fort, und er wagte nicht nach ihm zu fragen. Die Mutter
kam in ihrem schwarzen Kleid herein und ging ins Dorf.

Zurück kam sie mit zwei andern Fremden, die auch
schwarzes Haar und flache Hüte hatten. Sie sagten auch
nicht "in Jesu Namen" vorm Essen, und sie sprachen leise
mit dem Vater. Nachher ging er mit ihnen in die Scheune
und kam mit einem großen Kasten wieder heraus, den sie
zwischen sich trugen. Den setzten sie auf einen Schlitten
und verabschiedeten sich. Da sagte die Mutter: "Wartet einen
Augenblick und nehmt den kleinen Kasten mit, den er bei
sich hatte." Und sie ging ins Haus, um ihn zu holen. Einer
der Männer aber sagte: "Den kann der kriegen", und zeigte
auf Thrond. Der andere fügte hinzu: "Brauch' sie ebensogut
wie der Mann, der jetzt hier liegt", und er deutete auf den
großen Kasten. Da lachten beide und zogen von dannen.
Thrond besah sich den kleinen Kasten, den er auf diese
Weise bekommen hatte. "Was ist da drin?" fragte er. "Trag
ihn hinein und sieh nach", sagte die Mutter. Er tat es, und
sie half ihm beim Öffnen. Da strahlte sein Gesicht vor
Freude, denn er sah etwas Leichtes, Feines darin liegen.
—"Hol' es heraus!" sagte die Mutter. Er tippte nur mit einem
Finger darauf, aber voll Entsetzen zog er ihn wieder zurück.
"Es weint!" sagte er. "Nur Mut!" sagte die Mutter, sie griff mit
der ganzen Hand zu und nahm das Ding heraus. Er wog es
und drehte es hin und her, er lachte und streichelte es:
"Mutter, was ist das?" fragte er, es war so leicht wie ein
Spielzeug. "Das ist eine Fiedel."

Auf die Art bekam Thrond Alfson seine erste Geige.

Der Vater konnte ein wenig spielen, und er brachte dem
Jungen die ersten Griffe bei. Die Mutter konnte Tanzweisen
trällern von ihrer Tanzzeit her, und die lernte er, machte
aber bald selbst neue. Er spielte immer, wenn er nicht lernte;
er spielte so viel, daß der Vater einmal sagte, er werde ganz
blaß dabei. Alles, was der Knabe bis dahin gelesen und
gehört hatte, ging in die Fiedel über. Die weiche, feine Saite

war die Mutter; die Saite dicht daneben, die beständig der
Mutter folgte, war Ragnhild. Die grobe Saite, die er seltener
anrührte, war der Vater. Die letzte, feierliche Saite aber, vor
der hatte er beinah Angst, und der gab er keinen Namen.
Wenn er auf der Quinte einen Fehlgriff tat, war es die Katze,
wenn er aber auf des Vaters Saite fehlgriff, so war das der
Ochse. Der Bogen war der Blessommer, der in einer Nacht
von Kopenhagen nach Vaage gefahren war. Auch jedes Lied
war ein bestimmter Gegenstand. Das Lied mit den langen,
feierlichen Tönen war die Mutter in ihrem schwarzen Kleide.
Das zaghafte und hüpfende war Moses, als er stammelte und
mit seinem Stab an den Felsen schlug. Das Lied mit der
leisen Melodie, wo der Bogen so leicht auf den Saiten lag,
war die Hexe, die die Herde im Nebel an sich lockt, wenn
kein anderer es sieht.

Das Spiel aber trug ihn über die Berge hinaus, und in ihm
erwachte die Sehnsucht. Als der Vater eines Tages erzählte,
auf dem Jahrmarkt habe ein kleiner Junge gespielt und viel
Geld verdient, lauerte er in der Küche der Mutter auf und
fragte sie leise, ob er nicht auch auf den Jahrmarkt dürfe
und den Leuten etwas vorspielen. "Wie kommst Du auf so
was!" sagte die Mutter, sprach aber doch gleich mit dem
Vater darüber. "Er kommt noch früh genug in die Welt",
antwortete der Vater, und er sagte es so entschieden, daß die
Mutter nicht weiter bat.

Bald darauf sprachen Vater und Mutter bei Tisch von
einigen neuen Landsassen, die kürzlich ins Gebirge
gekommen waren und sich verheiraten wollten. Sie hätten
keinen Spielmann zur Hochzeit, sagte der Vater. "Könnte ich
nicht den Spielmann machen?" flüsterte der Bursch, als die
Mutter wieder in der Küche stand. — "So klein, wie Du bist!"
sagte sie; aber sie ging doch hinaus in die Scheune, wo der
Vater war, und sagte es ihm. "Er ist noch nie im Dorf

gewesen," fügte sie hinzu, "er hat nie eine Kirche gesehen".
—"Was bittest Du mich eigentlich", sagte Alf; aber weiter
sagte er auch nichts, und da nahm die Mutter an, sie dürfe.
Deshalb ging sie hinüber zu den neuen Landsassen und bot
den Jungen an. "So wie der spielt," sagte sie, "hat noch kein
Kind gespielt", und—der Bursch wurde angenommen.

Das gab aber eine Freude zu Hause! Von morgens bis abends
spielte er und übte neue Weisen ein, nachts träumte er von
ihnen; sie trugen ihn über die Höhen in fremde Lande, als
reite er auf segelnden Wolken. Die Mutter nähte ihm einen
neuen Anzug, der Vater aber wollte von der ganzen
Geschichte nichts wissen.

Die letzte Nacht schlief Thrond nicht, sondern ersann ein
neues Lied über die Kirche, die er noch nicht gesehen hatte.
Am Morgen war er früh auf und die Mutter auch, um ihm
Frühstück zu geben, aber er konnte nichts essen. Er zog den
neuen Anzug an und nahm die Fiedel in die Hand, und da
war's ihm, als flimmere es ihm vor den Augen. Die Mutter
begleitete ihn bis vor die Tür und sah ihm nach, wie er über
die Hänge dahinschritt; es war das erstemal, daß er von
Hause fortzog.

Der Vater stieg leise aus dem Bett und ging ans Fenster; da
stand er und blickte dem Knaben nach, bis man die Mutter
auf den Steinfliesen hörte; da ging er wieder zu Bett und lag
schon drin, als sie hereinkam. Sie ging ruhelos in der Stube
umher, als habe sie etwas auf dem Herzen. Und schließlich
kam sie mit der Sprache heraus: "Ich finde eigentlich, ich
müßte hinunter in die Kirche und sehen, wie es geht." Er
gab keine Antwort, deshalb hielt sie die Sache für
abgemacht, zog sich an und ging.

Es war ein herrlicher Sonnentag, an dem der Bursch über
die Hänge dahinzog; er hörte den Vögeln zu und sah die

Sonne auf den Blättern glitzern, während er rasch
vorwärtsschritt, die Fiedel unterm Arm. Und als er an das
Hochzeitshaus kam, sah er noch immer nichts anderes, als
was ihn vorher beschäftigt hatte, sah weder Brautstaat noch
Hochzeitszug; er fragte nur, ob sie bald aufbrechen wollten;
das wollten sie. Er ging mit der Fiedel voran, jetzt spielte er
die himmlische Morgenstimmung ihnen in die Seele hinein,
und es hallte zwischen den Bäumen. "Sehen wir die Kirche
bald?" fragte er die hinter ihm Schreitenden. Lange hieß es
nein; aber schließlich sagte einer: "Jetzt bloß noch um diese
eine Felswand herum, dann siehst Du sie!" Er spielte sein
neuestes Lied auf der Fiedel, der Bogen tanzte, und er spähte
nach vorn. Da lag das Dorf dicht vor ihm!

Das erste, was er sah, war ein zarter, leichter Nebel, der wie
ein Rauch vor der jenseitigen Bergwand lag. Er ließ das
Auge zurückschweifen über grüne Wiesen und große
Häuser mit Fenstern, in denen die Sonne brannte; das
glitzerte fast wie ein Eisgletscher am Wintertag. Die Häuser
wurden immer größer und immer mehr Fenster kamen zum
Vorschein, und hier an der einen Seite lagen ungeheuer
große, rote Häuser, vor denen Pferde angebunden standen;
geputzte kleine Kinder spielten auf einem Hügel, Hunde
saßen dabei und sahen zu. Aber über allen den Menschen
und Dingen schwebte ein langer, dunkler Ton, der ihn
erschütterte, daß alles, was er sah, sich im Takt nach diesem
Ton zu bewegen schien. Da sah er plötzlich ein großes,
schlankes Haus, das geradenwegs in den Himmel hinein
strebte mit einer hohen blinkenden Stange. Und weiter
unten funkelten hundert Fenster in der Sonne, daß das
Haus wie in einer Lohe stand. Das muß die Kirche sein,
dachte der Bursch, und daher muß der Ton kommen! Rings
um die Kirche stand eine ungeheure Menge Menschen, und
alle sahen sie ganz gleich aus! Er brachte sie sofort mit der
Kirche in Verbindung und fühlte daher vor dem kleinsten

Kinde eine mit Furcht gemischte Achtung. Jetzt muß ich
spielen, dachte Thrond und setzte den Bogen an. Aber was
war das? Die Fiedel tönte ja nicht mehr.—Da muß an den
Saiten etwas entzwei sein; er untersuchte sie, fand aber
nichts. "Dann muß es daran liegen, daß ich nicht fest genug
aufdrücke", und er drückte auf, aber die Fiedel war wie
zersprungen. Er nahm für das Lied, das die Kirche bedeuten
sollte, ein anderes, aber es ging ganz ebenso schief. Kein
Ton, nur ein Gequietsch und Gejammer. Er fühlte, wie ihm
der kalte Schweiß übers Gesicht perlte; er dachte an die
vielen klugen Menschen, die hier standen und ihn vielleicht
auslachten, ihn, der doch zu Hause so schön spielen
konnte, hier aber keinen einzigen Ton hervorbrachte. "Gott
sei Dank, daß Mutter nicht hier ist und meine Schande mit
ansieht", sagte er vor sich hin, während er mitten unter den
Menschen zu spielen versuchte,—aber da—da stand sie ja in
dem schwarzen Kleid und zog sich mehr und mehr zurück.
Im selben Augenblick sah er hoch oben auf der Turmspitze
den schwarzhaarigen Mann sitzen, der ihm die Fiedel
geschenkt hatte. "Gib wieder her!" rief er, lachte und streckte
die Arme aus, und die Turmspitze ging auf und nieder mit
ihm, auf und nieder. Der Bursch aber nahm die Fiedel unter
den Arm: "Du kriegst sie nicht!" rief er, drehte sich um und
lief davon, weg von der Menschenschar, von den Häusern
fort, über Wiesen und Felder hin, bis er nicht mehr konnte
und umsank.

Da lag er lange, das Gesicht auf der Erde; und als er sich
endlich umdrehte, hörte und sah er bloß Gottes
unendlichen Himmel, der über ihm stand mit seinem ewigen
Gebraus. Das war ihm so entsetzlich, daß er sich wieder zur
Erde umdrehen mußte. Als er abermals den Kopf hob, fiel
sein Blick auf die Fiedel, die neben ihm lag. "Du hast die
ganze Schuld!" rief der Bursch und hob sie auf, um sie zu
zerschlagen, hielt aber inne und sah sie an.—"Wir haben

viel frohe Stunden zusammen gehabt", sagte er zu sich
selbst und schwieg. Aber gleich darauf meinte er: "Die Saiten
müssen herunter, die taugen nichts." Und er holte ein
Messer aus der Tasche und schnitt zu. "Au!" sagte die Quinte
kurz und schmerzlich. Der Bursch schnitt weiter. "Au!"
sagte die nächste Saite; der Bursch aber schnitt weiter. "Au!"
sagte die dritte düster,—und nun kam die vierte an die
Reihe. Ein tiefes Weh faßte ihn; die vierte Saite,—die Saite,
der er nie einen Namen zu geben gewagt hatte, die schnitt er
nicht durch. Jetzt hatte er auch die Empfindung, es sei nicht
allein die Schuld der Saiten, wenn er nicht hatte spielen
können. Da kam die Mutter langsam zu ihm
hinaufgestiegen, um ihn mit nach Hause zu nehmen. Aber
nur noch größere Furcht packte ihn. Er hielt die Fiedel an
den zerschnittenen Saiten in die Höhe, stand auf und rief zu
ihr hinunter: "Nein, Mutter! nach Hause komme ich nicht
eher wieder, als bis ich das spielen kann, was ich heut
gesehen habe."

* * * * *

DIE GEFÄHRLICHE FREITE

Seit Aslaug erwachsen war, hatte man auf Huseby nicht
mehr viel Frieden: denn dort rauften und prügelten sich
Nacht für Nacht die stattlichsten Burschen des Dorfs. Am
schlimmsten war's in der Samstagnacht; aber dann legte sich
der alte Knut Huseby auch nie ins Bett ohne seine
Lederhosen und ohne einen Birkenknüttel.—"Hab' ich nun
schon mal eine Tochter, so will ich sie auch behüten", sagte
der Husebyer.

Tore Naesset war nur ein Häuslersohn; und doch gab es
Leute, die behaupteten, er komme am häufigsten zu der
Bauerntochter von Huseby. Dem alten Knut paßte das nicht;
er sagte auch, es sei nicht wahr, "denn er habe ihn noch nie
dort gesehen". Aber die andern lachten sich ins Fäustchen
und meinten, hätte er nur alle Ecken gut abgesucht, statt
sich mit den Kerlen zu beschäftigen, die auf dem Hof und
auf der Diele herumkrakeelten, so hätte er Tore schon
gefunden.

Der Frühling ging ins Land, und Aslaug zog mit dem Vieh
auf die Alm. Wenn dann der Tag heiß auf dem Tal lastete,
und die Berge sich kühl über dem Sonnendunst erhoben,
wenn die Glocken klangen und der Schäferhund bellte, und
Aslaug oben auf den Halden jodelte und das Alphorn blies,
—dann wurde den Burschen, die unten auf den Feldern
arbeiteten, das Herz schwer. Und den nächsten
Samstagabend liefen sie um die Wette hinauf. Aber noch

schneller kamen sie wieder herunter; denn oben auf der Alm
stand ein Bursch hinter der Tür und nahm alle Besucher in
Empfang und verwichste sie so gründlich, daß sie nachher
immer an die Worte dachten, womit er sie begrüßt hatte:
"Wenn Du 'n andermal wiederkommst—kriegst Du noch
mehr."

Soviel sie wußten, war im ganzen Gau nur einer, der solche
Fäuste hatte, und das mußte Tore Naesset sein. Und die
reichen Bauernsöhne fanden, es gehe doch über den Spaß,
daß solch ein Häuslerbock dort oben auf der Huseby-Alm so
um sich stoßen dürfe.

Dasselbe fand auch der alte Knut, als er hiervon hörte, und
er fügte hinzu: wenn kein anderer den Kerl unterkriegen
könnte, dann wollten er und seine Söhne es versuchen.
Knut kam freilich schon in die Jahre, aber trotz seiner
sechzig wagte er doch mit seinem ältesten Sohn bisweilen
eine kleine Boxerei, wenn es bei einem fröhlichen Gelage gar
zu still wurde.

Zur Huseby-Alm hinauf führte nur ein Weg, und der ging
direkt über den Hof. Am nächsten Samstagabend wollte
Tore zur Alm hinauf und schlich über den Hof; leichten
Fußes und ahnungslos war er schon glücklich bis zur
Scheune gekommen, als ihm ein Kerl an die Gurgel fuhr.
"Was willst Du von mir?" sagte Tore und schlug ihn zu
Boden, daß es nur so krachte. "Das wirst Du schon merken",
sagte ein anderer hinter ihm und packte ihn am Nacken, das
war der Bruder. "Hier kommt der dritte", sagte Knut und
ging ihm zu Leibe.

Tores Kraft wuchs in der Gefahr; er war geschmeidig wie
eine Weidengerte und teilte Hiebe aus, daß es nur so sauste;
er duckte sich und wand sich; wo die Schläge fielen, war er
nicht; wenn sie keine erwarteten, kriegten sie welche. Seine

Prügel freilich bekam er schließlich auch, und das gründlich, aber der alte Knut sagte später oft, mit einem handfesteren Kerl sei er nie aneinandergeraten. Sie hielten stand, bis Blut floß; da aber sagte der Husebyer: "Halt!" und fügte hinzu: "Kommst Du nächsten Samstag dem Husebyer Wolf und seinen Jungens aus, dann soll das Mädchen Dein sein!"

Tore schleppte sich, so gut er konnte, heimwärts, und als er zu Hause war, legte er sich zu Bett. Es wurde viel über die Prügelei auf Huseby gesprochen, aber jeder fragte: "Was wollte er da?"—Eine gab's, die das nicht sagte, das war Aslaug. Sie hatte jenen Samstagabend ihn so sehnlich erwartet, und als sie jetzt erfuhr, was für eine Geschichte sich zwischen ihm und ihrem Vater zugetragen hatte, da setzte sie sich hin und weinte und sprach zu sich selbst: "Kriege ich Tore nicht, dann habe ich keinen frohen Tag mehr auf der Welt."

Tore blieb den Sonntag über liegen, und am Montag merkte er, daß er noch länger liegen müsse. Der Dienstag kam, und das war ein gar herrlicher Tag. Es hatte in der Nacht geregnet, die Berge waren feucht und grün, das Fenster stand offen, Laubduft zog herein, die Glocken klangen von den Bergen hernieder und irgendwer jodelte dort oben;— hätte die Mutter nicht in der Stube gesessen, er hätte heulen können vor Ungeduld.

Der Mittwoch kam, und noch immer lag er zu Bett; Donnerstag war er wirklich neugierig, ob er nicht doch Samstag wieder gesund sein werde; am Freitag stand er auf. Er hatte die Worte, die der Vater gesagt hatte, gut in Erinnerung: "Kommst Du nächsten Samstag dem Husebyer Wolf und seinen Jungens aus, so ist das Mädel Dein." Er schaute einmal ums andere nach Huseby hinüber.—"Ich bekomme da doch bloß meine Prügel", dachte Tore.

Zur Huseby-Alm hinauf führte, wie schon gesagt, nur ein
Weg; aber ein tüchtiger Kerl mußte doch da hinaufkommen,
wenn er auch nicht gerade den richtigen Weg ging. Wenn er
hinausruderte, um die Landzunge herum, und dann an der
andern Seite des Bergs anlegte, konnte er auf jeden Fall
hinaufkraxeln; freilich war es dort so steil, daß die Geiß nur
mit knapper Not weiden konnte, und die pflegt doch im
Gebirge nicht gerade ängstlich zu sein.

Der Samstag erschien, und Tore lief den ganzen Tag draußen
herum;—die Sonne lachte, daß es in den Büschen sproßte,
und in einem fort jodelte und lockte es von den Bergen her.
Er saß noch vor der Tür, als es auf den Abend ging und ein
dampfender Nebel an den Hängen emporkroch. Er blickte
nach oben,—dort war es still; er blickte nach Huseby
hinüber,—und dann stieß er sein Boot ab und ruderte um
die Landzunge herum.

Auf der Alm saß Aslaug, fertig mit ihrem Tagewerk. Sie
dachte, Tore könne diesen Abend gewiß nicht kommen; statt
seiner werde aber wohl manch anderer sich einfinden. Da
machte sie den Schäferhund los und sagte niemand, wohin
sie gehe. Sie setzte sich so, daß sie das Tal überschauen
konnte, doch da stieg der Nebel auf; und sie getraute sich
auch nicht, hinunterzusehen; denn alles rief Erinnerungen
in ihr wach. Sie ging also weiter, und ehe sie sich's versah,
war sie auf der andern Seite des Bergs. Dort setzte sie sich
nieder und blickte auf die See hinaus. Der senkte ihr Frieden
ins Herz, dieser weite Blick auf die See hinaus. Da kam ihr
die Lust, zu singen; sie wählte ein Lied mit lang
schwingenden Tönen, und der Klang ging weit in die stille
Nacht hinaus. Es machte ihr selbst Vergnügen, und deshalb
sang sie noch einen Vers. Aber da war's ihr, als antworte
jemand aus der Tiefe her. "Herrjeh, was kann das sein?"
dachte Aslaug; sie ging bis an den Abhang und schlang die

Arme um eine schwanke Birke, die sich zitternd nach unten neigte. Sie blickte hinunter, aber sie sah nichts. Der Fjord lag still da und ruhte; kein Vogel strich darüber hin. Aslaug setzte sich wieder und sang weiter; da kam wirklich eine Antwort, in demselben Ton, näher als das erstemal. "Da muß doch was los sein"! Aslaug sprang auf und beugte sich hinüber. Und da sah sie unten an der Bergwand ein Boot, das hier angelegt hatte; und so tief unten lag es, daß es aussah wie eine kleine Muschel. Ihre Augen suchten die Stelle ab und erspähten eine rote Mütze und darunter einen Burschen, der die fast senkrechte Bergwand hinaufklomm. "Herrjeh, wer kann das sein?" dachte Aslaug, ließ die Birke los und lief weit nach hinten. Sie wagte nicht, die eigene Frage zu beantworten, denn sie wußte ja, wer es war. Sie warf sich nieder auf die Halde und packte das Gras mit beiden Händen, als sei sie Tore und dürfe nicht loslassen. Aber die Graswurzeln lösten sich aus dem Erdboden, — sie schrie laut auf und flehte zu Gott dem Allmächtigen, Tore zu helfen. Aber da schoß ihr der Gedanke durch den Kopf, Tore versuche Gott mit seinem Tun, und deshalb könne er keine Hilfe erwarten. "Nur dies eine Mal", betete sie, und sie faßte den Hund um, als sei es Tore, den sie festhalten müsse; sie rollte mit ihm über die Halde hin, und die Zeit schien ihr endlos. Aber da riß sich der Hund los. "Wau, wau!" kläffte er den Berg hinunter und wedelte mit dem Schwanz. "Wau, wau!" sagte er zu Aslaug und sprang mit den Vorderpfoten an ihr hinauf. "Wau, wau!" wieder den Berg hinunter — und da tauchte eine rote Mütze über dem Bergrand auf, und Tore lag an ihrer Brust. Da blieb er viele Minuten liegen, ohne ein Wort über seine Lippen zu bringen, und das, was er schließlich sagte, hatte nicht Sinn noch Verstand.

Doch als der alte Knut Huseby dies hörte, da sagte er etwas, das Sinn und Verstand hatte; er sagte nämlich: "Der Bursch hat sie verdient; der soll das Mädel haben."

*****

SYNNÖVE SOLBAKKEN

Erstes Kapitel

In unsern weiten Tälern ragt wohl manchmal eine größere
Anhöhe empor, die nach allen Seiten freiliegt und von der
Sonne den lieben langen Tag über bestrahlt wird. Leute, die
dichter am Fuß der Felsen und auf sonnenärmeren Plätzen
wohnen, nennen solche Anhöhe: Solbakken, d.h.
Sonnenhügel. Das Mädel, von dem hier die Rede sein soll,
wohnte auf solchem Sonnenhügel, und von ihm hatte ihr
Heimatshof den Namen; dort blieb der Schnee im Herbst am
spätesten liegen und schmolz im Frühling am zeitigsten.

Die Besitzer des Hofes waren Haugianer und wurden "Leser"
genannt, weil sie sich mehr als alle ihre Nachbarn
befleißigten, die Bibel zu lesen. Der Mann hieß Guttorm, die
Frau Karen. Sie hatten einen Sohn, aber der starb ihnen,
und nun gingen sie drei Jahre lang nicht auf die Ostseite der
Kirche. Als die drei Jahre um waren, bekamen sie eine
Tochter, die sie gern nach dem toten Knaben nennen
wollten. Er hatte Syvert geheißen, und sie wurde Synnöv
getauft, weil sie nichts ähnlicher Klingendes finden
konnten. Aber die Mutter sagte immer "Synnöve": sie hatte
nämlich, als das Kind noch klein war, die Gewohnheit,
seinem Namen am Ende ein "mein" hinzuzufügen, und das
ging ihr nach dem "e" leichter von der Zunge, gleichviel—als

das Mädchen größer wurde, hieß sie bei allen so wie bei
ihrer Mutter: Synnöve. Und es gab nur *eine* Stimme; seit
Menschengedenken war im ganzen Kreise kein so anmutiges
Mädchen aufgewachsen, wie Synnöve Solbakken. Schon in
ihrem zartesten Alter nahmen die Eltern sie an jedem
Sonntag, an dem eine Predigt war, mit in die Kirche,
obgleich Synnöve zunächst nicht mehr verstand, als daß der
Pastor auf den Zuchthaus-Bent schimpfte, den sie unten vor
der Kanzel sitzen sah. Doch der Vater wollte sie mit haben,
—"damit sie sich daran gewöhne", sagte er; und die Mutter
wollte es, "weil keiner wissen könne, wie auf das Kind
unterdessen zu Hause aufgepaßt würde". Fing auf dem Hofe
ein Lamm, eine kleine Ziege oder ein Ferkel zu verkümmern
an, erkrankte eine Kuh, dann wurde das Tier sofort
Synnöve geschenkt, und von der Stunde an, meinte die
Mutter, erholte es sich. Der Vater glaubte nicht recht daran,
aber, "jedenfalls war es ja gleichgültig, wem es gehörte wenn
es nur gedieh".

Auf der anderen Seite des Tales, dicht an den hohen Felsen,
lag ein Hof, der Granliden, d.i. Tannwald, hieß, weil er
mitten in einem großen Tannenforst, dem einzigen in
weitem Umkreis, lag. Der Urgroßvater des jetzigen Besitzers
hatte sich seinerzeit mit unter der Mannschaft befunden, die
nach Holstein gezogen war, um dort den Russen zu
erwarten, und hatte von dieser Kriegsfahrt eine Menge
fremder und merkwürdiger Samensorten mitgebracht. Die
pflanzte er rings um sein Haus; aber im Lauf der Zeit war
ein Keim nach dem anderen eingegangen; nur aus den
Tannäpfeln, die wunderlicherweise zwischen den Samen
geraten waren, erstand ein dichter Wald, der das Haus jetzt
von allen Seiten beschattete. "Der Holsteinfahrer" hatte
Thorbjörn nach seinem Großvater geheißen, und sein
ältester Sohn wieder nach seinem Großvater: Sämund, und
in der Folge trugen die Hofbesitzer immer abwechselnd die

Namen: Thorbjörn und Sämund—seit schier undenklichen
Zeiten. Aber es ging die Sage, nur immer der in der
Reihenfolge zweite Mann habe auf Granliden Glück, und
zwar kein "Thorbjörn". Als dem jetzigen Besitzer Sämund
ein Sohn geboren wurde, kam ihm das wohl in den Sinn; er
hatte aber nicht den Mut, sich gegen den Familienbrauch
aufzulehnen, und nannte das Kind wieder Thorbjörn. Er
sann, ob der Junge nicht so erzogen werden könne, daß er
um den Stein des Anstoßes, den ihm das Gerede in den Weg
gelegt hatte, glatt herumkomme. Ganz sicher war er nicht,
aber er glaubte zu bemerken, daß der Bengel ein Hitzkopf
sei. "Das wollen wir ihm schon austreiben", sagte Sämund
zu seiner Frau, und als Thorbjörn drei Jahr alt war, saß sein
Vater manchmal mit der Rute in der Hand bei ihm und
zwang ihn, die zerstreuten Holzspäne auf ihren richtigen
Platz zu tragen, den Tassenkopf, den er heruntergeworfen,
aufzuheben, die Katze, die er gekniffen hatte, zu streicheln.
Währenddessen ging die Mutter meistens aus der Stube.

Sämund wunderte sich sehr, daß er immer mehr an dem
Jungen zu verbessern fand, je größer der Bengel wurde. Er
hielt ihn zeitig zum Lesen an und nahm ihn mit auf das
Feld, um ein Auge auf ihn zu haben. Die Mutter hatte ein
großes Hauswesen und kleine Kinder zu besorgen; sie
konnte nicht mehr tun, als den Jungen jeden Morgen beim
Anziehen zu streicheln und zu ermahnen und seinetwegen
mit dem Vater an den Feiertagen, da sie Zeit für einander
hatten, eindringlich zu reden. Thorbjörn aber dachte sich,
wenn er Prügel kriegte, weil a-b ab und nicht ba lautet, oder
wenn ihm nicht erlaubt wurde, die kleine Ingrid mit
derselben Rute zu hauen, womit ihn sein Vater schlug: "Es
ist doch merkwürdig, daß ich es so schlecht haben soll und
meine kleinen Geschwister so gut!"

Da er meistens mit seinem Vater zusammen war und nicht

viel mit ihm reden durfte, wurde er wortkarg, doch er
dachte sich sein Teil. Einmal, als sie gerade mit dem nassen
Heu beschäftigt waren, entfuhr ihm doch eine Frage:
"Warum ist in Solbakken das ganze Heu schon trocken und
eingebracht, wenn es bei uns noch naß draußen
liegt?"—"Weil sie dort mehr Sonne haben als wir."—Da
merkte er zum ersten Male, daß der Sonnenglanz, an dem er
sich oft erfreut hatte, für die drüben sei, und er eigentlich
benachteiligt war. Fortan sah er häufiger als früher nach
Solbakken hinüber. "Sitz nicht so da und reiße den Mund
auf," sagte der Vater und versetzte ihm einen Puff; "hier
müssen alle rackern, die Großen wie die Kleinen, um etwas
ins Haus zu kriegen."

Als Thorbjörn sieben oder acht Jahr alt war, nahm Sämund
einen neuen Jungknecht an; er hieß Aslak und hatte sich,
trotz seiner Jugend, schon weit in der Welt herumgetrieben.
Am Abend, da er zuzog, lagen die Kinder schon im Bett,
aber wie Thorbjörn am nächsten Morgen am Tisch vor
seinem Lesebuch saß, schlug einer die Stubentür mit einem
Fußtritt auf, wie ihn Thorbjörn noch nie gehört hatte—und
das war Aslak, der nun mit einem großen Haufen
Brennholz hereintrampelte und die Scheitern mit einem
Schwung auf die Diele warf, daß sie nur so herumflogen.
Dann hopste er in die Höhe, um den Schnee abzuschütteln,
und rief bei jedem Hopser: "Kalt ist es, sagte die Trollbraut,
als sie bis zum Gürtel im Eis steckte!" Der Vater war nicht da,
die Mutter fegte den Schnee zusammen und trug ihn, ohne
ein Wort zu sagen, hinaus.—"Nach was glotzt Du denn?"
fragte Aslak den Thorbjörn. "Nach nichts", sagte der Junge,
denn er hatte Angst. "Hast Du schon den Hahn dahinten in
Deinem Lesebuch gesehen?"—"Ja."—"Wenn's Buch zu ist,
sind auch 'ne Menge Hühner um ihn herum,—hast Du das
auch schon gesehen?"—"Nein."—"Na, dann sieh mal
nach."—Der Junge tat's.—"Schafskopf!" sagte Aslak zu ihm.

—Aber von dieser Stunde an hatte keiner soviel Macht über
ihn wie Aslak.

"Du kannst gar nichts", sagte eines Tages Aslak zu
Thorbjörn, als der wie gewöhnlich hinter ihm herstapfte.
—"Ja, ich kann schon alles bis zur vierten Seite."—"Das ist
was Rechtes! Du hast noch nicht mal was vom Troll gehört,
der mit dem Mädchen solange tanzte, bis die Sonne aufging,
und dann platzte, wie ein Kalb, das saure Milch gesoffen
hat!" So große Kenntnisse hatte Thorbjörn noch nie auf
einmal gehört. "Wo war das?" fragte er.—"Wo das war? Das
war dort drüben in Solbakken."—"Hast Du denn schon von
dem Mann gehört, der sich dem Teufel für ein paar alte
Stiefel verschrieben hat?"—Thorbjörn erstaunte dermaßen,
daß er vergaß zu antworten.—"Du denkst wohl wieder, wo
das war? Das war auch in Solbakken, dort dicht neben dem
Bach, siehst Du? Herrgott, mit der Christenlehre hapert's
noch recht sehr bei Dir. Du hast wohl noch nicht mal von
Kari Baumrock gehört?"—"Nein"; von der hatte er noch
nicht gehört. Und während Aslak nun arbeitete, erzählte er
immer schneller von Kari Baumrock, von der Mühle, die
Salz auf dem Meeresgrunde mahlte, vom Teufel mit den
Holzpantinen, vom Troll, der mit dem Bart im Baumstamm
festsaß, von den sieben grünen Jungfrauen, die aus
Schützenpeters Wade die Haare zupften, während er schlief
und gar nicht aufwachen konnte,—und das war alles in
Solbakken passiert.—"Lieber Gott, was ist denn heute in den
Jungen gefahren?" sagte die Mutter am nächsten Tage, "er
kniet schon seit heute morgen dort auf der Bank und sieht
nach Solbakken 'rüber."—"Ja, heute strengt er sich an", sagte
der Vater, der seine Glieder reckte und sich den ganzen
Sonntag über ausruhte. "Er hat sich mit Synnöve
Solbakken versprochen, erzählen die Leute," meinte Aslak,
—"die Leute erzählen ja soviel", setzte er hinzu. Thorbjörn
verstand das nicht recht, bekam aber doch einen feuerroten

Kopf. Als Aslak darauf aufmerksam machte, kroch der Junge
herunter von der Bank, nahm seinen Katechismus vor und
fing an, darin zu lesen. "Tröste Dich nur mit Gottes Wort,"
sagte Aslak, "Du kriegst sie ja doch nicht."

Gegen Ende der Woche dachte Thorbjörn: nun haben die
anderen die Sache vergessen,—und so fragte er seine Mutter
ganz leise (denn er schämte sich ein bißchen): "Du, wer ist
denn Synnöve Solbakken?"—"Ein kleines Mädchen, dem mal
Solbakken gehören wird."—"Hat sie auch einen Baumrock
an?" Die Mutter sah erstaunt auf den Jungen. "Was sagst Du
da?" Er merkte, daß er eine Dummheit gesagt hatte, und
schwieg. "Ein hübscheres Kind hat noch keiner gesehen,"
fügte die Mutter hinzu, "und die Hübschheit hat ihr unser
Herrgott zum Lohn beschert, weil sie immer artig und brav
ist und sehr fleißig beim Lernen." Nun wußte er's und
konnt' es beherzigen.

Sämund hatte einmal mit Aslak im Feld zusammen
gearbeitet; am Abend desselben Tages sagte er zu Thorbjörn:
"Daß Du mir nicht mehr mit dem Knecht zusammensteckst!"
Aber Thorbjörn achtete nicht darauf. Einige Zeit darauf hieß
es wieder: "Find' ich Dich noch mal bei ihm, dann geht's Dir
schlecht!"—Da schlich der Junge Aslak nach, wenn es der
Vater nicht sah. Der überraschte sie, als sie wieder
beisammensaßen und plauderten; Thorbjörn bekam Prügel
und wurde in die Stube gejagt. Später wartete er auf die
Gelegenheit, wenn sein Vater im Felde zu tun hatte.

An einem Sonntag, da der Vater in der Kirche war, machte
Thorbjörn zu Hause dumme Streiche. Aslak und er warfen
sich mit Schneebällen. "Nein, Du tust mir weh,—wir wollen
nach was anderem werfen", bat Thorbjörn. Aslak war sofort
bereit, und so warfen sie zuerst nach der dünnen Tanne
beim Vorratsschuppen, dann nach dem Schuppentor und
endlich nach dem Fenster.—"Nicht nach den Scheiben,

sondern nach dem Rahmen", sagte Aslak. Aber Thorbjörn traf eine Scheibe; er wurde ganz blaß. "Schadet nichts, wer hat's denn gesehen? wirf nochmal und besser!" Thorbjörn traf wieder eine Scheibe. "Jetzt will ich nicht mehr." Im selben Augenblick trat seine älteste Schwester, die kleine Ingrid aus dem Hause. "Du, wirf nach der mal!" Und Thorbjörn tat, wie ihm geheißen; das Mädchen weinte, die Mutter kam heraus und sagte dem Jungen, er solle aufhören. "Wirf, wirf', flüsterte Aslak. Thorbjörn—aufgeregt und in Hitze—warf.—"Du bist wohl nicht mehr richtig im Kopf', sagte die Mutter und lief auf ihn zu. Da rannte er fort, sie hinterdrein; Aslak lachte, die Mutter drohte; endlich faßte sie den Jungen vor einem Schneehaufen und hob schon die Hände, um ihn ordentlich durchzubläuen.—"Ich haue wieder," rief er, "das ist hier so Sitte." Die Mutter ließ ganz betroffen die Hände sinken und sah ihn an. "Das hast Du von einem andern", sagte sie darauf, nahm ihn still bei der Hand und führte ihn in die Stube. Sie sprach kein Wort mehr mit ihm, beschäftigte sich mit seinen kleinen Geschwistern und erzählte ihnen, Vater komme bald aus der Kirche nach Hause. Da begann es tüchtig heiß in der Stube zu werden. Aslak bat um Erlaubnis, einen Verwandten zu besuchen, und durfte gleich gehen; aber Thorbjörn wurde viel kleiner, als Aslak gegangen war. Er hatte schauderhaftes Magendrücken und so feuchte Hände, daß er damit Flecke in sein Buch machte. Wenn Mutter nur Vater nichts sagen wollte, wenn er käme; aber sie darum zu bitten, das kriegte er nicht fertig. Es wurde ihm ganz grün vor den Augen—und die Uhr an der Wand sagte: "Klaps, klaps". Er mußte zum Fenster hin und nach Solbakken sehen. Das lag still wie immer und verschneit da und glänzte wie perlenbedeckt in der Sonne: das Haus lachte aus allen Fensterscheiben, und von denen war gewiß keine entzwei; der Rauch zog höchst vergnügt aus dem Schornstein und sagte Thorbjörn, daß auch dort

für die Kirchgänger gekocht wurde; Synnöve sah bestimmt
nach ihrem Vater aus und würde nicht ein bißchen Prügel
kriegen. Der Junge wußte nicht mehr recht, was er anfangen
sollte, und wurde mit einemmal schrecklich zärtlich mit
seinen Schwestern. Gegen Ingrid war er besonders gut und
schenkte ihr sogar einen blanken Knopf, den er von Aslak
bekommen hatte. Sie schlang ihre Arme um seinen Hals,
und er umarmte sie auch. "Liebes Ingridchen, bist Du mir
böse?"—"Nein, liebes Thorbjörnchen, Du kannst mich soviel
schneeballen, wie Du willst." Aber da schüttelte sich jemand
mit Auftrampeln draußen auf dem Flur den Schnee ab. Und
richtig,—das war Vater. Er schien in sanfter und guter
Stimmung zu sein; und das war noch schlimmer. "Na", sagte
er und sah sich um;—es war merkwürdig, daß die Wanduhr
nicht auf die Diele rasselte. Die Mutter brachte das Essen.
"Wie geht's, wie steht's?" fragte der Vater, setzte sich hin und
nahm seinen Löffel. Thorbjörn sah seine Mutter an; die
Tränen kamen ihm dabei in die Augen. "So lala", sagte sie
unglaublich langsam, und er merkte wohl, daß sie noch
mehr sagen wollte. "Ich habe Aslak erlaubt, auszugehen",
sagte sie.—"Für diesmal bin ich durch", dachte Thorbjörn—
und fing mit Ingrid zu spielen an, als ob nichts andres seine
Gedanken beschäftige. So lange hatte Vater sich noch nie
beim Essen aufgehalten, und Thorbjörn suchte ihm jeden
Bissen nachzuzählen, aber als er bis zum vierten gekommen
war, wollte er ausprobieren, wie weit er zwischen dem
vierten und fünften zählen könne, und da geriet er ganz aus
der Ordnung. Endlich stand der Vater auf und ging hinaus.
Die Scheiben, die Scheiben klirrten in des Jungen Ohren,
und er sah nach, ob sie ganz seien, die in der Stube. Ja, die
waren alle ganz. Aber jetzt ging Mutter dem Vater nach.
Thorbjörn nahm die kleine Ingrid auf den Schoß und sagte
so sanft, daß sie ihn ganz erstaunt ansah: "Wollen wir nicht
beide 'Goldkönigin auf der Wiese' spielen, Du und ich?" Ja,
das wollte sie gern. Und nun sang er, während die Beine

unter ihm zitterten:

> Feine Blume,
> Wiesenblume,
> Höre mir jetzt zu!
> Und willst Du meine Liebste sein,
> Dann kriegst Du einen Mantel fein,
> Mit Gold in Hauf
> Und Perlen darauf;
> Bimmel, Bammel, Bimmel,
> Wie lacht die Sonne vom Himmel!

Da antwortete sie:

> Goldkönigin,
> Perlenkönigin,
> Höre mir jetzt zu:
> Mag nicht Deine Liebste sein,
> Mag nicht Deinen Mantel fein,
> Mit Gold in Hauf
> Und Perlen darauf;
> Bimmel, Bammel, Bimmel,
> Wie lacht die Sonne vom Himmel!

Doch als das Spiel im besten Gange war, trat der Vater wieder in die Stube und sah Thorbjörn groß an. Der drückte sich fester an Ingrid und fiel nicht mal vom Stuhl herunter. Der Vater drehte sich um und sagte nichts; eine halbe Stunde verging, und er hatte immer noch nichts gesagt, — und der Junge war schon fast beruhigt und wäre beinahe vergnügt geworden; aber das traute er sich doch nicht. Er wußte gar nicht mehr, was er denken sollte, als ihm der Vater selbst beim Ausziehen half; er fing wieder an, etwas zu zittern; da tätschelte ihm der Vater den Kopf und streichelte ihm die Backen; das war Thorbjörn nicht passiert, so lange er denken konnte, und deshalb wurde ihm so warm um das Herz und im ganzen Körper, daß seine Furcht zerrann, wie Eis im Sonnenstrahl. Er wußte nicht, wie er in das Bett kam, und da er weder singen noch laut reden durfte, faltete er still die Hände, betete ganz leise sechsmal das Vaterunser vorwärts und rückwärts und fühlte, während er einschlief, daß er doch niemand auf Gottes grüner Erde so lieb habe wie seinen Vater.

Als er am nächsten Morgen im Halbschlaf dalag, empfand er einen schrecklichen Angstdruck: er sollte Prügel kriegen, wollte schreien, konnte aber nicht. Da er die Augen aufschlug, merkte er zu seiner großen Erleichterung, daß er nur geträumt, aber er merkte auch bald, daß ein anderer Prügel kriegen sollte, nämlich Aslak. Sämund ging in der Stube auf und ab—und was solcher Gang zu bedeuten hatte, das wußte Thorbjörn genau. Der etwas kleine, doch stämmige Mann sah unter den buschigen Augenbrauen manchmal derart Aslak an, daß der hinlänglich spürte, was in der Luft lag; Aslak selbst saß auf dem Bodenrand einer umgekippten großen Tonne und ließ seine Beine herunterbaumeln oder zog sie über Kreuz in die Höhe. Er hatte wie gewöhnlich die Hände in die Hosentaschen gesteckt und die Mütze auf dem Kopf leicht hintenüber gedrückt, so daß das schwarze Haar in vollen Büscheln unter dem Schirm hervorquoll. Sein etwas schiefer Mund war noch schiefer gezogen, den Kopf hielt er halb schräg und blickte durch seine halbgeschlossenen Augenlider von der Seite nach Sämund hin. "Ja, Dein Junge ist verrückt," sagte er, "aber schlimmer ist, daß Dein Pferd den Teufel im Leibe hat." Sämund blieb stehen: "Du bist ein Flaps", sagte er so, daß die Stube dröhnte, und Aslak die Lider noch dichter schloß. Sämund nahm seinen Gang wieder auf; Aslak saß eine Weile still da. "Ja, richtig den Teufel im Leibe", wiederholte er und schielte nach seinem Herrn, um zu sehen, was für eine Wirkung seine Worte hätten.

"Waldscheu ist der Gaul", rief Sämund im Gehen, "einen
Baum hast Du über ihm gefällt und jetzt will er nicht mehr
ruhig an den Bäumen vorbei." Aslak hörte das mit an und
erwiderte nach einer kurzen Pause: "Du kannst ja glauben,
was Du willst; Glauben macht selig; aber daß Du damit Dein
Pferd wieder gesund machst, das glaube ich nicht"—im
selben Augenblick jedoch drückte er sich tiefer in die Tonne
und deckte sein Gesicht mit der Hand. Sämund war fest auf
ihn zugegangen und sagte halblaut, aber in recht
unheimlichem Ton: "Du niederträchtiger…" "Sämund",
erklang eine Stimme vom Herde. Ingebjörg, seine Frau war
es, die rief und ihn beruhigen wollte, wie sie ihr Jüngstes
beruhigte, das auf ihrem Schoß saß, bange war und schreien
wollte. Zuerst wurde das Kind still, dann schwieg auch
Sämund, aber er hielt die für einen so stämmigen Mann
etwas kleine Faust Aslak dicht unter die Nase, während er
sich vor ihm aufpflanzte und ihm mit lodernden Blicken
förmlich das Gesicht zu versengen suchte. Dann ging er, wie
vorher, auf und ab, sah ihn aber wiederholt hastig an.
Aslak war ganz blaß, lachte jedoch mit dem halben Gesicht
Thorbjörn zu, während die andere, Sämund zugewandte
Hälfte ganz stramm blieb. "Schenk' uns Geduld, lieber Gott
im Himmel", sagte er nach kurzer Stille, machte aber flugs
den Ellbogen krumm, wie, um einen Schlag abzuwehren.
Sämund war ihm gegenüber stehen geblieben, stampfte nun
mit dem Fuß auf den Boden und schrie dabei mit aller Kraft:
"Lästre seinen Namen nicht, Du—" Ingebjörg sprang auf,
kam mit dem Säugling heran und legte sanft die eine Hand
auf den erhobenen Arm ihres Mannes. Er sah sie nicht an,
ließ aber den Arm sinken. Sie setzte sich, er ging wieder auf
und ab; keiner sprach ein Wort. Nach einiger Zeit ließ es
Aslak keine Ruhe: "Ja, der dort oben hat 'ne Menge zu tun
in Granliden." "Sämund, Sämund", rief Ingebjörg leise und
ängstlich, aber bevor er es noch gehört hatte, war er zu
Aslak hingerast. Der streckte seinen Fuß vor; diesen beiseite

schlagen, am Fuß und am Kragen den Burschen packen, ihn hochheben und gegen die geschlossene Tür schleudern, daß die Füllung in Stücke ging und der ganze Kerl kopfüber hinausflog, war für Sämund das Werk weniger Augenblicke. Seine Frau, Thorbjörn, alle Kinder, schrien und baten; das ganze Haus war ein Jammer. Aber Sämund dem Aslak nach; ohne die Tür richtig aufzumachen, nur die Holzstücke und Splitter fortstoßend, packte er den Knecht zum zweiten Male, trug ihn durch den Flur, hinaus in den Hof, hob ihn wieder hoch und warf ihn mit aller Macht zu Boden. Und als er merkte, daß zu viel Schnee dalag, um den Fall wuchtig genug zu machen, kniete er auf die Brust Aslaks hin, schlug ihm in das Gesicht, hob ihn zum dritten Male hoch, trug ihn zu einer schneefreieren Stelle wie der Wolf einen erjagten, zerfleischten Hund, warf ihn wieder hin, kniete wieder auf ihm—und, wer weiß, welches Ende es genommen hätte, wenn sich nicht Ingebjörg, den Säugling auf dem Arm, zwischen die beiden geworfen hätte.—"Mach' uns nicht unglücklich!" schrie sie.

Eine Weile darauf saß Ingebjörg in der Stube; Thorbjörn zog sich an, der Vater ging auf und ab und trank hin und wieder einen Schluck Wasser; aber die Hand zitterte ihm so dabei, daß das Wasser manchmal über den Tassenrand auf die Diele spritzte. Aslak kam nicht herein, und Ingebjörg machte kurz darauf Miene, hinauszugehen. "Bleib", sagte Sämund, mit einem Ton, als wenn er gar nicht zu ihr spräche; und sie blieb. Bald jedoch ging er selbst. Er kam nicht wieder. Thorbjörn las fortwährend, ohne aufzublicken, obgleich er nicht imstande war, den kleinsten Satz zusammenzubringen.

Weiterhin am Vormittag war das Haus in gewohnter Ordnung, obgleich allen zumute war, wie nach dem Besuche eines noch nie dagewesenen Fremden. Thorbjörn wagte

endlich auf den Hof zu gehen, und der erste, den er dort
traf, war Aslak, der alle seine Habseligkeiten auf einen
Schlitten—Thorbjörns Schlitten—geladen hatte. Thorbjörn
starrte ihn an, er sah gräßlich aus. Sein Gesicht war mit
Blut beklebt und beschmiert; er hustete und faßte sich oft an
seine Brust. Erst blickte er den Jungen stumm an und stieß
darauf hart die Worte hervor: "Ich kann Deine Augen nicht
leiden, Bengel"; dann setzte er sich mit gespreizten Beinen
auf den Schlitten und fuhr bergab. "Du kannst zusehen, wie
Du Deinen Schlitten wiederkriegst", rief er, während er sich
noch einmal umdrehte und lang die Zunge herausstreckte.
Dann zog er weiter. In der nächsten Woche kam der
Gerichtsdiener nach Granliden; der Vater ging öfter fort; die
Mutter weinte und war auch ein paarmal fort. "Wo geht Ihr
denn immer hin?" "Ach, Aslak hat uns was Tüchtiges
eingebrockt."

Einige Tage darauf wurde die kleine Ingrid ertappt, wie sie
sang:

"O Du holdselige Erden
Kannst mir gestohlen werden;
Das Mädel reckt und streckt sich weit;
Der Junge ist nicht recht gescheit;
Die Wirtin kocht nur Sudelbrei,
Der Wirt ist faul und sauft dabei;
Die Katze ist die einzig kluge,
Sie leckt den Milchrahm aus dem Kruge."

Da fragten die Eltern, von wem sie das schöne Lied gelernt
habe. "Ja, von Thorbjörn." Der Junge bekam einen großen
Schreck und stotterte, daß er es von Aslak habe. Nun wurde
ihm unter Androhung gehöriger Prügel verboten, je wieder
solche Lieder zu singen oder sie Ingrid zu lehren. Kurz
darauf fluchte die kleine Ingrid. Thorbjörn mußte wieder
vor das Gericht, und Sämund meinte, das beste sei, wenn er

als Anstifter gleich die Rute kriege; aber er weinte und gab
das hochheilige Versprechen, es nie wieder tun zu wollen; so
kam er für diesmal noch davon.

Am Sonntag darauf sagte der Vater zu ihm: "Damit Du zu
Hause keine dummen Streiche machst, sollst Du heute mit
mir in die Kirche."

Zweites Kapitel

Die Kirche stellt der Bauer in seinen Gedanken auf einen
hohen Platz, auf einen Platz für sie allein; er sieht sie in
Heiligkeit, umgeben vom feierlichen Ernst der Gräber, erfüllt
von der frischen Lebenskraft des Gottesdienstes. Sie ist das
einzige Haus, bei dessen Bau er Pracht entfaltet hat, und
deshalb ragt ihre Turmspitze für seine Anschauung weit
höher, als sie in der Tat ist. Ihre Glocken grüßen ihn am
klaren Sonntagsmorgen den ganzen Weg entlang auf dem
Gange zu ihr, und er zieht immer den Hut vor ihnen ab, als
wollte er sagen: "Dank für das vorige Mal!" Es ist ein
geheimes Band zwischen ihm und den Glocken. In den
frühesten Lebensjahren stand er wohl im offenen Haustor
und lauschte ihrem Klang, während unten auf dem Wege
die Kirchgänger still vorbeizogen; Vater schloß sich an, er
selbst war noch zu klein. Damals verband er so manche
verschiedenartige Vorstellungen mit diesem schweren,
starken Schall, der ein oder zwei Stunden zwischen den
Felsen dröhnte und sich von einem zum andern schwang;
aber eine Vorstellung war ihm unzertrennbar davon:
saubere Röcke und Hosen, Frauen in ihrem besten Schmuck
und Staat, geputzte Pferde mit blankem Geschirr.

Und wenn dann die Glocken sein eigenes Glück einläuten,

wenn er selbst im funkelnagelneuen, aber etwas für ihn zu
großen Anzug wichtig an Vaters Seite zur Kirche geht, —
welcher Jubel tönt da aus ihrem Klang! Da können sie wohl
alle Tore sprengen zu dem, was er schauen soll! Und wenn
sie dann auf dem Rückweg über seinem Kopf lärmen, der
noch schwer, noch von den Gesängen, Gebeten,
Pastorsworten, die sich darin wiegen und kreuzen, wirr ist,
wenn alle die früher nie gesehenen Bilder: Altargemälde,
Trachten, Personen, vor seinen Augen auf- und abjagen —
dann wölbt auch ihr Geläute für immer das Dach über die
gesammelten Eindrücke und weiht die kleine Kirche ein, die
er fortan im Herzen trägt.

Ist er etwas älter geworden, dann muß er zu Berg und das
Vieh hüten; aber wenn er an einem schönen, taufrischen
Sonntagsmorgen auf einem Stein zwischen seiner Herde
sitzt, und die Kirchenglocken die Schellen der Tiere
übertönen, dann wird er schwermütig. Denn aus den
Glockentönen klingt etwas Lustiges, Leichtes, Lockendes
von dort unten herauf; sie wecken die Erinnerung an
Bekannte vor und in der Kirche, an die Freude, dort zu sein,
an die vielleicht noch größere, dort gewesen zu sein, zu
Hause gutes Essen, die Eltern, die Geschwister zu finden, —
sie erzählen vom Spiel auf den Grasflecken am
vergnüglichen Sonntagsabend, — und dann gerät das kleine
Herz des Jungen in Aufruhr. Aber schließlich: es sind doch
die Kirchenglocken, die erklingen; und so sucht und findet
er doch in seinem Kopf das Bruchstück eines
Gesangbuchliedes, das er zur Not auswendig weiß, und er
singt es mit gefalteten Händen und blickt weit dabei ins Tal
hinunter, spricht ein kurzes Gebet, springt auf und stößt in
sein Hirtenhorn, daß die Töne gegen die Bergwände
schmettern.

Hier in den stillen Felsentälern hat die Kirche noch für jedes

Lebensalter ihre besondere Sprache, für jedes Auge ihr besonderes Aussehen. Erwachsen und fertig steht sie vor dem Konfirmanden, —mit aufwärts gerecktem Finger, halb drohend, halb winkend, vor dem Jüngling, der seine Wahl getroffen hat, —breitschultrig und stark vor dem sorgenden Mann, —geräumig und mild vor dem müden Greise. Mitten im Gottesdienst werden die jüngst geborenen Kinder hereingetragen und getauft und, wie bekannt, ist während dieser Feier die Andacht am größten.

Man kann deshalb nie ein richtiges Bild von den norwegischen Bauern, von verderbten oder unverdorbenen, wiedergeben, ohne an irgendeiner Stelle die Kirche als Hintergrund heranzuziehen. Dadurch entsteht eine gewisse Einförmigkeit; aber das ist nicht das Schlimmste. Dies sei hier ein für allemal hervorgehoben, und nicht nur mit Bezug auf den Kirchgang, von dem jetzt berichtet werden soll.

Thorbjörn war sehr vergnügt über den Gang und alles Neue; merkwürdig viele Farben spielten in sein Auge draußen vor der Kirche; in ihrem Inneren fühlte er den Druck der Stille, der auf allen und allem schon vor Beginn des Gottesdienstes lag; und obgleich er beim Vorlesen des Gebetes vergessen hatte, den Kopf zu senken, war es ihm doch, als beuge der Anblick von den mehreren hundert gesenkten Köpfen auch den seinen. Der Gesang setzte ein; alle um ihn her sangen mit einemmal; ihm wurde fast ängstlich zumute. So versunken saß er da, daß er wie aus einem Traum auffuhr, als die Tür sacht geöffnet wurde und ein Mann neben Vaters Sitz trat. Wie das Lied zu Ende war, gab Vater dem Hereingekommenen die Hand und fragte: "Wie geht's in Solbakken?"

Thorbjörn schlug die Augen auf, aber so genau er hinsah und suchte, eine Verbindung zwischen dem Mann und

Trollen oder irgend welcher Hexerei konnte er nicht finden.
Der Mann hatte ein sanftes Gesicht, blondes Haar, große
blaue Augen unter einer hohen Stirn und eine stattliche
Figur; er lächelte, wenn jemand mit ihm sprach, und sagte
auf alle Worte Sämunds "Ja", sonst redete er wenig. — "Jetzt
will ich Dir auch Synnöve zeigen", meinte der Vater und
wies nach dem Frauenplatz gerade gegenüber. Dort kniete
ein kleines Mädchen oben auf der Bank und sah über den
Rand der Brüstung; es war noch blonder als der Mann, so
blond, wie er noch keins gesehen hatte. Rote Bänder
flatterten von ihrem Hut über dem Flachshaar, und sie
lachte ihm zu, so daß er eine ganze Weile auf nichts anderes
blicken konnte als auf ihre weißen Zähne. In der einen
Hand hielt sie ein blinkendes Gesangbuch, in der anderen
ein zusammengefaltetes, rotgelbes seidnes Taschentuch, und
sie machte sich den Spaß, mit dem Taschentuch auf das
Gesangbuch zu schlagen. Je mehr er sie anstarrte, desto
mehr lachte sie; und nun wollte er auch auf die Bank
hinauf, ebenso hoch wie sie. Da nickte sie ihm zu. Er sah sie
ein paar Minuten ernst an, dann nickte er. Sie lachte und
nickte wieder, und noch einmal, und noch einmal. Dann
lachte sie; nickte aber nicht mehr, — nach kurzer Zeit, als er
nicht mehr daran dachte, nickte sie.

"Ich will auch sehen", hörte er eine Stimme hinter sich, und
im selben Augenblick wurde er am Bein gepackt und
heruntergezerrt, so daß er beinahe hingefallen wäre. Das
hatte ein kleiner Bengel zuwege gebracht, der sich jetzt
tapfer auf Thorbjörns Platz hinaufarbeitete. Aslak hatte
Thorbjörn gründlich belehrt, wie er mit bösen Buben in der
Schule oder Kirche verfahren sollte, deshalb kniff er den
Jungen in sein Hinterteil, so daß der fast geschrien hätte;
aber er nahm sich zusammen, krabbelte schnell herunter
und faßte Thorbjörn bei beiden Ohren. Thorbjörn packte
ihn beim Schopf und warf ihn hin; noch schrie der kleine

Kerl nicht, aber er biß seinen Gegner ins Bein. Thorbjörn
zog es zurück und drückte das Gesicht des andern fest auf
den Boden, da wurde er selbst beim Kragen genommen und
wie ein Strohsack hochgehoben,—von seinem Vater, der ihn
vor sich auf das Knie setzte. "Wenn wir jetzt nicht in der
Kirche wären, dann kriegtest Du gleich Deine Prügel",
flüsterte er ihm ins Ohr und packte ihn so fest bei der Hand,
daß es Thorbjörn bis zu den Sohlen prickelte und stach.
Dann erinnerte Thorbjörn sich wieder an Synnöve und sah
zu ihr hinüber; sie war noch auf ihrem früheren Platz; aber
starrte ganz betroffen und ängstlich vor sich hin. Da fing es
in ihm zu dämmern an; was er getan hatte, mußte wohl
ganz toll und schlimm gewesen sein! Sowie sie merkte, daß
er sie ansah, kroch sie von der Bank herunter und ließ sich
nicht wieder blicken.

Der Küster, der Pastor trat vor; wohl hörte er und sah er
hin auf beide—und wieder kam der Küster und wieder der
Pastor—aber er saß immer noch auf dem Knie seines Vaters
und hatte eigentlich nur den einen Gedanken: wird sie bald
wieder hersehen? Der Bengel, der ihn von der Bank
heruntergezogen hatte, hockte weiter hinten auf einem
Schemel und bekam jedesmal, wenn er aufstehen wollte,
einen Puff in den Rücken von der Hand eines Alten, der auf
seinem Stuhl im Halbschlaf nickte, aber regelmäßig
aufwachte, wenn der Junge Miene machte, hochzukommen.
"Wird sie nicht bald wieder hersehen?" dachte Thorbjörn;
und jedes rote Band, das sich in seiner Umgebung bewegte,
erinnerte ihn an Synnöves; und jedes alte Bild an der
Kirchenwand war ebenso groß oder kleiner als sie. Ja, jetzt
streckte sie den Kopf hoch; aber sobald sie Thorbjörn sah,
duckte sie sich wieder.—Der Küster trat noch einmal vor,
und auch der Pastor; dann läutete es, und die Gemeinde
stand auf. Der Vater sprach wieder mit dem blonden Mann;
sie gingen zusammen zu den Frauenplätzen hinüber, wo

auch schon alles aufgestanden war. Die erste, die herauskam, war eine blonde Frau; sie lächelte, aber nicht so ausgesprochen, wie der Mann, war sehr klein und blaß und hielt Synnöve an der Hand. Thorbjörn ging gleich auf das Kind zu, aber es lief weg und versteckte sich hinter seiner Mutter: "Ich will nicht", rief es. "Er ist wohl noch nie in der Kirche gewesen", sagte die Frau und legte die Hand auf des Knaben Schulter. "Nein," antwortete Sämund, "sonst hätte er sich heute nicht geprügelt." Thorbjörn sah ganz beschämt sie und dann Synnöve an, die ihm noch viel ernster schien. Sie gingen alle aus der Kirche—die älteren im Gespräch, Thorbjörn hinter Synnöve; die drängte sich immer dicht an ihre Mutter, sobald er ihr näherkam. Den anderen Jungen sah er nicht mehr. Draußen blieb die ganze Gesellschaft stehen und fing eine längere Unterhaltung an. Thorbjörn hörte mehrmals den Namen "Aslak" heraus, und da er bange war, daß sie auch über ihn selbst reden könnten, blieb er einige Schritte zurück. "Du brauchst das nicht mit anzuhören," sagte die Mutter zu Synnöve, "geh ein bißchen weiter, mein liebes Kind; geh, sag' ich." Synnöve trat widerwillig zurück. Thorbjörn ging auf sie zu und sah sie an; und sie sah ihn an; und so standen sie ein Weilchen und sahen sich an. Endlich sagte sie: "Pfui!"—"Warum sagst Du Pfui!" fragte er.—"Pfui!" sagte sie noch einmal, "Pfui, Du solltest Dich lieber was schämen", setzte sie hinzu.—"Was habe ich denn getan?"—"Geprügelt hast Du Dich, während der Pastor dastand und Gottesdienst hielt,—Pfui!"—"Ja, das ist doch aber schon so lange her."—Das leuchtete ihr ein, und sie fragte kurz darauf: "Bist Du Thorbjörn Granliden?"—"Ja, und bist Du Synnöve Solbakken?"—"Ja, ich habe immer gehört, daß Du so'n artiger Junge bist."—"Nein, das ist nicht wahr; ich bin zu Hause der allerschlimmste", sagte Thorbjörn.—"Hör' mal einer an!" sagte Synnöve und schlug ihre beiden kleinen Hände zusammen: "Mutter, Mutter, er sagt—"—"Sei still und geh fort", rief die Mutter und die Kleine machte Halt, ging wieder langsam und rückwärtsschreitend nach hinten, heftete aber dabei die großen, blauen Augen stetig auf ihre Mutter.—"Ich habe immer gedacht, Du bist so artig!"—"Ja, manchmal, wenn ich in der Bibel gelesen habe", antwortete sie.—"Sag' mal, ist es wahr, dass da drüben bei Euch alles dick voll von Kobolden und Trollen und anderen Hexenkram steckt?" fragte er und stemmte die eine Hand in die Seite, setzte den einen Fuß vor und stützte sich auf den andern—genau wie Aslak.—"Mutter, Mutter, weißt Du, was er gesagt hat…"—"Laß mich doch zufrieden, hörst Du nicht! Und komm nicht her, wenn Du nicht gerufen wirst!"— Synnöve musste wieder langsam nach hinten; sie steckte dabei einen Zipfel vom Taschentuch zwischen die Zähne, biss ihn fest und zog daran.—"Ist das also nicht wahr, dass bei Euch das Hügelvolk jede Nacht unten Musik macht?"—"Nein!"—"Dann hast Du wohl noch nie bei Euch einen Troll gesehen?"—"Nein!"—"Aber Jesus soll mir bei…"—"Pfui, so was darfst Du nicht sagen!"—"Ach was, das schadet nichts", sagte er und spuckte durch die Zähne, um ihr zu zeigen, wie weit er spucken könne.—"Doch," sagte sie, "dann kommst Du in die Hölle."—"Meinst Du?" fragte er bedeutend kleinlauter; denn er dachte, er könne höchstens Prügel dafür kriegen, und sein Vater stand ja jetzt weit weg. —"Wer ist denn bei Euch zu Hause der Stärkste?" fuhr er nach einer Weile fort und rückte seine Mütze mehr nach einer Seite.—"Das weiß ich nicht."—"Bei uns ist es Vater; ja, der ist so stark, daß er Aslak verhauen hat, und Aslak ist stark, das kannst Du glauben."—"Na ja—"—"Er hat mal ein Pferd hochgehoben."—"Ein wirkliches Pferd?"—"Ja, das ist wahr, ganz gewiss wahr—er hat's mir selber erzählt."— Daraufhin durfte sie nicht länger daran zweifeln.—"Wer ist denn Aslak?" fragte sie.—"Du, das ist ein ganz Schlimmer, weißt Du; aber Vater hat ihn verhauen; ich sage Dir, noch nie hat einer soviel Prügel gekriegt."—"Prügelt Ihr Euch

denn zu Hause?"—"Ja, manchmal, Ihr nicht?"—"Nein,
nie."—"Na, was macht Ihr denn eigentlich?"—"Mutter sorgt
fürs Essen und strickt und näht. Das tut Kari auch, aber
lange nicht so gut wie Mutter, weil sie faul ist; Randi
besorgt die Kühe; und Vater und die Knechte arbeiten auf
dem Feld oder auch zu Hause."—Diese Erklärung befriedigte
ihn.—"Abends lesen wir in der Bibel und singen," fuhr sie
fort, "und Sonntags auch."—"Du, das muß aber langweilig
sein."—"Langweilig? Mutter, er sagt..." aber dann erinnerte
sie sich, daß sie das Gespräch der Alten nicht stören durfte.
—"Ich habe eine Menge Schafe", sagte sie.—"So?"—"Ja, drei
gehen mit Winterlämmern und das eine, glaube ich, wirft
bestimmt zweie."—"Schafe hast Du?"—"Ja, auch Kühe und
Ferkel, hast Du keine?"—"Nein."—"Wenn Du zu uns
kommst, dann gebe ich Dir ein Lamm ab; und, paß mal auf,
davon bekommst Du wieder Kleine."—"Das wär' aber ein
Spaß!"—Ein Weilchen blieben sie still.—"Kann Ingrid nicht
auch ein Lamm kriegen?" fragte er.—"Wer ist denn
Ingrid?"—"Na, Ingrid, Ingridchen."—Sie kannte doch aber
Ingrid gar nicht.—"Ist sie kleiner als wie Du?"—"Gewiß
doch, ungefähr so groß wie Du."—"Ach, die mußt Du
mitbringen, hörst Du?"—Ja, das wollte er.—"Aber", sagte sie,
"wenn Du ein Lamm bekommst, kann sie ein Ferkel
bekommen."—Das fand er auch viel netter, und nun
erzählten sie sich etwas von gemeinschaftlichen Bekannten,
von denen sie nicht arg viel hatten. Dann war die
Unterhaltung der Eltern zu Ende, und sie mußten nach
Hause gehen.

Nachts träumte er von Solbakken; er meinte dort lauter
weiße Lämmer zu sehen und zwischen ihnen ein kleines
Mädchen mit blondem Haar und roten Bändern;—Ingrid
und er sprachen alle Tage davon. Sie hatten schon im
voraus soviel Lämmer und Ferkel zu besorgen, daß sie es
gar nicht schaffen konnten; aber sie wunderten sich sehr,

daß sie nicht sofort zu Synnöve durften. "Auf die Einladung
von dem Kind?" sagte die Mutter, "nein, das paßt sich
nicht."—"Warte bis Sonntag," sagte Thorbjörn, "dann
werden wir ja sehen."

Der Sonntag kam. "Du sollst so sehr prahlen und lügen und
fluchen," sagte Synnöve zu ihm, "und da darfst Du nicht zu
uns kommen, bis Du das nie wieder tust."—"Wer hat das
gesagt?" fragte Thorbjörn erstaunt.—"Mutter."

Ingrid erwartete ihn schon sehr gespannt zu Hause. Als er
wiederkam, erzählte er, wie es ihm ergangen war. "Da hast
Du's", sagte die Mutter. Aber von dieser Stunde erinnerten
sie ihn jedesmal daran, wenn er fluchte oder prahlte. Dabei
kam es einmal zwischen ihm und Ingrid bis zur Prügelei,
weil sie nicht einig darüber wurden, ob "mich soll gleich der
Hund beißen" als Fluch gelten dürfe oder nicht. Ingrid
bekam Schläge von ihm, und nun gebrauchte er die
Redensart den ganzen Tag. Doch abends hörte sie der Vater.
"Gleich wird er Dich beißen", sagte er, und nahm sich
Thorbjörn so vor, daß dieser hinpurzelte. Da schämte er
sich, und am meisten vor Ingrid; aber kurz darauf ging sie
zu ihm und streichelte ihn.

Endlich, nach ein paar Monaten, durften sie hinüber nach
Solbakken; dann kam Synnöve zu ihnen, sie beide wieder
zu ihr, und so verkehrten sie die ganzen folgenden Jahre
zusammen. Thorbjörn und Synnöve wetteiferten beim
Lernen miteinander; sie gingen in dieselbe Klasse, und
zuletzt überholte er sie; er wurde ein so tüchtiger Schüler,
daß der Pastor sich seiner ganz besonders annahm. Ingrid
kam nicht recht mit, und die beiden halfen ihr; sie und
Synnöve wurden unzertrennlich, die Leute nannten sie
"Schneehühner", weil sie beide immer zusammen ausflogen
und so hell aussahen.

Aber mitten drin wurde Synnöve oft mit Thorbjörn böse,
weil er so wild war und immer in Händel geriet. Dann
versöhnte Ingrid sie, und sie lebten wieder als gute Freunde
wie zuvor. Doch hörte Synnöves Mutter von einer seiner
Schlägereien, so erlaubte sie nicht, daß er in derselben
Woche, kaum in der nächsten, nach Solbakken kam.
Sämund durfte nichts davon erfahren; er geht so hart mit
dem Jungen um, sagte seine Frau und verbot, davon zu
reden.

Als sie heranwuchsen, waren alle drei fein anzusehen; jedes
hatte seinen besonderen Vorzug. Synnöve wurde groß und
schlank, bekam goldblondes Haar und ein zartes,
leuchtendes Gesicht mit stillen, blauen Augen. Beim
Sprechen lächelte sie, und bald hieß es bei den Leuten: "Zum
Segen wird es jedem, den Synnöves Lächeln trifft." Ingrid
war untersetzter und dicker; sie hatte noch blonderes Haar
als Synnöve und ein ganz kleines rundes Gesicht mit
weichen Zügen. Thorbjörn war mittelgroß, besonders gut
gewachsen, hatte schwarze Haare, dunkelblaue Augen,
einen scharfgeschnittenen Kopf und starke Gliedmaßen.
Geriet er in Hitze, dann sagte er gewöhnlich, er könnte
ebenso gut lesen und schreiben wie der Lehrer und fürchte
keinen Menschen im ganzen Tal;—bis auf seinen Vater,
dachte er, aber das sprach er nicht aus.

Er wollte schon früh konfirmiert werden; aber daraus
wurde nichts. "Solange Du noch nicht konfirmiert bist,
giltst Du noch als Junge, und ich habe Dich mehr in meiner
Gewalt", sagte sein Vater; infolgedessen ging er erst zur
selben Zeit wie Synnöve und Ingrid zum Pastor. Auch
Synnöve hatte lange warten müssen, fast bis zu ihrem
sechzehnten Lebensjahr. "Man kann nie genug wissen,
wenn man sein Bekenntnis vor Gott ablegen soll", hatte die
Mutter gesagt, und der Vater, Guttorm Solbakken, hatte

zugestimmt. Daher war es nicht eben unerklärlich, daß sich
schon zwei Freier meldeten: der eine der Sohn eines besseren
Mannes, der andere ein reicher Nachbar. "Da hört doch alles
auf,—sie ist ja noch nicht mal konfirmiert."—"Dann wollen
wir sie konfirmieren lassen", sagte der Vater. Aber davon
erfuhr Synnöve nichts.

Der Frau und den Töchtern des Pastors gefiel sie so gut, daß
sie von ihnen zu einem Gespräch in das Haus gerufen
wurde. Ingrid und Thorbjörn standen unterdessen mit den
anderen Konfirmanden draußen, und als einer von den
Burschen zu ihm sagte: "Du darfst nicht mit 'rein? Paß' auf,
die schnappen sie Dir bestimmt fort", da brachten ihm diese
Worte ein blaues Auge ein. Seitdem machten sich seine
Kameraden immer ein Vergnügen daraus, Thorbjörn mit
Synnöve zu necken, weil sie genau wußten, daß nichts
anderes ihn so ärgern und in Wut versetzen konnte.
Schließlich kam es, nach vorheriger Verabredung, in einem
Walde beim Pfarrhof deswegen zu einer tüchtigen Rauferei,
die sich so zuspitzte, daß Thorbjörn es mit einem ganzen
Haufen Angreifer auf einmal zu tun kriegte. Die Mädchen
waren schon vorausgegangen, und daher niemand da, der
dazwischen treten und die Burschen trennen konnte; immer
hitziger und hitziger wurden die Gemüter. Thorbjörn wollte
auch der Übermacht gegenüber nicht klein beigeben und
war nicht wählerisch in der Art seiner Verteidigung; dabei
hagelte es Hiebe, die später selber den Vorfall kundtaten.
Nun kam auch die Veranlassung heraus und wurde überall
viel besprochen.

Am nächsten Sonntag wollte Thorbjörn nicht in die Kirche,
und als er am folgenden Tage in die Pastorstunde sollte,
stellte er sich krank; deshalb ging Ingrid allein. Bei ihrer
Rückkehr fragte er sie, was Synnöve gesagt habe. "Nichts."

Als er nun wieder mitging, glaubte er zu bemerken, daß alle

Leute ihn ansähen und die Konfirmanden grinsten und kicherten. Synnöve kam später als die andern und war nachher viel im Pastorhause. Er fürchtete vom Pastor ausgescholten zu werden, aber er entdeckte schnell, daß nur zwei nichts von der Rauferei wußten, sein Vater und der Pastor. Das war ja soweit ganz gut; aber wie er mit Synnöve wieder in ein Gespräch kommen könne, das wußte er nicht; denn es genierte ihn zum erstenmal, Ingrid um Hilfe zu bitten. Nach Schluß des Unterrichts ging Synnöve wieder zu Pastors; er wartete, solange noch andere dablieben, mußte aber dann auch fort. Ingrid war schon weit voraus.

Das nächste Mal war Synnöve früher als alle übrigen gekommen und spazierte mit einer der Pastorstöchter und einem jungen Herrn im Garten umher. Das Fräulein zog Blumen mit der Wurzel heraus und gab sie Synnöve; der Herr half dabei; und Thorbjörn stand mit den andern draußen und sah zu. Da drin sehr laut gesprochen wurde, hörten sie, wie man Synnöve erklärte, in welcher Weise diese Blumen eingesetzt werden müßten, und wie sie versprach, das selbst zu tun, damit es sorgfältig gemacht würde. "Das kannst Du ja gar nicht allein," sagte der Herr; und das gab Thorbjörn zu denken. — Als Synnöve zu den andern herauskam, wurde sie von ihnen mit noch größerer Achtung wie gewöhnlich begrüßt; sie schritt aber direkt auf Ingrid zu, sagte ihr guten Tag und bat sie, mit ihr auf die Wiese zu gehen. Dort setzten sie sich hin; sie hatten sich ja lange nicht richtig ausgesprochen. Thorbjörn stand wieder bei den andern und sah nach Synnöves feinen, ausländischen Blumen.

An diesem Tage ging Synnöve zu derselben Zeit wie die
übrigen nach Hause. "Darf ich Dir vielleicht die Blumen
tragen?" fragte Thorbjörn.—"Bitte", antwortete sie sanft,
doch ohne ihn anzusehen, faßte Ingrid bei der Hand und
schritt mit ihr voran. Am Wege nach Solbakken blieb sie
stehen und nahm von Ingrid Abschied. "Das Stückchen
kann ich sie schon selbst tragen", sagte sie und hob den
Korb auf, den Thorbjörn hingesetzt hatte. Bei jedem Schritt
bis hierher war es eigentlich seine Absicht gewesen, ihr
anzubieten, die Blumen für sie einzupflanzen, aber nun
brachte er es nicht mehr übers Herz, weil sie sich zu schnell
umdrehte. Doch konnte er an nichts anderes denken, als
daß er ihr eigentlich dabei helfen müßte. "Wovon sprecht Ihr
denn?" fragte er Ingrid. "Von nichts."

Als er alle im Bett wußte, zog er sich wieder an und verließ
den Hof. Der Abend war schön, war mild und still, der
Himmel von dünnen, blaugrauen Wolken überzogen; ihr
Flor hatte sich hier und dort gelöst, und nun sah es aus, als
ob blaue Augen von oben Umschau hielten. Keine
Menschenseele ließ sich bei den Höfen und weiter draußen
blicken, doch überall im Grase zirpten die Heuschrecken;
rechts lockte eine Wachtel, links antwortete eine zweite, und
nun erhob sich auf allen Seiten ein Singen, so daß ihm, dem
Dahinschreitenden, zumute war, als ob er in großer
Begleitschaft ginge, wenngleich er nicht das Geringste
davon sehen konnte. Der Wald zog sich blau, dann dunkler
und dunkler die Böschungen entlang und nahm sich zuletzt
wie ein großes Nebelmeer aus; aber durch den wogenden
Schleier hörte er den Auerhahn sich melden und laut
werden, eine einzelne Eule schrie und der Wasserfall sang
seine alten, harten Reime stärker als je;—jetzt, da sich alles
niedergelassen hatte, um sie anzuhören. Thorbjörn sah
nach Solbakken hinüber und schritt weiter. Er bog vom

gewöhnlichen Wege ab, kam schnell vorwärts und bald
stand er in dem kleinen Garten, der Synnöve gehörte und
unterhalb eines Bodenfensters lag, gerade des Fensters,
hinter dem sie schlief. Er lauschte und lugte, alles war leer
und still, dann sah er sich im Garten nach Arbeitsgeräten
um und fand richtig sowohl Spaten wie Harke. Der Anfang
zu einem Beet war schon versucht worden; aber nur ein
kleiner Streifen fertig; zwei Blumen hatte jemand bereits
eingesetzt, vermutlich um zu probieren, wie es aussehe. "Die
Ärmste ist müde geworden und wieder weggegangen",
dachte er; "hier muß ein Mann 'ran", dachte er weiter, und
machte sich an das Werk. Er verspürte nicht die geringste
Lust zum Schlaf; ja, nie schien ihm eine Arbeit leichter von
der Hand gegangen zu sein. Er erinnerte sich, wie die
Blumen eingesetzt werden müßten, erinnerte sich, wie sie im
Pfarrhof standen, und beachtete beides gewissenhaft dabei.
So verging die Nacht, er merkte nichts davon; er gönnte
sich kaum ein Weilchen zum Ausruhen, grub das ganze
Beet um, pflanzte die Blumen ein, versetzte eine oder die
andere, damit es noch schöner aussehe, und guckte ab und
zu nach dem Bodenfenster, ob er doch vielleicht bemerkt
wurde. Weder dort noch anderswo war jemand zu sehen; er
hörte nicht einmal einen Hund bellen, bevor der Hahn
krähte und die Vögel im Walde erwachten, sich,—jetzt dieser,
jetzt jener,—aufsetzten, um "Guten Morgen" zu singen.
Während er rings um das Beet die Erde mit dem Spaten
festschlug, fielen ihm die Märchen von Aslak ein, und er
erinnerte sich, wie er damals geglaubt hatte, in Solbakken
wüchsen Trolle und Kobolde aus der Erde. Da sah er zum
Bodenfenster hinauf und lächelte: Was wird sich wohl
Synnöve denken, wenn sie herunterkommt? Es wurde ganz
hell; die Vögel vollführten schon einen schauderhaften
Spektakel; schnell sprang er über den Zaun und machte, daß
er nach Hause kam. So! Nun sollte mal einer beweisen, daß
er Synnöves Blumen eingepflanzt habe.

Drittes Kapitel

Bald wurde ringsum im ganzen Kirchspiel allerhand über die beiden geredet; aber etwas Sicheres wußte keiner zu sagen. Nie wurde Thorbjörn nach der Konfirmation in Solbakken gesehen; und das konnten die Leute gar nicht begreifen. Ingrid kam oft hinunter, und dann machten sie und Synnöve gern einen Spaziergang in den Wald.—"Bleib nicht zu lange", rief Synnöves Mutter der Tochter nach. —"Nein", antwortete sie—und kam erst abends nach Hause. Die beiden Freier stellten sich wieder ein. "Sie soll selbst darüber bestimmen", sagte die Mutter, und der Vater meinte dasselbe; als sie nun Synnöve beiseite nahmen, gab sie ihnen für die Bewerber einen Korb. Es meldeten sich mehr; aber niemand hörte, daß einer mit seinem Antrag in Solbakken Glück gehabt hatte. Eines Tages scheuerten Mutter und Tochter zusammen Milchkübel, und da fragte die Mutter, wer ihr eigentlich in Gedanken liege; das kam dem Mädchen so unerwartet, daß es ganz rot wurde. "Hast Du Dich schon einem versprochen?" fragte die Mutter weiter und sah sie fest dabei an. "Nein", antwortete Synnöve schnell. Seitdem wurde von dergleichen nicht mehr geredet.

Da sie weit und breit für die beste Partie galt, folgten ihr lange Blicke, wenn sie zur Kirche ging, der einzigen Stätte, wo sie außer dem Hause zu sehen war; sie beteiligte sich nämlich nicht am Tanz oder sonstigen lauten Festlichkeiten, weil ihre Eltern zu den Haugianern gehörten. Thorbjörn saß ihr im Kirchstuhl gerade gegenüber; aber sie sprachen, soweit es zu bemerken war, nie zusammen. Soviel meinten alle zu wissen, daß etwas mit den beiden sein mußte, und da sie nicht in derselben Weise wie andere Liebespärchen miteinander verkehrten, wurde desto mehr über sie gesprochen. Thorbjörn war nicht sehr beliebt. Das empfand er selbst; denn er stellte sich besonders ungeschlacht an,

wenn er unter die Leute kam, wie beim Tanz oder auf
Hochzeiten, und dadurch passierte es ihm wiederholt, daß
er in eine Rauferei verwickelt wurde. Das ließ aber nach, als
er einigen beigebracht hatte, wie stark er war; und dadurch
wieder gewöhnte er sich, auf seinem Weg keinen andern zu
dulden.—"Nun hast Du freie Hand über Dich," sagte sein
Vater Sämund, "aber denke dran, daß meine vielleicht doch
noch stärker ist als Deine."

Der Herbst, der Winter verging, der Frühling kam heran,
und noch immer hatten die Leute nichts Gewisses heraus.
Die Körbe, die Synnöve ausgeteilt hatte, und das Gerede
darüber bewirkten, daß sie sich fast allein überlassen blieb.
Nur Ingrid leistete ihr Gesellschaft; sie sollten auch
zusammen auf die Alm in diesem Jahr, da die Solbakkener
einen Anteil an der Granlidener Weide oben gekauft hatten.
Thorbjörn richtete mancherlei für sie, und man hörte ihn
dabei laut von der Höhe heruntersingen.

Einmal als er kurz vor der Abenddämmerung mit seiner
Arbeit fertig war, setzte er sich hin und dachte über alles
mögliche nach; doch hauptsächlich über die Redereien der
Leute. Er streckte sich in das rotbraune Heidekraut, legte die
Hände unter den Kopf und starrte zum Himmel, der sich
über den dichten Baumkronen blau und leuchtend hinzog;
die grünen Blätter und Nadeln flossen wie ein zitternder
Strom hinein und die dunklen Zweige zeichneten seltsame,
wilde Figuren darauf. Der Himmel selbst war nur dann
genau dort zu sehen, wenn ein Blatt beiseite flatterte; weiter
oben zwischen den Kronen, die einander nicht nahe kamen,
brach er wie eine breite Bergflut hervor und lief in lustigen
Schwingungen über ihnen hin. Dadurch kam Thorbjörn in
eine eigene Stimmung, und seine Gedanken beschäftigten
sich weiter mit dem, was er sah.— —

— —Die Birke lachte wieder mit tausend Augen zur Tanne

auf; die Kiefer starrte voll stummer Verachtung mit ihren Nadeln nach allen Seiten; denn jedesmal, wenn die Lüfte weicher wurden, schossen mehr und mehr Siechlinge auf, rannten ihr in den Weg und steckten ihr das frische Laub gerade unter die Nase. "Ihr Bande, wo wart Ihr denn im Winter?" fragte die Kiefer, fächelte sich und schwitzte Harz bei der unerträglichen Hitze. "Das ist beinah zu toll—so hoch im Norden—pfui!"

Aber da war noch eine,—eine alte, kahle Kiefer, die über alle übrigen Bäume hinwegsah, und doch einen fingerreichen Zweig fast lotrecht niederbeugen und einen dreisten Ahorn ganz oben am Schopf nehmen konnte, so daß ihm die Knie zitterten. Dieser klafterdicken Kiefer hatten die Menschen nach der Spitze zu immer mehr und mehr Zweige abgeholzt, bis ihr einmal die Geschichte zu bunt wurde und sie derart seitwärts schoß, daß die dünne Fichte neben ihr einen Schreck kriegte und sie fragte, ob sie nicht an die Winterstürme denke. "Na und ob!" sagte die Kiefer und klatschte ihr mit Hilfe des Nordwinds so heftig eins um die Ohren, daß sie fast ihre Haltung und Würde dabei verlor; und das war recht schlimm. Die gliederstarke, finstere Kiefer hatte nun mit einem mächtigen Fuß Boden gefaßt; sechs Ellen hoch ragten die Zehen aus der Erde; und daß sie dicker waren als an ihrer dicksten Stelle die Weide, hatte die Weide selbst eines Abends verschämt dem Hopfen zugeflüstert, als er sie verliebt umspannte. Ihrer Kraft war sich die bärtige Kiefer voll bewußt; Zweig an Zweig jagte sie hoch über der Menschen Machtbereich in die wilde Luft, und rief dabei den Menschen zu: "Nun, holt sie Euch!"

"Nein, die können sie Dir nicht fortholen", sagte der Adler, ließ sich gnädig auf der Kiefer nieder, schlug die Flügel mit Anstand zusammen und wischte sich einige häßliche Flecke Viehblut vom Gefieder.—"Ich meine, ich könnte die Königin bitten, hier ihren Aufenthalt zu wählen;—sie ist trächtig mit mehreren Eiern; sie wird bald legen", fügte er leiser hinzu und senkte den Blick auf seine kahlen Füße; er schämte sich, daß ihn holde Erinnerungen an jene frühesten Lenztage überkamen, da die erste Sonnenwärme halbtoll macht. Bald hob er die Augen wieder und sah starr unter den buschigen Brauen auf zu den schwarzen Felsrücken, ob nicht die eierschwere, kränkelnde Königin von dort herniedersegele. Er flog auf, und schon konnte die Kiefer das Paar in der klaren, blauen Luft erkennen, wie es in gleicher Linie mit dem höchsten Felsgipfel dahinstrich und über seine häuslichen Angelegenheiten verhandelte. Sie war nicht frei von einer gewissen Unruhe; denn so vornehm sie sich auch schon dünkte, so mußte sie doch noch vornehmer werden, wenn sie ein Adlerpaar wiegte. Es kam herab, kam direkt auf sie zu; ohne einen Ton von sich zu geben, begann es eifrig Reisig heranzuschaffen. Die Kiefer machte sich, wenn möglich, noch breiter,—daran konnte sie keiner hindern.

Aber im ganzen Wald erhob sich ein eifriges Geraune, als alles sah, was für eine Ehre der Riesenkiefer erwiesen wurde. Da war unter anderen auch eine kleine, nette Birke, die sich in einem Weiher spiegelte und sich ein gewisses Anrecht auf die Liebe eines Hänflings einredete, der auf ihr gewöhnlich seinen Mittagsschlaf hielt. Sie hatte ihm ihren Duft in den Schnabel gehaucht, Fliegen und Mücken auf ihre Blätter festgeklebt, so daß sie leicht genug zu fangen waren, ja, zuletzt hatte sie in der Hitze ein dichtes Häuschen von Zweigen gebaut und mit Blättern gedeckt, so daß der Hänfling wirklich im Begriff war, es als Sommerwohnung zu benutzen. Jetzt aber: der Adler hatte sich in der Riesenkiefer festgesetzt, und fort mußte der Hänfling. Ach, die Trauer! Er trillerte noch ein Abschiedslied; aber nur ganz leise, damit es der Adler nicht höre.

Nicht besser erging es einigen kleinen Sperlingen im
Elsenstrauch. Sie hatten dort ein so sündiges Leben geführt,
daß die Drossel, nebenan in der Esche, nie zur gehörigen
Zeit schlafen konnte, oft ganz außer sich wurde und
schimpfte. Das hatte einen ernsten Schwarzspecht derart
zum Lachen gebracht, daß er beinah vom Ast gepurzelt
wäre. Nun sahen sie den Adler auf der Riesenkiefer; und
Drossel, Sperlinge, Schwarzspecht und alles, was fliegen
konnte, mußte über Hals und Kopf fort, über und unter die
Zweige. Die Drossel versicherte auffliegend mit einem Fluch,
daß sie nie mehr eine Wohnung nehmen werde, in deren
Nachbarschaft Sperlinge hausten.

So stand der Wald in weitem Umkreis verlassen und
nachdenklich im heiteren Sonnenschein. Er sollte Freude an
der Kiefer haben; aber die Freude war recht mäßig. Kam der
Nordwind, dann bog er sich bange, dann peitschte die
Riesenkiefer mit ihren mächtigen Zweigen die Lüfte,—ruhig
und bedachtsam umflog sie der Adler, als ob ihn nur ein
schwacher Windstoß streifte und etwas kümmerlichen
Weihrauch vom Wald zu ihm hinauftrüge. Aber die ganze
Kiefernfamilie war froh und stolz. Keins ihrer Mitglieder
dachte daran, daß es selbst in diesem Jahr gar nichts wiegte.
"Weg damit", sagten sie, "wir gehören zu einem vornehmen
Stamm."

"———Woran denkst Du denn?" fragte Ingrid, die plötzlich
lächelnd hinter ihm zwischen Strauchwerk stand, das sie
zur Seite gebogen hatte. Nun trat sie vor. Thorbjörn stand
auf. "Na, es kann einem wohl manches durch den Kopf
gehen", sagte er und sah mit trotzigem Gesichtsausdruck
über die Bäume hin.—"Das Gerede und Geklatsche da unten
wird mir schließlich zu arg", fügte er hinzu und klopfte sich
etwas Erde ab.—"Warum bekümmerst Du Dich immer
darum; laß doch die Leute reden."—"Ich weiß nicht recht;—

aber—sie haben noch nie etwas gesagt, was ich nicht dachte, wenn ich's auch nicht getan habe."—"Du, das klingt häßlich."—"Das tut's auch", sagte er und fuhr nach kurzer Pause fort: "Aber wahr ist's." Sie setzte sich in das Gras; er blieb stehen und blickte zu Boden. "Ich könnte leicht so werden, wie sie mich haben wollen; sie sollten mich so lassen, wie ich bin."—"Am Ende ist es aber doch Deine Schuld."—"Wohl möglich, aber die andern haben auch Schuld; sie sollen mich zufrieden lassen", schrie er fast und sah zu dem Adler hinauf. "Aber, Thorbjörn", flüsterte Ingrid. Er drehte sich zu ihr hin und lachte: "Schon gut, schon gut, wie gesagt, es kann einem wohl manches durch den Kopf gehen—hast Du heute mit Synnöve gesprochen?"—"Ja, sie ist schon auf die Alm gezogen."—"Heute?"—"Ja."—"Mit dem Solbakkener Vieh?"—"Ja."—"Trallala!"

Auf den Baum die Sonne herniedersah:
Trallalirum!
Mein Schatz, wie stehst Du so leuchtend da?
Trallali, trallala!
Der Vogel erwachte, er piept:
Was gibts? Was ist los? Was gibts?—

"Morgen ziehen wir auch hinauf", sagte Ingrid, um ihn auf andere Gedanken zu bringen. "Ich gehe mit als Treiber", sagte Thorbjörn.—"Nein", antwortete sie, "Vater will selbst mit."—"Ja so", meinte er und schwieg. "Er hat heute nach Dir gefragt", fuhr sie fort. "Wirklich?" sagte Thorbjörn, schnitt mit seinem Taschenmesser einen Zweig ab und begann ihn abzuschälen. "Du mußt öfter mit Vater reden," sagte sie sanft, "er hat Dich sehr lieb," setzte sie hinzu. "Wohl möglich", meinte er. "Er spricht oft von Dir, wenn Du fort bist!"—"Desto seltener, wenn ich zu Hause bin."—"Das ist Deine Schuld."—"Wohl möglich."—"Rede nicht so,

Thorbjörn, Du weißt, was zwischen Euch liegt."—"Was denn?"—"Brauche ich Dir das erst zu sagen?"—"Das kommt auf eins 'raus, Ingrid; Du weißt ja, was ich weiß."—"Jawohl, Du gehst zu sehr auf eigene Faust los, und Du weißt, das kann er nicht leiden."—"Natürlich, er will mich noch beim Arm halten."—"Ja, besonders wenn Du raufst."—"Dürfen denn die Leute alles sagen und tun, was sie wollen?"—"Nein, aber Du kannst ihnen auch mehr aus dem Wege gehen; das hat Vater immer getan und ist dabei ein geachteter Mann geworden."—"Sie haben ihn auch nicht soviel wie mich gereizt und geärgert."—Ingrid schwieg eine Weile, sah sich um und sagte dann: "Das nützt ja nichts, wenn wir immer wieder davon reden; aber trotzdem—wenn Du weißt, daß die Leute irgendwo etwas gegen Dich haben, brauchst Du nicht gerade dorthin zu gehen."—"Ja, gerade dorthin! Ich heiße nicht umsonst Thorbjörn Granliden!"— Er hatte den Bast vom Zweige abgeschält und schnitt nun den Zweig mitten durch. Ingrid sah ihn an und fragte etwas gedehnt: "Willst Du Sonntag nach Nordhoug?"—"Ja."—Sie blieb eine Weile stumm, dann fragte sie, ohne ihn anzusehen: "Weißt Du, daß Knud Nordhoug zur Hochzeit seiner Schwester nach Hause gekommen ist?"—"Ja."—Nun sah sie ihn an: "Thorbjörn! Thorbjörn!"—"Darf er jetzt mehr als früher wagen, sich zwischen mich und andere zu stellen?"—"Das tut er nicht; nicht mehr, als die anderen wollen."—"Keiner weiß, was sie wollen!"—"Du weißt es ganz gut."—"Sie selber sagt keinesfalls was."—"Ach, was redest Du da zusammen!" sagte Ingrid und warf einen Blick rückwärts. Er schmiß die Zweigstücke fort, steckte sein Messer in die Scheide und wandte sich der Schwester zu. "Hör' mal, ich habe es oft recht satt. Die Leute schneiden mir und ihr die Ehre ab, weil nichts offenkundig zugeht; und andererseits—ich komme ja nicht einmal nach Solbakken hinüber, die Eltern können mich nicht leiden, sagt sie. Ich darf sie nicht besuchen, wie andere Burschen ihre Mädchen,

weil sie eine Heilige ist—na, Du weißt ja."—"Thorbjörn",
sagte Ingrid und wurde immer unruhiger, als er fortfuhr:
"Vater will kein gutes Wort für mich einlegen; verdienst Du
sie, dann kriegst Du sie, sagt er. Geschwätz, Geschwätz auf
der einen Seite und nichts, was dafür entschädigt auf der
andern—ja, ich weiß noch nicht mal recht, ob sie—" Ingrid
sprang auf, schloß ihm mit der einen Hand den Mund und
blickte dabei rückwärts. Da wurde das Strauchwerk wieder
beiseite gebogen, ein hohes, schlankes Mädchen mit
errötendem Gesicht trat daraus hervor; es war Synnöve.

"Guten Abend", sagte sie. Ingrid sah Thorbjörn an, als
wollte sie sagen: "Jetzt sieh mal!"—Thorbjörn sah Ingrid an,
als wollte er sagen: "Das hättest Du lieber nicht tun sollen."
Keines von beiden sah Synnöve an. "Ich darf mich wohl
etwas hinsetzen; ich bin heut schon soviel gegangen." Und
sie setzte sich, Thorbjörn beugte den Kopf, um zu
untersuchen, ob ihr Sitzplatz auch nicht feucht sei. Ingrid
hatte schnell fort und nach Granliden hinuntergeblickt;
nun rief sie plötzlich: "Ach nein! Ach nein! Fagerlin hat sich
losgerissen und trampelt auf der jungen Saat herum! Das
Scheusal! Und Kelleros auch! Das ist ja nicht mehr
auszuhalten! Höchste Zeit, daß wir auf die Alm kommen!"
und weg war sie, ohne auch nur Adieu gesagt zu haben.
Synnöve stand sofort auf. "Gehst Du schon?" fragte
Thorbjörn. "Ja", sagte sie, blieb aber stehen.

"Möchtest Du nicht noch ein bißchen bleiben?" brachte er
hervor, ohne sie anzusehen. "Ein andermal", lautete die
Antwort. "Das könnte lange dauern." Sie blickte auf; er
blickte jetzt auch sie an; aber es verging eine Weile, bis sie
wieder sprachen. "Setz' Dich doch wieder", sagte er etwas
verlegen. "Nein", antwortete sie und blieb stehen. Er fühlte,
wie in ihm der Trotz aufstieg; aber da passierte etwas, was er
nicht erwartet hatte; sie tat einen Schritt vorwärts, beugte

sich zu ihm hin, sah ihm in die Augen und sagte lächelnd: "Bist Du mir böse?" Und als er sie anblickte, sah er, daß sie weinte. "Nein", entgegnete er und wurde feuerrot.

Er streckte ihr die Hand hin; aber da ihre Augen voll Tränen waren, bemerkte sie es nicht, und so zog er die Hand wieder zurück. Endlich sagte er: "Du hast alles mit angehört?"—"Ja", antwortete sie, sah auf und lachte, aber da ihr immer noch mehr Tränen in die Augen traten, wußte er gar nicht, was er tun oder sagen sollte. Da entfuhren ihm die Worte: "Ich habe es doch vielleicht zu arg getrieben." Das kam sehr sanft heraus; sie blickte zu Boden und wandte sich halb ab: "Du sollst nicht richten über Dinge, so Du nicht kennst." Das wurde mit gepreßter Stimme gesagt, und ihm wurde ganz schlimm dabei; er kam sich wie ein kleiner Junge vor und wußte deshalb auch im Augenblick nichts anderes zu sagen als: "Ich bitte Dich um Verzeihung." Aber nun strömten ihre Tränen heftig und heftiger. Das konnte er nicht mit ansehen, er ging hin zu ihr, umfaßte sie und beugte sich über sie: "Liebst Du mich wirklich, Synnöve?"—"Ja", schluchzte sie. "Aber macht Dich das auch glücklich?" Sie antwortete nicht. "Macht Dich das auch glücklich?" wiederholte er. Sie weinte heißer als zuvor und wollte sich ihm entziehen.

"Synnöve, wir wollen ein bißchen miteinander reden", sagte er und half ihr sich in das Heidekraut setzen; er setzte sich neben sie. Sie wischte sich die Tränen ab und machte einen Versuch zu lächeln; aber es gelang nicht. Er hielt die eine von ihren Händen fest und blickte ihr in das Gesicht. "Liebste, warum darf ich nicht nach Solbakken kommen?" Sie schwieg. "Hast Du Deine Eltern nie darum gebeten?" Sie schwieg. "Warum nicht?" fragte er und zog ihre Hand näher an sich. "Ich habe mich nicht getraut", sagte sie ganz leise.

Seine Miene wurde finster; er hob und bog den einen Fuß

leicht, lehnte den Ellbogen auf das Knie und stützte seinen
Kopf auf die Hand. "Auf die Art werde ich wohl nie
hinüberkommen", sagte er. Statt zu antworten, rupfte sie
Heidekraut aus. "Nun ja, ich habe wohl manches getan, was
ich lieber hätte sollen bleiben lassen, — —aber etwas
Nachsicht hätten sie doch haben können. Ich bin nicht
schlecht," (hier hielt er einen Augenblick inne) "bin auch
noch jung—etwas über zwanzig Jahre bin ich"—er konnte
nicht gleich weiter reden. "Aber wer mich richtig liebt,"
sagte er wieder, "der mußte doch — —" und nun verstummte
er ganz. Da klang es gedämpft von der Seite her ihm ins
Ohr: "Rede nicht so, — —Du weißt nicht, wie schwer,—ich
darf es ja nicht einmal Ingrid sagen—(und nun unter
starken Tränen): ich habe so schwer—zu leiden." Er
umschlang sie und zog sie dichter an sich. "Sprich mit
Deinen Eltern," flüsterte er, "und Du wirst sehen, alles wird
gut."—"Es wird, wie Du willst", flüsterte sie. "Wie ich will?"
Da neigte sich Synnöve zu ihm und legte den Arm um
seinen Hals. "Liebst Du mich, so wie ich Dich?" sagte sie
sehr herzlich und mit einem Versuch zu lächeln. "Etwa
nicht?" entgegnete er sanft und leise. "Nein, nein, Du
nimmst auf mich keine Rücksicht; Du weißt, was uns
zusammenbringen kann, tust es aber nicht. Warum tust Du
es nicht?" Und da sie gerade im besten Zuge war, fuhr sie
eifrig fort: "Lieber Gott, wenn Du wüßtest, wie ich auf den
Tag geharrt und gehofft habe, da ich Dich in Solbakken
sehen könnte. Aber wenn man immer von etwas hören
muß, was nicht ist, wie es sein soll, und wenn es die eigenen
Eltern sind, die einem damit in den Ohren liegen." Da kam
es wie eine Erleuchtung über ihn; er sah sie in Solbakken
herumgehen und auf eine kurze friedliche Stunde warten, in
der sie ihn sanft ihren Eltern zuführen könnte; aber nie
bescherte er ihr eine solche Stunde.

"Das hättest Du mir früher sagen sollen, Synnöve."—"Hab'

ich das nicht getan?"—"Nein, nicht so."—Er dachte ein
Weilchen nach, dann sagte sie, während sie ihre
Schürzenzipfel in kleine Falten legte: "Dann habe ich es
nicht getan, weil—ich mich nicht traute." Da wurde er bei
dem Gedanken, sie habe Furcht vor ihm, so gerührt, daß er
ihr zum erstenmal in seinem Leben einen Kuß gab.

Vor Verwunderung hielt sie plötzlich mit ihrem Weinen
inne; ihre Augen flackerten, sie versuchte zu lächeln, sah zu
Boden, sah endlich Thorbjörn an, und nun lächelte sie
wirklich. Sie sprachen nicht mehr; aber ihre Hände fanden
sich wieder, doch die des andern zu drücken, das traute sich
keins von beiden. Dann entzog sie sich ihm sacht, trocknete
Augen und Gesicht und strich ihr in Unordnung geratenes
Haar wieder glatt. Er saß da, sah sie an und dachte mit
beruhigter Seele: "Hat sie mehr Schamhaftigkeit als die
andern Mädchen hier, und will danach behandelt werden,
so soll keiner was dagegen sagen."

Er begleitete sie zu ihrer Alm, die nicht weit entfernt lag. Er
wollte gern Hand in Hand mit ihr gehen, aber er fühlte eine
gewisse Scheu, die ihm kaum erlaubte, sie zu berühren; es
kam ihm schon merkwürdig vor, daß er neben ihr gehen
durfte. Beim Abschied sagte er daher auch:

"Das soll lange dauern, bis Du wieder einen tollen Streich
von mir zu hören bekommst."

Im Hause fand er seinen Vater bei der Arbeit, Korn vom
Schuppen zur Mühle zu tragen, denn alle Besitzer ringsum
mahlten auf der Granlidener Mühle, wenn ihre Bäche kein
Wasser mehr hatten; der Granlidener Bach bekam immer
neuen Zufluß von den Bergen. Viele Säcke waren
hinunterzutragen, manche recht große, manche riesig große
darunter. Die Frauen standen unweit davon, hielten Wäsche
und wrangen aus. Thorbjörn ging zu seinem Vater hin und

packte einen Sack. "Kann ich Dir vielleicht helfen?"—"Das
schaffe ich schon allein", sagte Sämund, nahm schnell einen
Sack auf seinen Rücken und trug ihn zur Mühle. "Hier sind
noch eine ganze Menge", sagte Thorbjörn, packte zwei
große, stemmte den Rücken dagegen, griff über die
Schultern, faßte mit jeder Hand einen und stützte ihn
seitlich mit dem Ellbogen. Auf halbem Wege traf er Sämund,
der zurückkam, um mehr zu holen; rasch sah er Thorbjörn
an, sagte aber nichts. Als Thorbjörn zum Schuppen
zurückging, traf er Sämund mit noch zwei größeren Säcken
auf dem Rücken. Diesmal nahm Thorbjörn einen ganz
kleinen und zog damit ab; als Sämund ihn traf, sah er ihn
an, aber länger als das vorige Mal. Da geschah es, daß sie
einmal zu gleicher Zeit vor dem Schuppen waren. "Eine
Einladung von Nordhoug ist gekommen," sagte Sämund,
"Du sollst Sonntag hin zur Hochzeit." Ingrid sah ihren
Bruder bittend an; auch die Mutter sah hin. "Ja so", sagte er
trocken, nahm aber diesmal die zwei größten Säcke, die er
finden konnte. "Gehst Du hin?" fragte Sämund und runzelte
die Stirn. —"Nein."

Viertes Kapitel

Die Granlidener Alm war schön gelegen; von ihr konnte
man das ganze Kirchspiel überschauen—zuerst und am
deutlichsten Solbakken inmitten seines vielfarbigen Waldes;
dann die andern Höfe in ihrem Ring von Wäldern; wie
Friedensstätten, die mit aller Macht und Kraft dem wilden
Boden abgewonnen waren, erschienen die grünen
Grasflächen mit den Häusern darauf. Vierzehn Höfe
konnten von der Alm aus gezählt werden; von dem
Granlidener waren nur die Dächer sichtbar; und auch sie

nur vom höchsten Punkt aus. Nichtsdestoweniger setzten
sich die Mädchen öfter hin, um nach dem Rauch zu blicken,
der dort unten aus den Schornsteinen aufstieg. "Jetzt kocht
Mutter das Mittagessen," sagte Ingrid, "heute gibt's
Pökelfleisch und Speck."—"Hörst Du, jetzt werden die
Männer gerufen," sagte Synnöve, "wo arbeiten sie denn
heut?" und die Augen der beiden verfolgten den Rauch, der
wild und wirbelnd in die klare, sonnenheitre Luft
emportrieb, aber bald langsamer wurde, sich's überlegte—
und dann breit über den Wald hinfloß, immer dünner und
dünner, zuletzt nur wie ein fächelnder Flor und dann kaum
mehr zu erkennen. So mancher Gedanke wurde bei diesem
Anblick in ihnen wach und umkreiste das Kirchspiel. Heute
waren sie in Nordhoug beisammen. Die eigentliche Hochzeit
war schon ein paar Tage vorbei; aber da die Nachfeier eine
Woche dauerte, klangen noch immer Schüsse und allerlei
derbe Rufe zu ihnen herauf. "Die sind aber vergnügt", sagte
Ingrid.—"Ich beneide sie nicht darum", sagte Synnöve und
nahm ihr Strickzeug. "Da möchte man mit dabei sein", sagte
Ingrid, die sich hingekauert hatte, um nach dem Hofe zu
blicken, wo die Menschen zwischen den Häusern hin- und
hergingen—einige zum Schuppen, vor dem wohl die
gedeckten Tische standen, andere paarweise in
vertraulichem Gespräch etwas weiter. "Ich weiß nicht recht,
was einen dahin ziehen sollte", sagte Synnöve. "Ich weiß das
auch kaum," antwortete Ingrid, die immer noch dasaß;
"vielleicht der Tanz." Synnöve entgegnete nichts. "Hast Du
noch nie getanzt?" fragte Ingrid. "Nein!"—"Hältst Du
Tanzen für eine Sünde?"—"Das weiß ich nicht recht." Ingrid
mochte im Augenblick nicht weiter davon reden; denn es fiel
ihr ein, daß der Tanz bei den Haugianern streng verboten
war, und sie wollte Synnöves Verhältnis zu ihren Eltern in
diesem Fall nicht näher berühren. Aber da ihr nun mal der
Gedanke kam, sagte sie nach einer Weile: "Einen bessern
Tänzer als Thorbjörn habe ich noch nie gesehen." Synnöve

blieb ein Weilchen still, dann sagte sie: "Ja, er soll gut tanzen."—"Du müßtest ihn einmal tanzen sehen", rief Ingrid lebhaft und wandte sich ihr zu. Aber schnell entgegnete Synnöve: "Nein, das möchte ich nicht."

Ingrid war einigermaßen betroffen; Synnöve beugte sich über ihr Strickzeug und zählte die Maschen; plötzlich ließ sie die Arbeit in den Schoß fallen, sah vor sich hin und sagte: "So herzlich vergnügt wie heute bin ich lange nicht gewesen."—"Warum?" fragte Ingrid. "Weil er heute nicht in Nordhoug mittanzt." Ingrid hing ihren eigenen Gedanken nach. "Ja, es sollen Mädchen dort sein, die ihn gern haben möchten", sagte sie. Synnöve öffnete den Mund, als ob sie reden wollte, schwieg aber und zog eine Nadel heraus und eine andere ein. "Thorbjörn möchte wohl selbst gern dort sein, ja, das glaube ich gewiß", fuhr Ingrid fort. Aber kaum hatte sie das ausgesprochen, da fiel ihr ein, was sie damit gesagt hatte; sie sah Synnöve an; die war feuerrot geworden und strickte eifrig. Nun wurde Ingrid mit einem Male alles in ihrem Zwiegespräch klar; sie klatschte in die Hände, kam schnell angelaufen, kniete im Heidekraut dicht vor Synnöve nieder und sah ihr fest in die Augen—Synnöve strickte eifrig. "So, jetzt weiß ich, daß Du mir manchen lieben Tag etwas verheimlicht hast", sagte Ingrid. "Was meinst Du denn?" fragte Synnöve und warf ihr einen unsicheren Blick zu. "Du bist nicht böse, weil Thorbjörn tanzt", antwortete Ingrid—die Freundin entgegnete nichts. Ingrid lachte mit dem ganzen Gesicht, schlang die Arme um Synnöves Hals und flüsterte ihr in das Ohr: "Nein, Du bist böse, weil er mit einer andern tanzt."

"Wie kannst Du nur solchen Unsinn reden", sagte Synnöve, riß sich los und stand auf. Ingrid stand gleichfalls auf und ging ihr nach. "Sünde ist es, daß Du nicht tanzen kannst," sagte sie und lachte, "eine wahre Sünde! Komm her, ich

will's Dir gleich beibringen", und sie legte ihren Arm um
Synnöves Hüfte. "Was willst Du?" fragte Synnöve. "Dir's
Tanzen beibringen, Dir den Kummer vertreiben, daß er mit
einer andern als mit Dir tanzt!" Nun mußte Synnöve auch
lachen, oder wenigstens so tun. "Hier können wir gesehen
werden", sagte sie. "Gott segne Dich für die Antwort, wenn
sie auch herzlich dumm war", rief Ingrid, fing darauf an zu
trällern und Synnöve im Takt herumzuführen. "Nein, nein,
das geht ja nicht!"—"Du hast ja selbst vorhin gesagt, Du
bist lange nicht so vergnügt gewesen wie heute."—"Ach,
wenn es nur ginge!"—"Probier' es nur, dann wirst Du schon
sehen, daß es geht."—"Du bist außer Rand und Band,
Ingrid."—"Ja, so sagte auch die Katze zum Sperling, als er
nicht stillhalten und sich fangen lassen wollte; komm
nur."—"Ich hätte schon Lust; aber—"—"Jetzt bin ich
Thorbjörn und Du bist seine junge Frau, die nicht will, daß
er mit einer andern als mit ihr tanzen soll."—"Aber—"
Ingrid trällerte, "aber", entgegnete Synnöve noch; doch sie
tanzte schon. Es war ein Springtanz. Ingrid ging mit
großen Schritten und Armbewegungen wie ein Mann
voraus; Synnöve folgte mit kleinen Schritten und
niedergeschlagenen Augen. Ingrid sang:

Und der Fuchs unter Wurzeln der Birke lag,
Abseits vom Heidekraut,
Und der Hase sprang lustig im grünen Hag,
Über das Heidekraut.
Die Sonne gießt Licht aus üppigem Born,
Und glitzert hinten und glitzert vorn,
Über dem Heidekraut.

Und es lacht der Fuchs im Wurzelversteck,
Abseits vom Heidekraut,
Und der Hase sprang unbändig keck
Über das Heidekraut.

Mir ist heut gar so fröhlich zumut,
Juchhei, mein Häslein, wie springst Du gut
Über das Heidekraut.

Und es lauert der Fuchs im Wurzelversteck,
Abseits vom Heidekraut,
Und der Hase hüpft just zum gleichen Fleck,
Über das Heidekraut.
Daß Gott sich erbarme, Du bist hier?
Ei, Freundchen, wer heißt Dich tanzen vor mir,
Über dem Heidekraut?

"Na, ging's nicht schön?" fragte Ingrid, als sie stehen
blieben, um
Atem zu schöpfen.

Synnöve lachte und sagte, sie möchte lieber Walzer tanzen.
"Ja, warum denn nicht?" meinte Ingrid, und sie setzten sich
gleich in Positur; Ingrid erklärte ihr, wie sie die Füße stellen
müsse. "Pass' auf, der Walzer ist schwer, sehr schwer ist
er."—"Ach, es wird schon gehen, wenn wir erst in Takt
kommen." Nun sollte gleich die Probe gemacht werden.
Ingrid sang und Synnöve sang mit, anfangs leise vor sich
hin, dann lauter und lauter. Aber plötzlich hielt Ingrid inne,
ließ ihre Gefährtin los, klatschte erstaunt in die Hände: "Du
kannst ja schon Walzer tanzen!" rief sie.

"Still, nicht sprechen!" sagte Synnöve und faßte Ingrid um
die Taille, "wir wollen weitertanzen."—"Aber wo hast Du
das gelernt—?"—"Tralla, tralla"—und Synnöve schwang
Ingrid im Kreis; die tanzte jetzt nach Herzenslust und sang
dabei:

Schau', die Sonne tanzt auf dem Hankelidfjell,
Tanz', meine Liebste, der Abend naht schnell;
Schau', der Bergbach hüpft zum Meere fort,

Hopp, wilder Gesell, dein Grab wartet dort,
Schau', die Birke schwingt sich beim Windesspiel,
Schwing dich, Dirnlein!—Was brach dort, was fiel?
Schau', — —

"Was singst Du immer für merkwürdige Lieder?" sagte
Synnöve und hörte auf zu tanzen. "Ich weiß gar nicht, was
ich singe", antwortete Ingrid, "Thorbjörn hat's mal
gesungen."—"Das ist eins von Zuchthaus-Bents Liedern; die
kenn' ich."—"Zuchthaus-Bent?" fragte Ingrid und genierte
sich etwas. Sie sprach nicht mehr und blickte vor sich hin in
die Ferne; plötzlich gewahrte sie ein Gespann unten auf dem
Wege. "Du, dort fährt einer von Granliden herunter und
lenkt in die Gemeindestraße ein."—Synnöve sah auch hin.
"Ist er es?" fragte sie. "Ja, das ist Thorbjörn, er will in die
Stadt."— —

— —Es war Thorbjörn und er fuhr in die Stadt. Sie lag
ziemlich entfernt, die Last war schwer und er fuhr deshalb
langsam den staubigen Weg hin. Von oben konnte man ein
Stück der Fahrstraße übersehen, und als er nun von den
Bergen herunter jodeln hörte, dachte er sich gleich, von
wem das wohl käme, kletterte auf die Ladung und jodelte
wieder, so daß es zwischen den Felsen schallte. Nun wurde
oben auf dem Horn geblasen; er lauschte, und als die Töne
verklangen, richtete er sich wieder auf und jodelte. Dann
fuhr er wohlgemut weiter; er sah nach Solbakken hinüber
und meinte es bisher niemals in so hellem Sonnenglanz
gesehen zu haben. Aber währenddessen hatte er gar nicht
mehr an sein Pferd gedacht; das ging, wie es wollte. Da fuhr
er plötzlich auf, der Gaul hatte einen scharfen Seitensprung
gemacht, so daß die eine Deichselstange brach, und nun
raste das Tier in wildem Trab vom Weg herunter über das
Nordhouger Feld. Thorbjörn sprang auf und suchte es zu
halten; es kam zu einem richtigen Kampf zwischen beiden;

das Pferd wollte über einen Abhang, er riß es mit den
Zügeln zurück; endlich zwang er es, sich zu bäumen,
sprang ab, schlang die Leine um einen Baum, und nun
mußte es stehen. Die Ladung war teilweise
herausgeschleudert, die eine Deichselstange zerbrochen und
der Gaul stand da und zitterte. Thorbjörn ging hin, faßte
ihn am Zaum und redete ihm gut zu; dann wendete er das
Pferd, daß es mit dem Rücken gegen den Abhang stand und
nicht über ihn hinunter konnte; aber das Tier war zu scheu,
um still stehen zu bleiben, —er mußte ihm sprungweise
folgen, und so kam er wieder bis zur Straße. Dabei fuhr er
an der heruntergefallenen Ladung vorbei; Töpfe und Krüge
waren entzwei, der Inhalt größtenteils verdorben. Bisher
waren Thorbjörns Gedanken nur auf die Fahrt gerichtet
gewesen; jetzt dachte er an die Folgen und wurde wütend;
soviel stand fest: zur Stadt konnte er nicht; und je klarer
ihm das wurde, um so wütender war er. Als er auf den Weg
gekommen, scheute das Pferd noch einmal, und versuchte
wieder einen Seitensprung, um sich loszureißen, und nun
brach Thorbjörns Wut los. Mit der linken Hand hielt er es
an Zaum und Gebiß fest, mit der rechten versetzte er ihm
Peitschenhieb auf Peitschenhieb über die Lenden, so daß es
rasend wurde und mit den Vorderhufen nach Thorbjörns
Brust schlug. Aber Thorbjörn wich ihm aus und hieb nun
ärger als zuvor—aus Leibeskräften—mit dem Peitschenstiel.
"Ich werde Dir's schon beibringen, Du niederträchtiges
Vieh", und er hieb zu. Das Pferd wieherte, schrie,—er hieb
zu. "Jetzt sollst Du einen kennen lernen, der stärker ist als
Du", und er hieb. Das Pferd schnaubte, so daß der Schaum
Thorbjörns ganze Hand bespritzte; aber er schlug weiter:
"Das soll das erste und letzte Mal sein, Du Schinder; da! da!
und noch einen! Du sollst parieren lernen, Du Luder!" und
er hieb. Inzwischen hatten sie sich völlig umgedreht; das
Pferd wagte keinen Widerstand mehr, zitterte und bebte bei
jedem Hieb und bog sich wiehernd zur Seite, sobald die

Peitsche durch die Luft schwirrte. Da schämte sich
Thorbjörn ein bißchen; er hielt inne. Im selben Augenblick
bemerkte er einen Mann, der auf dem Grabenrand saß, sich
auf den Ellbogen stützte und ihn anlachte; er wußte nicht
warum, aber ihm wurde fast schwarz vor den Augen und,
das Pferd am Zaum haltend, ging er auf den Mann mit
erhobener Peitsche zu: "Jetzt sollst Du mal lachen!" Der
Schlag fiel, traf aber nur halb, da sich der Mann mit einem
Aufschrei in den Graben hinunterwälzte; dort blieb er auf
allen Vieren liegen, richtete jedoch den Kopf hoch und
schielte nach Thorbjörn. Dabei zog er den Mund schief zum
Lachen, aber zu hören war kein Lachen. Thorbjörn wurde
betroffen; eine Erinnerung durchzuckte ihn. Jawohl, es war
Aslak.

Thorbjörn überlief es kalt.

"Du hast gewiß beidemal das Pferd scheu gemacht", sagte er.
"Ich habe ja nur hier gelegen und geschlafen," antwortete
Aslak, "und Du hast mich geweckt, wie Du Dein Pferd
verrückt gemacht hast."—"Du bist es gewesen,—vor Dir
haben alle Tiere Angst." Und er streichelte den Gaul, von
dem der Schweiß herabrann. "Dein Tier hat wohl mehr
Angst vor Dir als vor mir;—so bin ich noch mit keinem
Pferd umgegangen", sagte Aslak, jetzt kniete er im Graben.
"Halt Dein großes Maul", erwiderte Thorbjörn, und drohte
mit der Peitsche. Da stand Aslak auf und krabbelte aus dem
Graben. "Ich ein großes Maul!? Fällt mir ja gar nicht ein—
wo willst Du denn so schnell hin?" sagte er freundlich und
kam näher; aber er wankte beim Gehen—er war betrunken.
"Mit dem Weiterwollen ist es heut nichts", meinte Thorbjörn
und spannte das Pferd aus. "Das ist aber recht ärgerlich",
sagte der andere, kam noch näher und nahm den Hut ab.

"Herrjeh, was bist Du für ein großer und hübscher Bursche
geworden, seitdem ich Dich nicht gesehen habe." Er hatte

beide Hände in die Taschen gesteckt, stand so fest, wie er konnte, auf den Beinen und betrachtete Thorbjörn, der das Pferd nicht von den Wagentrümmern losbekommen konnte. Thorbjörn brauchte Hilfe; aber Aslak darum zu bitten, das mochte er denn doch nicht. Der sah zu eklig aus. Auf seinem Anzug lag der Grabenschmutz, sein Haar hing wirr unter einem blanken, beträchtlich alten Hut hervor; sein Gesicht war zwar noch teilweise das frühere, wohlbekannte; aber jetzt immer zum Lachen verzogen, die Augen schienen noch geschlossener, so daß er sich hintenüber beugen mußte und der Mund etwas offen stand, wenn er jemand ansah; alle Züge waren schlaff, der ganze Ausdruck stier—denn Aslak trank. Thorbjörn hatte ihn schon vorher ein paarmal gesehen, aber Aslak tat, als wüßte er das nicht, er hatte sich im ganzen Kreis als Hausierer herumgetrieben und war am liebsten dort eingekehrt, wo es laut und lustig zuging. Dort trug er seine Lieder vor, erzählte seine Schnurren und bekam zum Lohn Branntwein. Darum war er auch auf der Hochzeit in Nordhoug gewesen; jetzt aber für einige Zeit wohlweislich verduftet, weil er, wie Thorbjörn später erfuhr, nach seiner gewohnten Art die Leute solange zusammengehetzt hatte, bis, eine Rauferei entstanden war, und da hatte er Angst bekommen, selbst verprügelt zu werden. "Binde das Pferd lieber an, das ist besser, als wenn Du's ausspannst," sagte er, "Du mußt doch nach Nordhoug und Dir Hilfe holen." Thorbjörn hatte schon selbst daran gedacht, aber der Gedanke war ihm unangenehm. "Dort ist ja heut eine große Hochzeit", meinte er. "Auch eine große Menge Leute, die helfen können", antwortete Aslak. Thorbjörn überlegte; aber ohne Hilfe konnte er weder vorwärts noch zurück, und so war es doch schließlich das beste, nach dem Hof zu gehen. Er band also das Pferd am Wagen fest und ging. Aslak folgte, Thorbjörn sah sich nicht nach ihm um. "Jetzt habe ich eine gute Begleitung für den Rückweg", sagte Aslak und lachte. Thorbjörn antwortete

nicht, sondern schritt schnell aus. Aslak sang hinter ihm
her. "Da ziehen zwei Bauern zum Hochzeitshaus" usw., ein
altes, überall bekanntes Lied. "Du gehst schnell," sagte er
nach einer Weile, "Du kommst noch früh genug hin."
Thorbjörn antwortete nicht. Bald hörten sie den Lärm von
Tanz und das Geigenspiel; Köpfe erschienen in den offenen
Fenstern des großen, zweistöckigen Hauses; Gruppen
versammelten sich im Garten. Thorbjörn merkte, daß die
Leute dort besprachen, wer wohl käme, zugleich, daß
mancher ihn erkannte, auch wie kurz nachher das Pferd
und die verstreute Ladung entdeckt wurden. Der Tanz
brach ab und ein ganzer Menschenstrom wälzte sich aus
dem Hause und ihnen entgegen. "Hier kommen
Hochzeitsgäste wider Willen", rief Aslak, als sie sich beide
der Gesellschaft näherten. Thorbjörn wurde begrüßt, und
ein Kreis von Menschen umringte ihn. "Gott segne das Fest,
das gute Bier auf dem Tisch, die hübschen Frauensleute auf
dem Tanzboden und den wackern Spielmann auf dem
Schemel!" rief Aslak und drängte sich schnell in die Menge.
Einige lachten, andere blieben ernst, einer sagte: "Hausierer-
Aslak ist immer gut aufgelegt." Thorbjörn traf gleich
Bekannte, denen er von seiner verunglückten Fahrt
erzählen mußte; sie litten nicht, daß er selbst zu dem Pferd
und den Sachen zurückging, und schickten andere hin. Der
Bräutigam, ein junger Mann und früherer Schulkamerad
von Thorbjörn, lud ihn ein, das Hochzeitsbräu zu kosten,
und nun zog der ganze Haufen wieder in die Stube. Ein
Teil, besonders Frauen und Mädchen, wollte wieder tanzen,
ein anderer lieber ein Stündchen trinken, und Aslak, da er
nun doch mal wieder da war, sollte etwas erzählen. "Aber sei
vorsichtiger als vorhin", fügte einer hinzu. Thorbjörn
fragte, wo die übrigen Gäste seien. "Es ging ein bißchen laut
und derb hier zu," wurde ihm geantwortet, "da haben sich
ein paar hingelegt und ruhen sich aus; wieder welche sitzen
in der Scheune und spielen Karten, und welche sitzen mit

Knud Nordhoug zusammen". Thorbjörn erkundigte sich nicht, wo Knud zu finden sei.

Der Vater des Bräutigams, ein alter Mann, der auf einer Bank saß, aus einer Pfeife rauchte und trank, sagte jetzt: "'raus mit Deiner Geschichte, Aslak, einmal kann man sich sowas schon gefallen lassen."

"Bitten noch mehr darum?" fragte Aslak, der sich auf einen Schemel gesetzt hatte, etwas abseits von dem Tisch, um den die andern saßen. "Jawohl," sagte der Bräutigam und gab ihm ein Glas Branntwein, "ich bitte Dich auch darum."—"Bitten mich noch mehr auf die Art?" fragte Aslak wieder. "Ja, das tun sie", sagte eine junge Frau auf einer Seitenbank und reichte einen Becher Wein hin; es war die Braut, ein Frauenzimmer von zwanzig Jahren, blond, mager, mit großen, schwarzen Augen und einem strengen Zug um den Mund.—"Ich höre Deine Geschichten gern", setzte sie hinzu. Der Bräutigam sah sie, sein Vater sah ihn an. "Ja, die Nordhouger haben immer gern meine Geschichten gehört," antwortete Aslak, "auf Ihr Wohl!" und er leerte sein Glas, das ihm ein Brautführer gebracht hatte. "Vorwärts, los!" riefen mehrere. "Von Sigrid, der Herumtreiberin", schrie einer. "Nein, das ist eine zu eklige Geschichte", entgegneten andere, hauptsächlich Frauen. "Von der Lierer Schlacht", bat Svend Tambour. "Lieber was Lustiges", sagte ein schlanker Bursche, der die Jacke ausgezogen hatte, sich an die Wand lehnte, und dabei immer mit der rechten Hand ein paar jungen Mädchen, die vor ihm saßen, in die Haare fuhr. Die Mädchen schimpften, aber dachten nicht daran, fortzulaufen.

"Jetzt erzähle ich, was mir paßt", sagte Aslak. "Schwerenot", murmelte ein älterer Mann, der auf dem Bette lag, rauchte, sein eines Bein herunterbaumeln ließ und mit dem andern wiederholt gegen eine Sonntagsjacke stieß, die über dem

Bettpfosten hing. "Weg mit Deinem Bein von meiner Jacke!"
rief der Bursche an der Wand. "Weg mit Deiner Hand von
meinen Töchtern", rief der Alte. Da liefen die Mädchen fort.
"Ja, ich erzähle, was mir paßt," sagte Aslak wieder,
"Branntwein ist gut, der schießt ins Blut!" Und er schlug
klatschend die flachen Hände zusammen.

"Du sollst erzählen, was uns paßt," wiederholte der Mann
im Bett; "der Branntwein kommt von uns."—"Was meinst
Du damit?" fragte Aslak und riß die Augen weit auf. "Das
Jungschwein, das wir fett machen, schlachten wir auch,"
sagte der Mann und baumelte mit dem Bein. Aslak schloß
die Augen wieder; aber hielt den Kopf noch hoch; dann ließ
er ihn sinken und antwortete nichts. Verschiedene redeten
ihn an; aber er hörte es gar nicht. "Der Branntwein hat ihn
untergekriegt", sagte der Mann im Bett. Da sah Aslak auf
und fing wieder an, das Gesicht zum Lachen zu verziehen.
"Ja, jetzt sollt Ihr ein lustiges Stückchen hören," sagte er,
"Herrgott, ist das lustig!" setzte er hinzu und lachte mit weit
geöffnetem Munde, aber hören konnte keiner irgend welches
Lachen. "Er hat heute seinen guten Tag", sagte der Vater des
Bräutigams. "Hat er auch," entgegnete Aslak, "doch erst
einen Schluck auf den Weg!" und er streckte die Hand hin.
Er bekam ein Glas Branntwein, trank es langsam hinunter,
bog den Kopf zurück, kostete den letzten Tropfen aus und
wandte sich zu dem Mann im Bett: "So, jetzt bin ich Euer
Schwein", und er lachte wieder unhörbar wie vorher. Dann
legte er seine Hände um das eine Knie, hob den Fuß auf und
nieder, schaukelte den Oberkörper dabei hin und her—und
dann fing er an:

"Ja, es war einmal ein Mädchen da drüben in einem Tal. Wie
das Tal hieß, geht Euch nichts an, und auch nicht, wie das
Mädchen hieß. Aber hübsch war die Dirne, und das fand
auch der Besitzer des Hofs—psst, keinen Namen!—und bei

dem diente sie. Sie kriegte guten Lohn, und sie kriegte mehr
als sie kriegen sollte, nämlich ein Kind. Die Leute sagten, es
sei von ihrem Herrn, aber er sagte das nicht; denn er war
ein verheirateter Mann; und sie sagte es auch nicht; denn sie
war stolz, die arme Trude. So logen sie denn was bei der
Taufe zusammen—es war ja ein Elend für den Jungen, daß
sie ihn geboren hatte,—da war's auch gleich, ob er mit 'ner
Lüge getauft wurde. Sie kriegte einen Unterschlupf dicht
beim Hof, und das paßte der Besitzersfrau natürlich nicht.
Kam das Mädchen ihr mal nahe, dann spuckte sie es an, und
kam der kleine Junge auf den Hof und wollte mit ihrem
Jungen spielen, dann ließ die den Hurenbengel fortjagen:
'Besseres ist er nicht wert', sagte sie.

Tag und Nacht lag sie ihrem Mann in den Ohren, er solle
das Bettelvolk hinausschmeißen. Der Mann sträubte sich
dagegen, solange er Mann war—; aber dann verlegte er sich
aufs Saufen, und da kriegte das Weib die Oberhand. Das war
ein Elend für die arme Person. Von Jahr zu Jahr ging es mit
ihr zurück, und zuletzt war sie mit ihrem Jungen dicht am
Verhungern; aber der wollte nicht fort von seiner Mutter,
der kleine Junge.

So vergingen allmählich acht Jahre; sie waren vergangen,
und noch immer saß sie auf ihrer Stelle, obgleich sie immer
weg sollte.———Und schließlich kam sie weg!——Vorher
aber stand der Hof in lustigen, hellen Flammen und der
Mann verbrannte, weil er besoffen war—das Weib rettete
sich mit ihren Kindern und sagte aus, die Dirne, die dicht
beim Hofe wohnte, habe den Brand angelegt. Das war wohl
möglich.——Aber es war auch was anderes möglich.——Sie
hatte so 'nen wunderlichen kleinen Kerl von Jungen. Acht
Jahre mußte der sehen, wie sich seine Mutter abrackerte,
und er wußte auch, wer schuld daran war; denn seine
Mutter sagte es ihm oft, wenn er fragte, warum sie immerzu

weine. Das tat sie auch an dem Tage, bevor sie ausziehen
sollten, und darum war er fort in der Nacht.—Aber sie
mußte auf Lebenszeit ins Zuchthaus, denn sie hatte selbst
vor dem Gerichtsschreiber gesagt, daß sie das lustige Feuer
auf dem Hofe angesteckt habe. Der Junge zog im Kirchspiel
herum und alle unterstützten ihn, weil er so 'ne schlechte
Mutter hatte.—Dann zog er weiter, weiter in eine ganz
andere Gegend, da wurde er nicht mehr unterstützt; da
wußte ja keiner, wie schlecht seine Mutter war. Ich glaube
nicht, daß er selbst darüber sprach.—Zuletzt hörte ich, daß
er besoffen war, und die Leute sagen, er sei zuletzt gar nicht
mehr aus dem Suff herausgekommen; ob das wirklich
richtig ist, soll ungesagt bleiben; aber richtig ist, daß ich
nicht weiß, was er Besseres hätte tun können. Er ist ein
schlechter, gemeiner Kerl; er kann die Menschen nicht
leiden, besonders nicht die, die gut zueinander sind; und die
gut zu ihm sind, die erst recht nicht. Und er möchte, daß die
andern gerade so sind wie er selbst; das sagt er aber bloß,
wenn er besoffen ist; und dann weint er, weint er, daß es
Tränen hagelt, und über rein nichts;—denn worüber hätte
er denn zu weinen? Er hat keinem einen Pfennig gestohlen
oder, wie andere, was Böses angestellt,—also warum weint
er? Und doch weint er, weint er, daß es Tränen hagelt. Und
wenn Ihr das mal sehen solltet, dann glaubt ihm nicht,
denn er tut's bloß, wenn er besoffen ist, und da ist er nicht
zurechnungsfähig."—Und mit dem letzten Worte fiel Aslak
rückwärts vom Schemel und weinte heftig los; aber das ging
schnell vorüber; denn er schlief ein.—"Jetzt ist das Schwein
voll," sagte der Mann im Bett, "dann heult er sich immer in
den Schlaf."—"Das war eine häßliche Geschichte", sagten die
Frauen und standen auf, um aus der Stube zu kommen. "Ich
habe ihn noch nie eine andere erzählen hören, wenn er sie
selbst aussuchen durfte", sagte ein alter Mann, der von
seinem Platz an der Tür aufgestanden war: "Gott weiß,
warum ihm die Leute so gern zuhören", fügte er hinzu und

sah dabei die Braut an.

Fünftes Kapitel

Einige gingen heraus, andere suchten den Spielmann, um wieder zu tanzen; aber der war in einem Winkel des Flurs eingeschlafen, und da baten einige, man möge ihn in Ruhe lassen: "seitdem sein Kamerad Lars hier zuschanden geschlagen worden ist, hat Ole die ganze Zeit über aushalten müssen." Unterdes war Thorbjörns Pferd angelangt; es wurde vor einen andern Wagen gespannt, da er trotz allen Zuredens weiter wollte. Besonders der Bräutigam gab sich alle Mühe, ihn zurückzuhalten: "Hier ist nicht soviel Freude für mich, wie mancher glaubt", meinte er; und das brachte Thorbjörn auf eigene Gedanken; aber fort wollte er doch noch vor Abend. Als die anderen sahen, daß er darauf bestand, ließen sie ihn nach und nach allein; es waren viele Menschen da; aber es ging recht still zu, und das Ganze machte gar nicht den Eindruck einer richtigen Hochzeit. Thorbjörn brauchte einen Pflock für sein Pferdegeschirr, und suchte danach; auf dem Hof war nichts Rechtes zu finden, so ging er weiter, kam zu einem Holzschuppen und trat dort ein—langsam und nachdenklich; die Worte des Bräutigams klangen ihm noch immer in den Ohren. Er fand, was er suchte, und setzte sich ganz zufällig, mit Messer und Pflock in Händen, an die Wand. Da hörte er neben sich ein Stöhnen; das mußte von der Innenseite der dünnen Wand kommen, hinter der die Wagen standen; Thorbjörn lauschte. "Du bist es?—Du?" brachte mit langen Zwischenräumen und mühsam eine Stimme heraus; eine Männerstimme. Darauf vernahm er, wie jemand weinte; aber das konnte kein Mann sein.—"Warum mußtest Du auch noch herkommen?" wurde gefragt; und jedenfalls von der Person, die weinte; denn Tränen klangen aus den Worten.—"Hm—zu welcher Hochzeit sollte ich denn aufspielen, wenn nicht zu Deiner?" sprach die erste Stimme. Das kann kein andrer wie Lars, der Spielmann, sein, dachte Thorbjörn.—Lars war ein ansehnlicher, hübscher Gesell, dessen alte Mutter in einer Kate unweit vom Gutshof zur Miete wohnte. Aber die andere Stimme, das mußte die Braut sein!—"Warum hast Du nie gesprochen?" sagte sie gedämpft, aber so gedehnt, als ob sie sehr bewegt sei. "Ich glaubte, das sei zwischen uns beiden nicht nötig", lautete die kurze Antwort. Einige Augenblicke blieb es still, dann sagte sie wieder: "Du wußtest aber doch, daß er meinetwegen herkam,"—"Ich habe Dich für stärker gehalten."—Dann hörte Thorbjörn nur, daß sie weinte; endlich stieß sie die Worte hervor: "Warum hast Du nicht gesprochen?"

"Es hätte wohl dem Sohn der alten Birthe viel genützt, wenn er mit der Tochter von Nordhoug gesprochen hätte", erwiderte er nach einer Pause, in der er schwer Atem geholt und oft gestöhnt hatte. Die Antwort ließ auf sich warten; —"wir haben doch so manches Jahr ein Auge aufeinander gehabt", klang es endlich.

—"Du warst so stolz, man konnte gar nicht richtig mit Dir reden."——"Es war doch nichts auf der Welt, was ich lieber gewollt hätte.—Ich wartete jeden Tag darauf;—wo wir uns trafen—mir kam es fast vor, als drängte ich mich Dir auf. Da dachte ich, Du machtest Dir nichts aus mir."—Es wurde wieder ganz still; Thorbjörn hörte weder eine Antwort, noch weinen; er hörte nicht einmal den Kranken Atem holen.

Thorbjörn dachte an den Bräutigam; er hielt ihn für einen braven Mann, und er tat ihm leid; und im selben

Augenblick sagte auch sie:

"Ich fürchte, er wird wenig Freude an mir haben,—er, der—"

"Er ist ein braver Mann", erwiderte der Kranke, und dann
fing er an, unruhig zu werden, da ihm die Brust schmerzte.
Es war, als ob sie die Schmerzen mitfühlte, denn sie sagte:
"Mir ist schwer ums Herz Deinetwegen,—aber—wir hätten
uns wohl nie ausgesprochen, wenn das nicht dazwischen
gekommen wäre. Erst als Du Dich mit Knud gerauft hast,
habe ich alles begriffen."—"Ich konnte es nicht länger
ertragen", antwortete er, und einen Augenblick darauf:
"Knud ist ein schlechter Kerl."—"Ja, gut ist er nicht", sagte
sie, Knuds Schwester.

Sie blieben eine Weile stumm, dann sprach er: "Ich bin
gespannt, ob ich wieder mal aufkomme; ach, das ist auch
jetzt ganz einerlei."—"Geht's Dir schlecht, so geht's mir
schlechter," darauf lautes Weinen. "Willst Du fort?" fragte er.
—"Ja, ach, Du lieber Gott,—Du lieber Gott, was wird das für
ein Leben werden!"—"Weine nicht so," sagte er, "unser
Herrgott macht hoffentlich bald ein Ende mit mir, und
dann, wirst Du sehen, geht es auch Dir besser."—"Jesus,
Jesus, wenn Du nur gesprochen hättest!" rief sie mit
verhaltener Stimme und schien die Hände zu ringen;
Thorbjörn meinte, sie sei fortgegangen, oder nicht mehr
imstande, weiter zu sprechen; er hörte eine ganze Zeitlang
nichts mehr, und ging dann selber.

Den ersten, besten, den er im Garten traf, fragte er: "Warum
sind denn Spielmann Lars und Knud Nordhoug aneinander
geraten?"—"Warum, ja—" sagte Per Hausmann und zog sein
Gesicht in Falten, als ob er was drin verstecken wollte;
"danach kannst Du wohl fragen, denn es war nur um eine
Kleinigkeit; Knud fragte Lars, ob seine Fiedel bei der
Hochzeit hier auch gut gestimmt sei." In demselben

Augenblick ging die Braut vorbei; sie hatte erst ihr Gesicht seitwärts gewendet; aber als sie den Namen Lars hörte, drehte sie es ihnen zu, und da zeigte es sich, daß ihre großen Augen ganz rot waren und flackerten; aber ihre Züge erschienen kalt, so kalt, daß Thorbjörn nichts von ihren früheren Worten mehr herauslesen konnte; da wurde ihm manches noch klarer.

Weiter vorn im Hof stand sein Pferd fertig zur Abfahrt; er schlug den Pflock ein und schaute nach dem Bräutigam, um Abschied zu nehmen. Er hatte keine Lust, ihn aufzusuchen; es war ihm fast lieber, daß der Bräutigam unsichtbar blieb, und so setzte er sich auf den Wagen. Da entstand mit einem Mal ein großer Lärm links von ihm, bei der Scheune; er hörte rufen, ein Menschenhaufen kam herangezogen, ein großer Mann, der voranging, schrie: "Wo ist er?—Hat er sich versteckt?—Wo ist er denn?"—"Dort, dort", riefen ein paar Stimmen. "Laßt ihn nicht hin," riefen wieder andere, "sonst gibt's ein Unglück."—"Ist das Knud?" fragte Thorbjörn einen kleinen Jungen neben seinem Wagen. "Ja, er ist betrunken, und dann will er immer raufen." Thorbjörn hatte sich schon zurechtgesetzt und trieb sein Pferd an.—"Halt! Halt! Kamerad!" rief es hinter ihm; er zog die Leine an, aber da das Pferd im Trab blieb, ließ er es gehen. "Hast Du Angst, Thorbjörn Granliden?" schrie es unweit; da hielt er an, sah aber nicht hinter sich.

"Steig ab, hier triffst Du gute Gesellschaft!" rief einer. Thorbjörn drehte sich um. "Danke, ich muß nach Hause", sagte er. Wie sie ein bißchen hin- und herredeten, war der ganze Haufen herangekommen; Knud ging auf das Pferd zu, streichelte es und faßte es beim Zaum, um es anzusehen. Er war groß, hatte blondes, aber struppiges Haar und eine Stumpfnase, breite, dicke Lippen und milchblaue Augen, doch einen frechen Blick. Seiner Schwester ähnelte er wenig, nur etwas in einem Zug um den Mund; er hatte auch die gleiche gerade Stirn, aber nicht so eine hohe wie sie; alle ihre feinen Züge waren bei ihm vergröbert. "Was willst Du für Deine Schindmähre haben?" fragte Knud. "Mein Pferd ist nicht zu verkaufen", antwortete Thorbjörn. "Du meinst wohl, ich kann's nicht bezahlen?" sagte Knud. — "Ich weiß nicht, was Du kannst oder nicht kannst." — "So, — also Du meinst: nein, — Du! Nimm Dich in acht", sagte Knud. Der Bursche, der vorhin in der Stube an der Wand gestanden hatte und den Mädchen ins Haar gefahren war, äußerte jetzt zu einem Nachbar: "Diesmal hat Knud keine rechte Schneid."

Das hörte Knud.

"Keine Schneid? Wer sagt das? Ich keine Schneid?" schrie er. Mehr und mehr Menschen kamen heran.

"Aus dem Weg! Achtung, das Pferd", rief Thorbjörn und trieb seinen Gaul an; er wollte fort. — "Hast Du zu mir aus dem Weg gesagt?" fragte Knud. "Ich habe nur zum Pferd gesprochen, ich muß fort", antwortete Thorbjörn, bog aber nicht aus. "Warum fährst Du gerade auf mich los?" fragte Knud. "Weg da!" — und das Pferd reckte sich in die Höhe, sonst hätte es mit dem Kopf Knud vor die Brust gestoßen. Da packte Knud es am Zaum und Gebiß, und das Pferd, das diesen Griff noch frisch im Gedächtnis hatte, fing an zu zittern. Das wirkte auf Thorbjörn; das mahnte ihn daran, was er selbst dem Pferde angetan hatte; den Ärger über sich übertrug er auf Knud. Nun sprang er auf und zog mit der Peitsche diesem eins über den Kopf. "Du schlägst?" schrie Knud und kam auf ihn zu. Thorbjörn sprang ab. "Du bist ein schlechter Kerl", sagte er und wurde dabei totenblaß; die Zügel gab er dem Barschen aus der Stube, der herangetreten war und sich angeboten hatte. Aber der alte Mann, der nach Aslaks Erzählung von seinem Platz an der Tür

aufgestanden war, ging nun auf Thorbjörn zu und zog ihn
am Arm. "Sämund Granliden ist ein zu braver Mann, als
daß sich sein Sohn mit solchem Raufbold abgeben sollte."
Das besänftigte Thorbjörn; Knud aber schrie: "Ich ein
Raufbold? Das ist er gerade so gut wie ich, und mein Vater
ist gerade so gut wie seiner. Komm 'ran! Dumm genug, daß
die Leute nicht wissen, wer von uns der Stärkere ist", fügte
er hinzu und legte sein Halstuch ab. "Die Probe darauf
machen wir noch immer früh genug", sagte Thorbjörn. Da
meinte der Mann, der vorhin im Bette gelegen hatte: "Sie
sind wie zwei Katzen, erst müssen sie sich anprusten beide."
Thorbjörn hörte das wohl, aber antwortete nicht. Einige
lachten; andere sagten wiederum, das sei doch zu toll mit
den vielen Raufereien auf dieser Hochzeit; sie sollten doch
einen Fremden in Frieden lassen, der ruhig seiner Wege
ziehen wollte. Thorbjörn sah sich nach seinem Pferd um, es
war seine feste Absicht, weiter zu fahren; aber der Bursche,
der es ihm abgenommen, hatte es eine ganze Strecke beiseite
geführt und stand selbst wieder dicht bei Thorbjörn. "Was
siehst Du Dich um?" fragte Knud, "Synnöve ist weit
fort."—"Was geht Dich Synnöve an?"—"Nein, so'ne
scheinheiligen Frauenzimmer gehen mich gar nichts an,"
sagte Knud, "aber vielleicht benimmt sie Dir den Mut!" Das
war für Thorbjörn denn doch zu viel; die Umstehenden
merkten, daß er das Terrain für den Kampf untersuchte.
Nun traten wieder ältere Männer dazwischen und meinten,
Knud habe bei dem Fest schon genug auf dem Gewissen.
"Mir soll er nichts anhaben!" sagte Thorbjörn und darauf
verstummten sie. "Laßt sie doch raufen," sagten andere,
"dann werden sie gute Freunde; sie haben sich lange genug
mit bösen Blicken verfolgt."—"Ja," setzte einer hinzu, "jeder
von beiden will der Stärkere sein; jetzt wird sich's ja
zeigen."—"Habt Ihr nicht das Bürschchen Thorbjörn
Granliden irgendwo gesehen?" fragte Knud laut, "eben war
er doch noch hier."—"Hier ist er", sagte Thorbjörn, und in

demselben Augenblick bekam Knud einen Hieb über das rechte Ohr, daß er nahestehenden Männern in die Arme purzelte. Nun wurde es still in der Runde. Knud sprang auf —und vorwärts, ohne einen Laut von sich zu geben; Thorbjörn setzte sich zur Gegenwehr. Ein langer Faustkampf entspann sich; beide wollten einander zu Leibe; aber beide waren geübt und jeder hielt sich den andern vom Leibe. Thorbjörns Hiebe fielen dicht und, wie einige sagten, auch recht wuchtig. "Da ist Knud mal an den Richtigen gekommen," sagte der Bursche, der sich des Pferdes angenommen hatte, "macht Platz!" Die Frauen rissen aus, nur eine blieb oben auf der Treppe stehen, um besser sehen zu können; das war die Braut. Zufällig streifte Thorbjörns Blick sie; er zauderte einen Moment, da sah er ein Messer in Knuds Hand, erinnerte sich ihrer Worte: "Gut ist er nicht", und traf mit einem wohlgezielten Hieb Knuds Arm so über dem Handgelenk, daß das Messer auf die Erde fiel, und der Arm kraftlos sank. "Au—das war ein Hieb!" rief Knud. "Spürst Du's?", fragte Thorbjörn und stürzte auf ihn los. Knud war durch den gelähmten Arm in starkem Nachteil; er wurde hochgehoben, weitergeschleppt, aber es dauerte eine ganze Weile, bis er geworfen war. Mehrmals wurde er so hingeschleudert, daß jeder andere mehr wie genug gehabt hätte; aber sein Rückgrat vertrug viel; Thorbjörn zog mit ihm herum, überall wichen die Leute zurück,—aber Thorbjörn schritt immer weiter mit ihm—er trug ihn um den ganzen Hof herum, bis sie vor die Treppe gelangten, dort schwang er ihn noch einmal hoch in die Luft und drückte ihn dann zu Boden; da gaben Knuds Knie nach, und er stürzte auf die Steinfließen, so lang wie er war, und es sang ihm und es klang ihm in den Ohren. Regungslos blieb er liegen, stöhnte tief und schloß die Augen. Thorbjörn richtete sich auf, sein Blick fiel gerade auf die Braut, die noch immer starr dastand und zusah. "Legt ihm etwas unter den Kopf", sagte sie, drehte sich um und ging ins Haus.

Zwei alte Frauen kamen vorbei; die eine sagte zu der andern:
"Herrgott! Da liegt schon wieder einer; wer ist denn das?"
Ein Mann antwortete: "Er—der Knud Nordhoug." Da
meinte die zweite Frau: "Dann werden wohl die ewigen
Raufereien mal ein Ende nehmen—die Menschen können
doch ihre Kräfte zu was Besserem brauchen."—"Da hast Du
ein wahres Wort gesprochen, Randi," meinte die erste; "unser
Herrgott helfe ihnen, daß sie lernen, weniger an sich als an
Besseres zu denken."

Das traf Thorbjörn und ergriff ihn tief; bisher hatte er kein
Wort hervorgebracht; er stand nur da und sah den Leuten
zu, die für Knud sorgten; einige sprachen ihn an, doch er
antwortete nicht. Er wandte sich fort und überließ sich
seinen Gedanken. Synnöve kam ihm vor allem in den Sinn,
und er schämte sich fürchterlich; er überlegte, wie er ihr die
Sache erklären könne, und es fiel ihm aufs Herz, daß er doch
sein Leben nicht so leicht zu ändern vermochte, wie er
geglaubt hatte. Im selben Nu rief es hinter ihm: "Paß auf,
Thorbjörn!" und noch ehe er sich umdrehen konnte, wurde
er von hinten an den Schultern gepackt und zu Boden
geworfen; dann fühlte er nur noch einen stechenden
Schmerz; aber er wußte nicht, an welcher Stelle. Er hörte
Stimmen rings um sich her; es war ihm, als ob er
weggefahren würde, manchmal glaubte er selbst die Zügel
zu führen; aber bestimmt wußte er das nicht.

So ging es eine lange Zeit fort; ihm wurde kalt, dann wieder
warm, und dann mit einem Male ganz leicht; so leicht, daß
er zu schweben meinte, und nun begriff er: Baumkronen
trugen ihn, eine zur andern, endlich hinauf zum Hügel;
und wieder höher—zur Alm, und noch höher—hoch auf
die höchste Felsenspitze, und Synnöve beugte sich über ihn
und weinte und fragte: warum er nicht gesprochen habe?

Sie weinte heftig und sagte dann, er habe doch gesehen, wie
ihm Knud in den Weg getreten sei, und jetzt habe sie doch
Knud nehmen müssen. Und dann streichelte sie ihn sanft
auf der einen Seite, so daß er dort ganz warm wurde, und
weinte so, daß sein Hemde ganz feucht wurde. Aber Aslak
kauerte hoch oben auf einem großen, spitzen Stein und
zündete die Baumkronen ringsum an; sie zuckten, sie
zischten, Zweige flogen um ihn her, Aslak aber lachte mit
weit aufgerissenem Mund: "Ich bin's nicht gewesen, meine
Mutter hat's getan!" Und auf der andern Seite stand Vater
Sämund und warf Kornsäcke hoch, so hoch, daß die Wolken
sie auffingen und das Korn wie Nebel verstreuten, und
Thorbjörn wunderte sich, daß das Korn über den ganzen
Himmel hinfliegen konnte. Und wie er wieder
herunterblickte, war Sämund mit einem Male ganz klein
geworden, so klein wie ein Punkt; aber er warf noch immer
die Säcke, höher und höher und rief: Das mach' mir mal
nach! Hoch, hoch oben in den Wolken stand die Kirche,
und auf ihrer Turmspitze die blonde Frau aus Solbakken,
die schwenkte in der einen Hand ein rotes Taschentuch, in
der anderen ein Gesangbuch und sagte: "Hierher kommst
Du mir nicht, solange Du noch raufst und fluchst!"—und
als er schärfer hinsah, war es gar nicht die Kirche,—nein, es
war Solbakken, und die Sonne strahlte so hell auf all die
hundert Fensterscheiben, daß ihm die Augen davon weh
taten und er sie schließen mußte.

"Vorsichtig, vorsichtig, Sämund!" hörte er mit einem Male
rufen; er erwachte wie aus dem Schlummer, wie wenn er
fortgetragen würde, und er sah sich um. Er war zu Hause
in der Stube von Granliden; ein tüchtiges Feuer brannte im
Herde; er erblickte neben sich die Mutter; sie weinte, der
Vater wollte ihn eben aufnehmen—um ihn in eine
Seitenkammer zu bringen, da ließ er ihn sacht wieder nieder:
"Es ist noch Leben in ihm", sagte er mit bebender Stimme

und wandte sich zur Mutter; die schrie: "Lieber, lieber Gott,
er schlägt die Augen auf! Thorbjörn, Thorbjörn,
barmherziger Himmel, was haben sie mit Dir gemacht!" und
sie beugte sich über ihn, streichelte ihm die Backen, und ihre
Tränen fielen dabei warm auf sein Gesicht. Sämund wischte
sich mit dem einen Ärmel die Augen, schob die Mutter sacht
beiseite: "Ich möchte ihn doch jetzt gleich 'rübertragen",
sagte er, und legte die eine Hand vorsichtig unter
Thorbjörns Schultern, die andere unter das Rückgrat.
"Stütz' ihm den Kopf, Mutter, wenn er ihn nicht hochhalten
kann." Sie ging voran und stützte den Kopf, Sämund suchte
gleichen Schritt mit ihr zu halten, und bald war Thorbjörn
umquartiert. Nachdem sie ihn gut gebettet und ordentlich
zugedeckt hatten, fragte Sämund, ob der Knecht schon
fortgefahren sei. "Da kannst Du ihn noch sehen", sagte die
Mutter und zeigte nach dem Hof hinaus; Sämund machte
das Fenster auf und rief: "Wenn Du es in einer Stunde
schaffst, kriegst Du doppelten Jahreslohn—und sollte das
Pferd auch dabei drauf gehen!"

Er trat wieder ans Bett; Thorbjörn sah ihn mit großen,
klaren Augen an; des Vaters Augen waren immer wieder auf
den Sohn gerichtet und wurden feucht. "Ich wußte, es
würde solches Ende mit ihm nehmen", sagte er, drehte sich
um und ging hinaus. Die Mutter setzte sich auf einen
Schemel zu Füßen Thorbjörns und weinte, sprach aber
nicht. Thorbjörn wollte sprechen, fühlte jedoch, daß es ihm
zu schwer fiel, und schwieg darum. Aber beständig sah er
seine Mutter an, und sie hatte früher nie einen solchen
Glanz in seinen Augen bemerkt, noch empfunden, daß sie
so schön wie jetzt waren, und das nahm sie für ein
schlechtes Zeichen. "Gott der Herr steh' Dir bei," stieß sie
hervor, "ich weiß, es ist Sämunds Tod, wenn Du von uns
gehst." Thorbjörn sah sie an; seine Augen, sein Gesicht
waren starr. Sein Blick drang ihr tief in die Seele, und sie

begann das Vaterunser für ihn zu beten; denn sie hielt seine
Stunden für gezählt. Und als sie so bei ihm saß, ging es ihr
durch den Sinn, wie überaus lieb sie alle gerade ihn hatten;
und jetzt war nicht eins von seinen Geschwistern zu Hause.
Da schickte sie zur Alm, um Ingrid und den jüngern Bruder
zu holen; dann setzte sie sich wieder an das Bett. Er sah sie
unverwandt an; und sein Blick wirkte auf sie wie ein
Gesangbuchlied, das sie sanft auf zu Höherem führte; und
die alte Ingebjörg wurde andächtiglich ergriffen, nahm die
Bibel und sagte: "Jetzt will ich laut zu Deinem Frommen
lesen, auf daß es Dir gut ergehe." Da sie ihre Brille nicht bei
der Hand hatte, schlug sie eine Stelle auf, die sie von ihrer
Kinderzeit noch so ungefähr auswendig konnte, und die
Stelle war aus dem Evangelium Johannis. Sie konnte nicht
wissen, ob er es höre, denn er lag nach wie vor starr da, —
aber sie las, — wenn nicht für ihn, so für sich selbst.

Bald kam Ingrid nach Hause, um die Mutter abzulösen; aber
da schlief Thorbjörn gerade. Sie weinte unaufhörlich; sie
hatte schon geweint, ehe sie von der Alm fortging; denn sie
dachte an Synnöve, die ohne Nachricht blieb. — Dann kam
der Doktor und untersuchte. Thorbjörn hatte einen
Messerstich in die Seite bekommen und noch andere
Verletzungen, aber der Doktor sagte nichts, und es fragte
ihn keiner. Sämund begleitete ihn in die Krankenstube,
stellte sich neben ihn und blickte ihm beständig ins Gesicht,
ging mit hinaus, da der Doktor ging, half ihm hinauf auf
seinen zweirädrigen Wagen und nahm den Hut ab, als der
Doktor sagte, er werde am nächsten Tage wiederkommen.
Dann drehte er sich zu seiner Frau um, die neben ihm
stand: "Wenn der Mann nichts sagt, steht es schlecht", seine
Lippen zitterten, er drehte sich auf den Hacken um und
ging querfeldein.

Niemand wußte, wo er steckte, er kam weder am selben

Abend, noch in der Nacht, sondern erst den nächsten
Morgen nach Hause, und da sah er so finster aus, daß sich
keiner zu fragen getraute. Er selbst sagte nur: "Na?"—"Er
hat geschlafen," sagte Ingrid, "aber er ist so von Kräften, daß
er nicht die Hand heben kann." Sämund wollte in die
Krankenstube, aber dicht vor der Tür machte er Kehrt.

Der Doktor kam am nächsten Tage wieder und auch die
folgenden Tage. Thorbjörn konnte sprechen, aber er durfte
sich nicht bewegen. Ingrid saß am meisten bei ihm, auch die
Mutter oft und sein jüngerer Bruder; aber er richtete keine
Frage an sie und sie nicht an ihn. Der Vater war niemals in
der Stube. Die anderen sahen, daß der Kranke das merkte; er
blickte gespannt hin, sobald die Tür aufging; jedenfalls
doch, weil er den Vater erwartete. Schließlich fragte ihn
Ingrid, wen er wohl außerdem noch gern sehen möchte?
"Ach, mich will ja keiner sehen", antwortete er. Das wurde
Sämund wiedererzählt; der entgegnete im Augenblick
nichts, und als an diesem Tage der Doktor kam, war er nicht
zu Hause. Aber ein Stück Weges vom Hofe erwartete er ihn
bei der Rückfahrt; er hatte auf dem Grabenrand gesessen,
stand auf, als der Wagen vorbeifuhr, grüßte und fragte nach
dem Zustand seines Sohnes. "Sie haben ihm böse
mitgespielt", lautete kurz die Antwort. "Wird er
durchkommen?" fragte Sämund und bastelte am Bauchgurt
des Pferdes. "Danke, der Gurt sitzt ja gut", sagte der Doktor.
"Nicht stramm genug", antwortete Sämund. Dann waren
beide eine Zeitlang stumm; der Doktor sah ihn an; Sämund
arbeitete eifrig an dem Gurt herum, blickte aber nicht auf.
"Du hast gefragt, ob er durchkommen wird; ja, das glaube
ich wohl", sagte der Doktor langsam; Sämund blickte
schnell auf. "Dann ist keine Lebensgefahr mehr?" fragte er.
"Seit ein paar Tagen nicht mehr", antwortete der Doktor. Da
rollten Tränen aus Sämunds Augen; er wischte sie ab, aber
sie kamen wieder, "'s ist 'ne reine Schande, wie lieb ich den

Jungen habe," schluchzte er, "aber einen prächtigem
Burschen hat's im ganzen Gau noch nicht gegeben." Der
Doktor wurde gerührt: "Warum hast Du nicht schon früher
gefragt?"—"Ich hätt' es nicht hören können", antwortete
Sämund und wollte die Tränen herunterschlucken; aber es
gelang ihm nicht; "und dann waren die Frauensleute dabei,"
fuhr er fort, "die sahen immer hin, ob ich Dich nicht fragen
wolle, und da kriegte ich's nicht fertig." Der Doktor ließ ihm
Zeit, wieder ordentlich zu sich zu kommen, und nun blickte
Sämund ihn fest an: "Wird er wieder ganz gesund?" fragte er
plötzlich. "Soweit es möglich ist; übrigens läßt sich darüber
mit Sicherheit nichts sagen." Da wurde Sämund ruhig und
nachdenklich. "Soweit es möglich ist", murmelte er und
blickte zu Boden. Der Doktor wollte ihn nicht stören; es war
etwas in dem Mann vor ihm, das es ihm verbot. Plötzlich
hob Sämund den Kopf: "Ich danke für die Auskunft", sagte
er, reichte dem Doktor die Hand und ging nach Hause.

Währenddessen saß Ingrid bei dem Kranken. "Wenn Du es
hören kannst, will ich Dir etwas vom Vater erzählen", sagte
sie. "Erzähle", antwortete er. "An dem Abend, als der Doktor
zum ersten Male hier war, war Vater plötzlich weg, und
niemand wußte, wo er war. Da war er zum Hochzeitshause
gegangen; den Leuten wurde schlecht zumute, als er eintrat.
Er setzte sich an den Tisch und trank mit den andern; und
der Bräutigam hat später erzählt, er habe geglaubt, Vater sei
ins Taumeln gekommen. Aber dann erst hub er an, nach der
Rauferei zu fragen, und erhielt auch genauen Bericht. Nun
kam Knud; Vater wünschte, Knud solle erzählen, und ging
auf den Hof zu der Stelle hin, wo Ihr gerauft hattet. Die
ganze Gesellschaft ging mit. Knud erzählte, wie Du mit ihm
umgesprungen seist, nachdem Du ihm die Hand lahm
geschlagen hattest; aber als er nun nicht weiter mit der
Sprache heraus wollte, richtete Vater sich hoch auf und
fragte: ob das vielleicht dann so zugegangen wäre—und im
selben Augenblick hatte er schon Knud vorn an der Brust
gepackt, dann hob er ihn hoch und warf ihn auf die
Steinfließen, wo noch Blut von Dir klebte; mit der linken
Hand drückte er ihn nieder, mit der Rechten zog er sein
Messer; Knud wechselte die Farbe und alle Gäste standen
stumm dabei. Einige hatten gesehen, daß Vater geweint hat;
aber getan hat er Knud nichts. Der lag da und rührte sich
nicht. Vater riß ihn wieder hoch, warf ihn eine Weile darauf
wieder zu Boden. 'Es fällt einem recht schwer, Dich
entwischen zu lassen', sagte er und nahm ihn scharf aufs
Korn, indem er ihn festhielt.

Zwei alte Frauen gingen vorbei und die eine sagte: 'Denk an
Deine Kinder, Sämund Granliden', und sofort, so erzählen
die Leute, hat Vater den Knud losgelassen, und bald darauf
war er herunter vom Hof; aber Knud drückte sich zwischen
den Häusern fort von der Hochzeit und wurde nicht mehr

gesehen."

Kaum war Ingrid mit ihrer Erzählung fertig, da öffnete sich
die Tür; jemand sah hinein, und das war der Vater. Sie ging
gleich aus der Stube; Sämund trat ein. Wovon Vater und
Sohn miteinander gesprochen haben, das hat niemand
erfahren; die Mutter, die an der Tür stand und lauschte,
glaubte doch einmal verstanden zu haben, daß sie darüber
redeten, ob Thorbjörn wieder ganz gesund werden könne
oder nicht. Aber sie war ihrer Sache nicht sicher, und
hineingehen wollte sie nicht, solange Sämund drin war. Als
er herauskam, waren seine Züge sehr sanft, seine Augen
etwas gerötet. "Wir werden ihn wohl behalten," sagte er im
Vorbeigehen zu Ingebjörg, "aber unser Herrgott weiß, ob er
wieder ganz gesund wird." Ingebjörg fing zu weinen an
und ging ihrem Manne nach; auf der Treppe zum Schuppen
setzten sie sich nebeneinander, und sie besprachen
mancherlei.

Als aber Ingrid leise wieder zu Thorbjörn hineinkam, lag er
da mit einem Zettel in der Hand und sagte ruhig und
langsam: "Den Zettel gib Synnöve, sobald Du sie triffst." Als
Ingrid gelesen hatte, was darauf stand, wandte sie sich ab
und weinte, denn auf dem Zettel stand:

"An die hochgeschätzte Jungfrau Synnöve, Tochter des
Guttorm Solbakken.

Wenn Du diese Zeilen gelesen hast, so soll es aus sein
zwischen uns beiden. Denn ich bin nicht der Mann, der für
Dich bestimmt ist. Unser Herrgott sei mit uns beiden.

Thorbjörn, Sohn des Sämund Granliden."

Sechstes Kapitel

Synnöve hatte an dem Tage, nachdem Thorbjörn auf der
Hochzeit gewesen, von dem Vorfall erfahren. Sein jüngerer
Bruder war mit der Nachricht auf die Alm gekommen; aber
Ingrid hatte ihn auf dem Flur abgefaßt und ihm
eingeschärft, wie weit er erzählen solle. Synnöve wußte also
nicht mehr, als daß Thorbjörn mit Wagen und Ladung
umgekippt, dann nach Nordhoug um Hilfe gegangen und
dabei mit Knud in Streit geraten war; er habe etwas
abgekriegt, liege auch zu Bett; aber es sei nicht gefährlich.
Eine Geschichte, die Synnöve mehr böse als traurig stimmte;
und je mehr sie darüber nachdachte, desto mutloser wurde
sie. Wie fest hatte er ihr versprochen, sich so zu benehmen,
daß ihre Eltern nichts gegen ihn sagen konnten! Aber
auseinanderbringen sollte das ihn und sie doch nicht!

Die Verbindung zwischen Tal und Alm war spärlich, und die
Zeit dehnte sich, bis Synnöve weitere Nachricht bekam. Die
Ungewißheit drückte sie schwer; Ingrid wollte auch nicht
wiederkommen, — es mußte also etwas besonderes vorgehen.
Sie war abends nicht mehr in der Stimmung zu singen, um
das Vieh nach Hause zu locken, und schlief nachts nicht
gut, weil ihr Ingrid fehlte. Dadurch war sie am Tage müde,
und somit wieder ihr Herz nicht gerade leichter. Sie ging
umher und wirtschaftete, scheuerte Kübel und Töpfe,
machte Käse, setzte Milch an, aber ohne rechte Freude an
der Arbeit, und Thorbjörns jüngerer Bruder, sowie der
andere Junge, die zusammen hüteten, hielten es nun für
ausgemacht, daß mit ihr und Thorbjörn etwas los sein
müsse, und das gab ihnen oben auf der Weide Stoff für vieles
Gerede.

Am Nachmittag des achten Tages, seit Ingrid nach Hause
gerufen worden, verspürte Synnöve stärkere

Herzbeklemmung denn je. Nun war schon soviel Zeit
vergangen, und sie hatte noch immer keine genaue
Nachricht. Sie ließ ihre Arbeit liegen und setzte sich hin, um
auf das Kirchspiel hinunterzuschauen; das gab ihr etwas
wie einen Zusammenhang mit denen unten, und ganz allein
mit sich mochte sie nicht sein. Dabei wurde sie müde, legte
den Kopf auf den Arm und schlief sofort ein; aber die Sonne
stach und ihr Schlaf war sehr unruhig. Sie glaubte sich zu
Solbakken in der Bodenkammer, wo ihre Sachen standen
und sie gewöhnlich schlief; die Blumen dufteten so schön zu
ihr hinauf; aber nicht mit dem Duft wie sonst; mehr wie
Heidekraut. Woher mag das wohl kommen? dachte sie und
sah durch das offene Fenster. Ja, da stand Thorbjörn unten
im Garten und pflanzte Heidekraut ein. "Aber, Liebster,
warum tust Du das?" fragte sie. "Die Blumen wollen nicht
wachsen", sagte er und ließ sich nicht stören. Da tat es ihr
um die Blumen leid, und sie bat ihn schließlich, sie ihr
herauf zubringen. "Ja, gern", antwortete er, sammelte die
herausgezogenen Blumen und machte sich auf den Weg;
aber nun saß sie gar nicht mehr in der Bodenkammer, denn
er konnte sofort zu ihr. In demselben Augenblick kam ihre
Mutter dazu. "In Jesu Namen, will der Ekel von Junge zu
Dir?" rief sie, sprang dazwischen und stellte sich vor ihn
hin. Das wollte er sich nicht gefallen lassen, und nun fingen
die beiden an, zu ringen. "Mutter, Mutter, er will mir ja nur
meine Blumen bringen", bat Synnöve und weinte. "Das hilft
nichts", sagte die Mutter und ging ihm stärker zuleibe.
Synnöve wurde ängstlich, so ängstlich; sie wußte nicht,
wem von den beiden sie den glücklichen Ausgang des
Ringens wünschen sollte; verlieren aber sollte keiner. "Seht
Euch mit den Blumen vor", rief sie; doch sie rangen immer
heftiger und heftiger, und die schönen Blumen wurden
dabei überall umhergestreut, von der Mutter zertreten, von
Thorbjörn zertreten; Synnöve weinte. Als Thorbjörn aber
die Blumen hingeworfen hatte, wurde er mit einem Male

furchtbar häßlich, ganz widerlich; das Haar auf seinem
Kopfe wuchs, sein Gesicht verlängerte sich, die Augen
bekamen einen wilden Ausdruck und mit spitzen Klauen
griff er nach der Mutter. "Nimm Dich in acht, Mutter; siehst
Du nicht, das ist nicht er, das ist ein andrer—nimm Dich in
acht!" schrie sie und wollte hin und der Mutter helfen,
konnte sich aber nicht vom Fleck rühren.—Da hörte sie
ihren Namen rufen; dann noch einmal. Und im Nu
verschwand Thorbjörn und auch die Mutter. "Ja",
antwortete Synnöve und erwachte. "Synnöve!" klang es von
neuem. "Ja", rief sie und blickte auf. "Wo bist Du denn?" Das
ist Mutter, dachte Synnöve, stand auf und ging auf den
Platz zu, wo die Mutter mit einem Eßkorb in der Hand
stand, sich mit der anderen die Augen beschattete und nach
ihr ausschaute.

"Hier liegst Du und schläfst auf der kalten Erde?" sagte die
Mutter. "Ich war so müde," antwortete Synnöve, "und hatte
mich nur einen Augenblick hingelegt, und da bin ich mit
einemmal fest eingeschlafen."—"Davor mußt Du Dich hüten,
mein Kind——Hier in dem Korb habe ich Dir etwas
mitgebracht; ich habe gestern gebacken, weil Vater eine
längere Reise machen will." Aber Synnöve fühlte, etwas
anderes müsse die Mutter hergeführt haben, und sie meinte
nicht ohne Grund von ihr geträumt zu haben. Karen—so
hieß ihre Mutter—war, wie gesagt, klein und schmächtig
von Gestalt, hatte blondes Haar, und blaue Augen, die
rastlos umherblickten. Sie lächelte ein wenig, wenn sie
sprach; aber nur wenn sie mit Fremden sprach. Ihr
Gesichtsausdruck war sehr scharf geworden; sie war hastig
in ihren Bewegungen und machte sich immer etwas zu tun.
—Synnöve bedankte sich für das Mitgebrachte, nahm den
Deckel vom Korb und wollte nachsehen, was darin war.
"Das kannst Du später tun", sagte die Mutter; "ich habe
wohl bemerkt, daß Du Töpfe und Kübel noch nicht

abgewaschen hast; das mußt Du immer besorgen, mein Kind, ehe Du schlafen gehst."—"Ja, das war auch nur heute."—"Komm jetzt, ich will Dir helfen, da ich doch nun mal hier bin," fuhr Karen fort, und schürzte sich auf. "Du mußt Dich an Ordnung gewöhnen, ob ich Dich nun unter Augen habe oder nicht." Sie ging in die Milchkammer, und Synnöve folgte ihr langsam. Nun nahmen sie die Gefäße herunter und wuschen auf; die Mutter untersuchte, wie die Wirtschaft imstande sei, fand es nicht schlecht, gab eifrig Anweisungen und half auch Synnöve beim Ausfegen. Und damit vergingen ein oder zwei Stunden. Während der Arbeit hatte sie der Tochter erzählt, was sie zu Hause gemacht hatten und wie sie durch die Vorbereitungen für Vaters Reise in Anspruch genommen war. Dann fragte sie Synnöve, ob sie auch nicht vergessen habe jeden Abend, vor dem Schlafengehen, in Gottes Wort zu lesen. "Denn das darf man niemals unterlassen, sonst ist es mit der Arbeit am anderen Tage schlecht bestellt."

Als sie nun fertig waren, gingen sie hinaus und setzten sich, um auf die Kühe zu warten; und als sie dasaßen, fragte die Mutter nach Ingrid; sie wollte wissen, ob sie nicht bald wieder heraufkomme. Synnöve wußte nicht mehr darüber als die Mutter. "Ja, so kann es einem Menschen ergehen", sagte die Mutter und Synnöve begriff sofort, daß sich das nicht auf Ingrid bezog; sie wollte gern einem weiteren Gespräch über diesen Gegenstand vorbeugen, fand aber nicht den Mut. "Wer unseren Herrgott nicht im Herzen trägt, der wird an ihn erinnert, wenn er's am wenigsten erwartet", sagte die Mutter. Synnöve erwiderte kein Wort. "Ich habe immer gesagt: aus dem Burschen wird nichts.—Ist das ein Benehmen? Pfui!"—Sie hatten sich beide hingekauert und blickten vor sich hin; aber keine sah die andere an. "Hast Du gehört, wie es ihm geht?" fragte die Mutter, und warf ihr einen kurzen Blick zu. "Nein", antwortete Synnöve.

—"Es soll schlecht um ihn stehen", sagte die Mutter. Ein
Druck legte sich auf Synnöves Brust. "Ist es gefährlich?"
fragte sie. "Ja, der Messerstich in der Seite;—und dann soll er
noch am ganzen Leibe zerschlagen sein." Synnöve fühlte,
wie ihr das Blut in das Gesicht schoß; schnell drehte sie sich
zur Seite, damit die Mutter es nicht sehen sollte. "Ja, aber es
hat wohl im ganzen nicht viel zu sagen?" fragte sie so ruhig,
wie sie vermochte; doch der Mutter war es aufgefallen, daß
Synnöves Atem heftig ging, und darum entgegnete sie: "Ach
nein, das wohl nicht." Da dämmerte es Synnöve auf, daß
etwas sehr Schlimmes passiert war. "Liegt er zu Bett?" fragte
sie.—"Ja, natürlich. Wie muß das seine Eltern treffen,—solch
brave Leute. Gut erzogen haben sie ihn ja auch, so daß
unser Herrgott nicht mit ihnen darüber in das Gericht
gehen kann." Synnöve wurde so beklommen zumut, daß sie
sich kaum noch fassen konnte. Da fuhr die Mutter fort:
"Nun zeigt es sich, wie gut es war, daß sich niemand an ihn
gebunden hat. Unser Herrgott lenkt alles zum besten." Vor
Synnöves Augen schien sich alles zu drehen; sie glaubte
vom Berg herunterzustürzen.

"Ich habe immer zu Vater gesagt: Gott schütze uns; wir
haben nur die eine Tochter, und für die müssen wir sorgen.
Vater ist ja etwas weich, so brav er sonst ist; aber da ist es
gut, daß er sich dort Rat holt, wo er ihn findet; und das ist
in Gottes Wort." Als nun Synnöve noch bei all ihrem
Kummer daran denken mußte, wie liebevoll ihr Vater immer
gegen sie war, da wurde es ihr immer schwerer, die Tränen
hinunterzuwürgen; aber es nützte nichts—sie fing zu
weinen an.—"Du weinst?" fragte die Mutter und sah sie an;
aber Synnöve ließ sich nicht richtig ansehen. "Ja, ich mußte
an ihn denken, an Vater, und da——", und nun strömten die
Tränen.—"Was hast Du denn nur, mein liebes Kind?"—"Ach,
ich weiß selbst nicht recht ... das ist so plötzlich über mich
gekommen ... vielleicht hat er Unglück auf der Reise",

schluchzte Synnöve. — "Wie kannst Du solchen Unsinn
reden," sagte die Mutter, "warum soll nicht alles gut
abgehen? — Nach der Stadt und auf ebenen, breiten
Fahrwegen." — "Ja, denke nur ... wie es ihm gegangen ist ...
dem andern", schluchzte Synnöve. — "Ja, dem! — Aber Dein
Vater fährt doch nicht wie toll darauf los, sollt' ich meinen.
Der kommt sicher ohne Unfall nach Hause, — sofern unser
Herrgott seine Hand über ihn hält."

Die Mutter machte sich über Synnöves Tränen, die gar nicht
aufhören wollten, allmählich Gedanken. "Es gibt vieles auf
der Welt, das schwer genug zu ertragen ist; aber da muß
man sich damit trösten, daß noch Schwereres hätte kommen
können", meinte sie. "Der Trost ist recht schwach", sagte
Synnöve und weinte heftig. Die Mutter konnte es nicht über
das Herz bringen, ihr das zu antworten, was sie dachte; sie
sagte nur: "Unser Herrgott verhängt so manches über uns
auf sichtbare Weise, — das hat er wohl auch diesmal getan";
dann stand sie auf, denn die Kühe brüllten schon auf dem
Hang; das Geläut erklang, die Jungen jodelten, und langsam
kam der Zug heran, weil das Vieh satt und ruhig war. Da
bat die Mutter Synnöve, ihm mit ihr entgegen zu gehen;
Synnöve stand auf und folgte ihrer Mutter; aber sehr
langsam.

Karen begrüßte nun eifrig die Herde; — da kam eine Kuh
nach der andern; die Kühe erkannten sie wieder und
brüllten; — sie streichelte Tier für Tier, und freute sich, daß
sie sich so herausgemacht hatten. "Ja", sagte sie, "unser
Herrgott ist dem nahe, der ihm nah ist." Sie half nun die
Kühe hineinbringen; denn es wollte heut mit Synnöve gar
nicht flecken; Karen sagte weiter nichts und half ihr auch
noch beim Melken, obgleich sie nun länger oben bleiben
mußte, als sie sich vorgenommen hatte. Als dann noch die
Milch durchgeseiht war, machte sie sich fertig, nach Hause

zu gehen; Synnöve wollte sie begleiten. "Nein," sagte die
Mutter, "Du bist müde, die Ruhe wird Dir gut tun." Dann
ergriff sie den leeren Korb, gab ihrer Tochter die Hand,
blickte sie fest an und sagte dabei: "Ich komme bald wieder,
um zu sehen, wie es Dir geht — —halt Dich zu uns und
denke nicht an andere."

Kaum war die Mutter außer Sehweite, da überlegte
Synnöve, woher sie am schnellsten einen Boten nach
Granliden bekommen könne; sie rief Thorbjörns jüngeren
Bruder, um ihn hinunterzuschicken; aber als er kam, meinte
sie, daß es doch zu heikel sei, sich ihm anzuvertrauen, und
sagte: "Laß nur, Du kannst wieder gehen." Sie wollte selbst
hinunter; Gewißheit mußte sie haben; es war eine Sünde
von Ingrid, daß sie ihr gar keine Nachricht zukommen ließ.
Die Nacht war hell, der Granlidener Hof nicht so entfernt,
daß sie den Weg nicht machen konnte, wenn ihr Herz sie
trieb. Während sie nun noch dasaß und darüber nachsann,
faßte sie in Gedanken alles zusammen, was ihr die Mutter
gesagt hatte, und fing wieder an zu weinen; aber jetzt
zauderte sie nicht mehr, wie sie es den ganzen Tag über
getan hatte, band sich ein Tuch um und stahl sich über
einen Schleichweg hinunter, damit es die Jungen nicht
merkten.

Je weiter sie kam, desto mehr eilte sie; zuletzt sprang sie den
Fußsteig hinab; dabei lösten sich kleine Steine und rollten
hinunter. Sie erschrak. Obgleich sie wußte, daß das
Geräusch nur von den rollenden Steinen kam, war es ihr
doch, als befinde irgendein Wesen sich in der Nähe; sie
mußte stehen bleiben und lauschen. Es war aber nichts;
schneller sprang sie talwärts; ihr Fuß stieß nun gegen einen
großen Stein, der mit dem einen Ende aus dem Wege
hervorstak, herausgedrängt wurde und hinunterflog. Das
gab ein Getöse, es prasselte in den Büschen; ihr wurde

bange, und um so mehr, als sie nun genau wahrnahm, daß etwas unten auf dem Wege sich aufrichtete und bewegte. Zuerst glaubte sie an ein Raubtier; sie blieb mit verhaltenem Atem stehen; die Gestalt dort unten stand gleichfalls still. "Hoi—ho!" hörte sie rufen. Ihre Mutter! Das erste, was Synnöve tat, war, sich schleunigst zu verstecken. Sie wartete dann eine ganze Zeit, um sich zu vergewissern, ob die Mutter sie auch nicht erkannt habe und zurückkomme; aber das war nicht der Fall. Dann wartete sie noch länger, um die Mutter recht weit voraus zu lassen; als sie sich nun wieder auf den Weg machte, ging sie vorsichtig, und bald näherte sie sich dem Hof.

Ihr wurde wieder etwas beklommen ums Herz, als sie ihn erblickte, und das nahm mehr und mehr zu, je näher sie kam. Der Hof lag in tiefer Stille; die Arbeitsgeräte standen an die Wände gelehnt, Holz lag gehauen und aufgestapelt, und die Axt war in den Hackeklotz getrieben. Sie ging vorbei und hin bis zur Tür; dort machte sie noch einmal Halt, sah sich um und lauschte; nichts rührte sich. Und als sie noch dastand und sich überlegte, ob sie in die Bodenkammer zu Ingrid hinaufgehen solle oder nicht, da mußte sie daran denken, daß in ebensolcher Nacht Thorbjörn vor einigen Jahren in Solbakken gewesen war und ihr die Blumen eingepflanzt hatte. Hastig zog sie die Schuhe aus und schlich die Treppe hinauf.

Ingrid bekam einen großen Schreck, als sie erwachte und sah, daß es Synnöve war, die sie geweckt hatte. —"Wie geht es ihm?" flüsterte Synnöve. Da wurde Ingrid ganz wach, erinnerte sich an alles und wollte sich erst anziehen, um nicht sofort antworten zu müssen. Aber Synnöve setzte sich auf die Bettkante, bat liegen zu bleiben und wiederholte ihre Frage.

"Jetzt geht's besser," antwortete Ingrid im Flüsterton, "ich

komme bald nach oben zu Dir."—"Liebe Ingrid, Du mußt
mir nichts verhehlen; Du kannst mir nichts so Schlimmes
erzählen, das ich mir nicht schon schlimmer vorgestellt
habe." Ingrid versuchte noch sie zu schonen; aber die
Furcht ihrer Freundin zwang ihr die Worte heraus und ließ
keine Zeit zu Ausflüchten. Geflüsterte Fragen, geflüsterte
Antworten; die tiefe Stille ringsumher machte beides noch
ernster; die Zeit der Unterredung wurde zu einer feierlichen,
zu einer Weihestunde, in der man auch der herbsten
Wirklichkeit gerade in das Auge zu sehen wagt. Doch beide
waren überzeugt, daß Thorbjörns Schuld diesmal gering
war, und daß er nichts begangen hatte, das sich zwischen
ihn und ihr Mitgefühl stellen konnte. Da weinten sich beide
frei aus, aber leise,—und Synnöve weinte am stärksten; sie
saß ganz zusammengekauert auf der Bettkante. Ingrid
suchte sie durch Erinnerungen aufzuheitern: wie froh und
vergnügt waren sie alle drei so manchesmal gewesen! Aber
nun passierte es wie so oft, daß jede winzige Erinnerung an
Tage voll Sonnenschein in Kummer und Tränen zerrann.

"Hat er nach mir gefragt?" flüsterte Synnöve.—"Er hat fast
gar nicht gesprochen."—Plötzlich erinnerte sich Ingrid des
Zettels, und das fiel ihr arg auf die Seele.—"Fällt's ihm zu
schwer, zu sprechen?"—"Das weiß ich nicht—er denkt wohl
desto mehr."—"Liest er in der Bibel?"—"Mutter liest ihm vor;
jetzt muß sie es alle Tage tun."—"Was sagt er dann?"—"Er
spricht fast gar nicht, hab' ich Dir ja gesagt; er liegt still da
und sieht vor sich hin."—"Liegt er in der bunten
Stube?"—"Ja."—"Mit dem Kopf zum Fenster?"—"Ja." Sie
blieben eine Weile stumm; dann sagte Ingrid: "Das kleine
Sankthans-Spiel, das Du ihm geschenkt hast, hängt am
Fenster und dreht sich."

"Jetzt ist mir alles ganz gleich," sagte Synnöve plötzlich und
entschieden; "nichts auf der Welt soll mich von ihm trennen;

es mag kommen, wie es will." Ingrid war sehr befangen.
"Der Doktor weiß noch nicht, ob er wieder ganz gesund
wird", flüsterte sie.

Da hob Synnöve ihren Kopf und sah Ingrid mit
verhaltenem Weinen und stumm an; dann ließ sie ihn
wieder sinken und saß in tiefen Gedanken da; die letzten
Tränen rannen über ihr Gesicht; es folgten keine mehr, sie
faltete die Hände, verharrte aber sonst regungslos; sie schien
einen großen Entschluß zu fassen. Mit einemmal stand sie
auf, lächelte, beugte sich über Ingrid und gab ihr einen
langen, heißen Kuß. "Bleibt er siech, so werde ich ihn
pflegen. Jetzt rede ich mit meinen Eltern."

Das rührte Ingrid tief, aber bevor sie sprechen konnte,
fühlte sie, wie ihre Hand erfaßt wurde: "Leb' wohl, Ingrid,
ich gehe nun wieder allein zurück."—Und Synnöve wandte
sich schnell der Tür zu.

"Der Zettel!" flüsterte Ingrid ihr nach.—"Was für ein Zettel?"
fragte Synnöve. Ingrid war schon aufgestanden, suchte ihn
hervor und brachte ihn der Freundin; aber während sie ihn
mit der linken Hand ihr unter das Brusttuch schob,
umschlang sie den Hals Synnöves mit der rechten, gab ihr
den Kuß wieder, und ihre großen warmen Tränen fielen auf
das Gesicht der Wartenden. Dann drängte Ingrid sie sanft
hinaus und schloß die Tür; sie hatte nicht den Mut, das
weitere zu sehen.

Synnöve ging langsam die Treppen hinunter, aber da sie zu
sehr mit ihren Gedanken beschäftigt war, machte sie
unvorsichtigerweise ein lautes Geräusch dabei, erschrak, lief
durch den Flur, griff nach ihren Schuhen und eilte, den
Zettel in der Hand, an den Häusern vorbei, über den
Hofraum und direkt zum Gitter; dort blieb sie stehen,
begann den Hang hinan zu steigen schnell und schneller,

denn ihr Blut war in Wallung geraten. So schritt sie aus, sang leise vor sich hin, lief immer ungestümer, bis sie zuletzt müde war und sich hinsetzen mußte. Da erinnerte sie sich des Zettels. — —

Als die Schäferhunde am nächsten Morgen laut wurden, die Hirtenjungen erwachten und die Kühe gemolken und dann herausgelassen werden sollten, war Synnöve noch nicht zurück.

Als die Jungen sich darüber wunderten und einander fragten, wo sie wohl sein könne, und entdeckten, daß sie nachts gar nicht in ihrem Bett gewesen war, — da kam Synnöve. Sie war sehr bleich und still. Ohne ein Wort zu reden, schickte sie sich an, das Frühstück für die Jungen zu bereiten, legte ihnen den Vorrat zurecht, den sie für den Tag mitnehmen sollten, und half später beim Melken.

Der Nebel drückte noch auf die niedriger liegenden Hänge, der Tau glitzerte vom Heidekraut über die braunrote Felsfläche; es war etwas kalt, und wenn der Hund bellte, erklang ringsherum Antwort. Die Herde wurde hinausgelassen; die Kühe brüllten in die frische Luft und Tier auf Tier zog den Viehsteig hinab; aber dort saß schon der Hund, erwartete sie und hielt sie solange zurück, bis alle zur Stelle waren; dann ließ er sie weiter ziehen; die Herdenschellen läuteten über die Hänge, der Hund kläffte, so daß es widerhallte, und die Jungen wetteiferten im Jodeln. Aus all diesem Wirrwarr von Tönen ging Synnöve fort und hin zu dem Platz, wo sie und Ingrid früher immer gesessen hatten. Sie weinte nicht, sondern saß still da, blickte starr vor sich hin und verspürte nur ab und zu etwas von dem vergnüglichen Lärm, der sich weit und weiter entfernte und mit der größeren Entfernung besser ineinanderfloß. Dabei fing sie an leise zu singen, dann immer lauter und zuletzt sang sie mit klarer voller Stimme ein Lied, das sie nach

einem anderen, ihr aus der Kinderzeit bekannten,
umgedichtet hatte:

> Hab Dank für alles, was da geschehn,
> Seit wir als Kinder im Walde spielten.
> Ich dachte, das Spiel sollte weiter gehn,
> Bis wir am Himmelstor hielten.
>
> Ich dachte das Spiel sollte weitergehn
> Von dort, wo die Birken uns Obdach boten,
> Bis hin, wo die Solbakkenhäuser stehn
> Und zu dem Kirchlein, dem roten.
>
> Ich harrte so manchen Abend hell
> Und ließ den Blick an den Tannen hangen;
> Doch Schatten warf das dunkelnde Fjell,
> Und Du, Du kamst nicht gegangen.
>
> Ich harrte, harrte———die Welt entschlief.
> Ich lauschte, spähte, wieder und wieder,
> Doch die Leuchte schwelte und brannte tief
> Und die Sonne ging auf—und ging nieder.
>
> Die armen Augen spähten zu viel,
> Sie taten nur immer nach einem schauen,
> Nun wissen sie längst kein ander Ziel,
> Und brennen unter den Brauen.
>
> Sie sagen, mir könnte viel Trost geschehen
> Im Kirchlein hinter der Fagerleite;
> Doch bittet mich nicht dorthin zu gehen!
> Er säße mir dort zur Seite.
>
> Doch gut, so weiß ich doch, wer es war,
> Der die Höfe tat geneinander legen
> Und junge Augen schuf warm und klar
> Und Wälder durchzog mit Wegen.

Doch gut, so weiß ich doch, wer es war,
Der jene Kirche dort schuf zum Beten
Und machte, daß sie dort Paar um Paar
Vor seinen Altar treten.

Siebentes Kapitel

Gute Zeit darauf saßen Guttorm und Karen in der großen,
hellen Stube in Solbakken zusammen und lasen sich aus
neuen Büchern vor, die sie aus der Stadt bekommen hatten.
Vormittags waren sie in der Kirche gewesen; denn es war
Sonntag, — dann hatten sie einen kleinen Rundgang durch
die Felder gemacht, um zu sehen, wie Saaten und Früchte
standen, und um zu überlegen, was Acker und was Brache
im nächsten Jahr werden solle. So waren sie langsam von
einem Stück Land zum andern gewandert, und sie fanden,
daß in ihrer Zeit das Gut sich recht gehoben habe. "Gott
weiß, was einmal draus wird, wenn wir nicht mehr sind",
hatte Karen gesagt; darauf hatte Guttorm sie aufgefordert,
mit ihm nach Hause zu gehen, um in den neuen Büchern
zu lesen: "Denn man tut gut, sich Gedanken, wie Du sie
ausgesprochen hast, fernzuhalten."

Nun hatten sie ein Buch beendet, und Karen war der
Ansicht, daß die alten besser seien: "Die neuen sind ja nur
aus den alten abgeschrieben." — "Daran mag etwas Wahres
sein; Sämund hat heut in der Kirche zu mir gesagt, daß die
Kinder auch nur wieder wie die Eltern sind." — "Ja, Du und
Sämund, Ihr habt lange genug heute miteinander
geredet." — "Sämund ist ein verständiger Mann." — "Aber ich
fürchte, er ist wenig unserm Herrn und Heiland ergeben." —
Hierauf antwortete Guttorm nichts. — — "Wo mag denn
Synnöve jetzt sein?" fragte die Mutter. — "Oben in ihrer

Kammer", antwortete er.—"Du hast ja selbst vorhin bei ihr gesessen; wie war sie denn?"—"Ach—"—"Du solltest sie nicht soviel allein lassen."—"Da kam jemand."—Die Frau blieb einen Augenblick still.—"Wer war's?"—"Ingrid Granliden."—"Ich dachte, sie ist noch auf der Alm."—"Sie ist heute nach Hause gekommen, weil ihre Mutter in die Kirche wollte."—"Ja, die hat sich ja auch heute dort mal sehen lassen."—"Sie hat viel zu tun."—"Das haben andre auch, aber wohin es einen zieht, dahin kommt er doch."— Guttorm antwortete nicht. Nach einer Weile sagte Karen: "Außer Ingrid waren heute alle Granlidener in der Kirche."—"Ja, wohl, um Thorbjörn wieder zum erstenmal hinzubegleiten."—"Er sah schlecht aus."—"Nicht besser, als zu erwarten war. Ich habe mich gewundert, daß er sich schon soweit erholt hat."—"Ja, er hat sich mit seiner Torheit viel zugezogen."—Guttorm blickte vor sich hin: "Er ist doch noch jung."—"Es ist kein fester Kern in ihm, kein Verlaß."

Guttorm hatte die Ellbogen auf den Tisch gestützt, drehte ein Buch in der Hand, öffnete es, tat, als wenn er darin lese, und ließ die Worte dabei fallen: "Er soll bestimmt wieder ganz gesund werden."—Die Mutter nahm auch ein Buch zur Hand: "Das wäre dem hübschen Burschen wirklich zu wünschen," sagte sie; "unser Herrgott stehe ihm bei, daß er dann bessern Gebrauch davon macht."—Nun lasen alle beide, dann sprach Guttorm beim Umblättern: "Er hat sie heut den ganzen Tag nicht angesehen."—"Ja, das hab' ich auch bemerkt; er blieb still auf seinem Platz, bis sie fort war." Eine Weile darauf äußerte Guttorm: "Glaubst Du, daß er sie vergessen wird?"—"Das wäre jedenfalls das Beste."

Guttorm las weiter, seine Frau blätterte.

"Es ist mir weiter nicht angenehm, daß Ingrid immer bei ihr sitzt", sagte sie.—"Synnöve hat ja fast keine Menschenseele, mit der sie reden kann."—"Sie hat uns."—Da blickte Vater

Guttorm sie an: "Wir wollen doch nicht zu streng sein."
Seine Frau schwieg; nach einer Weile erwiderte sie: "Ich habe
es ja auch nicht verboten." Der Vater legte das Buch fort,
stand auf und sah aus dem Fenster. "Dort geht Ingrid", sagte
er. Kaum hatte die Mutter das gehört, so stand sie gleichfalls
auf und lief schnell aus der Stube. Der Vater blieb noch lange
am Fenster, dann drehte er sich um und ging auf und ab;
bald kam Karen wieder und stellte sich vor ihn hin: "Ja, das
hab' ich mir gleich gedacht", sagte sie, "Synnöve sitzt oben
und weint; aber sowie ich komme, dann kramt sie unten in
ihrer Truhe"; und sie fuhr fort und schüttelte den Kopf:
"Nein, es tut nicht gut, daß Ingrid bei ihr sitzt."—Dann
machte sie sich mit dem Abendessen zu schaffen und ging
häufig durch die Tür aus und ein. Einmal, als sie gerade
draußen war, kam Synnöve still und mit etwas geröteten
Augen in die Stube; sie schlüpfte leicht an ihrem Vater, dem
sie in das Gesicht sah, vorüber und hin zum Tisch, setzte
sich und nahm ein Buch vor. Nach einem Weilchen legte sie
es wieder fort und fragte ihre Mutter, ob sie ihr helfen
könne. "Ja, das tu nur," antwortete Karen, "Arbeit ist für
alles gut."

Synnöve übernahm den Tisch zu decken; der stand unweit
vom Fenster. Der Vater, der bisher auf- und abgegangen war,
kam nun dorthin und sah hinaus. "Die Gerste, die der
Regen 'runtergedrückt hat, kommt, glaub' ich, wieder
hoch", sagte er. Da stellte sich Synnöve neben ihn und sah
mit hinaus. Er wandte sich zu ihr,—seine Frau war gerade
in der Stube—und so strich er nur mit der einen Hand über
Synnöves Hinterkopf; dann nahm er seinen Gang wieder
auf.

Sie aßen; aber in tiefer Stille; die Mutter sprach an diesem
Tage das Gebet sowohl vor wie nach Tisch; und als alle
aufgestanden waren, wünschte sie, sie sollten nun in der

Bibel lesen und zusammen singen: "Gottes Wort gibt
Frieden, und das ist doch im Hause der größte Segen." Dabei
sah sie Synnöve an, die mit niedergeschlagenen Augen
dastand. "Jetzt will ich Euch eine Geschichte erzählen,"
sprach die Mutter weiter, "von der jedes Wort wahr ist, und
ganz gut für den, der darüber nachdenken will."——

Und sie erzählte: "In meiner Jugend lebte in Houg ein
Mädchen, die Enkeltochter eines alten, schriftgelehrten
Amtmanns. Er hatte sie, als sie ganz jung war, zu sich
genommen, um in seinem Alter Freude an ihr zu haben,
und so lernte sie natürlich Gottes Wort und gutes
Benehmen und Sitte. Sie faßte schnell auf, kam gut vorwärts
und überholte im Lauf der Zeit uns alle; sie konnte
schreiben, konnte rechnen, konnte ihre Schulbücher und
fünfundzwanzig Kapitel der Bibel auswendig, als sie
fünfzehn Jahr alt war; dessen erinnere ich mich, als wenn es
heute wäre. Sie hielt mehr vom Lernen als vom Tanzen, und
war darum selten bei lauten Festlichkeiten, doch häufiger
oben in ihres Großvaters Stube bei den vielen Büchern zu
sehen. Jedesmal, wenn wir mit ihr zusammenkamen, stand
sie da, als wenn sie mit ihren Gedanken gar nicht zu uns
gehörte, und wir sagten uns: 'Wenn wir doch nur so klug
wären, wie Karen Hougen!' Sie sollte den Alten später
beerben, und viele gute Burschen boten sich an, mit ihr mal
auf Teilung zu gehen; aber alle bekamen Körbe. Zur selben
Zeit kam der Pastorssohn aus dem Seminar nach Hause; er
hatte dort nicht gut getan, immer nur Sinn für wilde
Streiche gehabt und mehr böse Geschichten wie gute im
Kopf; jetzt trank er sogar. 'Nimm Dich vor ihm in acht',
sagte der Großvater, 'ich bin viel mit den Vornehmen
zusammen gewesen, und nach meiner Erfahrung ist ihnen
weniger zu trauen als den Bauern.'—Karen hörte immer
mehr auf ihn als auf alle andern—und als sie später den
Pastorssohn traf, ging sie ihm aus dem Wege; denn er hatte

es auf sie abgesehen. Nirgends konnte sie mehr hin, ohne ihm zu begegnen. 'Geh weg,' sagte sie, 'es hilft Dir doch nichts.' Aber er lief ihr immer wieder nach, und so geschah es, daß sie zuletzt doch mal stillstehn und ihn anhören mußte. Hübsch genug war er; als er aber zu ihr sagte, daß er nicht ohne sie leben könne, da trieb er sie damit weg. Nun lauerte er ihr auf; fortwährend umkreiste er ihr Haus, aber sie kam nicht vor die Tür; nachts stand er unter ihrem Fenster; aber sie ließ sich nicht blicken; er sagte, er werde sich ein Leid antun; aber Karen wußte, was sie wußte. Da fing er wieder an, mehr zu trinken.—'Nimm Dich in acht,' sagte der Alte, 'das ist alles Teufelslist.'

Eines Tages, als Karen in ihrer Stube war, stand plötzlich, ohne daß man wußte, wie er hereingekommen war, der Pastorssohn vor ihr. 'Jetzt töte ich Dich', sagte er. 'Ja, wenn Du Dich getraust!' antwortete sie. Da fing er zu weinen an und sagte, daß es in ihrer Macht stehe, einen ordentlichen Menschen aus ihm zu machen. 'Kannst Du ein halbes Jahr das Trinken lassen?' sagte sie. Und er ließ es ein halbes Jahr. 'Glaubst Du mir jetzt?' fragte er. 'Nicht bis Du Dich ein halbes Jahr allen lauten Vergnügungen fern gehalten hast.' Das tat er. 'Glaubst Du mir jetzt?' fragte er. 'Nicht, wenn Du jetzt nicht fortreist und Dein Examen machst.' Auch das tat er, und nach einem Jahr kam er als richtiger Pastor zurück. 'Glaubst Du mir jetzt?' fragte er und hatte noch dabei Pastorenmantel und Kragen angelegt. Jetzt will ich Dich ein paarmal Gottes Wort verkündigen hören.'

Und das tat er klar und rein, wie es einem Pastor ziemt; er redete über seine eigene Niedrigkeit, und wie leicht der Sieg sei, wenn man ernstlich kämpfe, und von der Bedeutung der Worte Gottes, wenn man erst hin zu ihnen gefunden habe. Dann ging er wieder zu Karen. 'Ja, jetzt glaube ich, daß Du nach der wahren Erkenntnis lebst,' sagte Karen, 'und nun

will ich Dir erzählen, daß ich schon drei Jahre mit meinem
Vetter Andreas Hougen verlobt bin, und am nächsten
Sonntag sollst Du uns in der Kirche aufbieten.'——"

Damit schloß die Mutter. Synnöve hatte anfangs gar nicht
auf die Geschichte geachtet; dann aber stärker und stärker
und zuletzt hing sie förmlich an jedem Wort. "Folgt nichts
weiter?" fragte sie sehr bange. "Nein," antwortete die Mutter.
Der Vater sah die Mutter an; da blickte die Mutter etwas
unsicher zur Seite, dann sagte sie nach kurzem
Nachdenken, und fuhr dabei mit den Fingern über die
Tischplatte: "Es mag wohl noch etwas folgen;——aber das
ist ja gleich."—"Folgt noch etwas?" fragte Synnöve und
wandte sich zu ihrem Vater, der ihr davon zu wissen schien.
—"Oh—ja; aber wie Mutter sagt: das ist ja gleich."—"Wie
erging es ihm?" fragte Synnöve. "Ja, darum handelt sich's ja
gerade", antwortete der Vater und sah die Mutter an; die
hatte sich mit ihren Schultern an die Wand gelehnt und sah
beide an.—"Wurde er unglücklich?" fragte Synnöve leise.
"Wir machen den Schluß dort, wo er gemacht werden soll",
sagte die Mutter und stand auf; der Vater ebenfalls; Synnöve
etwas später.

Achtes Kapitel

Wieder vergingen einige Wochen, da schickte sich eines
Morgens zu früher Stunde alles in Solbakken zum
Kirchgang an; es sollte heute Konfirmation sein,—in diesem
Jahre etwas zeitiger als gewöhnlich,—und wie immer bei
solcher Gelegenheit wurden die Häuser zugeschlossen; denn
alle gingen mit. Fahren wollten sie nicht; das Wetter war
klar, wenn auch in der Frühe etwas winterlich kalt und
rauh; der Tag schien recht schön zu werden. Der Weg zog

sich rund um das Kirchspiel und an Granliden vorbei, ließ
den Hof links in kurzer Entfernung liegen und erreichte
nach einer Viertelmeile die Kirche. Das meiste Korn war
schon geschnitten und in Haufen geschichtet; die meisten
Kühe waren von der Alm getrieben und gingen kauend an
Stricken auf Stoppeln und Gras; die Felder hatten sich zum
zweitenmal begrünt oder schimmerten weißgrau;
ringsherum dehnte sich der Wald in seiner Farbenbuntheit;
die Birke schon kahler, die Espe blaßgoldig, die Eberesche
mit vertrockneten, runzligen Blättern, doch voll roter
Beeren. Es hatte einige Tage stark geregnet; das niedre
Gestrüpp, das sich an den Wegkanten hoch arbeitete oder im
Wegsande stand und nieste, erschien reingewaschen und
frisch. Aber die Felsen fingen an sich schwerer über das
Land zu neigen, je ärger sie der beutegierige Herbst
entkleidete und ihnen ein ernstes Aussehen gab; wogegen
die Felsbäche, die im Sommer manchmal nur ein
Scheindasein führten, sich wild tummelten und mit großem
Lärm herunterfuhren; besonders wuchtig und prasselnd tat
das der Granlidener, und namentlich unten im Geröll, wo
der Fels nicht länger mit wollte, sondern sich nach innen
zurückzog. Dort nahm der Bach auf dem Gestein einen
tüchtigen Anlauf und sprang mit derartigem Jauchzen
herunter, daß der Fels erbebte. Gewaschen wurde der für
seine Verräterei, denn der Wasserfall schickte ihm seine
kribblichsten Strahlen gerade ins Gesicht. Einige neugierige
Eisenbüsche, die sich dem Abhang genähert hatten und
beinahe fortgeschwemmt wären, schlucksten jetzt
krampfhaft im Wassersbade, denn der Gießbach war heut
nicht eben sparsam.

Thorbjörn ging mit seinen Eltern, seinen beiden
Geschwistern und den übrigen Hausleuten gerade daran
vorbei und sah es sich mit ihnen an; er war wieder ganz zu
Kräften gekommen und hatte sich schon ebenso tüchtig wie

früher an der Arbeit seines Vaters beteiligt; die zwei waren fast unzertrennlich; so auch heut.—"Ich glaube, hinter uns kommen die Solbakkener", sagte der Vater. Thorbjörn blickte sich nicht um; aber die Mutter setzte hinzu: "Jawohl, das sind sie;——aber ich sehe nicht———sie sind ja auch noch so weit." Entweder gingen nun die Granlidener schneller, oder die Solbakkener langsamer, denn der Abstand wurde immer größer und größer; zuletzt verloren sie sich ganz aus den Augen. Es schienen heut viele Menschen zur Kirche zu wollen; der lange Weg war ganz schwarz von Fußgängern, Fahrenden und Reitern; die Pferde waren jetzt im Herbst mutig und wenig daran gewöhnt, mit anderen zusammen zu sein; sie wieherten unaufhörlich, und es steckte eine Unruhe in ihnen, die das Fahren gefährlich, aber sehr vergnüglich machte.

Je mehr sie sich der Kirche näherten, desto größeren Lärm machten die Pferde; jedes, das ankam, wieherte zu den schon dort stehenden hinüber; und diese zerrten am Halfter, trampelten mit den Hinterbeinen und antworteten den Ankömmlingen. Alle Hunde aus dem Kirchspiel, die in der Woche aus weiter Ferne auf einander gelauscht, sich gereizt und angekläfft hatten, trafen sich jetzt vor der Kirche und stürzten sich paarweise oder rudelweise Hals über Kopf auf die Felder zu einer gehörigen Balgerei. Die Menschen standen längs der Kirchenmauer und den Häusern, führten Gespräche im Flüsterton und sahen sich nur von der Seite an. Der Weg vor der Mauer war nicht breit, die Häuser lagen unweit von ihr auf der Seite gegenüber; und gern standen die Frauen und Mädchen an der Mauer, die Männer und Burschen vor den Häusern. Erst später fanden sie den Mut, zueinander hinüberzugehen. Sahen sich Bekannte auf geringen Abstand, dann taten sie, als sähen sie sich nicht, bis nach altem Brauch die Zeit gekommen war;—es konnte ja passieren, daß ein Ausweichen nicht möglich gewesen,

daß sie sich begrüßen mußten; aber dann geschah es mit
halb abgewandtem Gesicht und knappen Worten; worauf
sich beide Teile mit Vorliebe nach ihren verschiedenen
Richtungen zurückzogen. Als die Granlidener herankamen,
wurde es fast noch stiller wie bisher; Sämund hatte nicht
viele zu begrüßen, und so ging es schnell durch die Reihen;
aber die Frauen blieben gleich bei den Vordersten stehen.
Deshalb mußten die Männer, als sie zur Kirche wollten, erst
wieder den Weg zurück und zu den Frauen hinüber; in
demselben Augenblick fuhren drei Wagen hintereinander,
schärfer als alle früher gekommenen, heran und
verlangsamten nicht einmal ihre und Fahrt, als sie in die
Menge einbogen. Sämund und Thorbjörn, die beinahe
überfahren wurden, blickten zu gleicher Zeit auf; im ersten
Wagen saßen Knud Nordhoug und ein alter Mann; im
zweiten seine Schwester und ihr Mann; im dritten die
Eltern, die sich des Hofes begeben hatten. Vater und Sohn
sahen sich an. In Sämunds Gesicht veränderte sich kein
Zug; Thorbjörn wurde ganz blaß; schnell blickten beide
wieder weg und geradeaus; dabei wurden sie die
Solbakkener gewahr, die direkt vor ihnen Halt gemacht
hatten, um Ingebjörg und Ingrid zu begrüßen. Die Ankunft
der Wagen hatte ihr Gespräch abgeschnitten, sie verfolgten
mit den Augen die Fahrenden, und es verging eine Weile, bis
sie von ihnen ablassen konnten. Als sie allmählich die
Überraschung verschmerzt hatten und nach einem
Übergang suchten, stießen ihre Blicke auf Sämund und
Thorbjörn, die dastanden und hinstarrten. Guttorm drehte
sich um; aber seine Frau richtete sofort ihre Augen auf
Thorbjörn; Synnöve, die fühlte, daß er sie ansah, wendete
sich Ingrid zu und nahm sie bei der Hand, um sie zu
begrüßen, obgleich sie es schon einmal getan hatte. Aber alle
merkten zu gleicher Zeit, daß ihre Dienstboten und ihre
Bekannten ohne Ausnahme sie beobachteten, und nun
schritt Sämund direkt hinüber und gab Guttorm mit

abgewandtem Gesicht die Hand: "Dank für das vorige Mal!"—"Dir selber Dank für das vorige Mal."—Ebenso sagte seine Frau: "Dank für das vorige Mal!"—"Dir selber Dank für das vorige Mal"; aber sie blickte gar nicht dabei auf. Thorbjörn ging seinem Vater nach und tat wie er; Sämund kam zu Synnöve; sie war die erste, die er ansah; sie sah auch ihn an, vergaß aber dabei zu sagen: "Dank für das vorige Mal"; nun kam Thorbjörn; er sagte nichts; sie sagte nichts; sie gaben sich die Hand; aber nur ganz lose; keins von beiden schlug die Augen auf, keins konnte den Fuß von der Stelle bewegen.—"Das wird sicher prächtiges Wetter heut", sagte Karen Solbakken und behielt rastlos die beiden im Auge. Sämund war der erste, der ihr antwortete: "Jawohl, der Wind treibt die Regenwolken weg."—"Das ist gut fürs Getreide, das noch draußen steht und trockenes Wetter braucht", sagte Ingrid Granliden und fing an mit den Fingern auf Sämunds Rock herumzubürsten, vermutlich, weil sie glaubte, daß er staubig sei.—"Unser Herrgott hat uns ein gutes Jahr beschert; aber ob alles richtig unter Dach kommt, das ist noch ungewiß", sagte Karen Solbakken wieder und sah beständig auf die beiden, die noch immer regungslos dastanden. "Das kommt auf die Zahl der Arbeitskräfte an", sagte Sämund und stellte sich vor sie hin, daß sie nicht dorthin sehen konnte, wohin sie gern wollte, "ich habe mir gedacht, wenn sich ein paar Höfe zusammentäten, würd' es besser gehen."—"Sie wollen aber vielleicht das trockene Wetter zu derselben Zeit ausnutzen", sagte Karen und trat einen Schritt zur Seite.—"Na ja," sagte Ingebjörg und stellte sich neben ihren Mann, so daß Karen gar nicht dorthin sehen konnte, wohin sie gern wollte; "aber auf manchen Feldern ist das Korn früher reif als auf anderen; Solbakken ist uns oft vierzehn Tage voraus."—"Da könnten wir einander ja gut aushelfen", sagte Guttorm langsam, und näherte sich einen Schritt. Karen warf ihm einen schnellen Blick zu.—"Es könnte jedoch auch vielerlei

dazwischen kommen", fügte er hinzu.—"So ist es", sagte
Karen und machte einen Schritt nach der einen, dann einen
Schritt nach der anderen Seite, dann noch einen und
endlich einen zurück.—"Ja, oft steht einem vielerlei im
Wege", sagte Guttorm nicht ohne seinen Mund ein klein
wenig zum Lachen zu verziehen.—"Wenn das so ist...",
sagte Guttorm; aber seine Frau warf schnell dazwischen:
"Menschenkraft reicht nicht weit; Gottes Kraft ist die größte,
sollte ich glauben, und auf ihn kommt es an."—"Er wird
wohl nichts besonderes einzuwenden haben, wenn wir uns
in Solbakken und Granliden bei der Ernte helfen?" sagte
Sämund. "Nein," versetzte Guttorm, "dagegen kann er
nichts einwenden"; und er blickte ernst seine Frau an. Die
suchte dem Gespräch eine andere Wendung zu geben. "Heut
ist lebhafter Kirchgang," sagte sie; "es tut einem wohl, die
Menschen zu sehen, die zum Gotteshause streben." Keiner
schien ihr antworten zu wollen,—da sprach Guttorm: "Ich
glaube wohl, die Gottesfurcht nimmt zu; jetzt kommen
mehr in die Kirche als in der Zeit, da ich jung war."—"Ja, ja,
—das Volk vermehrt sich", sagte Sämund.—"Es sind wohl
viele darunter—vielleicht der größte Teil,—die nur die
Gewohnheit hertreibt", erwiderte Karen Solbakken.
—"Vielleicht die jüngeren", sagte Ingebjörg; und Sämund
darauf: "Die wollen sich wohl gern hier treffen."—"Habt Ihr
gehört, daß sich der Pastor um eine andere Pfarre beworben
hat?" sagte Karen und suchte dem Gespräch abermals eine
Wendung zu geben. "Das wäre schlimm," versetzte
Ingebjörg, "er hat alle meine Kinder getauft und auch
konfirmiert."—"Nun soll er sie wohl auch noch erst trauen?"
fragte Sämund und biß auf einen Span, den er gefunden
hatte.—"Ich wundere mich,—der Gottesdienst muß doch
bald anfangen", sagte Karen und sah nach der Kirchentür.
—"Ja, hier draußen ist es heut heiß", antwortete Sämund.
—"Komm, Synnöve, wir wollen jetzt hineingehen."—
Synnöve fuhr zusammen; denn sie hatte gerade mit

Thorbjörn gesprochen.—"Willst Du nicht warten, bis es
läutet?" sagte Ingrid und schielte verstohlen nach Synnöve;
"dann können wir alle zusammengehen", setzte sie zu.
Synnöve wußte nicht, was sie antworten sollte. Sämund
drehte sich um und sah sie an. "Wart's ab, dann läutet es
bald—für Dich", sagte er. Synnöve wurde ganz rot; ihre
Mutter sandte Sämund einen bösen Blick; aber der lächelte
ihr zu: "Das wird so, wie unser Herrgott will; hast Du das
nicht vorhin selbst gesagt?"—Und dann schlenderte er
voraus, auf die Kirche zu; die anderen folgten ihm.

Vor der Kirchentür entstand ein Gedränge und bei näherer
Untersuchung fand es sich, daß sie noch gar nicht offen
war. Gerade als einige fortgingen, um nach dem Grund zu
fragen, wurde sie aufgemacht, und die Menschen strömten
hinein; aber etliche gingen wieder zurück, wodurch die
Herankommenden voneinander getrennt wurden. Oben an
der äußeren Wand der Kirche standen zwei Männer im
Gespräch; der eine von ihnen,—groß und derb, mit
blondem, aber struppigem Haar und einer Stumpfnase,—das
war Knud Nordhoug; als er die Granlidener unweit vor sich
sah, brach er das Gespräch ab; es wurde ihm etwas
wunderlich zumut,—aber er blieb stehen. Sämund mußte
gerade an ihm vorbei, und tat's nicht, ohne ihm einige
Blicke zuzuwerfen; Knud schlug die Augen nicht nieder;
aber sie flackerten doch etwas. Dann kam Synnöve; und
sobald sie unerwartet Knud vor sich sah, wurde sie
leichenblaß. Da schlug Knud die Augen nieder und trat von
der Wand zurück, um fortzugehen. Er hatte kaum ein paar
Schritte gemacht, da sah er vier Gesichter, deren Augen auf
ihn gerichtet waren; Guttorm und seine Frau, Ingrid und
Thorbjörn. Verwirrt wie er war, ging er direkt auf sie zu, so
daß er bald wider Wissen und Willen fast Kopf an Kopf mit
Thorbjörn stand; erst schien er sich beiseite drücken zu
wollen; aber der Menschen wegen, die kamen und gingen,

machte sich das nicht so leicht. Ihre Begegnung erfolgte
gerade auf den Steinfließen vor dem Kircheneingang; oben
auf der Schwelle der Vorhalle war Synnöve stehen geblieben;
Sämund etwas hinter ihr; sie konnten von ihrem höheren
Platz aus deutlich von allen draußen gesehen werden und
alle sehen. Für Synnöve war alles andere versunken; sie
starrte nur auf Thorbjörn; ebenso Sämund, seine Frau, das
Ehepaar aus Solbakken und Ingrid. Das merkte und fühlte
Thorbjörn; er stand wie festgenagelt; aber Knud dachte, daß
er jetzt etwas tun müsse, und darum streckte er die eine
Hand etwas vor, aber er sagte nichts. Auch Thorbjörn
streckte eine Hand vor; aber nicht soweit, daß sich die
Hände beider fassen konnten. "Dank für…" fing Knud an,
besann sich jedoch schnell, daß dieser Gruß nicht recht
hierher paßte, und trat einen Schritt zurück. Thorbjörn sah
hoch, sein Blick traf Synnöve, die weiß wie Schnee war. Er
tat einen tüchtigen Schritt vorwärts, ergriff kräftig Knuds
Hand und sagte, sodaß es die Nächsten hören konnten:
"Dank für das vorige Mal—das kann uns beiden eine gute
Lehre gewesen sein."

Knud gab einen Laut, ungefähr wie einen Schluckser, von
sich und versuchte zwei- oder dreimal etwas zu sagen; aber
es gelang ihm nicht. Thorbjörn hatte nichts mehr zu sagen
und wartete—er sah nicht auf; er wartete nur. So fiel kein
Wort mehr zwischen beiden, doch wie Thorbjörn noch
immer dastand und dabei sein Gesangbuch in den Händen
herumdrehte, fiel es zur Erde. Sofort bückte sich Knud, hob
es auf und reichte es ihm. "Ich danke Dir", sagte Thorbjörn,
der sich gleichfalls gebückt hatte; er blickte auf, aber da
Knud wieder zu Boden schaute, dachte Thorbjörn: das beste
ist, ich gehe jetzt. Und dann ging er.

Die anderen gingen ebenfalls, und als sich Thorbjörn
hingesetzt hatte und eine Weile darauf zu den Frauen

hinübersah, traf sein Blick Ingebjörg, die ihm mütterlich
zulächelte, und Karen Solbakken, die sicher darauf gewartet
hatte, er möge hinübersehen; denn sobald er sie ansah,
nickte sie ihm dreimal zu; und als ihn dies stutzig machte,
nickte sie wieder dreimal, und noch freundlicher als zuvor.
—Vater Sämund flüsterte ihm in das Ohr: "Das habe ich mir
gleich gedacht." Das Einleitungsgebet war gesprochen, das
erste Lied aus dem Gesangbuch gesungen, schon stellten
sich die Konfirmanden auf, da erst flüsterte Sämund wieder:
"Aber dem Knud wird's nicht leicht, gut zu sein; lasse es
immer recht weit von Granliden nach Nordhoug bleiben."

Die Konfirmation begann; der Pastor trat hervor, und die
Kinder stimmten das Einsegnungslied von Kingo an. Wenn
nun dieser Kinderchor und nur dieser Kinderchor so voll
Vertrauen und so hell singt, dann werden die älteren Leute
sehr gerührt, und besonders diejenigen, die ihre eigene
Konfirmation noch frischer im Gedächtnis haben. Wenn
dann tiefe Stille eintritt, und der Pastor, seit mehr als
zwanzig Jahren derselbe, der für jeden einzelnen immer eine
schöne Stunde übrig gehabt hatte, da er ihn auf ein Höheres
hingewiesen,—wenn dieser Pastor die Hände faltet und zu
reden anhebt, dann wächst die Rührung in der Gemeinde.
Und den Kindern kommen die Tränen, wenn er sich an die
Eltern wendet und sie auffordert, für ihre Kinder zum lieben
Gott zu beten. Thorbjörn, der vor kurzem dem Tode nahe
gewesen und unlängst noch geglaubt hatte, er werde sein
Lebenlang sich bleiben, weinte heftig, besonders als die
Kinder ihr Gelübde ablegten, und alle in der tiefsten
Überzeugung, daß sie es auch halten könnten. Er sah nicht
ein einzigesmal zu den Frauen hinüber; aber nach dem
Gottesdienst ging er zu Ingrid und flüsterte ihr etwas ins
Ohr; dann ging er schnell durch das Gedränge hinaus.
Einige wollten wissen, daß er über den Hügel dem Walde zu
statt auf der Fahrstraße geschritten sei; aber sicher wußten

sie es auch nicht. Sämund suchte ihn, gab es aber auf, als er entdeckte, daß Ingrid ebenfalls fort war; dann suchte er die Solbakkener; Guttorm und Karen liefen überall herum und fragten jeden nach Synnöve; aber zufällig hatte keiner sie gesehen. Da zogen sie nach Hause, jedes Ehepaar für sich, doch ohne ihre Kinder.

Doch weit vorn auf der Straße gingen Synnöve wie auch Ingrid. "Fast tut es mir leid, daß ich mitgekommen bin", sagte jene.—"Jetzt ist es nicht mehr so gefährlich; Vater weiß es ja", antwortete die andere.—"Aber er ist doch nicht mein Vater", sagte Synnöve. "Wer weiß?" entgegnete Ingrid—und dann sprachen sie nicht mehr darüber.—"Hier sollten wir ja warten", sagte Ingrid, als sie bei einer scharfen Wegkante an einen dichten Wald kamen.—"Er hat einen weiten Umweg zu machen", versetzte Synnöve.—"Er ist aber schon da", fügte Thorbjörn hinzu, der hinter einem großen Stein gestanden hatte und nun hervortrat.

Er hatte sich alles, was er sagen wollte, fix und fertig im Kopf zurecht gelegt, und er hatte nicht wenig zu sagen. Aber heut sollte es auch frisch heraus, weil sein Vater es wußte und damit einverstanden war; das glaubte Thorbjörn nach den Vorgängen heute bei und in der Kirche bestimmt annehmen zu können. Den ganzen Sommer hatte er sich nach einer Aussprache gesehnt, und da mußte er doch heute freier reden können als früher!

"Am besten gehen wir wohl auf dem Waldweg," sagte er, "da kommen wir rascher vorwärts." Die beiden Mädchen sagten nichts, aber folgten ihm. Eigentlich hatte er sofort mit Synnöve reden wollen; aber dann wollte er doch lieber bis jenseits des Hügels warten, und dann, bis sie den Sumpf hinter sich hatten; dort aber meinte er, sie müßten erst weiter in den Wald hineinkommen. Ingrid, die recht gut merkte, daß die entscheidenden Worte zwischen den beiden

nicht flott in Fluß gerieten, verlangsamte ihre Schritte, und
blieb mehr und mehr zurück, bis sie schließlich nicht mehr
zu sehen war. Synnöve tat, als merke sie das nicht, bückte
sich hier und da nach einer Beere am Wegsaum, und
pflückte sie.

"Das müßte doch merkwürdig zugehen, wenn ich nicht mit
der Sprache heraus könnte," dachte Thorbjörn, und so sagte
er: "Schönes Wetter heute."—"Recht schönes Wetter",
antwortete Synnöve. Sie schritten ein Stückchen weiter, sie
suchte Beeren—und er, er ging daneben.—"Das war hübsch
von Dir, daß Du mitgekommen bist", sagte er dann; sie
entgegnete nichts.—"Wir haben einen sehr langen Sommer
gehabt", fing er wieder an; aber darauf antwortete sie gar
nichts.—Nein, solange wir gehen, dachte Thorbjörn,
kommen wir nicht ordentlich zum Reden. "Wollen wir nicht
auf Ingrid warten?" fragte er.—"Ja, das wollen wir",
entgegnete Synnöve und blieb stehen. Hier gab es keine
Beeren, und so konnte sie sich auch nicht danach bücken;
das hatte Thorbjörn ganz gut gesehen; aber Synnöve
pflückte einen langen Grashalm, und nun stand sie da und
zog die Beeren auf dem Halm auf.

"Heute mußte ich immer an die Zeit denken, wie wir
zusammen zur Konfirmation gegangen sind", sagte er.
"Daran mußte ich auch immer denken", erwiderte sie.
—"Seitdem ist eine Menge passiert"—und da sie still blieb,
fuhr er fort: "aber meistens Geschichten, die wir nicht
erwartet haben." Synnöve hatte viel mit Halm und Beeren
zu tun und mußte den Kopf dabei senken; er trat einen
Schritt vor sie hin, um ihr in das Gesicht zu sehen; doch als
ob sie's merke, veränderte sie ihre Stellung so, daß er
gezwungen wurde, sich wieder anders zu drehen. Da bekam
er fast Angst, daß er seine Angelegenheit nicht vorwärts
bringe. "Synnöve, Du hast mir doch etwas zu sagen?" Sie

sah auf und lachte. "Was soll ich Dir zu sagen haben?" Er
gewann seinen alten Mut wieder und wollte sie umfassen;
aber als er ihr nahe kam, traute er sich nicht recht und
fragte nur ganz geduckt: "Ingrid hat doch mit Dir
geredet?"—"Ja", antwortete sie. "Dann mußt Du auch etwas
wissen", sprach er weiter. Sie schwieg. "Dann mußt Du auch
etwas wissen", wiederholte er, und trat noch einmal auf sie
zu. "Du mußt wohl auch etwas wissen", entgegnete sie;—ihr
Gesicht konnte er nicht sehen. "Ja", sagte er, und wollte ihre
eine Hand fassen; aber sie war gerade zu sehr mit dem Halm
beschäftigt. "Dumme Geschichte das," sagte er, "Du machst
mich immer kleinmütig."—Weil er nicht bemerken konnte,
daß sie darüber lächelte, wußte er nicht, wie er fortfahren
sollte. "Kurz und gut," stieß er plötzlich mit starker, aber
doch etwas unsicherer Stimme vor: "Was hast Du mit dem
Zettel gemacht?" Sie antwortete nicht; wandte sich aber ab.
Er folgte ihrer Bewegung, legte die eine Hand auf ihre
Schulter und neigte sich ihr zu: "Antworte mir", flüsterte er.
— —"Ich hab' ihn verbrannt."— —

Er nahm sie und drehte sie zu sich hin, aber als er sah, daß
ihr die Tränen in die Augen traten, da blieb ihm nichts
anderes übrig als sie loszulassen;—das ist doch ärgerlich,
daß ihr die Tränen so locker sitzen, dachte er. Mit einem Mal
sagte sie;—jedoch ganz leise: "Warum hast Du den Zettel
geschrieben?"—"Das hat Ingrid Dir ja gesagt."—"Ja wohl;
aber—sehr böse und hart war's von Dir."—"Vater hat's
gewollt."—"Trotzdem—"—"Er hat geglaubt, ich würde mein
ganzes Leben lang ein kranker Mensch bleiben; aber jetzt
bin ich soweit, daß ich für Dich sorgen kann", sagte er.

Ingrid erschien unten am Hügel, und da machten sich die
beiden wieder auf den Weg.

"Damals, als ich glaubte, ich könnte Dich nicht mehr
kriegen, warst Du mir am nächsten", sprach er.—"Wenn

man allein ist, geht man prüfend in sich", erwiderte sie.—"Ja, da zeigt sich's am besten, wer die größte Macht über uns hat", sagte Thorbjörn und schritt ernst neben ihr her.

Jetzt pflückte sie keine Beeren mehr. "Willst Du ein paar haben?" fragte sie und reichte ihm den Halm hin. "Danke", antwortete er und hielt ihre Hand fest. "Dann ist es wohl besser, es bleibt beim alten", brachte er mit etwas schwankender Stimme hervor.—"Ja", flüsterte sie unhörbar, und wandte den Kopf ab; nun gingen sie weiter, und solange sie schwieg, traute er sich nicht, sie zu berühren oder mit ihr zu sprechen; aber sein ganzer Körper wurde mit einemmal so leicht, so leicht—und beinahe wäre er hingepurzelt. Vor seinen Augen flimmerte und brannte es; und da Synnöve und er nun auf einen Hügel kamen, von dem sie Solbakken gut übersehen konnten, war es ihm, als sei er sein ganzes Leben dort drüben zu Hause gewesen, und habe Heimweh dahin gehabt. "Ich gehe gleich mit ihr hinüber," dachte er, schritt aus, und schöpfte sich aus dem Bilde, das sich ihm bot, immer neuen Mut, so daß sein Vorsatz sich mit jedem Schritt befestigte. "Vater hilft mir," dachte er; "ich ertrag's nicht länger", und er ging schnell und schneller, immer geradeaus. Kirchspiel und Hof lagen in hellem Licht. "Ja, heute! Nicht eine Stunde wart' ich länger," und er fühlte sich so stark, daß er im Augenblick nicht wußte, wie er das betätigen solle.

"Du reißt mir ja beinah aus," hörte er eine sanfte Stimme hinter sich rufen. Es war Synnöve; vergebens hatte sie versucht, ihm nachzukommen, und mußte es jetzt aufgeben. Er schämte sich recht, kehrte um, ging mit ausgestreckten Armen auf sie zu und dachte: jetzt will ich sie mal gleich hoch in die Luft schwenken; aber als er bei ihr war, ließ er es lieber bleiben. "Ich gehe zu schnell", sagte er. "Ja, viel zu schnell", antwortete sie.

Nun waren sie der Landstraße nahe; Ingrid, die in der ganzen Zeit unsichtbar geblieben, war auf einmal dicht hinter ihnen. "Nun dürft Ihr nicht länger zusammengehen", sagte sie. Das war Thorbjörn etwas zu früh, er erschrak; auch Synnöve wurde etwas beklommen. "Ich habe Dir noch so viel zu sagen", flüsterte er. Sie konnte ein leichtes Lächeln nicht unterdrücken. "Ja, ja," sagte er, "das nächste Mal"—und ergriff ihre Hand.

Mit klarem, vollem Blick sah sie zu ihm auf; ihm wurde ganz warm, und wieder schoß ihm der Gedanke durch den Kopf: "Ich gehe gleich mit ihr." Da zog sie behutsam ihre Hand zurück, wandte sich ruhig zu Ingrid, sagte ihr Lebewohl und schritt langsam zur Straße hin. Und er, er blieb, wo er war.

Die Geschwister gingen durch den Wald nach Hause. "Habt Ihr Euch ausgesprochen?" fragte Ingrid.—"Nein, der Weg war zu kurz", antwortete er; aber ging so schnell, als ob er nichts mehr hören wolle.

"Na?" sagte Sämund und sah vom Mittagessen auf, als die Geschwister in die Stube traten. Thorbjörn antwortete nicht; er ging zu der Bank der gegenüberliegenden Wand, vermutlich, um seinen Rock auszuziehen; Ingrid ging ihm nach und kicherte. Sämund fing wieder an zu essen, blickte dann und wann auf Thorbjörn, tat dabei, als sei er mit dem Essen sehr beschäftigt, lachte leise vor sich hin und aß weiter. "Komm her und iß," rief er, "sonst wird das Essen kalt."—"Danke, ich habe keinen Hunger", antwortete Thorbjörn und setzte sich. "So?"—und Sämund aß. Nach einem Weilchen sagte er: "Ihr wart ja heut mit einemmal aus der Kirche."—"Wir hatten mit jemand zu reden", erwiderte Thorbjörn und hockte mit krummem Buckel.—"Na, habt Ihr denn mit ihm geredet?"—"Das weiß ich fast selber nicht", versetzte Thorbjörn.—"Den Teufel auch", brummte Sämund

und aß. Es dauerte nicht lange mehr, da war er fertig und
stand auf; er ging zum Fenster, blieb stehen und sah hinaus;
bald darauf drehte er sich um: "Du, komm, wir wollen ein
bißchen aus und uns die Felder besehen." Thorbjörn stand
auf. "Nein, zieh Dir erst den Rock an." Thorbjörn, der in
Hemdsärmeln dagesessen hatte, nahm einen alten
Arbeitsrock, der hinter ihm hing. — "Siehst Du nicht, daß ich
den guten anhabe?" rief Sämund. Nun zog Thorbjörn auch
seinen Sonntagsrock an. Dann gingen sie fort; Sämund
voran, Thorbjörn hinterher.

Sie nahmen die Richtung der Fahrstraße. "Wollen wir nicht
zur Gerste?" fragte Thorbjörn. "Nein, zum Weizen",
antwortete Sämund. Gerade als sie auf die Straße kamen,
fuhr ein Wagen langsam auf sie zu. "Der Wagen ist aus
Nordhoug", sagte Sämund. — "Das Jungvolk von Nordhoug
sitzt drin", fügte Thorbjörn hinzu; Jungvolk bedeutet
nämlich das junge Paar.

Der Wagen hielt, als die Granlidener herankamen. "Wirklich
ein Staat von Frauenzimmer ist die Marit Nordhoug",
flüsterte Sämund, und wandte kein Auge von ihr; sie saß
etwas zurückgelehnt im Wagen und hatte ein Tuch lose um
den Kopf, ein andres um den Nacken und die Brust
geschlungen; sie blickte steif vor sich hin und auf die beiden
Fußgänger. Der Mann sah sehr blaß und mager und noch
sanfter als früher aus, etwa wie einer, der Kummer hat und
sich ihn nicht vom Herzen reden kann.

"Ihr seid wohl aus, um nach dem Korn zu sehen?" fragte er.
— "Das will ich meinen", antwortete Sämund. — "Gut steht's
dies Jahr." — "Hat schon schlechter gestanden." — "Ihr kommt
heute spät zurück", sagte Thorbjörn. — "Hatte zu vielen
Adieu zu sagen." — "Was? — willst Du denn verreisen?" fragte
Sämund. — "Ja, das will ich, ja." — "Weit?" — "Ach, ja." — "Wie
weit denn?" — "Nach Amerika." — "Nach Amerika?" riefen die

beiden Granlidener auf einmal. "Ein Mann, der sich eben
erst verheiratet hat!" setzte Sämund hinzu. Der Mann
lächelte. "Ich glaube, ich bleibe von wegen meinem Fuß hier,
sprach der Fuchs, da saß er im Eisen fest." Marit sah ihn
und darauf die anderen an; eine leichte Röte flog über ihr
Gesicht; aber kein Zug veränderte sich.—"Die Frau geht
wohl mit?" fragte Sämund.—"Nein, das tut sie nicht."—"In
Amerika soll man's leicht zu was bringen", sagte Thorbjörn,
—er hatte die Empfindung, das Gespräch dürfe nicht
stocken.—"Na, ja", sagte der Mann.—"Aber Nordhoug hat
doch guten Boden und ist groß", versetzte Sämund.—"Es
sind zu viele drauf", antwortete der Mann; seine Frau sah
ihn wieder an. "Der eine steht dem andern im Wege", fügte
er hinzu.

"Glückliche Reise!" sagte Sämund und gab ihm die Hand.
"Gott lasse Dich finden, was Du suchst."

Thorbjörn blickte seinem Schulkameraden lange und fest in
die Augen: "Ich möchte später noch mit Dir reden", sagte er.
—"Es tut einem gut, wenn man mit jemand reden kann",
antwortete der Mann und schrapte mit dem Peitschenstiel
auf dem Boden des Wagens.

"Komm doch mal zu uns", sagte Marit; und Thorbjörn und
Sämund sahen fast verdutzt die Frau an; es war ihnen
immer wieder etwas Neues, daß sie eine so sanfte Stimme
hatte.

Das Paar fuhr weiter; langsam rollte der Wagen dahin; eine
kleine Staubwolke umkreiste ihn, die Abendsonne senkte
ihre Strahlen gerade auf ihn herunter; vom dunklen
Friesrock des Mannes hoben sich flimmernd und
schimmernd die seidenen Tücher der Frau ab;—ein Hügel
kam; der Wagen verschwand.

——Lange schritten Vater und Sohn nebeneinander her, bis
einer ein Wort sprach. "Ich glaube, ich irre mich nicht; es
wird lange dauern, bis der wiederkommt", meinte
Thorbjörn, und Sämund antwortete: "Ist auch das beste,
wenn einer sein Glück nicht im Lande gefunden hat."—Und
sie schritten wieder stumm weiter. "Du gehst ja am Weizen
vorbei", rief Thorbjörn. "Den besehen wir uns auf dem
Rückweg";—und sie schritten weiter. Thorbjörn mochte
nicht recht fragen wohin; denn die Granlidener Feldmark
ließen sie hinter sich.

Neuntes Kapitel

Als Synnöve rot im Gesicht und atemlos eintrat, waren
Guttorm und Karen Solbakken schon mit dem Essen fertig.
"Aber liebes Kind, wo bist Du denn gewesen?" fragte die
Mutter.—"Ich bin mit Ingrid etwas zurückgeblieben",
antwortete Synnöve, und knüpfte sich gemach ein paar
Tücher ab; der Vater suchte im Schrank nach einem Buch.
"Was habt Ihr denn solange zu reden gehabt?"—"Ach,
nichts besonderes."—"Dann war' es besser gewesen, Du
hättest auf dem Kirchgang keinen Umweg gemacht."—Sie
stand auf und stellte der Tochter zu essen hin. Nachdem
Synnöve sich an den Tisch gesetzt hatte, fragte die Mutter,
die ihren Platz ihr gegenüber wieder eingenommen hatte:
"Hast Du vielleicht noch mit andern geredet?"—"Ja, noch
mit manchem", antwortete Synnöve.—"Das Kind muß doch
mit Leuten reden", sagte Guttorm. "Gewiß muß sie das,"
versetzte die Mutter etwas sanfter; "aber sie hätte doch mit
ihren Eltern gehen können."—Darauf bekam sie keine
Antwort.

"Das war ein herrlicher Kirchgang heut," fing sie wieder an,

"die Jugend in der Kirche tut einem gut."—"Man denkt an
seine eignen Kinder", setzte Guttorm hinzu.—"Da hast Du
recht," sagte die Mutter, und seufzte; "keiner weiß, wie es
ihnen mal gehen wird." Guttorm sprach lange kein Wort.
"Wir haben Gott herzlich dafür zu danken," sagte er endlich,
"daß er uns eines gelassen hat." Die Mutter wischte mit den
Fingern über den Tisch und blickte nicht auf; "sie ist doch
unsere größte Freude", sprach sie leise; "sie ist auch nicht
aus der Art geschlagen", fügte sie noch leiser hinzu. Es
entstand eine lange Pause. "Ja, sie hat uns immer große
Freude gemacht," sagte Guttorm, und etwas später mit
weicher Stimme: "Gott schenke ihr Glück!"—Die Mutter
wischte mit den Fingern über den Tisch; eine Träne fiel
darauf, und sie wischte sie weg.—"Warum ißt Du denn
nicht?" fragte Guttorm, als er nach einem Weilchen
aufblickte.—"Danke, ich bin satt", antwortete Synnöve.
"Aber Du hast ja noch gar nichts gegessen," sagte nun auch
die Mutter, "und Du hast einen so weiten Weg
gemacht."—"Ich kann nicht", entgegnete Synnöve und
zupfte eifrig am Zipfel ihres Brusttuchs.—"Iß, mein Kind",
wiederholte der Vater.—"Ich kann nicht", sagte Synnöve
abermals und fing zu weinen an.—"Aber, liebes Kind,
warum weinst Du denn?"—"Ich weiß nicht", und sie
schluchzte. "Sie weint so leicht", sagte die Mutter, der Vater
stand auf und ging an das Fenster. "Dort kommen zwei
Männer auf den Hof zu", sagte er. "Was? jetzt am späten
Nachmittag?" fragte die Mutter und ging auch an das
Fenster. Sie sahen lange hinaus. "Wer kann denn das bloß
sein?" sprach sie, aber nicht gerade, als ob sie fragen wollte.
"Ich weiß nicht", versetzte Guttorm, und sie sahen und
sahen. "Das verstehe ich nicht recht", sagte sie.—"Ich auch
nicht", sagte er.—"Aber sie müssen es doch sein", sagte sie
endlich. "Allerdings", bekräftigte Guttorm. Die Männer
kamen näher und näher; der ältere blieb stehen und blickte
zurück; der jüngere gleichfalls; dann schritten sie weiter.

"Verstehst Du, was sie wollen?" fing Karen wieder an, in
demselben Ton wie vorhin. "Nein, das versteh' ich nicht",
versetzte Guttorm. Die Mutter drehte sich um, ging zum
Tisch, nahm das Geschirr ab und räumte etwas auf. "Du
mußt Deine Tücher wieder umbinden," sprach sie zu
Synnöve; "es kommt Besuch."

Kaum hatte sie zu Ende gesprochen, da öffnete Sämund die
Tür und trat ein; Thorbjörn hinter ihm. "Gesegnete
Mahlzeit", sagte Sämund, blieb einen Augenblick an der Tür
stehen und trat dann langsam ein, um jeden einzelnen zu
begrüßen; Thorbjörn folgte. Sie kamen zuletzt zu Synnöve,
die noch in einer Ecke mit dem Tuch in der Hand stand,
nicht wußte, ob sie es umbinden sollte, ja, kaum wußte, ob
sie es in der Hand hielt. "Nehmt Platz, wo Ihr wollt", sagte
die Frau. "Danke, der Weg hier herüber ist nicht weit
gewesen", antwortete Sämund, setzte sich aber doch;
Thorbjörn neben ihn. "Ihr wart ja heut nach der Kirche mit
einemmal fort", sagte Karen. "Wir haben Euch gesucht",
antwortete Sämund. "Heut waren viele Menschen da", sagte
Guttorm. "Sehr viele Menschen," wiederholte Sämund, "es
war ein schöner Kirchtag."—"Ja, wir haben eben davon
gesprochen", sagte Karen.—"Es ist einem bei solcher
Konfirmation so wunderlich zumute, wenn man selber
Kinder hat", fügte Guttorm hinzu. Seine Frau rückte auf der
Bank etwas ab. "Ja, freilich," sagte Sämund, "da denkt man
ernstlich über sie nach,—und deshalb habe ich mich hierher
auf den Weg gemacht", sprach er weiter, sah sich fest und
sicher um, nahm den Kautabak aus dem Mund, schob ein
anderes Stück hinein, und legte das alte behutsam in eine
Messingdose. Guttorm, Karen und Thorbjörn sahen
unruhig hierhin und dorthin.—"Ich dachte mir, ich müßte
mit Thorbjörn mal hergehen," begann Sämund langsam;
"allein hätte er es wohl sobald nicht fertig gekriegt und hätte
sich auch allein nicht gut Bescheid holen können", dabei

blinzelte er zu Synnöve hinüber, die das merkte. "Die Sache
liegt nun so, daß er seinen Sinn auf sie gerichtet hat, auf sie,
die Synnöve, seit der Zeit, da er Verstand genug für so etwas
hatte; und es liegt wohl ebenfalls einigermaßen so, daß sie
auch ihren Sinn auf ihn gerichtet hat. Und da meine ich, ist
es das beste, wenn die beiden für immer zusammenkommen.
Damals, als ich sah, daß er sich selber nicht im Zaum halten
konnte, geschweige denn andere, da war ich wenig dafür.
Aber jetzt glaube ich, ich kann für ihn bürgen; und kann
ich's nicht, so kann sie's; denn sie hat die größte Macht über
ihn.—Was meint Ihr also dazu? Wollen wir sie
zusammentun? Das hat ja weiter keine große Eile, aber ich
weiß auch nicht, warum wir noch damit warten wollen. Du,
Guttorm, bist ein Mann mit Vermögen; meins ist kleiner
und geht mal später in mehrere Teile; aber ich denke, die
Sache läßt sich doch machen. Jetzt sagt also Eure Meinung
frei heraus; das Mädchen frage ich zuletzt, denn ich glaube,
ich weiß, was sie will!"

Also sprach Sämund. Guttorm saß krumm auf der Bank,
legte abwechselnd eine Hand über die andere und machte
mehrmals Miene, sich aufzurichten, indem er jedesmal
stärker Atem holte; aber erst nach dem vierten- und
fünftenmal bekam er den Rücken gerade, strich mit der
Hand über das Knie, und sah seine Frau an, streifte aber
gleichzeitig Synnöve mit den Blicken. Karen saß am Tisch
und wischte mit den Fingern darüber hin. "Nun ja—das ist
ein schöner Antrag", sagte sie. "Ja, ich meine, wir sollen ihn
mit Dank annehmen", sagte Guttorm laut, und seiner
Stimme war eine beträchtliche Erleichterung anzuhören;
dann sah er von seiner Frau fort und auf Sämund, der die
Arme gekreuzt und den Rücken an die Wand gelehnt hatte.
"Wir haben nur die eine Tochter," sagte Karen, "wir
müssen's uns erst überlegen."—"Dem steht weiter nichts im
Wege," erwiderte Sämund, "aber ich weiß nicht, warum Ihr
nicht gleich antworten könnt, brummte der Bär, als er den
Bauern gefragt hatte, ob er nicht seine Kuh kriegen
könne."—"Gewiß können wir gleich antworten", versetzte
Guttorm und sah seine Frau an. "Thorbjörn kann aber
manchmal so wild sein", sagte sie, blickte jedoch nicht auf.
"Das hat sich gebessert," erwiderte Guttorm; "Du weißt, was
Du heut selber gesagt hast!"——Das Ehepaar sah sich
abwechselnd an; das dauerte eine volle Minute. "Könnten
wir uns auf ihn verlassen", sagte die Frau. "Ja," ergriff nun
Sämund wieder das Wort, "was das betrifft, kann ich nur
sagen, was ich vorhin gesagt habe; mit der Fahrt geht's gut,
wenn sie die Zügel hält. Sie hat eine Macht über ihn, wie
man sich's kaum vorstellen kann. Das ist mir damals klar
geworden, als er zu Hause bei mir krank lag und noch nicht
wußte, was mit ihm würde, ob er wieder aufkomme oder
nicht."—"Du mußt nicht so hartnäckig sein," sagte
Guttorm, "Du weißt doch, was sie selber will, und wir leben
doch nur für sie." Da blickte Synnöve zum erstenmal auf

und sah ihren Vater groß und dankbar an. "Ach ja," begann Karen, nachdem es eine Weile still gewesen, und wischte mit den Fingern über den Tisch; "wenn ich solange dagegen war, dann habe ich's nicht schlecht gemeint.—Ich war wohl nicht so hart, wie sich's anhörte"; sie blickte auf und lachte; aber es wollten ihr Tränen kommen. Da stand Guttorm auf. "So ist denn in Gottes Namen das eingetroffen, was ich am meisten auf der Welt gewünscht habe", sagte er und ging auf Synnöve zu. "Ich habe gar keine Angst deswegen gehabt," sagte Sämund und stand ebenfalls auf; "was zusammen soll, das kommt zusammen." Und er ging auf Synnöve zu. "Na, was meinst Du dazu, mein Kind?" sagte die Mutter, und ging nun auch auf Synnöve zu.

Die saß immer noch da; alle umstanden sie mit Ausnahme von Thorbjörn, der dort saß, wo er sich zuerst hingesetzt hatte. "Du mußt aufstehen, mein Kind", flüsterte die Mutter ihr zu; sie stand auf und lächelte, wandte sich ab und weinte.—"Unser Herrgott sei Dein Geleit jetzt wie alle Zeit", sagte die Mutter, umarmte sie und weinte mit ihr zusammen. Die beiden Männer traten zurück; jeder ging zu seinem alten Platz.

"Du mußt zu ihm hingehen", sagte die Mutter immer noch unter Tränen, ließ sie los und schob sie sanft vorwärts. Synnöve tat einen Schritt; aber blieb stehen, weil sie nicht weiter konnte; Thorbjörn sprang auf, ging auf sie zu, ergriff ihre Hand, wußte nicht, wie er sich benehmen sollte, und blieb Hand in Hand mit ihr stehen, bis sie ihre sacht zurückzog. Dann standen sie schweigend nebeneinander.

Lautlos öffnete sich die Tür, und ein Kopf erschien im Rahmen. "Ist Synnöve hier?" fragte jemand bedächtig. Es war Ingrid Granliden. "Jawohl, hier ist sie, komm nur herein", antwortete ihr Vater. Ingrid zauderte. "Komm nur; hier steht alles ganz gut", fügte er hinzu. Alle sahen sie an.

Sie schien etwas verlegen; "ich bin aber nicht allein hier",
sagte sie. "Wer ist denn noch da?" fragte Guttorm. "Mutter!"
erwiderte sie leise. "Immer herein mit ihr!" riefen alle vier in
der Stube auf einmal. Und die Hausfrau ging ihr entgegen,
während die anderen sich freudestrahlend ansahen.
—"Komm nur, Mutter, Du kannst gern herein", hörten sie
Ingrid sagen.—Und herein kam Ingebjörg mit ihrer weißen
Haube. "Ich hab's wohl gemerkt," sagte sie, "wenn Sämund
seinen Mund auch nicht auftun kann; und da hielten die
Ingrid und ich es nicht länger aus—wir mußten
her."—"Und hier stehen die Dinge so, wie Du's wünschst",
sagte Sämund und machte Platz, damit sie besser
herankönne.—"Gott segne Dich, mein Kind, dafür, daß Du
ihn an Dich geknüpft hast," sprach sie zu Synnöve, und
umarmte und streichelte sie; "Du hast solange, solange fest
zu ihm gehalten, und jetzt ist alles gekommen, wie Du es
gewollt hast." Und sie streichelte ihr die Backen und das
Haar, und über ihr eigenes Gesicht rannen Tränen, aber sie
beachtete sie nicht; sie trocknete nur Synnöve die Tränen ab.
"Ja, er ist ein lieber, ein tüchtiger Junge," sagte sie, "und jetzt
bin ich auch seinetwegen ganz sicher"; und sie zog die neue
Tochter inniger in ihre Arme. "Mutter weiß mehr in ihrer
Küche," sagte Sämund, "als wir, die in der Sache
drinstehen."

Die Tränen und die Rührung ließen allmählich nach; die
Hausfrau begann an das Abendessen zu denken, und
forderte Ingridchen auf, ihr zu helfen, "denn Synnöve ist
heute abend zu nichts zu gebrauchen." Und so gingen die
beiden an die Arbeit und kochten Rahmgrütze. Die Männer
gerieten in ein Gespräch über die Ernte und dergleichen.
Thorbjörn hatte sich an das Fenster gesetzt; Synnöve
schlich zu ihm hin und legte die Hand auf seine Schulter.
"Wonach siehst Du?" fragte sie.

Da wendete er ihr seinen Kopf zu, sah sie lange und mit
sanfter Zärtlichkeit an, dann blickte er wieder hinaus: "Ich
sehe nach Granliden hinüber," sagte er, "es ist so
wunderlich, Granliden von hier aus zu sehen."

* * * * *

ARNE

Erstes Kapitel

Dort unten zwischen zwei Felsen war eine tiefe Schlucht;
durch diese Schlucht wand sich schwerfällig über Geröll
und Steine ein wasserreicher Fluß. Hoch und steil stieg es zu
beiden Seiten an, und die eine Felswand war ganz nackt;
unten aber, so nahe am Fluß, daß im Frühling und im
Herbst das Wasser ihn benetzte, drängte sich ein prächtiger
Wald zusammen, schaute in die Höhe und schaute vor sich
und konnte weder hierhin, noch dahin.

"Wie wär's, wenn wir den Felsen bekleideten?" sagte eines
Tages der Wacholder zu einer fremdländischen Eiche, der er
näher stand als allen andern. Die Eiche blickte nach unten,
um dahinterzukommen, wer da eigentlich spreche; dann sah
sie wieder empor und schwieg. Der Fluß ging so schwer,
daß er schäumte; der Nordwind fegte durch die Schlucht
und heulte in den Klüften; der nackte Felsen neigte sich
schwer nach vorn und fror; —"wie wär's, wenn wir den
Felsen bekleideten?" sagte der Wacholder zu der Fichte an
seiner andern Seite. "Wenn einer es tun soll, müßten wir es
wohl sein", sagte die Fichte; sie faßte sich in den Bart und
sah zu der Birke hinüber; "was meinst Du dazu?"—Die Birke
aber lugte bedächtig zu dem Felsen empor; so schwer neigte
er sich über sie, daß sie kaum atmen zu können meinte; "wir

wollen uns in Gottes Namen ans Werk machen", sagte die
Birke, und wenn sie auch nicht mehr als drei waren, so
übernahmen sie doch die Aufgabe, den Felsen zu bekleiden.
Der Wacholder ging voran.

Als sie ein Stück gegangen waren, begegneten sie dem
Heidekraut. Der Wacholder wollte gerade dran vorbei.
"Nein, laß das Heidekraut mitgehen", sagte die Fichte. Und
das Heidekraut voran. Bald fing der Wacholder an
abzurutschen. "Halt Dich an mir fest", sagte das Heidekraut.
Das tat der Wacholder, und wo nur ein winziger Riß war,
steckte das Heidekraut den Finger hinein, und wo es erst
den Finger fest hatte, bekam der Wacholder die ganze Hand
hinein. So krochen und krabbelten sie hinan, die Fichte
mühselig hinterher, und die Birke auch. "Es ist ein
herrliches Werk", sagte die Birke.

Der Felsen aber begann zu überlegen, was das wohl für
Kruppzeug sein mochte, das an ihm in die Höhe kletterte.
Und als er ein paar hundert Jahre darüber nachgedacht
hatte, schickte er einen kleinen Bach hinunter, der es sich
ansehen sollte. Es war noch im Vorfrühling und der Bach
noch schmal, als er an das Heidekraut kam. "Liebes gutes
Heidekraut, willst Du mich nicht durchlassen; ich bin so
klein", sagte der Bach. Das Heidekraut hatte es sehr eilig,
hob sich nur ein bißchen und arbeitete weiter. Der Bach
drunter durch und vorwärts. "Lieber guter Wacholder,
willst Du mich nicht durchlassen? Ich bin so klein." Der
Wacholder sah ihn scharf an, aber wenn das Heidekraut ihn
durchgelassen hatte, konnte er es ja auch tun. Der Bach
drunter durch und vorwärts; er kam jetzt an die Stelle, wo
die Fichte schnaufend die Höhe hinanstieg. "Liebe gute
Fichte, willst Du mich nicht durchlassen? Ich bin so klein",
sagte der Bach, küßte der Fichte die Füße und schmeichelte
sich bei ihr ein. Da wurde die Fichte verlegen und ließ ihn

durch. Die Birke aber machte Platz, noch ehe der Bach etwas
sagte. "Hihihi", kicherte der Bach und schwoll an.
"Hahaha", lachte der Bach und schwoll noch mehr an.
"Hohoho", brüllte der Bach und warf Heidekraut und
Wacholder und Fichte und Birke auf die Nase und trug sie
auf seinem Rücken durch die hohen Berge. Der Felsen stand
viel hundert Jahre und dachte nach, ob er an diesem Tage
wohl gelächelt hatte.

Es war klar: der Felsen wollte nicht bekleidet sein. Das
Heidekraut ärgerte sich so, daß es ganz grün wurde, und
dann zog es von dannen. "Nur guten Mut!" sagte das
Heidekraut.

Der Wacholder kauerte an der Erde und sah auf das
Heidekraut; und er kauerte so lange da, bis er ganz aufrecht
saß. Er kraute sich die Haare, machte sich auf den Weg und
biß sich so fest, daß er meinte, der Felsen müsse es fühlen.
"Willst Du mich nicht, so will ich Dich." Die Fichte krümmte
ihre Zehen, um zu fühlen, ob sie wohl heil seien, dann hob
sie den einen Fuß hoch, der war heil, besah dann den
andern, der war auch heil, dann alle beide. Sie untersuchte
erst, wo sie gegangen war, dann wo sie gelegen hatte, und
schließlich wo sie jetzt gehen mußte. Dann schlenderte sie
los und tat, als wäre sie ihr Lebtag nicht gefallen. Die Birke
hatte sich gräßlich schmutzig gemacht; sie stand jetzt auf
und putzte sich. Und dann ging's weiter, schneller und
schneller, vorwärts und seitwärts, in Sonnenschein und
Regenwetter. "Was ist denn da nur los?" sagte der Felsen,
wenn die Sommersonne ihn beschien, wenn der Tau
glitzerte und die Vögel sangen, wenn die Waldmaus piepte
und der Hase sprang und das Wiesel sich kreischend
versteckte.

Dann kam der Tag, da das Heidekraut mit einem Auge über
den Bergrand sehen konnte. "Aber nein, nein, nein!" sagte

das Heidekraut,—und weg war es. "Meine Güte, was mag
das Heidekraut bloß sehen?" sagte der Wacholder und kam
so weit heran, daß er hinüberschauen konnte. "Aber nein,
nein!" rief er und war weg. "Was hat denn der Wacholder
heute?" sagte die Fichte und machte ganz lange Schritte in
der Sonnenhitze. Bald konnte sie sich denn auch auf die
Zehen stellen und hinüberlugen. "Nein, so was!" Zweige
und Nadeln sträubten sich ihr vor Verwunderung. Sie
kletterte weiter, kam oben an und weg war sie. "Was mögen
all die andern da sehen, bloß ich nicht?" sagte die Birke, hob
ihr Kleid sorglich hoch und trippelte hinterher. Sie tauchte
gleich mit dem ganzen Kopf über dem Bergrand auf. "A—a
—ah!—da steht ja wohl ein ganzer Wald von Fichten und
Heidekraut und Wacholder und Birken oben auf der Höhe
und wartet auf uns", sagte die Birke, und ihre Blätter
zitterten im Sonnenschein, daß der Tau sprühte. "Ja, so
geht's, wenn man ans Ziel kommt", sagte der Wacholder.

Zweites Kapitel

Oben in Kampen wurde Arne geboren. Seine Mutter hieß
Margit und war das einzige Kind auf dem Pachthof Kampen.
In ihrem achtzehnten Jahr blieb sie einmal auf einem Tanz
zurück; ihre Begleiter waren schon fort, und da dachte
Margit, der Nachhauseweg würde nicht länger werden,
wenn sie noch einen Tanz abwarte. Und so geschah es, daß
Margit so lange dablieb, bis der Spielmann, Schneider Nils,
plötzlich die Geige weglegte, wie er immer tat, wenn er
betrunken war, die andern trällern ließ, sich das schönste
Mädel holte, die Füße so sicher aufsetzte wie die Takte in
einem Lied, und mit dem Stiefelabsatz dem Längsten, der da
war, den Hut vom Kopf herunterholte.—"Ho!" schrie er

dabei.—

Als Margit an diesem Abend nach Hause ging, spielte der
Mond so wunderbar schön auf dem Schnee. Als sie in die
Kammer kam, wo sie schlief, mußte sie noch einmal aus dem
Fenster sehen. Sie zog das Mieder aus und blieb noch eine
Weile so stehen. Da merkte sie, daß sie fror, zog sich schnell
aus und kroch tief unter ihre Felldecke. In dieser Nacht
träumte Margit von einer großen roten Kuh, die sich auf ihr
Feld verlaufen hatte. Sie sollte sie hinausjagen, aber wie sie
sich auch abmühte, sie konnte nicht vom Fleck kommen.
Die Kuh stand ganz ruhig da und fraß so lange, bis sie satt
und rund war, und inzwischen schaute sie immer einmal
aus großen, schweren Augen zu ihr hin.

Als das nächste Mal wieder Tanz im Dorf war, war auch
Margit wieder da. Sie mochte den Abend nicht tanzen; sie
saß also und lauschte dem Spiel, und es schien ihr ganz
merkwürdig, daß auch die andern nicht mehr Lust dazu
hatten. Aber als es später wurde, stand der Spielmann auf,
um zu tanzen. Er ging plötzlich geradenwegs auf Margit
Kampen zu. Sie wußte kaum, wie ihr geschah, aber sie
tanzte mit Schneider Nils.

Bald wurde das Wetter wärmer, und man tanzte nicht mehr.
In diesem Frühjahr nahm Margit sich so sehr eines kleinen
Lammes an, das ihnen krank geworden war, daß die Mutter
es beinahe übertrieben fand. "Es ist doch bloß ein Lamm",
sagte die Mutter. "Ja, aber es ist krank", sagte Margit.

Sie war lange nicht in der Kirche gewesen; sie gönne es
lieber der Mutter, sagte sie, und einer müsse doch zu Hause
bleiben. Eines Sonntags im Sommer, als das Wetter so schön
war, daß das Heu sehr gut einen Tag draußen bleiben
konnte, sagte die Mutter, jetzt könnten sie ruhig beide
gehen. Margit konnte nicht viel darauf sagen und zog sich

an, aber als sie so weit kamen, daß sie die Kirchenglocken
hören konnten, fing sie zu weinen an. Die Mutter wurde
leichenblaß; sie gingen weiter, die Mutter voran, sie
hinterher, hörten die Predigt, sangen die Choräle bis zu
Ende mit, hörten das Gebet mit an und ließen es ausläuten,
bis sie gingen. Aber als sie wieder zu Hause waren, nahm
die Mutter Margits Kopf zwischen beide Hände und sagte:
"Verbirg mir nichts, mein Kind!"

Wieder kam der Winter, und Margit tanzte nicht. Aber
Schneider Nils spielte auf, trank mehr als je und schwenkte
immer zum Schluß das schönste Mädel in der Runde. Es
wurde als Tatsache erzählt, daß er kriegen könne, welche er
wolle von den stattlichsten Bauerntöchtern im Kirchspiel;
einige fügten hinzu, Eli Böen habe selbst den Freiwerber für
ihre Tochter Birgit gemacht, die sich in Liebe zu ihm
verzehrte.

Eben zu dieser Zeit war's, als die Hausmannstochter von
Kampen ein Kind über die Taufe hob; es bekam den Namen
Arne, Schneider Nils aber sollte der Vater sein.

Am Abend dieses selben Tages war Nils auf einer großen
Hochzeit; da trank er sich voll. Er weigerte sich, zu spielen,
und tanzte immerzu und litt beinahe keinen andern auf dem
Tanzboden. Als er aber zu Birgit Böen trat und sie
aufforderte, schlug sie es ihm ab. Er lachte kurz auf, drehte
sich auf dem Absatz herum und bekam die erste beste zu
packen. Sie sträubte sich. Er blickte zu ihr hinunter; es war
eine kleine Dunkle, die lange dagesessen und zu ihm
hingeglotzt hatte und jetzt ganz blaß war. Er bog sich ein
wenig zu ihr hinunter und flüsterte: "Magst Du mit mir
nicht tanzen, Karen?" Sie antwortete nicht. Er fragte noch
einmal. Da antwortete sie ebenso leise, wie er fragte: "Der
Tanz könnte weiter gehen, als mir lieb wäre."—Er trat
langsam von ihr zurück, aber als er mitten im Saal stand,

machte er einen Luftsprung und tanzte allein den Halling. Keiner außer ihm tanzte; alle standen schweigend da und sahen zu.

Dann ging er hinaus auf die Scheunendiele, warf sich auf die Erde und weinte.

Margit saß mit ihrem kleinen Jungen zu Hause. Sie hörte von Nils, er jage von Tanz zu Tanz, schaute den Jungen an und weinte, schaute ihn wieder an und war froh. Das erste, was sie dem Knaben beibrachte, war Papa zu sagen; aber das sagte sie nur, wenn die Mutter, oder vielmehr die Großmutter, wie sie fortan hieß, nicht in der Nähe war. Die Folge davon war, daß das Kind zu seiner Großmutter Papa sagte. Es kostete Margit viel Mühe, ihm das wieder abzugewöhnen, und sie trug hierdurch dazu bei, frühzeitig sein Begriffsvermögen zu bilden. Er war noch ziemlich klein, als er schon wußte, daß Schneider Nils sein Vater sei, — und als er in das Alter kam, wo alles Abenteuerliche einen Reiz hat, erfuhr er auch, was für ein Kerl Schneider Nils eigentlich sei. Die Großmutter hatte streng verboten, auch nur seinen Namen zu nennen; ihr Hauptehrgeiz war, aus Kampen einen Bauernhof zu machen, damit die Tochter und der Junge keine Sorgen hätten. Sie nutzte die bedrängte Lage des Besitzers aus, erwarb die Wirtschaft, bezahlte jedes Jahr ab und stand der Arbeit wie ein Mann vor, war sie doch seit vierzehn Jahren Witwe. Kampen war ein großer Hof und wurde noch immer erweitert, so daß er jetzt schon vier Kühe und sechzehn Schafe ernährte und halben Anteil an einem Pferd hatte.

Schneider Nils trieb sich unterdes in der Gegend herum; seine Einnahmen hatten abgenommen, teils weil er weniger darauf ausging, teils auch, weil er nicht mehr so war wie früher. Er legte sich immer mehr aufs Geigenspiel, und die Gelage und damit die Schlägereien und schlimmen Tage

wurden häufiger. Es gab Leute, die ihn klagen gehört haben
wollten.

Arne war vielleicht sechs Jahr alt, als er eines Tags im Winter
im Bett herumrutschte; die Bettdecke war das Segel, und er
steuerte mit einer großen Kelle. Die Großmutter saß in der
Stube und spann, hatte so ihre Gedanken und nickte
manchmal vor sich hin, als stünde das fest, was sie dachte.
Da merkte der Junge, daß er unbeobachtet war, und da sang
er die Weise vom Schneider Nils, so wie er sie gelernt hatte,
in ihrer ganzen Roheit und Wildheit:

> So du nicht gestern erst kommen bist,
> Hast du vom Schneider Nils wohl gehört, und wie stark
er ist.

> So du nicht bloß über Nacht her verschlagen,
> Ward dir wohl kund, wie er warf den Knut Storedragen.

> Den Ola-Per hat er auf sein Scheundach gehoben, —
> "'s nächste Mal bleibst du drei Wochen droben!"

> Hans Bugge war ein Mann, von Ansehn nicht gering,
> Land und Strand war nicht sicher, wo sein Fuß ging.

> "Hallo, Schneider Nils, wo pflögst du gern der Ruh?
> So spuck' ich auf den Fleck und leg' dich selber dazu!"

> "Du komm nur erst heran, so werd' ich dir's sagen!
> Meinst, es langt schon dein Maul, einen Mann zu
erschlagen!"

> Beim ersten Gang war noch nichts gebrochen.
> Beide Kerle standen noch fest in den Knochen.

> Beim zweiten Gang strauchelte Bugge-Hans.
> "Wirst müd', Bugge? He, 's ist ein harter Tanz!"

Beim dritten Gang stürzt' er, spie Blut auf die Diel'—
"Hast wacker gespuckt, Kerl!"—"Verdammt! Wie ich fiel!"

Weiter sang der Junge nicht; es gab noch zwei Verse, die die
Mutter ihn wohl nicht gelehrt hatte:

Sahst du je eines Baums Schatten auf jungem Schnee?
Sahst du je, wie Nils eine Jungfrau anlacht, he?

Hast du je Schneider Nils den Halling tanzen sehn?
Bist du ein Mädel, so geh;—sonst ist's um dich geschehn.

Diese beiden Verse kannte aber die Großmutter und sie fielen
ihr ein, zumal weil sie nicht gesungen wurden. Zu dem
Knaben sagte sie nichts, zur Mutter aber sagte sie: "Bringe
dem Jungen Deine eigene Schande nur gut bei,—vergiß die
beiden letzten Verse nicht!"—

Schneider Nils war durch das Trinken so
heruntergekommen, daß er nicht mehr der alte war. Die
Leute meinten, es gehe mit ihm zu Ende.

Da geschah es, daß zwei Amerikaner ins Dorf kamen, und
als sie hörten, in der Nähe sei eine Hochzeit, da wollten sie
gleich hin, um Sitten und Gebräuche kennen zu lernen.
Hier spielte Nils. Sie gaben jeder einen Taler für die
Spielkasse und baten um den Halling. Niemand wollte den
tanzen, so sehr auch darum gebeten wurde. Jeder einzelne
bat Nils, ihn selbst zu tanzen; "er könne es doch am besten."
Er weigerte sich, aber nur um so hartnäckiger wurde die
Aufforderung, zuletzt wurde sie einstimmig, und das gerade
hatte er gewollt. Er gab die Fiedel einem andern, zog den
Rock aus, nahm die Mütze ab, trat in den Kreis und lächelte.
Jetzt folgte ihm die alte Aufmerksamkeit, und das gab ihm
auch die alte Kraft. Die Zuschauer drängten sich so dicht
wie möglich zusammen, die hintersten kletterten auf Tische

und Bänke, ein paar Mädchen standen höher als alle
andern, — und die vorderste von ihnen, — die Große mit dem
hellen, bräunlichschimmernden Haar und den blauen,
tiefliegenden Augen unter der kräftigen Stirn und mit einem
breiten Munde, der oft lächelte und sich dann immer nach
einer Seite verzog, — war Birgit Böen. Nils gewahrte sie, als
er zu den Deckenbalken emporsah. Die Geige setzte ein, tiefe
Stille entstand, und er trat zum Tanz an. Er warf sich auf
den Boden, schob sich im Takt der Musik halb auf der Seite
an der Erde hin, schlenkerte mit den Beinen, warf sie ab und
zu kreuzweis unter sich, sprang wieder auf, stellte sich wie
zum Wurf bereit und ging dann wieder schräg wie vorhin.
Die Fiedel wurde von tüchtiger Hand gestrichen. Die Weise
wurde immer feuriger. Nils bog den Kopf immer weiter
zurück, und plötzlich lag der Stiefelabsatz am
Deckenbalken, daß der Staub herunterrieselte. Alle lachten
und kreischten um ihn herum, die Mädchen hielten den
Atem an. Die Melodie jauchzte dazwischen und trieb zu
immer tolleren Sprüngen an. Er widerstand ihr auch nicht,
bog den Körper vornüber, hüpfte im Takt, richtete sich wie
zum Wurf auf, hielt sie aber nur zum Narren, kam wieder
ins Schlendern, und wie es aussah, als denke er gar nicht an
Springen, da donnerte sein Stiefelabsatz gegen den
Deckenbalken, und noch einmal, dann ein Purzelbaum
vornüber, hintenüber — und immer stand er wieder
kerzengrade auf den Füßen. Jetzt mochte er nicht mehr. Die
Fiedel machte ein paar kecke Läufe, ging in einen tieferen
Ton über, in dem sie zitternd verhallte, und erstarb in einem
einzelnen langen Strich auf der Baßsaite. Die Gruppen
zerstreuten sich; lebhaftes Gespräch, in das sich Rufe und
Gekreisch mischten, löste die Stille ab. Nils lehnte sich gegen
die Wand; da kamen die Amerikaner mit ihrem Dolmetscher
hin zu ihm und gaben ihm jeder fünf Taler. Wieder Stille.

Die Amerikaner sprachen ein paar Worte mit ihrem

Dolmetscher; darauf fragte dieser, ob Nils als ihr Diener mit
ihnen gehen wolle; er solle bekommen, was er verlange.
"Wohin?" fragte Nils; die andern drängten sich so nahe wie
möglich heran. "Hinaus in die Welt", war die Antwort.
"Wann?" fragte Nils, blickte mit strahlendem Gesicht umher,
begegnete Birgit Böens Augen und ließ sie nicht mehr los.
—"In einer Woche, wenn wir zurückkommen", war die
Antwort.—"Es kann schon sein, daß ich bis dahin bereit
bin", sagte Nils und wog seine beiden Fünftalerstücke in der
Hand.—Er hatte einen Arm auf die Schulter eines Mannes
gestützt, der neben ihm stand, und er zitterte so, daß der
Mann ihn auf die Bank setzen wollte.

"Es hat nichts auf sich", sagte Nils, machte ein paar
unsichere Schritte über die Diele, trat dann fest auf, drehte
sich um und bestellte einen Hoppser.

Die Mädchen standen vorn, er schaute sich lange und
prüfend um, und ging dann geradenwegs auf Eine im
dunklen Rock zu, und das war Birgit Böen. Er streckte ihr
die Hand hin und sie gab ihm beide; da lachte er, wich
zurück, nahm Eine neben ihr und tanzte übermütig mit der
davon. Das Blut schoß Birgit in Hals und Gesicht. Ein
großer Mann mit einem gütigen Gesicht stand hinter ihr; er
nahm sie bei der Hand und tanzte mit ihr—dicht hinter Nils
her. Der sah es, und es geschah vielleicht aus Versehen, daß
er so heftig gegen sie antanzte, daß der Mann und Birgit mit
großem Gepolter zu Fall kamen. Gelächter und Gejohle
erhob sich ringsum. Birgit stand mühsam auf, ging beiseite
und weinte bitterlich.

Der Mann mit dem gutmütigen Gesicht kam langsamer in
die Höhe, ging aber dann gleich auf Nils zu, der immer
noch tanzte. "Hör' mal einen Augenblick auf", sagte der
Mann. Nils achtete dessen nicht, und da packte ihn der
Mann am Arm. Nils riß sich los und sah ihn groß an. "Ich

kenne Dich nicht", sagte er lächelnd. "Nein, aber jetzt wirst Du mich kennen lernen", sagte der Mann mit dem gütigen Gesicht und versetzte ihm einen Schlag gegen das eine Auge. Nils, der darauf nicht gefaßt gewesen war, stürzte mit hartem, schwerem Fall gerade auf die scharfe Kante vom Feuerherd; er wollte sich gleich wieder aufrichten, vermochte es aber nicht; ihm war das Rückgrat gebrochen.

Auf Kampen war eine große Veränderung vor sich gegangen. Die Großmutter hatte in der letzten Zeit gekränkelt; als das anfing, hatte sie emsiger als je gespart, um den Hof von Schulden frei zu machen. "Dann hast Du und der Junge soviel, wie Ihr braucht. Und läßt Du einen herein, der es Euch durchbringt, dann drehe ich mich im Grabe um." Gegen den Herbst zu hatte sie auch die Freude, daß sie mit dem letzten Rest der Schuld zum ehemaligen Haupthof hinaufhumpeln konnte, und froh war sie, als sie wieder daheim auf der Bank saß und sagen konnte: "Jetzt hab' ich's erreicht." Aber in der gleichen Stunde kam auch die Krankheit bei ihr zum Ausbruch; sie mußte ins Bett und stand nicht mehr auf. Ihre Tochter ließ sie an einem freien Platz auf dem Kirchhof begraben; sie bekam einen schönen Grabstein, auf dem ihr Name und ihr Alter standen und ein Gesangbuchvers aus dem Kingo. Zwei Wochen, nachdem sie unter der Erde lag, war aus ihrem schwarzen Sonntagskleid ein Anzug für den Knaben gemacht, und als er den anhatte, wurde ihm so feierlich zumut, als wäre die Großmutter wiedergekommen. Aus eigenem Antrieb setzte er sich vor das großgedruckte Gesangbuch, aus dem die Großmutter jeden Sonntag vorgelesen und gesungen hatte; er schlug es auf; ihre Brille lag darin. Die hatte der Junge zu ihren Lebzeiten nie anrühren dürfen; jetzt nahm er sie ängstlich in die Hand, setzte sie sich auf die Nase und sah wieder ins Buch. Es war ihm wie Nebel vor den Augen. Das ist doch merkwürdig, dachte der Junge; damit konnte die

Großmutter Gottes Wort lesen. Er hielt sie hoch gegen das Licht, um zu sehen, woran es liegen könne, und—da lag die Brille in Scherben auf der Erde!

Ihm wurde angst und bange, und als im selben Augenblick die Tür aufging, meinte er, nun werde die Großmutter hereinkommen; es war aber seine Mutter, und hinter ihr her kamen sechs Männer, die unter großem Lärm und Getrampel eine Tragbahre trugen und sie mitten im Zimmer auf den Boden hinsetzten. Die Tür blieb weit hinter ihnen offen stehen, so daß es kalt in der Stube wurde.

Auf der Bahre lag ein Mann mit dunklem Haar und bleichem Gesicht; die Mutter ging weinend umher. "Legt ihn behutsam aufs Bett", bat sie und griff selbst mit zu. Wie aber die Männer ihn hineintrugen, knirschte etwas unter ihren Füßen. "Ach, das ist bloß Großmutters Brille", dachte der Junge, sagte es aber nicht.

Drittes Kapitel

Das war, wie gesagt, im Herbst. Acht Tage, nachdem Schneider Nils zu Margit Kampen gebracht war, kam von den Amerikanern die Nachricht, er möge sich bereit halten. Er wand sich gerade in furchtbaren Schmerzen und schrie, indem er die Zähne zusammenbiß: "Laß sie zur Hölle fahren!" Margit stand, als habe sie keine Antwort bekommen. Er bemerkte das, und nach einer Weile wiederholte er langsam und matt: "Laß sie—reisen!"

Zum Winter war er so weit, daß er aufrecht sitzen konnte, wenn auch seine Gesundheit für immer zerrüttet war. Als er das erstemal auf war, holte er seine Geige hervor und

stimmte sie, wurde aber so aufgeregt, daß er wieder ins Bett
mußte. Er war sehr wortkarg, doch umgänglich, und nach
einiger Zeit fing er an, den Knaben zu unterrichten und
Arbeit ins Haus zu nehmen. Hinaus kam er nicht, und mit
denen, die ihn besuchten, sprach er nicht. In der ersten Zeit
trug Margit ihm die Dorfneuigkeiten zu, aber er war immer
verstimmt hinterher; da ließ sie es sein.

Gegen den Frühling saßen er und Margit länger als
gewöhnlich nach dem Abendbrot zusammen und
besprachen etwas. Der Junge wurde ins Bett geschickt.
Anfang des Frühlings wurden sie von der Kanzel
aufgeboten und dann in aller Stille getraut.

Er arbeitete auf dem Felde mit und machte alles verständig
und
ordentlich. Margit sagte zu dem Jungen: "Wir haben Nutzen
von ihm und
Freude. Nun mußt Du aber auch artig und gehorsam sein
und ihm alles zu
Liebe tun."

Margit war bei ihrem Kummer doch immer recht blühend
gewesen; sie hatte ein rosiges Gesicht und sehr große
Augen, die noch größer aussahen, weil sie in einem dunklen
Ringe lagen. Sie hatte volle Lippen, ein rundliches Gesicht
und sah frisch und stark aus, obwohl sie gar nicht so große
Kräfte hatte. In dieser Zeit sah sie hübscher aus als je und
sang nach ihrer Art in einemfort bei der Arbeit.

Da kam ein Sonntagnachmittag, an dem Vater und Sohn
fortgingen, um zu sehen, wie dies Jahr die Äcker ständen.
Arne sprang um seinen Vater herum und schoß mit einem
Flitzbogen; Nils hatte ihn dem Jungen selbst gemacht. So
ging es bergan auf den Weg zu, der von Kirche und
Pfarrhaus in das sogenannte Breite Dorf hinunterführte.

Nils setzte sich auf einen Stein am Wegrand und versank in
Gedanken, sein Junge schoß den Weg entlang und sprang
dem Pfeil nach, in der Richtung auf die Kirche zu. "Nicht zu
weit", sagte der Vater. Wie der Knabe mitten im besten Spiel
war, blieb er lauschend stehen. "Vater, ich höre Musik." Der
lauschte auch; man hörte Geigenklänge, zuweilen übertönt
von Rufen und wildem Lärm, dabei beständig
Wagengerassel und Hufschlag; es war ein Brautzug, der von
der Kirche heimkehrte. "Komm her, Junge", rief der Vater,
und Arne hörte am Ton, daß er schnell kommen müsse. Der
Vater war eilig aufgestanden und versteckte sich hinter
einem dicken Baum. Der Junge hinterher;—"nicht hierher,
dahin!" Der Junge hinter einen Erlenbusch.—Schon bog die
Wagenreihe um den Birkenwald, sie kamen in rasender
Fahrt, die Pferde schäumten, die betrunkenen Menschen
kreischten und johlten. Vater und Sohn zählten die Wagen;
es waren im ganzen vierzehn. Im ersten saßen zwei
Spielleute, und der Brautmarsch klang durch die klare Luft;
ein Bursch stand hinten und lenkte die Pferde. Dann kam
die Braut mit der hohen Krone, die in der Sonne
schimmerte; sie lächelte, und dabei verzog sich der Mund
nach der einen Seite; neben ihr saß ein Mann im blauen
Anzug mit einem gütigen Gesicht. Dann kam das Gefolge,
die Männer saßen den Frauen auf dem Schoß, hintenauf
saßen Kinder, Betrunkene fuhren zu Sechsen in einem
Einspänner, der Marketender saß im letzten Wagen und
hatte ein Faß mit Branntwein auf dem Schoß. Sie zogen
unter Gesang und Gejohle vorbei und jagten in gewaltiger
Eile die Anhöhe hinunter; das Geigenspiel, das Gekreisch
und das Wagengerassel klang aus der Staubwolke hinter
ihnen heraus; dann trug der Wind einen vereinzelten
Aufschrei herüber, dann nur noch ein dumpfes Dröhnen
und dann nichts mehr. Nils stand noch immer unbeweglich;
der Junge kam zuerst wieder zum Vorschein.

"Wer war das, Vater?" Aber der Junge fuhr zusammen, denn
sein Vater machte ein so böses Gesicht. Arne stand ganz still
und wartete auf die Antwort; dann stand er immer noch
still, weil er keine bekam. Schließlich, schließlich wurde ihm
die Zeit lang, und er wagte ein: "Wollen wir jetzt gehen?"
Nils stand noch immer, als blicke er dem Brautzuge nach,
raffte sich jetzt zusammen und ging; Arne hinterher. Er
legte einen Pfeil auf den Bogen, schoß ihn ab und lief
hinterdrein. "Tritt das Gras nicht 'runter", sagte Nils kurz.
Der Junge ließ den Pfeil liegen und kehrte um. Nach einer
Weile hatte er das wieder vergessen, und als sein Vater
einmal still stand, legte er sich hin und schlug Rad. "Tritt
mir das Gras nicht 'runter, hab' ich gesagt"; dabei wurde er
am Arm gepackt und in die Höhe gerissen, als solle der Arm
aus dem Gelenk gehen. Fortan ging er ganz still hinterher.

In der Tür wartete Margit auf sie; sie kam gerade aus dem
Kuhstall, wo sie tüchtige Arbeit gehabt haben mußte, denn
ihr Haar war zerzaust, ihr Hemd nicht sauber und ihr Kleid
auch nicht; aber sie stand in der Tür und lachte: "Ein paar
Kühe hatten sich losgerissen und trieben allerhand Unfug;
jetzt sind sie wieder fest."—"Du könntest Dich Sonntags
auch wohl ein bißchen ordentlich anziehen", sagte Nils,
indem er an ihr vorbei in die Stube ging. "Ja, jetzt habe ich
Zeit, mich anzuziehen, wo meine Arbeit getan ist", sagte
Margit und ging hinterher. Sie fing auch gleich damit an
und sang, während sie sich putzte. Nun sang Margit recht
hübsch, aber bisweilen war ihre Stimme ein bißchen hart.
"Hör' mit dem Gegröhle auf", sagte Nils; er hatte sich der
Länge nach aufs Bett geworfen. Margit hielt inne. Da kam
der Junge hereingestürmt: "Hier ist ein großer schwarzer
Hund auf dem Hof, ein häßlicher Köter—!"—"Halt's Maul,
Junge", sagte Nils vom Bett her und streckte einen Fuß
hervor, um damit auf den Boden zu stampfen: "Den Bengel
muß der Teufel reiten", brummte er dann und zog den Fuß

wieder in die Höhe. Die Mutter drohte dem Knaben. "Du siehst doch, daß Vater nicht gut aufgelegt ist", meinte sie. "Möchtest Du etwas starken Kaffee mit Sirup haben?" fragte sie; sie wollte ihn gern wieder versöhnen. Das war ein Getränk, das die Großmutter sehr geliebt hatte und die andern auch. Nils mochte es gar nicht, aber er hatte es doch getrunken, weil die andern es auch taten. "Möchtest Du nicht etwas starken Kaffee mit Sirup haben?" wiederholte Margit, weil er das erstemal nicht geantwortet hatte. Nils stützte sich auf die Ellbogen und brüllte: "Meinst Du, ich will dies Gemantsch hinunterwürgen?"—Margit war höchlichst erstaunt, nahm ihren Jungen mit und ging hinaus.

Sie hatten verschiedenes draußen zu tun und kamen erst zum Abendbrot wieder hinein. Da war Nils verschwunden. Arne wurde aufs Feld geschickt, um ihn zu rufen, fand ihn aber nirgends. Sie warteten, bis das Essen beinahe kalt geworden war, aßen dann, und noch immer war Nils nicht da. Margit wurde unruhig, schickte den Jungen ins Bett und wartete. Kurz nach Mitternacht kam Nils. "Wo bist Du denn gewesen, Schatz?" fragte sie. "Was geht Dich das an?" antwortete er und ließ sich langsam auf der Bank nieder. Er war betrunken.

In der nächsten Zeit war Nils oft im Dorf, und beständig kam er bezecht heim. "Ich halt' es hier zu Hause bei Dir nicht aus", sagte er einmal, als er kam. Sie versuchte, sich mit Sanftheit zu verteidigen; da stampfte er mit den Füßen auf und hieß sie schweigen; wenn er betrunken sei, so sei es ihre Schuld; wenn er schlecht sei, so sei es auch ihre Schuld; wenn er für sein ganzes Leben ein Krüppel und ein unglücklicher Mensch sei, so sei auch das ihre Schuld, ihre und ihres verfluchten Bengels Schuld. "Warum bist Du mir beständig nachgelaufen?" sagte er schluchzend. "Was hatte

ich Dir getan, daß Du mich nicht in Frieden lassen
konntest?"—"Gott soll mich behüten und bewahren," sagte
Margit, "ich wäre Dir nachgelaufen?"—"Ja, das bist Du!"
schrie er und stand auf, und weinend fuhr er fort: "Jetzt
hast Du es ja, wie Du es haben wolltest. Ich wanke jetzt hier
von Baum zu Baum und sehe Tag für Tag mein eigen Grab
vor Augen. Aber ich hätte in Herrlichkeit und Freuden mit
der schönsten Bauerntochter im ganzen Dorf leben können;
ich hätte reisen können, soweit die Sonne reicht,—hättest
Du mit Deinem verdammten Bengel mir nicht den Weg
versperrt." Sie versuchte wieder, sich zu verteidigen; "es sei
doch auf keinen Fall die Schuld des Jungen." "Bist Du nicht
still, dann kriegst Du eins!" und er schlug sie.

Wenn er am andern Tage seinen Rausch ausgeschlafen hatte,
schämte er sich und war, besonders zu dem Jungen, sehr
freundlich. Aber bald war er von neuem betrunken, und
dann schlug er sie wieder; schließlich schlug er die Mutter
beinahe jedesmal, wenn er betrunken war; der Junge weinte
und jammerte, da schlug er ihn auch. Zuweilen wurde seine
Reue so groß, daß er aus dem Hause mußte. In dieser Zeit
lockte ihn das Tanzen wieder; wie früher spielte er dazu auf
und nahm den Jungen mit, daß er ihm den Kasten trage. Da
sah der Junge mancherlei. Die Mutter weinte, daß er mit
mußte, wagte es aber nicht zum Vater zu sagen. "Denk an
den lieben Gott und lerne nichts Schlechtes", flehte sie und
liebkoste ihn. Beim Tanz aber war es sehr lustig, und zu
Haus bei der Mutter war es gar nicht lustig. Er wandte sich
immer mehr von ihr ab und dem Vater zu. Sie sah es und
schwieg. Beim Tanz lernte er manche Weise, und die sang er
nachher dem Vater vor. Dem machte es Spaß, und zuweilen
brachte der Junge ihn zum Lachen. Das schmeichelte dem
Jungen so, daß er sich fortan Mühe gab, soviele Lieder wie
möglich zu lernen; bald merkte er sich auch, welche Art von
Liedern der Vater am liebsten mochte, und bei welchen

Stellen er lachte. Wenn so etwas nicht in den Liedern war,
dann legte der Junge es, so gut er konnte, hinein; das gab
ihm frühzeitig Übung, Worte nach einer Melodie
zusammenzusetzen. Spottlieder und häßliche Dinge über
Leute, die zu Ansehen und Wohlstand gekommen, waren
dem Vater die liebsten, und der Junge sang sie.

Die Mutter wollte ihn abends immer gern mit in den
Kuhstall nehmen; allerhand Vorwände fand er, um dem zu
entgehen; wenn aber alles nichts nützte und er mit mußte,
dann sprach sie gar erbaulich mit ihm von Gott und allem
Guten und schloß meistens damit, daß sie ihn unter heißen
Tränen in die Arme nahm und ihn bat, ihn anflehte, kein
schlechter Mensch zu werden.

Die Mutter unterrichtete ihn, und der Junge war
außerordentlich gelehrig. Sein Vater war ungeheuer stolz
darauf und sagte ihm—besonders wenn er betrunken war
—, er habe seinen Kopf.

Beim Tanz pflegte nun der Vater, wenn der Rausch ihn
unterkriegte, Arne aufzufordern, den Leuten etwas
vorzusingen. Er tat es und sang, unter Gelächter und
Beifall, ein Lied nach dem andern; der Beifall machte dem
Sohn beinahe noch mehr Spaß als dem Vater, und schließlich
wollten die Lieder, die er singen konnte, gar kein Ende mehr
nehmen. Besorgte Mütter, die es mitanhörten, gingen selbst
zu seiner Mutter und sprachen mit ihr darüber, weil der
Inhalt der Lieder nicht so war, wie er sein sollte. Die Mutter
nahm sich ihren Jungen vor und verbot ihm bei Gott und
allem Guten, solche Lieder zu singen, und da war es dem
Jungen, als ob alles, was ihm Spaß mache, der Mutter nicht
recht sei. Er erzählte zum erstenmal seinem Vater, was die
Mutter gesagt hatte. Das mußte sie schwer büßen, als der
Vater wieder einmal betrunken war; er sparte immer alles bis
dahin auf. Da aber wurde es dem Knaben klar, was er getan

hatte, und in seiner Seele bat er Gott und sie um
Verzeihung, da er sich nicht überwinden konnte, es
offenkundig zu tun. Die Mutter war gütig wie immer gegen
ihn, und das schnitt ihm ins Herz.

Einmal vergaß er es aber. Er hatte die Gabe, alle Leute
nachmachen zu können; besonders konnte er ihre Sprache
und ihren Gesang nachmachen. Die Mutter kam eines
Abends in die Stube, als der Junge seinen Vater damit
unterhielt, und als sie wieder draußen war, kam der Vater
auf den Einfall, er solle den Gesang der Mutter nachmachen.
Er weigerte sich anfangs; sein Vater aber, der im Bett lag und
sich vor Lachen schüttelte, bestand darauf, daß er auch
nachmachen sollte, wie die Mutter sang. "Sie ist ja nicht da,"
dachte der Junge, "und kann es nicht hören", und er machte
ihr nach, wie ihre Stimme manchmal klang, wenn sie heiser
und tränenerstickt war. Der Vater lachte, daß es dem Jungen
fast unheimlich wurde, und er hörte von selbst auf. Da kam
die Mutter von der Küche herein, sah den Jungen lange und
traurig an, holte eine Milchschüssel vom Brett und trug sie
hinaus.

Ihn überlief es siedend heiß; sie hatte alles gehört. Er sprang
vom Tisch, auf dem er gesessen hatte, herunter, ging
hinaus, warf sich auf die Erde und hätte sich am liebsten
darin begraben. Es ließ ihm keine Ruh, er stand auf und
wollte weiter fort. Er ging an der Scheune vorbei, und
dahinter saß die Mutter und nähte gerade an einem schönen
neuen Hemd für ihn. Sie pflegte sonst, wenn sie so dasaß,
ein Kirchenlied bei der Arbeit zu singen; jetzt aber sang sie
nicht. Sie weinte auch nicht, sie saß nur und nähte. Da
konnte Arne es nicht länger aushalten; er warf sich vor ihr
ins Gras nieder, blickte zu ihr auf und schluchzte, daß er am
ganzen Körper bebte. Die Mutter ließ die Arbeit sinken und
nahm seinen Kopf zwischen ihre Hände. "Armer Arne",

sagte sie und legte ihren Kopf an seinen. Er machte nicht
den Versuch, ein Wort zu sagen, sondern weinte, wie er nie
zuvor geweint hatte. "Ich wußte ja, Du bist im Grunde gut",
sagte seine Mutter und strich ihm übers Haar. "Mutter, Du
darfst nicht nein sagen, wenn ich Dich um etwas bitte", war
das erste, was er sagen konnte. "Du weißt, das tue ich auch
nicht", antwortete sie. Er versuchte, seiner Tränen Herr zu
werden und dann stieß er, den Kopf in ihrem Schoß, heraus:
"Mutter—sing mir etwas vor!"—"Ich kann ja nicht, mein
Junge", sagte sie leise.—"Mutter, sing' mir etwas vor," flehte
der Junge, "oder ich glaube, ich darf Dir nie mehr in die
Augen sehen." Sie strich ihm übers Haar, schwieg aber.
"Mutter, sing doch, sing, hörst Du! Sing doch!" bettelte er,
"oder ich gehe so weit weg, daß ich nie mehr nach Hause
kommen kann." Und während der große vierzehnjährige
Junge so dalag, den Kopf in der Mutter Schoß, fing sie, über
ihn gebeugt, zu singen an:

Der du, Herr, um mein Sorgen weißt,
Schütze mir meinen Jungen!
Schick ihm deinen Heiligen Geist,
Kommt er zum Strande gesprungen!
Glatt ist der Sand, das Wasser bewegt;
Aber wenn er den Arm um ihn legt,
Tut ihm die Welle nicht Schaden,
Bis du ihn rettest voll Gnaden.
Bange sitzt die Mutter zu Haus:
Ob ihm ein Unglück geschehen?
Tritt in die Türe, ruft hinaus...
Nichts ist zu hören, zu sehen.
Tröstet sich endlich: ob hier, ob da
Du und er, ihr seid ihm ja nah;
Jesulein, ihm zur Seiten,
Wird ihn nach Haus geleiten.

Sie sang mehrere Verse; Arne lag ganz still; ein wohltuender
Frieden kam über ihn, und er fühlte eine erquickende
Müdigkeit. Das letzte, was er deutlich hörte, war von Jesus;
da tat sich eine helle Welt vor ihm auf, und ihm war, als
singe da ein Chor von zwölf oder dreizehn Stimmen; die
Stimme seiner Mutter hörte er aber aus allen heraus.
Schönere Töne hatte er nie gehört; er bat, man solle ihn so
singen lehren. Er meinte es zu können, wenn er ganz leise
singe, und so sang er denn ganz leise, sang noch einmal
ganz leise und immer noch leiser, und es klang schon ganz
holdselig, als er vor Freude darüber mit kräftiger Stimme
einsetzte, und weg war es. Er wachte auf, sah sich um und
lauschte, hörte aber nichts als das ewige Rauschen des
Wassers und den kleinen Bach, der mit leisem stetigen
Plätschern dicht an der Scheune vorbeifloß. Die Mutter war
fort; sie hatte das halbfertige Hemd und ihre Jacke ihm unter
den Kopf geschoben.

Viertes Kapitel

Als nun die Zeit gekommen war, da das Vieh in den Wald
auf die Weide getrieben werden sollte, wollte er es hüten.
Sein Vater war dagegen; er habe bis jetzt doch noch nie das
Vieh gehütet und sei jetzt schon im fünfzehnten Jahr. Er
wußte aber so schön zu bitten, daß er zuletzt seinen Willen
bekam, und den ganzen Frühling, Sommer und Herbst über
war er nur zum Schlafen zu Hause, sonst aber den lieben
langen Tag allein im Walde.

In seine Einsamkeit da oben nahm er seine Bücher mit; er las
und schnitt Buchstaben in die Baumrinden; er ging sinnend
und sehnsüchtig einher und sang; aber wenn er abends
nach Hause kam, war der Vater häufig betrunken,

mißhandelte die Mutter, verwünschte sie und das ganze Dorf, und sprach davon, daß er einmal die weite, weite Welt hätte sehen können. Da kam auch über den Jungen die Sehnsucht, in die Welt zu ziehen. Zu Hause war es schrecklich, und seine Bücher lockten ihn hinaus, und manchmal war's ihm, als locke ihn auch die Luft über den hohen Bergen.

Da geschah es, daß er im Mittsommer mit Kristian, dem ältesten Sohn des Kapitäns zusammentraf, der mit dem Knecht in den Wald gekommen war, um die Pferde nach Hause zu reiten. Er war ein paar Jahr älter als Arne, leichtherzig und lustig, unbeständig in seinen Gedanken, aber trotz allem stark an Willen. Er sprach hastig und abgerissen, am liebsten von zwei Dingen zu gleicher Zeit, ritt ungesattelte Pferde, schoß die Vögel im Fluge, fischte mit Fliegen und kam Arne wie der Inbegriff aller Vollkommenheit vor. Er hatte auch die Wanderlust und erzählte Arne von fremden Ländern, daß ringsum alles Glanz war; er bemerkte Arnes Freude am Lesen, und da brachte er ihm die Bücher mit, die er selbst gelesen hatte; wenn Arne sie aus hatte, bekam er neue; des Sonntags saß er selbst neben ihm und zeigte ihm, wie er Erdkunde und Landkarten zu studieren habe, und den ganzen Sommer und Herbst lernte Arne soviel, daß er ganz blaß und mager wurde.

Im Winter durfte er zu Hause weiter lernen, weil er im nächsten Jahr konfirmiert werden sollte, außerdem aber auch mit dem Vater gut umzugehen verstand. Er ging jetzt wohl in die Schule, aber in der Schule machte er am liebsten die Augen zu und träumte sich nach Hause zu seinen Büchern; er hatte ja auch unter den Bauernjungen keinen Kameraden mehr.

Mit den Jahren schlug der Vater die Mutter immer mehr, und

auch seine Trunksucht und seine körperlichen Schmerzen
nahmen zu. Und weil Arne trotzdem bei ihm sitzen und ihn
unterhalten mußte, um der Mutter für eine Stunde Frieden
zu schaffen, und oft Dinge sagen mußte, die er jetzt aus
tiefstem Herzen verabscheute, so bekam er einen Haß auf
seinen Vater. Den verschloß er ebenso tief in sich wie die
Liebe zu seiner Mutter. Kam er mit Kristian zusammen, so
war viel von großen Reisen und von den Büchern die Rede;
selbst dem Freunde verschwieg er, wie es bei ihm zu Hause
zuging. Aber manches Mal, wenn er von diesen
weitgreifenden Gesprächen allein heimwärts zog und daran
dachte, was ihm nun wieder bevorstehen mochte, weinte er
und betete zu dem Gott über den Sternen, er möge es fügen,
daß er bald in die Ferne ziehen dürfe.

Im Sommer wurden Kristian und er konfirmiert. Kurz
darauf setzte
Kristian seinen Plan durch. Sein Vater mußte ihn fortlassen,
damit er
Seemann werden konnte; er schenkte Arne seine Bücher,
versprach fleißig
zu schreiben —und reiste ab.

Nun stand Arne allein.

In dieser Zeit bekam er wieder Lust, Verse zu machen. Er
flickte nicht mehr an alten herum, er machte neue und legte
all sein Leid hinein.

Aber ihm war schließlich das Herz zu schwer, und der
Kummer verleidete ihm die Lieder. In langen schlaflosen
Nächten wurde es ihm jetzt zur Gewißheit, daß er es nicht
länger ertragen konnte, sondern weit, weit fort wandern
wollte und Kristian suchen —und keinem Menschen ein
Wort davon sagen. Er dachte an die Mutter und was aus ihr
werden würde, und er konnte ihr kaum in die Augen sehen.

Da saß er eines Abends spät auf und las. Wenn es ihm wie
ein Alb auf der Brust lag, nahm er seine Zuflucht zu den
Büchern und merkte nicht, daß sie das Gift noch schärfer
machten. Der Vater war auf einer Hochzeit, wurde aber noch
diesen Abend zurückerwartet; die Mutter war müde und
hatte Angst vor ihm, deshalb hatte sie sich schlafen gelegt.
Arne fuhr bei einem schweren Fall auf der Diele und bei dem
Gepolter von etwas Hartem an der Tür zusammen. Da kam
sein Vater nach Hause.

Arne machte die Tür auf und sah ihn an. "Du bist es, mein
kluger Junge!
Komm, hilf Deinem Vater auf!" Arne hob ihn auf und führte
ihn zur Bank.
Er nahm den Geigenkasten, trug ihn auch hinein und
machte die Tür zu.
"Ja, schau' mich nur an, Du kluger Junge; schön sehe ich
jetzt nicht
aus; das ist Schneider Nils nicht mehr. Das sag'—ich Dir,—
damit
Du—nie Schnaps trinkst; das ist—der Satan, die Welt und
unser eigen
Fleisch——, er widersteht den Hoffärtigen, den Demütigen
aber schenkt
er Gnade.——O je, o je!—Wie weit ist es mit mir
gekommen!"

Er saß eine Weile ganz still, dann sang er schluchzend:

"Herr, mein Erlöser, Jesus Christ,
Hilf mir, wenn mir zu helfen ist;
Lieg' ich auch tief im Sündenschlamm,
Bin ich Dein Kind doch, Du Gotteslamm!"

"Herr, ich bin nicht wert, daß Du unter mein Dach kommst,
aber sprich nur ein Wort."—Er warf sich vornüber, verbarg

das Gesicht in den Händen und weinte wie im Krampf. Lange lag er so, und dann sagte er wortgetreu aus der Bibel her, wie er es vor mehr als zwanzig Jahren gelernt hatte: "Sie aber kam und fiel vor ihm nieder und sagte: Herr, hilf mir!—Er aber antwortete und sprach: 'Es ist nicht recht, daß man den Kindern das Brot nehme und werfe es vor die Hunde.'—Sie aber sprach: 'Ja Herr, essen doch aber die Hündlein von den Brosamen, die von ihres Herrn Tische fallen.'"

Er schwieg, doch sein Weinen war jetzt befreiter und ruhiger.

Die Mutter war schon lange wach geworden, hatte aber nicht hinzusehen gewagt. Jetzt, da er wie ein Erlöster weinte, stützte sie sich auf die Ellbogen und sah ihn an.

Kaum aber wurde Nils sie gewahr, als er ihr zubrüllte: "Na, was guckst Du?—Du willst wohl sehen, was Du aus mir gemacht hast. Ja, so sehe ich jetzt aus, so und nicht anders!"—Er stand auf, und sie kroch unter die Decke. "Na, kriech nur nicht weg, ich finde Dich doch", sagte er und hielt die rechte Hand mit ausgestrecktem Zeigefinger tastend vor sich.—"Kille, kille!" sagte er, zog ihr die Decke weg und drückte ihr den Zeigefinger auf die Gurgel.

"Vater!" sagte Arne.

"Nein, wie verschrumpft und klapprig Du geworden bist. Da ist nicht viel dran. Kille, kille!" Die Mutter umspannte mit ihren beiden Händen krampfhaft seine, konnte sich nicht losmachen und krümmte sich in einen Knäuel zusammen.

"Vater!" sagte Arne.

"Na, jetzt kommt Leben in Dich. Wie sie sich windet, das alte Gespenst!

Kille, kille!"

"Vater!" sagte Arne, und die Stube fing an, sich um ihn zu drehen.

"Kille, kille, sag' ich!"—Sie ließ seine Hände los und ergab sich.

"Vater!" rief Arne. Er rannte in die Ecke, wo eine Axt stand.

"Du schreist wohl aus Trotz nicht? Nimm Dich aber in acht; ich hab' solche schreckliche Lust bekommen. Kille, kille!"

"Vater!" schrie Arne und packte die Axt, blieb aber wie angewurzelt stehen; denn in demselben Augenblick richtete der Vater sich auf, stieß einen gellenden Schrei aus, griff sich nach der Brust und sank um; "Jesus Christus!" sagte er und lag ganz still.

Arne wußte nicht mehr, wo er eigentlich war; er erwartete, die Stube müsse auseinanderbersten und ein helles Licht irgendwo hineinfallen. Die Mutter atmete schwer, als wälzte sie eine Last von sich ab. Schließlich richtete sie sich halb auf und sah den Vater lang ausgestreckt auf dem Fußboden liegen und den Sohn mit einer Axt daneben stehen.

"Gott Du Barmherziger, was hast Du getan?"—schrie sie und sprang aus dem Bett, warf sich einen Rock über und kam heran. Da war ihm, als löste sich seine Zunge. "Er ist von selbst umgefallen", sagte er leise.—"Arne, Arne, das glaube ich Dir nicht," sagte die Mutter laut und strafend, "jetzt sei Gott mit Dir!" und sie warf sich jammernd über die Leiche. Der Junge aber erwachte aus seiner Betäubung und fiel auch auf die Knie: "So wahr ich der Gnade Gottes teilhaftig werden will, er ist auf der Stelle umgefallen."——"So ist Gott der Herr selbst hier gewesen", sagte sie leise, kauerte sich zusammen und starrte vor sich hin.

Nils lag noch unverändert und steif da; Mund und Augen waren offen. Die Hände hatten sich einander genähert, als wollten sie sich falten, waren aber dazu nicht mehr imstande gewesen. "Faß Deinen Vater an, Du bist kräftig; hilf mir ihn aufs Bett legen." Und sie nahmen ihn und betteten ihn; sie drückte ihm Augen und Mund zu, streckte ihn aus und faltete ihm die Hände.

Dann standen sie beide da und schauten ihn an. Nichts von dem, was sie bis jetzt erlebt hatten, war so bedeutungsvoll und so inhaltsschwer wie diese Stunde. Wenn der Böse leibhaftig da gewesen war, so hatte doch auch Gott der Herr hier gestanden; es war nur eine kurze Begegnung gewesen. Alles Vorangegangene war nun abgetan.

Es war kurz nach Mitternacht, und sie wollten bei dem Toten wachen, bis der Tag kam. Arne zündete auf dem Herde ein helles Feuer an, die Mutter setzte sich daneben. Und wie sie so dasaß, ging ihr durch den Sinn, wieviele böse Tage sie mit Nils gehabt hatte, und da dankte sie Gott in heißem, inbrünstigem Gebet für das, was er getan. "Ich habe doch aber auch manchen guten Tag gehabt", sagte sie und weinte, als bereue sie ihr Dankgebet, und schließlich war sie so weit, die größte Schuld auf sich zu nehmen, die sie aus Liebe zu dem Toten gegen Gottes Gebot gehandelt hatte, ihrer Mutter ungehorsam gewesen und deshalb durch diese ihre sündige Liebe gestraft worden war.

Arne setzte sich ihr gegenüber. Die Mutter blickte zum Bett hinüber:—"Arne, Du darfst nicht vergessen, daß ich um Deinetwillen das alles erduldet habe", schluchzte sie und hungerte nach einem lieben Wort, das ihr in ihren Selbstanklagen Stütze und ein Trost in der kommenden Zeit sein sollte. Der Junge bebte und konnte nicht antworten.

"Du darfst mich nie verlassen", schluchzte sie. —Da wurde
ihm mit einem Male klar, was sie in dieser ganzen Zeit des
Jammers gewesen war, und wie grenzenlos verlassen sie
wäre, wenn er zum Lohn für ihre große Treue jetzt von ihr
ginge. "Nie, nie", flüsterte er und wollte hin zu ihr, hatte
aber nicht die Kraft dazu. So saßen sie, und ihr heftiges
Weinen floß ineinander. Sie betete laut, bald für den Toten,
bald für sich und den Jungen, und sie weinten, und sie
betete wieder, und dann weinten sie wieder. Dann sagte sie:
"Arne, Du hast solch schöne Stimme; setz' Dich zu Deinem
Vater und sing ihm was vor."

Und es war, als komme neue Kraft über ihn. Er stand auf
und holte das Gesangbuch, zündete einen Kienspan an und
setzte sich, den Span in der einen Hand, das Gesangbuch in
der andern, ans Kopfende des Bettes und sang mit klarer
Stimme den 127. Choral des Kingo:

> "Herr, o laß deinen Zorn jetzt fahren,
> Wolle die blutige Zuchtrute sparen,
> Die deines Grimmes Wucht uns kündigt,
> Weil wir gesündigt!"

Fünftes Kapitel

Arne wurde wortkarg und menschenscheu; er hütete das
Vieh und machte
Verse. Er ging ins zwanzigste Jahr, und noch immer hütete
er das Vieh.
Er lieh sich vom Pfarrer Bücher und las; aber das war auch
das einzige,
was er tat.

Der Pfarrer ließ ihn auffordern, die Lehrerstelle
anzunehmen, "denn das
Kirchspiel müsse Nutzen aus seinen Fähigkeiten und
Kenntnissen ziehen".
Arne antwortete nicht; am andern Tage aber, während er die
Schafherde
vor sich her trieb, machte er ein Lied:

> Böcklein junges, Lämmlein mein,
> Geht's auch oft über Stock und Stein
> Hoch auf schroffe Fjelle, —
> Folg' du nur brav deiner Schelle!

> Böcklein junges, Lämmlein mein,
> Halt dein Fell mir hell und rein!
> Mutter will vom Böcklein,
> Wenn es schneit, sein Röcklein.

> Böcklein junges, Lämmlein mein,
> Pfleg' mir auch dein Bäuchlein fein!
> Siehst nicht, kleiner Töffel,
> Mutters Suppenlöffel?

In seinem zwanzigsten Jahr wurde er eines Tages zufällig
Zeuge eines Gesprächs zwischen seiner Mutter und der Frau
des früheren Hofbesitzers; sie waren im Streit über das
Pferd, das ihnen gemeinsam gehörte. "Ich will abwarten,
was Arne dazu sagt", meinte seine Mutter. "Ach, der
Faulpelz," antwortete die andre, "der möchte wohl, das Pferd
triebe sich im Walde 'rum, gerade wie er." Da schwieg die
Mutter, so beredt sie vorhin gewesen war.

Arne wurde feuerrot. Daß die Mutter um seinetwillen
spöttische Worte hören mußte, hatte er noch nie bedacht,
und vielleicht hatte sie schon gar viele hören müssen.
Warum hatte sie ihm das nicht gesagt?

Er dachte lange darüber nach, und da fiel ihm ein, daß die
Mutter fast nie mit ihm sprach; er aber auch nicht mit ihr.
Mit wem sprach er überhaupt?

An manchem Sonntag, wenn er still zu Hause saß, hätte er
gern seiner Mutter die Predigt vorgelesen, weil ihre Augen
nicht mehr gut waren; sie hatte all ihr Lebtag zu viel
geweint. Aber es war nichts draus geworden. Manch liebes
Mal hatte er ihr aus seinen eigenen Büchern vorlesen
wollen, wenn es so still im Hause war, und er dachte, sie
müsse sich langweilen. Aber es war nichts draus geworden.

"Ja, dann ist's nicht anders. Ich lasse das Hüten sein und
gehe zu
Mutter hinunter." Er wartete ein paar Tage und befestigte
sich in seinem
Entschluß; die Herde ließ er weit in den Wald hineingehen
und dichtete
ein Lied:

Im Dorfe, da ist Unruh, im Walde läßt sich's ruhn,
Es pfändet hier kein Amtmann, dort pfänden zwei nun.
Hier dreht nicht um die Kirche wie dort sich steter Zwist;
Doch kommt's vielleicht daher, daß hier noch keine
Kirche ist.

Wie ruhig ist's im Walde; nur gründlich rupft allhier
Der Habicht einen Spatzen aus reiner Wißbegier,
Und nur der Adler würgt hier ein arm Geschöpf zu Tod,
Weil arge Langeweile sonst ihn umzubringen droht.

Ein Baum wird umgehauen, beim andern fault der
Stamm;
Dem Rotfuchs fiel gen Abend anheim das weiße Lamm.
Der ward vom Wolf zerrissen, und beide wurden zahm;
Denn Arne schoß das Wölflein tot, bevor der Morgen

kam.

> Soviel kann sich ereignen im Wald und auf der Au;
> Da gilt's nur aufzupassen, daß man nichts Falsches
schau'.
> 'nen Burschen, der den Vater erschlug, sah ich im Traum;
> Ich weiß nicht wo, doch denk' ich mir, es war im
Höllenraum.

Er kam nach Hause und sagte seiner Mutter, sie möge sich im Dorf nach einem andern Hütejungen umsehn; er selbst wolle sich jetzt lieber um den Hof bekümmern. So geschah es; aber seine Mutter kam immer mit Ermahnungen; er solle sich nicht bei der Arbeit überanstrengen. Sie setzte ihm in dieser Zeit auch so gutes Essen vor, daß er oft ganz beschämt war; aber er sagte nichts.

Er trug sich mit einem Liede, dessen Kehrreim war: "Über die hohen Berge." Er wurde aber nie damit fertig, und das lag hauptsächlich daran, daß er den Kehrreim in jeder zweiten Zeile haben wollte; zuletzt gab er es auf.

Mehrere der Lieder aber, die er gedichtet hatte, kamen unter die Leute und fanden Beifall; manche hätten gern mit ihm geredet, zumal sie ihn noch als Knaben gekannt hatten. Arne aber hatte Angst vor allen, die er nicht kannte, und dachte schlecht von ihnen, vor allem weil er glaubte, sie dächten schlecht von ihm.

Bei allen Feldarbeiten stand ihm ein Mann in mittleren Jahren zur Seite, Knut vom Oberland, der die Angewohnheit hatte, mitunter zu singen, aber immer dasselbe Lied. Als das ein paar Monate so fortgegangen war, dachte Arne, er müsse ihn doch mal fragen, ob er nicht noch andere Weisen könne. "Nein", sagte der Mann. So gingen einige Tage hin, und als der Mann wieder einmal sein Lied sang, fragte Arne: "Wie ist es gekommen, daß Du dies eine gelernt hast?"—"Ach, das kam so", sagte der Mann.

Gleich darauf ging Arne ins Haus; da aber saß die Mutter und weinte, was er seit des Vaters Tode nicht mehr gesehen hatte. Er tat, als bemerke er's nicht, und ging wieder auf die Tür zu; aber er fühlte, wie die Mutter ihm schwermütig nachsah, und mußte stehen bleiben.—"Warum weinst Du, Mutter?"—für eine Weile blieben seine Worte der einzige Laut in der Stube, und deshalb stellte sich die Frage ihm immer wieder, so daß er schließlich fühlte, sie habe nicht zart genug geklungen. Er fragte also noch einmal: "Warum weinst Du, Mutter?"

"Ach, ich weiß auch nicht"; aber nun weinte sie noch mehr. Er stand eine ganze Zeit da, und dann sagte er so mutig, wie er konnte: "Du weinst über was Bestimmtes." Wieder blieb es still. Er fühlte sich sehr schuldig, obwohl sie nichts gesagt hatte und er nichts Bestimmtes wußte. "Es kam so über mich", sagte die Mutter. Nach einer Weile fügte sie hinzu: "Ich bin ja im Grunde so glücklich", und dann weinte sie wieder.

Arne aber ging schnell hinaus; es zog ihn zu der Felswand hin. Er setzte sich so, daß er hinunterschauen konnte, und wie er dasaß, kamen ihm auch die Tränen. "Wenn ich nur wüßte, worüber ich weine", sagte Arne.

Über ihm auf dem umgepflügten Acker aber saß Knut und sang sein Lied:

"Ingerid Sletten von Sillegjord
Hatte weder Silber noch Gold,
Nur ein bunt Häubchen, drin bräutlich hold
Einst Mutter zur Kirche fuhr.

Nur dies Vermächtnis von Elternhand, —
Hatte sonst nichts in Keller noch Schrein;
Doch ihr arm Häubchen vom Mütterlein
Wog schwerer als aller Tand.

Sie barg es zwanzig Jahre fromm
Vor Licht und Tageslaut.
—Ich trag' es wohl noch einmal als Braut
Wann ich zum Herrgott komm'!

Sie barg es dreißig Jahre lang
Im Truhendämmer traut.
—Ich trag' es doch noch als frohe Braut,
Auf meinem Ehrengang.

Und vierzig Jahre gingen ins Land,
Sie hat noch der Mutter gedacht.
—Mein Häubchen alt, nun glaub' ich sacht,
Die Zeit für uns entschwand.

Sie geht es holen, dem Tode nah,
Ihr Herz schlug so stark dazu;
Sie hastet sich hin nach der alten Truh', —
Da war kein Fädchen mehr da."

Arne saß, als kämen die Töne fern von den Halden her. Er
stieg zu Knut hinauf. "Hast Du noch eine Mutter?" fragte er.
—"Nein."—"Hast Du noch einen Vater?"—"Ach nein, keinen
Vater."—"Sind sie schon lange tot?"—"O ja, schon lange."

"Du hast wohl nicht viele, die Dich lieb haben?"—"O nein,
nicht viele."—"Hast Du hier jemand?"—"Nein, hier
nicht."—"Aber fern in Deiner Heimat?"—"O nein, dort auch
nicht."—"Hast Du denn gar keinen, der Dich lieb
hat?"—"Nein, keinen."

Aber Arne verließ ihn, und so lieb hatte er seine Mutter, als

solle ihm das Herz springen, und er hatte das Gefühl, als
werde es hell über ihm. Himmlischer Vater, dachte er, Du
hast mir sie gegeben und durch sie so unsäglich viel Liebe,
und ich gehe achtlos an ihr vorüber—und wenn ich sie
einmal haben möchte, dann ist sie vielleicht nicht mehr da.
Er wollte hin zu ihr, bloß um sie zu sehen. Unterwegs aber
fiel ihm plötzlich ein: "Weil Du sie gering geachtet hast,
wirst Du vielleicht bald damit gestraft weiden, daß Du sie
verlierst!"—Er blieb auf dem Fleck stehen. "Allmächtiger
Gott, was soll dann aus mir werden?"

Ihm war's, als geschehe jetzt ein Unglück zu Haus; er setzte
in großen Sprüngen auf das Haus zu, der kalte Schweiß
stand ihm auf der Stirn, und die Füße berührten kaum die
Erde. Er riß die Stubentür auf. Die Mutter hatte sich
schlafen gelegt, der Mond fiel ihr gerade auf das Gesicht; sie
lag und schlummerte wie ein Kind.

Sechstes Kapitel

Einige Tage darauf beschlossen Mutter und Sohn, die sich
seitdem inniger aneinander angeschlossen hatten, bei
Verwandten auf einem Nachbarhof eine Hochzeit
mitzumachen. Die Mutter war seit ihrer Mädchenzeit auf
keinem Fest mehr gewesen.

Die beiden kannten fast alle Gäste nur dem Namen nach,
und Arne kam es besonders sehr merkwürdig vor, daß ihn
alle ansahen, wo er sich blicken ließ.

Auf der Diele fiel hinter ihm ein Wort,—bestimmt wußte er
es nicht, aber er glaubte es gehört zu haben, und jeder
Blutstropfen siedete in ihm, wenn er daran dachte.

Dem Mann, der es gesagt hatte, ging er nun unaufhörlich
nach und schließlich setzte er sich neben ihn. Aber als er an
den Tisch trat, schien es ihm, als nehme das Gespräch
schnell eine andere Wendung.

"Na, jetzt will ich mal 'ne Geschichte erzählen, an der man
sieht, daß nichts so fein gesponnen ist, es kommt schließlich
doch an die Sonnen", sagte der Mann, und Arne hatte das
Gefühl, er sehe ihn dabei an. Es war ein häßlicher Mensch
mit dünnem roten Haar über einer hohen runden Stirn.
Darunter lagen ein Paar sehr kleine Augen und eine kleine
Kartoffelnase; der Mund aber war sehr groß und hatte
wulstige Lippen von weißlicher Farbe. Wenn er lachte, sah
man die beiden Gaumen. Seine Hände lagen auf dem Tisch:
sie waren sehr grob und plump, das Handgelenk aber war
dünn. Er hatte einen stechenden Blick und sprach schnell,
aber es kostete ihn Anstrengung. Man nannte ihn den
Maulhelden, und Arne wußte, daß Schneider Nils ihm in
alten Tagen übel mitgespielt hatte.

"Ja, es gibt viel Sünde in dieser Welt; sie ist uns näher, als
wir glauben — —. Aber das ist gleich. Jetzt sollt Ihr etwas
sehr Häßliches hören. Die Älteren unter Euch werden sich
wohl noch an Alf, an den Ranzen-Alf erinnern. 'Werd'
schon wiederkommen!' sagt Alf; die Redensart stammt von
ihm; denn wenn er einen Handel abgeschlossen hatte—und
handeln konnte der Kerl!—dann schwang er seinen Ranzen
auf den Rücken; 'werd' schon wiederkommen!' sagt Alf.
Teufel, war das ein Kerl, ein Prachtkerl, ein Hauptkerl war
der Alf, der Ranzen-Alf!——Ja, und dann kam die Sache mit
ihm und dem großen Faulpelz. Der Faulpelz,—ja, Ihr kennt
den Faulpelz doch?—groß war er, und faul war er auch. Er
vergaffte sich in ein rabenschwarzes Pferd, mit dem der
Ranzen-Alf einherkam und das wie ein Frosch hüpfte. Und
eh' es dem Faulpelz noch recht zum Bewußtsein kam, hatte

er fünfzig Taler für die Mähre bezahlt. Der Faulpelz, so lang
wie er war, auf einen Wagen 'rauf, um mit dem
Fünfzigtalerpferd Parade zu fahren; aber er mochte peitschen
und fluchen, daß der Hof in einer Staubwolke lag, —das
Pferd lief seelenruhig auf jede Tür und jede Mauer los, die
irgend da war;—denn es hatte den Star.—Von Stund an
lagen sich diese beiden überall in den Haaren wie zwei
Kampfhähne. Der Faulpelz wollte sein Geld wieder haben;
aber keinen roten Heller bekam er. Der Ranzen-Alf prügelte
ihn durch, daß die Borsten stoben. 'Werd' schon
wiederkommen', sagte Alf. Teufel, war das ein Kerl, ein
Prachtkerl, ein Hauptkerl war der Alf, der Ranzen-Alf.—Na,
dann gingen ein paar Jahre hin, wo er sich nicht mehr
sehen ließ.—Es mochte wohl so zehn Jahre später sein, als er
auf dem Kirchberg ausgerufen wurde, weil ihm eine große
Erbschaft zugefallen war. Der Faulpelz hörte es mit an. 'Das
konnte ich mir denken,' sagte er, 'daß das Geld den Ranzen-
Alf suche und nicht die Leute.'—Nun sprach man hin und
her über Alf; und soviel wurde geschwatzt, daß man
schließlich heraus hatte, er wäre zuletzt diesseits des
Rörenbergs gewesen, aber nicht drüben. Ja, Ihr kennt doch
den Weg über den Rören noch, den alten Weg?

"Der Faulpelz aber war seit einiger Zeit zu großer Macht und
Herrlichkeit gelangt sowohl was seinen Hof betraf, wie
überhaupt. Außerdem hatte er sich auf die Frömmigkeit
verlegt, und alle waren überzeugt, er werde nicht auf einmal
um nichts und wieder nichts fromm,—frommer als die
andern. Man fing an, allerlei über ihn zu munkeln.—Es war
zu der Zeit, als die Straße über den Rören verlegt werden
sollte; die Alten hatten immer geradeaus gewollt, deshalb
führte der Weg direkt über den Rören; wir dagegen wollen
alles hübsch eben haben, und deshalb geht jetzt der Weg
unten am Fluß entlang. Da gab es eine Sprengerei und eine
Wirtschaft, daß man meinte, der ganze Rören fiele herunter.
Allerhand Wegebaumeister kamen, am häufigsten aber der
Amtmann, weil er ja doppelte Freifahrt hat. Und als sie nun
eines Tages da in dem Geröll schaufelten, wollte einer einen
Stein wegnehmen, bekam aber statt dessen eine Hand zu
fassen, die aus dem Steinhaufen heraussah, und so stark
war diese Hand, daß der, der sie gefaßt hatte, mit ihr
zurücktaumelte. Der sie aber gefaßt hatte, war der Faulpelz.
—Der Amtsvorsteher war in der Nähe; er wurde geholt,
und dann grub man die ganzen Gebeine eines Menschen
aus. Ein Arzt wurde auch geholt! Der setzte alles so
kunstgerecht zusammen, daß bloß noch das Fleisch fehlte.
Die Leute behaupteten aber, das Gerippe müsse genau so
groß sein wie der Ranzen-Alf. 'Ich werd' schon
wiederkommen', sagt Alf. Jedwedem einzelnen kam es
merkwürdig vor, daß eine tote Hand einen Kerl wie den
Faulpelz so einfach umwerfen konnte, wo sie gar nicht
einmal ausschlug. Der Amts Vorsteher sagte ihm das auf den
Kopf zu,—natürlich daß keiner es hörte. Da fing aber der
Faulpelz zu fluchen an, daß es dem Amtsvorsteher ganz
schwarz vor den Augen wurde. 'Ja, ja', sagte der
Amtsvorsteher, 'wenn Du es nicht gewesen bist, so bist Du
wohl der rechte Mann, heute nacht bei dem Gerippe zu

schlafen, ja?'—'Das will ich meinen', antwortete der
Faulpelz. Und nun band der Doktor das Gerippe in den
Gelenken zusammen und legte es auf das eine Bett in der
Baracke. In das andere sollte sich der Faulpelz legen; der
Amtsvorsteher aber lag, in seinen Mantel gehüllt, draußen
dicht an der Wand.—Als es dunkel wurde und der Faulpelz
zu seinem Schlafkameraden hineinmußte, war es gerade, als
wenn die Tür sich von selbst hinter ihm schlösse, und er
stand im Dunkeln. Da fing der Faulpelz an, Choräle zu
singen, denn er hatte eine mächtige Stimme. 'Warum singst
Du Choräle?' fragte der Amtsvorsteher draußen an der
Wand. 'Wer weiß, ob für ihn geläutet worden ist, antwortete
der Faulpelz. Dann fing er zu beten an, so laut er konnte.
'Warum betest Du?' fragte der Amtsvorsteher draußen an
der Wand. 'Er ist doch sicher ein großer Sünder gewesen',
antwortete der Faulpelz. Dann blieb es eine lange Zeit still,
und der Amtsvorsteher war nahe am Einschlafen. Da brüllte
es drinnen, daß die Hütte bebte: 'Ich werd' schon
wiederkommen!'—Ein Höllenlärm erhob sich; 'her mit
meinen fünfzig Talern', brüllte der Faulpelz, dann ein
Aufschrei und ein Gekrach; der Amtsvorsteher hin zur Tür,
die Leute kamen mit Stangen und Fackeln, und da lag der
Faulpelz mitten auf dem Boden, und das Gerippe lag über
ihm—."

Es war totenstill am Tisch. Schließlich sagte einer, indem er
sich seine Wasserpfeife ansteckte: "Er ist ja wohl an dem Tage
verrückt geworden."—"Ja, das stimmt."

Arne fühlte, daß alle ihn ansahen, und deshalb konnte er
die Augen nicht aufschlagen. "Wie ich gesagt habe," warf der
erste hin, "es ist nichts so fein gesponnen, es kommt doch an
die Sonnen."—"Na, jetzt will ich mal von einem erzählen,
der seinen eignen Vater schlug", sagte ein blonder, dicker
Mann mit einem runden Gesicht. Arne wußte kaum noch,

wo er hinsollte.

"Es war einmal in einer angesehenen Familie in Hardanger ein Raufbold; der hatte schon manchen untergekriegt. Sein Vater und er waren uneins über das Altenteil, und es kam so weit, daß der Mann in seinem Hause und außerhalb keinen Frieden mehr hatte. — Dadurch wurde er immer schlimmer, und sein Vater überwachte ihn. 'Ich lasse mir von keinem was sagen', sagte der Sohn. 'Aber von mir, so lange ich lebe', sagte der Vater. — 'Bist Du nicht gleich still, dann schlag' ich Dich', sagte der Sohn und stand auf. — 'Ja, wag' es nur, und es wird Dir nie gut gehen in der Welt', antwortete der Vater und stand auch auf. — 'Meinst Du?' — und der Sohn drang auf ihn ein und schlug ihn nieder. Der Vater aber wehrte sich nicht, verschränkte die Arme und ließ ihn machen, was er wollte. — Der Sohn mißhandelte ihn, packte ihn und schleppte ihn zur Tür: 'Ich will Frieden im Hause haben!' — Aber als sie an die Tür kamen, richtete der Vater sich auf. 'Nicht weiter als bis zur Tür,' sagte er, 'so weit habe ich meinen Vater auch geschleppt.' Der Sohn achtete nicht darauf, sondern zerrte den Kopf über die Türschwelle. 'Nicht weiter als bis zur Tür, sag' ich!' Der Alte sprang auf, warf den Sohn vor seine Füße und züchtigte ihn wie ein Kind." — "Das war häßlich", sagten Verschiedene. "Seinen eignen Vater schlägt man doch nicht!" glaubte Arne einen sagen zu hören, aber er wußte es nicht genau.

"Jetzt will ich Euch etwas erzählen", sagte Arne; er stand mit leichenblassem Gesicht auf und wußte noch nicht, was er sagen wollte. Er sah nur die Worte wie große Schneeflocken um sich herum stieben; "es geht aufs Geratewohl!" und er fing an.

"Ein Zwerg begegnete einmal einem Burschen, der weinend seines Weges ging. 'Vor wem hast Du am meisten Angst,' fragte der Zwerg, 'vor Dir selbst oder vor andern?' Der

Bursch aber weinte, weil ihm in der Nacht geträumt hatte, er habe seinen bösen Vater erschlagen müssen, und deshalb antwortete er: 'Ich habe am meisten Angst vor mir selbst.' – 'So sollst Du vor Dir selbst Ruhe haben und nie mehr weinen, denn fortan sollst Du nur mit den andern im Krieg liegen.' Und der Zwerg ging seines Weges. Der erste aber, den der Bursch traf, lachte ihn aus, und deshalb mußte der Bursch ihn wieder auslachen. Der zweite, den er traf, schlug ihn; der Bursch mußte sich verteidigen und schlug ihn wieder. Der dritte, den er traf, wollte ihn töten, und deshalb mußte er ihn selbst umbringen. Alle Leute aber redeten Böses von ihm, darum konnte er von allen Menschen auch nur Böses reden. Sie riegelten Schränke und Türen vor ihm zu, so daß er sich stehlen mußte, was er brauchte, sogar seine Nachtruhe mußte er sich stehlen. Weil er nun nie etwas Gutes tun konnte, mußte er eben Böses tun. Da sagte das ganze Dorf: 'Den Burschen müssen wir uns vom Halse schaffen; er ist zu schlecht', und eines schönen Tags schafften sie ihn aus dem Wege. Der Bursch wußte aber gar nicht, daß er etwas Böses getan hatte; deshalb kam er nach seinem Tode geradenwegs zum lieben Gott. Da saß auf einer Bank sein Vater, den er gar nicht totgeschlagen hatte, und gegenüber auf einer andern Bank saßen alle, die ihn gezwungen hatten, Böses zu tun. 'Vor welcher Bank hast Du Angst?' fragte der liebe Gott, und der Bursch zeigte auf die lange. 'So setz' Dich neben Deinen Vater', sagte der liebe Gott, und der Bursch wollte es tun. Da stürzte sein Vater von der Bank herunter und hatte eine klaffende Wunde im Nacken. Auf seinem Platz aber stand ein Phantom des Burschen selbst, nur mit leichenblassem Gesicht und von Reue verzerrten Mienen; und ein anderes mit dem Gesicht eines Säufers und schlotternden Gliedern, und noch eins mit irren Augen, zerrissenen Kleidern und einem grauenvollen Lachen. 'So hätte es Dir auch gehen können', sagte der liebe Gott. – 'Ja, wäre das möglich?' sagte

der Bursch und griff nach dem Saum von Gottes Gewand.
Da fielen beide Bänke vom Himmel hinunter, und der
Bursch stand vor dem lieben Gott und lachte. 'Denke dran,
wenn Du aufwachst', sagte der liebe Gott, — und im selben
Augenblick wachte der Bursch auf. Der Bursch aber, der all
das geträumt hat, bin ich, und die ihn in Versuchung
führen, weil sie schlecht von ihm denken, seid Ihr. Vor mir
selbst habe ich keine Angst mehr; aber ich habe vor Euch
Angst. Hetzt nicht das Böse in meine Seele, denn ich weiß
nicht, ob auch ich einst den Saum von Gottes Gewand
fassen kann."

Er stürzte hinaus, und die Männer blickten einander an.

Siebentes Kapitel

Es war am nächsten Tag auf demselben Hof in der Scheune;
Arne hatte sich zum erstenmal in seinem Leben betrunken,
war krank davon geworden und hatte nun bald
vierundzwanzig Stunden in der Scheune gelegen. Jetzt
richtete er sich empor, stützte sich auf die Ellbogen und hielt
ein Selbstgespräch: "——Alles, was ich anfasse, wird
Feigheit. Daß ich als Junge nicht davonlief, war Feigheit;
daß ich auf den Vater mehr hörte als auf die Mutter, war
Feigheit; daß ich ihm die häßlichen Lieder vorsang, war
Feigheit. Ich fing das Viehhüten an; aus Feigheit; — und das
Lesen — nun ja, auch aus Feigheit: ich wollte mich nur vor
mir selber verstecken. Als erwachsener Bursch stand ich der
Mutter nicht gegen den Vater bei — Feigheit; daß ich ihn in
jener Nacht nicht — hu! — Feigheit! Ich hätte wohl gewartet,
bis sie tot gewesen wäre; — — ich konnte es hinterher zu
Hause nicht aushalten — Feigheit; ich zog aber auch nicht
meiner Wege — Feigheit; ich tat nichts, ich hütete das Vieh, —

Feigheit. Ich hatte freilich der Mutter versprochen, zu
bleiben, aber ich wäre schon feig genug gewesen, den
Schwur zu brechen, wenn ich nicht Angst gehabt hätte,
unter fremde Menschen zu müssen. Denn ich habe Angst
vor den Menschen, hauptsächlich wohl, weil ich glaube, sie
sehen, wie garstig ich bin. Weil ich aber Angst vor ihnen
habe, rede ich Böses von ihnen —verfluchte Feigheit! Ich
mache Verse aus Feigheit. Ich wage nicht über meine eigenen
Angelegenheiten nachzudenken und mische mich deshalb in
die Sachen andrer Leute, —und das nennt man Dichten!—
Ich hätte mich hinsetzen sollen und weinen, daß die Berge
zu Wasser werden, ja, das hätte ich; aber ich sage nur: Seht,
seht! und wiege mich in Nichtstun ein. Und selbst meine
Lieder sind feig; denn wären sie mutig, so würden sie besser
sein. Ich habe Angst vor starken Gedanken wie vor allem
Starken überhaupt; schwinge ich mich einmal dazu auf, so
ist es aus Wut, und Wut ist Feigheit. Ich bin klüger,
tüchtiger, belesener, als ich aussehe; ich bin besser als mein
Geschwätz; aber aus Feigheit wage ich mich nicht so zu
geben wie ich bin. Pfui, sogar Schnaps habe ich aus Feigheit
getrunken; ich wollte den Schmerz betäuben! Pfui, es
schmeckte schrecklich, aber ich trank doch, trank doch;
trank meines Vaters Herzblut, und doch trank ich! Meine
Feigheit hat keine Grenzen; das allerfeigste aber ist doch,
daß ich hier sitze und mir selbst das alles sagen kann.— ...
Mich töten? Prost Mahlzeit! Dazu bin ich zu feig. Und dann
glaube ich doch auch an Gott, —ja, ich glaube an Gott. Ich
möchte gern hin zu ihm; aber die Feigheit hält mich von
ihm zurück. Eine große Veränderung, die scheut ein
Feigling. Aber wenn ich's versuchte, so gut ich's vermag?
Allmächtiger Gott! Wenn ich's versuchte? Müßte mich
kurieren, so gut mein Milchsuppenleben es vertrüge; denn
Knochen habe ich ja nicht mehr im Leibe, nicht mal
Knorpeln, bloß etwas Flüssiges, Weichliches. —Wenn ich es
versuchte—mit guten, milden Büchern, —hab' Angst vor

den starken—; mit schönen Märchen und Sagen und allem,
was sanft ist,—und dann jeden Sonntag eine Predigt und
jeden Abend ein Gebet. Und tüchtige Arbeit, damit die
Religion Ackerland hat; in die Trägheit kann man nichts
säen. Wenn ich's versuchte; Du lieber, guter Gott meiner
Kindheit, wenn ich's versuchte!"

Da öffnete jemand die Scheunentür, stürzte auf die Diele mit
leichenblassem Gesicht, obwohl ihr der Schweiß
heruntertropfte,—es war seine Mutter. Schon den zweiten
Tag suchte sie ihren Sohn. Sie rief seinen Namen, stand aber
nicht still um zu lauschen, sondern rief nur und lief in alle
Ecken, bis er hinten von dem Heuschober her, wo er lag,
Antwort gab. Da stieß sie einen lauten Schrei aus, sprang
leichtfüßiger als ein Junge in den Heuhaufen hinein und
beugte sich über ihn:—"Arne, Arne, bist Du hier! So hab'
ich Dich doch gefunden; ich hab' seit gestern gesucht; ich
hab' die ganze Nacht durch gesucht! Armer lieber Arne! Ich
hab' gesehen, daß sie Dir weh getan haben! Ich hätte so
gern mit Dir gesprochen und Dich getröstet; aber ich darf ja
nie mit Dir sprechen!——Arne, ich sah, daß Du trankst!
Ach, Du allmächtiger Gott! Laß mich das nie wieder
sehen!"—Es dauerte eine ganze Weile, bis sie weiterreden
konnte. "Gott schütze Dich, mein Kind, ich habe gesehen,
daß Du getrunken hast!—Plötzlich warst Du mir weg,
betrunken und so vernichtet vom Schmerz,—und ich
rannte in alle Häuser; ich war weit draußen auf dem Felde;
ich fand Dich nicht; ich habe in jedem Gebüsch gesucht; ich
habe alle Leute gefragt; hier bin ich auch gewesen, aber Du
hast mir nicht geantwortet——Arne, Arne! Ich ging am
Fluß entlang, aber er schien mir nirgends tief genug—" sie
schmiegte sich enger an ihn.—"Da wurde es mir so leicht
ums Herz: Du wärest sicher nach Hause gegangen, und ich
brauchte kaum eine Viertelstunde zu dem Weg; ich machte
die Tür auf und suchte in jedem Raum, und dann erst fiel

mir ein, daß ich ja selbst den Schlüssel hatte; Du konntest ja
nicht hineingeschlüpft sein.—Arne! heut nacht habe ich den
ganzen Weg an beiden Seiten abgesucht; bis zur
Kampenschlucht wagte ich gar nicht zu gehen!—Wie ich
hierhergekommen bin, weiß ich nicht; keiner hat mir's
gesagt, aber der liebe Gott hat mir eingegeben, Du müßtest
hier sein!"

Er versuchte sie zu beruhigen. "Arne, Du wirst doch nie
wieder Schnaps trinken?"—"Nein, da kannst Du ganz ruhig
sein."—"Sie sind wohl schlecht zu Dir gewesen? Waren sie
schlecht zu Dir?"—"Ach nein, nur—ich war so feig." Er legte
einen Nachdruck auf dies Wort.—"Ich kann das gar nicht
verstehen, daß sie schlecht zu Dir waren. Aber was haben
sie Dir denn getan? Du sagst mir nie etwas", und sie fing
wieder zu weinen an.—"Du sagst mir ja auch nie etwas",
sagte Arne sanft.—"Daran bist Du schuld, Arne. Ich bin
von Deinem Vater das Stillschweigen so gewohnt gewesen,
—Du hättest mir ein bißchen auf den Weg helfen müssen!—
Herrgott, wir haben doch weiter nichts als uns; und wir
haben soviel zusammen ausgestanden."—"Wir wollen
versuchen, ob es nicht besser werden kann", flüsterte der
Bursch.———"Nächsten Sonntag will ich Dir die Predigt
vorlesen."—"Da segne Dich Gott für!"

"Du, Arne!"—"Ja?"—"Ich muß Dir etwas sagen."—"Sag' es,
Mutter."—"Ich habe gesündigt an Dir; ich habe etwas
Unrechtes getan."—"Du, Mutter?" und es rührte ihn so, daß
seine seelensgute, geduldige Mutter sich anklagte, sie habe
gesündigt an ihm, der nie etwas wirklich Gutes für sie getan
hatte, daß er den Arm um sie legte, sie streichelte und in
Tränen ausbrach.—"Ja, ganz bestimmt, aber ich konnte eben
nicht anders."—"Ach, Du hast mir nie ein Unrecht
getan."—"O doch;—aber Gott weiß: ich tat es nur aus Liebe
zu Dir. Aber Du wirst es mir verzeihen, ja?"—"Ja, ich werde

es Dir verzeihen."—"So will ich es Dir ein andermal
erzählen;—aber Du mußt es mir verzeihen!"—"Ja, ja,
Mutter!"—"Siehst Du, daher kam es wohl, daß es mir so
schwer wurde, mit Dir zu reden; ich hatte gesündigt an
Dir."—"Herrgott, sprich nicht so, Mutter!"—"Ich bin froh,
daß ich wenigstens soviel gesagt habe."—"Wir beiden wollen
mehr zusammen reden, Mutter!"—"Ja, das wollen wir,—und
dann liest Du mir doch auch die Predigt vor?"—"Ja, das tue
ich."—"Armer Arne! Gott segne Dich!"—"Ich glaube, das
beste ist, wir gehen nach Hause."—"Ja, gehen wir nach
Hause."—"Du siehst Dich ja so um, Mutter."—"Ja, in dieser
selben Scheune hat Dein Vater auch gelegen und hat
geweint."—"Der Vater?" fragte Arne und wurde ganz blaß.
—"Der arme Nils! Es war an dem Tage, als Deine Taufe war.
— —

Du siehst Dich ja so um, Arne."

Achtes Kapitel

Von dem Tag an, da Arne sich aufrichtigen Herzens
bemühte, inniger mit seiner Mutter zu verkehren, wurde
auch sein Verhältnis zu den andern Menschen besser. Er sah
sie mehr mit den sanften Augen seiner Mutter an. Aber es
wurde ihm oft schwer, seinem Vorsatz treu zu bleiben; denn
seine tiefsten Gedanken verstand die Mutter nicht immer,—
hier ist ein Lied aus jener Zeit:

"Es war ein so schöner, sonniger Tag,
Es litt mich nicht länger drinnen;
Ich schlenderte waldwärts und lag und lag
Und ließ die Gedanken spinnen.
Doch die Emse kroch und die Mücke stach

Und die Brems' und die Wespe taten's ihr nach."

"Lieber Junge, willst Du denn bei dem Prachtwetter nicht
draußen bleiben?"—sagte Mutter, saß dabei auf dem Altan
und sang:

> "Es war ein so schöner, sonniger Tag,
> Es litt mich nicht lange drinnen;
> Ich ging auf die Wiese und lag und lag
> Und summte so recht in Sinnen.
> Da kamen Nattern, drei Ellen lang,
> Und wollten sich sonnen—doch ich entsprang."

"Bei solch einem Gotteswetter können wir barfuß laufen",—
sagte Mutter und zog die Socken aus.

> "Es war ein so schöner, sonniger Tag,
> Es litt mich nicht lange drinnen;
> Ich sprang in ein Boot und lag und lag
> Und lauschte dem Raunen und Rinnen.
> Da hat mir die Sonne die Nase zerbrannt.
> Immer alles mit Maß! Und ich ging an Land."

"Jetzt werden wir 's Heu wohl trocken hereinbringen",—
sagte Mutter und warf's mit dem Rechen durcheinander.

> "Es war ein so schöner, sonniger Tag,
> Es litt mich nicht lange drinnen;
> Ich klomm auf 'nen Baum; potz Donnerschlag,
> Hier treibt ihr mich nicht von hinnen!
> Da rutscht' eine Raupe mir vorn in die Brust,—
> Ich hüpfte und schrie; das war eine Lust!"

"Na, wenn die Kuh heut den Koller nicht kriegt, so kriegt
sie ihn nie", sagte Mutter und blinzelte hinauf in die Glut.

> "Es war ein so schöner, sonniger Tag,

Es litt mich nun einmal nicht drinnen;
So ruht' ich nicht, bis ich im Wasserfall lag:
Da war wohl nun Ruh zu gewinnen.
Die Sonne schien weiter, indes ich versank, —
Und ist dies Lied deines, — bist du's, der ertrank."

"Bloß drei solche sonnige Tage, und alles ist unter Dach", —
sagte Mutter und ging mein Bett machen.

Trotzdem wurde das Zusammenleben mit der Mutter mit
jedem Tage ein größeres Glück für ihn. Was sie nicht
verstand, schlug ebensogut eine Brücke zu ihm wie das, was
sie verstand. Denn über alles, was sie nicht verstand, dachte
er nur um so eingehender nach, und sie wurde ihm nur
lieber dadurch, daß er nach allen Seiten die Grenzen in ihr
erkannte. Ja, sie wurde ihm unendlich teuer!

Arne hatte sich als Kind nichts aus Märchen gemacht. Jetzt
als erwachsener Mensch bekam er Sehnsucht nach Märchen,
und sie hatten Volkssagen und Heldenlieder im Gefolge. In
sein Herz kam eine seltsame Sehnsucht; er ging viel allein,
und manches, worauf er zuvor gar nicht geachtet hatte,
erschien ihm wunderbar schön. Zu der Zeit, als er mit
seinen Altersgenossen zum Konfirmandenunterricht
gegangen war, hatten sie häufig an einem großen See vor
dem Pfarrhaus gespielt, dem sogenannten schwarzen See,
weil er gar so tief und schwarz dalag. Dieser See kam ihm
jetzt in den Sinn, und eines Abends stieg er da hinauf.

Er setzte sich unter einen Busch dicht neben dem Pfarrhof;
der lag an einem sehr steilen Abhang, der schließlich zu
einer hohen Felswand anstieg; genau so war es am andern
Ufer, so daß von beiden Seiten lange Schlagschatten über
den See fielen: in der Mitte aber war ein schöner silbriger
Wasserstreifen geblieben. Alles lag in tiefer Ruhe; die Sonne
war im Sinken; leises Glockenläuten klang vom andern Ufer

herüber,—sonst aber war es ganz still. Arne schaute nicht geradeaus, sondern hinunter auf den Grund des Sees, weil die Sonne vorm Untergehen eine zittrige Röte drüber hinausgesandt hatte. Unten traten die Felsen etwas zur Seite, so daß ein langgestrecktes, niederes Tal entstand, gegen das das Wasser schlug. Aber es sah aus, als neigten sich die Felsen langsam zueinander, um das zwischen ihnen liegende Tal gewissermaßen zu schaukeln. Ein Gehöft lag in dem Tal neben dem andern; Rauchwölkchen stiegen empor und verteilten sich; die grünen Felder dampften; Boote, mit Heu beladen, kamen an Land. Er sah viele Menschen hin und her gehen, hörte aber kein Geräusch. Seine Augen wandten sich von diesem Bilde zum Strand hinüber, wo nur Gottes düsterer Wald sich erhob. Durch den Wald und am See entlang hatten die Menschen sich wie mit einem Finger einen Weg gemacht, denn man sah einen Staubstreifen sich gleichmäßig hindurchschlängeln. Den verfolgte er mit den Augen bis genau der Stelle gegenüber, wo er saß; da hörte der Wald auf; die Felsen traten mehr zurück, und gleich lag wieder ein Gehöft neben dem andern. Da standen noch größere Häuser als unten im Grunde, rot angestrichen, mit größeren Fenstern, die in der Sonne brannten. Helles Sonnenlicht lag auf den Höhen; auch das kleinste Kind, das da spielte, war deutlich zu sehen; blendend weißer Sand lag hart am See; da sprangen Kinder mit ein paar Hunden herum. Aber auf einmal war alles sonnenverlassen und schwer, die Häuser waren dunkelrot, die Wiese schwarzgrün, der Sand grauweiß, die Kinder wie kleine Klümpchen; eine Nebelwand war über den Bergen aufgestiegen und hatte die Sonne verdeckt. Arnes Auge flüchtete aufs neue zum Wasser hinunter; da aber fand er das Ganze wieder. Die Felder wogten, der Wald zog sich schweigend hin, hoch oben lagen die Häuser und schauten hernieder, die Türen standen offen, und die Kinder liefen aus und ein. Märchen und Kinderträume kamen wie kleine

Fische nach der Angel, stoben auseinander, kamen wieder, spielten herum, bissen aber nicht an.

"Wir wollen uns hier hinsetzen, bis Deine Mutter nachkommt; die Frau Pfarrer wird ja auch mal fertig werden."—Arne schrak zusammen; es hatte sich jemand dicht hinter ihn gesetzt. "Aber ich könnte doch ganz gut bloß noch diese eine Nacht hier bleiben", sagte flehend eine tränenerstickte Stimme; sie mochte einem nicht ganz erwachsenen Mädchen gehören. "Hör' jetzt auf zu weinen; es ist recht häßlich, daß Du weinst, weil Du nach Hause zu Deiner Mutter sollst." Es war eine sanfte Stimme, die langsam sprach und einem Manne gehörte. "Darüber weine ich ja nicht."—"Worüber weinst Du denn sonst?"—"Weil ich nicht mehr mit Mathilde zusammen sein kann."

So hieß die einzige Tochter des Pfarrers, und es fiel Arne ein, daß ein Bauernmädchen mit ihr zusammen erzogen war. "Das konnte ja doch nicht ewig dauern."—"Ja, aber einen Tag doch noch, Vater!" und sie schluchzte bitterlich.—"Es ist das beste, Du fährst gleich mit nach Hause;—vielleicht ist es schon zu spät."—"Zu spät? Warum? Wie meinst Du das?"—"Du bist als Bauernmädchen geboren, und ein Bauernmädchen sollst Du bleiben; 'ne Zierpuppe können wir uns nicht leisten."—"Ich könnte doch auch ein Bauernmädchen sein, wenn ich hier bliebe."—"Das verstehst Du nicht."—"Ich habe doch immer Bauerntracht angehabt."—"Das allein macht's nicht."—"Ich habe doch auch gesponnen und gewebt und kochen gelernt."—"Das ist es auch nicht."—"Ich kann doch genau so sprechen wie Du und die Mutter."—"Auch das ist's nicht."—"Ja, dann weiß ich nicht, was es sein kann", sagte das Mädchen und lachte. —"Das wird sich ja herausstellen;—ich habe bloß Angst, Du denkst jetzt schon zuviel."—"Denkst, denkst! Das sagst Du immer; ich denke überhaupt nicht", sie fing wieder zu

weinen an.—"Ach, Du bist ein Windbeutel!"—"Das hat der
Herr Pfarrer nie zu mir gesagt."—"Nein, aber ich sage es
jetzt."—"Windbeutel? Ist so was erhört? Ich will aber kein
Windbeutel sein!"—"Was willst Du denn sonst sein?"—"Was
ich sein möchte? Ist so 'was erhört? Nichts möchte ich
sein."—"Nun, so sei doch ein Nichts!" Da lachte das
Mädchen. Nach einer Weile sagte sie ernsthaft: "Es ist
gräßlich von Dir, daß Du sagst, ich bin ein
Nichts."—"Herrgott, wenn Du es doch selbst sein
möchtest!"—"Nein, ich möchte kein Nichts sein."—"Gut, so
sei alles!"—Das Mädchen lachte. Nach einer Weile sagte sie
mit betrübter Stimme: "So hat mich der Herr Pfarrer nie
zum Narren gehabt."—"Nein, er hat bloß einen Narren aus
Dir gemacht."—"Der Herr Pfarrer? So nett bist Du nie zu
mir gewesen wie der Herr Pfarrer."—"Das wäre ja auch noch
schöner."—"Saure Milch kann nie süß werden."—"Doch,
wenn man Käse davon macht."—Da lachte das Mädchen
laut auf. "Da kommt Deine Mutter!" Gleich wurde sie wieder
ernst.

"So ein redseliges Frauenzimmer wie die Frau Pfarrer hab'
ich mein Lebtag nicht gesehen", gellte jetzt eine scharfe,
hastige Stimme dazwischen. "Schnell, Baard, steh auf und
mach' das Boot klar! Wir kommen sonst heut abend nicht
mehr nach Hause.—Die Frau hat gesagt, ich soll aufpassen,
daß Eli immer trockne Füße hat. Mußt schon selbst drauf
passen! Und jeden Morgen spazieren laufen wegen der
Bleichsucht! Bleichsucht hin, Bleichsucht her!—Steh doch
auf, Baard, und mach' das Boot klar; ich muß heut abend
noch den Teig anrühren!"—"Der Koffer ist noch nicht da",
sagte er und blieb ruhig liegen. "Der Koffer soll auch gar
nicht mit; der soll bis zum nächsten Sonntag hier bleiben.
Hörst Du, Eli, steh auf; nimm Dein Bündel und komm! Steh
doch auf, Baard!"—Sie fort, das Mädchen hinter ihr her.
"Komm doch; aber so komm doch!" klang es von unten

herauf. "Hast Du nachgesehen, ob der Zapfen im Boot steckt?" fragte Baard und blieb ruhig liegen. "Ja, der steckt drin", und Arne hörte, wie sie ihn mit einer Schöpfkelle festklopfte. "Aber so steh doch auf, Baard! Wir können doch nicht die Nacht über hier liegen bleiben?"—"Ich warte auf den Koffer."—"Aber Du meine Güte, ich habe Dir doch gesagt, er soll bis zum nächsten Sonntag hier bleiben."—"Da kommt er schon", sagte Baard. Und sie hörten Wagengerassel. "Aber ich habe doch gesagt, er soll bis zum nächsten Sonntag hier bleiben."—"Ich habe aber gesagt, er soll gleich mit."—Ohne weiteres lief die Frau nun zum Wagen und trug Bündel, Korb und sonst ein paar Kleinigkeiten ins Boot hinunter. Da erhob Baard sich auch, stieg hinauf und lud sich den Koffer auf.

Hinter dem Wagen aber kam ein Mädel hergelaufen im Strohhut und mit flatternden Haaren; das war das Pfarrerstöchterlein. "Eli, Eli!" rief sie schon von weitem. "Mathilde, Mathilde!" antwortete ihr die andere, lief hinauf und ihr entgegen. Sie trafen oben auf dem Hügel zusammen, fielen sich in die Arme und weinten. Dann nahm Mathilde etwas auf, was sie so lange ins Gras gesetzt hatte; es war ein Vogelbauer. "Du sollst den Narrifas haben, wirklich, Mutter will's auch. Du sollst jetzt den Narrifas haben, ja, wirklich—und: denk auch mal an mich—und komm … komm … komm oft herübergerudert zu mir"; und sie weinten beide bitterlich. "Eli! komm doch, Eli! Du kannst da doch nicht stehen bleiben!" klang es von unten herauf. —"Aber ich will mit," sagte Mathilde, "ich will mit Dir hinüber und heut nacht bei Dir schlafen!"—"Ja, ja, ja!"—und eng umschlungen liefen sie an die Landungsstelle hinunter. Nach einer Weile gewahrte Arne das Boot auf dem See; Eli stand mit dem Vogelbauer aufrecht hinten am Steuer und winkte; Mathilde saß am Steg und weinte.

Da blieb sie sitzen, solange das Boot auf dem Wasser war; bis zu den roten Häusern war's, wie gesagt, nicht weit, und Arne blieb auch sitzen. Auch er verfolgte das Boot mit den Augen. Es kam bald in den Schatten hinein, und er wartete, bis es anlegte; dann sah er sie im Wasser, und hier folgte er ihnen zu den Häusern hin, bis zu dem allerschönsten. Er sah die Mutter zuerst hineingehen, sah den Vater mit dem Koffer und schließlich die Tochter, soweit er sie an der Größe unterscheiden konnte. Nach einer Weile kam die Tochter wieder heraus und setzte sich vor die Tür, wahrscheinlich um in dem letzten Sonnenstrahl noch einmal herüberzuschauen. Das Pfarrerstöchterlein aber war schon fort, und nur er saß noch und sah ihr Bild im Wasser. "Ob sie mich wohl sieht?"——

Er stand auf und ging; die Sonne war hinunter, der Himmel aber war so hell und klarblau, wie er in Sommernächten ist. Von Wasser und Land stieg der Dunst zu beiden Seiten an den Felsen hoch; die Gipfel aber blieben frei und schauten zueinander hinüber. Er klomm höher hinauf; das Wasser wurde schwärzer und tiefer und gewissermaßen dichter. Das Tal unten im Grunde wurde kürzer und schob sich weiter ans Wasser heran; die Felsen rückten dem Auge näher und verschwammen in einen Klumpen, denn das Sonnenlicht zieht Grenzen. Selbst der Himmel kam tiefer hernieder, und alles wurde freundlich und traulich.

Neuntes Kapitel

Liebe und Frauen begannen in seinen Gedanken eine Rolle zu spielen; die Heldenlieder und die alten Geschichten ließen sie ihm in einem Zauberspiegel sehen—wie das Bild des Mädchens im Wasser. Er starrte beständig hinein, und nach

jenem Abend kam die Lust über ihn, es zu besingen; denn es
war ihm näher gerückt. Aber der Gedanke entschlüpfte ihm
und kam zurück mit einem Liede, von dem er selbst nichts
wußte; es war, als habe ein anderer es für ihn gedichtet:

Jung Venevil hüpfte auf leichtem Schuh
  Ihrem Liebsten zu.
Da klang's ihr entgegen wie Lerchenschlag:
  "Guten Tag! guten Tag!"

Und all die kleinen Vöglein sangen lustig mit im Hag:
  "Zum Fest Sankt Johanns
  Da gibt's Lachen und Tanz;
Doch nicht aus jedem Kränzlein wird ein hochzeitlicher
Kranz!"

Sie flocht ihm eins aus den Veiglein der Au:
  "Meine Äuglein blau!"
Hoch warf er's empor in den Lenzsonnenschein:
  "Leb' wohl, Freundin mein!"
Und jubelte und stürmte wie ein Füllen feldein:
  "Zum Fest Sankt Johanns..."

Sie flocht ihm eines aus ihrem hellen Haar:
  "Du nimmst es, nicht wahr?"
Sie flocht, sie bot ihm zum seligen Bund
  Ihren roten Mund:
Er nahm und bekam ihn—und ihr Herz in Flammen
stund.

Sie flocht eines weiß in ein Lilienband:
  "Meine rechte Hand."
Und eines, zu dem sie Blutrosen schnitt:
  "Meine linke mit."
Er nahm sie alle beide,—doch sein Blick zur Seite glitt.

Sie flocht eins aus Blumen überallher:
  "Ich fand nicht mehr!"
Sank weinend zu Boden, flocht weiter ohne Ruh:
  "Nimm die, alle, du!"
Er sagte nichts und nahm sie nur—und floh den Bergen
zu.

Sie flocht ihm eins ohne Farben ganz:
  "Meinen Hochzeitskranz!"
Sie flocht, bis sie nichts mehr vor Tränen sah:
  "Setz' dir den auf, ja?"
Doch da sie sich tat wenden, stand niemand mehr da.

Und weiter flocht sie, versunken ganz
  An dem Hochzeitskranz.
Doch jetzt war es längst übers Fest Sankt Johanns,
  Weit der Lenz und sein Glanz:
Noch aus Eisblumen flocht sie—doch im Flechten
zerrann's...
  "Zum Fest Sankt Johanns—
  Da gibt's Lachen und Tanz;
  Doch nicht aus jedem Kränzlein wird ein hochzeitlicher
Kranz!"

Es war die Wehmut in ihm, die auf das erste Liebesbild, das
durch seine Seele zog, ihre tiefen Schatten warf. Eine
doppelte Sehnsucht: jemanden lieb zu haben und etwas
Großes zu werden, die beiden Wünsche verschmolzen in
eins. In dieser Zeit arbeitete er wieder an dem Gedicht "Über
die hohen Berge", änderte dran herum, sang und dachte bei
sich selbst: "Es wird schon noch glücken; ich singe solange,
bis ich den Mut finde." Er vergaß die Mutter in diesen seinen
Wandergedanken nicht; er tröstete sich nämlich mit dem
Vorsatz: sobald er festen Fuß in der Fremde gefaßt habe,
würde er sie holen und ihr ein Los bereiten, wie er es
daheim nimmermehr sich oder ihr schaffen könne. Mitten in

diese große Sehnsucht hinein aber stahl sich etwas Stilles, Frisches, Feines, huschte weg und kam wieder, tauchte auf und verschwand, und da er zum Träumer geworden war, hatten diese unwillkürlichen Gedanken weit mehr Macht über ihn, als ihm selber bewußt war.

Im Dorf lebte ein vergnüglicher alter Mann, Ejnar Aasen mit Namen. Als Zwanzigjähriger hatte er sich das Bein gebrochen; seit der Zeit ging er am Stock; aber wo er mit seinem Stock angehumpelt kam, ging es lustig zu. Der Mann war reich; ein großes Gehölz von Nußsträuchern lag auf seinem Grund und Boden, und an einem recht schönen, sonnigen Tag im Herbst pflegte eine ganze Schar fröhlicher Mädchen bei ihm zum Nußpflücken versammelt zu sein. Tags war große Bewirtung und abends Tanz. Bei den meisten Mädchen hatte er Gevatter gestanden; denn er stand beim halben Dorf Gevatter; alle Kinder nannten ihn Pate, und alt und jung sprach es nach.

Der Pate war mit Arne sehr gut bekannt und mochte ihn um seiner Lieder willen gern leiden. Jetzt lud er ihn zur Nußernte ein. Arne errötete und machte Ausflüchte; er sei es nicht gewöhnt, mit Frauenzimmern zusammen zu sein, sagte er. "So mußt Du Dich dran gewöhnen", antwortete der Pate.

Arne konnte nachts bei dem Gedanken nicht schlafen; Furcht und Sehnsucht stritten in ihm: aber das Ende vom Lied war: er ging hin und war der einzige Bursch unter all den Frauenzimmern. Er konnte sich eine Enttäuschung nicht verhehlen; das waren nicht solche, wie er sie besungen hatte, auch nicht solche, vor denen er Angst gehabt hatte. Sie machten eine Wirtschaft, wie er sein Lebtag nicht gesehen hatte, und am meisten wunderte er sich darüber, daß sie über nichts und wieder nichts lachen konnten; und wenn drei lachten, dann lachten die andern fünf auch, bloß

weil die drei lachten. Alle benahmen sich, als lebten sie Tag
für Tag zusammen, und viele hatten sich bis jetzt noch nie
gesehen. Wenn sie den Zweig erhaschten, nach dem sie in
die Höhe sprangen, lachten sie drüber, und wenn sie ihn
nicht erhaschten, lachten sie auch. Sie balgten sich um den
Nußhaken; die ihn eroberten, lachten, und die ihn nicht
eroberten, lachten auch. Der Pate humpelte am Stock hinter
ihnen her und trieb allen möglichen Schabernack mit ihnen.
Die er haschte, lachten, weil er sie haschte; und die er nicht
haschte, lachten, weil er sie nicht haschte. Alle miteinander
aber lachten sie über Arne, weil er solch ein ernstes Gesicht
machte, und als er dann lachen mußte, lachten sie, weil er
endlich lachte.

Schließlich setzten sie sich auf eine Anhöhe, der Pate in die
Mitte und die Mädchen alle um ihn herum. Da hatte man
einen weiten Blick; die Sonne stach, aber sie kümmerten sich
nicht drum, bewarfen sich mit den Nußschalen und den
Hülsen und gaben dem Paten die Kerne. Der Pate versuchte
sie zum Schweigen zu bringen und schlug mit seinem Stock
um sich, soweit er reichte, denn er wünschte, jetzt solle
etwas erzählt werden, etwas recht Lustiges. Aber sie zum
Geschichtenerzählen zu bewegen, schien schwieriger zu
sein, als einen bergab sausenden Wagen aufzuhalten. Der
Pate fing an; manche wollten nichts hören, denn seine
Geschichten kannten sie schon; aber schließlich hörte doch
alles zu. Und ehe sie sich's versahen, waren sie mitten drin
im besten Erzählen. Da wunderte sich Arne wieder über
eins: so lebhaft sie vorhin gewesen waren, so ernst waren
jetzt ihre Geschichten. Sie handelten meistens von Liebe.

"Aber Du, Aase, kennst eine hübsche; das weiß ich noch
vom vorigen Jahr", sagte der Pate und wandte sich an ein
stattliches Mädel mit einem gutmütigen, rundlichen Gesicht;
sie saß und flocht ihrer jüngeren Schwester, die den Kopf in

ihren Schoß gelegt hatte, das Haar. "Die kennen aber wohl viele", antwortete sie. "Erzähl' sie doch", baten alle. "Ich will mich nicht lange nötigen lassen", sagte sie und erzählte und sang, während sie immer weiter flocht:

"Es war einmal ein Bursch, der hütete das Vieh, und er trieb die Herde am liebsten an einem breiten Fluß entlang. Wenn er höher hinaufkam, war da ein Felsen, der soweit in den Fluß hinausragte, daß der Bursch nach der andern Seite hinüberrufen konnte. Denn drüben auf der andern Seite war ein Hirtenmädchen, das er den ganzen Tag über vor Augen hatte, ohne zu ihr kommen zu können.

> Dei' Blas'n, des geht mir
> Ganz sakrisch in's Bluet.
> Geh, Deandl, wie hoaßt denn?
> Du g'fallst mer so guet!

Ein paar Tage lang wiederholte er dieselbe Frage und schließlich bekam er Antwort:

> Mit der Liab' in dein' Herz'n
> Und dein' Bockshuet a'm Kopf—
> Schwimm 'rüber, wenns d'Schneid hast,
> Du damischer Tropf!

Da war der Bursch so klug wie vorher und nahm sich vor, sich nicht weiter um sie zu kümmern. Das ging aber nicht so einfach; denn er mochte die Herde treiben, wohin er wollte, immer zog es ihn wieder zum Felsen hin. Da wurde dem Burschen bange, und er rief:

> Wo hat denn dei' Vota
> Sei' Hütt'n hi'baut,
> Daß koaner am Kirchgang
> Di nie net derschaut?

Der Bursch glaubte nämlich halb und halb, sie müsse eine
Waldhexe sein.

Mei' Vota is tot
Und die Hütt'n verbrennt—
I hab' no' mei' Lebtag
Koan' Pfarrer net 'kennt.

Hieraus wurde der Bursch ebensowenig klug. Den Tag über
war er auf dem Felsen; des Nachts träumte er, sie tanze um
ihn herum, und jedes Mal, wenn er sie haschen wollte,
schlage sie mit einem langen Kuhschweif nach ihm. Er fand
kaum noch Schlaf; arbeiten konnte er auch nicht mehr, und
es war um den Burschen übel bestellt.

Wenns d'a Trud bist, na mog i
Nix wissn vo' dir,
Aber bist nur a Deandl,
Na ko'st red'n mit mir.

Aber es kam keine Antwort, und da stand es bei ihm fest, sie
müsse eine Waldhexe sein. Er gab das Viehhüten auf, aber
da wurde es auch nicht besser; denn wo er ging und stand,
und was er auch tat, immer dachte er an die schöne
Waldhexe, die das Horn blies.

Als er eines Tages stand und Holz hackte, kam ein Mädchen
über den Hof gegangen, das leibhaftig wie die Waldhexe
aussah. Aber als sie näher herankam, war sie es doch nicht.
Das ging ihm im Kopf herum; da kam das Mädchen zurück,
und von weitem war es die Waldhexe, und er lief ihr
entgegen. Aber sowie sie näher herankam, war sie es doch
nicht.

Fortan mochte der Bursch sein, wo er wollte, in der Kirche,
beim Tanz oder bei andrer Geselligkeit,—das Mädchen war

auch da; von weitem sah sie aus wie die Waldhexe, in der
Nähe war sie eine andere; er fragte sie dann, ob sie es sei
oder ob sie es nicht sei; sie aber lachte ihn aus. Man kann
gerade so gut hineinspringen wie hineinkriechen, dachte der
Bursch, und also heiratete er das Mädchen.

Als das aber geschehen war, mochte er das Mädel nicht mehr
leiden. War er fern von ihr, so sehnte er sich nach ihr; war
er bei ihr, so sehnte er sich nach einer, die er nicht sah.
Deshalb behandelte der Bursch seine Frau schlecht; sie
ertrug es und schwieg.

Eines Tages aber, als er die Pferde holen wollte, kam der
Bursch an den
Felsen, setzte sich nieder und rief:

Der Mond und die Sterndln
Und 's Wasser derzua—
Es rihrt si weitum nix—
Nur i hob koan Ruah.

Es tat dem Burschen wohl, da zu sitzen, und von nun an
ging er immer hin, wenn es ihm zu Haus nicht gefiel. Seine
Frau weinte, wenn er fort war.

Eines Tages aber, als er so dasaß, da saß auch die Waldhexe
leibhaftig am andern Ufer und blies ihr Horn!

Da bist ja, da hockst ja
Und blas't wie net g'scheit!
Und i mueß grod woana—
Tuet jed's, wos eahm g'freit.

Da antwortete sie:

Deine Äugerln mach zue,
Über d' Ohr'n ziag dein' Huet!

Schau mi net an, hör' mi net an —
'S tuet d'r net guet!

Da wurde aber dem Burschen bange, und er ging wieder
nach Hause. Doch es dauerte nicht lange, da war er seiner
Frau so überdrüssig, daß er wieder in den Wald zu seinem
Platz am Felsen mußte. Da klang es ihm entgegen:

Mir hat's alleweil traamt:
Es fangt mi no wer! —
Ja, Gernhab'n is leicht,
Aber Fanga is schwer…

Der Bursch fuhr in die Höhe und schaute sich um, und da
schlüpfte ein grüner Rock zwischen den Büschen hin. Er
hinterher. Nun ging die Jagd durch den ganzen Wald. So
leichtfüßig, wie die Waldhexe war, konnte kein
Menschenkind sein; er warf einmal ums andere die Schlinge
nach ihr; sie lief immer gleich schnell weiter. Aber endlich
begann sie müde zu werden, das sah der Bursch an den
Fußspuren; doch er sah auch an ihrer ganzen Gestalt, daß
sie wirklich die Waldhexe war und keine andere. Jetzt hab'
ich Dich', dachte der Bursch, und stürzte mit einem Mal so
ungestüm auf sie zu, daß er und die Waldhexe ein ganzes
Stück den Abhang hinunterkugelten, bis sie liegen blieben.
Da lachte die Waldhexe, daß es in den Bergen klang, wie
dem Burschen schien; er nahm sie auf den Schoß, und sie
war genau so schön, wie er sich seine eigne Frau gewünscht
hatte. 'O sag', wer bist Du nur, Du Süße?' fragte der Bursch
und streichelte sie, und ihr glühten die Backen. 'Aber mein
Gott, ich bin doch Deine eigene Frau', sagte sie."

Die Mädchen lachten und machten sich über den Burschen
lustig. Der Pate aber fragte Arne, ob er auch gut zugehört
habe.

——"Na, jetzt will ich mal was erzählen", sagte eine Kleine mit einem runden Gesichtchen und einer winzig kleinen Nase.

"Es war einmal ein sehr kleiner Bursch; der wollte gern ein kleines Mädel heiraten. Erwachsen waren sie alle beide, aber sie waren gar klein von Gestalt. Und der Bursch konnte mit der Werbung nicht ins reine kommen. Er war in der Kirche an ihrer Seite, aber dann wurde immer vom Wetter gesprochen; er war beim Tanz mit ihr zusammen und tanzte sie fast kaputt; aber sagen tat er nichts. 'Du mußt schreiben lernen, dann geht's leichter', sagte er sich,—und der Bursch machte sich ans Schreiben; er dachte immer, es sei nicht schön genug, und deshalb übte er ein halbes Jahr, bis er an einen Brief denken konnte. Nun galt es, ihn ihr so zuzustecken, daß keiner es sah, und einmal hinter der Kirche traf es sich so, daß sie allein standen. 'Ich hab' einen Brief für Dich', sagte der Bursch. 'Aber ich kann kein Geschriebenes lesen', antwortete das Mädchen.—Na, da stand der Bursch da.—Er zog nun bei dem Vater des Mädchens in Dienst und wich ihr den lieben langen Tag nicht von der Seite. Einmal war er nahe daran zu reden; er tat schon den Mund auf, aber da flog ihm eine große Fliege hinein.—'Wenn bloß keiner kommt und sie mir wegschnappt', dachte der Bursch. Aber es kam keiner und schnappte sie ihm weg, denn sie war gar so klein.—Aber schließlich kam doch einer; denn der war auch nur so klein. Der Bursch merkte recht gut, was er wollte, und als die beiden zusammen auf die Altane gingen, setzte der Bursch sich vors Schlüsselloch. Jetzt warb der da drinnen um sie. 'Herrjeh, ich Dummkopf, daß ich mich nicht beeilt habe!' dachte der Bursch. Der da drinnen küßte das Mädel mitten auf den Mund.—'Das schmeckt gewiß gut', dachte der Bursch. Der da drinnen aber nahm das Mädel auf den Schoß. 'Ist das 'ne Welt!' sagte der Bursch und fing zu

weinen an. Das hörte das Mädchen und ging an die Tür:
'Was willst Du eigentlich von mir, Du dummer Bengel;
kannst Du mich nicht in Ruh lassen'—'Ich?—ich möchte
bloß bitten, daß ich Dein Brautführer sein darf.'—'Nein, das
sollen meine Brüder sein', antwortete das Mädchen und warf
die Tür zu.—Na, da hatte der Bursch das Nachsehen"

Die Mädchen lachten sehr über diese Geschichte und warfen
sich dann wieder mit Nußschalen.

Der Pate wünschte, Eli Böen solle etwas erzählen. Was denn
aber?! Ja, sie solle erzählen, was sie ihm auf der Anhöhe
erzählt hatte, als er das letztemal bei ihnen war, damals als
sie ihm die neuen Strumpfbänder geschenkt hatte. Es
dauerte eine Weile, bis Eli sich entschloß, denn sie lachte
fürchterlich; aber dann erzählte sie:

"Ein Mädchen und ein Bursch gingen zusammen spazieren.
'O sieh bloß die Drossel, die hinter uns herfliegt', sagte das
Mädchen. 'Die fliegt hinter mir her', sagte der Bursch.
—'Kann ebensogut hinter mir sein', antwortete das
Mädchen.—'Das werden wir bald sehen', meinte der Bursch;
Jetzt gehst Du den unteren Weg und ich den oberen, und da
hinten treffen wir wieder zusammen.' Das taten sie. 'Ist sie
etwa nicht mit mir geflogen?' fragte der Bursch, als sie
wieder zusammenkamen. 'Nein, sie ist ja hinter mir
hergeflogen', antwortete das Mädchen.—'Dann müssen hier
zwei sein.' Sie gingen zusammen ein Stück weiter; aber es
war doch bloß eine; der Bursch behauptete, sie fliege auf
seiner Seite, das Mädchen dagegen behauptete, sie fliege auf
ihrer. 'Ich schere mich den Teufel um die Drossel', sagte der
Bursch. 'Na, ich auch', antwortete das Mädchen.—Sowie sie
das aber gesagt hatten, war auch die Drossel verschwunden.
'Das war auf Deiner Seite', sagte der Bursch. 'Na, ich danke
schön! ich hab' genau gesehen, daß es auf Deiner war.——
Aber da!—da ist sie ja wieder!' rief das Mädchen. 'Ja, auf

meiner Seite!' rief der Bursch. Nun wurde aber das Mädchen
böse. 'Ich verdiente ja den Strick, wenn ich noch weiter mit
Dir ginge!' und damit ging sie ihren eignen Weg.—Da
verließ die Drossel den Burschen, und es wurde ihm so
langweilig, daß er zu rufen anfing. Sie antwortete. 'Ist die
Drossel bei Dir?' rief der Bursch. 'Nein, aber ist sie bei
Dir?'—'Ach nein! Du mußt wieder herkommen, dann fliegt
sie vielleicht auch wieder mit,' Und das Mädchen kam. Sie
faßten sich an der Hand und gingen zusammen weiter.
'Kiwitt, kiwitt, kiwitt, kiwitt!' klang es neben dem Mädchen.
'Kiwitt, kiwitt, kiwitt, kiwitt!' klang es neben dem Burschen.
'Kiwitt, kiwitt, kiwitt, kiwitt, kiwitt, kiwitt, kiwitt, kiwitt',
rief es an allen Seiten, und als sie hinsahen, flogen
hunderttausend Millionen Drosseln um sie herum. 'Nein,
wie seltsam!' sagte das Mädchen und blickte zu dem
Burschen auf. 'Gott schütze Dich!' sagte der Bursch und
strich dem Mädchen über die Wange."

Diese Geschichte fanden alle Mädchen sehr schön.

Dann schlug der Pate vor, sie sollten erzählen, was sie diese
Nacht geträumt hätten, und dann wollte er entscheiden,
wer den schönsten Traum gehabt habe. Nein, erzählen zu
sollen, was sie geträumt hatten! Nein, so was! Und es
entstand ein Gelächter und Getuschle ohne Ende. Dann
aber sagte eine nach der andern, sie habe solchen schönen
Traum heut nacht gehabt; so schön wie der, den sie gehabt
hätten, könnt' er aber auf keinen Fall gewesen sein, sagten
wieder andere. Und schließlich wollten sie alle gern ihre
Träume erzählen. Aber es durfte nicht laut sein; nur einer
sollte es hören, aber nicht der Pate. Arne saß still ein
Stückchen abseits,—dem konnte man sie erzählen.

Arne setzte sich unter eine Hasel, und dann kam die zu ihm
hin, die zuerst erzählt hatte. Sie besann sich eine ganze Zeit,
dann aber erzählte sie: "Mir träumte, ich stände an einem

großen Wasser. Da sah ich einen über das Wasser gehen; wer's war, sag' ich nicht. Er setzte sich in eine große Seerose hinein und sang. Ich aber stieg auf eins der großen Blätter, die die Seerose hat, und die auf dem Wasser schwimmen; auf dem wollte ich zu ihm hinüberrudern. Aber kaum stand ich auf dem Blatt, als es mit mir zu sinken begann, so daß ich Angst bekam und weinte. Da ruderte er in der Seerose heran, zog mich zu sich in die Blume hinein und fuhr mit mir über das ganze Wasser.—War das nicht ein schöner Traum?"

Nun kam die Kleine, die vorhin die Geschichte von den Kleinen erzählt hatte: "Mir träumte, ich hätte einen kleinen Vogel gefangen, und ich freute mich so, und wollte ihn auch nicht loslassen, bis ich zu Haus in der Stube sei. Aber da konnte ich ihn nicht los lassen, weil sonst die Eltern mir gesagt hätten, ich solle ihn wieder hinausbringen. So ging ich mit ihm auf den Boden; aber da schlich lauernd die Katze umher, und so konnte ich ihn hier doch auch nicht loslassen. Da wußte ich meiner Seele keinen Rat und ging in die Scheune. Gott, da waren so viele Ritzen, wie leicht hätte er durchschlüpfen können. Na, da ging ich wieder auf den Hof hinunter, und da stand einer, wer, sag' ich nicht. Er spielte mit einem ganz großen Hund. 'Ich möchte lieber mit Deinem Vogel spielen', sagte er und kam ganz nahe heran. Ich lief fort, und er und der große Hund hinterher, und ich lief über den ganzen Hof; da aber machte Mutter die Tür auf, zog mich hinein und warf die Tür zu. Draußen aber stand der Bursch mit dem Gesicht an den Scheiben und lachte. 'Guck', hier ist der Vogel!' sagte er—und denk nur, da hatte er den Vogel.—War das nicht ein hübscher Traum?"

Dann kam die, die von den Drosseln erzählt hatte. Eli hatten sie zu ihr gesagt. Das war dieselbe Eli, die er an jenem Abend im Boot und im Wasser gesehen hatte. Es war

dieselbe und auch wieder nicht dieselbe; so groß und schön
saß sie da mit dem feinen Gesicht und der schlanken Gestalt.
Sie wollte sich halb totlachen, und so dauerte es eine ganze
Zeit, bis sie soweit war; dann aber erzählte sie: "Ich hatte
mich so sehr drauf gefreut, heute ins Nußholz zu kommen,
und da träumte mir heut nacht, ich säße hier auf dem
Hügel. Die Sonne schien, und ich hatte den ganzen Schoß
voll Nüsse. Aber da war auf einmal ein kleines
Eichhörnchen mitten unter den Nüssen; es hockte auf
meinem Schoß und aß die ganzen Nüsse auf. — War das
nicht ein komischer Traum?"

Und noch mehr Träume wurden ihm erzählt; dann aber
sollte er sagen, welcher der schönste sei. Er bat sich
Bedenkzeit aus, und unterdes zog der Pate mit der ganzen
Schar zum Gehöft hinunter, und Arne sollte nachkommen.
Sie sprangen die Anhöhe hinab, stellten sich, als sie in die
Ebene gekommen waren, in Reihen auf und wanderten
singend heimwärts.

Er saß allein und lauschte dem Gesang; die Sonne fiel gerade
auf die Mädchenschar, so daß ihre weißen Hemdärmel
schimmerten. Dann und wann faßte die eine die andre um;
sie tanzten über die Wiese hin, der Pate mit dem Stock
hinterher, weil sie ihm das Grummet niedertraten. Arne
dachte nicht mehr an die Träume; er sah bald überhaupt
nicht mehr zu den Mädchen hin; seine Gedanken zogen sich
wie feine Sonnenfäden über das Tal, und er saß allein auf
dem Hügel und spann. Ehe er's recht wußte, war er mitten
in einem dichten Gewebe von Schwermut; er sehnte sich
hinaus in die Welt, wie noch nie. Er nahm sich das feste
Versprechen ab, sowie er nach Hause komme, mit der
Mutter drüber zu reden; es mochte gehen, wie es wolle.

Seine Gedanken wurden immer mächtiger und strömten in
das Lied aus: "Über die hohen Berge." So schnell waren ihm

nie die Worte gekommen und nie hatten sie sich so sicher
aneinandergefügt; sie waren fast wie die Mädchen, die im
Kreise auf dem Hügel saßen. Er hatte ein Stück Papier bei
sich und schrieb auf seinen Knien, und als er das Lied zu
Ende geschrieben hatte, stand er wie erlöst auf, mochte
nicht unter Menschen, sondern ging den Waldweg
heimwärts, obschon er wußte, er werde dann die Nacht mit
zu Hilfe nehmen müssen. Als er unterwegs zum erstenmal
Rast machte, wollte er das Lied herausholen und es weithin
schmettern; aber da hatte er es liegen lassen, wo er es
gemacht hatte.

—Eins der Mädchen suchte ihn auf dem Hügel und fand ihn
nicht, wohl aber das Lied.

Zehntes Kapitel

Mit der Mutter zu reden, war leichter gedacht als getan. Er
machte Anspielungen auf Kristian und die Briefe, die nicht
kamen; aber die Mutter wandte ihm den Rücken, und
tagelang hinterher war ihm, als habe sie rotgeweinte Augen.
Er hatte auch noch ein anderes Merkmal dafür, wie es stand,
—nämlich, daß er besonders gutes Essen bekam.

Eines Tages mußte er hinauf in den Wald und Holz holen.
Der Weg führte mitten durch den Forst, und gerade an der
Stelle, wo er Holz fällen wollte, wurden im Herbst immer
Preißelbeeren gepflückt. Arne hatte die Axt aus der Hand
gelegt, um die Jacke auszuziehen, und wollte gerade an die
Arbeit gehen, als zwei Mädchen mit ihren Beerentöpfen des
Wegs kamen. Er versteckte sich lieber, als mit Mädchen
zusammenzutreffen, und das tat er jetzt auch.

"Nein, aber nein, die vielen Beeren! Eli, Eli!"—"Ja, ja, ich sehe
schon!"—"Aber so geh doch nicht weiter! hier sind ja
Eimervoll!"—"Raschelt es da nicht im Busch?"—"Ach,
wirklich!" und die Mädchen drängten sich aneinander und
faßten sich um. Sie standen eine lange Zeit so still, daß sie
kaum atmeten. "Es ist doch wohl nichts; wir wollen ruhig
pflücken."—"Ja, ich glaub' auch, wir pflücken ruhig."—Und
nun pflückten sie.—"Es war nett von Dir, Eli, daß Du heut
ins Pfarrhaus kamst.—Hast Du mir denn auch was zu
erzählen?"—"Ich bin bei dem Paten gewesen."——"Ja, das
hast Du mir gesagt;—aber hast Du mir nichts von dem
Bewußten zu erzählen?"—"O doch!"—"Ach wirklich? Eli, ist
das wahr? Schnell, so erzähl' doch!"—"Er ist wieder bei uns
gewesen!"—"Ist nicht möglich!"—"Doch, ganz gewiß; die
Eltern taten, als sähen sie es nicht; ich aber lief auf den
Boden und versteckte mich."—"Weiter, weiter! Kam er dann
nach?"—"Ich glaube, Vater hatte ihm gesagt, wo ich war;
Vater ist doch immer so!"—"Und dann kam er? Setz' Dich,
setz' Dich hier zu mir!—Also, dann kam er?"—"Ja, aber
gesagt hat er nicht viel; er war so schüchtern."—"Jedes Wort
muß ich wissen, hörst Du, jedes Wort!"—"Hast Du Angst
vor mir?" sagte er. "Warum sollt' ich Angst haben?" sagte
ich. "Du weißt, was ich von Dir will", sagte er und setzte
sich neben mich auf die Truhe.—"Neben Dich!"—"Und dann
faßte er mich um die Taille."—"Um die Taille, ist's
möglich?"—"Ich wollte mich gern wieder frei machen, aber
er wollte mich nicht loslassen. Liebe Eli, sagte er—", sie
lachte und die andere lachte auch.—"Nun? Nun?"—"Willst
Du meine Frau sein?"—"Ha, ha, ha!"—"Ha, ha, ha."—Und
dann beide: "Ha, ha, ha, ha, ha, ha, ha!—"

Endlich mußte das Lachen doch ein Ende nehmen, und
dann blieb es lange still; da fragte die erste ganz leise: "Du,—
war das nicht komisch, als er Dich um die Taille faßte?"

Entweder antwortete die andere hierauf nicht oder doch so leise, daß man es nicht hören konnte, vielleicht auch nur mit einem Lächeln. Nach einer Weile fragte die erste: "Haben Deine Eltern nachher was gesagt?"—"Vater kam herauf und sah mich an, aber ich verkroch mich immer; denn er lachte, wenn er mich ansah."—"Aber Deine Mutter?"—"Nein, die sagte nichts; aber sie war nicht so streng wie sonst."—"Ja, Du hast ihn also ausgeschlagen?"—"Natürlich."—Dann blieb es wieder lange still.

"Du?"—"Ja—?"—"Glaubst Du, zu mir kommt auch mal so einer?"—"Ja, natürlich!"—"Wär's möglich!—Haha!—Du, Eli! —Und wenn der mich nun um die Taille faßte?"—Sie steckte den Kopf weg.

Da gab es ein Lachen und Flüstern und Tuscheln.

Bald brachen die Mädchen auf; sie hatten weder Arne, noch die Axt, noch die Jacke gesehen, und er war recht froh darüber.

Einige Tage darauf nahm er Knut als Pächter zu sich nach Kampen. "Du sollst nicht mehr so allein sein", sagte Arne.

Arne selbst hatte seinen festen Plan. Er hatte früh mit der Säge umgehen gelernt; denn er hatte manches bei sich zu Hause gezimmert. Nun wollte er dies Handwerk betreiben; denn er hatte das Gefühl, es sei gut, eine bestimmte Arbeit zu haben. Es war auch gut für ihn, daß er unter Leute kam, und er veränderte sich allmählich so, daß ihn Sehnsucht danach faßte, wenn er einmal eine Stunde allein war. Es machte sich, daß er den Winter über in der Pfarre zu tischlern bekam, und dort waren die beiden Mädchen oft zusammen. Wenn er sie sah, überlegte Arne, wer es wohl sein möge, der um Eli Böen warb.

Es traf sich, daß er einmal die Pfarrerstochter und Eli
spazieren fahren mußte; er hatte gute Ohren, konnte aber
doch nicht hören, worüber sie sprachen; ab und zu redete
Mathilde mit ihm; dann lachte Eli und steckte den Kopf weg.
Schließlich fragte Mathilde, ob es wahr sei, daß er dichten
könne. "Nein", sagte er schnell; da lachten die beiden,
schwatzten und lachten wieder. Fortan war er nicht mehr
gut auf sie zu sprechen und tat, als seien sie Luft.

Einmal saß er in der Gesindestube, wo die Leute tanzten;
Mathilde und Eli kamen beide, um zuzusehen. In ihrer Ecke,
wo sie standen, stritten sie sich über irgend etwas; Eli wollte
nicht, Mathilde wollte aber, und sie siegte. Da kamen sie
beide auf ihn zu, verbeugten sich und fragten, ob er tanzen
könne. Er sagte nein, und da drehten sie sich um, lachten
und liefen weg. Dies ewige Gelache, dachte Arne und wurde
ganz ernst. Aber der Pfarrer hatte einen kleinen Pflegesohn
von zehn, zwölf Jahren, den Arne sehr gern hatte; bei dem
Jungen lernte Arne tanzen, wenn's keiner sah.

Eli hatte einen kleinen Bruder im selben Alter wie der
Pflegesohn des Pfarrers. Die beiden waren Spielkameraden,
und Arne machte ihnen Schlitten und Schneeschuhe und
Schlingen, und sprach viel mit ihnen von ihren Schwestern,
besonders von Eli. Eines Tages richtete ihm Elis Bruder aus,
er solle sein Haar nicht so lottrig tragen. "Wer hat das
gesagt?"—"Das hat Eli gesagt; aber ich soll nicht sagen, daß
sie's gesagt hat."—Kurze Zeit drauf ließ er bestellen, Eli möge
ein bißchen weniger lachen. Der Junge kam zurück mit der
Bestellung, Arne möge endlich ein bißchen mehr lachen.

Einmal wollte der Junge etwas haben, was Arne geschrieben
hatte. Arne ließ es ihm und dachte nicht weiter an die Sache.
Nach einiger Zeit wollte der Junge Arne mit der Nachricht
erfreuen, die beiden Mädchen fänden seine Schrift sehr
schön. "Haben sie sie denn gesehen?"—"Ja, ich habe doch für

sie drum gebeten."—Arne ersuchte die Jungens, ihm etwas zu bringen, was ihre Schwestern geschrieben hatten; sie taten es auch; Arne strich alle Schreibfehler mit einem Zimmermannsbleistift an und bat die Jungens, es so hinzulegen, daß es leicht zu finden sei. Nachher fand er das Papier in seiner Rocktasche wieder; darunter aber stand: "Verbessert von einem eingebildeten Gecken."

Tags drauf war Arnes Arbeit in der Pfarre zu Ende, und er begab sich nach Hause. So sanft wie diesen Winter hatte die Mutter ihn seit jener traurigen Zeit kurz nach dem Tode des Vaters nicht mehr gesehen. Er las ihr die Predigt vor, ging mit ihr in die Kirche und war sehr gut gegen sie. Aber sie wußte recht wohl, es geschah hauptsächlich, um ihre Zustimmung zu erlangen, daß er im Frühling auf Reisen gehen dürfe. Da kam eines Tages von Böen ein Bote mit der Anfrage, ob er nicht zum Tischlern hinkommen könne.

Arne wurde ganz beklommen zumut, und er sagte ja, als ob er sich es nicht weiter überlege. Sowie der Bote fort war, sagte die Mutter: "Du kannst Dich freilich wundern! Von Böen!"—"Ist denn das so merkwürdig?" fragte Arne, sah sie aber nicht an. "Von Böen!" rief die Mutter noch einmal. —"Na, warum nicht daher gerade so gut wie von einem andern Hof?" Er blickte ein wenig auf.—"Von Böen und Birgit Böen!—Wo doch Baard um Birgits willen Deinen Vater zum Krüppel geschlagen hat!"—-"Was sagst Du?" rief jetzt der Bursch. "Das war Baard Böen?"

Mutter und Sohn standen da und sahen sich an. Ein ganzes Leben zog an ihnen vorüber, und einen Augenblick lang sahen sie den schwarzen Faden, der sich durch alle Ereignisse hindurchzog. Nachher erzählten sie sich von jener Glanzzeit des Vaters, da die alte Eli Böen selbst um ihn für ihre Tochter Birgit geworben und einen Korb bekommen hatte; sie vergegenwärtigten sich alles bis zu dem

Augenblick, da Nils zusammenbrach, und sie fanden beide,
Baards Schuld sei die kleinere gewesen. Aber der den Vater
zum Krüppel geschlagen hatte, war eben doch er gewesen.

"Bin ich noch immer mit dem Vater nicht fertig?" dachte
Arne da und beschloß, sofort hinzugehen.

Als Arne mit der Handsäge auf der Schulter über das Eis auf
Böen zuging, fand er das Gehöft sehr schön. Das Haus sah
immer aus, als sei es neugestrichen; ihn fror ein bißchen,
und deshalb kam das Haus ihm wohl so traulich vor. Er
trat nicht gleich ein, sondern ging oben herum, wo der
Kuhstall lag; da stand eine Schar langhaariger Ziegen im
Schnee und knabberte die Rinde von Tannenzweigen; ein
Schäferhund lief auf der Scheunenbrücke hin und her und
bellte, als käme der Böse auf den Hof, aber sowie Arne
stillstand, wedelte er mit dem Schwanz und ließ sich
streicheln. Die Küchentür an der hinteren Seite des Hauses
ging häufig auf, und Arne schaute jedesmal hin; aber
entweder war es die Kuhmagd mit ihren Eimern oder die
Schaffnerin, die den Ziegen etwas hinwarf. Drinnen in der
Scheune wurde emsig gedroschen, und vorm Holzschauer
zur Linken stand ein Knecht und hackte Holz; hinter ihm
waren viele Haufen aufgeschichtet. — Arne stellte seine Säge
hin und ging in die Küche; weißer Sand lag auf dem
Fußboden und feinzerpflückter Wacholder war darüber
gestreut; an den Wänden blitzten die Kupferkessel, und
allerhand Krüge standen in Reih und Glied. Das Mittagessen
wurde gekocht, und er fragte, ob Baard zu sprechen sei.
"Geh nur in die Stube!" sagte eine Magd und wies nach der
Tür; er ging; an der Tür war keine Klinke, sondern ein
Messinggriff; drinnen war es hell und freundlich, die Decke
mit vielen Rosen bemalt, die Schränke rot, mit dem Namen
des Besitzers in schwarz darauf, das Bett genau so, nur mit
blauen Streifen am Rande. Hinten am Ofen saß ein

breitschultriger Mann mit einem gütigen Gesicht und
langem gelben Haar und legte Reifen um einige Eimer; an
dem langen Tisch saß eine Frau mit einer Haube auf dem
Kopf, in einem enganschließenden Kleid, hoch und schlank.
Sie teilte einen Haufen Korn in zwei Hälften. Sonst war
weiter niemand in der Stube.

"Guten Tag und gute Verrichtung!" sagte Arne und nahm
die Mütze ab. Beide blickten auf; der Mann lächelte und
fragte, wer er sei. "Der hier tischlern soll."—Der Mann
lächelte weiter und sagte, indem er den Kopf senkte und
seine Arbeit wieder aufnahm: "Ach, Arne Kampen."—"Arne
Kampen?" rief die Frau und starrte ihn an. Der Mann blickte
kurz auf und lächelte wieder: "Der Sohn von Schneider
Nils"; damit machte er sich wieder an die Arbeit.

Eine Weile drauf stand die Frau auf, ging an das Gesims,
drehte sich um, ging an den Schrank, kehrte wieder um,
und während sie im Tischkasten kramte, fragte sie ohne
aufzusehen: "Soll der hier arbeiten?"—"Ja, das soll er", sagte
der Mann, auch ohne aufzusehen. "Dir bietet wohl keiner
einen Stuhl an", wandte er sich zu Arne. Der setzte sich
dicht an die Tür; die Frau ging hinaus, der Mann arbeitete;
deshalb fragte Arne, ob er auch anfangen könne. "Wir
wollen erst Mittag essen."

Die Frau kam nicht wieder herein; aber als wieder die
Küchentür aufging, kam Eli. Sie tat erst, als sähe sie ihn
nicht; als er aufstand und auf sie zugehen wollte, blieb sie
stehen und drehte sich um, um ihm die Hand zu geben;
aber sie sah ihn dabei nicht an. Sie wechselten ein paar
Worte; der Vater arbeitete.—Sie trug das Haar in Flechten,
hatte ein Kleid mit engen Ärmeln an, war zierlich und
schlank mit runden Handgelenken und kleinen Händen. Sie
deckte den Tisch; das Gesinde aß in der andern Stube, Arne
mit der Familie in dieser Stube; zufällig wurde heute

getrennt gegessen, sonst aßen alle in der großen hellen
Küche am selben Tisch. — "Kommt Mutter nicht?" fragte der
Mann. — "Nein, sie ist auf dem Boden und wiegt
Wolle." — "Hast Du sie gerufen?" — "Ja, aber sie sagt, sie mag
nicht essen." — Eine Weile war's still. "Es ist doch kalt auf
dem Boden." — "Sie wollte nicht, daß ich einheize."

Nach dem Mittagessen arbeitete Arne; am Abend war er
wieder bei ihnen in der Stube. Jetzt war die Frau auch da.
Die Frauen nähten; der Mann bastelte an allerlei kleineren
Sachen herum; Arne half ihm; es blieb stundenlang still,
denn Eli, die sonst wohl das Wort führte, sagte jetzt auch
nichts. Mit Entsetzen dachte Arne, so sei es auch wohl oft
zu Hause bei ihm; aber es war, als komme ihm das jetzt erst
zum Bewußtsein. Eli seufzte einmal tief auf, als habe sie es
jetzt lange genug ausgehalten, und dann fing sie zu lachen
an. Da lachte der Vater auch, und Arne fand es ebenfalls
komisch und stimmte mit ein; fortan sprachen sie allerhand;
schließlich bloß er und Eli, und der Vater warf ab und zu ein
Wort dazwischen. Als aber Arne einmal eine ganze Zeitlang
geredet hatte, blickte er zufällig auf; da begegnete er Mutter
Birgits Augen; sie hatte die Arbeit sinken lassen und saß
und stierte ihn an. Jetzt nahm sie die Arbeit schnell auf, aber
beim ersten Wort, das er sagte, blickte sie wieder in die Luft.

Es wurde Schlafenszeit, und jeder begab sich in seine
Kammer. Arne wollte sich den Traum merken, den er die
erste Nacht auf einer neuen Stelle hätte; aber es war kein
Sinn darin. Tagsüber hatte er wenig oder nichts mit dem
Bauer selbst gesprochen; in der Nacht aber träumte er einzig
und allein von ihm. Das letzte war, daß Baard am Tisch saß
und mit Schneider Nils Karten spielte. Der machte ein
wütendes Gesicht und war ganz blaß; Baard aber lächelte
und zog die Karten zu sich herüber.

Arne war nun mehrere Tage da, während deren so gut wie

nichts gesprochen, wohl aber sehr viel gearbeitet wurde.
Nicht bloß in der Wohnstube war es still, auch das Gesinde
und die Tagelöhner, sogar die Mägde sagten nichts. Auf dem
Hof war ein alter Hund, der bellte jedesmal, wenn Fremde
kamen; nie aber hörten die Leute den Hund bellen, ohne
daß einer sagte: "Kusch!" und dann schlich er knurrend
beiseite und legte sich wieder hin. Daheim in Kampen war
eine große Wetterfahne auf dem Dach, die sich im Winde
drehte; hier war eine noch größere Fahne, die Arne auffiel,
weil sie sich nicht drehte. Wenn nun der Wind heftig wehte,
mühte sich die Fahne loszukommen, und Arne sah solange
hin, bis es ihn aufs Dach trieb, die Fahne loszumachen. Sie
war nicht festgefroren, wie er dachte, aber ein Pflock war
eingeschlagen, daß die Fahne stillstehen sollte; den zog Arne
heraus und warf ihn hinunter. Der Pflock traf Baard, der
gerade des Wegs kam. Er blickte nach oben. "Was machst Du
da?"—"Ich mache die Fahne los."—"Tu's nicht; sie kreischt,
wenn sie geht." Arne saß rittlings auf dem Dachfirst: "Das
ist doch besser, als wenn sie stillschweigt." Baard sah zu
Arne hinauf und Arne zu Baard hinunter; da lächelte
Baard: "Wer kreischen muß, wenn er sprechen will, tut doch
wohl besser zu schweigen, mein' ich."

Nun kann es vorkommen, daß irgend ein Wort lange,
nachdem es gesprochen ist, noch nachhallt, zumal wenn es
das letzte war. Dies Wort folgte Arne, wie er in der Kälte
vom Dach herunterkletterte, und es war ihm noch
gegenwärtig, als er abends in die Stube trat. Da stand Eli im
Abenddämmer am Fenster und schaute über das Eis hin, das
im Mondschein blinkte. Er ging an das andre Fenster und
schaute gleich ihr hinaus. Drinnen war es warm und still,
draußen war es kalt; ein scharfer Abendwind strich durch
das Tal und rüttelte an den Bäumen, daß die Schatten, die sie
im Mondschein warfen, nicht still lagen, sondern auf dem
Schnee hin- und herhuschten und schlichen. Vom

Pfarrhaus herüber drang ein Lichtschein, glomm auf und verwehte oder nahm mancherlei Gestalten und Farben an, wie es einem immer vorkommt, wenn man zu lange hinstarrt. Darüber stand der Felsen, an seinem Grunde finster und geheimnisvoll, mondhell aber auf den höheren Schneefeldern. Der Himmel oben war ausgestirnt und fern an einer Seite ein zittriges Nordlicht, das sich aber nicht vorwagte. Ein Stück vom Fenster entfernt, unten am Wasser, standen Bäume, und ihre Schatten stahlen sich zueinander hin; eine große Esche aber stand einsam und zeichnete Figuren auf den Schnee.

Es war sehr still; nur manchmal inzwischen kreischte und
heulte es in langgezogenen klagenden Lauten. "Was ist das?"
fragte Arne.—"Das ist die Wetterfahne", sagte Eli, und dann
fügte sie leise wie für sich selbst hinzu: "Sie muß
losgegangen sein." Arne aber war wie einer, der etwas sagen
wollte und es doch nicht konnte. Jetzt sagte er: "Weißt Du
noch das Märchen von den Drosseln, die
sangen?"—"Ja."—"Ach, richtig—Du hast es ja selbst erzählt.
——Es war ein schönes Märchen."—Sie sagte mit so sanfter
Stimme, daß er sie gewissermaßen zum erstenmal zu hören
meinte: "Mir ist so oft, als singt etwas, wenn es ganz still
ist."—"Das ist das Gute in uns." Sie blickte ihn an, als liege
ein Zuviel in der Antwort; sie schwiegen hinterher auch
beide. Dann fragte sie, während sie mit dem Finger auf den
Scheiben malte: "Hast Du kürzlich ein Gedicht gemacht?" Da
wurde er rot, das sah sie aber nicht. Deshalb fragte sie noch
einmal: "Wie machst Du es, wenn Du dichtest?"—"Möchtest
Du es gern wissen?"—"O ja."—"Ich achte auf die Gedanken,
die die andern sich entschlüpfen lassen", antwortete er
ausweichend.—Sie schwieg lange, denn sie machte wohl die
Probe auf dieses Lied oder jenes, ob sie den Gedanken
gehabt und sich hatte entschlüpfen lassen.—"Das ist doch
seltsam", sagte sie wie zu sich selbst und fing wieder an, auf
den Scheiben zu malen.—"Ich habe ein Gedicht gemacht, als
ich Dich zum erstenmal sah".—"Wo war das?"—"Drüben
beim Pfarrhof an dem Abend, als Du den Hof verließest;—
ich hab' Dich im Wasser gesehen."—Sie lachte und stand
eine Weile still: "Laß mich das Lied hören."—Arne hatte nie
zuvor so etwas getan; jetzt aber versuchte er, ihr das Lied
vorzusingen.

"Jung Venevil hüpfte auf leichtem Schuh
Ihrem Liebsten zu" usw.

Eli war ganz Ohr; sie stand noch so, als es schon lange zu

Ende war. Schließlich rief sie: "Nein, wie schade um
sie!"—"Mir ist beinahe, als hätt' ich es gar nicht selbst
gemacht", sagte er: denn er war nun verlegen, weil er es
hergesagt hatte. Er konnte auch nicht begreifen, wie er auf
den Gedanken gekommen war. Er stand und sann dem
Liede nach. Da sagte sie: "Aber mir soll's doch wohl nicht so
gehen?"—"Nein, nein, nein;—ich habe eigentlich an mich
selbst dabei gedacht."—"Soll es Dir denn so ergehen?"—"Ich
weiß nicht;—aber damals empfand ich so;—ja, ich begreife es
gar nicht; aber mir war damals so schwer ums Herz."—"Das
ist doch seltsam"; sie malte wieder auf den Scheiben.

Das nächste Mal, als Arne zum Mittagessen erschien, ging
er zuerst ans Fenster. Draußen war es grau und trüb,
drinnen warm und gut; an die Scheibe aber war mit dem
Finger geschrieben: "Arne, Arne, Arne" und immerzu
"Arne"; das war das Fenster, wo Eli am Abend vorher
gestanden hatte.

Am Tage darauf aber kam Eli nicht hinunter; sie war krank.
Sie war überhaupt die ganze Zeit über nicht recht munter;
sie sagte es selbst, und man konnte es ihr auch ansehen.

Elftes Kapitel

Den nächsten Tag kam Arne herein und erzählte, was er
eben auf dem Hof erfahren hatte: nämlich daß Mathilde, die
Tochter des Pfarrers, in die Stadt gefahren sei; sie selbst
glaube, nur für ein paar Tage,—tatsächlich aber solle sie ein
Jahr oder zwei dort bleiben. Eli hatte bis jetzt keine Ahnung
davon; sie wurde ohnmächtig und sank um.

Arne hatte so etwas nie vorher gesehen, und geriet in große

Angst; er rannte nach den Mägden, die nach den Eltern,
und die aus dem Hause; der ganze Hof geriet in Aufregung;
der Schäferhund kläffte auf der Scheunenbrücke. Als Arne
später wieder hineinkam, lag die Mutter vorm Bett auf den
Knien; der Vater stützte der Kranken den Kopf. Die Mägde
liefen hin und her, eine nach Wasser, eine andere nach
Tropfen, die im Schrank standen, eine dritte knöpfte der
Kranken die Jacke am Hals auf. "Gott sei Dir gnädig!" sagte
die Mutter; "es war doch nicht richtig, daß wir nichts gesagt
haben Du wolltest es ja so haben, Baard. O, Gott sei Dir
gnädig!" Baard antwortete nicht. "Ich hab' es ja gleich
gesagt, aber nichts geschieht nach meinem Willen. Gott helfe
Dir! Immer bist Du so häßlich zu ihr, Baard. Du weißt eben
nicht, wie ihr zumut ist; Du weißt ja nicht, wie's ist, wenn
man einen lieb hat!" Baard antwortete nicht. "Sie ist nicht so
wie die andern, die einen Kummer schon vertragen können;
sie wirft er um, die Ärmste, so schmächtig wie sie ist. Und
überhaupt jetzt, da sie sowieso schon nicht ganz gesund ist.
Wach' doch auf, mein Kind, wir wollen auch immer gut zu
Dir sein! Wach' doch auf, Eli, mein Kind und mach uns
nicht solche Sorge!" Da sagte Baard: "Entweder schweigst
Du zuviel oder Du redest zuviel"; er sah zu Arne hin, als
möchte er nicht, daß der alles mitanhöre, und als solle er
lieber gehen. Weil aber die Mägde in der Stube blieben, so
blieb Arne auch da, doch er ging ans Fenster. Jetzt kam die
Kranke soweit zu sich, daß sie um sich schauen konnte und
die Anwesenden erkannte; aber da kam ihr auch die
Erinnerung wieder, und sie schrie auf: "Mathilde!" und
brach in ein krampfhaftes Weinen und Schluchzen aus, daß
es schrecklich mitanzuhören war. Da suchte die Mutter sie
zu beruhigen; der Vater stellte sich so, daß sie ihn sehen
konnte, aber die Kranke stieß sie weg. "Weg!" rief sie; "ich
habe Euch nicht lieb, weg!"—"Jesus Christus, Du hast Deine
Eltern nicht lieb?" sagte die Mutter.—"Nein! Ihr seid hart
gegen mich und nehmt mir die einzige Freude, die ich

habe!"—"Eli, Eli! sei nicht so heftig", bat die Mutter herzlich. —"Doch, Mutter!" schrie sie, "einmal muß ich es sagen! Doch, Mutter! Ihr wollt mich mit dem schrecklichen Menschen verheiraten, und ich will ihn nicht. Ihr sperrt mich hier ein, wo ich jedes Mal froh bin, wenn ich herauskann. Und Ihr nehmt mir Mathilde, die einzige auf der Welt, die ich lieb habe, und nach der ich mich sehne. O Gott, was soll aus mir werden, wenn Mathilde nicht mehr hier ist,—besonders jetzt, da ich soviel, soviel auf dem Herzen habe, daß ich mir keinen Rat weiß, wenn ich nicht mit einem darüber reden kann!"—"Aber Du warst ja doch jetzt seltner bei ihr", sagte Baard.—"Was tut das, wenn ich sie drüben am Fenster weiß!" erwiderte die Kranke und weinte wie ein Kind, so daß es Arne war, als habe er bis zu diesem Tage noch keinen Menschen weinen hören.—"Du konntest sie aber doch von hier aus nicht sehen", sagte Baard.—"Ich sah aber das Haus", sagte sie, und die Mutter fügte erregt hinzu: "So was verstehst Du eben nicht." Da sagte Baard nichts mehr. "Jetzt kann ich nie mehr ans Fenster!" sagte Eli. "Morgens, wenn ich aufstand, ging ich hin; abends saß ich da im Mondschein, und dahin ging ich, wenn ich weiter keinen hatte, zu dem ich gehen konnte. Mathilde, Mathilde!" Sie wand sich im Bett und bekam wieder einen Weinkrampf. Baard setzte sich auf einen Schemel und blickte sie an.

Eli wurde aber nicht so schnell besser, wie man wohl angenommen hatte. Gegen Abend gewahrten sie erst, daß eine langwierige Krankheit im Anzug war, die ihr sicher schon lange in den Gliedern gelegen hatte, und Arne wurde hereingerufen, um sie in ihre Kammer tragen zu helfen. Sie war ohne Bewußtsein, war sehr bleich und lag ganz still; die Mutter setzte sich zu ihr, der Vater stand am Fußende des Bettes und sah sie lange an; nachher ging er hinunter an seine Arbeit. Arne ging auch; aber abends beim

Schlafengehen betete er für sie, betete, daß sie, die so jung und schön war, es gut im Leben haben, und daß keiner sie um ihr Glück bringen möge.

Tags drauf saßen die Eltern beisammen und besprachen etwas, als Arne hineinkam; die Mutter hatte geweint. Arne fragte, wie es gehe; beide dachten, der andere werde antworten, und deshalb dauerte es eine ganze Zeit, bis Antwort kam; schließlich aber sagte der Vater: "Es geht recht schlecht."—Später erfuhr Arne, Eli sei die ganze Nacht ohne Bewußtsein gewesen oder habe dummes Zeug geredet, wie der Vater sagte. Jetzt lag sie in heftigem Fieber, erkannte niemand, wollte keine Speise zu sich nehmen und die Eltern saßen eben und berieten, ob sie den Doktor holen sollten. Als sie nachher nach oben gingen und bei der Kranken blieben und Arne wieder allein war, hatte er die Empfindung, da oben sei Leben und Tod zugleich; er aber sei ausgeschlossen.

Nach einigen Tagen wurde es etwas besser. Als der Vater einmal bei ihr wachte, hatte sie den Einfall: Narrifas, der Vogel, den Mathilde ihr geschenkt hatte, solle bei ihr vorm Bett stehen. Da sagte Baard der Wahrheit gemäß, in all dem Wirrwarr habe man den Vogel vergessen, und er sei gestorben. Die Mutter kam gerade in die Tür, als Baard das erzählte, und sie schrie auf: "Herrjeh, was bist Du für ein rücksichtsloser Mensch, Baard, dem kranken Kind so was zu erzählen! Siehst Du, da wird sie uns wieder ohnmächtig; Gott verzeih Dir die Sünde!" Immer, wenn die Kranke zu sich kam, rief sie nach dem Vogel, sagte, es könne Mathilde unmöglich gut gehen, da der Vogel gestorben sei, wollte hin zu ihr und fiel von neuem in Ohnmacht. Baard stand da und sah es mit an, bis es ihm zu bunt wurde. Da wollte er auch helfen; die Mutter aber schob ihn beiseite und sagte, sie werde schon allein auf die Kranke acht geben. Da sah Baard

sie beide lang an, schob dann mit beiden Händen seine
Mütze zurecht, drehte sich um und ging.

Später kamen der Pfarrer und seine Frau herüber, denn die
Krankheit hatte Eli mit neuer Macht gepackt, und es wurde
so schlimm, daß keiner wußte, ob es zum Leben oder zum
Tode gehe.

Der Pfarrer wie auch seine Frau machten Baard Vorwürfe, er
sei zu hart gegen das Kind; sie erfuhren die Geschichte mit
dem Vogel, und da sagte ihm der Pfarrer rund heraus, das
sei eine Roheit; er wolle das Kind zu sich ins Haus nehmen,
sagte er, sobald sie hinübergeschafft werden könne; die Frau
Pfarrer wollte ihn zuletzt gar nicht mehr sehen, sie weinte
und saß bei der Kranken, ließ den Doktor holen, nahm
selbst seine Anordnungen entgegen und kam dann täglich
einigemal herüber, um Eli vorschriftsgemäß zu pflegen.
Baard ging draußen auf dem Hof von einer Stelle zur
andern, am liebsten so, daß er allein war, stand oft lange,
lange auf einem Fleck, schob dann mit beiden Händen seine
Mütze zurecht und nahm irgend eine Arbeit vor.

Die Mutter sprach nicht mehr mit ihm. Sie sahen sich kaum.
Ein paarmal am Tage ging er zu der Kranken hinauf; dann
zog er unten auf der Treppe die Schuhe aus, legte die Mütze
draußen hin und öffnete behutsam die Tür. Sowie er
hereinkam, drehte Birgit sich um, als habe sie ihn nicht
gesehen, saß zusammengekauert da, den Kopf in die Hände
gestützt und starrte vor sich hin auf die Kranke. Die lag still
und bleich und wußte nicht, was um sie her vorging. Baard
stand eine Weile am Fußende des Bettes, sah sie beide an und
sagte nichts. Wenn die Kranke sich einmal bewegte, als
wolle sie aufwachen, dann stahl er sich ebenso leise, wieder
aus der Stube, wie er gekommen war.

Oft dachte Arne, wie jetzt zwischen Mann und Frau und

zwischen Kind und Eltern Worte gefallen seien, die lange
sich angesammelt hatten und schwer wieder vergessen
werden konnten. Er sehnte sich fort von hier, obwohl er
gern vorher gewußt hätte, wie es Eli gehe. Das werde er ja
aber auch wohl erfahren, dachte er, ging also zu Baard und
sagte, er wolle nach Hause. Die Arbeit, um derentwillen er
gekommen war, sei fertig. Baard saß draußen auf dem
Hauklotz, als Arne kam und ihm das sagte. Er saß da, ganz
gebückt, und scharrte mit einem Pflock im Schnee; den
Pflock kannte Arne; es war derselbe, der die Wetterfahne
gehemmt hatte. Baard blickte nicht auf; er sagte: "Es ist hier
wohl augenblicklich nicht gut sein, —aber mir ist, als möcht'
ich Dich nicht fortlassen." Weiter sagte Baard nichts, und
Arne auch nicht. Er blieb eine Weile stehen, ging dann weg
und nahm eine Arbeit vor, als sei es abgemacht, daß er
bleiben solle.

Später, als Arne zum Essen hineingerufen wurde, saß Baard
noch immer auf dem Hauklotz. Da ging Arne zu ihm und
fragte, wie es Eli heut gehe. "Es ist wohl heute sehr
schlimm," sagte Baard, "ich sah, daß ihre Mutter weint."
Arne war's, als heiße ihn einer sich hinsetzen, und er setzte
sich Baard gegenüber auf einen Baumstamm. "Ich habe in
diesen Tagen viel an Deinen Vater gedacht", sagte Baard so
unvermittelt, daß Arne nichts darauf erwidern konnte. "Du
weißt wohl, was zwischen uns vorgefallen ist?"—"Ich weiß
es."—"Ja, Du weißt aber vermutlich nur die eine Hälfte und
schreibst mir die ganze Schuld zu." Arne antwortete nach
einer Weile: "Du hast doch gewiß Deinem Gott Rechenschaft
darüber gegeben, wie mein Vater jetzt auch."—"Ach ja, wie
man's nehmen will", versetzte Baard. "Als ich vorhin diesen
Pflock wiederfand, kam es mir so merkwürdig vor, daß Du
hierherkommen mußtest und die Fahne losmachen. Je eher,
je besser, dachte ich." Er hatte die Mütze abgenommen und
saß und sah in sie hinein.

Arne begriff noch nicht, daß er hiermit meinte, er wolle jetzt
mit ihm über seinen Vater reden. Ja, er begriff es auch noch
nicht, als Baard schon im besten Zuge war, so wenig sah das
Baard ähnlich. Aber was in seinem Herzen voraufgegangen
sein mochte, merkte er, je weiter die Erzählung vorschritt,
und hatte er vorher vor diesem schwerfälligen, aber
grundehrlichen Menschen Achtung gehabt, so wurde sie
nicht kleiner hierdurch.

"Ich mochte wohl so vierzehn Jahr sein", sagte Baard und
hielt inne, wie bei der ganzen Erzählung ab und zu, sagte
ein paar Worte, hielt wieder inne, aber so, daß seine
Erzählung ein Gepräge bekam, als sei jedes Wort
wohlerwogen. "Ich mochte wohl so vierzehn Jahr sein, als
ich Deinen Vater, der im selben Alter war, kennen lernte. — Er
war sehr wild und duldete keinen über sich. Und er hat es
mir nie vergessen können, daß ich bei der Konfirmation der
erste war und er der zweite. — Oft wollte er mit mir
anbinden, aber es kam nie soweit, wahrscheinlich war
keiner von uns seiner selbst sicher. — Aber merkwürdig ist,
daß er jeden Tag eine Prügelei hatte und nie ein Unglück
daraus entstand; nur das eine Mal, wo ich dazwischen
kommen mußte, ging es so schlimm ab, wie es nur gehen
konnte; — aber freilich: ich hatte auch sehr lange gewartet.
— —

Nils lief allen Mädchen nach und sie ihm. Eine bloß wollte
ich haben, aber die nahm er mir bei jedem Tanz weg, bei
jeder Hochzeit, bei jedem Fest; das war die, mit der ich jetzt
verheiratet bin. — — — Mich packte oft die Lust, wenn ich so
dasaß, mich um dieser Sache willen mit ihm zu messen; aber
ich hatte Angst, ich könne verlieren, und wußte, daß ich
damit auch sie verlieren würde. Wenn alle andern fort
waren, machte ich dieselben Kraftproben, die er gemacht
hatte, schnellte gegen den Balken, gegen den er geschnellt

war; aber wenn er das nächste Mal mir das Mädchen wieder
vor der Nase wegschnappte, wagte ich mich doch nicht mit
ihm einzulassen, —obgleich—einmal geschah es doch, als er
nämlich gerade vor meinen Augen mit dem Mädchen schön
tat—da nahm ich einen ausgewachsenen Burschen und legte
ihn, als sei's Kinderspiel, über den Dachbalken. Damals ist er
auch ganz blaß geworden———

Wenn er noch gut zu ihr gewesen wäre; aber er betrog sie,
und das Abend für Abend. Ich glaube, sie hatte ihn nach
jedem Mal bloß noch lieber.—So stand es, als das letzte
geschah. Ich dachte, jetzt mag es biegen oder brechen. Unser
Herrgott hat wohl nicht gewollt, daß er es so weitertreiben
sollte, deshalb fiel er härter, als ich gewollt hatte.—Ich habe
ihn nachher nie wiedergesehen."

Sie schwiegen eine ganze Zeit, schließlich fuhr Baard fort:

"Ich warb wieder um sie. Sie sagte nicht ja, nicht nein, und
da dachte ich, es würde später besser werden. Wir heirateten
uns; die Hochzeit war unten im Tal bei einer Base, die sie
beerbte. Wir fingen groß an, und unser Hab und Gut hat
sich noch weiter vermehrt. Unsere Höfe lagen
nebeneinander, und nun wurden sie vereinigt, wie es von
klein auf mein Wunsch gewesen war.—Aber vieles andere
ging nicht nach meinem Wunsch."—Er saß lange wortlos
da; Arne dachte eine Weile, er weine; das war aber nicht der
Fall. Nur seine Stimme war noch sanfter denn gewöhnlich,
als er nun fortfuhr:

"Anfangs war sie still und sehr traurig. Ich konnte ihr
nichts zum Troste sagen, und so schwieg ich. Später nahm
sie manchmal dies unstete Wesen an, das Du vielleicht auch
bemerkt hast; es war doch wenigstens eine Veränderung,
und so schwieg ich auch dazu.—Aber einen wirklich frohen
Tag habe ich nicht gehabt, seit ich verheiratet bin, und das

sind jetzt an die zwanzig Jahre."———

Hier brach er den Pflock in zwei Stücke; dann saß er eine ganze Zeit und sah die Stücke an.

"——Als Eli heranwuchs, dachte ich, sie habe mehr Freude als hier, wenn sie unter Fremden wäre. Ich habe nur selten etwas gewollt; das meiste ist aber schief gegangen,—und dies auch. Die Mutter saß und sehnte sich nach dem Kinde, wenn auch nur das bißchen Wasser zwischen ihnen lag, und schließlich merkte ich: da drüben die Pfarre ist auch nicht das richtige, denn die Pfarrersleute sind so recht gutmütige Hanswurste; aber ich merkte es zu spät. Sie ist jetzt wohl weder Vater noch Mutter zugetan!"

Die Mütze hatte er wieder abgenommen; jetzt fielen ihm die langen Haare in die Augen; er strich sie weg und setzte sich mit beiden Händen die Mütze auf, als wolle er gehen; aber als er sich zum Haus umwandte, um aufzustehen, blieb er noch und fügte mit einem Blick nach dem Fenster der Bodenkammer hinzu:

"Ich hielt es für das beste, Mathilde und sie nähmen nicht Abschied voneinander;—aber das war verkehrt. Ich sagte ihr, der kleine Vogel sei tot, denn meine Schuld war es doch, und da hielt ich es für richtiger, es einzugestehen; aber das war auch verkehrt. Und so ist es mit allem. Ich habe immer das beste gewollt, aber immer ist es zum Unsegen geworden, und jetzt ist es soweit gekommen, daß Frau und Tochter schlecht von mir reden und ich hier allein und verlassen herumlaufe."

Eine Magd rief zu ihnen hinauf, das Essen werde kalt. Baard stand auf. "Ich höre die Pferde wiehern", sagte er; "sie müssen wohl vergessen sein"; damit ging er in den Stall, um ihnen Heu zu geben.

Zwölftes Kapitel

Eli war sehr schwach nach ihrer Krankheit; die Mutter saß
Tag und Nacht bei ihr und kam niemals nach unten; der
Vater machte oben seine gewohnten Besuche auf Socken und
legte die Mütze draußen vor der Tür ab. Arne war noch
immer auf dem Hof; er und der Vater saßen abends
zusammen; er hatte Baard sehr liebgewonnen; Baard war
ein belesener, scharf denkender Mensch, hatte aber
sozusagen Angst vor dem, was er wußte. Wenn nun Arne
ihm zurechthalf und ihm manches erzählte, was er noch
nicht gewußt hatte, dann war Baard sehr dankbar.

Eli durfte nun schon zuweilen auf sein, und je mehr es mit
ihr vorwärts ging, desto mehr Einfalle hatte sie. So auch
eines Abends, als Arne in der Stube unter Elis Kammer saß
und mit lauter Stimme sang: da kam die Mutter hinunter
und bestellte von Eli, er möge doch hinauf kommen und
singen, damit sie die Worte besser verstehen könne. Arne
hatte vielleicht schon hier unten Eli zuliebe gesungen, denn
als die Mutter dies sagte, wurde er rot und stand auf, als
wolle er sein Tun ableugnen, wiewohl keiner es behauptet
hatte. Er faßte sich aber schnell und sagte ausweichend, er
könne nur so wenig singen. Die Mutter aber meinte, wenn
er allein sei, schiene das gar nicht der Fall zu sein.

Arne gab nach und ging. Er hatte Eli seit dem Tage nicht
gesehen, da er sie hatte hinauftragen helfen; er dachte, sie
müsse sich jetzt sehr verändert haben, und das machte ihn
ein bißchen ängstlich. Aber als er leise die Tür öffnete und
eintrat, war es stockfinster im Zimmer, und er konnte nichts
sehen. Er blieb an der Tür stehen. "Wer ist da?" fragte Eli
leise und deutlich. "Arne Kampen", entgegnete er behutsam,
damit die Worte recht weich klängen.—"Es ist nett, daß Du
kommst."—"Wie geht es Dir, Eli?"—"Danke, jetzt geht es

besser."

"Setz' Dich doch, Arne", sagte sie eine Weile drauf, und Arne
tastete sich zu einem Stuhl hin, der am Fußende des Bettes
stand. "Es tat mir wohl, Dich singen zu hören, Du mußt
mir hier oben etwas vorsingen."—"Wenn ich nur etwas
könnte, was hierherpaßte."—Es blieb eine Zeitlang still;
dann sagte sie: "Sing einen Choral!" und das tat er, und
zwar ein Stück aus einem Konfirmationslied. Als er zu Ende
war, hörte er sie weinen, und deshalb wagte er nicht weiter
zu singen; nach einer Weile aber sagte sie: "Sing' noch so
eins", und er sang noch eins, diesmal ein sehr bekanntes
Kirchenlied. "Über wievieles hab' ich nicht nachgedacht, als
ich hier so lag", sagte Eli. Er wußte nicht, was er darauf
sagen solle, und hörte ihr leises Weinen in der Dunkelheit.
Eine Uhr tickte hinten an der Wand, holte zum Schlage aus
und schlug dann. Eli atmete ein paarmal tief auf, als wolle
sie ihre Brust erleichtern, und dann sagte sie: "Man weiß so
wenig, kennt weder Vater noch Mutter.—Ich bin nicht lieb
zu ihnen gewesen,—und deshalb war's mir so eigen, jetzt
das Konfirmationslied zu hören."

Wenn man im Dunkeln miteinander redet, ist man viel
aufrichtiger, als wenn einer des andern Gesicht sieht; man
sagt auch wohl mehr.

"Das war ein gutes Wort", sagte Arne; er mußte daran
denken, was sie damals gesagt hatte, als sie krank wurde.
Das wußte sie, und deshalb sagte sie: "Wäre dies alles mir
nun nicht geschehen, so hätt' es Gott weiß wie lange
gedauert, bis ich mich zu Mutter hingefunden hätte."—"Sie
hat jetzt mit Dir gesprochen?"—"Jeden Tag; weiter hat sie
nichts getan."—"Da hast Du wohl manches gehört."—"Das
kannst Du glauben."—"Sie hat wohl auch von meinem Vater
gesprochen."—"Ja."——"Denkt sie noch an ihn?"—"Sie denkt
an ihn."—"Er ist nicht gut zu ihr gewesen."—"Arme

Mutter!"—"Aber am schlechtesten war er gegen sich selbst."

Jeder dachte etwas, was er dem andern nicht sagen mochte.
Eli fand zuerst Worte: "Du sollst Deinem Vater
gleichen."—"Man sagt es", antwortete er ausweichend; ihr
fiel der Ton nicht auf, und deshalb fing sie nach einer Weile
wieder an: "Konnte er auch dichten?"—"Nein."

"Sing mir ein Lied,——eins, das Du selbst gemacht hast."
Aber Arne pflegte nicht gern zuzugeben, daß die Lieder, die
er sang, von ihm selbst waren. "Ich habe keins", sagte er.
"Doch hast Du das, und Du singst mir auch eins vor, wenn
ich Dich drum bitte."—Was er für keinen andern je getan
hätte, das tat er nun für sie. Er sang nämlich folgendes Lied:

> Mit Blatt und Knospen stand fertig der Baum.
> "Soll ich—?" blies der Frühfrost aus dem eisigen Raum.
> "Nein, Liebster, sei lind,
> Bis wir Blüten worden sind!"
> So baten die Knospen tief in ihrem Traum.
>
> Der Baum trug Blüten, die Nachtigall sang,
> "Soll ich—?" rief der Wind und schüttelte sie lang'.
> "Nein, laß, lieber Wind,
> Bis wir Früchte worden sind!"
> So baten all die Blüten und zitterten bang.
>
> Und der Baum reifte Früchte in der Sommersonnenglut.
> "Soll ich——?" fragte lächelnd das junge schöne Blut.
> "Ja, du darfst, lieb Kind!
> Nimm so viele, wie da sind!"
> Sprach der Baum und beugte sein schwellendes Gut.

Das Lied benahm ihr fast den Atem. Er saß nachher auch
da, als habe er mehr gesungen, als er eigentlich wahr haben
wollte.

Das Dunkel liegt schwer über denen, die beisammen sitzen
und nicht sprechen mögen; sie sind sich niemals näher als
gerade dann. Er hörte es, wenn sie sich nur regte, wenn sie
nur mit der Hand über die Decke strich, wenn sie nur
einmal etwas tiefer atmete als gewöhnlich.

"Arne—, könntest Du mich nicht dichten lehren?"—"Hast
Du es nie versucht?"—"Doch, jetzt in den letzten Tagen; aber
ich bringe kein Lied zustande."—"Was hast Du denn darin
sagen wollen?"—"Etwas von Mutter, die Deinen Vater so lieb
hatte."—"Das ist ein schwieriger Stoff."—"Mir sind auch
darüber die Tränen gekommen."—"Du mußt nicht nach
Stoffen suchen; sie kommen von selbst."—"Wie
denn?"—"Wie alles Liebe: wenn Du es am wenigsten
erwartest."—Sie schwiegen beide. "Mich wundert, Arne, daß
Du Dich von hier fortsehnst, wo Du doch soviel Schönes in
Dir hast."—"Weißt Du denn, daß ich mich fortsehne?"—Sie
antwortete nicht; sie lag ganz still wie in Gedanken. "Arne,
Du darfst nicht fort!" sagte sie, und das ging ihm warm zu
Herzen.—"Manchmal hab' ich auch weniger Lust
dazu."—"Deine Mutter muß Dich sehr lieb haben. Ich
möchte Deine Mutter einmal sehen!"—"Komm doch mal
nach Kampen, wenn Du erst wieder gesund bist." Und da
stellte er sie sich auf einmal vor, wie sie in Kampen in der
hellen Stube saß und auf die Berge schaute; sein Herz fing
zu klopfen an, und das Blut schoß ihm ins Gesicht. "Es ist
warm hier drinnen", sagte er und stand auf.

Sie hörte es. "Willst Du schon gehen?" sagte sie, und er
setzte sich wieder.

"——Du mußt öfter zu uns kommen;—Mutter hat Dich so
lieb."—"Ich selbst möchte auch gern;—aber ich muß doch
ein Gewerbe treiben."—Eli schwieg eine Weile, als denke sie
nach. "Ich glaube," sagte sie, "Mutter wollte Dich um etwas
bitten——"

Er hörte, wie sie sich im Bett aufrichtete. Kein Laut war in
der Kammer zu hören und auch unten nicht, außer der Uhr,
die an der Wand tickte. Da stieß sie heraus:

"Wollte Gott, es wäre Sommer!"

"Es wäre Sommer!" Und vor seiner Phantasie erstanden
Bilder von feuchtem Laub und Herdengeläut, von Jodeln
auf Bergeshöhen und Gesang in den Tälern. Der Schwarze
See lag und schimmerte in der Sonne und die Gehöfte
wiegten sich drin. Eli kam heraus und setzte sich draußen
hin wie an jenem Abend. "Wenn es Sommer wäre," sagte sie,
"und ich auf dem Hügel säße, glaube ich ganz bestimmt, ich
könnte ein Lied dichten!"

Er lachte und fragte: "Wovon sollte es denn
handeln?"—"Von etwas
Leichtem, von—ja, ich weiß selbst nicht."

"Sag' es, Eli!" er stand vor Freude auf, überlegte aber und
setzte sich wieder.

"Das sag' ich Dir um keinen Preis der Welt!"—lachte sie.
—"Ich habe Dir doch was vorgesungen, als Du mich drum
batest."—"Das ist wahr;—aber nein, nein!"—"Eli, glaubst
Du, ich mache mich über den kleinen Vers lustig, den Du
gedichtet hast?"—"Nein, das glaube ich nicht, Arne; aber ich
hab' ihn nicht selbst gemacht."—"Ist er von einem
andern?"—"Ja, es ist mir so zugeweht."—"So kannst Du es
mir doch sagen."—"Nein, nein, so ist es ja auch nicht, Arne;
quäl' mich nicht länger." Sie barg wohl den Kopf im Kissen,
denn das letzte war kaum zu hören. "Eli, jetzt bist Du nicht
so nett zu mir, wie ich zu Dir gewesen bin!" er stand auf.
"Arne, das ist doch etwas ganz anderes!—Du verstehst mich
nicht!—aber es war—ich weiß selbst nicht—ein andermal—
sei mir nicht böse, Arne! geh nicht fort!" sie fing zu weinen

an.

"Eli, was ist Dir?" er lauschte. "Bist Du krank?" das glaubte
er selbst nicht. Sie weinte noch immer; ihm war, er müsse
jetzt entweder vorwärts oder zurück. "Eli!"—"Ja"; sie
flüsterten beide. "Gib mir die Hand!" Sie antwortete nicht; er
lauschte angestrengt, gespannt,—tastete über die Decke und
faßte eine kleine, warme Hand, die frei lag.

Da knarrte die Treppe, und sie ließen sich los. Es war die
Mutter mit Licht. "Ihr sitzt auch zu lange im Dunkeln",
sagte sie und stellte den Leuchter auf den Tisch. Aber weder
Eli noch er konnten das Licht vertragen; sie vergrub das
Gesicht in den Kissen, er hielt sich die Hand vor die Augen.
"Ach ja, es tut zuerst ein bißchen weh", sagte die Mutter,
"aber das geht vorüber."

Arne suchte auf dem Fußboden nach seiner Mütze, die er
gar nicht bei sich gehabt hatte, und dann ging er.

Tags darauf hörte er, Eli werde am Nachmittag ein bißchen
herunterkommen. Er packte sein Handwerkszeug
zusammen und verabschiedete sich. Als sie nach unten kam,
war er fort.

Dreizehntes Kapitel

Spät kommt der Frühling in die Berge. Die Post, die den
Winter dreimal in der Woche den Königsweg entlang fährt,
geht schon im April nur noch einmal, und dann fühlen die
Bergbewohner, daß draußen der Schnee fort und das Eis
gebrochen ist, daß die Dampfer verkehren und der Pflug die
Erde aufwühlt. Hier liegt der Schnee noch drei Ellen hoch;
das Vieh brüllt in den Ställen, und die Vögel kommen

geflogen, verkriechen sich aber und frieren. Ab und zu erzählt ein Wanderer, er habe seinen Wagen unten im Tal gelassen, und er hat Blumen mit und zeigt sie; die hat er am Wegrand gepflückt. Da fährt eine Unruhe in die Leute dort oben; sie gehen umher und plaudern, schauen nach der Sonne aus und über das Land hin, wieviel sie wohl täglich schaffe. Sie streuen Asche auf den Schnee und denken an die Menschen, die jetzt Blumen pflücken.

In solcher Zeit war's, als die alte Margit Kampen zur Pfarre gegangen kam und den Herrn Pfarrer sprechen wollte. Und sie wurde in sein Arbeitszimmer hinaufgeführt, wo der Pfarrer, ein schmächtiger, hellblonder Mann, die großen Augen hinter einer Brille, sie freundlich empfing, sie gleich erkannte und sie bat, Platz zu nehmen. "Ist es wieder was mit Arne?" fragte er, als hätten sie schon häufiger über diesen Fall gesprochen. "Ja, Gott helfe mir," sagte Margit, "ich kann ja nie was andres als gutes von ihm sagen, und doch ist es so schwer"; sie sah sehr sorgenvoll aus. "Ist denn wieder die alte Sehnsucht über ihn gekommen?" fragte der Pfarrer. "Schlimmer als je", sagte die Mutter. "Ich glaube nimmer, daß er bei mir bleibt, wenn der Frühling kommt."—"Er hat doch versprochen, Dich nie zu verlassen."—"Freilich; aber Herrgott,—er weiß sich ja selbst keinen Rat; wenn ihm der Sinn in die Welt steht, muß er eben gehen. Was soll dann aber aus mir werden?"

"Ich glaube, schließlich wird er Dich doch nicht allein lassen", sagte der Pfarrer. "Nein, natürlich; aber wenn er es nun zu Hause nicht aushalten kann? Soll ich es da auf mein Gewissen laden, ihm im Wege zu stehen; manchmal denke ich, ich müsse ihn selbst bitten zu reisen."

"Woher weißt Du, daß er jetzt noch größere Sehnsucht hat als früher?"—"Ach,—aus vielen Dingen. Seit dem Mittwinter hat er keinen einzigen Tag mehr im Dorf gearbeitet. Dagegen

ist er dreimal nach der Stadt gefahren und jedesmal lange
weggeblieben. Er spricht fast nie, wenn er arbeitet, und das
hat er doch sonst oft getan. Er kann stundenlang allein
oben an dem kleinen Bodenfenster sitzen und nach den
Bergen schauen, dorthin, wo die Kampenschlucht ist; da
kann er Sonntags den ganzen Nachmittag sitzen, und oft,
wenn es mondhell ist, bleibt er dort bis tief in die Nacht
hinein."—"Liest er Dir nie etwas vor?"—"Natürlich, jeden
Sonntag liest er mir vor und singt, aber immer so ein
bißchen in Eile, außer wenn er beinahe zu viel des Guten
tut."—"Spricht er dann nie mit Dir?"—"Oft macht er so lange
Pausen, daß ich heimlich vor mich hinweine. Das sieht er
dann und fängt zu reden an, aber immer von den leichten
Dingen, nie von den schwereren." Der Pfarrer ging auf und
ab, dann blieb er stehen und fragte: "Warum sagst Du ihm
das nicht?"—Es dauerte lange, bis sie hierauf etwas
antwortete; sie seufzte ein paarmal, schaute zu Boden und
zur Seite und faltete ihr Taschentuch zusammen. "Ich bin
heute hergekommen, um mit dem Herrn Pfarrer über etwas
zu reden, was mir schwer auf der Seele liegt."—"Sprich frei
heraus; es wird Dich erleichtern."—"Ja, es wird mich
erleichtern; denn ich habe es jetzt viele Jahre lang allein mit
mir herumgeschleppt, und es wird mit jedem Jahre
schwerer."—"Was ist es, liebe Frau?"—Sie zögerte eine Weile,
dann sagte sie: "Ich habe eine große Sünde an meinem Sohn
begangen", sie fing zu weinen an. Der Pfarrer trat dicht vor
sie hin: "Gesteh' sie mir, dann wollen wir zusammen zu
Gott beten, daß sie Dir vergeben werde."

Margit schluchzte und wischte sich die Tränen ab, sie fing
aber wieder zu weinen an, als sie sprechen wollte, und so
geschah es noch ein paarmal. Der Pfarrer tröstete sie und
sagte, es könne doch gewiß keine so große Schuld sein, sie
sei wohl zu streng gegen sich usw. Margit aber weinte und
hatte nicht den Mut, zu beginnen, bis der Pfarrer sich neben

sie setzte und ihr gut zuredete. Da kam es denn allmählich aus ihr heraus: "Der Junge hat es als Kind schlecht gehabt, und da hat er die Wanderlust bekommen. Dann kam er mit Kristian zusammen, mit dem, der jetzt drüben beim Goldgraben schwer reich geworden ist. Kristian gab Arne so viele Bücher, daß er anders wurde als wir; sie saßen nächtelang zusammen, und als Kristian fortging, wollte der Junge ihm nach. Zu der Zeit aber kam sein Vater ums Leben, und der Junge versprach, mich nie zu verlassen. Mir war zumut wie einer Henne, die ein Entenei ausgebrütet hat; als das Junge Luft gekriegt hatte, wollte es fort aufs große Wasser, und ich lief schreiend am Ufer hin und her. Konnte er auch selbst nicht fort, so konnten es doch seine Lieder, so daß ich jeden Morgen glaubte, sein Bett müsse leer sein.

Da geschah es, daß ein Brief aus sehr weiter Ferne für ihn eintraf, und der mußte von Kristian sein. Gott verzeihe mir, daß ich ihn an mich nahm und ihn versteckte. Ich dachte, hiermit habe es sein Bewenden, aber da kam noch einer, und hatte ich den ersten versteckt, so mußte ich auch den andern verstecken. Aber war es nicht, als wollten die Briefe ein Loch in die Truhe brennen, in der sie lagen, — denn denken mußte ich dran, sowie ich die Augen aufschlug, bis ich sie wieder zumachte. Was Verkehrteres gab es auf der Welt nicht wieder, — es kam noch ein dritter! Den habe ich wohl eine Viertelstunde in der Hand gehalten; ich trug ihn drei Tage lang auf der Brust und überlegte hin und her, ob ich ihm wohl den Brief geben oder ob ich ihn zu den andern legen solle; aber vielleicht war er mächtig genug, den Jungen von mir fortzulocken, — — ich konnte nichts dafür, aber ich legte ihn zu den andern. Jetzt ging ich täglich angstvoll um die Truhe herum und dachte an die Briefe, die noch kommen konnten. Vor jedem Menschen, der auf den Hof kam, hatte ich Angst; saßen wir in der Stube, und einer faßte an die Türklinke, dann zitterte ich; denn es konnte doch ein Brief sein, und dann würde er ihn bekommen. Wenn er im Dorf war, lief ich zu Hause herum und dachte, jetzt kriegt er da draußen vielleicht einen Brief, und darin steht von denen, die schon vorher angelangt sind! Wenn er nach Hause kam, forschte ich schon von weitem in seinem Gesicht, und Herrgott, wie war ich froh, wenn er lächelte, weil er ja dann nichts bekommen hatte! Er war jetzt auch so hübsch geworden wie sein Vater, nur blonder und sanfter. Und dann hatte er eine so schöne Stimme;—wenn er draußen vor der Tür in der Abendsonne saß, zu den Halden hinaufsang und auf die Antwort lauschte, dann fühlte ich, daß ich ihn nicht entbehren konnte!—Wenn ich ihn bloß sah oder doch wußte, er war irgendwo in der Nähe und freute sich über irgend etwas, und er hatte nur manchmal inzwischen ein gutes Wort für mich, dann wünschte ich mir nichts mehr auf der Welt und ich bereute keine Träne, die ich geweint hatte.

Aber gerade als es schien, er fühlte sich wohler und ginge lieber unter Menschen, da kam ein Bote von der Posthalterei, jetzt sei der vierte Brief gekommen, und darin seien zweihundert Taler!—Ich dachte, ich sollte auf der Stelle umsinken: Was sollte ich jetzt tun? Den Brief konnte ich ja beiseite schaffen, aber das Geld? Ich fand ein paar Nächte keinen Schlaf wegen dieses Geldes; ich hatte es manchmal auf dem Boden, manchmal im Keller hinter einer Tonne, und einmal war ich so verzweifelt, daß ich es vors Fenster legte, wo er es finden konnte. Als ich ihn kommen hörte, nahm ich es doch wieder fort. Schließlich aber fand ich einen Ausweg: ich gab ihm das Geld und sagte, es habe von Mutters Lebzeiten her noch ausgestanden. Er vergrub es in die Erde, wie ich mir gedacht hatte, und da kam es nicht weg. Aber dann mußte es geschehen, daß er gerade in dem Herbst eines Abends dasaß und sich wunderte, daß Kristian ihn so ganz vergessen habe!

Da brach die Wunde wieder auf, und das Geld brannte mir
auf der Seele;
Sünde war es, und genützt hatte die Sünde nichts!

Eine Mutter, die sich an ihrem Kind versündigt, ist die
unglücklichste aller Mütter;—und doch hab' ich es nur aus
Liebe getan.—So soll ich wohl auch damit gestraft werden,
daß ich mein Liebstes verliere. Denn seit dem Mittwinter hat
er die Weise wiedergefunden, die er singt, wenn er sich
hinaussehnt; die hat er von Kind an gesungen, und ich
kann sie nicht hören, ohne zu erbleichen. Dann bin ich zu
allem möglichen imstande, und hier sollst Du sehen,"—sie
holte ein Stück Papier aus ihrem Mieder, faltete es
auseinander und gab es dem Pfarrer, "hier ist etwas, woran
er zuweilen schreibt; das geht gewiß nach der Melodie. Ich
habe es mitgebracht, weil ich solch feine Schrift nicht lesen
kann; sieh doch zu, ob da etwas vom Wandern drin steht.
—"

Es stand nur eine Strophe auf dem Papier. Von der zweiten
Strophe hier eine ganze und dort eine halbe Zeile, als sei es
eine Weise, die er vergessen hatte, und die ihm jetzt Vers für
Vers wieder einfiel. Der erste Vers aber lautete:

Könnt', o könnt' ich hinüber schaun
  Über die hohen Berge!
Seh' nur immer den Gletscher blaun,
Rings die Wälder empor sich baun.
  Ob sie die Gipfel stürmen,
  Die sich wie Burgen türmen?

"Steht was vom Wandern drin?" fragte Margit und hing an
den Augen des Pfarrers. "Ja, vom Wandern ist es",
antwortete er und ließ das Blatt sinken. "Wußt' ich's doch! O
Gott, ich kannte die Melodie ja!" Mit gefalteten Händen saß
sie da und schaute den Pfarrer an, bang und gespannt,

während eine Träne nach der andern ihr über die Backen
lief.

Aber hier wußte der Pfarrer ebensowenig Rat wie sie. "Das
muß der Bursch mit sich allein abmachen", sagte er. "Das
Leben wird um seinetwillen nicht anders; es kommt nur
darauf an, ob er selbst einmal mehr darin sehen kann. Jetzt
scheint er es draußen erjagen zu wollen."—"Aber, Herr
Pfarrer, das ist ja gerade wie mit der Frau", sagte Margit.
—"Mit welcher Frau?" fragte der Pfarrer.—"Ja, die sich den
Sonnenschein einfangen wollte, statt sich ein Fenster in die
Wand zu machen."—Der Pfarrer war erstaunt über ihren
Scharfsinn; aber es war nicht das erstemal, wenn sie auf
diesen Gegenstand kam. Margit hatte ja sieben, acht Jahre
lang an weiter nichts gedacht. "Meinst Du, daß er fortgeht?
Was soll ich tun? Und das Geld? Und die Briefe?" Das alles
stürmte zu gleicher Zeit auf sie ein. "Ja, die Sache mit den
Briefen war nicht recht. Daß Du ihm etwas vorenthalten
hast, was ihm gehört, ist schwer zu entschuldigen.
Schlimmer aber ist noch, daß Du einen Mitchristen Deinem
Sohn gegenüber in ein schlechtes Licht gesetzt hast, einen,
der es nicht verdient hat, und besonders einen, den er sehr
lieb hatte, und der ihm auch herzlich zugetan war. Wir
wollen Gott bitten, daß er Dir verzeiht; wir wollen ihn beide
bitten." Margit senkte den Kopf; sie hatte noch immer die
Hände gefaltet: "Wie wollte ich ihn um Verzeihung bitten,
wenn ich nur erst wüßte, ob er bleibt!"—Sie verwechselte
wohl den lieben Gott mit Arne. Der Pfarrer tat, als merke er
es nicht. "Möchtest Du es ihm jetzt gleich eingestehen?"
fragte er. Sie schaute unverwandt zu Boden und sagte leise:
"Wenn ich noch ein wenig warten könnte, täte ich es gern."
Sie sah nicht, wie der Pfarrer lächelte; er fragte: "Glaubst Du
nicht, Deine Sünde wird größer, je länger Du mit dem
Eingeständnis zögerst?"—Sie hatte mit beiden Händen an
ihrem Taschentuch zu tun, legte es in ein ganz kleines

Viereck zusammen und versuchte, es noch kleiner zu
machen; aber es wollte nicht gehen: "Ich habe Angst, wenn
ich die Geschichte mit den Briefen eingestehe, dann zieht er
fort."—"Du vertraust also nicht auf Gott?"—"Doch,
natürlich", sagte sie schnell; dann fügte sie leise hinzu:
"Aber wenn er mich nun doch verließe?"—"Du hast also
mehr Angst davor, daß er fortgeht, als davor, in Deiner
Sünde zu verharren?" Margit hatte ihr Taschentuch wieder
auseinandergenommen; sie führte es jetzt an die Augen,
denn ihr kamen die Tränen. Der Pfarrer aber saß eine Weile
und betrachtete sie; dann sprach er weiter: "Warum hast Du
mir denn die ganze Geschichte erzählt, wenn Du nicht
irgendeinen Zweck damit verbinden wolltest?" Er wartete
eine ziemliche Weile, aber sie antwortete nicht. "Hattest Du
vielleicht geglaubt, Deine Sünde würde kleiner, nachdem Du
sie gebeichtet?"—"Das glaubte ich", sagte sie leise, den Kopf
noch tiefer auf die Brust gesenkt. Der Pfarrer lächelte und
stand auf. "Ja, ja, meine gute Margit, Du mußt so handeln,
daß Du auf Deine alten Tage Freude davon hast."—"Könnte
ich nur die Freude behalten, die ich habe", sagte sie, und der
Pfarrer dachte, sie könne sich kein größeres Glück denken,
als in dieser beständigen Angst zu leben. Er lächelte,
während er sich seine Pfeife stopfte. "Wenn hier doch ein
kleines Mädchen wäre, das sich ihn eroberte; dann solltest
Du sehen, er bliebe!"—Sie sah rasch auf und folgte dem
Pfarrer mit den Augen, bis er vor ihr stehen blieb: "Eli Böen
—? Was?" Sie wurde rot und blickte wieder zu Boden; aber
sie antwortete nicht. Der Pfarrer stand da und wartete und
sagte schließlich, diesmal aber ganz leise: "Wenn wir es so
einrichteten, daß sie öfter hier im Pfarrhaus
zusammenkämen?" Sie blinzelte zu dem Pfarrer hinauf, um
zu sehen, ob es ihm auch voller Ernst sei. Aber sie wagte
nicht so recht, daran zu glauben. Der Pfarrer setzte sich
wieder in Bewegung, stand dann aber still: "Hör' mal,
Margit! Wenn man's bei Licht besieht, war das am Ende

Dein ganzes Anliegen heute?"—Sie sah zu Boden, steckte ein
paar Finger in das zusammengefaltete Taschentuch und
holte einen Zipfel hervor: "Nun ja, Gott verzeih mir's: das
wollte ich ja gerade."—Der Pfarrer brach in ein herzliches
Lachen aus und rieb sich die Hände: "Vielleicht wolltest Du
das schon, als Du das letztemal hier warst?"—Sie zog den
Zipfel weiter heraus, zerrte und zupfte daran: "Da Du es
nun doch mal sagst,—ja, das war es."—"Haha, haha! O
Margit, Margit!——Na, wir wollen sehen, was sich machen
läßt; denn, daß ich's nur gestehe, meine Frau und meine
Tochter haben schon längst denselben Gedanken gehabt wie
Du."—"Ist es möglich?" Sie blickte so glücklich und so
verschämt zugleich auf, daß der Pfarrer so recht seine
Freude an ihrem offnen, hübschen Gesicht hatte, auf dem
sich in allem Leid und aller Angst das Kind erhalten hatte.
"Ja, ja, Margit, Dir, die soviel Liebe in sich hat, wird auch
von Deinem Gott und Deinem Sohn um Deiner Liebe willen
vergeben werden, was Du getan hast. Du bist ja auch genug
gestraft durch die ständige große Angst, in der Du gelebt
hast; wir werden jetzt sehen, ob Gott ihr ein schnelles Ende
bereiten will, denn will er das, dann hilft er uns jetzt auch
ein wenig." Sie stieß einen langen Seufzer aus und noch
einen und noch einen, bedankte sich, knixte und ging und
knixte an der Tür noch einmal. Aber sie war kaum draußen,
als sie ganz verändert war. Sie sah mit einem schnellen, vor
Dankbarkeit strahlenden Blick zum Himmel auf und stieg
eilig die Treppe hinunter; immer mehr beeilte sie sich, je
weiter sie sich von den Menschen entfernte, und so
leichtfüßig, wie sie an diesem Tage auf Kampen zuschritt,
war sie seit vielen, vielen Jahren den Weg nicht mehr
gegangen. Als sie so nahe gekommen war, daß sie sehen
konnte, wie der Rauch dicht und lustig aus dem
Schornstein aufstieg, segnete sie das Haus und den ganzen
Hof und den Pfarrer und Arne, und dann fiel ihr ein, daß es
ja Rauchfleisch zu Mittag gab, ihr Lieblingsessen.

Vierzehntes Kapitel

Kampen war ein schöner Hof; er lag mitten in der Ebene, die
unten von der Kampenschlucht, oben von der Dorfstraße
begrenzt wurde; jenseits vom Wege war dichter Wald, weiter
oben erhob sich die Bergwand, und dahinter standen
schneebedeckt die blauen Höhen. Auf der andern Seite der
Kampenschlucht war ebenfalls ein breiter Höhenzug, der im
Anfang sich um den ganzen Schwarzen See an der Seite
hinzog, wo Böen lag, nach Kampen zu höher wurde, aber
gleichzeitig beiseite trat vor der breiten Talsenkung, dem
Niederdorf, das hier unten anfing; denn Kampen war der
letzte Hof im Oberdorf.

Die Haupttür des Wohnhauses ging auf den Weg hinaus;
von ihr bis zur Straße mochten ein paar tausend Schritt
sein; ein Fußsteig mit dichten Birken zu beiden Seiten führte
hinauf. Rechts und links von dem Rodeland lag Wald; Äcker
und Wiesen des Hofes konnten nach Belieben vergrößert
werden; es war in jeder Hinsicht eine vorzügliche
Ackerwirtschaft. Vorm Hause lag ein kleiner Garten. Arne
bestellte ihn nach der Anleitung seiner Bücher; links vom
Hause befanden sich die Viehställe und die andern
Wirtschaftsgebäude; sie waren fast alle neu errichtet und
bildeten mit dem Wohnhaus ein Viereck. Das Wohnhaus
war rotgestrichen, mit weißen Fensterrahmen und Türen,
hatte zwei Stockwerke, war mit Torf gedeckt, und auf dem
Dach wuchs allerlei Buschwerk; der eine Giebel trug eine
Stange, auf der sich ein eiserner Hahn mit hohem Schweif
drehte.

Der Frühling war in die Gebirgsdörfer gekommen; es war
ein Sonntagmorgen, die Luft etwas trüb, aber ruhig und
nicht kalt; der Nebel hing dicht über dem Walde, aber
Margit meinte, er werde sich im Lauf des Tages lichten. Arne

hatte seiner Mutter die Predigt vorgelesen und Choräle
gesungen, und das hatte ihm gut getan; jetzt war er in
vollem Staat, um nach dem Pfarrhaus hinaufzugehen. Er
machte die Tür auf, der frische Laubgeruch schlug ihm
entgegen, der Garten war taufrisch und beugte sich unter
dem Morgennebel, von der Kampenschlucht her aber
brauste es mit starkem, stoßweisem Donnern, daß einem
Hören und Sehen verging.

Arne schritt bergan. Je weiter er sich vom Wasserfall
entfernte, desto mehr verlor das Gedröhn alles Grauen und
legte sich zuletzt wie ein tiefer Orgelton über die ganze
Landschaft.

"Gott sei mit ihm auf allen Wegen!" sagte die Mutter, sie
öffnete das Fenster und sah ihm nach, bis die Büsche ihn
verdeckten. Der Nebel lichtete sich immer mehr, die Sonne
brach durch, auf den Feldern und im Garten wurde es
lebendig; dort sproßte Arnes Werk in frischem Wachstum
und trug der Mutter Duft und Freude zu. Der Frühling ist
schön für einen, der einen langen Winter gehabt hat.

Arne hatte nichts Bestimmtes in der Pfarre zu tun; er wollte
nur nach den Zeitungen fragen, die er mit dem Pfarrer
zusammen hielt. Kürzlich hatte er die Namen einiger
Norweger gelesen, die es durch Goldgraben in Amerika zu
etwas gebracht hatten, und unter diesen war auch Kristian
gewesen. Jetzt war zu Arne das Gerücht gedrungen,
Kristian werde zu Hause erwartet. Hierüber würde er auch
wohl oben in der Pfarre Sicheres erfahren, — und verhielt es
sich wirklich so, daß Kristian schon jetzt in der Stadt war,
dann wollte Arne in der Zeit zwischen der
Frühjahrsbestellung und der Heuernte zu ihm hin. Daran
mußte er denken, bis er an die Stelle gekommen war, wo er
den Schwarzen See und drüben am andern Ufer Böen
überblicken konnte. Auch da lichtete sich der Nebel, die

Sonne spielte auf den Hängen, die Berge hatten helle
Spitzen, trugen aber den Nebel noch in ihrem Schoß; an der
rechten Seite verdunkelte der Wald das Wasser, vor den
Häusern aber war es etwas seichter, und da schimmerte der
weiße Sand in der Sonne. Mit einem Schlage waren seine
Gedanken in dem rotgetünchten Hause mit den weißen
Türen und Fensterrahmen, wonach er sein eigenes
gestrichen hatte. Er dachte nicht an die ersten schweren
Tage, die er dort gehabt, er dachte bloß an den Sommer, den
sie beide vor sich gesehen hatten, er und Eli, dort oben an
ihrem Krankenbett. Seitdem war er nicht wieder dagewesen
seitdem wollte er auch nicht mehr hin, um alles in der Welt
nicht. Wenn seine Gedanken nur dran rührten, wurde er
rot und verlegen, und doch geschah das jeden einzigen Tag
und viele Male am Tage, und wenn ihn etwas aus dem Dorf
vertreiben konnte, so war es gerade dies.

Er ging sehr schnell, als wolle er die Stätte weit hinter sich
lassen; aber je weiter er ging, desto näher hatte er Böen vor
sich, und desto häufiger sah er auch hinüber. Der Nebel war
ganz verschwunden, der Himmel klar von einer Bergkette
zur andern, Vögel schwebten in der sonnenfrohen Luft und
riefen sich zu, die Felder antworteten mit Millionen von
Blumen; kein Wasserfall zwang die Freude aufs Knie wie zu
andächtiger Unterwerfung, nein, lebensfroh, hingerissen
sang, blinkte und jubelte sie himmelwärts ohn' Ende!

Arne hatte sich glühendheiß gelaufen; er warf sich am Fuß
einer Anhöhe ins Gras, blickte nach Böen hinüber und
drehte sich auf die Seite, um nicht länger dahinzusehen. Da
hörte er über sich singen, so rein, wie er nie zuvor hatte
singen hören; es jauchzte hin über die Wiese durch das
Vogelgezwitscher, und ehe er noch die Melodie recht
erkannte, verstand er schon die Worte; denn das war die
Melodie, die ihm die liebste war, und auch die Worte waren

es, die er von Kind an in sich getragen hatte, —und die er am
selben Tage vergaß, als er sie endlich geformt hatte! Er
sprang auf, als wolle er sie haschen, blieb aber stehen und
lauschte; der erste Vers, der zweite, der dritte, der vierte von
seinem eigenen vergessenen Liede schwebte zu ihm
hernieder:

Könnt', o könnt' ich hinüber schaun
  Über die hohen Berge!
Seh' nur immer den Gletscher blaun,
Rings die Wälder empor sich baun.
  Ob sie die Gipfel stürmen,
  Die sich wie Burgen türmen?

Adler schweben mit starkem Schlag
  Über die hohen Berge,
Rudern im jungen, kraftvollen Tag,
Senken zu Tal sich, wo jeder mag,
  Stillen ihr schweifend Gelüste,
  Spähn nach der fremdesten Küste.

Laubschwerer Apfelbaum, den nichts zieht
  Über die hohen Berge, —
Der da blüht, wenn der Winter flieht,
Der es trägt, wenn der Sommer schied; —
  Was deine Vögel singen,
  Bleibt dir ein taubes Klingen.

Wer sich seit zwanzig Jahren gesehnt
  Über die hohen Berge,
Wer die Arme sich wund gedehnt,
Fruchtlos immer sich aufgelehnt,
  Hört, was die Vögel singen,
  Die deine Zweige tragen.

Törichte Schwätzer, was kamt ihr hierher

Über die hohen Berge,
Ließt eure Nester da draußen leer,
Flöhet von Sonne, Menschen, Meer, —
  Nur daß ihr einen verlachtet,
  Der hier schwingenlos schmachtet?

Soll ich denn niemals, niemals fort
  Über die hohen Berge, —
Bis mich entseelt dieser Schreckensort,
Bis er vereist mir mein letztes Wort?
  Bis sie nach Hangen und Harren
  Mich hier im Keller verscharren!

Laßt mich hinaus! o weit, weit, weit
  Über die hohen Berge!
Hier tropft träge wie Blei die Zeit,
Und mein Mut so nach Leben schreit, —
  Laßt ihn zur Sonne, zum Hellen,
  Nicht an der Felswand zerschellen!

Einmal, das weiß ich, da reicht es hinaus
  Über die hohen Berge.
Wartest du, Herr, schon im Himmelshaus?
Hast schon dein Wort für mein Trachten kraus?
  Doch — wenn das Tor noch nicht offen,
  Laß mich ein Weilchen noch hoffen!

Arne stand, bis der letzte Vers, das letzte Wort verklungen
war. Wieder hörte er die Vögel schäkern und lachen, doch er
wagte sich nicht zu rühren. Wissen, wer es war, mußte er
aber; er hob den Fuß und schlich so behutsam, daß nicht
einmal das Gras raschelte. Ein kleiner Schmetterling setzte
sich gerade vor seinem Fuß auf eine Blume, flatterte in die
Höhe, flog ein kleines Stück weiter, flatterte wieder in die
Höhe, flog wieder ein kleines Stück und flatterte wieder
hoch und so ging es den ganzen Abhang, den er

hinaufklomm. Dann kam ein dichtes Gebüsch, und er wollte nicht weiter, denn jetzt konnte er alles sehen; ein Vogel flog aufgeschreckt aus dem Busch auf, kreischte und schwebte über den Abhang weg; da blickte das Mädchen auf, das dort saß; er duckte sich tief zur Erde und hielt den Atem an, das Herz klopfte ihm, er hörte jeden Schlag, er lauschte und wagte kein Blatt anzurühren; denn das war sie ja, —war Eli! —Nach langer, langer Zeit sah er ein klein wenig in die Höhe und wäre gar zu gern einen Schritt näher gegangen; aber der Vogel konnte unter dem Busch sein Nest haben, und das durfte er nicht zertreten. Er lugte also durch die Blätter, je nachdem sie zur Seite wehten oder sich zusammenschlossen. Die Sonne fiel voll auf Eli; sie saß da in einem schwarzen, ärmellosen Kleid und hatte einen Strohhut auf dem Kopf, der einem Jungen gehören mußte; er saß nicht fest und rutschte immer nach einer Seite. Auf dem Schoß hatte sie ein Buch, außerdem aber einen großen Haufen Feldblumen; ihre rechte Hand spielte wie in Gedanken damit, die linke hatte sie aufs Knie gestützt, und ihr Kopf ruhte darin. Sie blickte nach der Richtung, wohin der Vogel geflogen war, und es war ungewiß, ob sie geweint hatte.

Etwas Schöneres hatte Arne sein Lebtag weder gesehen, noch erträumt; die Sonne warf aber auch all ihr Gold über sie und über die Stätte, wo sie saß, und das Lied umschwebte sie, wiewohl es längst ausgesungen war, so daß seine Gedanken und sein Atem, ja, sogar sein Herzschlag im Takte danach gingen.

Sie nahm das Buch und schlug es auf, machte es aber schnell wieder zu und saß wie zuvor, während sie anfing, leise vor sich hinzusummen. Es war das Lied: "Mit Blatt und Knospen stand fertig der Baum"—er hörte es, obwohl sie weder die Worte, noch die Melodie genau behalten hatte und sich oftmals irrte. Den letzten Vers konnte sie noch am besten, deshalb fing sie ihn immer wieder von vorn an; aber sie sang ihn so:

Und der Baum trug Früchte, reif schimmernd wie Gold.
Sie seufzte: "Die möcht' ich!" Sie war just so hold.
  "Die alle, o ja,
  Für dich sind sie da!"
Sprach der Baum—trala, la, la, hold!—

Und dann plötzlich sprang sie auf, schüttete alle Blumen hin, juchzte, daß der Klang durch die Luft schmetterte und bis Böen dringen mochte. Und dann lief sie davon!——Sollte er rufen? Nein!—Da sprang sie schon singend und trällernd den Hügel hinunter; ihr fiel der Hut ab, sie nahm ihn wieder auf, jetzt stand sie mitten im hohen Grase.—"Soll ich rufen? Sie sieht sich um!"——Er duckte sich tiefer. Lange dauerte es, bis er wieder hinzuschauen wagte, und dann hob er auch bloß den Kopf, sah sie aber nicht,—richtete sich auf den Knien auf, sah sie noch nicht;——stand ganz auf,—ja, sie war verschwunden!——

Er mochte nicht mehr ins Pfarrhaus. Er mochte überhaupt nichts mehr!—Darauf setzte er sich hin, wo sie gesessen hatte, und saß noch da, als die Sonne gegen Mittag stand. Auf dem See regte sich keine einzige Welle, über den Höfen zitterte schon der Rauch in der Luft, die Wachteln verstummten eine nach der andern, die kleinen Vögel schäkerten wohl noch, zogen sich aber doch allmählich in den Wald zurück, der Tau war fort, so daß das Gras gar würdig dastand, kein Lüftchen bewegte sich, und die Blätter hingen still herab, die Sonne mußte in einer Stunde auf der Mittagshöhe sein. Er wußte gar nicht, wie es kam, daß er da plötzlich saß und über ein kleines Gedicht nachsann; ein holder Ton kam und bot sich ihm dar für sein Lied; das Herz war ihm wunderlich von Weichheit voll, und der Ton kam und ging so lange, bis er ein ganzes Bild erschuf.

In der Stille, wie er es gemacht hatte, sang Arne es auch:

> Im Walde klang es den ganzen Tag,
>   Den ganzen Tag.
> Klein Knabe, hörst du das Tönen, sag',
>   Das Tönen, sag'?

> Der Knabe schnitt sich eine Schalmei,
>   Eine Schalmei,
> Und blies, — ob der Ton wohl darinnen sei,
>   Darinnen sei.

> Der Ton, der meldete sich wie ein Hauch,
>   Wie ein Hauch,
> Doch wie er gekommen, entschwand er auch,
>   Entschwand er auch.

> Oft, wenn er schlief, er zu ihm schlich,
>   Er zu ihm schlich,
> Und über die Stirn ihm voll Liebe strich,
>   Voll Liebe strich.

> Doch wollt' er ihn greifen, jählings erwacht,
>   Jählings erwacht,
> Versank der Ton in der bleichen Nacht,
>   Der bleichen Nacht.

> "Herr, mein Gott, nimm mich dahin,
>   Nimm mich dahin!
> Der Ton nahm ein meinen ganzen Sinn,
>   Meinen ganzen Sinn."

> Der Herr gab zur Antwort: "Dein Freund ist er,
>   Dein Freund ist er!
> Doch freilich — dein eigen, — das nimmermehr,

Das nimmermehr."

Was sind all die andern wohl gegen sie,
  Wohl gegen sie,
Die immer du suchst und findest sie nie,
  Findest sie nie!

Fünfzehntes Kapitel

Es war ein Sonntagabend Anfang des Sommers; der Pfarrer
war aus der Kirche nach Hause gekommen, und Margit
hatte bis gegen sieben Uhr bei ihm gesessen. Da
verabschiedete sie sich und eilte die Treppe hinunter auf den
Hof hinaus, denn dort war eben Eli Böen in Sicht
gekommen, die solange mit dem Sohn des Pfarrers und
ihrem eignen Bruder gespielt hatte.

"Guten Abend!" sagte Margit, indem sie stehen blieb, "und
Grüß Gott!"—"Guten Abend!" sagte Eli, sie war feuerrot und
wollte das Spiel einstellen, obwohl die Jungens sie
bestürmten; aber sie bat sehr herzlich und war für diesen
Abend entlassen.—"Mir ist, ich müßte Dich kennen", sagte
Margit.—"Das ist wohl möglich", sagte die andre.—"Du
kannst doch nicht die Eli Böen sein?"—Doch, die sei sie.
—"Nein, aber so was!—Also die Eli Böen bist Du! Ja, jetzt
sehe ich es auch,—Du bist Deiner Mutter ähnlich." Elis
rötlichbraunes Haar war aufgegangen, daß es lang und lose
herunterhing; ihr Gesicht war so heiß und rot wie eine
Erdbeere, ihre Brust hob und senkte sich, sie konnte kaum
sprechen und lachte, weil sie so außer Atem war.—"Ach ja,
das gehört zur Jugend",—Margit freute sich an ihr. "Du
kennst mich wohl nicht?" Eli hatte schon fragen wollen,
hatte sich aber nicht getraut, weil die andere älter war; jetzt

sagte sie, sie könne sich nicht erinnern, sie schon gesehen zu haben.——"O nein, das ist auch sehr unwahrscheinlich; alte Leute kommen selten aus ihrem Bau.—Vielleicht kennst Du aber meinen Sohn, den Arne Kampen; ich bin seine Mutter", sie schaute Eli an, die auf einmal ganz verändert war.—"Ich glaub' beinah, er hat einmal in Böen gearbeitet?"—Ja, das habe er.—"Es ist solch schönes Wetter heut abend; wir haben den Tag über geheut und eingefahren, bis ich weggegangen bin; es ist ein gottgesegnetes Wetter."—"Es gibt sicher ein gutes Heujahr", meinte Eli.—"Ja, das darf man wohl sagen;—in Böen ist es auch wohl gut?"—"Da ist schon alles fertig."—"Natürlich, ja; viel Hilfe und tüchtige Leute.—Mußt Du heut abend nach Hause?"—Nein, sie brauche nicht. Sie sprachen über dies und jenes und wurden schließlich so bekannt, daß Margit die Frage wagen konnte, ob Eli ein Stück mitgehen wolle. "Könntest Du mich wohl ein paar Schritte begleiten?" sagte sie; "ich treffe so selten jemand, mit dem ich ein Wort reden kann, und Dir geht es wohl ebenso?"—Eli entschuldigte sich, sie habe keine Jacke an.—"Na ja, ich sollte mich auch schämen, einen Menschen drum zu bitten, den ich zum erstenmal sehe; aber mit alten Leuten muß man es nicht so genau nehmen."—Eli sagte, sie würde gern mitkommen, aber sie müsse sich erst ihre Jacke holen. Es war eine enganschließende Jacke. Wenn sie zugehakt war, sah sie wie ein Leibchen aus; jetzt machte sie aber bloß die beiden untersten Haken zu; ihr war so warm. Das feine Leinenhemd hatte einen kleinen, überfallenden Kragen, der am Halse von einem silbernen Knopf in Gestalt eines Vogels mit ausgebreiteten Schwingen zusammengehalten wurde. So einen hatte Schneider Nils getragen, als Margit zum erstenmal mit ihm getanzt hatte.—"Ein schöner Knopf", sagte sie und besah ihn.—"Ich habe ihn von Mutter", sagte Eli.—"Das hast Du wohl", und sie half ihr beim Anziehen.

Jetzt schritten sie den Weg entlang. Das Heu war gemäht und stand in Hocken, Margit griff in die Hocken hinein, roch dran und fand, es sei schönes Heu. Sie fragte nach dem Vieh hier auf dem Hof, dann nach dem in Böen und erzählte schließlich, wieviel sie auf Kampen hätten. "Die Wirtschaft ist in den letzten Jahren tüchtig vorwärts gekommen, und sie läßt sich vergrößern, soviel man will. Sie ernährt jetzt zwölf Milchkühe und könnte noch mehr ernähren; aber Arne hat soviel Bücher, in denen er liest, und nach denen er alles einrichtet, darum will er sie so großartig gefüttert haben." Eli sagte, wie zu erwarten war, zu all dem nichts; Margit aber fragte sie, wie alt sie sei. Sie sei neunzehn Jahr. "Legst Du manchmal im Hause mit Hand an? Du siehst so fein aus, damit ist's wohl nicht viel geworden."—O doch, sie habe bei mancherlei geholfen, besonders in letzter Zeit.—"Ja, es ist gut, wenn einer an alles gewöhnt ist; wenn man selbst mal eine große Wirtschaft bekommt, tut's not. Aber natürlich, wenn einer tüchtige Hilfe hat, ist's nicht so schlimm."—Eli wollte umkehren, denn sie waren längst am Pfarracker vorbei. "Es ist noch lange hin, bis die Sonne untergeht;—es wäre nett von Dir, wenn Du noch ein bißchen mit mir plaudern wolltest",—und Eli ging mit.

Nun fing Margit von Arne zu reden an. "Ich weiß nicht, ob Du ihn genauer kennst. Der kann Dir über alles Bescheid sagen; Herrgott, was hat der nicht alles gelesen!" Eli gab zu, sie wisse, daß er viel gelesen habe. "Na ja, aber das ist noch das wenigste; doch wie er sein ganzes Leben lang zu seiner Mutter gewesen ist, das ist mehr. Wenn es wahr ist, was das Sprichwort sagt, daß einer, der gut zu seiner Mutter war, auch gut zu seiner Frau ist, dann wird die, die er erwählt, sich nicht zu beklagen haben.—Wonach siehst Du, Kind?"—"Mir ist bloß ein kleiner Zweig weg, den ich in der Hand hatte."—Sie verstummten beide und gingen weiter, ohne sich anzusehen. "Er ist so eigentümlich", sagte die

Mutter wieder; "er ist als Kind so eingeschüchtert worden, und da hat er sich dran gewöhnt, alles mit sich allein abzumachen, und die Art Leute können sich nicht so frei geben."—Jetzt wollte Eli wirklich umkehren, aber Margit meinte, es sei nur noch ein kleines Stück bis Kampen, und Kampen müsse sie sehen, wo sie nun doch einmal hier sei. Eli aber sagte, es sei heute schon zu spät. "Es ist immer jemand da, der Dich nach Hause begleitet", sagte Margit. "Nein, nein", antwortete Eli rasch und wollte weg. "Der Arne freilich ist nicht zu Hause," sagte Margit, "er kann's also nicht; aber es sind genug andere da", und Eli hatte jetzt weniger dagegen; sie wollte doch Kampen gern sehen, "wenn es bloß nicht zu spät wird."—"Ja, wenn wir hier lange stehen und drüber reden, dann mag es wohl zu spät werden",—und sie gingen. "Du hast auch wohl viel gelernt, wo Du doch beim Herrn Pfarrer aufgewachsen bist?" Ja, das habe sie. "Das wird Dir gut zustatten kommen," meinte Margit, "wenn Du mal einen bekommst, der weniger kann."—Nein, meinte Eli, solchen möchte sie nicht. "Nun ja, es ist ja auch vielleicht nicht das beste, aber hier im Dorf haben die Leute wenig Bildung."—Eli fragte, was da hinten im Walde rauche. "Das kommt von dem neuen Pächterhaus, das zu Kampen gehört. Da wohnt der Knut vom Oberland. Er war immer so allein, und da hat Arne ihm den Platz gegeben, daß er ihn urbar mache. Er weiß, was es heißt, allein zu sein, der arme Arne." Nach einer Weile waren sie hoch genug, um das Gehöft sehen zu können. Die Sonne schien ihnen gerade ins Gesicht; sie beschatteten die Augen und schauten hin. Mitten drin lag das rotgestrichene Haus mit den weißen Fensterrahmen; ringsum die Wiesen waren gemäht, hier und da stand das Heu noch in Hocken; die Äcker standen grün und üppig mitten in der hellen Wiese; bei den Ställen war großes Leben: Kühe, Schafe und Ziegen kamen gerade nach Hause, ihre Glocken bimmelten, die Hunde bellten, die Kuhmagd rief; alles aber übertönte mit

seinem furchtbaren Getöse der Wasserfall am
Kampenschlund. Je länger Eli hinschaute, desto mehr hörte
sie bloß diesen Ton, und er wurde ihr schließlich so
grauenvoll, daß sie Herzklopfen bekam; in ihrem Kopf
sauste und brauste es,—es wurde ihr ganz wirr und doch
wieder so weich und warm, daß sie unwillkürlich behutsam
auftrat und kleine Schritte machte; Margit mußte sie bitten,
ein bißchen schneller zu gehen. Sie schrak zusammen; "ich
habe noch nie etwas Ähnliches gehört wie diesen
Wasserfall", sagte sie; "ich bekomme beinah Angst."—"Daran
gewöhnst Du Dich schnell," sagte die Mutter, "schließlich
würde er Dir sogar fehlen."—"Meinst Du wirklich?" fragte
Eli.—"Ja, das sollst Du sehen", sagte Margit und lächelte.

"Komm, jetzt wollen wir uns erst das Vieh ansehen", sagte
sie, während sie vom Weg abbog; "diese Bäume hier zu
beiden Seiten hat Nils gepflanzt.—Nils wollte gern alles
recht schön haben;—Arne auch; Du sollst mal den Garten
sehen, den er angelegt hat."—"Nein, wie schön!" rief Eli und
lief an den Zaun. Sie hatte Kampen schon öfter gesehen,
aber nie so in der Nähe, und daher auch noch nie den
Garten.—"Den wollen wir uns nachher ansehen", sagte
Margit.—Eli blickte flüchtig durch die Scheiben, als sie am
Hause vorbeigingen; es war niemand drin.

Sie stellten sich nun beide auf die Scheunenbrücke und
besahen die Kühe, wie sie brüllend an ihnen vorbei in den
Stall zogen. Margit nannte Eli die Namen alle, erzählte ihr,
wieviel Milch jede gebe, welche trächtig seien und welche
nicht. Die Schafe wurden gezählt und in den Stall gelassen;
es war eine große fremde Rasse; Arne hatte sich zwei
Lämmer aus dem Süden kommen lassen. "Mit all so was
beschäftigt er sich, wenn man es ihm auch gar nicht
zutraut."—Sie gingen jetzt in die Scheune, besahen das
eingefahrene Heu, und Eli mußte daran riechen,—"denn

solches Heu gibt es nicht überall". Sie zeigte durch die Scheunenluke hinaus auf die Äcker und erklärte, was auf jedem stand, und wieviel von jeder Sorte gesät war.—Sie gingen hinaus und auf das Haus zu; aber Eli, die auf all das andre nicht geantwortet hatte, bat jetzt, als sie an dem Garten vorbeigingen, ob sie nicht hinein dürfe. Und als ihr das erlaubt war, bat sie, eine Blume oder zwei pflücken zu dürfen. Hinten in der Ecke stand eine kleine Bank: auf die setzte sie sich, wie um sie auszuprobieren, denn sie stand gleich wieder auf.

"Wir müssen uns jetzt beeilen, wenn es nicht zu spät werden soll", sagte Margit, die in der Pforte stand. Und nun gingen sie ins Haus. Margit fragte, ob sie ihr nicht etwas anbieten dürfe, wo sie zum erstenmal da sei; Eli aber wurde rot und sagte kurz: danke. Sie schaute sich nun nach allen Seiten um; die Fenster gingen auf den Weg hinaus; hier hielten sie sich den Tag über auf; die Stube war nicht groß, aber gemütlich, mit Wanduhr und Kachelofen. Dort hing Nils' Geige, alt und dunkel, aber mit neuen Saiten. Hier hingen ein paar Flinten, die Arne gehörten, englische Angelruten und andre seltsame Sachen, die die Mutter herunterholte und zeigte; Eli besah und befühlte sie. Die Stube war nicht gemalt, denn das mochte Arne nicht, auch die andere Stube nicht, die auf die Kampenschlucht mit den frischgrünen Bergen geradeüber und den blauen Höhen im Hintergrunde hinausging; diese Stube, die wie die eine ganze Hälfte des Hauses später angebaut war, war größer und schöner; die beiden kleineren Stuben in dem Flügel aber hatten Malerei, denn da sollte die Mutter wohnen, wenn sie alt würde,—und er eine Frau im Hause habe. Sie gingen in die Küche, in die Vorratskammer, in den Holzschuppen; Eli sagte kein Wort,—sie besah sich alles gewissermaßen aus der Entfernung; nur wenn Margit ihr irgend etwas hinhielt, faßte sie es an, aber auch nur ganz zaghaft. Margit, die in

einemfort schwatzte, führte sie jetzt wieder auf die Diele; sie
wollten nach oben und den Boden besichtigen.

Auch hier waren gut eingerichtete Zimmer, die den Stuben
im unteren Stockwerk entsprachen, aber sie waren neu und
noch nicht in Benutzung genommen außer einem, das auf
die Kampenschlucht hinausging. In diesen Zimmern hing
und stand aller möglicher Hausrat, der in der täglichen
Wirtschaft nicht gebraucht wurde. Hier hingen ein gut Teil
fertig genähter Felldecken sowie anderes Bettzeug; die
Mutter befühlte sie und hob sie hoch, Eli mußte es
manchmal auch tun; es war aber, als habe sie jetzt etwas
mehr Mut bekommen, vielleicht hatte sie auch mehr Freude
an diesen Dingen; denn auf einzelne Sachen kam sie zurück,
fragte und wurde immer vergnügter. Da sagte die Mutter:
"Jetzt, zuletzt wollen wir in Arnes Zimmer", und sie gingen
in das Zimmer, das nach der Kampenschlucht hinauslag.
Das fürchterliche Getöse des Wasserfalls schlug ihnen wieder
entgegen, denn das Fenster war offen. Hier stand man
höher, hier konnte man den Gischt des Wasserfalls zwischen
den Felsen aufsprühen sehen, nicht aber den Wasserfall
selbst, oder doch nur weiter oben, wo ein Felsblock
abgestürzt war, gerade an der Stelle, wo er mit aller Macht
sich zu dem letzten Sprung in die Tiefe anschickte. Frischer
Rasen deckte die obere Fläche des Felsblockes, ein paar
Kieferzapfen hatten sich hineingebohrt und in den
Felsritzen Wurzel gefaßt. Der Wind hatte die Bäume
gerüttelt und geschüttelt, der Wasserfall hatte sie bespült, so
daß vier Ellen hoch von der Wurzel keine Zweige waren, sie
waren aufs Knie gesunken, und ihre Äste krümmten sich,
aber sie standen fest und schossen hoch auf zwischen den
Felswänden. Das war das erste, was Eli vom Fenster aus sah,
und dann die blendend weißen Schneefirnen hoch über dem
Grün. Ihre Augen schweiften hinunter: auf den Feldern war
Frieden und Fruchtbarkeit, und jetzt endlich sah sie sich in
dem Zimmer um, wo sie stand; der Wasserfall hatte es bisher
nicht zugelassen.

Wie war es hier still und fein gegen draußen! Sie sah keine Einzelheiten, weil eins sich in das andere einfügte und das meiste ihr neu war; denn Arne hatte seine ganze Liebe auf dieses Zimmer verwandt, und so dürftig es war, auch in den kleinsten Dingen zeigte sich Kunstverständnis. Ihr war's, als klängen seine Lieder um sie her oder als lächele er selbst sie aus jedem Gegenstand an. Das erste, was sie fesselte, war ein großes, breites, schön geschnitztes Bücherbrett. Da standen soviele Bücher, daß der Herr Pfarrer selbst ja wohl nicht mehr haben konnte. Das nächste war ein schöner Schrank. Darin habe er viele schöne Sachen, sagte die Mutter; da habe er auch sein Geld drin, fügte sie flüsternd hinzu. Zweimal hätten sie geerbt, sagte sie nachher; sie würden noch einmal etwas erben, wenn alles nach Wunsch ginge. "Aber Geld ist nicht das beste auf der Welt; er kann etwas kriegen, was noch besser ist."—Es waren gar manche Kleinigkeiten in dem Zimmer, die ergötzlich anzuschauen waren, und Eli besah sie sich alle wie ein fröhliches Kind. Margit klopfte ihr auf die Schulter: "Ich sehe Dich heute zum erstenmal, Kind, aber ich habe Dich schon so liebgewonnen", sagte sie und sah ihr treuherzig in die Augen. Ehe Eli noch Zeit hatte, verlegen zu werden, zupfte Margit sie am Kleid und sagte ganz leise: "Siehst Du die kleine rote Truhe da?—da ist was Feines drin, kannst Du glauben."——Eli sah hin, es war eine kleine, viereckige Truhe, die sie für ihr Leben gern hätte haben mögen. "Ich darf eigentlich nicht wissen, was in der Truhe ist," flüsterte die Mutter, "und er zieht jedesmal den Schlüssel ab"; sie ging nach der Wand, wo einige Kleidungsstücke hingen, nahm eine Samtweste herunter, suchte in der Uhrtasche und fand wirklich den Schlüssel. "Jetzt sollst Du mal sehen", flüsterte sie. Eli fand es nicht ganz recht, was die Mutter da tat; aber Frauen sind Frauen, und beide gingen ganz leise auf die Truhe zu und knieten davor nieder. Als die Mutter den Deckel aufklappte, schlug ihnen ein Duft daraus entgegen, daß Eli die Hände

zusammenschlug, noch ehe sie ein Stück gesehen hatte.
Oben drüber war ein Taschentuch gebreitet, das nahm die
Mutter weg; "nun sollst Du mal sehen!" flüsterte sie und
holte ein schönes, schwarzseidenes Tuch heraus, so eins, wie
Männer nicht tragen. "Das ist wie für ein Mädchen
gemacht", sagte die Mutter. "Hier ist noch eins", sagte sie
dann; Eli befühlte es, sie konnte es nicht lassen; die Mutter
wollte es ihr aber auch noch umlegen, obwohl Eli es nicht
mochte und den Kopf abwandte. Die Mutter legte es sorglich
wieder zusammen. "Jetzt sollst Du mal sehen", sagte sie
dann und holte ein paar schöne Atlasbänder heraus; "alles
ist doch wie für ein Mädchen." Eli wurde feuerrot, gab aber
keinen Laut von sich; ihr Busen wogte, und ihre Augen
gingen scheu zur Seite; sonst rührte sie sich nicht. "Hier ist
noch mehr!" Die Mutter holte schönen schwarzen
Kleiderstoff heraus;—"der ist aber fein", sagte sie und hielt
ihn gegen das Licht. Eli zitterte die Hand ein bißchen, als die
Mutter sie bat, ihn mal anzufühlen; sie merkte, wie ihr das
Blut zu Kopf stieg, sie hätte sich gern abgewandt, aber es
ging nicht an. "Er hat jedesmal in der Stadt etwas gekauft",
sagte die Mutter. Eli konnte sich kaum noch halten; ihre
Augen schweiften von einem Stück in der Truhe zum
andern und dann wieder zurück auf den Kleiderstoff; im
Grunde sah sie überhaupt nichts mehr. Die Mutter aber ließ
nicht nach, und der letzte Gegenstand, den sie herausholte,
war in Papier gewickelt; sie wickelte einen Bogen nach dem
andern aus; das war nun wieder spannend; und Eli wurde
sehr neugierig; es waren ein Paar kleine Schuhe. Etwas so
Hübsches hatten sie beide ihr Lebtag nicht gesehen; die
Mutter meinte, so etwas könne doch gar nicht gemacht
werden, Eli sagte kein Wort; aber als sie die Schuhe anfaßte,
drückten sich ihre fünf Finger darauf ab; sie wurde so
verlegen, daß sie dem Weinen nahe war; sie wäre am liebsten
gegangen; aber sie wagte nicht zu sprechen, wagte auch
nicht die Mutter anzusehen. Die hatte aber genug mit sich

zu tun. "Sieht es nicht genau aus, als habe er das alles nach
und nach für eine gekauft, der er sich's nicht zu geben
getraut hat?" sagte sie und packte alles genau so wieder ein,
wie es gelegen hatte; sie mußte schon Übung darin haben.
"Jetzt wollen wir mal sehen, was hier in der Schublade ist!"
Sie öffnete sie so behutsam, als würden sie etwas besonders
Schönes zu sehen bekommen. Da lag eine breite Schnalle
wie für einen Gürtel; die zeigte sie Eli zuerst; dann zeigte sie
ihr ein paar zusammengebundene goldene Ringe, und dann
sah sie ein Gesangbuch mit silberbeschlagenem Samtdeckel,
aber dann sah sie auch gar nichts mehr, denn auf dem
Silberbeschlag des Gesangbuchs war mit feiner Schrift
eingraviert: "Eli, Tochter von Baard Böen."——Die Mutter
wollte gern, daß sie es sähe, bekam aber keine Antwort und
sah nur eine Träne nach der andern auf das Seidenzeug
fallen und darüber hinrinnen. Schnell legte die Mutter die
Brosche hin, die sie in der Hand hatte, machte die Schublade
zu und zog Eli in ihre Arme. Da weinte die Tochter an
ihrem Herzen, und die Mutter weinte mit ihr, ohne daß
einer von ihnen noch ein Wort gesprochen hätte.

* * * * *

Eine Weile drauf ging Eli allein in den Garten; die Mutter
mußte in die Küche, um etwas Gutes herzurichten, denn
jetzt kam Arne bald. Später ging sie hinaus und sah sich im
Garten nach Eli um; die kauerte da am Boden und schrieb in
den Sand. Sie wischte es aus, als Margit kam, blickte auf
und lächelte; sie hatte geweint.—"Dabei ist nichts zu
weinen, Kind", sagte Margit und streichelte sie. Sie sahen
oben am Wege etwas Schwarzes hinter den Büschen. Eli
schlich sich ins Haus, die Mutter hinterher. Drinnen war
gewaltig aufgetischt: Rahmbrei, Rauchfleisch und Kringel;
Eli sah aber gar nicht hin; sie setzte sich dicht an die Wand
auf einen Stuhl in der Ecke neben der Uhr und zitterte,

sowie sich nur eine Katze rührte. Die Mutter stand am
Tisch. Feste Schritte ertönten auf den Steinfliesen, ein
kurzer, leichter auf der Diele, leise wurde die Tür aufgemacht
und Arne trat ein. Das erste, was er sah, war Eli in der Ecke
neben der Uhr; er ließ die Tür los und blieb stehen. Das
machte Eli noch verlegener; sie stand auf, bereute es aber
gleich und drehte sich nach der Wand um.—"Du bist hier?"
sagte Arne leise und wurde glühend rot bei dieser Frage.—
Sie hob die Hand hoch und hielt sie sich vor die Augen, als
wenn die Sonne zu grell hineinfällt. "Wie—?" er sprach nicht
zu Ende, sondern trat einen Schritt oder auch zwei auf sie
zu; da ließ sie die Hand wieder sinken und wandte sich ihm
zu, neigte aber den Kopf und brach in Tränen aus.—"Gott
segne Dich, Eli!" sagte er und umschlang sie; sie lehnte sich
an ihn. Er flüsterte etwas zu ihr hinunter, sie antwortete
nicht, legte aber beide Arme um seinen Hals.

Lange standen sie so; kein Laut war zu hören außer der
ewigen Mahnung des Wasserfalls. Da klang ein Schluchzen
vom Tisch her, Arne blickte auf, es war die Mutter; er hatte
sie bis dahin nicht gesehen. "Jetzt bin ich unbesorgt, daß Du
mich nicht verläßt, Arne", sagte sie und kam auf ihn zu. Sie
weinte sehr, aber es tue ihr gut, sagte sie.

* * * * *

Als sie in der hellen Sommernacht nach Hause gingen,
konnten sie in ihrer jungen Seligkeit nicht viel sprechen. Sie
ließen die Natur für sich reden, wie sie still und licht und
groß vor ihnen lag. Auf dem Heimweg aber von dieser
ersten Sommernachtwanderung, der erwachenden Sonne
entgegen, ging er und legte den Grund zu einem Liede, das
zu formen er jetzt freilich nicht die Muße hatte, das aber
später, als es fertig war, auf lange Zeit sein Lieblingslied
wurde. Es lautete so:

Ich dachte, was Großes würd' ich einmal;
Ich dachte, das kam', wenn ich fort aus dem Tal.
Hab' mich und alles vergessen, —
Aufs Wandern nur war ich versessen.
  Da sah mir ein Mädchen ins Auge hinein,
  Und ließ mir die Ferne verschwinden:
  Jetzt schien mir des Lebens Krone zu sein,
  Mit ihr den Frieden zu finden.

Ich dachte, was Großes würd' ich einmal;
Ich dachte, das kam', wenn ich fort aus dem Tal.
Mich trieb's, in der Geister Sphären
Die junge Kraft zu bewähren.
  Sie lehrte mich, eh noch ein Wort ihr entfiel,
  Es sei das Höchste auf Erden,
  Nicht Ruhm und Größe zu suchen als Ziel,
  Nein, richtig ein Mensch zu werden.

Ich dachte, was Großes würd' ich einmal;
Ich dachte, das käm', wenn ich fort aus dem Tal.
Ich fror in der Heimat, ich dachte,
Daß man mich verkenn' und verachte.
  Als *sie* mir genaht, da schien mir, es ward
  Mir rings mit Liebe begegnet;
  Ich war es allein, auf den sie geharrt,
  Und neu war das Leben gesegnet.

Noch manche Sommernachtwanderung folgte und manches
Lied hinterher. Eins davon mag noch aufgezeichnet werden:

Wie all das gekommen, mir sagt's kein Vermuten;
Es war kein Stürmen, kein Überfluten,
Im Innern ein spielender, blinkender Bach
Ergoß in den Strom sich allgemach,
Der mächtig, so mächtig wallet zum Meere.

Mich dünkt, ein Etwas in diesem Leben
Dringt rufend ans Herz, dem die Sehnsucht gegeben,
Die lockende Macht, die zärtliche Brust,
Den Leid und Scheu und Wanderlust
In Frieden als Brautgabe können umfangen.

Entsandt das Leben mir solch einen frommen
Glücksboten wie den, dessen Ruf ich vernommen,
So fühl' ich das Walten der Gottheit bezeugt,
Die alles lebendigen Ordnungen beugt, —
Still werd' ich zum ewig Guten getragen.

Aber keins gab wohl sein Dankgefühl so wieder wie das
folgende:

Die Macht, die mir gab mein schlichter Gesang,
Bewirkte, daß Lebens Leid und Wonne
Glückselig fielen wie Tau und Sonne
Auf der Seele wogenden Frühlingsdrang,
  Daß kein Geschehen
  Sie niederbricht, —
  Im Lied erstehen
  Ihr Liebe und Licht.

Die Macht, die mir gab mein schlichter Gesang,
Verbündet mich allen, die Sehnsucht empfinden;
Drum konnte mir nichts die Seele binden,
Nie dauernd mich hemmen ein selbstischer Zwang;
  Fortstürmend bangt' ich
  Vor Mühsal nicht, —-
  Und heimwärts gelangt' ich
  Zu Liebe und Licht.

Die Macht, die mir gab mein schlichter Gesang,
Die gibt mir vielleicht auch Macht über andre,
So daß ich vom Weg aus, den ich wandre,

Sie manchmal erfreue durch freundlichen Klang.
  Dies will mir erscheinen
  Als schönstes Gedicht,
  Wenn Lieder uns einen
  In Liebe und Licht.

Sechzehntes Kapitel

Es ging auf den Herbst, die Bauern waren beim Einfahren.
Ein klarer Tag war es; in der Nacht und am Morgen hatte es
geregnet, daher war die Luft milde wie im Sommer. Es war
ein Sonnabend, trotzdem aber steuerten viele Boote über
den Schwarzen See auf die Kirche zu, die Männer saßen in
Hemdsärmeln und ruderten, die Frauen mit hellen
Kopftüchern saßen vorn im Boot. Aber noch mehr Boote
steuerten nach Böen hinüber, um nachher von dort aus in
langem Zuge abzufahren, denn heut richtete Baard Böen für
seine Tochter Eli und Arne Nilsson Kampen die Hochzeit
aus.

Alle Türen waren offen, viele Leute gingen aus und ein, die
Kinder standen, Kuchen in den Händen, draußen auf dem
Hof, voll Angst um ihre neuen Kleider und blickten sich
fremd an; eine alte Frau saß ganz allein oben auf der Treppe
zum Vorratsschuppen: das war Margit Kampen. Sie trug
einen breiten, silbernen Ring, an dessen oberer Platte
mehrere kleine Ringe befestigt waren; zuweilen schaute sie
ihn an; sie hatte ihn von Nils bekommen, an dem Tag, als
sie mit ihm vor dem Altar stand, und hatte ihn seitdem nie
wieder getragen.

In den zwei, drei Stuben liefen der Tafelmeister und die
beiden jungen Brautführer, der Sohn des Pfarrers und Elis

Bruder, hin und her und schenkten den Gästen ein, die sich
nach und nach zu der großen Hochzeit einfanden. Oben in
Elis Gemach saß die Braut mit der Frau Pfarrer und
Mathilde, die eigens aus der Stadt gekommen war, um die
Braut schmücken zu helfen: das hatten sie sich von klein auf
versprochen. — Arne im Tuchanzug mit rundgeschnittener,
enganschließender Jacke und einem Kragen, den Eli ihm
genäht hatte, stand unten in einer Stube an dem Fenster, an
das Eli damals "Arne" geschrieben hatte. Es stand offen, er
lehnte im Rahmen und schaute über den stillen See nach der
Kirche neben dem Pfarrhof hinüber.

Draußen auf der Diele trafen sich zwei, die beide von ihrer
Hantierung kamen, der eine vom Landungssteg, wo er die
Boote zur Fahrt in die Kirche hatte ordnen helfen; er hatte
eine schwarze, rundgeschnittene Tuchjacke an, aber Hosen
aus blauem Fries, die abfärben mußten, denn er hatte ganz
blaue Hände; der weiße Kragen stand gut zu seinem blassen
Gesicht und dem langen blonden Haar; glatt war die hohe
Stirn, und um den Mund lag ein Lächeln. Es war Baard; er
traf im Flur auf eine Frau, die gerade aus der Küche kam. Sie
hatte sich schon für die Fahrt zur Kirche geschmückt, trat
hoch und schlank und sicher aus der Tür und hatte es sehr
eilig. Als sie Baard begegnete, blieb sie stehen, und ihr
Mund verzog sich ein wenig nach der Seite. Das war Birgit,
seine Frau. Beide hatten etwas auf dem Herzen, aber es kam
nur darin zum Ausdruck, daß sie stehen blieben. Baard war
noch befangener als sie; er lächelte mehr und mehr, aber
gerade seine große Verlegenheit kam ihm zu Hilfe, indem er
nämlich ohne weiteres sich anschickte, die Treppe
hinaufzusteigen. "Du kommst wohl nach", sagte er. Und sie
ging hinterdrein. Oben auf dem Boden waren sie ganz
allein; aber Baard machte doch die Tür hinter ihnen zu und
ließ sich gute Zeit dabei. Als er sich endlich umdrehte, stand
Birgit am Fenster und schaute hinaus, weil sie hinein nicht

sehen mochte. Baard holte eine kleine Flasche aus der
Brusttasche und einen kleinen silbernen Becher. Er wollte
seiner Frau einschenken. Aber sie mochte nicht, obwohl er
beteuerte, der Wein sei von der Pfarre herübergeschickt. Da
trank er ihn selbst aus, bot ihr aber noch ein paarmal an,
während er trank. Dann korkte er die Flasche zu, steckte sie
mit dem silbernen Becher zusammen wieder in die
Brusttasche und setzte sich auf eine Truhe. Es tat ihm
sichtlich wehe, daß seine Frau nicht mittrinken wollte.

Ein paarmal holte er tief Atem. Birgit stützte sich mit einer
Hand aufs Fensterbrett; Baard hatte etwas auf dem Herzen,
aber jetzt ging es noch schwerer. "Birgit", sagte er, "Du
denkst heute wohl an dasselbe wie ich."—Nun hörte er sie,
denn sie ging von der einen Seite des Fensters zur andern
und stützte sich wieder auf ihren Arm. "Na—Du weißt ja,
wen ich meine.——Der hat zwischen uns beiden gestanden;
———ich dachte, das würde nur bis zur Hochzeit dauern,
aber es hat länger gewährt." Er hörte, wie sie atmete, sah,
wie sie wieder ihre Stellung veränderte, aber ihr Gesicht
konnte er nicht sehen. Ihm selbst wurde es so sauer, daß er
sich mit dem Jackenärmel den Schweiß abwischen mußte.
Nach langem Kampf fing er wieder an: "Heute wird sein
Sohn, schmuck und gescheit, bei uns aufgenommen, und
wir haben ihm unsere einzige Tochter gegeben.———Was
meinst Du, Birgit,—wollen wir beide nicht auch heut
Hochzeit halten?"—Seine Stimme bebte, und er räusperte
sich. Birgit, die sich bewegt hatte, legte den Kopf wieder auf
den Arm, sagte aber nichts. Baard wartete lange, aber er
bekam keine Antwort,—und er selbst hatte auch nichts
mehr zu sagen. Er blickte auf und wurde sehr blaß, denn sie
hatte nicht einmal den Kopf umgewandt. Da stand er auf.
Im selben Augenblick klopfte es leise an die Tür, und eine
weiche Stimme fragte: "Kommst Du jetzt, Mutter?"—es war
Eli. Es lag ein etwas in der Stimme, so daß Baard

unwillkürlich stehen blieb und ebenso unwillkürlich Birgit ansehen mußte. Auch Birgit hob den Kopf; sie sah nach der Tür und begegnete Baards blassem Gesicht. "Kommst Du jetzt, Mutter?" fragte es draußen noch einmal. "Ja, jetzt komme ich!" sagte Birgit mit gebrochener Stimme, indem sie fest und stolz auf Baard zuging, ihm die Hand gab und in heftiges Weinen ausbrach. Ihre Hände umklammerten sich; wohl waren sie jetzt abgenutzt, aber sie hielten sich so fest, als hätten sie zwanzig Jahre lang einander gesucht. Beide hielten sich noch an der Hand, als sie auf die Tür zugingen; und als nach einer Weile der Brautzug sich zum Landungssteg begab und Arne seiner Eli die Hand reichte, um mit ihr voranzugehen, und Baard das sah, da nahm er gegen alle Sitte und Gewohnheit seine Frau bei der Hand und ging strahlend hinterher, dann aber kam Margit Kampen, allein, wie sie es gewohnt war. Baard war ganz ausgelassen den Tag: er saß und schwatzte mit den Bootsknechten. Einer davon blickte die Bergwand hinter ihnen hinauf und sagte, es sei doch seltsam, daß selbst so steile Felsen sich mit Grün bekleiden könnten. "Was kommen soll, kommt doch,—es mag wollen oder nicht", sagte Baard und sah über den ganzen Zug hin, bis seine Augen an dem Brautpaar und seiner Frau hängen blieben: "Das hätte mal einer vor zwanzig Jahren sagen sollen", meinte er.

* * * * *

EIN FRÖHLICHER BURSCH

Erstes Kapitel

Öyvind hieß er, und als er geboren wurde, schrie er. Aber als er erst aufrecht auf Mutters Schoß saß, lachte er, und wenn abends Licht angesteckt wurde, lachte er, daß es schallte; doch wenn er nicht herandurfte, weinte er. "Aus dem Jungen wird sicher was Besonderes", sagte seine Mutter.

Über das Haus, worin er geboren wurde, neigte sich die kahle Bergwand; aber sie war nicht sehr hoch. Fichten und Birken schauten hernieder, und die Vogelkirsche streute ihre Blüten aufs Dach. Oben auf dem Dache aber sprang ein Böckchen, das Öyvind gehörte; es mußte da oben weiden, wo es sich nicht verlaufen konnte, und Öyvind brachte ihm Laub und Gras. Eines schönen Tages sprang das Böckchen zur Bergwand hinüber; es kletterte hinauf, weit hinauf, wo es noch nie gewesen war. Öyvind sah das Böckchen nicht, als er nach der Vesper hinauskam, und gleich dachte er an den Fuchs. Ihm wurde ganz heiß bei dem Gedanken; er sah sich um und lauschte: "Meck—meck—meck—mecke—Böckchen!"—"Mä-ä-ä-äh", schrie der Bock oben auf der Bergwand, bog den Kopf zur Seite und guckte herunter.

Neben dem Bock aber lag ein kleines Mädchen auf den Knien. "Ist das Dein Bock?" fragte sie. Öyvind riß Mund und

Augen auf und steckte beide Hände in die Hosentaschen.
"Wer bist Du?" fragte er.—"Ich bin doch die Margit, Mutters
Kleine und Vaters Fiedel, der Kobold im Haus, das Großkind
von Ola Nordistuen auf dem Heidehof; im Herbst werde ich
vier Jahre, zwei Tage nach den Frostnächten—ja!"—"Also die
bist Du", sagte er und holte Luft, denn er hatte, während sie
sprach, nicht zu atmen gewagt.

"Ist der Bock Dein?" fragte das Mädchen noch einmal.
—"Jaha", sagte er und sah hinauf. "Mir gefällt der Bock so
gut;—Du, willst ihn mir nicht schenken?"—"Nein, das will
ich nicht."

Sie lag und strampelte mit den Beinen und sah zu ihm
hinunter, und schließlich sagte sie: "Und wenn ich Dir einen
Butterkringel dafür gebe, kann ich den Bock dann kriegen?"
Öyvind war armer Leute Kind; er hatte Butterkringel erst
einmal in seinem Leben gegessen; damals, als sein Großvater
zu Besuch gekommen war. So was Schönes hatte er sein
Lebtag nicht gegessen. Er sah zu dem Mädchen hinauf;
"zeig' mir den Kringel erst", sagte er. Sie bedachte sich nicht
lang und hielt ihm den großen Kringel hin, den sie in der
Hand hatte. "Da hast ihn", sagte sie und warf ihm den
Kringel zu. "Au, er ist kaputt gegangen", sagte der Junge
und sammelte sorglich jedes Stückchen auf; das allerkleinste
mußte er doch mal kosten, und das schmeckte so gut, daß er
noch eins kosten mußte, und ehe er sich's versah, hatte er
den ganzen Kringel aufgegessen.

"Jetzt ist der Bock mein", rief das Mädchen. Dem Jungen
blieb der letzte Bissen im Munde stecken; das Mädel lag und
lachte, und der Bock mit der weißen Brust und dem
bräunlich-schwarzen Fell stand daneben und guckte mit
schiefem Kopf hinunter.

"Kannst Du ihn mir nicht noch ein bißchen lassen?" bettelte

der Bub, und sein Herz fing zu klopfen an. Da lachte das
Mädel noch mehr und richtete sich schnell auf. "Nein, der
Bock ist mein", sagte sie, schlang die Arme dem Tier um den
Hals, machte ihr Strumpfband los und band es ihm um.
Öyvind sah zu. Nun stand sie auf und versuchte den Bock
mit wegzuzerren. Der wollte aber nicht und reckte den Hals
nach Öyvind hinunter. "Mä-ä-ä-äh!" schrie er. Sie aber faßte
mit einer Hand seine Mähne, mit der andern das Band und
sagte liebkosend: "Komm, Böckchen, Du kommst auch mit
in die Stube und darfst aus Mutters Schüssel essen und aus
meiner Schürze", und dann sang sie:

Komm, Bock, zu dem Knaben.
Komm, Kalb, zu der Kuh,
Kommt, miauende Katzen,
Auf schneeweißem Schuh;
Komm, Entengehecke,
Aus deinem Verstecke,
Kommt, Küchlein, ihr kleinen,
Fällt's schwer auch den Beinen.
Mit feinen Hauben
Kommt, ihr meine Tauben!
Ist's feucht noch, wie gut
Die Sonne doch tut.
Ja, Sommer, Sommer ist uns schon nah,
Doch rufst du den Herbst, ist er da!

* * * * *

Da stand der Junge nun.

Mit dem Bock hatte er seit dem Winter, wo er geboren war,
gespielt und hatte nie gedacht, er müsse ihn einmal
hergeben; und nun war es so ganz plötzlich geschehen, und
er würde den Bock nie mehr wiedersehen.

Die Mutter kam, ein Liedchen summend, vom Strande herauf mit ihren hölzernen Kübeln, die sie gescheuert hatte. Sie sah ihren Jungen mit gekreuzten Beinen im Grase sitzen und weinen und ging hin zu ihm. "Warum weinst Du?"—"Ach, der Bock, der Bock!"—"Ja, wo ist denn der Bock?" fragte seine Mutter und sah zum Dach hinauf.—"Der kommt nie mehr wieder", sagte der Junge.—"Aber Kind, wie sollte das wohl zugehen?"—Er mochte es nicht gleich sagen. "Hat der Fuchs ihn geholt?"—"Ach, ich wollt', es war' der Fuchs gewesen!"—"Bist Du nicht bei Trost," sagte die Mutter, "was ist mit dem Bock geschehen?"—"A-a-ach, ich hab' ihn—verkauft für einen—Kringel."

Kaum hatte er das Wort ausgesprochen, da begriff er erst, was es heißt, den Bock für einen Kringel zu verkaufen; daran hatte er vorher gar nicht gedacht. Seine Mutter sagte: "Was, meinst Du wohl, mag der Bock von Dir denken, daß Du ihn für einen Kringel verkaufen konntest?"

Daran dachte der Junge ja schon selber, und ihm wurde klar, daß er hier in dieser Welt nie wieder fröhlich werden könne,—"und im Himmel auch wohl nicht mehr", fiel ihm hinterher ein.

Sein Kummer war so groß, daß er sich fest vornahm, nie wieder einen dummen Streich zu machen, nie mehr den Faden vom Spinnrocken abzuschneiden oder die Schafe herauszulassen oder allein ans Wasser zu gehen. Dabei schlief er ein, und er träumte, der Bock sei ins Himmelreich gekommen; der liebe Gott saß da mit einem langen Bart genau wie im Katechismus, und der Bock fraß von einem schimmernden Busch die Blätter ab. Öyvind aber saß ganz allein auf dem Dach und konnte nicht hinauf.

Da kam ihm etwas Feuchtes ans Ohr, und er fuhr in die Höhe. "Mä-ä-ä-äh!" sagte es, und sein Bock war wieder da!

"Herrjeh, Du bist wieder da?" Er sprang auf, faßte den Bock
an beiden Vorderbeinen und tanzte mit ihm, als sei's sein
Bruder, und zupfte ihn am Bart und wollte gerade mit ihm
zur Mutter laufen, da hörte er ein Geräusch und sah das
kleine Mädchen dicht hinter sich auf der grünen Wiese
sitzen. Nun wurde ihm alles klar; er ließ den Bock los. "Bist
Du mit ihm hergekommen?" Sie saß da und riß mit den
Händen Grasbüschel aus und sagte: "Ich darf ihn nicht
behalten. Großvater sitzt oben und wartet." Wie der Junge
noch da stand und sie ansah, hörte er eine scharfe Stimme
oben vom Wege her: "Na, wird's bald?"—Da wußte sie, was
sie zu tun hatte. Sie stand auf, ging auf Öyvind zu, schob
ihre erdige kleine Hand in seine, blickte zur Seite und sagte:
"Sei nicht bös!" Damit war es aber auch mit ihrem Mut zu
Ende, sie warf sich über den Bock und fing zu weinen an.

"Meinetwegen kannst Du den Bock behalten", sagte Öyvind
und sah weg.

"Beeil' Dich 'n bißchen!" rief der Großvater von der Höhe.
Und Margit stand auf und stieg langsam den Berg hinan.
"Du hast ja Dein Strumpfband verloren!" rief Öyvind ihr
nach. Da drehte sie sich um und sah erst das Band und
dann den Jungen an. Schließlich faßte sie einen großen
Entschluß und sagte mit erstickter Stimme: "Das kannst Du
behalten." Er lief ihr nach und gab ihr die Hand: "Ich dank'
auch schön!" sagte er. "Ach, wofür denn?" sagte sie, stieß
einen unendlich langen Seufzer aus und ging weiter.

Er setzte sich wieder ins Gras, der Bock weidete neben ihm;
aber der
Junge hatte nicht mehr soviel Freude dran wie sonst.

Zweites Kapitel

Der Bock war am Haus angebunden, Öyvind aber schaute
zu den Bergen hinauf. Die Mutter kam heraus zu ihm und
setzte sich neben ihn; er wollte Märchen aus ferner Zeit
hören, denn jetzt genügte ihm der Bock nicht mehr. Und da
erfuhr er denn, daß früher einmal alle Dinge reden konnten;
der Berg sprach mit dem Bach und der Bach mit dem Fluß
und der Fluß mit dem Meer und das Meer mit dem Himmel;
und dann fragte er, ob denn der Himmel mit niemand
spreche. Doch, der Himmel sprach mit den Wolken, die
Wolken aber mit den Bäumen, die Bäume aber mit dem
Grase, das Gras aber mit den Fliegen, die Fliegen aber mit
den Tieren, die Tiere aber mit den Kindern, die Kinder aber
mit den Großen. Und so ging es immer weiter, bis die Reihe
herum war, und keiner wußte, wer eigentlich den Anfang
gemacht hatte. Öyvind schaute Berge und Bäume und Meer
und Himmel an; er hatte das alles eigentlich noch nie richtig
gesehen. Da kam gerade die Katze aus dem Hause und legte
sich auf die Steinfliesen in die Sonne. "Was sagt denn die
Katze?" fragte Öyvind und zeigte auf sie. Die Mutter sang:

> Die Abendsonne liegt auf den Wiesen,
> Die Katze dehnt sich faul auf den Fliesen.
>   "Zwei Mäuslein fett,
>   Rahm vom Küchenbrett,
>   Vier Stück Fisch
>   Stahl ich hinterm Tisch,
>   Und bin so wonnig satt
>   Und bin so wohlig matt!"
> Sagt die Katze.

Und nun kam der Hahn mit all den Hennen. "Was sagt
denn der Hahn?" fragte Öyvind und klatschte in die Hände.
Die Mutter sang:

> Die Henne gluckt ihrer kleinen Gemeine,
> Der Hahn steht würdig auf einem Beine.

"Die Gans da, ei seht,
Wie wichtig sie geht!
Doch sie weiß nicht, gebt acht,
Wie man Kratzfüße macht!
Hühner, Hühner, ins Haus hinein,
Der Tag mag für heute beurlaubt sein!"
Sagt der Hahn.

Zwei kleine Vögel aber saßen oben auf dem Dachfirst und
sangen. "Was sagen denn die Vögel?" fragte Öyvind und
lachte.

"Das ist ein Leben, muß ich sagen,
Braucht man um nichts sich zu plagen!"
Sagt der Vogel.

Und er erfuhr, was ein jedes sagte bis hinunter zu der
Ameise, die im
Moose krabbelte, und dem Wurm, der in der Borke nagte.

In diesem Sommer unterwies ihn seine Mutter auch im
Lesen. Bücher hatte er schon längst gehabt und oft drüber
nachgedacht, wie das wohl zugehen möge, wenn auch die
zu sprechen anfingen. Da wurden die Buchstaben zu Tieren,
zu Vögeln und zu allem Möglichen; aber es dauerte nicht
lange, da gingen sie immer zu zweien miteinander; das A
blieb stehen und machte unter einem Baume Rast, der B
hieß, dann kam das C und machte es auch so. Als sie aber
zu dreien und vieren beisammen waren, da schien es, als
könnten sie sich nicht vertragen; es wollte nicht recht
gehen. Und je weiter er kam, desto mehr vergaß er, was sie
bedeuteten; am längsten blieb das A in seinem Gedächtnis
haften; das A gefiel ihm am besten. Das war ein kleines
schwarzes Lamm und war mit allen gut Freund. Aber bald
vergaß er auch das A, denn in dem Buche standen keine
Märchen, da standen nur Aufgaben.

Da eines Tages kam die Mutter herein und sagte: "Morgen fängt die Schule wieder an, Du sollst mit mir hin." Öyvind hatte gehört, die Schule sei ein Ort, wo viele Knaben zusammen spielten, und dagegen hatte er durchaus nichts. Er freute sich sehr darauf; auf dem Gehöft war er schon oft gewesen, aber nie zur Schulzeit, und er lief schneller als seine Mutter die Hügel hinauf, denn er konnte es kaum erwarten. Sie kamen an das Altenteilhäuschen; ein fürchterliches Gesumme wie in der Mühle zu Haus schlug ihnen entgegen, und er fragte seine Mutter, was das sei. "Da lesen die Kinder", sagte sie, und das freute ihn sehr, denn so hatte er auch lesen können, als er die Buchstaben noch nicht gekannt hatte. Als er hineinkam, sah er um einen Tisch soviele Kinder sitzen, daß sicher in der Kirche auch nicht mehr sein konnten; andere saßen auf ihren Eßkobern an der Wand, wieder andere standen in kleinen Gruppen um eine Tafel herum; der Schulmeister, ein alter grauhaariger Mann, saß am Herd auf einem Schemel und stopfte seine Pfeife. Als Öyvind und seine Mutter hereinkamen, blickten alle auf, und die summende Mühle stand still, als sei die Schleuse gesperrt. Alle blickten auf die Eintretenden; die Mutter begrüßte den Schulmeister und er sie.

"Hier bringe ich einen kleinen Jungen, der lesen lernen möchte", sagte die Mutter. "Wie heißt das Kerlchen?" fragte der Schulmeister und wühlte in seinem Lederbeutel nach Tabak.

"Öyvind", sagte die Mutter; "er kann schon die Buchstaben und kann auch rechnen." "Sieh einer an," sagte der Schulmeister, "komm mal her, Du Weißkopf!" Öyvind ging zu ihm hin; der Schulmeister setzte ihn auf seinen Schoß und nahm ihm die Mütze ab. "'n hübscher kleiner Bursch", sagte er und strich ihm übers Haar. Öyvind sah ihm in die Augen und lachte. "Lachst Du etwa über mich?" Er runzelte die Brauen. "Ja, natürlich", sagte Öyvind und lachte aus Leibeskräften. Da mußte der Schulmeister auch lachen, die Mutter lachte, und als die Kinder merkten, daß sie es durften, lachten sie alle zusammen.

Somit war Öyvind in die Schule aufgenommen.

Als er sich setzen mußte, wollten ihm alle Platz machen. Er sah sich auch lange um; sie tuschelten und zeigten auf ihn. Er drehte sich nach allen Seiten, die Mütze in der Hand und das Buch unterm Arm. "Na, was wird das werden?" fragte der Schulmeister, der schon wieder mit seiner Pfeife zu tun hatte. Als der Junge sich eben nach dem Schulmeister umwenden will, sieht er dicht neben dem Herd auf einem rotbemalten Eßkober Margit mit den vielen Namen sitzen; sie hatte das Gesicht in den Händen versteckt und lugte zu ihm hin. "Hier will ich sitzen", sagte Öyvind schnell, nahm sich einen Kober und setzte sich neben sie. Jetzt hob sie den einen Arm ein bißchen und sah ihn unterm Ellbogen an; da versteckte er auch schnell sein Gesicht in beiden Händen und sah unterm Ellbogen zu ihr hin. So saßen sie beide da und neckten sich, bis sie lachte; nun lachte er auch, und die andern Kinder hatten es gesehen und lachten mit. Da fuhr eine entsetzlich laute Stimme, die aber bei jedem Worte milder wurde, dazwischen. "Ruhe, Ihr Bande, Ihr Kroppzeug, Ihr Nichtsnutze! Ruhe! Und seid mal hübsch artig, Ihr Zuckerschweinchen!" Das war der Schulmeister; er hatte es so an sich, leicht aufzubrausen, aber ehe er noch zu Ende geredet hatte, pflegte er schon wieder gut zu sein. Es wurde augenblicklich still in der Klasse, bis die Pfeffermühlen wieder in Gang kamen; jedes las laut aus seinem Buch, manche im feinsten Diskant, die gröberen Stimmen trompeteten lauter und lauter, um die andern zu überschreien, und ab und zu johlte einer dazwischen. Öyvind hatte sein Lebtag noch nicht solchen Spaß gehabt.

"Ist das hier immer so?" flüsterte er Margit zu. "Ja immer", sagte sie.

Nachher mußten sie vortreten und lesen; dann wurde ein anderer Junge beauftragt, sie lesen zu lassen, und schließlich waren sie erlöst, konnten sich wieder auf ihren Platz setzen und brauchten nichts zu tun.

"Jetzt habe ich auch ein Böckchen", sagte Margit. —"Wirklich?"—"Ja, aber es ist nicht so schön wie Deins!"—"Warum bist Du nicht öfter auf den Berg gekommen?"—"Großvater hat Angst, ich könnte hinunterfallen."—"Es ist doch gar nicht so hoch."—"Großvater will's aber nicht."

"Meine Mutter weiß soviele Lieder", sagte er.—"Na, mein Großvater auch—das kannst Du glauben."—"Ja, aber nicht solche wie meine Mutter."—"Aber mein Großvater kann eins vom Tanzen.—Soll ich's mal sagen?"—"Ja, bitte."—"Aber dann mußt Du näher herankommen, sonst merkt's der Schulmeister." Er rückte näher, und dann sagte sie ihm ein paar Strophen vor,—vier, fünfmal, bis er sie konnte, und das war das erste, was er in der Schule lernte.

"Tanz!" rief die Fiedel
Mit schnarrender Saite,
Der Bauer, der Breite,
Spreizte sich: "Ha!"
"Holla", rief Ola
Und bracht' ihn zu Falle,—
Wie lachten alle
Die Jüngferchen da!

"Hopp", sagte Erik,
Und klomm zur Decke,—
Da krachten Ecke

Und Wände im Haus.
"Stopp", sagte Elling,
Und trug ihn am Kragen
Hinaus ohne Zagen:
"Hier tobe dich aus!"

"Hei", sagte Rasmus,
"Her mit dem Munde,
Randi, du runde!
Schnell, mach' dich bereit."
"Ei", sagte Randi;
Gab ihm eine Schelle, —
Wie rieb er die Stelle, —
"Da hast du Bescheid!"

"Aufstehn, Kinder!" rief der Schulmeister. "Heut am ersten
Tag sollt Ihr früh nach Hause gehen; aber erst wollen wir
noch beten und singen." Da gab es ein Leben in der
Schulstube; sie sprangen von den Bänken auf, rannten
durch die Stube und schwatzten durcheinander. "Ruhe, Ihr
Strolche, Ihr Hallunken, Ihr Banditen!—Ruhe! Und hübsch
leise auftreten, Kinderchen!" sagte der Schulmeister, und sie
stellten sich ruhig in Reih und Glied, worauf der
Schulmeister vor sie hintrat und ein kurzes Gebet sprach.
Dann sangen sie. Der Schulmeister stimmte mit seinem
kräftigen Baß an, alle Kinder standen mit gefalteten Händen
da und sangen mit. Öyvind stand mit Margit dicht an der
Tür und sah zu; sie hatten auch die Hände gefaltet, aber
mitsingen konnten sie nicht.

Das war der erste Schultag.

Drittes Kapitel

Öyvind wuchs heran und wurde ein prächtiger Bursche; in
der Schule saß er immer oben und zu Hause war er anstellig
bei jeder Arbeit. Das kam daher, daß er daheim seine Mutter
lieb hatte und in der Schule seinen Lehrer. Den Vater sah er
nur selten; der war entweder auf Fischfang, oder er hatte in
der Mühle zu tun, wo das halbe Dorf mahlen ließ.

Was in diesen Jahren auf sein Gemüt am meisten wirkte, das
war die Geschichte des Schulmeisters, die Mutter ihm eines
Abends, als sie am Herde saßen, erzählte. Sie wob sich in
seine Bücher hinein, sie legte sich in jedes Wort, das der
Schulmeister sagte, und huschte durch die Schulstube,
wenn alles still war. Sie machte ihn gehorsam und demütig
und ließ ihn gewissermaßen alles leichter verstehen, was
gelehrt wurde. Diese Geschichte war folgendermaßen:

Baard hieß der Schulmeister, und er hatte einen Bruder, der
hieß Anders. Sie hatten sich beide gern, ließen sich
miteinander anwerben, lebten zusammen in der Stadt,
machten den Krieg mit, wobei sie beide zu Korporalen
befördert wurden, und standen bei derselben Kompagnie.
Als sie nach dem Kriege wieder nach Hause kamen, fanden
alle, es seien zwei Staatskerle. Da starb ihr Vater; er hatte
viele Besitztümer gehabt, die schwer zu teilen waren,
deshalb vereinbarten sie, sie wollten sich lieber nicht
deswegen veruneinigen, sondern wollten alles versteigern
lassen, so daß jeder kaufen könne, was er wolle; der Erlös
aber solle geteilt werden. Gesagt, getan. Nun hatte aber der
Vater eine große goldene Uhr besessen, die weit und breit
berühmt war; denn es war die einzige goldene Uhr, die die
Leute in dieser Gegend je gesehen hatten, und als diese Uhr
zur Versteigerung kam, wollten viele reiche Männer sie
haben; als aber auch die beiden Brüder zu bieten begannen,
traten die andern zurück. Nun erwartete Baard von Anders,
er werde ihm die Uhr lassen, und Anders erwartete das

gleiche von Baard. Jeder gab sein Gebot ab, um den andern
auf die Probe zu stellen, und beim Bieten blickte einer auf
den andern. Als die Uhr bis auf zwanzig Taler gekommen
war, fand Baard, das sei gar nicht nett von seinem Bruder
gehandelt, und er bot weiter, bis dreißig Taler; als Anders
auch da noch nicht nachgab, dachte Baard, Anders habe
wohl ganz vergessen, wie gut er immer zu ihm gewesen sei,
und außerdem war er doch der ältere, und er bot mehr als
dreißig Taler. Anders tat immer noch mit. Da brachte Baard
mit einem Schlage die Uhr auf vierzig Taler und sah seinen
Bruder nicht mehr dabei an; es war sehr still in dem Zimmer,
wo die Auktion stattfand, nur der Vogt wiederholte ruhig
den Preis. Anders stand da und dachte sich: könne Baard
vierzig Taler geben, so könne er es auch, und wenn ihm
Baard die Uhr nicht gönne, so würde er sie sich eben
nehmen; er bot also mehr. Das erschien Baard als die größte
Schmach, die ihm je widerfahren war; er bot ganz leise
fünfzig Taler. Viele Leute standen ringsum, und Anders
dachte, so dürfe sein Bruder ihn doch nicht vor aller Ohren
verspotten, und bot mehr. Da lachte Baard: "Hundert Taler
und meine Bruderliebe in Kauf", sagte er, drehte sich um
und ging aus der Stube. Nach einer Weile kam ihm einer
nach, als er schon im Begriff war, sein Pferd zu satteln, das
er kurz zuvor gekauft hatte. "Du kriegst die Uhr," sagte der
Mann, "Anders hat's aufgegeben." Als Baard das hörte,
durchfuhr es ihn wie Reue; er dachte an seinen Bruder und
nicht an die Uhr. Der Sattel war aufgelegt, aber er hatte die
Hand noch auf dem Rücken des Pferdes und wußte nicht,
ob er reiten solle. Da kam eine Menge Menschen heraus,
Anders war auch darunter, und als er seinen Bruder neben
dem gesattelten Pferd stehen sah, wußte er nicht, was für
Gedanken Baard in diesem Augenblick bewegten, sondern
schrie ihm zu: "Schönen Dank für die Uhr, Baard! Die
Stunde, da Dein Bruder wieder Deinen Weg kreuzt, wird sie
Dir nicht anzeigen."—"Und auch nicht die Stunde, da ich

auf diesen Hof zurückreite!" erwiderte Baard mit bleichem Gesicht und schwang sich auf sein Pferd. Das Haus, in dem sie beide zusammen mit ihrem Vater gelebt hatten, betrat keiner von ihnen mehr.

Bald darauf heiratete Anders in eine Kätnerwirtschaft ein, lud aber Baard nicht zur Hochzeit; Baard war auch nicht mal in der Kirche. Im ersten Jahr, als Anders verheiratet war, fand man die einzige Kuh, die er besaß, tot an der nördlichen Seite des Hauses, wo sie angebunden war, und keiner konnte begreifen, woran sie gestorben war; anderes Mißgeschick kam hinzu, und es ging abwärts mit ihm; am schlimmsten aber wurde es, als mitten im Winter seine Scheune abbrannte mit allem, was darin war; keiner wußte, wie das Feuer aufgekommen war. "Das hat einer angelegt, der mir nichts Gutes gönnt", sagte Anders, und in dieser Nacht weinte er. Er war ein armer Mann geworden und hatte keine Lust zur Arbeit mehr.

Da stand am andern Abend plötzlich Baard in seiner Stube. Anders lag auf dem Bett, als der andere eintrat, aber er sprang auf. "Was willst Du hier?" fragte er, schwieg dann aber und sah seinen Bruder unverwandt an. Baard zögerte einen Augenblick, bis er antwortete: "Ich möchte Dir helfen, Anders, Dir geht es nicht gut."—"Mir geht es so, wie Du es mir gönnst, Baard! Geh lieber, denn ich weiß nicht, ob ich mich beherrschen kann!"—"Du irrst, Anders; es tut mir leid —"—"Geh, Baard, oder Gott gnade uns beiden!"—Baard trat ein paar Schritte zurück; mit zitternder Stimme sagte er: "Wenn Du die Uhr haben willst, so kannst Du sie bekommen!"—"Geh, Baard!" schrie der andere; da mochte Baard nicht länger bleiben und ging.

Mit Baard war das aber so zugegangen: als er hörte, daß es seinem Bruder schlecht gehe, taute sein Herz auf, aber sein Stolz hielt ihn zurück. Er fühlte das Bedürfnis, in die Kirche

zu gehen, und dort faßte er allerlei gute Vorsätze, doch er
konnte sie nicht ausführen. Manchmal ging er so weit, bis
er das Haus sehen konnte, aber dann kam gerade einer aus
der Tür, oder es war Besuch da, oder Anders stand draußen
und hackte Holz,—kurz, es kam immer etwas dazwischen.
Eines Sonntags aber gegen Ende des Winters war er wieder
in der Kirche, und Anders war auch da. Baard sah, wie
bleich und mager er geworden war, und er trug noch
dieselben Kleider wie damals, als sie zusammen waren, doch
jetzt waren sie alt und geflickt. Während der Predigt blickte
er zum Pfarrer auf, und es kam Baard vor, als sehe sein
Bruder gut und mild aus; er dachte an ihre Kinderjahre,
und was für ein gutes Kind er gewesen war. Baard ging an
diesem Tage zum Abendmahl, und gelobte Gott feierlich, er
wolle sich mit seinem Bruder versöhnen, komme, was da
wolle. Dieser Vorsatz erfüllte seine Seele, als er aus dem
Kelche trank, und als er sich erhob, wollte er gleich auf ihn
zugehen und sich neben ihn setzen; aber der Platz war
besetzt, und sein Bruder sah nicht auf. Nach der Predigt
kam auch wieder etwas dazwischen; es waren soviele Leute
da, seine Frau ging neben ihm, und die kannte er doch
nicht; er dachte, das beste sei, er gehe hin zu ihm und rede
vernünftig mit ihm. Als es Abend wurde, führte er das aus.
Er ging bis an die Stubentür und lauschte; und da hörte er
seinen eigenen Namen; es war die Stimme der Frau. "Er ist
heut zum Abendmahl gegangen," sagte sie, "da hat er gewiß
an Dich gedacht."—"Nein, der hat nicht an mich gedacht,"
sagte Anders, "der denkt bloß an sich selbst."

Dann sagte lange Zeit keiner etwas; Baard stand der
Schweiß auf der Stirn, obschon es ein kalter Abend war. Die
Frau drinnen klapperte mit den Töpfen, auf dem Herde
knisterte und knackte es, ein kleines Kind schrie
dazwischen, und Anders wiegte es in Schlaf. Schließlich
sagte die Frau: "Ich glaube, Ihr denkt beide aneinander und

wollt es nur nicht zugeben."—"Wir wollen von was anderm
reden", sagte Anders. Nach einer Weile stand er auf und
näherte sich der Tür. Baard mußte sich im Holzschuppen
verstecken; gerade dahin kam aber Anders, um sich einen
Arm voll Holz zu holen. Baard stand in der Ecke und sah
ihn ganz genau; er hatte seinen schäbigen Sonntagsrock
ausgezogen und war in der Uniform, die er, gerade wie
Baard auch, aus dem Kriege mit heimgebracht hatte, und er
hatte dem Bruder versprochen, sie nie zu tragen, sondern sie
auf die Nachkommen zu vererben, und Baard hatte ihm das
gleiche Versprechen gegeben. Die von Anders war jetzt
geflickt und schäbig, seine kräftige, gutgewachsene Gestalt
steckte wie in einem Bündel Lumpen, und dabei hörte
Baard, wie bei ihm selber die goldene Uhr in der Tasche
tickte. Anders ging auf den Reisighaufen zu, aber statt sich
zu bücken und einen Arm voll aufzuraffen, blieb er stehen,
lehnte sich an einen Holzstoß und sah zu dem leuchtend
klaren Sternenhimmel auf. Dann seufzte er tief und sagte:
"Ach—ja—ja—ja; o mein Gott, mein Gott!"

Solange Baard lebte, klang ihm das in den Ohren. Er wollte
vor ihn hintreten, aber da hustete sein Bruder, und das
klang so furchtbar trocken; das genügte schon, um ihn
wieder zurückzuhalten. Anders nahm seine Tracht Holz
und ging so dicht an Baard vorbei, daß die Zweige ihm ins
Gesicht schlugen.

Wohl zehn Minuten stand Baard auf demselben Fleck, und
wer weiß, wann er gegangen wäre, wenn er nicht von der
großen Aufregung einen Schüttelfrost bekommen hätte, daß
er am ganzen Leibe zitterte. Da ging er hinaus; er gestand
sich offen ein, daß er zu feige war, hineinzugehen, deshalb
hatte er sich jetzt einen andern Plan ausgedacht. Aus einem
Ascheimer, der in der Ecke neben ihm stand, nahm er ein
paar Kohlenstücke, suchte sich einen Kienspan, ging in die

Scheune, machte die Tür hinter sich zu und schlug Feuer. Als er den Span in Brand hatte, leuchtete er damit nach dem Haken, an den Anders seine Laterne hängte, wenn er früh morgens zum Dreschen kam. Baard holte seine goldene Uhr heraus und hängte sie an den Haken, löschte dann seinen Span aus und ging, und jetzt war ihm so leicht ums Herz, daß er wie ein Jüngling durch den Schnee lief.

Tags darauf hörte er, die Scheune sei in der Nacht niedergebrannt. Vermutlich waren von dem Span, mit dem er sich geleuchtet hatte, als er die Uhr aufhing, Funken heruntergefallen.

Das erschütterte ihn so, daß er den ganzen Tag wie ein Kranker dasaß; er nahm sein Gesangbuch und sang, und die Leute bei ihm im Hause dachten, irgend was müßte da nicht seine Richtigkeit haben. Abends aber ging er fort; es war heller Mondschein; er ging nach dem Gehöft seines Bruders, grub auf der Brandstätte nach und fand wirklich ein zusammengeschmolzenes Klümpchen Gold; das war die Uhr.

Mit dem Gold in der Hand war er am selben Abend zu seinem Bruder hineingegangen, hatte um Frieden gebeten und alles aufklären wollen. Aber wie es ihm da erging, ist ja schon erzählt.

Ein kleines Mädchen hatte ihn an der Brandstelle graben sehen, ein paar Burschen, die zum Tanz gegangen waren, hatten ihn am Sonntagabend auf das Gehöft zuschreiten sehen, die Leute bei ihm im Hause erzählten, wie wunderlich er am Montag gewesen war, und weil ja alle wußten, daß er mit seinem Bruder verfeindet war, so wurde Anzeige erstattet und eine Untersuchung angeordnet.

Keiner konnte ihm etwas beweisen, aber der Verdacht blieb

an ihm hängen; weniger als je konnte er sich jetzt seinem
Bruder nähern.

Anders hatte sofort an Baard gedacht, als die Scheune in
Flammen stand, aber er hatte es keinem gesagt. Als er ihn
am Abend darauf bleich und verstört in seine Stube
kommen sah, durchzuckte ihn der Gedanke: jetzt hat ihn
die Reue gepackt, aber eine so schändliche Handlungsweise
dem eigenen Bruder gegenüber ist unverzeihlich. Später
hörte er dann von den Leuten, daß sie ihn an dem Abend,
da das Feuer auskam, auf das Haus hatten zugehen sehen,
und obwohl durch das Verhör nichts Gewisses festgestellt
wurde, glaubte er steif und fest, Baard sei der Täter. Sie
trafen sich beim Verhör, Baard in seinen guten Kleidern,
Anders in seinen geflickten; Baard sah, als er hereinkam, mit
einem so flehenden Blick zu ihm hin, daß es Anders durch
und durch ging. Er will, ich soll nichts sagen, dachte
Anders, und als er gefragt wurde, ob er seinem Bruder die
Tat zutraue, sagte er laut und bestimmt: "Nein."

Doch von diesem Tage an ergab sich Anders dem Trunk,
und es ging ihm erbärmlich schlecht. Noch viel schlimmer
aber stand es um Baard, obschon der nicht trank; aber er
war kaum wiederzuerkennen.

Da kam eines Abends spät eine ärmliche Frau in die kleine
Kammer, die Baard sich gemietet hatte, und bat ihn,
mitzukommen. Er kannte sie; es war die Frau seines
Bruders. Baard ahnte gleich, was für ein Anliegen sie hatte;
er wurde leichenblaß, zog sich an und ging mit ihr, ohne
ein Wort zu sagen. Ein schwacher Lichtschein kam aus
Anders' Fenster, blitzte auf und verschwand wieder, und sie
gingen dem Scheine nach, denn durch den Schnee führte
kein Pfad. Als Baard wieder auf der Diele stand, schlug ihm
ein eigentümlicher Geruch entgegen, daß ihm ganz übel
wurde. Sie gingen hinein. Ein kleines Kind saß am Herd

und knabberte an den Kohlen, es war ganz schwarz im
Gesicht, aber es blickte auf und lachte mit weißen Zähnchen;
das war das Kind seines Bruders. Im Bett aber, mit allen
möglichen Kleidungsstücken zugedeckt, lag Anders,
abgemagert, mit klarer, hoher Stirn und schaute seinen
Bruder aus hohlen Augen an. Baard zitterten die Knie, er
setzte sich ans Fußende des Bettes und brach in heftiges
Weinen aus. Der Kranke sah ihn unverwandt an und
schwieg. Schließlich bat er seine Frau, hinauszugehen; aber
Baard winkte ihr, sie möge bleiben,—und dann sprachen
sich die Brüder aus. Sie sprachen über alles von dem Tage
an, da sie auf die Uhr geboten hatten, bis zu der Stunde, da
sie hier zusammentrafen. Baard holte schließlich den
Goldklumpen heraus, den er immer bei sich trug, und nun
sahen die Brüder ein, daß sie sich in all den Jahren nicht
einen einzigen Tag glücklich gefühlt hatten.

Anders sagte nicht viel, dazu war er zu schwach; aber Baard
blieb am Bett sitzen, solange Anders krank war. "Jetzt bin
ich wieder ganz gesund," sagte Anders eines Morgens, als er
aufwachte, "jetzt wollen wir noch lange zusammenleben,
mein Herzensbruder, und nie mehr auseinandergehen, ganz
wie damals." An dem Tage aber starb er.

Frau und Kind nahm Baard zu sich, und sie hatten es fortan
gut. Was aber die Brüder am Krankenbett zusammen
gesprochen hatten, das drang hinaus durch die Wände und
durch die Nacht und alle Leute im Dorf erfuhren es, und
Baard kam hoch zu Ansehen. Alle grüßten ihn wie einen
Mann, der schweres Leid gehabt hat, und dem dann ein
Glück widerfahren ist, oder wie einen, der sehr lange
fortgewesen ist. Baard richtete sich an dieser allgemeinen
Freundlichkeit auf, er wurde ein frommer Mensch, und da er
etwas schaffen wollte, wie er sagte, so machte der alte
Korporal einen Schulmeister aus sich. Was er den Kindern

als erstes und letztes einprägte, war Liebe, und auch sich selbst wünschte er, daß ihn die Kinder wie einen guten Kameraden und wie einen Vater lieb haben sollten.

Das war die Geschichte, die von dem alten Schulmeister erzählt wurde, und in Öyvinds Herzen schlug sie so fest Wurzel, daß sie für ihn Religion und Erzieher zugleich wurde. Der Schulmeister war für ihn fast ein übermenschliches Wesen geworden, obgleich er so umgänglich zwischen ihnen saß und so gemütlich vor sich hinbrummte. Daß er je seine Aufgaben nicht hätte wissen sollen, war ganz undenkbar, und lächelte ihm der Schulmeister zu oder strich er ihm gar übers Haar, wenn er seine Lektion hergesagt hatte, so war ihm den ganzen Tag lang froh und warm ums Herz.

Den größten Eindruck auf die Kinder machte es immer, wenn der Schulmeister vor dem Singen eine kleine Ansprache an sie hielt und ihnen, mindestens einmal jede Woche, ein paar Strophen vorlas, die von der Nächstenliebe handelten. Wenn er den ersten Vers vorlas, bebte seine Stimme, ob er ihn nun auch schon an die dreißig Jahre gelesen hatte; der Vers lautete:

> Lieb' deinen Nächsten nach Christenpflicht,
> Unter dem Absatz zertritt ihn nicht,
> Liegt er auch schon im Staube;
> Alles, was lebet, ist Untertan —
> Alles der Liebe, die neuschaffen kann:
> Trau' du ihr nur und glaube!

Wenn aber das Lied zu Ende war, und er noch eine Weile schweigend dagestanden hatte, dann sah er sie an und zwinkerte mit den Augen: "Vorwärts, kleines Gesindel, geht hübsch brav nach Hause und macht nicht solchen Lärm, — seid hübsch artig, daß ich immer bloß Gutes von Euch höre,

Ihr kleinen Dachse!" Und wenn sie dann beim
Zusammenpacken der Bücher und Eßkober einen
Höllenspektakel machten, dann klang seine Stimme durch
das Getöse: "Kommt morgen wieder, sowie es Tag wird,
sonst sollt Ihr mich kennen lernen!—Kommt ja rechtzeitig,
Kinderchen, dann wollen wir sehr fleißig sein."

Viertes Kapitel

Von Öyvinds Weiterentwicklung bis zu dem Jahr vor seiner
Konfirmation ist nicht viel zu erzählen. Morgens lernte er,
tags arbeitete er, und abends spielte er.

Weil er gar so einen fröhlichen Sinn hatte, dauerte es nicht
lange, bis die Kinder aus der Nachbarschaft sich in den
Freistunden dort einfanden, wo er war. Von seinem Hause
fiel ein hoher Abhang zur Bucht ab, der, wie schon
erwähnt, an einer Seite von der Bergwand, an der andern
vom Wald begrenzt war, und hier veranstaltete die
Dorfjugend an jedem schönen Abend und auch Sonntags
Schlittenfahrten. Öyvind konnte es am besten; er hatte zwei
Schlitten, "Scharftraber" und "Kratzer" hießen sie; diesen lieh
er den andern Kindern, jenen aber steuerte er selbst und
hatte Margit auf dem Schoß.

Wenn Öyvind aufwachte, war in dieser Zeit sein erstes, aus
dem Fenster zu schauen, ob's Tauwetter sei, und sah er, daß
es grau über den Büschen jenseits der Bucht hing, oder
hörte er es vom Dach tropfen, so ging es so langsam mit
dem Anziehen, als sei mit dem Tag rein gar nichts
anzufangen. Wachte er aber zu knisternder Kälte und
klarem Himmel auf und war's noch dazu Sonntag, wo es
den guten Anzug und keine Arbeit gab, bloß Überhören

und vormittags Kirchgang und dann den ganzen Nachmittag und Abend frei, —hei! da war der Bursch mit einem Satz aus dem Bett, zog sich an, als brenne es, und konnte vor Aufregung kaum essen. Sowie es Nachmittag war, und der erste Junge auf Schneeschuhen den Weg entlang kam, den Stab über dem Kopf schwang und juchzte, daß es von den Höhen wiedertönte, —und dann einer auf dem Schlitten daherkam und noch einer und noch einer, —dann stürmte der Bursch mit seinem "Scharftraber" auf und davon, rannte den Hügel hinauf und machte bei den Zuletztgekommenen halt mit einem langen schmetternden Jodler, der an der Bucht von Berg zu Berg klang und weit, weit hinten erstarb.

Er schaute dann wohl nach Margit aus, aber wenn sie erst da war, kümmerte er sich nicht mehr recht um sie.

Dann aber kam Weihnachten, wo der Bursch und das Mädel beide ins siebzehnte Jahr gingen und im Frühjahr konfirmiert werden sollten. Am vierten Weihnachtstage sollte auf dem oberen Heidehof bei Margits Großeltern, bei denen sie aufgewachsen war, eine große Festlichkeit stattfinden; sie hatten ihr das schon seit drei Jahren versprochen und mußten es jetzt endlich wahr machen. Hierzu wurde Öyvind eingeladen.

Es war ein halbklarer, nicht kalter Abend; Sterne waren nicht zu sehen, und am andern Tage würde es wohl Regen geben. Ein schläfriger Wind strich über den Schnee, der hier und da von der weißen Heide fortgeweht war und sich an anderen Stellen zu Schneewehen angesammelt hatte. Wo nicht gerade Schnee lag, war der ganze Weg mit Eis bedeckt, das blauschwarz zwischen dem Schnee und dem nackten Felde schimmerte und sich in blanken Streifen hinzog, soweit das Auge reichte. Die Berge herab waren Schneestürze gekommen; düster und kahl war ihr Bett, und nur zu beiden Seiten lag noch der helle Schnee, wo nicht gerade der Birkenwald sich zusammenschob und Dunkelheit schuf. Wasser war nicht zu sehen, nur halbnackte Sandflächen und Moore umsäumten schwer und strichweise die Berge. Die Gehöfte lagen in dichten Gruppen mitten im Felde; sie sahen im Dunkel des Winterabends wie schwarze Klumpen aus, aus denen Licht über das Land hinstrahlt, bald aus diesem Fenster, bald aus jenem; an dem Lichtschein sah man, daß es drinnen geschäftig herging. Die ganze Jugend, Große und Halberwachsene strömten von verschiedenen Seiten zusammen; die wenigsten blieben auf dem Wege; zum mindesten verließen sie ihn und stahlen sich beiseite, sobald sie an das Gehöft kamen; einer kroch hinter den Kuhstall, ein paar unter den Vorratschuppen, andere jagten um die Scheune und heulten wie Füchse, wieder andere antworteten aus der Ferne mit Katzenstimmen, einer stand hinterm Backofen und bellte wie ein alter bissiger Köter, dem die Stimme eingerostet ist, bis von allen Seiten Jagd auf ihn gemacht wurde. Die Mädchen kamen scharenweise und hatten ein paar Burschen, meistens halbwüchsige, bei sich, die sich unterwegs in einemfort prügelten, weil sie ein bißchen erwachsener aussehen wollten. Wenn ein solcher Mädchenschwarm in den Hof kam, und einer oder der andere von den Burschen ihn gewahrte, dann stoben die Mädchen auseinander, liefen auf den Hausflur oder in den Garten und mußten eine nach der andern wieder hervor und in die Stube hineingezogen werden. Ein paar waren so blöde, daß Margit erst kommen und sie hineinkomplimentieren mußte. Zuweilen war auch eine dabei, die eigentlich gar nicht eingeladen war und deshalb auch beileibe nicht hineinwollte, bloß ein bißchen zusehen, bis es sich dann doch so fügte, daß sie wenigstens *einen* Tanz mittanzen mußte. Wen Margit gut leiden konnte, den nötigte sie zu den Großeltern hinein in eine kleine Stube, wo der Alte saß und rauchte und die Großmutter geschäftig hin und her ging. Da wurden sie bewirtet und freundlich begrüßt. Öyvind war nicht darunter, und das kam ihm ein bißchen sonderbar vor.

Der Hauptmusikant des Gaus konnte erst später kommen; bis dahin mußten sie sich mit dem alten begnügen, einem Häusler; Grauknut hieß er. Er konnte vier Tänze, zwei Hoppser, einen Halling und den alten sogenannten Napoleonwalzer; allein im Laufe der Zeit hatte er den Halling in einen Schottischen umgewandelt, indem er den Takt veränderte, und ein Hoppser war auf dieselbe Weise zu einer Polka-Mazurka geworden. Er spielte also los, und der Tanz begann. Öyvind wagte nicht gleich mit anzufangen, weil hier so viele Große waren; aber die Halbwüchsigen taten sich flink zusammen, pufften sich gegenseitig vorwärts, tranken sich in starkem Bier ein bißchen Mut an, und da tat denn auch Öyvind mit. Heiß war es in der Stube; die Fröhlichkeit und das Bier stiegen ihnen zu Kopf. Margit tanzte am meisten den Abend, wohl weil ihre Großeltern das Fest gaben, und deshalb sah sich auch Öyvind oft nach ihr um; aber immer tanzte sie mit andern. Er wollte auch gern mal mit ihr tanzen; deshalb saß er einen Tanz über, um, sowie er zu Ende war, gleich auf sie zustürmen zu können, und das tat er auch, aber ein großer, sonngebräunter Mensch mit vollem Haar schob ihn beiseite. "Weg da, Bengel!" rief er und gab Öyvind einen Puff, daß er fast der Länge nach über Margit gefallen wäre. So etwas war ihm noch nie passiert, nie waren die Leute anders als nett zu ihm gewesen, und nie hatte ihn einer "Bengel" genannt, wenn er mittun wollte; er wurde feuerrot, sagte aber kein Wort und zog sich zurück, dahin, wo der neue Musikant, der eben gekommen war, saß und sein Instrument stimmte. Alle waren still geworden und warteten auf den ersten, kräftigen Ton von "dem Richtigen". Er probierte und stimmte, es dauerte lange, aber endlich legte er mit einem

Hoppser los; die Burschen kreischten auf und schwenkten
ihre Mädel im Kreise. Öyvind blickte Margit nach, wie sie
mit dem haarbuschigen Menschen tanzte; sie lachte über
seine Schulter hinweg, daß man ihre weißen Zähne sah,
und Öyvind fühlte zum erstenmal in seinem Leben einen
wunderlich stechenden Schmerz in der Brust.

Er sah immer eifriger zu ihr hin, und je mehr er sie
betrachtete, desto mehr kam es ihm vor, als sei Margit schon
ganz erwachsen; das kann ja nicht sein, dachte er, denn sie
fährt doch immer noch mit Schlitten. Aber erwachsen war
sie doch, und der haarbuschige Mann zog sie, als der Tanz
zu Ende war, auf seinen Schoß; sie machte sich los, blieb
aber doch neben ihm sitzen.

Öyvind sah sich den Mann an; er hatte einen feinen blauen
Tuchanzug an, ein blaukariertes Hemd und ein seidenes
Halstuch; dazu ein schmales Gesicht, blaue, energische
Augen, und einen lachenden, trotzigen Mund. Es war ein
hübscher Mensch. Öyvind sah ihn sich ganz genau an, und
dann beschaute er sich selbst; er hatte ein Paar neue Hosen
zu Weihnachten bekommen und hatte sich sehr darüber
gefreut; jetzt sah er aber, daß sie bloß aus grauem Fries
waren; die Jacke war aus demselben Stoff, aber sie war alt
und schäbig, und die Weste, aus gewürfeltem,
durchgewebtem Stoff, war auch alt und hatte zwei blanke
Knöpfe und einen schwarzen. Er sah umher und fand,
wenige nur seien so dürftig gekleidet wie er. Margit hatte ein
schwarzes Kleid aus feinem Stoff an, im Brusttuch steckte
eine Brosche und in der Hand hatte sie ein seidenes
Taschentuch. Auf dem Kopf trug sie ein kleines
schwarzseidenes Häubchen, das mit breitem gestreiftem
Atlasband unterm Kinn zusammengebunden war. Sie hatte
rote Backen und lachte; der Mann plauderte mit ihr und
lachte auch. Wieder wurde aufgespielt, und der Tanz fing

von neuem an. Ein Schulkamerad kam und setzte sich neben ihn. "Warum tanzst Du nicht, Öyvind?" fragte er freundlich.—"Ach nein," sagte Öyvind, "ich sehe nicht danach aus."—"Siehst nicht danach aus?" fragte der andere; aber ehe er weitersprechen konnte, sagte Öyvind: "Wer ist das mit dem blauen Tuchanzug, der mit Margit tanzt?"—"Das ist doch Jon Hatlen; er ist auf der Ackerbauschule gewesen und will jetzt den Hof übernehmen."—Im selben Augenblick setzten Margit und Jon sich hin. "Was ist das für ein Junge mit dem hellen Haar, der da neben dem Musikanten sitzt und mich fortwährend anglotzt?" fragte Jon. Da lachte Margit und sagte: "Das ist der Häuslerjunge von Pladsen."

Öyvind hatte freilich immer gewußt, daß er ein Häuslerjunge war, aber bis jetzt hatte er das nie weiter empfunden. Er kam sich mit einem Mal so klein vor, kleiner als alle andern; um sich einen Halt zu geben, versuchte er, an all das zu denken, was ihn bis zu dieser Stunde froh und stolz gemacht hatte—vom Schlittenfahren angefangen bis zu den einzelnen Äußerungen. Als er auch an Vater und Mutter dachte, die zu Haus saßen und sich vorstellten, wie gut er es jetzt haben mochte, konnte er die Tränen kaum zurückhalten. Um ihn lachten und scherzten die andern, die Fiedel schrillte ihm gerade in die Ohren, und einen Augenblick war's, als wolle etwas Finsteres in ihm aufsteigen, dann aber fiel ihm die Schule ein und die Kameraden und der Schulmeister, wie er ihn streichelte, und der Herr Pfarrer, der ihm bei der letzten Prüfung ein Buch geschenkt und gesagt hatte, er sei ein fleißiger Junge; sein Vater hatte dabei gesessen und es mitangehört und ihm zugenickt. "Sei brav, Öyvind", meinte er den Schulmeister sagen zu hören, indem er ihn auf den Schoß nahm wie damals, als er klein war. "Du lieber Gott, das alles hat ja so wenig zu sagen, und im Grunde sind alle Menschen gut; es

sieht bloß manchmal so aus, als seien sie es nicht. Aus uns
beiden soll schon was Tüchtiges werden, Öyvind, ebensoviel
wie aus Jon Hatlen; werden schon auch feine Kleider
kriegen und mit Margit in der hellen Stube tanzen, wo
Hunderte von Menschen dabei sind, und wir lachen und
plaudern zusammen; Brautpaar und Pfarrer, und ich auf
dem Chor lächle Dir zu, und die Mutter daheim, und ein
großer Hof mit zwanzig Kühen und drei Pferden, und
Margit ist so lieb und gut wie einst in der Schule— —"

Der Tanz war zu Ende; Öyvind sah Margit vor sich auf der
Bank sitzen und Jon daneben, den Kopf dicht an ihrem;
wieder fuhr ihm ein scharfer, stechender Schmerz durch die
Brust, und es war, als sage er zu sich selbst: Ach, stimmt ja,
ich hab's ja so schlecht.

Im selben Augenblick stand Margit auf und kam gerade auf
ihn zu. Sie beugte sich zu ihm hinunter. "Du darfst nicht so
dasitzen und mich immerfort anstarren", sagte sie; "Du
kannst Dir doch denken, daß es auffällt; hol' Dir doch eine
und tanz' mit ihr."

Er antwortete nicht, er sah nur auf zu ihr, und—er konnte
nicht dafür: seine Augen füllten sich mit Tränen. Sie hatte
sich schon aufgerichtet und wollte gehen, da sah sie es und
stand still; sie wurde plötzlich feuerrot, drehte sich um und
ging auf ihren Platz zurück; da aber machte sie wieder
Kehrt und setzte sich anderswohin. Jon ging schnell ihr
nach.

Öyvind stand von der Bank auf, drängte sich zwischen die
Menschen hindurch, ging auf den Hof hinaus, setzte sich in
eine der Außengalerien und wußte doch nicht, was er da
eigentlich wollte; er stand also auf, setzte sich aber wieder
hin, denn er saß hier ja ebensogut wie irgendwo anders.
Nach Haus gehen mochte er nicht, wieder hinein erst recht

nicht; das kam alles auf eins heraus. Er war nicht imstande,
sich klar vorzustellen, was eigentlich geschehen war; er
wollte gar nicht daran denken; an die Zukunft wollte er
auch lieber nicht denken, denn es gab ja nichts, wonach er
sich hätte sehnen können.

"Aber woran denke ich denn bloß?" fragte er sich halblaut,
und als er seine eigene Stimme hörte, dachte er: sprechen
kannst Du also noch. Kannst Du auch noch lachen? Und er
probierte es: ja, er konnte noch lachen, und so lachte er
denn ganz laut, immer lauter, und plötzlich kam es ihm sehr
drollig vor, daß er da saß und so ganz für seinen eigenen
Schatten lachte,—und da mußte er noch mehr lachen. Hans
aber, sein Schulkamerad, der neben ihm gesessen hatte, kam
ihm nach. "Um Gotteswillen, worüber lachst Du?" fragte er
und blieb am Eingang stehen. Da hielt Öyvind inne.

Hans stand und wartete ab, was sich nun begeben würde.
Öyvind erhob sich, sah sich vorsichtig um und sagte dann
leise: "Jetzt will ich Dir sagen, Hans, warum ich immer so
vergnügt gewesen bin; darum, weil ich niemand so richtig
lieb gehabt habe; von dem Augenblick an, da man einen
Menschen lieb hat, kann man nicht mehr fröhlich sein", und
er brach in Tränen aus.

"Öyvind!" flüsterte es draußen auf dem Hof; "Öyvind!" Er
hielt inne und lauschte. Das mußte die sein, an die er dachte.
"Ja", antwortete er ebenfalls flüsternd, trocknete schnell seine
Tränen ab und trat heraus. Da huschte eine Mädchengestalt
über den Hof. "Bist Du da?" fragte sie. "Ja", antwortete er
und stand still.—"Wer ist noch da?"—"Nur Hans."—Hans
wollte gehen. "Nein, nein!" bat Öyvind. Sie kam jetzt
langsam dicht an die beiden heran; es war wirklich Margit.
"Du warst ja plötzlich weg!" sagte sie zu Öyvind. Er wußte
nicht, was er darauf antworten solle. Da wurde sie auch
verlegen, und alle drei schwiegen. Hans aber stahl sich

allmählich bei Seite. Die beiden standen einander gegenüber,
sahen sich nicht an und rührten sich auch nicht. Schließlich
sagte sie flüsternd: "Ich hab' schon den ganzen Abend ein
bißchen Weihnachtliches für Dich in der Tasche, Öyvind,
aber ich konnte es Dir nicht eher geben." Sie holte ein paar
Äpfel heraus, ein Stück Kuchen und ein Fläschchen, steckte
es ihm zu und sagte, das könne er behalten.

Öyvind nahm es, sagte "danke" und gab ihr die Hand; ihre war warm, und er ließ sie schnell los, als habe er sich verbrannt. "Du hast heut abend viel getanzt."—"Das habe ich," sagte sie, "aber Du gerade nicht", fügte sie hinzu. —"Nein, ich nicht", antwortete er.—"Warum denn nicht?"—"Ach—"

"Öyvind!"—"Ja?"—"Warum hast Du mich immerzu so angesehen?"—"Ach—"

"Margit!"—"Ja?"—"Warum wolltest Du nicht angesehen sein?"—"Es waren doch soviele Menschen da."

"Du hast heut abend viel mit Jon Hatlen getanzt."—"Ach ja."—"Er kann gut tanzen."—"Findest Du?"—"Findest Du nicht?"—"Ach ja."

"Ich weiß nicht, wie es kommt, aber ich kann es heut abend nicht sehen, daß Du mit ihm tanzst." Er wandte sich ab; es hatte ihn Überwindung gekostet, das zu sagen. "Ich versteh' Dich nicht, Öyvind."—"Ich versteh' es ja auch nicht; es ist so dumm von mir.—Adieu, Margit, jetzt will ich gehen." Er tat einen Schritt, ohne sich umzusehen. Da rief sie ihm nach: "Das ist ganz falsch, was Du gesehen hast, Öyvind." Er blieb stehen. "Daß Du ein erwachsenes Mädchen bist, ist nicht falsch."—Er sagte nicht das, was sie erwartet hatte, deshalb schwieg sie; aber mit einem Mal sah sie nicht weit von sich eine Pfeife aufglimmen; das war ihr Großvater, der gerade um die Ecke bog und vorüberkam. Er blieb stehen. "Hier bist Du, Margit?"—"Ja."—"Mit wem sprichst Du denn da?"—"Mit Öyvind."—"Mit wem, sagst Du?"—"Mit Öyvind Pladsen!"—"So, mit dem Häuslerjungen von Pladsen;— gleich kommst Du mit hinein."

Fünftes Kapitel

Als Öyvind am andern Morgen die Augen aufmachte, hatte
er fest und erquickend geschlafen und wunderschön
geträumt Margit hatte oben auf dem Berg gelegen und ihn
mit Blättern beworfen; er hatte sie aufgefangen und wieder
hinauf geworfen. Tausendfarbig und -gestaltig war es hinauf
und hinabgeflattert. Die Sonne schien hell, und der ganze
Berg leuchtete vom Gipfel bis zum Fuß. Als er aufwachte,
sah er um sich und suchte das, was er geträumt; da fiel ihm
der gestrige Abend ein, und gleich war der stechende, wehe
Schmerz in der Brust wieder da. "Den werde ich wohl nie
mehr los", dachte er und fühlte sich so schlaff, als sei ihm
seine ganze Zukunft entwichen.

"Du hast aber lange geschlafen", sagte seine Mutter, die am
Bett saß und spann. "Jetzt flink auf und iß! Dein Vater ist
schon im Wald und haut Holz."—Es war, als tue diese
Stimme ihm gut. Er stand mit ein bißchen mehr Mut auf.
Die Mutter dachte wohl an ihre eigenen Tanzjahre, denn sie
trällerte ein Lied vor sich hin, wie sie am Rocken saß,
während er sich anzog und aß. Deshalb mußte er vom Tisch
aufstehen und ans Fenster treten; wieder befiel ihn diese
Bangigkeit und Unlust; er mußte sich zusammennehmen
und an die Arbeit denken. Das Wetter war umgeschlagen,
die Luft war etwas kälter geworden, so daß statt des Regens,
der gestern gedroht hatte, heute ein feuchter Schnee fiel. Er
zog sich Gamaschen an, holte seine Pelzmütze, die
Seemannsjacke und die Fausthandschuhe hervor, sagte
adieu und ging mit der Axt über die Schulter fort.

Der Schnee fiel langsam in großen, nassen Flocken. Öyvind
klomm mühsam die Schlittenbahn hinauf, um zur Linken
in den Wald einzubiegen; nie—weder im Winter, noch im
Sommer—war er sonst hier entlang gegangen, ohne an

irgend etwas zu denken, was ihn fröhlich gemacht hatte,
oder was er sich wünschte. Jetzt war es ein toter,
beschwerlicher Weg für ihn; er glitt in dem feuchten Schnee
aus, und die Knie waren ihm steif, vielleicht vom Tanzen
gestern, vielleicht auch von der Unlust. Jetzt fühlte er: es
war vorbei mit dem Schlittenfahren für dieses Jahr und
damit für immer. Etwas anderes war's, wonach er sich
sehnte, wie er durch den lautlos fallenden Schnee zwischen
den Stämmen dahinschritt. Ein aufgescheuchtes
Schneehuhn kreischte und flatterte ein Stückchen weiter;
sonst stand alles da, als sei es eines Worts gewärtig, das nie
gesprochen wurde. Was es war, wonach er sich sehnte, das
wußte er selbst nicht recht; nur nach der Heimat nicht und
auch nicht nach der Fremde, nach Fröhlichkeit nicht und
auch nicht nach Arbeit; es stieg hoch in die Lüfte empor wie
ein Lied, allmählich aber verdichtete es sich zu einem ganz
bestimmten Wunsch, — dem Wunsch, zu Ostern konfirmiert
zu werden und dabei Nummer Eins zu sein. Er bekam
Herzklopfen, wie er daran dachte, und ehe er noch die
Axtschläge seines Vaters in den schwachen Bäumchen hören
konnte, hatte dieser Wunsch stärkere Gewalt über ihn als
irgend etwas bisher in seinem Leben.

Wie gewöhnlich redete sein Vater nicht viel; sie hieben beide
drauf los und schichteten die Stämmchen auf. Ab und zu
kamen sie dabei zusammen, und bei einer solchen
Begegnung sagte Öyvind schwermütig: "Ein Häusler muß
sich doch recht plagen!" — "Wie jeder andere auch!" sagte sein
Vater, spuckte in seine Hand und faßte die Axt. Als der
Baum gefällt war und sein Vater ihn auf den Haufen
schleppte, sagte Öyvind: "Wenn Du Bauer wärst, brauchtest
Du nicht so zu schleppen!" — "Na, dann würde mich eben
was anderes drücken!" und dabei packte er mit beiden
Händen zu. Die Mutter brachte ihnen das Mittagessen
herauf, und sie setzten sich hin. Sie war sehr lustig, trällerte

ein Lied und schlug die Füße im Takt aneinander. "Was willst Du denn eigentlich werden, wenn Du groß bist, Öyvind?" fragte sie plötzlich.—"Für einen Häuslerjungen gibt es nicht viele Möglichkeiten", sagte er.—"Der Schulmeister meint, Du müßtest aufs Seminar", sagte sie. "Kann man da umsonst hin?" fragte Öyvind. "Das bezahlt die Schulkasse", antwortete sein Vater und aß weiter.—"Hast Du denn Lust?" fragte seine Mutter.—"Ich habe Lust, was zu lernen, aber nicht Schulmeister zu werden."—Die drei schwiegen eine Zeitlang; die Frau summte vor sich hin und sah geradeaus. Öyvind aber stand auf und setzte sich etwas abseits.

"Wir haben's doch eigentlich nicht nötig, uns an die Schule zu wenden", sagte seine Mutter, als er fort war. Der Mann sah sie an: "Arme Leute wie wir?"—"Ich mag nicht, Tore, daß Du Dich immer für arm ausgibst, wo Du es nicht bist."—Sie sahen beide verstohlen nach dem Jungen hin, ob er es auch nicht hören konnte. Dann sagte der Vater barsch zu seiner Frau: "Du red'st, wie Du's verstehst." Sie lachte; "auf die Weise soll man auch gerade nicht Gott dafür danken, daß es einem gut gegangen ist", sagte sie und machte ein ernstes Gesicht. "Man kann ihm auch wohl ohne silberne Knöpfe danken", sagte der Vater.—"Ja, aber Öyvind zum Tanz gehen lassen wie gestern, das ist auch kein Dank."—"Öyvind ist ein Häuslerjunge."—"Deshalb kann er doch ordentlich gekleidet gehen, wenn wir es dazu haben."—"Nu schrei noch so, daß er's hört!"—"Er hört's schon nicht, übrigens schadete das ja auch nicht", sagte sie und sah tapfer ihren Mann an, der mit finsterem Gesicht den Löffel beiseite legte und seine Pfeife herausholte. "Wo wir solche elende Wirtschaft haben", sagte er. "Ich finde es lächerlich, daß Du immer von der Wirtschaft redest; warum sprichst Du nie von der Mühle?"—"Ach, Du und Deine Mühle! Du kannst wohl nicht vertragen, wenn sie geht?"—"Oh ja, Gott sei Dank! Wenn sie nur Tag und Nacht gehen wollte."—"Jetzt steht sie schon seit vor Weihnachten."—"In den Weihnachtstagen mahlen die Leute doch nicht."—"Sie mahlen, wenn Wasser da ist; aber seit in Nyström die neue Mühle steht, geht's mit unsrer recht jämmerlich."

"Der Schulmeister hat heute was andres gesagt."—"Ich muß wohl unser Geld lieber von einem weniger schwatzhaften Kerl verwalten lassen, als der Schulmeister ist."—"Ja, vor allem darf er mit Deiner eigenen Frau nicht drüber reden."— Tore antwortete hierauf nicht; er hatte gerade seine Pfeife in Brand gesetzt und lehnte sich gegen einen Reisighaufen; seine Augen wichen dem Blick seiner Frau und dann seinem Sohn aus und blieben schließlich an einem alten Krähennest haften, das halb zerfetzt von einem Fichtenzweige herunterhing.

Öyvind saß allein und sah seine Zukunft vor sich wie eine weite, blanke Eisfläche, und er sauste zum erstenmal von einem Ufer zum andern über sie hin. Daß die Armut bei jedem Schritt hemmte, fühlte er, aber gerade deshalb war das Ziel aller seiner Gedanken, sie zu überwinden. Von Margit hatte sie ihn wohl für immer getrennt; sie sah er schon halbwegs als Jon Hatlens Braut, aber wenigstens wollte er sein Leben lang mit den beiden gleichen Schritt halten. Beiseite stoßen wie gestern würde er sich nicht mehr lassen, sondern sich fernhalten, bis er etwas geworden war, und daß er mit Gottes gütiger Hilfe etwas werden würde, das war sein Wunsch, und er zweifelte keinen Augenblick, daß ihm das gelingen würde. Er hatte das unbestimmte Gefühl, durch Lernen werde es ihm am besten glücken; zu welchem Ziel das führen könne, das mußte er sich überlegen.

Abends war Schlittenbahn, die Kinder kamen alle auf den Hügel, nur Öyvind nicht. Am Herde saß er und lernte und hatte keine Zeit zum Spielen. Die Kinder warteten lange auf ihn, schließlich wurde einigen die Zeit zu lang, sie kamen herauf, drückten das Gesicht an die Scheiben und riefen ihn. Aber er tat, als höre er nicht. Es kamen mehr Kinder, und Abend für Abend; sie liefen in heller Verwunderung draußen auf und ab, er aber drehte ihnen den Rücken zu und las und mühte sich redlich, den Sinn zu erfassen. Später hörte er, Margit komme auch nicht mehr. Er lernte mit einem Eifer, den selbst sein Vater übertrieben fand. Er wurde sehr still; sein Gesicht, das so rund und weich gewesen war, wurde magerer und schärfer, und die Augen wurden härter; selten nur noch sang er, nie spielte er, es schien, als reiche die Zeit nicht mehr dazu. Wenn die Versuchung an ihn herantrat, war's ihm, als flüstere einer: "Später, später!" und immer wieder: "Später."—Die Kinder sprangen, jauchzten und lachten eine Zeitlang wie sonst, aber weil sie ihn weder durch ihre helle Lust, noch durch die Rufe am Fenster zu sich herauslocken konnten, blieben sie schließlich fort; sie fanden andere Plätze zum Spielen, und der Hügel blieb leer.

Der Schulmeister merkte bald, daß das nicht der alte Öyvind war, der lernte, weil es doch mal so sein mußte, und spielte, weil das nötig war. Er sprach oft mit ihm und forschte und drang in ihn, aber es wollte ihm nicht gelingen, das Vertrauen des Knaben so schnell zu gewinnen wie in alten Tagen. Er sprach auch mit den Eltern über ihn, und in Übereinstimmung mit ihnen kam er Ende des Winters an einem Sonntag abend zu ihnen und sagte, als er eine Zeitlang gesessen hatte: "Komm mit, Öyvind, wir wollen ein Stück gehen, ich habe mit Dir zu reden."—Öyvind machte sich fertig und kam mit. Sie wanderten in der Richtung der Heidehöfe und sprachen lebhaft miteinander, wenn auch über nichts Wichtiges. Als sie sich den Gehöften näherten, bog der Schulmeister nach dem mittleren ab, und als sie weitergingen, hörten sie drinnen fröhliche Stimmen. "Was ist hier los?" fragte Öyvind. "Hier wird getanzt", sagte der Schulmeister; "wollen wir nicht hineingehen?"—"Nein."—"Magst Du denn nicht tanzen, Junge?"—"Nein, noch nicht."—"Noch nicht? Wann denn?"—Er antwortete nicht.—"Was meinst Du mit dem noch nicht?"—Als der Bursch nicht antwortete, sagte der Schulmeister: "Komm, mach' keine Redensarten."—"Nein, ich gehe nicht mit!"—Er sprach sehr bestimmt und schien aufgeregt zu sein. "Soll denn Dein eigener Lehrer hier stehen und Dich bitten, zum Tanz zu gehen!"—Ein langes Schweigen entstand. "Ist da drin jemand, vor dem Du Angst hast?"—"Ich kann doch nicht wissen, wer hier ist."—"Aber könnte denn einer da sein?"—Öyvind schwieg. Da trat der Schulmeister auf ihn zu und legte ihm die Hand auf die Schulter. "Fürchtest Du, Margit zu treffen?" Öyvind sah zu Boden, sein Atem ging schwer und stoßweise. "Sag's mir, Öyvind."—Öyvind schwieg. "Du schämst Dich vielleicht, es einzugestehen, weil Du noch nicht mal konfirmiert bist; aber mir kannst Du es sagen, Öyvind, es soll Dich nicht gereuen,"—Öyvind blickte auf, aber er konnte kein Wort herausbringen und wandte die Augen zur Seite. "Du bist in letzter Zeit auch gar nicht mehr fröhlich; hat sie andere lieber als Dich?" Öyvind schwieg beharrlich, der Schulmeister fühlte sich etwas verletzt und ließ ihn stehen; sie gingen zurück.

Als sie eine lange Strecke gegangen waren, wartete der Schulmeister, bis Öyvind ihn eingeholt hatte. "Du sehnst Dich wohl danach, konfirmiert zu werden?" fragte er. —"Ja."—"Was willst Du denn nachher anfangen?"—"Ich möchte gern aufs Seminar."—"Und Schulmeister werden?"—"Nein."—"Das ist Dir wohl nicht fein genug?"— Öyvind schwieg. Wieder gingen sie eine lange Strecke. "Wenn Du mit dem Seminar fertig bist, was willst Du dann?"—"Das habe ich mir noch nicht ordentlich überlegt."—"Wenn Du Geld hättest, würdest Du Dir wohl einen Hof kaufen, nicht?"—"Ja, aber die Mühle behalten."—"Dann ist's am besten, Du gehst auf die Ackerbauschule."—"Lernt man da ebensoviel wie auf dem Seminar?"—"Ach nein, aber man lernt das, was man später braucht."—"Bekommt man da auch Nummern?"—"Warum fragst Du danach?"—"Ich möchte gern sehr tüchtig werden."—"Das kannst Du auch ohne Nummern."—Sie gingen schweigend weiter, bis Pladsen in Sicht kam; ein heller Lichtschein drang aus dem Hause, der Berg neigte sich an diesem Winterabend schwarz darüber, drunten lag der Fjord mit der blanken, schimmernden Eisdecke. Der Wald rahmte die stille Bucht ein, es lag kein Schnee, der Mond stand am Himmel und spiegelte den Wald im Eise. "Es ist schön hier in Pladsen", sagte der Schulmeister. Öyvind konnte zu Zeiten die Gegend noch mit denselben Augen anschauen wie damals, als seine Mutter ihm Märchen erzählte, und mit dem Gesicht, womit er so oft auf den Hügel gelaufen war; jetzt hatte er dies Gesicht: alles lag so klar und erhaben vor ihm. "Ja, hier ist es schön", sagte er, aber er seufzte dabei.—"Dein Vater hat sein gutes Brot hier gehabt; Du könntest hier auch wohl zufrieden sein."—Mit einem Schlage hatte die Gegend ihr frohes Gesicht verloren. Der Schulmeister blieb stehen, als erwarte er eine Antwort; als keine kam, schüttelte er den Kopf und ging mit hinein. Eine Weile noch blieb er bei ihnen, aber er schwieg mehr, als er sprach, so daß auch die andern verstummten. Als er sich verabschiedete, begleiteten ihn Mann und Frau vor die Tür; sie schienen beide darauf zu warten, daß er etwas sage. Inzwischen standen sie und sahen in den Abend hinaus. "Hier ist es so merkwürdig still geworden," sagte die Mutter, "seit die Kinder hier nicht mehr spielen."—"Ihr habt eben jetzt keine Kinder mehr im Hause", sagte der Schulmeister; die Mutter verstand, was er damit sagen wollte. "Öyvind ist

in der letzten Zeit gar nicht mehr recht fröhlich."—"Nein,
nein, wer ehrgeizig ist, der ist nie fröhlich"; und er blickte
mit der Ruhe des Greises zu Gottes stillem Himmel auf.

Sechstes Kapitel

Ein halbes Jahr später, im Herbst (die Konfirmation war bis
dahin verschoben worden), saßen die Konfirmanden der
Gemeinde bei dem Pfarrer in der Leutestube und sollten ihre
Nummern bekommen; Öyvind Pladsen und Margit vom
Heidehof waren auch dabei. Margit war gerade vom Herrn
Pfarrer heruntergekommen, der ihr ein schönes Buch
geschenkt und sie sehr gelobt hatte. Sie lachte und
schwatzte mit ihren Freundinnen und spähte zu den
Burschen hinüber. Margit war jetzt erwachsen, hatte ein
gefälliges, sicheres Benehmen, und Burschen und Mädchen
wußten, daß der stattlichste Junggesell im ganzen Gau, Jon
Hatlen, um sie freie. Ja, die konnte sich freuen! Dicht an der
Tür standen ein paar Knaben und Mädchen, die bei der
Prüfung durchgefallen waren; sie weinten, während Margit
und ihre Freundinnen lachten; bei ihnen stand auch ein
kleiner Bursch, der hatte seines Vaters Stiefeln an und das
Sonntagstaschentuch von seiner Mutter in der Hand. "O
Gott, o Gott," schluchzte er, "ich darf ja nicht nach Hause
kommen." Da ergriff alle, die noch nicht oben gewesen
waren, die Macht des Zusammengehörigkeitsgefühls; eine
allgemeine Stille entstand. Die Angst saß ihnen im Hals und
in den Augen, sie konnten nicht ordentlich sehen und nicht
schlucken, wozu sie fortwährend das Bedürfnis hatten.
Einer saß da und überlegte sich, was er alles konnte, und
obwohl er vor ein paar Stunden noch gedacht hatte, er
wisse alles, wurde ihm nun ohne Zweifel klar, daß er gar

nichts konnte, nicht einmal lesen. Ein anderer stellte sein Sündenregister zusammen von dem Tag, seit er denken konnte bis zu dem Augenblick, wo er hier saß, und er fand es gar nicht merkwürdig, wenn der liebe Gott ihn noch nicht haben wollte. Ein dritter saß und legte sich alle möglichen äußerlichen Zeichen zurecht; wenn die Uhr, die gleich schlagen mußte, erst anfing, wenn er bis zwanzig gezählt habe, dann würde er durchkommen. Wenn der, der draußen über die Diele ging, Lars, der Hofknecht sei, dann komme er durch; wenn der große Regentropfen, der sich an der Fensterscheibe hinunterarbeitete, bis zur Holzleiste gelange, dann würde er durchkommen. Die letzte und entscheidende Probe sollte sein, ob er den rechten Fuß um den linken schlagen könne, und das wollte ihm durchaus nicht gelingen. Ein Vierter war fest überzeugt: wenn er in der Biblischen Geschichte nach Joseph gefragt würde, im Katechismus nach der Heiligen Taufe, oder nach Saul oder nach der Haustafel, oder nach Jesus, oder nach den zehn Geboten, oder—er war noch mitten im Aufzählen, als er aufgerufen wurde. Ein Fünfter hatte eine seltsame Vorliebe für die Bergpredigt gefaßt; ihm hatte von der Bergpredigt geträumt, und er glaubte steif und fest, er würde nach der Bergpredigt gefragt werden, und er sagte fortwährend die Bergpredigt auf; er ging sogar vor die Haustür, um sie schnell noch einmal durchzulesen,—da wurde er hineingerufen und wurde in den großen und kleinen Propheten geprüft. Ein Sechster dachte, der Herr Pfarrer sei ein so seelensguter Mann und kenne seinen Vater so gut, und er dachte auch an den Schulmeister mit dem freundlichen Gesicht, und an Gott, der so gut war und schon so vielen geholfen hatte, Jacob und Joseph zum Beispiel, und dann fiel ihm ein, daß Mutter und Geschwister zu Haus saßen und für ihn beteten, und das würde wohl helfen. Der Siebente saß da und schloß mit allem ab, was er hier in dieser Welt hatte werden wollen. Zuerst hatte er

geglaubt, er werde es bis zum König bringen, dann bis zum
General oder zum Pfarrer; das war lange vorbei; aber noch
als er hergekommen war, hatte er bei sich gedacht, er wollte
zur See gehen und Kapitän werden oder auch Seeräuber
und ungeheure Reichtümer erwerben; jetzt verzichtete er auf
Reichtum, auf Seeraub, auf Kapitän, auf Steuermann, — er
wollte sich mit dem Matrosen begnügen, und vielleicht
wurde er dann gar Bootsmann, aber es war auch möglich,
daß er überhaupt nicht zur See ging, sondern bei seinem
Vater auf dem Hof blieb. Der Achte war seiner Sache etwas
sicherer, wenn auch nicht ganz; auch der fleißigste war
nicht ganz sicher. Er dachte an seinen Konfirmationsanzug,
und wozu der wohl gebraucht würde, wenn er nicht
durchkomme. Kam er aber durch, dann ginge er in die Stadt
und trüge nur noch Tuchanzüge, und wenn er
wiederkomme, dann würde er in der Weihnachtszeit tanzen,
daß die Burschen sich ärgerten und die Mädels staunten.
Der Neunte rechnete anders: er hatte für unsern Herrgott
ein kleines Kontobuch angelegt; auf der einen Seite stand als
Debet "Wenn er mich durchkommen läßt," und auf der
andern als Kredit "so will ich auch nie wieder lügen, nie
wieder petzen, jeden Sonntag in die Kirche gehen, die
Mädchen in Ruh lassen und mir das Fluchen abgewöhnen."
Der Zehnte aber dachte, wenn Ole Hansen voriges Jahr
durchgekommen sei, so wäre es mehr als ungerecht, wenn
er dies Jahr nicht durchkomme, denn er war in der Schule
viel besser gewesen und war auch besserer Leute Kind.
Neben ihm saß der Elfte, der sich mit den fürchterlichsten
Racheplänen trug, falls er nicht durchkommen sollte: er
wollte die Schule in Brand stecken oder ausreißen und
wiederkommen zu furchtbarem Gericht über Pfarrer und
Schulkommission; aber großmütig würde er schließlich
Gnade für Recht ergehen lassen. Zunächst wollte er im
benachbarten Kirchspiel zu dem Pfarrer in Dienst ziehen,
und im nächsten Jahr da zu oberst stehen und Antworten

geben, daß die ganze Kirche staunen sollte. Der Zwölfte aber saß ganz allein unter der Klingel, hatte die Hände in die Taschen gesteckt und sah wehmütig über die andern hin. Keiner von denen da wußte, was für eine Last auf ihm lag, was für eine Verantwortung er hatte. Zu Hause war eine, die wußte es; das war seine Braut. Eine große, langbeinige Spinne kroch über den Fußboden und kam an seinen Fuß heran; sonst pflegte er das ekelhafte Gewürm tot zu treten, heute aber hob er sorglich den Fuß hoch, damit sie ungestört ihres Wegs gehen konnte. Er sprach so mild wie ein Kollektensammler; in seinen Augen stand der unerschütterliche Glaube, daß alle Menschen gut sind; seine Hand führte er mit einer demütigen Bewegung aus der Tasche zum Haar, um es glatter zu streichen. Wenn er bloß glimpflich durch dies gefährliche Nadelöhr hindurchkomme, dann wollte er schon wieder anders werden und Tabak kauen, und seine Verlobung öffentlich machen. Auf einem niederen Schemel aber saß mit eingezogenen Beinen unruhig der Dreizehnte. Seine kleinen blanken Augen wanderten dreimal in der Sekunde durch die ganze Stube, und unter dem dichten, struppigen Haar wälzten sich die Gedanken der andern Zwölf in bunter Unordnung, von den stolzesten Hoffnungen zum niederschmetterndsten Zweifel, von den demütigsten Vorsätzen zu den vernichtendsten Racheplänen gegen das ganze Dorf, und währenddessen hatte er von seinem rechten Daumen schon alles überflüssige Fleisch abgeknabbert, machte sich jetzt an die Nägel und spuckte sie in großen Stücken auf den Fußboden.

Öyvind saß am Fenster; er war schon oben gewesen und hatte alles gewußt, was er gefragt worden war; und doch hatte der Herr Pfarrer kein Wort gesagt, und der Schulmeister auch nicht; über ein halbes Jahr hatte er sich ausgemalt, was die beiden sagen würden, wenn sie merkten, wie er gearbeitet hatte, und er war jetzt sehr enttäuscht und gekränkt. Da saß Margit und hatte für viel weniger Mühe und weniger Wissen Lob und eine Belohnung bekommen; gerade, um vor ihr groß dazustehen, hatte er gearbeitet, und jetzt hatte sie lachend erreicht, was er unter so viel Entsagung sich hatte erarbeiten wollen. Ihr Lachen und Scherzen schnitt ihm in die Seele; die Freiheit, mit der sie sich gab, tat ihm weh. Er hatte seit jenem Abend peinlich vermieden, mit ihr zu sprechen; es müssen erst Jahre darüber hingehen, dachte er; aber ihr Anblick, wie sie so fröhlich und überlegen dasaß, drückte ihn zu Boden, und all seine stolzen Vorsätze hingen wie welkes Laub im Winde.

Er versuchte jedoch nach und nach dieser Niedergeschlagenheit Herr zu werden; es kam darauf an, ob er heute Nummer eins würde, und das wollte er abwarten. Der Schulmeister pflegte immer noch eine Weile beim Herrn Pfarrer zu bleiben, um die Rangordnung festzustellen, und dann herunterzukommen und den Kindern das Ergebnis mitzuteilen. Es war ja noch nicht die endgültige Entscheidung, aber doch der Beschluß, zu dem der Herr Pfarrer und er einstweilen gelangt waren. Die Unterhaltung in der Stube wurde lebhafter, je mehr geprüft und durchgekommen waren; jetzt aber sonderten sich die Ehrgeizigen von den Fröhlichen; diese gingen, sobald sie Gesellschaft fanden, fort, um den Eltern ihr Glück zu verkünden, oder sie warteten auf andere, die noch nicht fertig waren. Jene dagegen wurden immer stiller, und die Augen blickten gespannt nach der Tür.

Endlich war die Prüfung zu Ende, der letzte war heruntergekommen, und jetzt sprach der Schulmeister also mit dem Herrn Pfarrer, Öyvind sah Margit an; sie war so vergnügt, und doch blieb sie hier—ob in ihrem eigenen oder in anderer Interesse, wußte er nicht. Wie schön Margit geworden war! Blendend weiß die Haut, wie er es noch nie

gesehen hatte; die Nase strebte ein bißchen nach oben, der
Mund lächelte. Die Augen waren halbgeschlossen, wenn sie
nicht gerade jemanden ansah; hob sie aber den Blick, so
hatte er eine überraschende Macht,—und als wolle sie selbst
betonen, daß sie sich gar nichts dabei denke, lächelte sie
zugleich ein bißchen. Ihr Haar war eher dunkel als hell, aber
es war kraus und lag in tiefen Scheiteln um das Gesicht, so
daß es ihr, zusammen mit den halbgeschlossenen Augen,
etwas Geheimnisvolles gab, das man nie enträtseln konnte.
Man wußte nie ganz genau, wen sie eigentlich ansah, wenn
sie allein oder im Kreise der andern saß, auch nicht, was sie
eigentlich dachte, wenn sie sich irgendeinem zuwandte und
mit ihm sprach, denn sie nahm gewissermaßen sofort alles
wieder zurück, was sie gab. "Und hinter all dem steckt wohl
eigentlich Jon Hatlen", dachte Öyvind,—trotzdem sah er
fortwährend zu ihr hinüber. Da kam der Schulmeister. Alle
stürmten von ihren Plätzen und umringten ihn. "Welche
Nummer habe ich?"—"Und ich?"—"Und ich?
Ich?"—"Schscht! Ihr Bande, keinen Spektakel!—Ruhig, Ihr
sollt's erfahren, Kinder!" Er sah sich bedächtig um. "Du bist
Nummer 2", sagte er zu einem Jungen mit blauen Augen,
der ihn bittend ansah, und der Junge tanzte aus dem Kreise
heraus. "Du bist Nummer 3",—er schlug einem rothaarigen
flinken Knirps, der ihn am Rockschoß zupfte, auf die Finger.
"Du bist Nummer 5, Du Nummer 8", und so weiter. Da fiel
sein Blick auf Margit: "Du bist Nummer 1 von den
Mädchen"; sie wurde glühend rot übers ganze Gesicht und
versuchte zu lächeln. "Du Nummer 12, bist 'n Faulpelz
gewesen und ein rechter Herumtreiber; Du Nummer 11, war
nicht anders zu erwarten, mein Junge; Du Nummer 13,
mußt tüchtig lesen und recht oft zum Überhören kommen,
sonst geht's Dir schlecht!"—Öyvind konnte es nicht länger
aushalten; Nummer 1 war freilich noch nicht genannt, aber
er hatte die ganze Zeit über so gestanden, daß der
Schulmeister ihn hatte sehen können. "Herr Lehrer!"—er

hörte nicht. "Herr Lehrer!" Dreimal mußte er rufen, bis er hörte. Da endlich sah der Schulmeister ihn an; "Nummer 9 oder 10, ich weiß nicht genau", sagte er und wandte sich zu einem andern. "Wer ist denn Nummer 1?" fragte Hans, Öyvinds bester Freund. "Du nicht, Du Krauskopf!" sagte der Schulmeister und schlug ihm mit einer Papierrolle auf die Hand. "Wer denn?" fragten ein paar andere. "Ja, wer? wer ist das?"—"Das wird der erfahren, der die Nummer hat", antwortete der Schulmeister streng, weil er keine weiteren Fragen haben wollte.—"Geht jetzt hübsch nach Hause, Kinder, dankt dem lieben Gott und macht Euren Eltern Freude. Bedankt Euch auch bei Eurem alten Lehrer; Ihr wäret gewiß so dumm wie Bohnenstroh geblieben, wenn er nicht gewesen wäre."—Sie bedankten sich bei ihm und lachten und zogen jubelnd von dannen, denn in diesem Augenblick, wo es nach Haus zu den Eltern ging, waren alle vergnügt. Bloß einer konnte seine Bücher nicht gleich finden, und als er sie zusammengesucht hatte, da setzte er sich hin, als wolle er wieder von vorn zu lernen anfangen.

Der Schulmeister trat zu ihm hin: "Nun, Öyvind, willst Du nicht mit den andern gehen?"—Keine Antwort. "Weshalb schlägst Du Deine Bücher auf?"—"Ich will nachsehen, was ich heute falsch geantwortet habe."—"Du hast nicht die kleinste falsche Antwort gegeben."—Da blickte Öyvind auf, die Tränen stiegen ihm in die Augen, er sah ihn unverwandt an, eine Träne nach der andern rann hinunter, aber er sagte kein Wort. Der Schulmeister setzte sich ihm gegenüber. "Freust Du Dich denn nicht, daß Du durchgekommen bist?"—Es bebte um seinen Mund, aber er antwortete nicht. "Deine Eltern werden sich sehr freuen", sagte der Schulmeister und sah ihn an.—Öyvind kämpfte lange, um ein Wort herauszubringen, schließlich fragte er leise und abgebrochen: "Wohl deshalb..., weil ich ... ein Häuslerjunge bin ... bekomm' ich den neunten oder zehnten

Platz?"—"Natürlich deshalb", antwortete der Schulmeister.
—"Dann hat es ja gar keinen Zweck zu arbeiten", sagte er
klanglos und brach über all seinen Träumen zusammen.
Plötzlich richtete er den Kopf in die Höhe, hob die rechte
Hand, schlug mit aller Macht auf den Tisch, warf sich über
den Tisch und brach in heftiges Weinen aus.

Der Schulmeister ließ ihn liegen und weinen, so recht sich
ausweinen. Es dauerte lange, aber der Schulmeister wartete,
bis das Weinen kindlicher wurde. Da faßte er seinen Kopf
mit beiden Händen, richtete ihn in die Höhe und sah in das
verweinte Gesicht. "Glaubst Du, daß jetzt eben Gott bei Dir
gewesen ist?" fragte er freundlich und hielt ihn fest, Öyvind
schluchzte noch, aber leiser, und die Tränen flossen schon
sachter, aber er konnte den Frager noch nicht ansehen und
auch nicht antworten.—"Öyvind, dies ist Dein
wohlverdienter Lohn gewesen. Du hast nicht gelernt aus
Liebe zum Christentum und zu Deinen Eltern, Du hast aus
Eitelkeit gelernt."—Es blieb still in der Stube, wenn der
Schulmeister eine Pause machte; Öyvind fühlte seinen Blick
auf sich ruhen, und unter diesem Blick taute in ihm etwas
auf, und er wurde ganz demütig.—"Mit solchem Hochmut
in Deinem Herzen konntest Du doch den Bund mit Deinem
Gott nicht schließen, nicht wahr, Öyvind?"—"Nein",
stammelte der, so gut er konnte.—"Und wenn Du
dagestanden hättest mit der eitlen Freude, daß Du Nummer
Eins bist, wäre das nicht eine Sünde gewesen?"—"Ja",
flüsterte er, und seine Mundwinkel zitterten.—"Hast Du
mich noch lieb, Öyvind?"—"Ja"; zum erstenmal blickte er
auf.—"So will ich Dir sagen: ich war es, der den niedrigeren
Platz Dir ausgewirkt hat, denn Du bist mir lieb, Öyvind."—
Der andere sah ihn an, blinzelte ein paarmal mit den Augen,
und die Tränen rannen wieder heftiger.—"Du bist mir
deshalb doch nicht böse?"—"Nein"; er sah groß und klar zu
ihm auf, wenn seine Stimme auch gequält klang.—"Mein

liebes Kind! ich will um Dich sein, solang ich lebe."

Er wartete, bis Öyvind sich beruhigt hatte und seine Bücher zusammenpackte, dann sagte er, er wolle mit ihm nach Hause gehen. Sie gingen langsam ihres Weges. Anfangs war Öyvind noch sehr still und kämpfte mit sich, nach und nach aber überwand er sich. Er war fest davon überzeugt, so wie es gekommen war, war es das beste für ihn, und ehe er noch zu Hause war, hatte dieser Gedanke sich so in ihm befestigt, daß er seinem Gott dankte und das auch dem Schulmeister sagte. "Ja, jetzt können wir dann ja überlegen, wie wir etwas erreichen im Leben," sagte der Schulmeister, "und nicht blind drauflos rennen. Was meinst Du zum Seminar?"—"Ja, dahin möchte ich sehr gern."—"Du meinst auf die Ackerbauschule?"—"Ja."—"Das ist auch wohl das beste; da gibt es andre Aussichten als eine Schulmeisterstelle."—"Aber wie komme ich dahin? Ich habe große Lust, aber ich weiß mir keinen Rat."—"Sei nur fleißig und brav, dann wird schon Rat werden."

Öyvind war ganz überwältigt von Dankbarkeit. Vor seinen Augen leuchtete es, der Atem ging so leicht, und er fühlte das Feuer unendlicher Liebe in sich, wie es uns geschieht, wenn wir von andern unerwartet Güte erfahren. Es ist uns, als könnten wir immer fortan in frischer Bergluft wandern; wir fliegen mehr, als wir gehen.

Als sie nach Hause kamen, waren beide Eltern in der Stube und hatten dort in stiller Erwartung gesessen, wiewohl es Arbeitszeit und viel zu tun war. Der Schulmeister trat zuerst ein, Öyvind kam hinterher und beide lächelten. "Nun?" fragte der Vater und legte das Gesangbuch fort, in dem er gerade das "Gebet eines Konfirmanden" gelesen hatte. Die Mutter stand am Herd und wagte nichts zu sagen; sie lachte, aber die Hände zitterten ihr; sie erwartete augenscheinlich etwas Gutes, wollte sich aber nicht

verraten. "Ich bin bloß hergekommen, um Euch die freudige
Nachricht zu bringen, daß er alles gewußt hat, was er
gefragt worden ist, und daß der Herr Pfarrer, als Öyvind
fort war, gesagt hat, er habe nie einen besseren
Konfirmanden gehabt."—"Ach, nein!" sagte die Mutter und
war sehr gerührt.—"Das ist ja nett", sagte der Vater und
räusperte sich unsicher.

Nach langem Schweigen fragte die Mutter leise: "Was für
eine Nummer bekommt er?"—"9 oder 10", sagte der
Schulmeister ruhig.—Die Mutter blickte den Vater an, der
Vater erst sie, dann Öyvind; "mehr kann ein Häuslerjunge
nicht erwarten", sagte er. Öyvind sah ihn auch an; es war,
als steige ihm wieder etwas im Halse hoch, aber er zwang
sich, an allerlei Liebes zu denken, immerfort, bis er's wieder
herunter hatte.

"Jetzt muß ich wohl gehen", sagte der Schulmeister, nickte
ihnen zu und wandte sich zur Tür. Die Eltern begleiteten
ihn wie gewöhnlich hinaus; draußen nahm der
Schulmeister einen Priem und sagte schmunzelnd: "Er wird
natürlich der erste, aber es ist besser, er erfährt es erst, wenn
der Tag da ist."—"Ja, ja", sagte der Vater und nickte. "Ja, ja",
sagte die Mutter und nickte auch; dann griff sie nach der
Hand des Schulmeisters; "schönen Dank auch für alles, was
Du an ihm tust", sagte sie. "Ja, schönen Dank", sagte der
Vater, und der Schulmeister ging; die beiden aber standen
noch lange und sahen ihm nach.

Siebentes Kapitel

Der Schulmeister hatte das rechte getroffen, als er den
Pfarrer gebeten hatte, erst zu prüfen, ob Öyvind es auch

vertragen könne, der erste zu sein. In den drei Wochen, die noch bis zur Konfirmation hingingen, war er jeden Tag bei dem Knaben; eine junge, weiche Seele kann wohl einem Eindruck nachgeben, ein andres ist es, ob sie ihn auch treulich festhält. Manch dunkle Stunde kam über den Knaben, bis er lernte, sein Ziel auf bessere Dinge als auf Ehre und Trotz zu stecken. Mitten in der besten Arbeit verlor er plötzlich die Lust daran: Wozu? Was gewinne ich?—und dann nach einer Weile fiel ihm der Schulmeister ein, seine Worte und seine Güte; aber dies Mittel mußte er haben, wenn er wieder einmal von der rechten Auffassung seiner höheren Pflicht heruntergesunken war.

In den Tagen, da man in Pladsen zur Konfirmation rüstete, wurde auch seine Reise auf die Ackerbauschule vorbereitet; denn schon am Tage darauf sollte er sie antreten. Schneider und Schuster saßen in der Stube, die Mutter buk in der Küche, der Vater arbeitete an einer Truhe. Viel wurde davon gesprochen, was er sie in den zwei Jahren kosten würde, auch davon, daß er das erste Jahr Weihnachten nicht nach Hause kommen könne, vielleicht auch im nächsten nicht, und wie schwer es sein würde, sich so lange trennen zu müssen. Sie redeten auch davon, wie lieb er seine Eltern haben müßte, die für ihr Kind so große Opfer brächten. Öyvind saß da wie einer, der draußen sein Glück auf eigene Faust versucht hat, dabei kenterte und nun von freundlichen Menschen aufgenommen ist.

So ein Gefühl macht demütig und mit der Demut kommt auch noch manches andere. Als der große Tag anbrach, war Öyvind gut ausgerüstet und konnte der Zukunft mit zuversichtlicher Ergebenheit entgegensehen. So oft Margits Bild dazwischentreten wollte, drängte er es vorsichtig zurück, aber es tat ihm weh, das zu tun. Er suchte sich darin zu üben, aber in diesem Punkt wurde er nicht stärker, im Gegenteil, das Wehgefühl wuchs. Er war so verzagt am letzten Abend, daß er nach einer langen Selbstprüfung betete, Gott der Herr möge ihn in diesem einen Stück nicht auf die Probe stellen.

Gegen Abend kam der Schulmeister. Sie setzten sich in die Stube, nachdem sich alle gewaschen und zurecht gemacht hatten, wie immer, wenn man am Tage darauf zum Abendmahl oder zum Hochamt geht. Die Mutter war sehr bewegt und der Vater wortkarg; nach dem Feiertage morgen kam der Abschied, und keiner wußte, wann man wieder so beisammen sitzen würde. Der Schulmeister nahm die Gesangbücher, sie hielten eine Andacht und sangen, und dann sprach er ein kurzes Gebet, so wie es ihm aus dem Herzen kam.

Die vier Menschen saßen bis spät am Abend bei einander, und jeder hing seinen Gedanken nach. Dann trennten sie sich mit den besten Wünschen für den kommenden Tag, und für das, was er knüpfen sollte. Öyvind gestand sich ein, als er zu Bett ging, daß er nie so glücklich schlafen gegangen sei; er verband damit einen besonderen Sinn; er meinte: nie bin ich so ergeben in Gottes Willen und so freudig in Gott schlafen gegangen.—Margits Gesicht wollte vor ihm auftauchen, und im Halbschlaf noch übte er eine Art Selbstversuchung: nicht ganz glücklich, nicht ganz,— und er antwortete: doch ganz—; und noch einmal: nicht ganz,—doch, ganz;—nein, nicht ganz—.

Als er aufwachte, kam ihm die Bedeutung des Tages gleich zu Bewußtsein; er betete und fühlte sich so kräftig, wie man wohl des Morgens tut. Er hatte seit dem Sommer allein in einem Bodenkämmerchen geschlafen; jetzt stand er auf und zog behutsam die neuen, schönen Kleider an; solche hatte er bis jetzt noch nicht gehabt. Besonders die rundgeschnittene Tuchjacke mußte er immerzu befühlen, bis er sich an sie

gewöhnte. Er holte einen kleinen Spiegel heraus, als er sich
den Kragen umgebunden und auch den Tuchrock—zum
viertenmal—angezogen hatte. Als ihm jetzt sein eigenes
vergnügtes Gesicht mit dem merkwürdig hellen Haar aus
dem Spiegel entgegenlachte, fiel ihm ein, auch das sei wieder
Eitelkeit. Ja, aber gut angezogen und rein müssen die Leute
doch aussehen, warf er ein, während er das Gesicht vom
Spiegel fortwandte, als sei es Sünde, hineinzusehen.—
Freilich, aber man darf nicht ganz so selbstzufrieden
deswegen sein.—Nein, natürlich nicht, aber dem lieben Gott
muß es doch auch gefallen, wenn man sich darüber freut,
daß man hübsch aussieht.—Kann schon sein, aber ihm
wäre es vielleicht doch lieber, Du freutest Dich darüber,
ohne so großes Gewicht darauf zu legen.—Das ist wahr,
aber das kommt auch bloß daher, daß alles so neu ist.—Ja,
dann mußt Du es aber auch nach und nach ablegen.—Er
ertappte sich dabei, daß er sich bald über diesen, bald über
jenen Gegenstand in solchen Gesprächen der Selbstprüfung
erging: es sollte keine Sünde auf diesen Tag fallen und ihn
beflecken; aber er wußte auch, daß da noch vieles fehle.

Als er hinunterkam, waren die Eltern schon fertig
angezogen und warteten mit dem Frühstück auf ihn. Er
ging auf sie zu, gab ihnen die Hand und bedankte sich für
die Kleider; "trag' sie in Gesundheit", wurde ihm erwidert.
Sie setzten sich an den Tisch, beteten still und aßen. Die
Mutter deckte den Tisch ab und brachte den Korb mit
Eßwaren für den Kirchgang herein. Der Vater zog sich den
Rock an, die Mutter steckte sich ihr Tuch fest, sie nahmen
die Gesangbücher, riegelten das Haus zu und stiegen
bergan. Als sie auf den oberen Weg kamen, trafen sie schon
Kirchgänger, zu Fuß und zu Wagen, auch Konfirmanden,
und ab und zu auch die weißhaarigen Großeltern, die dies
eine Mal doch gern mitwollten.

Es war ein Herbsttag ohne Sonnenschein, wie wenn das
Wetter umschlagen will. Gewölk zog sich zusammen und
zerteilte sich wieder. Bisweilen lösten sich aus einer großen
Ansammlung von Wolken wohl zwanzig kleinere und
jagten mit dem Befehl zum Unwetter dahin; aber unten auf
der Erde war es noch still; die Blätter hingen entseelt an den
Bäumen und regten sich nicht; die Luft war etwas schwül;
die Leute hatten Mäntel mit, aber sie brauchten sie gar
nicht. Ungewöhnlich viel Menschen sammelten sich vor der
freistehenden Kirche an; die Konfirmationskinder aber
gingen gleich in die Kirche hinein, weil sie aufgestellt
werden sollten, bis der Gottesdienst begann. Da kam der
Schulmeister an im blauen Anzug, mit Frack und
Kniehosen, Stulpstiefeln und steifer Halsbinde, und seine
Pfeife guckte hinten aus der Rocktasche; er nickte und
lachte, schlug diesem auf die Schulter und ermahnte jenen,
recht laut und deutlich zu antworten, und kam mittlerweile
bis an die Armenbüchse, wo Öyvind mit seinem Freunde
Hans stand, dem er über die Reise Auskunft gab. "Guten
Morgen, Öyvind, ist das ein schöner Tag!" — er faßte ihn am
Rockkragen, als wolle er mit ihm reden, — "hör' mal, ich
glaub' das beste von Dir. Eben habe ich mit dem Herrn
Pfarrer gesprochen; Du darfst Deinen Platz behalten; stell
Dich obenan und antworte recht deutlich!"

Öyvind sah ihn maßlos erstaunt an, der Schulmeister nickte
ihm zu, der Junge tat ein paar Schritte, stand still, ging
wieder ein paar Schritte, stand wieder still; ja, das hängt
sicher so zusammen, daß er bei dem Herrn Pfarrer ein gutes
Wort für mich eingelegt hat, und schnell ging er an seinen
Platz. "Du bist also doch Nummer Eins", flüsterte ihm einer
zu. "Ja", sagte Öyvind leise, aber er wußte noch immer nicht
recht, ob er es glauben durfte.

Die Aufstellung war fertig, der Pfarrer kam, die Glocken

fingen zu läuten an, und die Menschen strömten in die Kirche. Da sah Öyvind Margit vom Heidehof dicht vor sich stehen, sie sah ihn auch an, aber beide waren so gebannt von der Heiligkeit der Stätte, daß sie sich nicht zu grüßen wagten. Er sah nur, daß sie wunderschön war und mit bloßem Haar ging, mehr sah er nicht. Öyvind, der länger als ein halbes Jahr so große Pläne darauf gebaut hatte, ihr gleichberechtigt gegenüberzustehen, Öyvind vergaß, als es wirklich so weit gediehen war, seinen Platz und sie, und daß er je an so etwas gedacht hatte.

Als alles zu Ende war, kamen die Verwandten und Bekannten um ihre Glückwünsche anzubringen, dann kamen auch seine Kameraden und wollten ihm Adieu sagen, denn sie hatten gehört, daß er am andern Tage reisen würde; es kamen auch viele von den Kleineren, mit denen er Schlitten gefahren war, und denen er so oft in der Schule geholfen hatte, und da ging der Abschied nicht ohne Tränen ab. Zuletzt kam der Schulmeister, drückte ihm und den Eltern stumm die Hand und bedeutete ihnen, sie wollten gehen; er wollte sie begleiten. Die Vier waren wieder beisammen, und dies sollte nun der letzte Nachmittag sein. Unterwegs trafen sie noch viele, die ihm Adieu sagten und ihm Glück wünschten, sonst aber sprachen sie nicht zusammen, bis sie daheim in der Stube saßen.

Der Schulmeister versuchte sie bei gutem Mut zu erhalten; denn jetzt, da es soweit war, bangten alle drei vor der zweijährigen Trennung, weil sie bis jetzt keinen Tag fern voneinander gewesen waren; aber keiner wollte es wahrhaben. Je weiter der Tag vorrückte, desto gedrückter wurde Öyvind; er mußte ins Freie gehen, um sich ein bißchen zu beruhigen.

Es war schon halbdunkel, und in der Luft brauste es seltsam; er blieb auf den Steinfliesen stehen und blickte empor. Da hörte er vom Bergrande her seinen Namen rufen, ganz leise; es war keine Täuschung, denn es wurde zweimal gerufen. Er sah hinauf und gewahrte, daß eine weibliche Gestalt zwischen den Bäumen kauerte und herabschaute. "Wer ist da oben?" fragte er. — "Ich habe gehört, Du willst fort," sagte sie leise, "da mußte ich doch zu Dir kommen und Dir Adieu sagen, wenn Du nicht zu mir kommst." — "Margit, liebe Margit, bist Du es wirklich? Wart', ich komme gleich hinauf." — "Nicht doch. Ich habe schon so lange gewartet, und da müßte ich ja noch länger warten; keiner weiß, wo ich bin, und ich muß schnell wieder nach Hause." — "Es ist nett von Dir, daß Du gekommen bist", sagte er. — "Ich konnte es nicht ertragen, daß Du so abreistest, Öyvind, wo wir uns von klein auf gekannt haben." — "Das stimmt." — "Und jetzt haben wir ein halbes Jahr lang kein Wort miteinander gewechselt." — "Nein, das stimmt." — "Wir sind das letzte Mal so komisch auseinandergekommen." — "Ja; — aber ich glaube, ich komme doch lieber hinauf zu Dir." — "Ach nein, bitte nicht! Aber sag' mal: Du bist mir doch nicht böse?" — "Liebe Margit, wie kannst Du so was denken?" — "Na, dann Adieu, Öyvind, und Dank für alles Schöne, was wir zusammen erlebt haben!" — "Nein, Margit!" — "Ja, jetzt muß ich fort; sie werden mich wohl schon vermissen." — "Margit, Margit!" — "Nein, ich kann nicht länger fortbleiben, Öyvind. Lebwohl!" — "Lebwohl!"

Nachher ging er wie im Traum umher und antwortete wie geistig abwesend, wenn er gefragt wurde; sie erklärten sich das mit der Abreise, und diese nahm auch sein ganzes Interesse in Anspruch in dem Augenblick, als sich der Schulmeister abends von ihm verabschiedete und ihm etwas in die Hand drückte, was sich nachher als ein Fünftalerschein herausstellte. Aber später, als er im Bett lag, dachte er nicht an die Abreise, sondern an die Worte, die an

der Bergwand getauscht waren. Als Kind hatte sie nicht zur
Bergwand hingedurft, weil der Großvater Angst hatte,
Margit könne hinunterfallen. Wer weiß, ob sie nicht doch
noch mal herunterkäme.

Achtes Kapitel

Liebe Eltern!

Jetzt haben wir viel mehr zu arbeiten bekommen, aber jetzt
habe ich die andern auch schon mehr eingeholt, so daß es
mir nicht mehr so schwer wird. Und jetzt werde ich sehr
viel in Vaters Wirtschaft verändern, wenn ich wieder nach
Hause komme; denn da ist manches verkehrt angefangen,
und es ist merkwürdig genug, daß es überhaupt bis jetzt
gegangen ist. Aber ich will schon Zug hineinbringen, denn
ich habe jetzt viel gelernt. Ich möchte wohl irgendwohin,
wo ich alles verwerten kann, was ich jetzt weiß; deshalb
muß ich mir eine große Stellung suchen, wenn ich fertig
bin. Hier sagen alle, Jon Hatlen ist gar nicht so tüchtig, wie
man bei uns zu Haus denkt; aber er hat ja einen eigenen
Hof, so daß es keinen außer ihn selbst was angeht. Viele, die
von hier abgehen, bekommen sehr hohen Lohn; aber sie
werden so gut bezahlt, weil wir die beste Ackerbauschule im
ganzen Lande sind. Manche sagen, im Nachbaramt ist noch
eine bessere, aber das ist wohl nicht wahr. Hier hört man
immerzu zwei Worte: das eine heißt Theorie und das andere
Praxis, und es ist gut, wenn man alle beide hat, und das
eine ist ohne das andere nichts wert, aber das zweite ist
doch das beste. Und das erste Wort bedeutet, daß man von
einer Arbeit die Ursache und den Grund kennt, aber das
andere Wort bedeutet, daß man die Arbeit auch ausführen
kann, wie zum Beispiel jetzt mit dem Sumpf. Denn es gibt

viele, die wissen, was man mit einem Sumpf macht, aber
verkehrt machen sie es doch, denn sie können es nicht. Aber
viele könnten es und sie wissen es nicht, und dann wird's
auch verkehrt, denn es gibt viele Arten Sümpfe. Doch hier
auf der Ackerbauschule lernen wir beides. Der Direktor ist
so tüchtig, daß sich keiner mit ihm messen kann. Auf der
letzten landwirtschaftlichen Landesversammlung hatte er
zwei Fragen zu behandeln, und die Direktoren von den
andern Ackerbauschulen jeder bloß eine, und es wurde
immer das beschlossen, was er beantragte, wenn die andern
es sich erst überlegt hatten. Auf der Versammlung vorher
aber, wo er nicht war, da haben die andern bloß gequatscht.
Den Leutnant, der uns im Feldmessen unterrichtet, hat der
Direktor auch bloß wegen seiner eigenen Tüchtigkeit
bekommen, denn die andern Schulen haben keinen
Leutnant. Unserer aber ist sehr tüchtig und soll auf der
Offiziersschule der allerbeste gewesen sein.

Der Herr Lehrer fragt, ob ich auch in die Kirche gehe.
Natürlich gehe ich in die Kirche, denn jetzt hat der Pfarrer
hier einen Hilfsprediger erhalten, und der predigt, daß den
Leuten in der Kirche angst und bange wird, und es ist eine
Freude, ihn zu hören. Er ist von der neuen Religion, die sie
in Kristiania haben, und die Leute behaupten, er sei zu
streng, aber das ist ihnen ganz gesund.

Augenblicklich lernen wir viel Geschichte, die wir vorher
noch nicht gehabt haben, und es ist seltsam, was alles in der
Welt geschehen ist und besonders bei uns. Denn wir haben
immer und immer gesiegt, außer wenn wir geschlagen
wurden, aber dann sind wir immer viel, viel kleiner
gewesen. Jetzt sind wir frei, so frei wie kein andres Volk
außer Amerika, aber da sind sie nicht glücklich. Und unsere
Freiheit sollen wir über alles lieben.

Jetzt will ich für diesmal schließen, denn ich habe sehr viel

geschrieben. Der Herr Lehrer liest Euch wohl den Brief vor,
und wenn er für Euch antwortet, soll er mir auch von
allerlei Leuten was Neues erzählen; denn das tut er nie. Nun
seid vielmals gegrüßt von Eurem dankbaren Sohn

Ö. Thoresen.

Liebe Eltern!

Jetzt muß ich Euch mitteilen, daß hier Examen gewesen ist,
und ich habe mit vorzüglich in vielen Fächern bestanden,
mit sehr gut im Schreiben und Feldmessen, und mit ziemlich
gut im norwegischen Aufsatz. Das kommt daher, sagt der
Direktor, daß ich nicht genug gelesen habe, und er hat mir
ein paar Bücher von Ole Vig geschenkt, die ganz
wundervoll sind, denn ich verstehe alles. Der Direktor ist
sehr gut zu mir; er erzählt uns so vieles. Alles hierzulande
ist so klein im Vergleich zum Ausland; wir können fast gar
nichts und müssen alles von Schottland und der Schweiz
lernen; und von den Holländern lernen wir den Gartenbau.
Viele gehen in diese Länder, und auch in Schweden ist man
viel tüchtiger als bei uns, und da ist der Direktor selbst auch
gewesen. Jetzt bin ich schon bald ein Jahr hier, und ich
dachte, ich hätte schon viel gelernt, aber als ich hörte, was
die Schüler können, die die Abschlußprüfung bestanden
haben, und dann denke, daß die auch noch rein gar nichts
können, wenn sie sich mit den Ausländern messen, dann
werde ich ganz traurig. Und dann ist der Boden hier in
Norwegen so schlecht gegen den im Auslande; es lohnt sich
gar nicht, etwas damit anzufangen. Außerdem mag unser
Volk sich auch nichts zeigen lassen. Wenn das Volk aber
auch wollte, und wenn der Boden auch besser wäre, so
hätten sie ja doch kein Geld, um ihn richtig zu bebauen. Es
ist merkwürdig, daß alles noch so gegangen ist, wie es ging.

Jetzt bin ich in der obersten Klasse, und da bleibe ich ein
Jahr, bis ich fertig bin; aber die meisten von meinen
Kameraden sind fort, und ich habe Heimweh. Mir ist zu
Mut, als wenn ich ganz allein in der Welt stände, wenn es
auch durchaus nicht wahr ist; aber es ist so merkwürdig,
wenn man lange fortgewesen ist. Ich dachte früher, ich
würde hier sehr tüchtig werden, aber damit sieht es schlecht
aus.

Was soll ich wohl anfangen, wenn ich hier fortkomme?
Zuerst will ich natürlich nach Hause, und später muß ich
mir dann wohl eine Stelle suchen, aber zu weit weg darf's
nicht sein.

Lebt nun wohl, liebe Eltern! Grüßt alle, die nach mir fragen,
und sagt ihnen, es ginge mir gut, aber ich hätte Heimweh.

  Euer dankbarer Sohn
  Öyvind Thoresen Pladsen.

Lieber Herr Lehrer!

Hierdurch bitte ich Dich, den beigelegten Brief abzugeben
und keinem Menschen davon zu sagen. Und wenn Du nicht
willst, so verbrenne ihn bitte.

Öyvind Thoresen Pladsen.

  An die
  ehrsame Jungfrau Margit, Nordistuen, Tochter des Knut
  auf dem Oberen Heidehof.

Du wirst Dich gewiß sehr wundern, einen Brief von mir zu
bekommen. Das

brauchst Du aber nicht, denn ich wollte nur fragen, wie es
Dir geht.

Darüber mußt Du mich möglichst bald und in jeder
Hinsicht unterrichten.

Von mir selbst kann ich melden, daß ich in einem Jahr hier
fertig bin.

Ergeben
Öyvind Pladsen.

An Herrn Öyvind Pladsen
auf der Ackerbauschule.

Deinen Brief habe ich richtig vom Schulmeister bekommen,
und ich will antworten, weil Du mich darum bittest. Aber
ich habe Angst davor, weil Du so gelehrt bist, und ich habe
einen Briefsteller, aber der will nicht passen. So muß ich's
denn selbst versuchen, und Du mußt den guten Willen für
die Tat nehmen, aber Du darfst ihn niemandem zeigen, denn
dann bist Du nicht der, für den ich Dich halte. Du sollst ihn
auch nicht aufheben, weil ihn dann doch leicht einer finden
kann, sondern Du sollst ihn verbrennen, und das mußt Du
mir versprechen. Ich wollte Dir über so vieles schreiben,
aber ich wage das nicht so. Wir haben eine gute Ernte
gehabt, die Kartoffeln stehen hoch im Preis, und hier auf
den Heidehöfen sind reichlich gewachsen. Aber ein Bär hat
im Sommer bös im Viehstand gehaust; bei Ole auf dem
Niederhof hat er zwei Rinder zerrissen, und unserm Häusler
hat er eins so zugerichtet, daß es geschlachtet werden
mußte. Ich webe an einem sehr großen Tuch; es ist ähnlich
wie das schottische Zeug, und das ist sehr schwierig. Und
jetzt will ich Dir erzählen, daß ich noch immer zu Hause
bin, und daß manchen Leuten das gar nicht recht ist. Jetzt
weiß ich für diesmal nichts mehr zu schreiben, und deshalb

leb' wohl.

Margit, Tochter des Knut.

Nachschrift.

Du mußt diesen Brief sofort verbrennen.

An den
Ackerbauschüler Öyvind Thoresen Pladsen!

Ich habe Dir immer gesagt, Öyvind, wer mit Gott wandert,
hat das beste Teil erwählt. Jetzt aber sollst Du meinen Rat
hören, den nämlich: daß Du Dir Dein Leben nicht mit
Sehnsucht und allerlei Ungemach ausfüllst, sondern auf
Gott vertraust und Dein Herz sich nicht in Sehnsucht
verzehren läßt; denn dann hast Du einen anderen Gott
neben ihm. Ferner will ich Dir mitteilen, daß es Deinem
Vater und Deiner Mutter gut geht; ich selbst habe
Schmerzen in der Hüfte; da meldet sich der Krieg wieder
und alles, was man dabei durchgemacht hat. Was die Jugend
sät, wird das Alter ernten, am Geist wie am Körper, der mir
brennt und schmerzt und mich zum Wehklagen bringen
will. Aber klagen soll das Alter nicht, denn aus Wunden
rinnt Weisheit, und die Schmerzen predigen Geduld, auf daß
der Mensch stark werde zu seiner letzten Reise. Heute habe
ich aus mancherlei Gründen zur Feder gegriffen, zuerst und
zunächst um Margits willen, die ein gottesfürchtiges
Mädchen geworden ist, aber leichtfüßig wie ein Renntier
und voll mancherlei Pläne. Denn sie möchte sich wohl gern
an eins halten, kann es aber ihrer Natur wegen nicht; doch
ich habe oft erlebt, daß unser Herrgott mit so schwachen
kleinen Herzen glimpflich und langmütig umgeht und sie
nicht über Vermögen in Versuchung führt, auf daß sie nicht
in Stücke brechen; denn die sind sehr zerbrechlich. Den

Brief habe ich ihr richtig gegeben, und sie verbarg ihn vor
allen, außer vor ihrem eigenen Herzen. Und wenn der liebe
Gott dieser Sache gnädig ist, so habe ich nichts dagegen;
denn Margit gefällt den jungen Burschen wohl, wie man
deutlich sieht, und sie ist reich an irdischen Gütern, wie
auch trotz aller Unbeständigkeit an himmlischen. Denn die
Gottesfurcht in ihrem Herzen ist wie Wasser in einem
seichten Teich; es ist da, wenn's regnet, aber es
verschwindet, wenn die Sonne scheint. Jetzt wollen meine
Augen nicht mehr, denn sie sehen zwar gut in die Ferne,
aber in der Nähe schmerzen sie und tränen. Zum Schluß
will ich Dir noch sagen, Öyvind: was Du auch erstrebst und
was Du anfängst, Deinen Gott nimm mit; denn es steht
geschrieben: Es ist besser eine Hand voll mit Ruhe, denn
beide Fäuste voll mit Mühe und Jammer. (Pred. Sal. 4, 6.)

Dein alter Lehrer
Baard Andersen Opdal.

An die
ehrsame Jungfrau Margit, Tochter des Knut vom Heidehof.

Schönen Dank für Deinen Brief; ich habe ihn gelesen und
verbrannt, wie Du gewollt hast. Du schreibst von vielem,
aber gar nichts von dem, was ich gern wissen wollte. Eher
darf ich auch von etwas Gewissem nicht schreiben, bis ich
nicht weiß, wie es Dir in allen Stücken geht. In dem Brief
vom Schulmeister steht nichts, worauf man bauen könnte,
aber er lobt Dich, und doch sagt er, Du bist unbeständig.
Das warst Du schon immer. Jetzt weiß ich nicht, was ich
denken soll, und deshalb mußt Du mir schreiben; denn ich
habe keine Ruhe, bis Du nicht geschrieben hast. In dieser
Zeit denke ich immer dran, wie Du am letzten Abend auf
den Berg kamst, und was Du da sagtest. Mehr will ich

diesmal nicht schreiben, und deshalb leb' wohl.

Ergeben
Öyvind Pladsen.

An
Herrn Öyvind Thoresen Pladsen.

Der Schulmeister hat mir wieder einen Brief von Dir
übergeben, und ich habe ihn jetzt gelesen. Aber ich verstehe
ihn nicht recht, und das kommt wohl daher, daß ich nicht
gelehrt genug bin. Du willst wissen, wie es mir in allen
Stücken geht. Nun, ich bin gesund und munter, und mir
fehlt nicht das geringste. Ich mag gern essen, besonders
wenn es Milchreis gibt. Nachts schlafe ich, und zuweilen
tags auch noch. Ich habe viel getanzt in diesem Winter,
denn hier ist viel los gewesen, und es ging immer sehr lustig
zu. Ich gehe in die Kirche, wenn nicht zuviel Schnee liegt;
aber im Winter lag er sehr hoch. Jetzt weißt Du doch wohl
alles, und wenn nicht, so bleibt nichts weiter übrig, als daß
Du mir noch einmal schreibst.

Margit, Tochter des Knut.

An die ehrsame Jungfrau Margit, Tochter des Knut vom
Heidehof.

Deinen Brief habe ich bekommen, aber mir scheint, Du
willst mich nicht klüger werden lassen. Vielleicht ist das ja
auch eine Antwort, ich weiß es nicht. Ich darf von dem, was
ich schreiben möchte, kein Wort sagen, denn ich kenne Dich
ja nicht. Aber vielleicht kennst Du mich auch nicht.

Du mußt nicht glauben, daß ich noch der weiche Käse bin,

aus dem Du das Wasser herausdrücktest, als ich dasaß und
Dich tanzen sah. Ich habe seit der Zeit auf manchem Brett
zum Trocknen gelegen. Ich bin auch nicht mehr wie die
langhaarigen Hunde, die gleich die Ohren hängen lassen
und den Schwanz einziehen, wie ich es früher getan; jetzt
lasse ich es an mich herankommen.

Dein Brief war sehr spaßig; aber er spaßte, wo er lieber nicht
hätte spaßen sollen; denn Du verstandest mich recht gut,
und da hättest Du wissen müssen, daß ich nicht zum Spaß
fragte, sondern weil ich in der letzten Zeit nur an das
gedacht habe, wonach ich fragte. Ich war in großer Not und
wartete, und da bekam ich als Antwort bloß Albernheiten
und Gelache.

Leb' wohl, Margit vom Heidehof, ich will nicht mehr, wie
bei jenem Tanz, zuviel nach Dir schauen. Mögest Du gut
essen und schön schlafen und Dein neues Tuch fertig
weben, und schaufle vor allen Dingen den Schnee weg, der
vor der Kirchtür liegt.

Ergeben
Öyvind Thoresen Pladsen.

An den
Ackerbauschüler Öyvind Thoresen,
Ackerbauschule.

Trotz meines hohen Alters und meiner schwachen Augen
und der Schmerzen in meiner rechten Hüfte muß ich doch
dem Drängen der Jugend nachgeben; denn sie braucht uns
Alten, wenn sie sich festgerannt hat. Sie bittet und jammert,
bis sie wieder flott ist, aber dann rennt sie gleich wieder
davon und hört nicht mehr auf uns.

Also die Margit; sie schmeichelt mit vielen süßen Worten,
ich möge zur Gesellschaft mitschreiben, denn sie traut sich
nicht allein zu schreiben. Ich habe Deinen Brief gelesen; sie
dachte eben, sie habe Jon Hatlen oder sonst einen
Waschlappen vor sich, aber nicht einen, den Schulmeister
Baard erzogen hat; und nun drückt sie der Schuh. Aber Du
bist zu streng gewesen; denn es gibt Mädchen, die scherzen,
um nicht weinen zu müssen, und zwischen beidem ist kein
Unterschied. Aber es gefällt mir, daß Du das Ernste ernst
nimmst, denn sonst könntest Du über das, was Scherz ist,
nicht lachen.

Daß Euer Sinnen aufeinander gerichtet ist, scheint mir jetzt
aus vielem ersichtlich. An ihr habe ich oft gezweifelt, denn
sie war wie eine Wetterfahne; aber jetzt weiß ich, daß sie Jon
Hatlen doch abgewiesen hat, worüber ihr Großvater in
hellen Zorn geraten ist. Sie war glücklich, als Dein
Schreiben kam, und wenn sie scherzte, so tat sie es nicht aus
böser Absicht, sondern aus lauter Freude. Sie hat viel
erdulden müssen, und das hat sie getan, um auf den zu
warten, nach dem ihr Sinn stand. Und jetzt willst Du nichts
von ihr wissen und stößt sie zurück wie ein unartiges Kind.

Das mußte ich Dir sagen, und den Rat möchte ich Dir noch
geben, daß Du
Dich mit ihr wieder aussöhnst, denn Streit gibt es auch
doch genug in
der Welt. Ich bin wie jener Greis, der drei Geschlechter
gesehen hat.
Ich kenne die Torheiten und ihren Lauf.

Von Vater und Mutter soll ich Dich grüßen, sie warten
sehnlichst auf Dich. Aber davon habe ich Dir nicht eher
schreiben wollen, damit Du kein Herzweh bekämst. Deinen
Vater kennst Du noch gar nicht; denn er ist wie ein Baum,
der keinen Laut von sich gibt, bis er gefällt wird. Aber wenn

Dir einmal etwas zustößt, dann wirst Du ihn kennen
lernen, und Du wirst staunen wie einer, der einen Schatz
findet. Er ist gedrückt und wortkarg in weltlichen Dingen
gewesen, Deine Mutter aber hat sein Gemüt von der
weltlichen Angst frei' gemacht, und jetzt klärt sich sein
Lebenstag auf.

Nun werden meine Augen trüb, und die Hand will nicht
mehr. Also befehle ich Dich dem, dessen Auge immerdar
wacht und dessen Hände nimmer müde werden.

Baard Andersen Opdal.

An Öyvind Pladsen.

Du bist wohl böse auf mich, und das tut mir sehr weh.
Denn so habe ich es nicht gemeint; ich meinte es gut. Ich
weiß, daß ich oft nicht so gegen Dich gewesen bin, wie ich
hätte sein sollen, und deshalb will ich jetzt an Dich
schreiben, aber Du darfst es keinem Menschen zeigen.
Einmal ist mir's ergangen, wie ich's wünschte, und da war
ich nicht nett; aber jetzt will keiner mehr was von mir
wissen, und mir geht es recht schlecht. Jon Hatlen hat ein
Spottlied auf mich gemacht, und das singen alle Burschen,
und ich kann mich auf keinem Tanz mehr blicken lassen.
Die beiden Alten wissen davon, und ich bekomme böse
Worte zu hören. Ich aber sitze allein und schreibe, und Du
darfst es keinem zeigen.

Du hast viel gelernt und könntest mir einen Rat geben, aber
Du bist so weit fort. Ich bin oft unten bei Deinen Eltern
gewesen und habe mit Deiner Mutter geplaudert, und wir
sind gute Freunde geworden; aber ich darf nichts sagen,
denn Du hast so sonderbar geschrieben. Der Schulmeister
macht sich jetzt über mich lustig, und er weiß nichts von

dem Spottlied, denn kein einziger im ganzen Dorf wagt ihm so etwas vorzusingen. Jetzt bin ich allein und habe keinen, mit dem ich sprechen kann; ich denke daran, als wir noch Kinder waren, und Du so nett zu mir warst, und ich immer auf Deinem Schlitten sitzen durfte. Und da möchte ich wünschen, daß ich wieder ein Kind wäre.

Ich darf Dich nicht mehr bitten, mir zu antworten; ich darf es nicht. Aber wenn Du mir nur noch ein einziges Mal schreiben wolltest, so würde ich Dir das nie vergessen, Öyvind.

Margit, Tochter des Knut.

Lieber Öyvind, verbrenne diesen Brief; ich weiß gar nicht, ob ich ihn überhaupt abschicken darf.

Liebe Margit!

Dank für Deinen Brief; den hast Du in einer guten Stunde geschrieben. Jetzt will ich Dir auch sagen, Margit, daß ich Dich so lieb habe, daß ich es beinahe hier nicht mehr aushalten kann, und wenn Du mich ebenso lieb hast, dann sollen Jons Spottlieder und alle bösen Worte bloß Blätter sein, wie sie an jedem Baum hängen. Seit ich Deinen Brief bekommen habe, bin ich ein neuer Mensch, denn es ist doppelte Kraft in mich gekommen, und ich fürchte mich vor nichts in der Welt. Als ich den vorigen Brief abgeschickt hatte, tat es mir so leid, daß ich fast krank davon geworden bin. Und nun sollst Du hören, was das für eine Folge hatte. Der Direktor nahm mich beiseite und fragte mich, was mir fehle; er glaubte, ich arbeitete zu viel. Da sagte er mir, wenn mein Jahr hier zu Ende sei, sollte ich noch eins hier bleiben und ganz umsonst; ich solle ihm hier und da an die Hand gehen, er aber wollte mich noch in vielem unterrichten. Da

dachte ich, Arbeit sei das einzige, das mich aufrecht halten
könne, und ich bedankte mich vielmals; und ich bereue es
auch nicht, wenn ich jetzt auch Sehnsucht nach Dir habe;
denn je länger ich hier bin, desto mehr Recht habe ich
später, um Dich zu werben. Wie froh bin ich jetzt! Ich
arbeite für drei, und ich will nie in irgend etwas
zurückstehen. Ich will Dir aber ein Buch schicken, das ich
jetzt lese, denn da steht viel von Liebe drin. Ich lese immer
abends darin, wenn die andern schlafen, und dann lese ich
auch Deinen Brief immer wieder durch. Hast Du Dir
vorgestellt, wenn wir uns wiedersehen? Das male ich mir so
oft aus, und das mußt Du auch versuchen und sollst sehen,
wie schön es ist. Ich freue mich, daß ich soviel geschrieben
und gearbeitet habe, trotzdem es oft schwer war; aber jetzt
kann ich Dir alles sagen, was ich mag, und lache dabei in
meinem Sinn.

Ich will Dir viele Bücher zu lesen geben, damit Du sehen
sollst, wieviel Widerwärtigkeiten alle gehabt haben, die sich
innig lieb hatten, und daß sie lieber aus Kummer gestorben
sind, als daß sie voneinander gelassen haben. Und so wollen
wir es auch halten, und zwar freudigen Herzens. Wohl
dauert es fast zwei Jahre, bis wir uns sehen, und noch
länger, bis wir uns kriegen; aber mit jedem Tag, der vergeht,
ist es doch ein Tag weniger; daran wollen wir bei unserer
Arbeit denken.

Nächstes Mal muß ich Dir über vieles schreiben, heut abend
aber habe ich kein Papier mehr, und die andern schlafen alle.
Darum will ich auch zu Bett gehen und an Dich denken, bis
ich einschlafe.

Dein Freund
Öyvind Pladsen.

Neuntes Kapitel

Eines Sonntags im Hochsommer ruderte Tore Pladsen über den Fjord, um seinen Sohn zu holen, der am Nachmittage von der Ackerbauschule heimkommen sollte, denn jetzt war er fertig. Die Mutter hatte ein paar Tage lang eine Scheuerfrau gehabt, alles war geputzt und gesäubert, die Kammer war nach langer Zeit wieder in Stand gesetzt, es war ein Ofen hineingestellt; da sollte Öyvind wohnen. Heute brachte die Mutter frisches Grün hinein, holte reines Leinzeug heraus, machte das Bett zurecht und schaute zwischendurch immer einmal aus, ob noch kein Boot dahergerudert komme. Unten in der Stube war der Tisch gedeckt, aber immer fehlte noch etwas, oder die Fliegen waren wegzujagen, und oben in der Kammer lag noch Staub, und immer wieder Staub. Noch war kein Boot zu sehen. Sie lehnte sich aufs Fensterbrett und sah hinaus; da hörte sie dicht neben sich Schritte vom Wege her und wandte den Kopf; es war der Schulmeister, der langsam, auf einen Stock gestützt, herunterkam, denn mit seiner Hüfte ging es schlecht. Die klugen Augen blickten ruhig umher; er blieb stehen und ruhte sich aus und nickte ihr zu: "Na, noch nicht da?"—"Nein, sie müssen aber jeden Augenblick kommen."—"Schönes Wetter zum Heuen heut!"—"Aber zu heiß für alte Leute zum Gehen."—Der Schulmeister sah sie schmunzelnd an. "Sind junge Leute heut schon hier gewesen?"—"Freilich, sind aber wieder fortgegangen."—"Ja, gewiß, ja; die treffen sich wohl heut abend irgendwo."—"Kann schon sein, ja; Tore sagt, sie sollen sich nicht bei ihm im Hause treffen, bis die Alten ihre Zustimmung gegeben haben."—"Sehr richtig, sehr richtig."—Nach einer Weile rief die Mutter: "Jetzt glaub' ich beinahe, sie kommen." Der Schulmeister spähte lange in die Ferne. "Ja, das sind sie"; sie trat vom Fenster zurück, und er

ging ins Haus. Als er sich ein bißchen ausgeruht und
erfrischt hatte, gingen sie langsam an die See hinunter,
während das Boot in voller Fahrt heranschoß, denn Vater
und Sohn ruderten beide. Die Ruderer hatten die Jacken
ausgezogen, es sprühte weiß unter den Rudern, und bald
war das Boot dicht bei ihnen, Öyvind wandte den Kopf und
blickte hinauf; er gewahrte die beiden an der Landungsstelle,
zog die Ruder ein und rief: "Guten Tag, Mutter, — guten Tag,
Schulmeister!" — "Hat der 'ne Mannsstimme bekommen!"
sagte die Mutter mit strahlendem Gesicht. "So was, so was!
er ist noch gerade so hellblond", fügte sie hinzu. Der
Schulmeister holte das Boot heran, der Vater zog die Ruder
ein, Öyvind sprang an ihm vorbei an Land, gab erst der
Mutter die Hand und dann dem Schulmeister, lachte und
lachte und fing, ganz gegen Bauernart, gleich in einem
reißenden Strom an zu erzählen vom Examen, von der
Reise, von dem Empfehlungsschreiben des Direktors und
günstigen Anerbietungen. Er fragte nach der Ernte und
nach allen Bekannten, außer nach einer; der Vater wollte das
Gepäck aus dem Boot tragen, aber weil er auch etwas hören
wollte, dachte er, das habe ja auch noch Zeit, und ging mit.
Und so zogen sie ihres Wegs; Öyvind lachte und erzählte,
und seine Mutter lachte auch, denn sie wußte nicht, was sie
sagen sollte. Der Schulmeister schlenderte langsam daneben
und sah ihn verständnisvoll an; der Vater ging bescheiden
in etwas größerer Entfernung. Und so kamen sie heim. Er
freute sich über alles, was er sah; zuerst darüber, daß das
Haus frisch gestrichen, und daß die Mühle ausgebaut war,
dann darüber, daß die Butzenscheiben in Stube und
Kammer herausgenommen waren, weißes Glas an Stelle des
grünen eingesetzt und der Fensterrahmen vergrößert war.
Als er hineintrat, kam ihm alles so merkwürdig klein vor,
wie er sich es gar nicht vorgestellt hatte, aber so lustig. Die
Uhr gackerte wie eine fette Henne, die geschnitzten Stühle
sahen aus, als wollten sie jeden Augenblick zu reden

anfangen; jede Tasse auf dem gedeckten Tisch kannte er; der
weißgetünchte Herd lächelte ihm ein Willkommen zu;
grünes Laub hing duftend an den Wänden,
Wacholderbüschel waren auf den Fußboden gestreut und
verkündeten den Festtag. Sie setzten sich zum Essen, aber es
wurde nicht viel daraus, denn er schwatzte unaufhörlich.
Sie betrachteten ihn sich jetzt mit mehr Muße, sahen die
Veränderungen und die Ähnlichkeiten, sie achteten auf alles,
was neu an ihm war, bis hin zu dem blauen Tuchanzug, den
er trug. Einmal, als er gerade eine lange Geschichte von
einem seiner Kameraden erzählt hatte und endlich aufhörte,
so daß eine kleine Pause entstand, sagte der Vater: "Ich
verstehe beinahe kein Wort von dem, was Du sagst, Junge,
Du sprichst so übermäßig schnell."—Alle lachten herzlich,
und Öyvind nicht am wenigsten; er wußte recht gut, daß es
sich so verhielt, aber es war ihm nicht möglich, langsamer
zu sprechen. Alles Neue, was er während seiner langen
Abwesenheit gesehen und gelernt hatte, hatte seine
Phantasie und seinen Verstand gepackt und ihn aus der
gewohnten Haltung aufgerüttelt, so daß die Kräfte, die
lange geruht hatten, aufgescheucht wurden, und der Kopf
in unablässiger Arbeit war. Weiter fiel ihnen auf, daß er sich
angewöhnt hatte, ganz willkürlich zwei, drei Worte zu
wiederholen vor lauter Geschäftigkeit, fast, als stolpere er
über sich selbst. Manchmal klang's geradezu komisch, aber
dann lachte er, und vergessen war es. Der Schulmeister und
der Vater saßen da und lauerten, ob er wohl seine alte
Umsicht verloren habe, aber es schien nicht so: er dachte an
alles und er erinnerte auch daran, daß sie wohl das Boot
ausladen müßten; er packte gleich seine Sachen aus und
hängte sie hin, zeigte seine Bücher, seine Uhr und alles
Neue, und alles sei gut imstande, sagte seine Mutter. Über
sein kleines Gemach freute er sich unbändig; er wolle fürs
erste zu Hause bleiben, sagte er, beim Heuen helfen und
lernen. Wo er nachher hinwollte, wußte er noch nicht, aber

das war ja auch noch gleich. Sein Denken hatte eine
erfrischende Kraft und Raschheit bekommen, und seine
Ausdrucksweise eine Lebendigkeit, die jedem wohltut, der
Jahr für Jahr bestrebt ist, sich zurückzuhalten. Der
Schulmeister fühlte sich um zehn Jahre verjüngt.

"So weit wären wir jetzt glücklich", sagte er strahlend, als er aufbrach.

Als die Mutter ihn wie gewöhnlich hinausbegleitet hatte, rief sie Öyvind in seine Kammer. "Es wartet jemand auf Dich um neun", flüsterte sie. — "Wo?" — "Auf dem Berge."

Öyvind sah nach der Uhr; es ging auf neun. Drinnen konnte er es nicht abwarten, sondern er ging hinaus, klomm den Berg empor, blieb oben stehen und hielt Umschau. Das Hausdach lag dicht unter ihm; die Büsche auf dem Dach waren groß geworden, all die jungen Bäume um ihn herum waren auch gewachsen, und er kannte jeden einzigen. Er sah den Weg hinunter, der am Berg entlang führte und an der andern Seite vom Walde begrenzt war. Der Weg lag grau und eintönig da, der Wald aber trug Laub mancherlei Art; die Bäume waren hoch und gerade gewachsen, in der kleinen Bucht lag ein Fahrzeug mit schlaffen Segeln; es war mit Brettern beladen und wartete auf Wind. Er sah aufs Wasser hinaus, auf dem er fortgezogen und jetzt wieder heimgekehrt war; es lag still und blank da, ein paar Seevögel schwebten drüber hin, lautlos, denn es war spät. Der Vater kam von der Mühle her, blieb vor der Haustür stehen und blickte gerade wie sein Sohn ins Land, dann ging er zum Strand hinunter, um das Boot für die Nacht zu bergen. Die Mutter kam aus der Seitentür heraus, sie war in der Küche gewesen, und sie sah zum Berge hinauf, als sie über den Hof ging, um den Hühnern Futter zu bringen; sie sah noch einmal hinauf und summte vor sich hin. Er setzte sich und wartete; das Gestrüpp um ihn war so dicht geworden, daß er nicht drüber wegsehen konnte, aber er lauschte auf das kleinste Geräusch. Erst waren es nur Vögel, die aufflatterten und ihn neckten, dann ein Eichkätzchen, das von Baum zu Baum sprang. Schließlich knackte es weiter hinten, und nach

einem Weilchen knackte es wieder. Er stand auf, das Herz
klopfte ihm, und das Blut schoß ihm ins Gesicht. Da
raschelte es in den Büschen dicht neben ihm, aber es war
nur ein großer zottiger Hund, der ihn anblickte, auf drei
Beinen stehen blieb und sich nicht rührte. Das war der
Hund vom Oberen Heidehof, und dicht hinter ihm knackte
es wieder; der Hund drehte den Kopf und wedelte mit dem
Schwanz; da kam Margit.

Ein Busch hakte sich in ihrem Kleide fest, sie drehte sich um
und machte ihn los, und dann erst konnte er sie sehen. Ihr
Kopf war unbedeckt und das Haar aufgesteckt, wie es die
Mädchen an Werktagen tragen; sie hatte ein grobes kariertes
Kleid an ohne Ärmel und um den Hals nur einen
umgelegten Leinenkragen; sie hatte sich geradenwegs von
der Feldarbeit fortgeschlichen und hatte sich nicht erst
putzen können. Jetzt sah sie schräg in die Höhe und
lächelte; die weißen Zähne und die halbgeschlossenen
Augen blitzten. So stand sie ein Weilchen da und zupfte an
ihrem Kleide, dann aber kam sie auf ihn zu und wurde röter
bei jedem Schritt. Er ging ihr entgegen und nahm ihre
Hand in seine beiden. Sie sah zu Boden, und so standen sie
einander gegenüber.

"Ich dank' Dir für all Deine Briefe", war das erste, was er
sagte, und als sie da ein klein bißchen aufsah und lachte,
merkte er, daß sie das lustigste Hexlein war, dem man je im
Walde begegnen konnte; aber doch war er befangen, und sie
war es nicht minder. "Wie groß Du geworden bist!" sagte sie
und meinte eigentlich etwas ganz anderes. Sie wagte
allmählich, ihn genauer anzusehen und lachte immer mehr,
und er lachte auch, aber sie sagten kein Wort. Der Hund
hatte sich an den Abhang gesetzt und schaute auf das
Gehöft hinunter. Tore sah den Hundekopf vom Wasser aus
und konnte sich absolut nicht denken, was das da oben auf

dem Berge wohl sein könnte.

Die beiden aber hatten sich jetzt losgelassen und fingen bei kleinem zu erzählen an. Und als er erst angefangen hatte, kam er bald so ins Fahrwasser, daß sie über ihn lachen mußte. "Ja, siehst Du, das ist immer so, wenn ich mich so freue, so richtig freue, siehst Du; und als zwischen uns beiden alles gut wurde, da war's, als wenn ein Schloß in mir aufsprang, aufsprang, siehst Du." Sie lachte. Nach einer Weile sagte sie: "Die Briefe, die Du mir geschrieben hast, kann ich alle beinah auswendig."—"Ich Deine auch! Aber Du hast immer nur so kurz geschrieben."—"Weil Du immer so lange Briefe haben wolltest."—"Und wenn ich wollte, wir sollten mehr von dem einen schreiben, dann rücktest Du immer aus."—"Ich bin am hübschesten, wenn man bloß den Schwanz sieht", sagt die Waldhexe.—"Aber Du hast mir nie geschrieben, wie Du Jon Hatlen losgeworden bist."—"Ich hab' gelacht."—"Was?"—"Gelacht; weißt Du nicht, was lachen ist?"—"Doch, lachen kann ich."—"Mach' mal vor!"—"Na, so was! Ich muß doch erst was zum Lachen haben."—"Das brauche ich nicht, wenn ich glücklich bin."—"Bist Du jetzt glücklich, Margit?"—"Lache ich denn etwa?"—"Ja, das tust Du!"—Er faßte ihre beiden Hände und schlug sie ineinander, klatsch, klatsch, und sah sie dabei an. Da fing der Hund zu knurren an, seine Borsten sträubten sich, und er bellte nach unten, lauter und lauter, zuletzt ganz wütend. Margit lief erschrocken weg, Öyvind aber trat vor und sah hinunter. Das Bellen galt seinem Vater; er stand unten dicht am Berge, die Hände in den Taschen und sah zu dem Hund hinauf. "Du bist auch da oben? Was hast Du denn da für einen verrückten Köter?"—"Das ist ein Hund vom Heidehof', antwortete Öyvind etwas verlegen. "Wie zum Teufel kommt der da hin?"—Die Mutter aber sah aus dem Küchenfenster, denn sie hatte den fürchterlichen Lärm gehört; sie ahnte den Zusammenhang, lachte und sagte:

"Der Hund treibt sich immer hier herum; das ist weiter
nichts Besonderes."—"Das ist aber ein ganz gefährlicher
Hund."—"Er ist nicht so schlimm, wenn man ihn streichelt",
sagte Öyvind und liebkoste den Hund; da wurde er still,—er
knurrte nur noch. Der Vater kehrte arglos um, und die
beiden waren vor Entdeckung sicher.

"Das ging noch gut ab", sagte Margit, als sie wieder
zusammen waren.—"Es kommt noch schlimmer, meinst
Du?"—"Ich weiß, daß uns jemand belauern wird."—"Dein
Großvater?"—"Natürlich."—"Aber er soll uns nichts
anhaben!"—"Nicht so viel."—"Versprichst Du mir das?"—"Ja,
das verspreche ich, Öyvind."—"Wie hübsch Du bist,
Margit!"—"Das sagte der Fuchs auch zum Raben und stahl
ihm den Käse."—"Ich will eben den Käse auch gern
haben."—"Du kriegst ihn aber nicht."—"Ich nehme ihn mir
aber." Sie drehte den Kopf weg, und er bekam den Käse
nicht. "Jetzt will ich Dir mal was sagen, Öyvind!" sie sah ihn
von der Seite an. "Nun?"—"Wie häßlich Du geworden
bist!"—"Du wirst mir den Käse trotzdem geben."—"Nein, das
werde ich nicht", und sie wandte sich wieder ab.

"Ich muß jetzt gehen, Öyvind."—"Ich begleite Dich."—"Aber
nur durch den Wald; nachher kann Großvater Dich
sehen."—"Ja, nur durch den Wald. Aber warum läufst Du
denn so?"—"Wir können hier doch nicht nebeneinander
gehen."—"Aber dann ist es doch keine Begleitung!"—"So
fang mich doch!"—Sie lief davon, er hinterher, bald blieb sie
hängen, und er fing sie.—"Habe ich Dich jetzt für immer
gefangen, Margit?" er hatte den Arm um sie gelegt.—"Ich
glaube", sagte sie leise und lachte, aber dann errötete sie und
wurde ernst. "Jetzt muß es aber gehen", dachte er, und er
zog sie an sich und wollte sie küssen; doch sie steckte den
Kopf unter seinen Arm, lachte und lief ihm davon.
Zwischen den letzten Bäumen blieb sie aber stehen. "Wann

treffen wir uns wieder?" fragte sie leise. "Morgen, morgen",
rief er ebenso zurück. "Ja, morgen!"—"Leb' wohl!" sie lief
weiter. "Margit!" sie stand still.—"Du, das war fein, daß wir
uns zuerst oben auf dem Berge trafen."—"Ja, das war's!" und
sie lief wieder weiter. Er sah ihr lange nach; der Hund lief
ihr voran und bellte, sie hinterher und beschwichtigte ihn.
Er kehrte um, nahm seine Mütze und warf sie in die Luft,
fing sie und warf sie noch einmal in die Höhe. "Jetzt, glaube
ich, wirklich, ich fange an, froh zu werden", sagte der
Bursch und ging singend heimwärts.

Zehntes Kapitel

Eines Nachmittags gegen Ende des Sommers, als die Mutter
mit einer Magd Heu zusammenrechte, und der Vater und
Öyvind es einbrachten, kam ein barfüßiges, barhäuptiges
Bürschchen den Hügel hinuntergesprungen, lief über die
Wiese auf Öyvind zu und gab ihm einen Zettel. "Du kannst
fein laufen", sagte Öyvind. "Ich krieg's auch bezahlt",
antwortete der Junge. Auf die Frage, ob er Antwort haben
wolle, sagte er nein und trat schleunigst den Rückzug über
den Berg an, denn es komme einer hinter ihm her, sagte er.
Öyvind machte mit vieler Mühe das Zettelchen auf; es war in
einen Streifen zusammengefaltet, dann geknifft und dann
zugesiegelt, und auf dem Zettel stand:

"Jetzt ist er im Anmarsch; aber es geht langsam. Lauf in den
Wald und versteck' Dich!

Die Bewußte."

"Nein, das tu' ich nicht", dachte Öyvind und sah trotzig
nach dem Hügel hinauf. Es dauerte auch nicht lange, da

kam ein alter Mann dort oben zum Vorschein, verpustete
sich, ging ein paar Schritte und verpustete sich wieder. Tore
und seine Frau hielten mit der Arbeit inne und blickten
hinauf. Tore lächelte, seine Frau aber wechselte die Farbe.
"Kennst Du den?"—"Ja, den soll man wohl kennen."

Vater und Sohn fingen wieder an, ihr Heu einzutragen, und
Öyvind wußte es so einzurichten, daß sie immer
hintereinander hergingen. Der Alte oben auf dem Hügel
kam langsam heran wie ein schwerer Wolkenschauer von
Westen. Er war sehr groß und stark; weil er schlimme Füße
hatte, mußte er mühsam Schritt für Schritt am Stock gehen.
Er war jetzt schon so dicht dabei, daß sie ihn deutlich sehen
konnten; er stand still, nahm die Mütze vom Kopf und
wischte sich mit einem Taschentuch den Schweiß ab. Sein
Kopf war ganz kahl; er hatte ein rundes, runzliges Gesicht,
kleine lebhafte, zwinkernde Augen, buschige Brauen und
noch alle Zähne im Mund. Seine Stimme war scharf und
kreischend, als gehe sie über Stock und Stein; doch ab und
zu verweilte sie so recht behaglich auf dem r, schnarrte es
ein paar Ellen lang und machte zugleich einen mächtigen
Sprung. Er hatte in seiner Jugend für einen lustigen, etwas
heißblütigen Menschen gegolten; auf seine alten Tage war er
durch mancherlei Unannehmlichkeiten mißtrauisch und
jähzornig geworden.

Tore und sein Sohn mußten noch verschiedene Male hin
und her pendeln, bis Ole herangestelzt kam; sie wußten
beide, daß er nichts Gutes im Schilde führte, aber um so
drolliger war es, daß er nur so langsam herankam. Sie
mußten beide ganz ernste Gesichter machen und ganz leise
sprechen; doch auf die Dauer wirkte das komisch. Ein
einziges zündendes Wort kann unter solchen Umständen
zum Lachen reizen, zumal wenn mit dem Lachen eine
Gefahr verbunden ist. Als er schließlich bloß noch ein paar

Klafter weit fort war, die aber kein Ende nehmen wollten,
sagte Öyvind trocken und leise: "Der Mann muß schwere
Ladung haben", und mehr war nicht nötig. "Ich glaube, Du
bist nicht recht klug", flüsterte der Vater, dem das Lachen
nahe war.—"Hm, hm", räusperte sich Ole auf der Höhe. "Er
bringt schon seine Kehle in Ordnung", flüsterte Tore.
Öyvind kniete vor dem Heuhaufen hin, grub das Gesicht
hinein und lachte; auch sein Vater bückte sich hinunter.
"Komm in die Scheune", flüsterte er, lud sein Heu auf und
trabte davon; Öyvind bog sich vor Lachen, nahm auch ein
kleines Bündel, lief hinterher und warf sich auf die Tenne
nieder. Der Vater war ein ernster Mann; aber brachte ihn
einer zum Lachen, dann gluckste es erst ein bißchen in ihm,
und dann kamen lange, abgebrochene Triller, bis sie sich zu
einem einzigen langen Brüllton vereinigten, worauf dann
Welle auf Welle mit immer längerem Schnaufen hervorbrach.
Jetzt war er ins Fahrwasser gekommen; der Sohn lag auf
dem Boden, der Vater stand dabei, und beide lachten, daß es
schallte. Sie hatten immer mal zwischendurch solchen
Lachtag; aber "diesmal kommt es sehr ungelegen", sagte der
Vater. Schließlich wußten sie gar nicht, was werden sollte,
denn der Alte mußte ja inzwischen da sein. "Ich gehe nicht
'raus," sagte der Vater, "ich habe nichts mit ihm zu
schaffen."—"Ja, dann geh' ich auch nicht", sagte Öyvind.
—"Hm—hm", hörten sie es draußen vor der Scheune. Der
Vater drohte dem Burschen mit der Faust: "Du machst, daß
Du 'rauskommst!"—"Ja, geh Du voran!"—"Willst Du gleich
hingehen!"—"Ja, geh voran!" und sie klopften sich
gegenseitig die Röcke ab und gingen mit ernsten Mienen
hinaus. Als sie unten an die Scheunenbrücke kamen, sahen
sie Ole an der Küchentür stehen, als besinne er sich; er hatte
Mütze und Stock in einer Hand und trocknete sich mit dem
Taschentuch den Schweiß von dem kahlen Schädel und
zupfte auch die Borsten hinter den Ohren und im Nacken
zurecht, daß sie wie Stacheln abstanden. Öyvind hielt sich

dicht hinter dem Vater; dieser mußte also stehen bleiben, und um endlich ein Ende zu machen, sagte er mit sehr ernstem Gesicht: "Na, alte Leute noch auf den Beinen?" Ole drehte sich um, sah ihn scharf an und setzte die Mütze zurecht, bis er antwortete: "Ja, scheint so!"—"Du bist gewiß müde; willst Du nicht hereinkommen?"—"Ach, ich ruhe mich hier im Stehen aus; mein Geschäft dauert nicht lange."—Da klinkte jemand die Küchentür auf, zwischen der Frau in der Tür und Tore stand der alte Ole, den Mützenschirm tief über die Augen gezogen; denn seit er kein Haar mehr hatte, war ihm die Mütze zu groß geworden. Um sehen zu können, bog er den Kopf ganz hintenüber; den Stock hielt er in der rechten Hand, die linke stemmte er in die Seite, wenn er nicht damit gestikulierte; aber auch dann streckte er sie nur halb von sich und ließ sie in dieser Stellung, um gewissermaßen seiner Würde nichts zu vergeben. "Ist das Dein Sohn, der da hinter Dir steht?" fragte er mit rauher Stimme. "Ich denke."—"Öyvind heißt er, nicht?"—"Ja, er heißt Öyvind."—"Er ist auf einer Ackerbauschule da unten im Süden gewesen?"—"So was war's ja wohl."—"Na, das Mädel, meine Großtochter, die Margit, ja, die ist jetzt ganz verrückt geworden."—"Das wär' schlimm."—"Sie will nicht heiraten."—"Na nu?"—"Sie will keinen von den Bauernsöhnen, die sich um sie bemühen."—"Ach so!"—"Aber der da ist schuld dran."—"Soo?"—"Er hat ihr den Kopf verdreht; ja, der da, Dein Sohn Öyvind."—"Teufel auch!"—"Siehst Du, ich mag nicht, daß mir einer meine Pferde stiehlt, wenn ich sie in die Koppel bringe, und ich mag auch nicht, daß mir einer meine Töchter nimmt, wenn ich sie zum Tanz lasse, das mag ich ganz und gar nicht."—"Nein, das versteht sich!"—"Ich kann nicht hinterherlaufen; ich bin alt, ich kann nicht immerzu aufpassen."—"Nein, nein!"—"Siehst Du, bei mir muß alles seine Art haben; hier muß der Hauklotz stehen, und da die Axt liegen, und da das Messer, und da soll gekehrt werden,

und da sollen sie das Holz hinwerfen, nicht vor die Tür, da
in die Ecke, ja gerade dahin und nirgends anders. Ebenso:
wenn ich zu ihr sage: nicht der, sondern jener,—dann soll es
eben auch der sein—und nicht jener!"—"Ganz
richtig."—"Aber so ist das nicht; drei Jahre lang hat sie nein
gesagt, und seit drei Jahren können wir uns nicht mehr
vertragen. Das ist schlimm; und wenn der da schuld dran
ist, so kann ich ihm sagen, daß Du, sein Vater, es hörst: es
nützt ihm alles nichts; es ist Schluß."—"Ja, ja." Ole sah Tore
eine Weile an, dann sagte er: "Du bist ja so kurz
angebunden."—"Länger ist die Wurst eben nicht!"

Da mußte Öyvind lachen, obwohl ihm eigentlich nicht
danach zumut war. Aber bei freudigen Menschen liegt die
Furcht immer an der Grenze des Lachens, und jetzt neigte er
zum Lachen. "Worüber lachst Du?" fragte Ole kurz und
scharf.—"Ich?"—"Lachst Du über mich?"—"Gott bewahre!"
aber seine eigene Antwort reizte seine Lachlust noch mehr.
Das sah Ole, und er wurde ganz wütend. Tore und Öyvind
wollten es wieder gut machen durch ein ernstes Gesicht,
und sie baten ihn, mit hineinzukommen; aber ein
dreijahrelanger Ärger mußte sich Luft machen, und der ließ
sich nicht eindämmen. "Du brauchst mich nicht zum
Narren zu halten," fing er an, "ich bin in meinem Recht; ich
sorge für das Glück meiner Enkelin, so gut ich es verstehe,
und das Gefeixe eines Lümmels soll mich nicht hindern.
Man zieht keine Mädels groß, um sie in die erste beste Kate,
die sich auftut, hinzugeben, und man steht nicht vierzig
Jahre lang einem Hof vor, um das alles dem ersten besten an
den Hals zu werfen, der dem Mädel den Kopf verdreht.
Meine Tochter jammerte und wehklagte so lange, bis sie an
einen Landstreicher verheiratet war, der sie alle beide zu
Tode soff, und ich mußte das Kind zu mir nehmen und den
Spaß bezahlen; aber gnade Gott, wenn es mit meiner
Großtochter ebenso gehen sollte, jetzt weißt Du's.—Ich will

Dir sagen, so wahr ich Ole Nordistuen vom Heidehof bin,
eher wird der Pfarrer das Hexenvolk im Walde von Norddal
trauen, ehe er Margit und Dich, Du Scheusal, aufbieten soll.
—Du willst wohl alle anständigen Freier vom Hof
weggraulen? Versuch's nur und komm, dann fliegst Du den
Berg 'runter, daß Dir die Schuhe um die Ohren schlagen. Du
Affenkerl! Du glaubst wohl, ich weiß nicht, was Ihr denkt,
Du und das Mädel,—Ihr denkt, der alte Ole Nordistuen
wird bald die Nase in die Luft strecken da draußen auf dem
Kirchhof—und dann—hast du nicht gesehen—wollt Ihr vor
den Altar. Ich habe jetzt sechsundsechzig Jahre gelebt und
ich will Dir zeigen, Bengel, daß ich lebe, bis Ihr alle beide die
Gelbsucht darüber kriegt! Meinetwegen kannst Du Dich wie
Neuschnee ums Haus legen, aber nicht mal ihre Fußsohlen
wirst Du zu sehen bekommen, denn ich schick' sie weg; ich
schicke sie wohin, wo sie sicher ist; dann kannst Du hier ja
wie 'ne Lachmöve 'rum flattern und Dich mit Regen und
Nordwind verheiraten. Und weiter habe ich Dir nichts zu
sagen; aber jetzt kennst Du, sein Vater, meine Ansicht, und
wenn Du sein Bestes willst, das hier auf dem Spiel steht,
dann sorg' dafür, daß er den Fluß so gräbt, wie das Wasser
laufen kann; über mein Eigentum geht kein Weg."—Er ging
mit kleinen, raschen Schritten zurück, wobei er den rechten
Fuß etwas höher hob als den linken und leise vor sich
hinschimpfte.

Die Zurückbleibenden waren plötzlich sehr ernst geworden;
eine böse Ahnung hatte sich in ihr Lachen und Scherzen
gemischt, und still war's einen Augenblick im Hause wie
nach einem großen Schrecken. Die Mutter, die in der
Küchentür alles mitangehört hatte, sah Öyvind bekümmert
an; die Tränen waren ihr nahe, aber sie wollte ihm das Herz
nicht durch irgend ein Wort noch schwerer machen. Als sie
alle schweigend hineingegangen waren, setzte sich der Vater
ans Fenster und sah Ole mit tiefernsten Blicken nach.

Öyvinds Augen hingen an jeder seiner Mienen, denn mit dem ersten Wort, das er sprechen würde, mußte sich die Zukunft der beiden jungen Menschen entscheiden. Setzte Tore sein Nein gegen das Oles, so war kaum daran vorbeizukommen. Seine Gedanken liefen geängstigt von einem Hindernis zum andern; er sah einen Augenblick nichts als Armut, Widrigkeiten, Mißverständnisse und gekränktes Ehrgefühl, und alles wankte und wich vor seinen Augen. Seine Unruhe wuchs, weil die Mutter so dastand, die Hand an der Klinke der Küchentür, ungewiß, ob sie den Mut finden würde, dazubleiben und die Aussprache abzuwarten, bis sie zuletzt alle Courage verlor und hinausschlich. Öyvind sah unverwandt seinen Vater an, dessen Auge scheinbar nicht wieder in die Stube zurückfinden konnte; der Sohn wagte nichts zu sagen, denn der andere mußte erst mit seinen Gedanken zu Ende sein. Aber gerade jetzt hatte seine Seele den Kreis der Angst durchlaufen und raffte sich wieder auf: "niemand als Gott allein vermag uns schließlich zu trennen", dachte er bei sich selbst und blickte auf die gerunzelten Brauen seines Vaters; —jetzt kam's wohl bald. Tore seufzte schwer, erhob sich, sah auf und begegnete dem Blick seines Sohnes. Er blieb stehen und sah ihn lange an.—"Mein Wille wäre, daß Du von ihr ließest, denn man soll sich nie etwas erbetteln oder ertrotzen. Willst Du aber nicht von ihr lassen, so kannst Du mir's gelegentlich sagen; vielleicht kann ich Dir dann helfen." Er ging an seine Arbeit, und sein Sohn folgte ihm.

Am Abend aber war Öyvind mit seinem Plan im reinen; er wollte sich um die Stelle des Amtsagronomen bewerben und den Direktor und den Schulmeister bitten, ihm dabei behilflich zu sein. "Bleibt sie fest, dann werde ich sie mir mit Gottes Hilfe durch meine Arbeit erringen."

Er wartete diesen Abend vergebens auf Margit, aber er sang,

während er dort auf- und abging, sein Lieblingslied:

Hoch den Kopf, du frischer Gesell!
Schwand eine Hoffnung, wird dir schnell
Vor Augen die neue glühen
Und flugs entflammen und sprühen.

Hoch den Kopf, blicke weit und frei!
Etwas ist da, das ruft: "komm herbei!"
Mit tausend Zungen, die preisen
Den Frohmut in sieghaften Weisen.

Hoch den Kopf; denn im Herzensgrund
Blauet auch dir ein Himmelsrund,
Drin Jubelchöre und Schwingen
Bei Harfenakkorden klingen.

Hoch den Kopf und sing es heraus!
Nie erstickst du des Frühlings Braus;
Doch, wo die Kräfte gären,
Da treiben die Halme bald Ähren.

Hoch den Kopf, laß Paten dir fein
Droben die Hoffnungsstrahlen sein,
Die Welten umwölben, die beben
In jedem Fünklein Leben.

Elftes Kapitel

In der Mittagspause war's; auf den großen Heidehöfen
schliefen die Leute. Das Heu lag auf den Wiesen aufgeworfen
und die Rechen staken in der Erde. Vor dem Scheunentor
standen die Heuwagen, das abgezäumte Sattelzeug lag
daneben, und die Pferde waren eine Strecke weiter

angebunden. Außer ihnen und ein paar Hühnern, die auf die Äcker hinausgelaufen waren, war weit und breit kein lebendes Wesen zu sehen.

In dem Felsen jenseits der Höfe war eine Kluft; von da führte der Weg zu den Heidehofalmen, großen, grasreichen Hochebenen. Oben in der Kluft stand heut ein Mann und hielt Umschau, als warte er auf jemand. Hinter ihm war ein kleiner Bergsee, wo der Bach entsprang, der die Kluft in den Felsen gegraben hatte; um diesen See herum führten zu beiden Seiten die Viehsteige nach den Almen hinüber, die man in der Ferne sehen konnte. Jodeln und Gekläff klang zu ihm hin, die Kuhglocken läuteten auf den Höhen; denn die Kühe rasten umher und wollten Wasser, und Hunde und Hirten versuchten vergeblich, sie zusammenzutreiben. Die Kühe machten die wunderlichsten Grimassen und Sprünge und liefen mit kurzem, wütendem Gebrüll und hocherhobenem Schweif gerade in den See hinein; da blieben sie stehen; ihre Glocken läuteten bei jeder Kopfbewegung über den See hin. Die Hunde tranken auch, aber sie blieben am Lande stehen, und die Hirten kamen hinterdrein und setzten sich auf den warmen glatten Felsen. Da holten sie ihr Vesperbrot heraus, tauschten es gegenseitig aus, prahlten mit ihren Hunden, ihren Ochsen und ihrer Herrschaft, zogen sich dann aus und sprangen zu den Kühen ins Wasser. Die Hunde wollten nicht mit; sie schlichen träge umher mit hängendem Kopf und brennenden Augen, und die Zunge hing ihnen aus der Schnauze. Rings auf den Hängen war kein Vogel zu sehen, kein Laut zu hören außer dem Geplauder der Mägde und dem Läuten der Glocken; das Gras war verdorrt und versengt; die Sonne brannte auf die Halden, daß alles in der Hitze erstickte.

Öyvind war's, der da oben in der Mittagssonne saß und

wartete. Er saß in Hemdärmeln dicht am Bach, der aus dem See herauskam. Noch immer war auf dem ganzen Heidehof keiner zu sehen, und allmählich wurde ihm ängstlich zumute; da kam plötzlich ein großer Hund schwerfällig auf Nordistuen aus einer Tür, und hinter ihm ein Mädchen in Hemdärmeln. Sie lief über die Wiesen den Berg hinan; er hatte große Lust, ihr zuzujauchzen, aber er wagte es nicht. Er behielt aufmerksam den Hof im Auge, ob auch keiner komme und sie sehe, aber schon war sie in Sicherheit, und er sprang ein paarmal ungeduldig auf.

Dann war sie endlich mühsam am Bach heraufgeklommen, der Hund dicht vor ihr schnupperte in der Luft; sie hielt sich am Gebüsch fest, aber ihre Schritte wurden immer müder. Öyvind lief ihr entgegen, der Hund knurrte, wurde aber gleich zum Schweigen gebracht; als Margit ihn kommen sah, setzte sie sich rot wie Blut, müde und abgespannt von der Hitze auf einen großen Stein. Er schwang sich auf den Stein neben sie. "Ich danke Dir, daß Du kommst."—"Aber die Hitze und dieser Weg! Hast Du lange gewartet?"—"Nein! Wenn man uns abends aufpaßt, müssen wir eben die Mittagsstunde ausnutzen. Aber ich denke, fortan brauchen wir nicht mehr so heimlich und umständlich zu verfahren; ich wollte mit Dir darüber reden."—"Nicht heimlich?"—"Ich weiß ja, Dir gefällt gerade das Heimliche am besten; aber Mut magst Du doch auch zeigen. Ich habe heute viel mit Dir zu besprechen, und Du mußt gut zuhören."—"Ist es wahr, daß Du Amtsagronom werden willst?"—"Ja, und ich werde es auch erreichen. Ich habe dabei eine doppelte Absicht, erstens die, eine Stellung zu bekommen, außerdem aber und vor allen Dingen, etwas zu erreichen, was Deinem Großvater auffallen muß. Es trifft sich so glücklich, daß die meisten Bauern hier auf den Heidehöfen junge Leute sind, die Verbesserungen einführen möchten und dazu Hilfe brauchen; Geld haben sie auch. Da

fange ich an; ich bringe alles in Ordnung, von ihren
Kuhställen an bis zu ihren Wasserleitungen; ich werde
Vorträge halten und arbeiten und den Alten sozusagen
durch gute Taten bekehren."—"Das ist fein; weiter,
Öyvind!"—"Ja, das andere betrifft uns beide. Du darfst nicht
fort."—"Wenn er es aber befiehlt?"—"Und nichts mehr
verheimlichen was uns beide angeht."—"Und wenn er mich
quält?"—"Wir erreichen nämlich mehr und können uns
besser schützen, wenn wir alles öffentlich tun. Wir wollen
gerade vor aller Leute Augen zusammen sein, damit sie
davon reden, wie lieb wir uns haben; um so eher wünschen
sie, daß es uns gut geht. Du darfst nicht fort. Es ist immer
eine Gefahr in der Trennung, und es kann allerhand Klatsch
dazwischen kommen. Im ersten Jahr glaubt man's nicht,
aber nachher im zweiten leuchtet es einem so allmählich ein.
Wir beide wollen uns einmal in der Woche treffen und alles
Böse hinweglachen, das man zwischen uns säen will; wir
treffen uns auch beim Tanz und treten den Takt, daß es nur
so klappt, während alle unsere Verleumder um uns
herumsitzen. Wir treffen uns in der Kirche und nicken uns
zu, daß auch die es sehen, die uns hundert Meilen
auseinander haben möchten. Macht einer einen Vers auf
uns, dann setzen wir uns hin und versuchen, eine Antwort
drauf zu machen; das wird schon gehen, wenn wir uns
gegenseitig helfen. Keiner kann uns was anhaben, wenn wir
zusammenhalten und den Leuten auch zeigen, daß wir es
tun. Unglücklich in der Liebe können bloß die furchtsamen
Leute sein oder die Schwachen und Kranken und die
Berechnenden, die immer auf eine bestimmte Gelegenheit
warten, oder die Schlauen, die schließlich sich an ihrer
eigenen Schlauheit verbrennen, oder die Sinnlichen, die sich
nicht so lieb haben, daß sie Stand oder Unterschied darüber
vergessen,—die verkriechen sich, schreiben Briefe, beben bei
jedem Wort und am Ende halten sie diese Angst, diese
beständige Unruhe und das Prickeln im Blut für Liebe,

fühlen sich unglücklich und zergehen wie Zucker. Pah, wenn die sich richtig lieb hätten, so hätten sie eben keine Angst; dann würden sie lachen und, offen in jedem Lächeln und jedem Wort, geradenwegs auf die Kirchtür zugehen. Ich habe darüber in den Büchern gelesen und habe es selbst mit angesehen: mit der Liebe, die auf Schleichwegen geht, ist's jämmerlich bestellt. Die Liebe muß in Heimlichkeit beginnen, weil sie in Scheu beginnt,—aber leben muß sie in Offenheit, weil sie in Freude lebt. Das ist wie beim jungen Laub. Was wachsen will, das kann sich auch nicht verbergen, und immer wirst Du bemerken, daß alles Dürre am Baum in derselben Stunde abfällt, da das Laub knospen und keimen will. Einer, über den die Liebe kommt, wirft alles hin, was er an altem toten Kram noch festhielt; die Säfte schwellen und treiben, und das sollte man nicht merken? Hei, Mädel, die sollen sich mitfreuen, wenn sie uns fröhlich sehen. Zwei Brautleute, die sich treu bleiben, sind eine Wohltat für das Volk, denn sie schenken ihm ein Gedicht, das ihre Kinder zur Schande der ungläubigen Eltern auswendig lernen. Ich habe von vielen solchen Gedichten gelesen; auch hier im Gau leben welche im Volksmund, und eben die Kinder derer, die einst alles Schlimme verschuldet haben, erzählen jetzt davon und weinen darüber. Ja, Margit, jetzt wollen wir uns die Hand geben,—so, ja, und dann wollen wir uns versprechen, zusammenzuhalten,—so, ja, und dann wird's schon gehen, hurra!—" Er wollte sie beim Kopf fassen, aber sie drehte den Kopf zur Seite und ließ sich vom Stein heruntergleiten.

Er blieb sitzen; sie kam zurück, stützte die Arme auf seine Knie und sah zu ihm auf, während sie mit ihm sprach. "Hör' mal, Öyvind, wenn er nun will, ich soll fort, was dann?"—"Dann sagst Du nein, frei heraus."—"Geht denn das, Schatz?"—"Er kann Dich doch nicht selbst auf den Wagen setzen!"—"Wenn er das auch nicht gerade tut, so hat er doch viele andere Mittel, wodurch er mich zwingen kann."—"Das glaube ich nicht; Gehorsam bist Du ihm freilich schuldig, solange er keine Sünde von Dir verlangt; aber Du hast auch die Pflicht, ihm frei heraus zu sagen, wie schwer es diesmal für Dich ist, gehorsam zu sein. Ich meine, er kommt zur Vernunft, wenn er das sieht; jetzt glaubt er eben noch wie die meisten, es ist bloß Kinderei. Zeige ihm, daß es mehr ist."—"Mit ihm ist ja nicht zu spaßen. Er bewacht mich wie 'ne angebundene Ziege."—"Du reißt Dich aber ein paarmal am Tage los."—"Das ist nicht wahr."—"Doch, immer wenn Du heimlich an mich denkst, reißt Du Dich los."—"Ja dann. Aber weißt Du denn bestimmt, daß ich so oft an Dich denke?"—"Sonst wärst Du ja nicht hier."—"Aber Du hast mir doch sagen lassen, ich solle kommen."—"Du gingst aber doch, weil Deine Gedanken Dich dazu trieben!"—"Nein, bloß weil das Wetter so schön war."—"Du sagtest vorhin, es sei zu heiß."—"Zum Bergauf gehen, ja; aber bergab nicht."—"Warum gingst Du denn hinauf?"—"Um wieder hinunterlaufen zu können!"—"Warum hast Du das nicht schon lange getan?"—"Weil ich mich erst ausruhen mußte."—"Und mit mir von Liebe reden?"—"Ich konnte Dir doch die Freude machen, zuzuhören."—"Beim Vogelsang."—"Wo alles ruht."—"Und beim Glockenklang."—"In Waldeshut."

In diesem Augenblick sahen die beiden Margits Großvater auf den Hof gehumpelt kommen und nach der Glocke gehen, um die Leute zusammenzurufen. Die Leute kamen aus Scheunen, Schuppen und Häusern heraus, gingen schläfrig hin zu den Pferden oder den Rechen, verteilten sich über das Feld, und nach einer Weile war alles wieder Leben und Arbeit. Nur der Großvater ging von einem Haus ins andere und zuletzt auf die höchste Scheunenbrücke hinauf und hielt Umschau. Ein kleiner Junge kam auf ihn zugesprungen, wahrscheinlich hatte er ihn gerufen. Der

Junge lief dann wahrhaftig nach der Richtung hin, wo Pladsen lag, der Großvater ging inzwischen rund ums Gehöft und blickte dabei häufig in die Höhe; ihm dämmerte wohl, daß das Schwarze da oben auf dem "Großen Stein" Margit und Öyvind seien. Und wieder war Margits großer Hund hinderlich. Er sah ein fremdes Pferd auf den Heidehof einbiegen, und da er dachte, es gehöre zu seinem Geschäft als Hofhund, fing er aus Leibeskräften zu bellen an. Sie suchten den Hund zu beschwichtigen, aber er war wütend geworden und wollte nicht aufhören, unten stand der Großvater und starrte in die Luft. Aber es wurde noch schlimmer, denn die Hunde von der Alm hörten mit Verwunderung die fremde Stimme und kamen herzugelaufen. Als sie sahen, daß es ein großer, wolfähnlicher Riese war, verbündeten sich die zottigen Finnenhunde gegen diesen einen; Margit bekam solche Angst, daß sie ohne Adieu davonlief; mitten auf dem Schlachtfeld stand Öyvind und trat und schlug um sich, aber sie flüchteten nur vom Kampfplatz, um sich unter grausigem Geheul und Gekläff ein Stück weiter wieder zusammenzurotten; er wieder hinter ihnen her, und so zogen sie allmählich zum Bachabhang hin; da lief er schnell hinzu, und die Folge war, daß sie alle miteinander ins Wasser purzelten, gerade an einer Stelle, wo es ordentlich tief war; da rannten sie beschämt auseinander, und so endete diese Schlacht am Walde. Öyvind ging quer durch den Forst, bis er auf die Dorfstraße kam, Margit aber lief ihrem Großvater unten am Zaun in die Arme; das hatte der Hund ihr eingebrockt.

"Wo kommst Du her?"—"Aus dem Wald!"—"Was hast Du da gemacht?"—"Beeren gepflückt."—"Das ist nicht wahr!"—"Nein, das ist es auch nicht!"—"Was hast Du denn gemacht?"—"Ich habe mit einem geredet."—"Mit dem Pladsenbengel?"—"Ja."—"Hör' mal, Margit, morgen reist Du

—"—"Nein."—"Hör' mal, Margit, ich will Dir bloß eins
sagen, bloß das eine: Du wirst reisen."—"Du kannst mich
doch nicht selbst in den Wagen setzen?"—"So? Kann ich das
nicht?"—"Nein, denn das willst Du nicht,"—"Will ich nicht?
Hör' mal, Margit, bloß zum Spaß, siehst Du, bloß zum Spaß
will ich Dir sagen, daß ich dem Lausbuben die Knochen im
Leibe entzwei schlagen werde."—"Das wagst Du aber doch
nicht."—"Das wage ich nicht? Du sagst, das wage ich nicht?
Wer sollte mir wohl was tun?"—"Der Schulmeister."—"Der
Schu-Schu-Schulmeister? Denkst Du, der kümmert sich um
den?"—"Ja, der hat ihn doch auf die Ackerbauschule
geschickt."—"Der Schulmeister?"—"Der Schulmeister!"

"Hör', Margit, ich will von dem Gelaufe nichts wissen; Du
sollst hier weg. Du machst mir bloß Sorge und Kummer,
gerade wie Deine Mutter, bloß Sorge und Kummer. Ich bin
ein alter Mann, ich will Dich gut versorgt sehen, ich will
nicht von den Leuten deswegen für einen Narren gehalten
werden; ich will bloß Dein Bestes; das mußt Du doch
zugeben, Margit. Wenn es mit mir zu Ende ist, stehst Du
allein da; wie wäre es Deiner Mutter ergangen, wenn ich
nicht gewesen wäre? Hör', Margit, sei vernünftig—hör', was
ich sage; ich will bloß Dein Bestes."—"Nein, das willst Du
nicht."—"So? Was will ich denn?"—"Deinen Willen
durchsetzen, das willst Du; aber nach meinem fragst Du
nicht."—"Du willst auch schon 'nen Willen haben, Du
Kiekindiewelt? Du solltest schon wissen, was zu Deinem
Besten ist, Du dummes Mädel? Ich werd' Dir mal den Stock
zu schmecken geben, ja, das werd' ich, so groß und lang Du
bist. Hör', Margit, ich will noch mal im Guten mit Dir
reden. Du bist im Grunde gar nicht so dumm—das ist bloß
'ne fixe Idee von Dir. Du solltest auf mich hören, ich bin ein
alter, vernünftiger Mann. Wir wollen noch mal im Guten
drüber reden; mit mir' ist gar nicht soviel los, wie die Leute
denken; ein armer lockerer Vogel hat bald mit dem bißchen

aufgeräumt, was ich habe; Dein Vater hat schon den Anfang damit gemacht. Man muß in dieser Welt für sich selbst sorgen; besser verdient es keiner. Der Schulmeister hat gut schwatzen, der hat Geld, und der Pfarrer auch; da ist gut predigen. Aber bei uns, die sich ums tägliche Brot quälen müssen, ist das ganz was andres. Ich bin alt und habe viel erfahren und gesehen. Liebe, siehst Du, ist ja ganz schön, wenn man davon redet, aber sonst ist sie nichts wert; das ist bloß was für die Geistlichen und für solche Leute—die Bauern müssen die Sache anders anpacken. Erst das Essen, siehst Du, dann Gotteswort, und dann ein bißchen Schreiben und Rechnen und dann noch ein bißchen Liebe, wenn es sich gerade so macht. Aber es nützt blutwenig, wenn man zu oberst die Liebe stellt und ans Ende das Essen. Was sagst Du dazu, Margit?"—"Ich weiß nicht."—"Du weißt nicht, was Du sagen sollst?"—"Doch, das weiß ich."—"Nun, und?"—"Soll ich es sagen?"—"Ja, natürlich sollst Du es sagen!"—"Ich bin sehr für die Liebe." Er stand einen Augenblick verdutzt da, dann fielen ihm hundert ähnliche Gespräche mit ganz ähnlichem Ausgang ein, und er schüttelte den Kopf, drehte ihr den Rücken und ging.

Er ließ seinen Zorn an den Taglöhnern aus, schnauzte die Mägde an, prügelte den großen Hund und brachte beinahe ein Hühnchen um, das aufs Feld hinausgelaufen war; zu ihr aber sagte er nichts.

An dem Abend war Margit so fröhlich, als sie zu Bett ging, daß sie das Fenster aufmachte, sich hinauslehnte, lange hinausschaute und sang. Sie hatte ein kleines, feines Liebeslied bekommen, und das sang sie:

> Hältst du treu zu mir,
> Halt' ich treu zu dir
> Alle Tage, die mein eigen.

Sommerzeit ging fort;
Grün, das nun verdorrt,
Kehrt zurück mit unserm Reigen.

Was dein Mund einst sprach,
Laut klingt's in mir nach.
Wie ein Vöglein auf dem Aste
Singt und was verbricht,
So mein Lied verspricht
Glück in warmem Sonnenglaste.

Litli—litli—lu!
Kannst mich hören du,
Deinen Liebsten hinterm Hügel?
Menschenwort verhallt, —
Dunkel wird's im Wald;
Doch vielleicht gibst du mir Flügel.

Bussi—bissi—buß!
Klang im Lied ein Kuß?
Nein, davon ist nicht die Rede.
Wie, du hast's gehört?
Bist du so betört,
Dann geraten wir in Fehde.

Gute, gute Nacht!
Träumen werd' ich sacht
Von zwei milder Augen Strahlen,
Von den Worten traut,
Die sich ohne Laut
Töricht aus der Seele stahlen.

Kind, nun schließ ich ab;
War es dir zu knapp?
Kehrt mein Lied im Echo wieder
Lockend zu mir her?

Wolltest du noch mehr?—
Laue Nacht sinkt still hernieder.

Zwölftes Kapitel

Ein paar Jahre sind seit dem letzten Auftritt dahingegangen.

Es ist spät im Herbste; der Schulmeister ist nach Nordistuen
hinaufgewandert, macht die Haustür auf, findet keinen,
macht die nächste Tür auf, findet wieder keinen und geht so
immer weiter bis in die hinterste Kammer des langen
Gebäudes. Da sitzt Ole Nordistuen ganz allein vorm Bett
und schaut auf seine Hände.

Der Schulmeister begrüßt ihn, zieht sich einen Holzstuhl
heran und setzt sich Ole gegenüber. "Du hast nach mir
geschickt", sagt er. "Das habe ich."

Der Schulmeister nimmt sich einen neuen Priem, sieht sich
in der Kammer um, holt sich ein Buch, das auf der Bank
liegt, und blättert darin. "Was wolltest Du denn von
mir?"—"Das überlege ich mir gerade."

Der Schulmeister läßt sich Zeit, holt seine Brille heraus, um
den Titel des Buches zu lesen, wischt sie ab und setzt sie auf.
"Du wirst alt, Ole."—"Ja, darüber wollte ich ja gerade mit
Dir reden. Es geht rückwärts mit mir; bald liege ich
flach."—"Dann sorge dafür, daß Du gut liegst, Ole."—Er
macht das Buch zu und sieht aus dem Fenster.

"Das ist ein gutes Buch, was Du da in der Hand hast."—"Es
ist nicht schlecht; bist Du oft über den Einband
hinausgekommen?"—"Jetzt in der letzten Zeit, ja—".

Der Schulmeister legt das Buch fort und steckt die Brille
wieder ein. "Dir geht es wohl nicht nach Wunsch,
Ole?"—"So lang ich denken kann, nicht."—"Ja, so ist's mir
auch gegangen. Ich lebte mit einem guten Freund in
Unfrieden und dachte, er müsse zu mir kommen, und
solange war ich unglücklich. Schließlich kam ich auf den
Einfall, zu ihm zu gehen, und seit der Zeit war alles gut."—
Ole sieht auf und schweigt.

Der Schulmeister: "Wie findest Du denn, daß es mit Deinem
Hof geht, Ole?"—"Rückwärts wie mit mir selbst."—"Wer soll
ihn haben, wenn Du nicht mehr bist?"—"Das weiß ich ja
eben nicht; das quält mich ja gerade!"

"Bei Deinen Nachbarn steht es jetzt sehr gut, Ole."—"Ja, die
haben ja auch den Agronomen als Hilfe."

Der Schulmeister, der sich gleichgültig nach dem Fenster
umwendet: "Du müßtest auch Hilfe haben, Ole. Sehen
kannst Du nicht mehr ordentlich, und von der neuen
Landwirtschaft verstehst Du nicht viel."

Ole: "Wer sollte mir wohl helfen?"—"Hast Du schon einen
darum gebeten?"
Ole schweigt.

Der Schulmeister: "Ich habe mich auch lange so mit dem
lieben Gott gestanden.—Du bist gar nicht gut gegen mich,
sagte ich zu ihm.—Hast Du mich darum gebeten? fragte er.
Nein, das hatte ich nicht getan; da bat ich denn, und seit der
Zeit ist es mir recht gut gegangen."—Ole schweigt, und da
schweigt auch der Schulmeister.

Schließlich sagt Ole: "Ich habe ein Großkind; sie weiß,
womit sie mir eine Freude machen könnte, ehe sie mich
forttragen, aber sie tut es nicht."—Der Schulmeister lächelt:

"Vielleicht wäre das für sie keine Freude." Ole schweigt.

Der Schulmeister: "Dich drückt allerhand, aber soweit ich es beurteilen kann, dreht sich doch alles schließlich um den Hof."—Ole sagt leise: "Er ist schon so lange in der Familie, und es ist guter Boden. Alles, was Vater und Großväter zusammengerackert haben, liegt in ihm, aber jetzt will nichts mehr gedeihen. Wenn sie mich hinausfahren, weiß ich ja nicht einmal, wer nach mir hineinfährt. In der Familie bleibt er nicht."—"Aber Deine Großtochter ist doch noch da."—"Wie wird aber der Mann, der sie bekommt, mit dem Hof umgehen? Das möchte ich wissen, ehe ich mich zur Ruhe lege. Es ist nicht mehr viel Zeit zu verlieren, Baard,— nicht für mich noch für den Hof."

Sie schweigen beide; da sagt der Schulmeister: "Wollen wir nicht bei dem schönen Wetter ein bißchen an die Luft gehen?"—"Ja, das können wir. Auf den Halden draußen sind Arbeiter; sie sollen Laub holen, aber sie tun bloß was, wenn ich dabeistehe." Er stolpert nach der großen Mütze und dem Stock und sagt: "Sie mögen bei mir nicht arbeiten; ich kann das nicht begreifen." Als sie draußen waren und ums Haus bogen, blieb er stehen: "Hier, siehst Du? Keine Ordnung! Da ist das Holz durcheinandergeworfen und die Axt nicht in den Block gehauen", er bückte sich mühsam, hob sie auf und schlug sie ein. "Hier ist ein Fell heruntergefallen; aber hat ein Mensch es wieder aufgehängt?" Er tat es selbst. "Hier ist die Vorratsscheuer; meinst Du, sie haben die Treppe weggenommen?" Er trug sie beiseite. Dann blieb er stehen, sah den Schulmeister an und sagte: "So geht es einen Tag wie alle Tage."

Als sie weiter gingen, hörten sie von den Halden her fröhliches Singen. "Ach, da wird ja bei der Arbeit gesungen", sagte der Schulmeister.—"Das ist der kleine Knut Östistuen, der da singt; der holt Laub für seinen Vater;

meine Leute arbeiten dahinten, die singen nicht."—"Das ist doch keine von unsern Weisen?"—"Nein, das höre ich auch."—"Öyvind Pladsen ist sehr viel auf Östistuen gewesen; es ist wohl eins von den Liedern, die er im Dorf eingeführt hat—der steckt immer voll Lieder." Hierauf kam keine Antwort.

Das Feld, über das sie gingen, stand nicht gut; ihm fehlte die rechte Pflege. Der Schulmeister äußerte das; da blieb Ole stehen. "Ich kann das nicht mehr machen", sagte er beinahe wehmütig. "Ohne Aufsicht werden fremde Arbeiter zu teuer. Aber es tut weh, über so ein Feld zu gehen, das kannst Du mir glauben."

Als sie dann davon sprachen, wie groß der Hof sei, und wo Hilfe am nötigsten täte, beschlossen sie, zu den Halden hinaufzugehen, von wo sie das Ganze überblicken konnten. Als sie nach geraumer Zeit einen hohen Punkt erreicht hatten, und das Ganze in Augenschein nahmen, wurde der Alte wehmütig: "Ich möchte nicht gerne so abgehen; ich und meine Vorfahren haben da unten redlich gearbeitet, aber viel ist nicht mehr davon zu sehen."

Da klang ein Lied über ihren Köpfen hin mit der eigentümlichen Herbheit, die eine Knabenstimme hat, wenn sie so recht forsch drauflos singt. Sie standen nicht weit von dem Baum, in dessen Wipfel der kleine Knut Östistuen saß und Laub für seinen Vater pflückte, und sie lauschten:

Willst du dich zu hohem Ziel
Ins Gebirge wagen,
Pack' ins Ränzlein nur so viel,
Als sich leicht läßt tragen!
Nimm nicht mit des Tales Zwang
In die reinen Lüfte;
Schüttle ihn mit keckem Sang

Abwärts in die Klüfte!

Vögel grüßen dich im Chor,
Fern dem giftigen Brodem,
Und mit jedem Schritt empor
Freier wird dein Odem.
Frohen Herzens jauchze laut;
Kindheit, längst vergangen,
Nickt dir aus Gebüsch und Kraut
Zu mit roten Wangen.

Stehst du still von Zeit zu Zeit,
Andachtsvoll zu lauschen,
Wird ins Ohr der Einsamkeit
Hohes Lied dir rauschen.
Wo ein Bach den Fels durchbricht,
Wo ein Stein im Rollen,
Hörst du der versäumten Pflicht
Mächtiges Donnergrollen.

Zittre, bete, banges Herz,
Sei zur Buße fertig!
Heb den Blick dann gipfelwärts,
Deines Heils gewärtig.
Dort wie einst geht Jesus Christ,
Wandeln die Propheten;
Wohl dir, wenn du würdig bist,
Ihnen nachzutreten.

Ole hatte sich niedergesetzt und das Gesicht in den Händen
vergraben. "Nun will ich mit Dir reden", sagte der
Schulmeister und setzte sich neben ihn.

* * * * *

In Pladsen war Öyvind gerade von einer längeren Reise

nach Hause gekommen; die Postkutsche stand noch vor der
Tür, weil die Pferde ausruhen mußten. Wenn auch Öyvind
jetzt als Amtsagronom gute Einnahmen hatte, bewohnte er
doch noch seine kleine Kammer in Pladsen und half in
seiner freien Zeit in der Wirtschaft. Auf Pladsen war eine
ganz neue Bewirtschaftung eingeführt, aber der Hof war so
klein, daß Öyvind das Ganze Mutters Spielzeug nannte;
denn sie war es, die hauptsächlich die Landwirtschaft
betrieb.

Er hatte sich gerade umgezogen, der Vater war mehlbestaubt
von der Mühle hereingekommen und hatte sich auch
umgezogen. So standen sie und überlegten, ob sie vor dem
Abendbrot noch ein bißchen ins Freie gehen sollten, da kam
die Mutter mit ganz blassem Gesicht herein: "Es kommt
seltener Besuch; seht doch!"—Die beiden Männer eilten ans
Fenster, und Öyvind sagte gleich: "Das ist der Schulmeister
und—ja, ich glaube beinahe,—ja natürlich ist er es!"—"Ja,
das ist der alte Ole Nordistuen", sagte auch Tore und trat
vom Fenster zurück, um nicht gesehen zu werden, denn die
beiden waren schon dicht vorm Hause.

Öyvind fing einen Blick des Schulmeisters auf, als er gerade
vom Fenster zurücktreten wollte; Baard lächelte und sah
sich nach dem alten Ole um, der auf den Stock gestützt, mit
kleinen kurzen Schritten heranstelzte, wobei er den einen
Fuß immer etwas höher hob als den andern. Draußen
hörten sie den Schulmeister sagen: "Er ist wohl eben nach
Hause gekommen", worauf Ole zweimal "So—so"
antwortete.

Es blieb lange still auf der Diele; die Mutter war in die Ecke
hinterm Milchschrank gekrochen. Öyvind stand in seiner
Lieblingsstellung, mit dem Rücken gegen den großen Tisch
und dem Gesicht nach der Tür, der Vater saß daneben.
Schließlich wurde an die Tür geklopft, und herein kam der

Schulmeister und nahm seinen Hut ab, hinter ihm Ole und
nahm auch seine Mütze ab, dann drehte er sich nach der
Tür um und klinkte sie ein; er brauchte sehr lange dazu;
offenbar war er verlegen. Tore stand auf und lud die
Eintretenden zum Sitzen ein; sie setzten sich nebeneinander
auf die Fensterbank, und Tore setzte sich auch wieder
nieder.

Und jetzt werden wir hören, wie es bei der Werbung
zuging.

Der Schulmeister: "Wir haben doch noch recht schönes
Herbstwetter bekommen."—Tore: "Ja, es hat sich die letzte
Zeit gebessert."—"Jetzt wird es sich wohl noch eine Zeitlang
halten, wo der Wind umgeschlagen ist."—"Seid Ihr da oben
schon mit der Ernte fertig?"—"Noch nicht. Hier der Ole
Nordistuen—Du kennst ihn wohl—möchte, Du sollst ihm
helfen, Öyvind, wenn es Dir recht ist."—Öyvind: "Wenn es
gewünscht wird, will ich tun, was ich kann."—"Ja, er meinte
aber nicht bloß so vorübergehend. Es geht mit dem Hof
nicht vorwärts, findet er, und er glaubt, es fehlt so die
richtige Leitung und Aufsicht."—Öyvind: "Ich bin aber so
wenig zu Hause."—Der Schulmeister sieht Ole an. Der
merkt, daß er jetzt ins Feuer muß; er räuspert sich ein
paarmal und legt los: "Das heißt, das soll,—ja—ich meine,
Du solltest fest—Du solltest, ja, gewissermaßen Deine
Wohnung bei uns haben,—das heißt, wenn Du nicht auf
Reisen bist."—"Schönen Dank für das Anerbieten, aber ich
bleibe lieber hier wohnen."—Ole sieht den Schulmeister an,
und der sagt: "Mit Ole geht das heute ein bißchen kraus. Die
Sache ist: er ist früher schon mal hier gewesen, und die
Erinnerung daran bringt ihm die Worte ein bißchen
durcheinander."—Ole rasch: "So ist es, ja; ich war damals
nicht recht gescheit; ich hab' mich solange mit dem Mädel
geplagt, bis das Holz in Splitter ging. Aber das mag

vergessen sein; der Sturm knickt das Korn um, doch ein kaltes Lüftchen nicht; Regenbäche können die großen Steine nicht unterwühlen; Maischnee liegt nicht lange; der Donner hat noch keinen Menschen erschlagen." Alle lachen; der Schulmeister sagt: "Ole meint, Du sollst nicht mehr dran denken, und Du auch nicht, Tore." Ole sieht sie an und weiß nicht recht, ob er weiterreden darf. Da sagt Tore: "Der Rosenstrauch packt mit vielen Zähnen zu und reißt doch keine Wunden. In mir wenigstens ist kein Stachel zurückgeblieben."—Ole: "Ich kannte den Burschen damals nicht. Jetzt sehe ich: was er säet, das gedeiht; wie die Saat, so die Ernte; in seinen Fingerspitzen sitzt Gold, und ich möchte mir ihn sichern."

Öyvind sieht den Vater an, der die Mutter, die von ihm zum Schulmeister blickt, und dann schauten alle Ole an. "Ole meint, er hat einen großen Hof—" Ole unterbricht: "Groß ist er, aber schlecht imstande; ich kann nicht mehr recht, ich bin alt, und die Beine wollen nicht mehr mit. Aber es lohnt sich, da oben anzupacken."—"Gut und gern der größte Hof im ganzen Kreise", fällt der Schulmeister ein.—"Der größte Hof im ganzen Kreise; das ist aber gerade das Elend; wenn die Schuhe zu groß sind, verliert man sie; es ist recht schön, wenn das Gewehr gut ist, aber man muß auch damit umzugehen wissen. (Mit einer raschen Wendung zu Öyvind:) Möchtest Du es mal damit versuchen?"—"Ich soll also Verwalter sein?"—"Ganz recht, ja, Du sollst den Hof haben."—"Ich soll den Hof haben?"—"Natürlich, ja, und sollst ihn verwalten."—"Aber—" "Willst Du nicht?"—"Doch, selbstverständlich."—"Ja, ja, dann ist es also abgemacht, sagte die Henne und flog aufs Wasser."—"Aber—" Ole sieht verwundert den Schulmeister an.—"Öyvind will wohl bloß fragen, ob er Margit auch mitbekommt?"—Ole energisch: "Margit ist mit drin, Margit ist mit drin!"—Da fing Öyvind laut zu lachen an und machte einen Luftsprung; die andern drei lachten auch, und Öyvind rieb sich die Hände, lief in der Stube auf und ab und wiederholte unaufhörlich: "Margit ist mit drin, Margit ist mit drin!" Tore lachte und gluckste, die Mutter hinten in der Ecke sah ihren Jungen unverwandt an, bis ihr Tränen in die Augen traten.

Nach einer Weile fragte Ole sehr gespannt: "Was hältst Du von dem Hof?"—"Feiner Boden!"—"Feiner Boden, nicht wahr?"—"Wundervolle Weiden!"—"Wundervolle Weiden! Wird es gehen?"—"Das soll weit und breit der beste Hof werden!"—"Weit und breit der beste Hof? Glaubst Du? Meinst Du das wirklich?"—"So wahr ich hier stehe!"—"Ja, hab' ich das nicht immer gesagt?!" Sie sprachen beide gleich schnell und griffen wie zwei Räder ineinander. "Aber mit dem Geld, siehst Du mit dem Geld! Ich habe keins."—"Ohne Geld geht es langsam, aber es geht!"—"Es geht, ja, natürlich geht es! Aber wenn wir Geld hätten, ginge es schneller, meinst Du?"—"Viel schneller."—"Viel? Wenn wir bloß Geld hätten! Ja, ja! na, einer, der nicht alle Zähne hat, kann auch kauen, und einer, der mit Ochsen fährt, kommt auch vorwärts."

Die Mutter stand da und zwinkerte Tore zu, der sie ein paarmal schnell von der Seite ansah, während er den Oberkörper hin- und herwiegte und mit den Händen über die Knie strich; der Schulmeister blinzelte mit den Augen, Tore machte den Mund auf und wollte etwas sagen, aber Ole und Öyvind sprachen unaufhörlich durcheinander, lachten und machten solchen Lärm, daß kein andrer zu Wort kommen konnte.

"Seid jetzt mal still; Tore möchte was sagen", fällt der Schulmeister ein; sie verstummen und sehen Tore an. Der fängt denn ganz leise an: "Es ist auf dieser Stätte immer so gewesen, daß wir eine Mühle gehabt haben; in letzter Zeit ist es so gewesen, daß wir zwei gehabt haben. Diese Mühlen haben in Jahr und Tag doch ein paar Groschen abgeworfen; weder mein Vater noch ich haben von dem Geld genommen, außer damals, als Öyvind fort mußte. Der Schulmeister hat es verwaltet, und er sagt, daß es sich da, wo es stand, gut verzinst hat; aber jetzt ist ja das beste, Öyvind nimmt es für Nordistuen." Die Mutter stand hinten in der Ecke und machte sich ganz klein, während sie mit leuchtenden Augen zu Tore hinsah, der jetzt sehr gewichtig dahockte und beinahe dumm aussah; Ole Nordistuen saß ihm mit weit offnem Mund gegenüber; Öyvind war der erste, der sich von der Überraschung erholte. "Ist das nicht, als wenn das Glück mich verfolgt?" rief er, ging auf seinen Vater zu und schlug ihm auf die Schulter, daß es dröhnte. "Du Prachtvater!" sagte er, rieb sich die Hände und ging auf und ab.

"Wieviel mag das wohl sein?" fragte schließlich Ole ganz zaghaft den Schulmeister. "Es ist gar nicht so wenig."—"Ein paar hundert Taler?"—"Noch ein bißchen mehr."—"Noch ein bißchen mehr? Öyvind, noch ein bißchen mehr! Herrgott, das soll ein Hof werden!" Er stand auf und lachte hell heraus.

"Ich will mit Dir zu Margit", sagte Öyvind. "Die Postkutsche steht ja noch draußen, da geht es schnell."—"Ja, schnell, schnell! Magst Du auch gern alles schnell haben?"—"Ja, schnell und forsch!"—"Schnell und forsch! Akkrat so, wie als ich jung war,—akkrat so!"—"Hier ist Mütze und Stock; jetzt jage ich Dich 'raus!"—"Du jagst mich 'raus, haha! aber Du kommst mit, nicht, Du kommst mit? Ihr andern kommt wohl nach? Heut abend wollen wir solange zusammensitzen, wie noch ein Funken auf dem Herd ist; kommt nur hin!"—Sie versprachen es, Öyvind half ihm in den Wagen und sie fuhren nach Nordistuen hinauf. Da oben war der große Hund nicht der einzige, der sich

wunderte, als Ole Nordistuen mit Öyvind Pladsen in den
Hof einfuhr. Während Öyvind ihm aus dem Wagen half und
die Knechte und Mägde sie neugierig angafften, kam Margit
aus dem Hause und wollte sehen, was denn der Hund
fortwährend zu bellen hatte, aber sie blieb wie angewurzelt
stehen, wurde glühend rot und lief wieder hinein. Der alte
Ole rief aber so fürchterlich laut nach ihr, als er in die Stube
kam, daß sie wohl oder übel wieder zum Vorschein kommen
mußte. "Geh hin und mach' Dich fein, Mädel, hier steht der
Mann, der den Hof haben soll."

"Ist es wahr?" rief sie, ohne es selbst zu wissen, und so laut,
daß es schallte. "Ja, es ist wahr", sagte Öyvind und klatschte
in die Hände; da drehte sie sich auf den Fußspitzen herum,
schleuderte das, was sie gerade in der Hand hatte, weit weg
und lief aus der Stube; und Öyvind hinterher.

Nach kurzer Zeit kamen auch der Schulmeister, Tore und
seine Frau. Der
Alte hatte Lichter auf den weißgedeckten Tisch gestellt; es
gab Wein und
Bier, und er selbst war immerzu auf den Beinen und hob
den Fuß noch
höher als gewöhnlich, aber immer bloß den rechten.

* * * * *

Ehe diese kleine Erzählung zu Ende geht, soll noch berichtet
werden, daß fünf Wochen später Öyvind und Margit in der
Dorfkirche getraut wurden. Der Schulmeister leitete an
diesem Tage selbst den Gesang, weil der Hilfsküster krank
war. Seine Stimme war brüchig, denn er war alt; aber
Öyvind fand doch, es höre sich wunderschön an. Und als er
Margit die Hand gereicht und sie vor den Altar geführt
hatte, da nickte ihm der Schulmeister vom Chor herunter
zu, genau so, wie Öyvind es damals gesehen hatte, als er so

wehleidig beim Tanz saß: er nickte ihm auch zu, und die
Tränen wollten ihm in die Augen treten.

Die Tränen bei jenem Tanz waren das Tor zu diesen Tränen
gewesen, und zwischen ihnen lag seine Arbeit und seine
Treue.

Und hier ist die Geschichte von dem fröhlichen Burschen zu
Ende.

* * * * *

DER VATER

Der Mann, von dem hier erzählt werden soll, war der mächtigste im ganzen Gau; er hieß Thord Oeveraas. Eines Tages stand er kerzengrade und mit gewichtiger Miene vor dem Pfarrer in der Studierstube. "Mir ist ein Sohn geboren, und ich möchte ihn taufen lassen."—"Wie soll er heißen?"—"Finn, nach meinem Vater."—"Und die Paten?"— Er zählte sie auf; es waren Verwandte von ihm, die angesehensten Männer und Frauen des Gaus. "Ist sonst noch etwas?" fragte der Pfarrer und sah auf. Der Bauer zögerte. "Ich möchte gern, daß er allein getauft würde", sagte er dann. "Also an einem Werktag?"—"Nächsten Sonnabend mittag um zwölf."—"Ist sonst noch etwas?" fragte der Pfarrer.—"Weiter nichts." Der Bauer drehte seinen Hut, als wollte er gehen. Da erhob sich der Pfarrer, ging auf Thord zu, nahm seine Hand und sah ihm in die Augen; "gebe Gott, daß das Kind Dir zum Segen werde!"

Sechzehn Jahre nach diesem Tag stand Thord wieder vor dem Pfarrer in der Stube. "Du hast Dich gut gehalten, Thord", sagte der Pfarrer, weil er ihn ganz unverändert fand. "Ich habe ja auch keine Sorgen", antwortete Thord. Da schwieg der Pfarrer; nach einer Weile aber fragte er: "Was hast Du denn heut für ein Anliegen?"—"Ich komme wegen meines Sohnes, der morgen konfirmiert wird."—"Es ist ein braver Junge."—"Ich möchte den Herrn Pfarrer erst bezahlen, wenn ich weiß, der wievielte der Junge in der Kirche ist."—"Er wird Nummer eins sein."—"Schön,—hier

sind auch zehn Taler für den Herrn Pfarrer."—"Ist sonst
noch etwas?" fragte der Pfarrer und sah Thord an.—"Sonst
nichts."—Thord entfernte sich.

Wieder gingen acht Jahre dahin; da war eines Tages vor dem
Arbeitszimmer des Pfarrers großer Lärm, und herein kamen
viele Männer, an ihrer Spitze Thord. Der Pfarrer sah auf
und erkannte ihn gleich. "Du hast heut abend ja so viele bei
Dir."—"Ich wollte das Aufgebot für meinen Sohn bestellen;
er soll die Karen Storliden heiraten, die Tochter von
Gudmund, von diesem hier."—"Das ist ja das reichste
Mädchen im ganzen Gau."—"Es heißt so", antwortete der
Bauer und strich sich mit einer Hand das Haar in die Höhe,
Der Pfarrer saß eine Zeitlang wie in Gedanken und sagte
kein Wort; er trug nur die Namen in seine Bücher ein, und
die Männer unterschrieben. Thord legte drei Taler auf den
Tisch.—"Ich bekomme nur einen", sagte der Pfarrer.—"Weiß
wohl, aber er ist mein Einziger,—möcht's gern recht gut
machen." Der Pfarrer nahm das Geld an. "Dies ist das dritte
Mal, daß Du um Deines Sohnes willen hier stehst,
Thord."—"Jetzt bin ich aber auch fertig damit", sagte Thord,
klappte sein Taschenbuch zu, sagte adieu und ging,—die
Männer folgten ihm langsam.

Vierzehn Tage später ruderten Vater und Sohn bei stillem
Wetter über das Wasser nach Storliden hinüber, um dort die
Hochzeit zu besprechen. "Die Bank ist nicht ordentlich fest",
sagte der Sohn und stand auf, um sie in Ordnung zu
bringen. Da rutscht das Brett aus, auf dem er steht, er
schlägt mit den Armen um sich, stößt einen Schrei aus und
stürzt ins Wasser.—"Halt Dich am Ruder fest", rief sein Vater,
sprang auf und hielt es ihm hin. Doch als der Sohn ein
paarmal danach gegriffen hatte, bekam er einen Krampf.
"Wart' mal", rief sein Vater und ruderte näher. Da schlägt der
Sohn nach hinten über, sieht seinen Vater mit einem langen

Blick an und sinkt unter.

Thord konnte es kaum fassen; er stoppte das Boot und starrte auf den
Fleck, wo sein Sohn verschwunden war, als müsse er wieder emportauchen.
Ein paar Blasen stiegen auf und noch ein paar, und dann noch eine ganz
große; sie zerbarst—und die See lag wieder spiegelblank da.

Und die Leute sahen, wie drei Tage und drei Nächte lang der Vater um die Stelle herumruderte, ohne zu essen oder zu schlafen; er fischte nach seinem Sohn. Und am dritten Tage morgens fand er ihn und trug ihn über die Hügel nach seinem Hofe.

Es mochte ein Jahr seit jenem Tage vergangen sein. Da hört der Pfarrer an einem Herbstabend spät noch etwas an der Flurtür rascheln und behutsam nach der Klinke tasten. Der Pfarrer machte die Tür auf, und herein kam ein großer, gebeugter Mann, hager und weißhaarig. Der Pfarrer sah ihn lang an, bis er ihn erkannte; es war Thord. "Du kommst so spät?" sagte der Pfarrer und blieb vor ihm stehen. "Ja, ja, ich komme spät", sagte Thord und setzte sich. Der Pfarrer setzte sich auch und wartete; es blieb lange still. Da sagte Thord: "Ich habe etwas mitgebracht, was ich den Armen geben möchte; es soll eine Stiftung werden, die den Namen meines Sohnes trägt";—er stand auf, legte das Geld auf den Tisch und setzte sich wieder. Der Pfarrer zählte es auf; "es ist viel Geld", sagte er.—"Es ist mein halber Hof; ich habe ihn heut verkauft." Der Pfarrer saß lange schweigend da. Endlich fragte er mild: "Was willst Du denn jetzt anfangen, Thord?"—"Etwas Besseres."—So saßen sie eine Zeitlang, Thord mit gesenkten Blicken, während die Augen des Pfarrers auf ihm ruhten. Schließlich sagte der Pfarrer leise und langsam: "Ich glaube, jetzt ist Dein Sohn Dir doch noch

zum Segen geworden."—"Ja, das glaube ich jetzt auch",
sagte Thord; er sah auf, und zwei schwere Tränen rannen
ihm über das Gesicht.

* * * * *

DAS FISCHERMÄDEL

Erstes Kapitel

Wo der Hering längere Zeit regelmäßig Einkehr hält, da
bildet sich so allmählich, wenn die Bedingungen im übrigen
günstig sind, eine kleine Stadt. Von solchen Städten kann
man nicht nur sagen, das Meer habe sie ausgespien; sondern
sie sehen auch von weitem tatsächlich wie ans Land
geschwemmte Balken und Wrackstücke aus, oder wie ein
Häuflein umgekippter Boote, die die Fischer in einer
Sturmnacht über sich gezogen haben. Kommt man näher,
so sieht man, wie zufällig das Ganze sich aufgebaut hat; da
liegt ein Block Klippen mitten im Ort, oder der ganze
Flecken ist durch das Wasser in drei, vier Teile gespalten, —
Straßen, die sich krümmen und winden. Nur eine
Bedingung ist allen diesen Ansiedlungen gemeinsam: sie
haben einen Hafen, der den größten Schiffen Schutz
gewährt, indem es dort still ist wie in einer Blechbüchse.
Und darum sind diese Schlupfwinkel den Schiffen, die mit
zerfetzten Segeln und zertrümmertem Plankenwerk aus
hoher See angetrieben kommen, um Atem zu schöpfen,
auch gar viel wert.

In solch einem kleinen Städtchen ist es still. Alles, was etwa
Lärm verursacht, ist auf die Landungsbrücken verwiesen,
wo die Boote der Bauern sich festgebissen haben, und wo

die Schiffe laden und löschen. Längs den Landungsbrücken läuft die einzige Straße unseres Städtchens; an ihrer andern Seite liegen die weiß- und rotgestrichenen, ein- und zweistöckigen Häuschen; aber nicht Wand an Wand, sondern getrennt durch schmucke Gärten; das gibt auf diese Weise eine lange und breite Straße, wo es übrigens bei Seewind nach allem zu duften pflegt, was auf den Brücken herumliegt. Still ist es hier—nicht etwa aus Furcht vor der Polizei: denn in der Regel ist gar keine da—sondern aus Angst vor dem Gerede der Leute; denn hier kennt sich alles untereinander. Geht man die Straße hinunter, so muß man in jedes Fenster hineingrüßen und hinter jedem sitzt auch meist ein altes Frauchen und grüßt wieder. Ferner muß man jeden grüßen, der einem auf der Straße begegnet. Denn all diese stillen Menschen denken an nichts anderes, als was sich im allgemeinen und im besonderen für sie selber schickt. Wer die Grenzlinie, die seinem Stande oder seiner Stellung gezogen ist, überschreitet, der büßt seinen guten Ruf ein. Denn man kennt nicht allein ihn, sondern auch seinen Vater und Großvater, und man stöbert flugs auf, wo sich schon früher in der Familie ein Hang zum "Ungehörigen" gezeigt hat.

In dieses stille Städtchen zog vor vielen Jahren ein gewisser wohlehrbarer Mann namens Per Olsen. Er kam vom Lande, wo er sich mit Hausieren und Fiedelspielen sein Brot verdient hatte. In der Stadt eröffnete er für seine alten Kunden einen Kramladen, in dem er außer allerhand Waren Brot und Schnaps verkaufte. Man hörte ihn hinten in der "Ladenstube" auf- und abgehen und Springtänze und Brautmärsche spielen; jedesmal, wenn er an der Tür vorbeikam, spähte er durch das Guckloch, und wenn ein Kunde erschien, schloß er sein Spiel mit einem Triller und kam in den Laden. Das Geschäft gedieh flott; er heiratete und bekam einen Sohn, den er nach sich benannte, jedoch nicht "Per", sondern Peter. Der kleine Peter sollte dereinst werden, was Vater Per, wie er sehr wohl fühlte, selber nicht war: nämlich ein Mann von Bildung. Also kam der Junge auf die Lateinschule. Wenn dann die andern, die seine Kameraden sein sollten, ihn von ihren Spielen weg heimprügelten, weil er Per Olsens Sohn war, so prügelte Per Olsen ihn wieder zu ihnen hinaus; denn auf andere Weise konnte ja der Junge nie Bildung erwerben. Infolgedessen fühlte der kleine Peter sich in der Schule sehr verlassen, wurde stumpf und faul und nach und nach so gleichgültig gegen alles, daß alle Hiebe des Vaters ihm weder Tränen noch Lachen mehr entlockten. Nun gab Per das Prügeln auf und steckte ihn hinter den Ladentisch. Wie groß war sein Erstaunen, als er sah, daß der Junge jedem Kunden genau verabreichte, was der forderte, nie auch nur ein Körnchen zu viel gab, nie auch nur eine Pflaume naschte, stets genau abwog, zählte und eintrug, ohne eine Miene zu verziehen, meist ohne ein Wort zu reden, äußerst langsam, aber mit unverbrüchlicher Genauigkeit. Der Vater schöpfte neue Hoffnung und schickte ihn mit einem Heringsboot nach Hamburg, wo er ein Handelsinstitut besuchen und feine Manieren lernen sollte. Acht Monate war er dort; das mußte doch wohl genügen! Als er heimkam, war er mit sechs neuen Anzügen ausgestattet, die er bei der Landung sämtlich übereinander trug; "denn was man auf dem Leib hat, braucht man nicht zu verzollen." Aber abgesehen von diesem Umfang machte er, als er sich am folgenden Tag auf der Straße zeigte, noch ungefähr dieselbe Figur wie früher. Er bewegte sich steif und langsam, mit grad herunterbaumelnden Armen; er grüßte mit einem plötzlichen Ruck, und verbeugte sich, als habe er keine Gelenke, um sofort wieder steif wie vorher zu werden. Er war die verkörperte Höflichkeit; aber er tat alles, ohne ein Wort zu sprechen, hastig, mit einer gewissen Scheu. Er schrieb sich jetzt nicht mehr Olsen, sondern Ohlsen, was

den Witzbolden des Städtchens Anlaß zu folgender
Scherzfrage gab: "Wie weit ist Peter Olsen in Hamburg
gekommen?" Antwort: "Bis zum ersten Buchstaben!" Er trug
sich sogar mit dem Gedanken, sich "Pedro" zu nennen. Weil
er aber des verdammten "h's" wegen schon mehr als genug
Ärger schlucken mußte, ließ er das und schrieb sich einfach:
"P. Ohlsen." Er erweiterte das Geschäft des Vaters und
heiratete mit knapp zweiundzwanzig eine rothändige
Ladenmamsell, damit sie die Wirtschaft führe; denn der Vater
war gerade Witwer geworden, und eine Frau war immerhin
sicherer als eine Haushälterin. Pünktlich übers Jahr langte
ein Sohn an, der acht Tage darauf den Namen Pedro trug.
Nachdem der wackere Per Olsen Großvater geworden war,
empfand er es als unabweisbare Pflicht, alt zu werden. Er
überließ also seinen Handel dem Sohn, saß von Stund an
auf der Bank vorm Haus und rauchte. Und als es eines Tags
anfing, ihm da draußen langweilig zu werden, wünschte er
sich, daß er bald sterben möge. Und wie alle seine Wünsche
sänftiglich in Erfüllung gegangen waren, so erfüllte sich
auch dieser.

Hatte Peter der Sohn ausschließlich die eine Seite der
väterlichen Begabung, die kaufmännische Schlauheit,
geerbt, so schien Pedro, der Enkel, ausschließlich die andere,
die Lust an der Musik, geerbt zu haben. Er lernte sehr spät
lesen, aber sehr früh singen; er blies die Flöte so hübsch, daß
es jedem auffallen mußte. Er war fein von Aussehen und
weich von Gemüt. Aber dem Vater kam das nur ungelegen;
er wollte in dem Knaben seinen eigenen unermüdlichen
Geschäftsgeist großziehen. Wenn Pedro etwas vergaß, so
wurde er nicht gescholten oder geprügelt, wie seinerzeit der
Vater, sondern er wurde gekniffen. Das geschah ganz in aller
Stille, mit einer Freundlichkeit, die man fast höflich nennen
konnte; aber es geschah bei der geringsten Veranlassung.
Jeden Abend, wenn die Mutter ihn auskleidete, zählte sie die

blauen und gelben Flecken und küßte sie; aber Widerstand
leistete sie nicht; denn sie selber wurde ebenfalls gezwickt.
Jeder Riß in seinen Kleidern, die aus des Vaters alten
Hamburger Anzügen gemacht waren, jeder Fleck in seinen
Schulbüchern wurde ihr angerechnet. Darum hieß es in
einem fort: "Laß das, Pedro!—Nimm dich in acht, Pedro!—
Vergiß nicht, Pedro!" Den Vater fürchtete er, die Mutter war
ihm lästig. Seine Kameraden taten ihm nichts zuleide, weil
er gleich zu heulen anfing und flehte, man möge seine
Kleider schonen; aber sie nannten ihn bloß den
Schmachtlappen und verachteten ihn ganz unverhohlen. Er
war wie ein krankes, federloses Entlein, das überall
hinterdrein hinkt, und mit jedem kleinen Bissen, den es
erwischen kann, weit abseits watschelt. Keiner teilte mit
ihm, deshalb teilte auch er mit keinem.

Aber bald machte er die Entdeckung, daß dies bei den
ärmeren Kindern der Stadt anders sei; die hatten Nachsicht
mit ihm, weil er etwas Feineres war als sie selber. Besonders
ein großes, kräftiges Mädchen, das die ganze Schar
kommandierte, nahm sich seiner an. Er wurde nicht müde,
sie zu betrachten; sie hatte einen Kopf voll rabenschwarzer
Locken, die nie anders als mit den Fingern gekämmt
wurden, strahlende blaue Augen und eine niedere Stirn; das
ganze Gesicht war wie in eins gesammelt und flog förmlich
geradaus. Immer war sie in rastloser Bewegung und
Tätigkeit; im Sommer barfuß, mit nackten Armen,
braungebrannt; im Winter angezogen wie andere im
Sommer. Ihr Vater war Lotse und Fischer; sie rannte bei den
Leuten herum und verkaufte seine Fische; sie hielt sein Boot
gegen Wind und Strömung, und wenn er lotste, trieb sie die
Fischerei allein. Wer ihr begegnete, wandte sich um und sah
ihr nach; sie war die verkörperte Selbstsicherheit. Sie hieß
Gunlaug, aber man nannte sie "das Fischermädel"—ein Titel,
den sie als den ihr zukommenden Rang hinnahm. Beim

Spielen half sie stets den Schwächeren; sie hatte das
Bedürfnis, sich anderer anzunehmen, und so nahm sie sich
des zarten Jungen an.

In ihrem Boot durfte er Flöte blasen, was zu Hause
untersagt war, weil man fürchtete, seine Gedanken möchten
von den Schularbeiten abgelenkt werden. Sie ruderte ihn
hinaus auf den Fjord, sie nahm ihn mit auf ihre
ausgedehnteren Fischzüge; bald begleitete er sie auch auf
ihren nächtlichen Ausflügen. Dann ruderten sie bei
Sonnenuntergang hinaus in das lichte Sommerschweigen.
Er blies die Flöte oder hörte zu, wie sie ihm von allem
erzählte, was sie wußte; vom Meermann, von Gespenstern,
von Schiffbrüchen, von fremden Ländern und schwarzen
Völkern, von allem, was die Seeleute erzählt hatten. Sie teilte
ihr Essen mit ihm, wie sie all ihr Wissen mit ihm teilte, und
er nahm alles hin, ohne das Geringste wiederzugeben; denn
er brachte von Hause kein Essen und aus der Schule keine
Phantasie mit. Sie ruderten, bis die Sonne über den
Schneebergen unterging; dann legten sie an einer Insel an
und machten Feuer, das heißt, sie sammelte und schichtete
Holz und Reisig auf, und er sah zu. Eine von ihres Vaters
Schifferjacken und eine Decke hatte sie für ihn mitgebracht;
in die wurde er hineingewickelt. Sie paßte aufs Feuer auf,
und er schlief ein. Um sich wach zu halten, sang sie Verse
aus Liedern und Chorälen; bis er eingeschlafen war, sang sie
mit starker, heller Stimme; dann sang sie leiser. Wenn die
Sonne auf der andern Seite wieder emporstieg und als
Vorboten ein gelb-kaltes Licht über die Berggipfel vor sich
herschoß, weckte sie ihn. Der Wald stand noch schwarz,
und die Wiese dunkel; bald aber begannen sie sich braunrot
zu färben, zu blinken, bis der ganze Gebirgskamm glühte
und alle Farben darüber rauschten. Dann zogen sie das
Boot wieder ins Wasser, ein Schaumstreifen lief durch die
schwarze Morgenbrise, und bald lagen sie am Strand, neben

den anderen Fischern.

Als der Winter kam und die Fahrten aufhörten, suchte er sie
in ihrem Hause auf; er kam regelmäßig und sah ihr zu,
während sie arbeitete; aber weder er noch sie redeten viel; es
war, als säßen sie nur beisammen und warteten auf den
Sommer. Doch als der Sommer kam, wurde dem Knaben
leider auch diese neue Lebensaussicht genommen; Gunlaugs
Vater starb, und sie verließ die Stadt, während Pedro auf den
Rat seiner Lehrer in den Laden gesteckt wurde. Da stand er
nun, neben der Mutter; denn der Vater, der nach und nach
die Farbe all der Graupen und Grützen, die er abwog,
angenommen hatte, mußte in der Ladenstube das Bett
hüten. Aber auch von dort aus wollte er immer noch mit
dabei sein, wollte genau wissen, was jedes von den Zweien
verkauft hatte, tat, als höre er nicht, bis er sie glücklich so
dicht neben sich hatte, daß er sie kneifen konnte. Und
endlich als der Docht in dieser kleinen Lampe gänzlich
ausgetrocknet war, erlosch er eines Nachts. Die Frau weinte,
ohne daß sie recht wußte, warum; aber der Sohn vermochte
nicht eine einzige Träne hervorzupressen. Da sie Geld genug
hatten, um davon leben zu können, gaben sie das Geschäft
auf, rotteten jegliche Erinnerung aus und wandelten den
Laden zur Wohnstube um. Darin saß die Mutter am Fenster
und strickte Strümpfe; Pedro saß im Zimmer auf der andern
Seite des Flurs und blies die Flöte. Aber sobald der Sommer
kam, kaufte er sich ein kleines, leichtes Segelboot, fuhr
hinüber nach der Insel und suchte die Stelle, wo Gunlaug
gelegen hatte.

Und eines Tags, als er dort im Heidekraut lag, sah er ein
Boot gerade auf sich zusteuern und neben dem seinen
anlegen, — Gunlaug stieg heraus. — Sie war noch ganz
dieselbe, nur daß sie jetzt völlig erwachsen war und größer
als andere Mädchen. Doch sobald sie seiner ansichtig wurde,

wich sie langsam zurück; es war ihr gar nicht der Gedanke
gekommen, daß auch er inzwischen ein erwachsener
Mensch geworden war.

Dieses blasse, magere Gesicht—das kannte sie nicht; das war
nicht mehr kränklich und zart—es war schlaff. Aber in die
Augen kam, als er sie sah, ein stilles Leuchten wie von
entschwundenen Träumen. Sie trat wieder näher; und mit
jedem Schritt, den sie auf ihn zukam, war es, als fiele ein
Jahr von ihm ab, und als sie vor ihm stand, da war er
aufgesprungen, da lachte er wie ein Kind, da redete er wie
ein Kind; das alte Gesicht lag nur über einem heimlich
versteckten Kindesantlitz; älter war er geworden—
gewachsen war er nicht.

Und doch—gerade dies Kind hatte sie gesucht. Und nun, da
sie es wiedergefunden hatte, wußte sie nicht, was weiter…
Sie lachte und wurde rot. Unwillkürlich fühlte er in sich
etwas wie eine Macht; und zum erstenmal in seinem Leben
wurde er plötzlich schön; es währte vielleicht bloß einen
Augenblick; aber mit diesem Augenblick wurde sie sein.

Sie war eine von den Naturen, die nur lieben können, was
schwach ist, was sie auf Händen getragen haben. Sie hatte
zwei Tage bleiben wollen in der kleinen Stadt; sie blieb zwei
Monate. In diesen zwei Monaten wuchs er mehr als in
seiner ganzen übrigen Jugend; er schwang sich so weit
empor aus Traum und Schlaffheit, daß er sogar Pläne
entwarf; er wollte fort—er wollte Musiker werden. Aber als
er das eines Tages wiederum aussprach, wurde sie blaß und
sagte: "Ja—aber dann müssen wir doch erst heiraten!" Er
sah sie an, sie sah ihn an, fest und klar, beide wurden sie
feuerrot; dann sagte er: "Was würden die Leute dazu sagen?"

Gunlaug war nie der Gedanke gekommen, daß er etwas
anderes wollen könne als sie, weil sie selber nie etwas

anderes wollen konnte, als was er wollte. Aber jetzt las sie es
in seiner Seele—unverhüllt: keinen Augenblick hatte er
daran gedacht, etwas anderes mit ihr zu teilen, als was sie
gab. In einer Sekunde sah sie es vor sich: ihr ganzes Leben
lang war das so gewesen. Zum Anfang ihr Mitleid—zum
Schluß ihre Liebe—für das, was sie aus Güte umfaßt hatte.
Hätte sie bloß noch einen Moment lang Besonnenheit
gehabt! Denn er sah ihren auflodernden Zorn—er erschrak
und rief: "Ich will ja!" Sie hörte es; aber der Zorn über ihre
eigene Dummheit und seine Erbärmlichkeit, über die eigene
Scham und seine Feigheit kochte in so glühender Hast in
ihr auf bis zum Sprengen aller Bande, daß wohl nie eine
Liebe, begonnen in Kindheit und Abendsonne, gewiegt von
Wellen und Mondlicht, begleitet von Flöte und leisem
Gesang, ein traurigeres Ende genommen hat! Sie packte ihn
mit ihren beiden Händen, hob ihn hoch, verprügelte ihn
recht nach Herzenslust, ruderte dann zur Stadt zurück und
ging noch in derselbigen Stunde über die Berge—auf und
davon.

Er war ausgesegelt als ein verliebter Jüngling, der im Begriff
ist, sich sein Mannestum zu erobern; er ruderte heim als ein
Greis, der nie ein Mannestum gehabt hat. Nur eine
Erinnerung besaß sein Leben; und die hatte er töricht aufs
Spiel gesetzt; nur einen Fleck Erde hatte er, wo er sich
hinflüchten konnte; und nun durfte er nimmermehr
dorthin zurück. Vor lauter Grübelei ob seiner eigenen
Jämmerlichkeit und wie das eigentlich alles so gekommen
war, versank sein bißchen Unternehmungsgeist wie in einen
Sumpf, um nie wieder emporzutauchen. Die Gassenjungen
der Stadt, die schon früher auf sein wunderliches Wesen
aufmerksam geworden waren, fingen an, ihn zu necken und
zu foppen, und weil er überhaupt für die Stadt eine etwas
unklare Persönlichkeit war, da niemand so recht wußte,
wovon er lebte und was er trieb, so fiel es auch keinem ein,

ihn zu verteidigen. Bald traute er sich überhaupt nicht mehr
aus dem Hause, wenigstens nicht auf die Straße. Sein ganzes
Dasein wurde ein Kampf mit den Straßenjungens; mag sein,
daß sie immerhin doch zu etwas gut waren, wie etwa
Mücken an einem heißen Sommertag: denn ohne sie wäre er
in unaufhaltsamen Stumpfsinn versunken.

Neun Jahre später kam Gunlaug wieder in die Stadt, ebenso
unerwartet, wie sie verschwunden war. Sie hatte ein kleines
Mädchen von acht Jahren bei sich, ganz ihr Ebenbild aus
früherer Zeit, nur daß alles an dem Kind feiner und wie von
einem Traum überschleiert war. Es hieß, Gunlaug sei
verheiratet gewesen, habe jetzt eine kleine Erbschaft
gemacht, und nun kam sie zurück, um eine Matrosenkneipe
zu eröffnen. Diese betrieb sie auf eine Art, daß bald
Kaufleute und Schiffer zu ihr kamen, um bei ihr ihre Leute
zu dingen, und die Matrosen bei ihr einkehrten, um sich zu
verheuern. Für diesen Zwischenhandel nahm sie nie einen
Pfennig, aber sie machte einen despotischen Gebrauch von
der Macht, die er ihr verlieh. Sie war ganz ohne Zweifel der
mächtigste Mann in der ganzen Stadt, trotzdem sie ein Weib
war und nie einen Fuß aus dem Haus setzte. "Fischer-
Gunlaug" nannten die Leute sie, oder "Gunlaug vom Berge";
der Titel "das Fischermädel" ging auf die Tochter über, die die
Rädelsführerin der gesamten städtischen Bubenschar war.

Und ihre Geschichte berichtet diese Erzählung; sie hatte
etwas von der Elementarkraft der Mutter, und ihr wurde die
Gelegenheit, sie zu gebrauchen.

Zweites Kapitel

Die vielen anmutigen Gärten der Stadt dufteten nach dem

Regen in ihrer zweiten und dritten Blüte. Die Sonne ging
über den ewigen Schneefeldern zur Rüste; der ganze Himmel
war Feuer und Flamme, und die Schneefirne warfen den
gedämpften Widerschein zurück. Die näher gelegenen Berge
standen im Schatten, aber sie leuchteten doch von
vielfarbigem Herbstwald; auf den Holmen, die in der Mitte
des Fjords in Reih und Glied dem Lande zustrebten, als
kämen sie geradenwegs dahergerudert, stand — weil sie dem
Lande näher lagen — der dichte Wald in noch stärkerem
Farbenspiel als auf den Bergen. Die See war spiegelblank; ein
großes Schiff wurde langsam herangewerpt. Die Leute saßen
vor ihren Häusern auf der Holztreppe, die zu beiden Seiten
halb verdeckt war von Rosengebüsch; von Treppe zu Treppe
plauderte man miteinander, stattete sich auch wohl einen
kurzen Besuch ab, oder man tauschte einen Gruß mit den
Spaziergängern aus, die den langen Alleen draußen vor der
Stadt zueilten. Aus einem offenen Fenster tönte hier und
dort Klavierspiel; sonst unterbrach kaum ein Laut das
Geplauder; der letzte Sonnenschimmer auf dem Wasser
erhöhte noch das Gefühl der Stille.

Da plötzlich erhob sich mitten in der Stadt ein Getöse, als
werde die ganze Stadt gestürmt. Jungens schrien, Mädchen
kreischten, alte Weiber schimpften und kommandierten, der
große Hund des Polizeidieners bellte und sämtliche Köter
der Stadt stimmten ein. Alles, was drin war, drängte hinaus
— hinaus. Der Spektakel wurde so ungeheuerlich, daß sogar
der Amtmann sich auf seiner Treppe umdrehte und die
Worte fallen ließ: "Da muß was los sein."

"Was ist los?" fielen die von den Alleen Herbeistürzenden
über die auf den Treppen Sitzenden her. — "Ja, was ist los?"
antworteten die auf den Treppen. — "Herrgott, was ist los?"
fragten alle, wenn einer aus der Mitte der Stadt kam. Aber
da die Stadt sich so recht gemütlich in Halbmondform um

die Bucht schmiegt, so dauerte es recht lange, bis sämtliche Bewohner an beiden Enden die Antwort vernommen hatten: "Bloß das Fischermädel!"

Dies unternehmende Wesen, das von einer höchst gefürchteten Mutter beschirmt und des Schutzes sämtlicher Matrosen sicher war (denn für so was gab's immer einen Freischnaps bei der Mutter!) hatte an der Spitze ihrer Gassenjungenarmee einen großen Apfelbaum in Pedro Ohlsens Obstgarten überfallen. Der Schlachtplan war folgender: ein paar Jungens sollten Pedro nach der Vorderseite des Hauses locken, indem sie seine Rosenbüsche gegen die Fenster klatschten; gleichzeitig sollte ein anderer den Baum schütteln, der mitten im Garten stand, und die übrigen sollten die Äpfel nach allen Himmelsrichtungen über den Zaun werfen; nicht etwa, um sie zu stehlen—Gott bewahre!—einfach zum Spaß! Dieser sinnige Plan war gerade an diesem Abend hinter Pedros Garten ausgeheckt worden. Aber das Unglück wollte, daß Pedro hinter seinem Zaun saß und Wort für Wort mit anhörte. Kurz vor der festgesetzten Stunde holte er sich daher den versoffenen Polizeidiener des Orts samt seinem großen Hund in die Hinterstube, woselbst die beiden reichlich bewirtet wurden. Als der Lockenwirbel des Fischermädels über den Planken auftauchte und gleichzeitig von allen Seiten eine Unmenge kleiner Spitzbubenfratzen hereinguckten, ließ Pedro die jungen Strolche vorn am Haus mit den Rosenbüschen klatschen—aus Leibeskräften; er selber wartete ruhig im Hinterzimmer. Und als die ganze Gesellschaft in tiefster Stille sich um den Baum geschart hatte, und das Fischermädel, barfuß und zerkratzt, im Wipfel saß, um zu schütteln, sprang die Hintertür auf und Pedro und der Polizeidiener, hinter sich den großen Hund, stürzten hervor. Ein Schrei des Entsetzens erhob sich unter den Buben; ein Haufen kleiner Mädchen, die in aller Unschuld draußen vor dem

Zaun "Haschen" gespielt hatten, glaubten, da drin werde
jemand umgebracht, und fingen ganz fürchterlich zu
kreischen an; die Jungens, die entwischt waren, schrien
hurrah; die, die noch über dem Zaun hingen, heulten
unterm Tanz des Stocks, und um den Tumult vollständig zu
machen, tauchten, wie überall, wo Bubengeschrei ist, noch
ein paar alte Weiber auf und zeterten mit. Pedro und der
Polizeidiener waren selbst ganz erschrocken und sahen sich
genötigt, mit den alten Weibern zu unterhandeln;
mittlerweile aber nahmen die Buben Reißaus. Der Hund, vor
dem sich die Jungens am meisten fürchteten, setzte über den
Zaun—ihnen nach—das war so recht was für ihn!—und
jetzt jagte es wie Wildentenschwärme durch die ganze Stadt
—Buben, Mädchen, Hund und Geschrei!

Mittlerweile saß das Fischermädel mäuschenstill im
Apfelbaum und dachte, niemand habe sie bemerkt. Im
obersten Wipfel zusammengekauert, verfolgte sie durch das
Laub den Verlauf des Kampfes. Als aber der Polizeidiener in
heller Wut zu den alten Weibern hinaus gestürzt war, und
nur Pedro Ohlsen noch im Garten war, stellte er sich dicht
unter den Apfelbaum, guckte hinauf und rief: "Na, 'runter
mit Dir, Du infames Frauenzimmer, und zwar auf der
Stelle!"—Aus dem Baum kam kein Laut.—"'runter mit Dir,
sag' ich! Ich weiß, daß Du dort oben bist!"—Tiefstes
Schweigen.—"So hol' ich meine Büchse und schieß Dich
'runter—wahrhaftigen Gott!" Und er machte Miene zu
gehen.—"Hu-hu-hu!" tönte es jetzt droben im Baum.—"Ja
wohl, heul' Du nur wie ein Schloßhund! Eine volle Ladung
Schrot schick' ich Dir hinauf, gib nur acht!"—"Uhu-hu-hu!"
tönte es wieder, als ob ein Käuzchen droben säße. "Ich
fürcht' mich so!"—"Teufelsfratz, der Du bist! Du bist der
ärgste Galgenstrick von der ganzen Bande; aber wart' nur,
jetzt hab' ich Dich!"—"Ach liebster, bester, goldigster Herr
Ohlsen! Ich will's auch nie und nie und nie wieder tun!"

Und im selben Augenblick schleuderte sie ihm einen faulen
Apfel mitten auf die Nase und ein helles Jubelgelächter
trillerte hinterher. Der Apfel klatschte ihm ins Gesicht wie
weicher Teig, und während er sich abwischte, sprang sie
herunter; noch eh er sie einholen konnte, hing sie schon
überm Zaun und wäre auch glücklich hinübergekommen,
wenn sie nicht aus plötzlicher Angst, daß er ihr auf den
Fersen war, statt ruhig weiter zu klettern, losgelassen hätte.
Aber als er sie nun packte, kreischte sie laut auf—ein so
gellendes, wildes, schmetterndes Gekreisch, daß er sie
entsetzt fahren ließ. Auf ihr Schreckenssignal lief draußen
vor dem Zaun eine Volksmenge zusammen; sie hörte es;
sogleich kehrte ihr Mut zurück. "Laß mich los oder ich sag's
meiner Mutter!" drohte sie, plötzlich wieder ganz Feuer und
Flamme! Da kam ihm dies Gesicht auf einmal bekannt vor:
"Deine Mutter?" rief er laut. "Wer ist denn Deine
Mutter?"—"Die Gunlaug am Berg—die Fischer-Gunlaug!"
wiederholte triumphierend die Range; sie merkte, daß er
Angst bekam. Er hatte bei seiner Kurzsichtigkeit das
Mädchen bisher noch gar nicht gesehen; er war der einzige
in der Stadt, der nicht wußte, wer sie war; er wußte nicht
einmal, daß Gunlaug in der Stadt war. Wie besessen schrie
er: "Wie heißt Du?"—"Petra!" schrie sie noch lauter. "Petra!"
wimmerte Pedro, drehte sich um und rannte ins Haus, als
habe er mit dem leibhaftigen Satan geredet. Aber weil der
bleichste Schreck und der bleichste Zorn sich ähnlich sehen,
so dachte sie, er sei davongelaufen, um sein Gewehr zu
holen; die Angst packte sie, sie fühlte bereits das Schrot im
Rücken, und da in demselben Augenblick die Gartenpforte
von außen aufgebrochen wurde, fuhr sie hinaus wie der
Blitz; ihr schwarzes Haar flatterte hinter ihr her wie das
Entsetzen selbst, die Augen sprühten Feuer, der Hund, der
ihr gerade in den Weg lief, machte Kehrt und setzte bellend
hinter ihr drein und so fiel sie ins Haus und über die
Mutter, die just mit der Suppenschüssel aus der Küche kam;

das Mädchen mitten in die Suppe hinein, die Suppe auf den
Boden, und ein "hol' Euch der Teufel!" hinter beiden drein.
Aber während sie noch mitten in der Suppe lag, kreischte
sie: "Er will mich totschießen, Mutter! Er will mich
totschießen!"—"Wer will Dich totschießen, Du
Kobold?"—"Der Pedro Ohlsen!"—"Wer?" schrie die Mutter.
—"Der Pedro Ohlsen. Wir haben Äpfel bei ihm gestohlen"—
sie wagte nie etwas anderes als die Wahrheit zu sagen.
—"Von wem sprichst Du, Mädchen?"—"Von Pedro Ohlsen.
Er ist hinter mir her mit einem großen Gewehr—er will
mich totschießen!"—"Pedro Ohlsen!" tobte die Mutter und
dann fing sie zu lachen an. Sie schien plötzlich seltsam
gewachsen. Dem Kinde kamen die Tränen, und es wollte
davonlaufen. Aber die Mutter sprang auf sie zu, die weißen
Raubtierzähne funkelten; sie packte das Mädchen bei den
Schultern und zerrte es in die Höhe. "Hast Du ihm gesagt,
wer Du bist?"—"Ja, ja, ja, ja!" Und das Kind streckte flehend
die Hände in die Luft. Da reckte sich die Mutter zu ihrer
vollen Höhe auf: "So! Also weiß er's jetzt! Was hat er
gesagt?"—"Ins Haus ist er gelaufen, nach seinem Gewehr; er
wollt' mich totschießen."—"Der Dich totschießen!" lachte sie
in schneidendem Hohn. Petra hatte sich, erschrocken und
über und über mit Suppe bespritzt, in eine Ecke geschlichen,
wischte sich ab und weinte, als die Mutter wieder auf sie
zukam. "Wenn Du Dich je wieder unterstehst, zu dem
hinzugehen," sagte Gunlaug, indem sie das Kind bei den
Schultern packte und schüttelte, "oder mit ihm zu reden,
oder auf ihn zu hören, dann gnade Gott euch beiden!—Das
sag' ihm von mir!" fügte sie mit drohender Stimme hinzu,
als das Kind nicht gleich antwortete.—"Ja, ja, ja, ja!"—"Sag'
ihm das von mir!" wiederholte sie noch einmal, aber leiser
und bei jedem Wort mit dem Kopf nickend, indem sie
hinausging.

Das Kind wusch sich, zog seine Sonntagskleider an und

setzte sich vors Haus auf die Treppe. Aber bei dem
Gedanken an den ausgestandenen Schrecken stieg ihr immer
wieder das Schluchzen in die Kehle.—"Warum weinst Du,
Kind?" fragte eine Stimme, so freundlich, wie noch nie
jemand zu ihr gesprochen hatte. Petra blickte auf. Vor ihr
stand ein schlanker Mann mit einem edlen Gesicht und einer
Brille. Sie stand sofort auf; denn sie erkannte Hans
Ödegaard, einen jungen Menschen aus dem Ort, vor dem
alles sich ehrerbietig erhob. "Warum weinst Du, Kind?" Sie
sah ihn an und erzählte ihm, sie habe "mit ein paar andern
Jungens" in Pedro Ohlsens Garten Äpfel stehlen wollen;
aber Pedro und der Polizeidiener seien gekommen und da—,
ihr fiel ein, daß die Mutter ihr die Sache mit dem Totschießen
doch ein bißchen zweifelhaft gemacht hatte, und so wagte
sie davon nichts zu erzählen; statt dessen stieß sie nur einen
tiefen Seufzer aus. "Ist es möglich," sagte er, "daß ein Kind in
Deinem Alter eine so große Sünde begehen kann!" Petra sah
ihn an. Wohl hatte sie gewußt, daß es eine Sünde war; aber
bisher war ihr das immer etwa folgenderweise vorgepredigt
worden: "Satansrange, Du! Du schwarzhaarige Teufelsbrut!"
Jetzt auf einmal schämte sie sich.—"Warum gehst Du nicht
in die Schule und lernst Gottes Gebot von dem, was gut
und böse ist?" Sie strich sich über den Rock und antwortete,
Mutter wolle nicht, daß sie zur Schule gehe.—"Da kannst
Du am Ende nicht einmal lesen?" Doch, lesen könne sie. Er
zog ein kleines Buch aus der Tasche und gab es ihr. Sie
guckte hinein, drehte es um und besah es sich von außen.
"Solche feine Schrift kann ich nicht lesen!" sagte sie. Aber sie
mußte heran, und nun kam sie sich auf einmal fürchterlich
dumm vor. Mund und Augen wurden ihr schlaff, und alle
ihre Glieder lösten sich. "G-o-t—Gott—d-e-r H-e-r-r—Herr,
Gott der Herr—s-a-g-t-e Gott der Herr sagte zu M-M
—"—"Mein Gott, Du kannst also wirklich noch nicht einmal
lesen! Ein Kind von zehn oder zwölf Jahren! Möchtest Du
nicht gern lesen lernen?" Langsam kam es aus ihr heraus: ja,

sie möchte schon gern. "Dann komm mit, wir fangen gleich an!" Jetzt rührte sie sich, aber nur, um ins Haus zu sehen. "Ja, sag' es nur Deiner Mutter!" meinte er. Die Mutter ging eben vorbei, und als sie das Kind mit einem fremden Herrn sprechen sah, trat sie auf die Schwelle. "Er will mich lesen lehren!" sagte das Kind zweifelnd, die Augen auf die Mutter gerichtet. Sie antwortete nicht, stemmte nur beide Hände in die Hüften und sah Ödegaard an. "Ihr Kind ist ja total unwissend!" sagte er. "Sie können es vor Gott und Menschen nicht verantworten, wenn Sie es so heranwachsen lassen!"—"Wer bist denn Du?" fragte Gunlaug scharf.—"Hans Ödegaard, der Sohn des Pastors." Ihr Gesicht klärte sich leicht auf; von dem hatte sie immer nur Gutes gehört. "Wenn ich dann und wann einmal im Lande war", begann er wieder, "ist mir das Kind hier immer aufgefallen. Heute bin ich von neuem an sie erinnert worden. Sie darf sich nicht länger nur mit Dingen abgeben, die böse sind." Auf dem Gesicht der Mutter stand deutlich zu lesen: Was geht das Dich an? Aber ruhig fragte er: "Das Kind soll doch etwas lernen, nicht wahr?"—"Nein!"—Eine leichte Röte flog über sein Gesicht. "Weshalb nicht?"—"Sind die Menschen, die was gelernt haben, etwa besser?"—Sie hatte nur eine einzige Erfahrung gemacht in ihrem Leben; aber an die klammerte sie sich.—"Es wundert mich, daß ein Mensch das fragen kann!"—"Kann sein! Ich weiß, daß sie nicht besser sind!" Und sie kam die Stufen herunter, um dem Gerede ein Ende zu machen. Aber er vertrat ihr den Weg. "Es handelt sich hier um eine Pflicht, der Sie sich einfach nicht entziehen dürfen. Sie sind eine unvernünftige Mutter!" Gunlaug maß ihn vom Kopf bis zu den Füßen. "Wer sagt Dir denn, was ich bin?" versetzte sie, an ihm vorübergehend.—"Sie selber, und zwar in diesem Augenblick; denn sonst müßten Sie doch gesehen haben, daß das Kind zugrunde geht!" Gunlaug wandte sich um. Auge ruhte in Auge. Sie sah, daß ihm das, was er gesagt

hatte, wirklich Ernst war, und ihr wurde bange. Sie hatte
immer nur mit Matrosen und Geschäftsleuten verkehrt; eine
solche Sprache hatte sie noch nie vernommen. "Was willst
Du denn mit meinem Kind?" fragte sie. "Sie lehren, was
ihrem Seelenheile dient, und dann abwarten, was aus ihr
wird!"—"Mein Kind soll nichts anderes werden, als was ich
will!"—"Doch—es soll aus ihr werden, was Gott will!"
Gunlaug war wie vor den Kopf geschlagen. "Was soll das
heißen?" fragte sie und trat näher. "Das soll heißen, daß sie
das lernen muß, wozu Gott ihr die Gaben geschenkt hat;
denn deswegen hat er ihr sie gegeben." Jetzt trat Gunlaug
ganz nahe an ihn heran: "Und ich, ihre Mutter—soll ich
nicht etwa bestimmen dürfen über sie?" fragte sie, als möchte
sie sich wirklich belehren lassen. "Doch! Gewiß!" erwiderte
er. "Aber Sie müssen auch auf den Rat anderer hören, die
das besser verstehen. Sie müssen auf den Willen des Herrn
hören!"——Gunlaug war eine Weile still. "Und wenn sie zu
viel lernt?" sagte sie. "Armer Leute Kind", setzte sie hinzu
und blickte zärtlich auf die Tochter.—"Wenn sie für ihren
Stand zu viel lernt, so hat sie eben dadurch einen anderen
Stand erreicht."—Sie erfaßte sofort den Sinn seiner Worte,
doch, indem sie mit immer schwermütigeren Augen das
Kind ansah, sagte sie leise, wie zu sich selber: "Das ist
gefährlich!"—"Darum handelt es sich nicht", versetzte er
sanft, "sondern um das, was recht ist." In ihre kraftvollen
Augen kam ein seltsamer Ausdruck; wieder blickte sie ihn
durchdringend an; aber es lag so viel Wahrheit in seiner
Stimme, seinen Worten, seinen Mienen, daß Gunlaug sich
besiegt fühlte. Sie ging auf Petra zu, nahm ihren Kopf
zwischen beide Hände; zu reden vermochte sie nicht mehr.

"Ich werde die Kleine von heut an bis zur Einsegnung
unterrichten," sagte er, wie um ihr zu Hilfe zu kommen. "Ich
habe immer den Wunsch gehabt, mich dieses Kindes
anzunehmen!"—"Und darum willst Du es mir wegnehmen?"

Er stutzte und sah sie fragend an. "Freilich, Du verstehst das
ja besser als ich," stieß sie mühsam heraus, "aber es ist nur,
weil Du den Namen unseres Herrgotts genannt hast,"—sie
verstummte. Sie hatte währenddessen das Haar des Kindes
glattgestrichen; jetzt nahm sie ihr eigenes Tuch ab und band
es ihm um den Hals. Auf andere Weise sprach sie es nicht
aus, daß Petra mitgehen dürfe; aber sie lief hastig davon,
und verschwand hinter dem Haus, als wolle sie es nicht mit
ansehen.

Bei diesem Gebaren der Mutter ergriff ihn eine plötzliche
Angst vor der
Aufgabe, die er da in jugendlichem Eifer auf sich genommen
hatte. Das
Kind aber empfand Angst vor ihm, der zum erstenmal die
Mutter besiegt
hatte; und mit dieser wechselseitigen Angst gingen sie an
ihre erste
Unterrichtsstunde.

Von Tag zu Tag indessen fand er, daß sie an Klugheit und
Wissen wuchs, und seine Gespräche mit ihr nahmen
zuweilen eine ganz eigentümliche Richtung. Oft führte er
ihr Persönlichkeiten aus der biblischen Historie und der
Weltgeschichte in der Weise vor, daß er auf den Beruf
hinwies, den Gott ihnen zuerteilt hatte. Er verweilte bei dem
Manne Saul, der in zügellosem Irren umherschweifte, und
bei dem Knaben David, der seines Vaters Herde weidete, bis
Samuel kam und auf beide die Hand des Herrn legte. Doch
am herrlichsten offenbarte sich solches Berufensein, als der
Herr selbst auf Erden wandelte und unter den Fischern seine
Stimme erhob. Und der arme Fischer stand auf und folgte
ihm nach—zu Not und Tod—immer aber voll Freudigkeit;
denn das Gefühl des Berufenseins trägt uns über alle
Widerwärtigkeiten hinweg.

Dieser Gedanke verfolgte sie, bis sie schließlich nicht mehr
an sich halten konnte,—sie mußte ihn fragen, wozu sie
berufen sei. Er sah sie an, bis sie über und über rot wurde;
dann antwortete er, zu seinem Beruf gelange ein Mensch
nur durch Arbeit. Bescheiden und klein könne dieser Beruf
sein—da sei er für jeden. Und jetzt kam ein mächtiger Eifer
über sie; er trieb ihr Arbeiten an mit der Kraft eines
Erwachsenen, er glühte in ihren Kinderspielen und machte
sie mager und dünn. Allerlei abenteuerliches Sehnen stieg in
ihr auf: sie wollte sich das Haar abschneiden, sich als Knabe
verkleiden, in die Welt hinausziehen und kämpfen! Aber als
ihr Lehrer eines Tages sagte, ihr Haar sei so hübsch, wenn
sie es nur ordentlich flechten wolle—da wurde das Haar ihr
lieb, und um ihres langen Haares willen opferte sie den
Heldenruhm.

Seitdem war es ihr mehr wert, ein Mädchen zu sein, als
früher, und ruhiger schritt ihre Arbeit weiter, umschwebt
von wechselnden Träumen.

Drittes Kapitel

Hans Ödegaards Vater war als junger Mensch aus dem
Kirchdorf Ödegaard in Stift Bergen ausgewandert; die
Menschen hatten sich seiner angenommen, und er war jetzt
ein Gelehrter und sehr gestrenger Prediger. Auch ein
äußerst herrischer Mann war er, weniger in Worten als in
Taten. Er hatte ein "gutes Gedächtnis", wie man zu sagen
pflegt. Dieser Mann, der mit seiner Zähigkeit stets
durchgesetzt hatte, was er wollte, sollte jedoch an einem
Punkte scheitern, wo er es am wenigsten erwartete, und wo
es ihn am schmerzlichsten traf.

Er hatte drei Töchter und einen Sohn. Dieser Sohn Hans war die Leuchte der Schule; der Vater selbst leitete seine Studien und hatte seine helle Freude an ihm. Hans hatte einen Freund; er setzte alles dran, ihn zu seinem Nebenmann zu machen, und dieser Freund liebte ihn deshalb, nächst seiner Mutter, über alles in der Welt. Zusammen gingen sie zur Schule; zusammen kamen sie auf die Universität; zusammen machten sie die ersten zwei Examina, und zusammen sollten sie nun dasselbe Amtsstudium beginnen. Eines Tages, als sie nach einem just entworfenen Kollegienplan übermütig die Treppe hinunterstürmten, wollte Hans im Gefühl fröhlichen Jugendübermuts dem Freund auf den Rücken springen; der Freund fiel, und zwar so unglücklich, daß er wenige Tage darauf starb. Der Sterbende bat seine Mutter, die Witwe war und in ihm ihr einziges Kind verlor, ihm zuliebe Hans an Sohnesstatt anzunehmen. Die Mutter starb fast gleichzeitig mit dem Sohn; und kraft ihres Testaments fiel ihr sehr beträchtliches Vermögen Hans Ödegaard zu.

Es dauerte Jahr und Tag, bis Hans sich von diesem Schlag erholte. Eine lange Reise im Ausland tat ihm wenigstens soweit gut, daß er sein theologisches Studium zu Ende zu führen vermochte; aber ein Amt anzunehmen—dazu konnte niemand ihn bewegen.

Seines Vaters sehnlichster Wunsch war gewesen, ihn neben sich als Vikar zu haben; aber Hans war nicht zu bereden, auch nur die Kanzel zu betreten. Immer hatte er dieselbe Erwiderung: er fühle nicht den Beruf in sich. Für den Vater war das eine bittere Enttäuschung, die ihn um Jahre älter machte. Er selber hatte erst spät angefangen zu studieren, war schon ein alter Mann, und hatte sich hart—und immer dieses Ziel vor Augen—durchgearbeitet. Jetzt saß sein Sohn über ihm—im selben Haus—bewohnte eine Reihe eleganter

Zimmer; und unten, in der kleinen Studierstube, bei seiner
Lampe, die ihm hinüberleuchtete in die Nacht des Alters,
saß in nie ermüdender Arbeit der alte Pastor. Er hatte—nach
jener Enttäuschung—fremde Hilfe weder annehmen können
noch wollen; darum gab es für ihn—Sommer oder Winter—
keine Ruhe. Der Sohn aber machte alljährlich eine längere
Reise ins Ausland. Wenn er zu Hause war, verkehrte er mit
niemand; nur daß er—mehr oder weniger schweigsam—
mittags an des Vaters Tisch aß. Wer sich in ein Gespräch mit
ihm einließ, stieß auf solch überlegene Klarheit, auf solchen
Wahrheitseifer, daß die Unterhaltung meist bald gefährdet
wurde. In der Kirche sah man ihn nie; aber er gab mehr als
die Hälfte seiner Einnahmen zu wohltätigen Zwecken hin,
wobei er stets die genauesten Vorschriften über die
Verwendung machte.

Diese Wohltätigkeit war in ihrer Großartigkeit so
verschieden von den beschränkten Gewohnheiten der
kleinen Stadt, daß sie alle Herzen gewann. Wenn man dazu
seine ganze zurückgezogene Lebensführung, seine häufigen
langen Reisen und die Scheu nimmt, die irgendwie alle vor
ihm hatten, so wird man wohl begreifen, daß er in den
Augen der Leute zu einer Art Original wurde, dem man
allerhand geheimnisvolle Dinge zutraute, hinter dem man
alles mögliche suchte, und dem man fast übernatürliche
Eigenschaften beilegte. Als dieser Mann sich herabließ, das
Fischermädel in seine tägliche Fürsorge zu nehmen, war sie
von Stund an geadelt.

Plötzlich wollte jeder sich ihrer annehmen; besonders die
Frauen. Eines Tages erschien sie, in alle Farben des
Regenbogens gekleidet; sie hatte einfach alles angezogen,
was man ihr geschenkt hatte, im Glauben, so müsse sie ihm
gefallen; denn er wollte sie gern immer nett und zierlich
haben. Aber kaum hatte er sie erblickt, so schalt er sie schon

aus: sie dürfe sich nichts schenken lassen; eitel sei sie und albern; sie stecke in lauter Tand und Narretei! Als sie dann am nächsten Morgen mit verweinten Augen anrückte, nahm er sie auf einen Spaziergang mit—zur Stadt hinaus. Da erzählte er ihr von David, so wie er ihr überhaupt immer eine oder die andere Persönlichkeit darstellte—indem er ihr alles Wohlbekannte in immer neuem Licht vorführte. Erst schilderte er David als Jüngling, wie er schön und kraftvoll in sorglosem Glauben dahinlebte. Darum durfte er, noch ehe er Mann geworden war, am Triumphzug teilnehmen. Als Hirte wurde er zum König berufen; in Höhlen hatte er gewohnt—und erbaute zuletzt Jerusalem! In schönen Gewändern saß er vor dem kranken Saul und spielte die Harfe; aber als er selber König war—und krank—da schlug er die Harfe für sich allein—, in Lumpen der Reue gehüllt. Nachdem er sein Lebenswerk vollendet hatte, ergab er sich der Ruhe—in Sünde. Und der Prophet kam, und die Strafe Gottes; und er wurde wieder zum Kinde. David, er, der das ganze Volk des Herrn zu erheben vermochte zu Lobgesang, lag selber, zerknirscht, zu den Füßen des Herrn. Wann war er schöner? Als er siegesgekrönt—nach eigenen Sängen— einhertanzte vor der Bundeslade—oder wenn er im verschwiegenen Kämmerlein um Gnade flehte vor Gottes strafender Hand?

In der Nacht nach diesem Gespräch hatte sie einen Traum, den sie ihr
ganzes Leben lang nicht vergessen konnte. Sie saß auf einem weißen
Zelter—in einem Siegeszug—und zugleich tanzte sie in Lumpen vor dem
Pferde her.

Eine gute Weile darauf kam eines Abends, als sie am Waldessaum oberhalb der Stadt saß und ihre Aufgaben

lernte, Pedro Ohlsen ganz dicht an ihr vorüber und flüsterte
mit einem sonderbaren Lächeln: "Guten Abend!" Obgleich
Jahre vergangen, war der Mutter Verbot, mit ihm zu reden,
noch so mächtig in ihr, daß sie seinen Gruß nicht erwiderte.
Aber Tag für Tag kam er jetzt auf dieselbe Weise und stets
mit demselben Gruß an ihr vorüber; zuletzt wartete sie auf
ihn, wenn er nicht kam. Bald richtete er im Vorbeigehen eine
kurze Frage an sie, nach einer kleinen Weile wurden daraus
zwei, und schließlich wurden es ganze Gespräche. Eines
Tages ließ er nach einer solchen Unterhaltung einen
Silbertaler in ihren Schoß gleiten, worauf er seelenvergnügt
und eiligst davonlief. Nun war es gegen den Befehl der
Mutter, nicht mit ihm zu reden, und gegen das Verbot
Ödegaards, Geschenke von irgend jemand anzunehmen.
Das erste Verbot hatte sie ganz allmählich übertreten—jetzt,
da auch die Übertretung des zweiten Tatsache war, fiel es ihr
wieder ein. Um das Geld los zu werden, nahm sie den ersten
besten, der ihr begegnete, mit und traktierte ihn; aber beim
besten Willen war es ihnen nicht möglich, für mehr als zehn
Groschen zu verzehren. Und hinterher bereute sie auch, daß
sie den Taler vernascht hatte, statt ihn zurückzugeben. Das
letzte Zweigroschenstück brannte ihr in der Tasche, als
müsse es ein Loch durchs Kleid sengen. Sie zog es heraus
und warf es ins Meer. Aber damit war sie doch den Taler
nicht los—auch ihre Gedanken hatte er angesengt. Wenn sie
es gestand, so würde es vorübergehen, das fühlte sie; aber
der schreckliche Zorn der Mutter damals und Ödegaards
festes Zutrauen zu ihr standen, jedes in seiner Art, als
Schrecknisse im Wege. Während die Mutter nichts merkte,
entdeckte Ödegaard bald, daß sie etwas mit sich
herumschleppe, das sie unglücklich mache. Liebevoll fragte
er sie eines Tages, was es sei, und als sie statt aller Antwort
in Tränen ausbrach, dachte er, zu Hause bei ihr sei vielleicht
Not, und gab ihr zehn Speziestaler. Daß sie—trotz ihrer
Sünde gegen ihn—noch Geld von ihm bekam, machte einen

tiefen Eindruck auf sie; und da sie nun obendrein noch Geld
hatte—ehrliches Geld, das sie der Mutter ganz offen geben
konnte,—empfand sie das als eine Freisprechung von ihrem
Verbrechen und gab sich der ausgelassensten Freude hin. Sie
nahm seine Hand zwischen ihre beiden Hände und
bedankte sich, sie lachte und tanzte in der Stube herum, sie
strahlte vor Entzücken durch ihre Tränen hindurch,
während sie ihn ansah mit dem Blick eines Hundes, der
seinen Herrn begleiten darf. Er kannte sie gar nicht wieder.
Sie, die er sonst ganz in der Gewalt seiner Worte hatte,
nahm ihm heute die Herrschaft aus den Händen. Zum
erstenmal fühlte er eine starke und wilde Natur sich
entladen, zum erstenmal überflutete ihn des Lebens Quelle
mit ihrem roten Strom, und er wich purpurheiß zurück.
Petra aber stürzte zur Tür hinaus und den Berg hinauf,
nach Hause. Dort legte sie das Geld vor die Mutter auf die
Herdplatte und fiel ihr selber um den Hals. "Wer hat Dir das
Geld gegeben?" fragte die Mutter, in der schon der Zorn
aufstieg.—"Ödegaard, Mutter! Er ist der herrlichste Mensch
auf Erden!"—"Was soll ich damit?"—"Ich weiß nicht! O Gott,
Mutter, wenn Du wüßtest—" sie fiel ihr wieder um den Hals
—jetzt konnte und wollte sie ihr alles sagen. Aber die
Mutter machte sich ungeduldig los. "Soll ich vielleicht
Almosen annehmen? Augenblicklich gibst Du ihm das Geld
zurück! Wenn Du ihm vorgeschwatzt hast, ich hätt's nötig,
so hast Du gelogen!"—"Aber Mutter!"—"Sofort bringst Du
ihm das Geld zurück, sag' ich Dir, oder ich gehe selber hin
und werf es ihm ins Gesicht, dem—dem..., der mir mein
Kind genommen hat!" Die Lippen der Mutter zitterten bei
den letzten Worten; Petra war immer blasser geworden, sie
wich zurück, langsam öffnete sie die Tür, langsam ging sie
aus dem Hause. Eh sie wußte, was sie tat, war der
Zehntalerschein zwischen ihren Finger in Fetzen zerrissen.
Die Entdeckung dieser Tatsache löste sich in einem
Ausbruch der Empörung gegen die Mutter. Aber Ödegaard

durfte nichts davon erfahren—doch, alles sollte er
erfahren... Ihm durfte sie nichts vorlügen!—Und einen
Augenblick darauf stand sie in seinem Zimmer und erzählte
ihm, die Mutter habe das Geld nicht nehmen wollen und
vor Ärger, daß sie es ihm zurückbringen mußte, habe sie
den Schein zerrissen. Sie wollte noch mehr sagen, aber er
hörte sie merkwürdig kalt an, hieß sie nach Hause gehen
und gab ihr die Ermahnung mit auf den Weg, der Mutter
stets gehorsam zu sein, auch wenn es ihr sauer fiele. Das
kam ihr doch recht sonderbar vor; denn so viel wußte sie
auch—er selber tat nicht, was sein Vater von ihm wollte. Auf
dem Heimweg brach es in ihr los, und gerade da begegnete
ihr Pedro Ohlsen. Sie hatte ihn die ganze Zeit über gemieden
und wollte das auch jetzt tun; denn er war ja an dem
ganzen Unglück schuld. "Wo bist Du gewesen?" fragte er,
neben ihr hergehend. "Ist Dir etwas geschehen?" Die Wogen
in ihr gingen so hoch, daß sie sich einfach von ihnen
schleudern ließ, einerlei wohin. Und überhaupt begriff sie
auch gar nicht, weshalb ihr die Mutter verboten hatte, mit
ihm umzugehen; es war natürlich nur eine von ihren
Launen. "Weißt Du, was ich getan habe?" sagte er fast
demütig, als sie stehen blieb. "Ich habe Dir ein Segelboot
gekauft;—ich dachte, Du habest vielleicht Lust, ein bißchen
zu segeln!" Und er lachte. Seine Güte, die etwas von der Bitte
eines Bettlers hatte, rührte sie gerade jetzt; sie nickte, und
nun wurde er lebendig, er flüsterte hastig, sie solle durch die
Allee rechts draußen vor der Stadt bis an das große gelbe
Bootshaus gehen; dort wolle er sie abholen: kein Mensch
könne sie dort sehen. Sie ging hin und er kam, strahlend,
aber ehrerbietig wie ein altes Kind, und nahm sie zu sich ins
Boot. Sie segelten eine Weile in der leichten Brise und legten
dann an einer Insel an, machten das Boot fest und stiegen
ans Land. Er hatte allerlei Leckereien für sie mitgebracht, die
er ihr mit ängstlicher Freude anbot; dann zog er seine Flöte
heraus und spielte. Seine Seligkeit ließ sie eine Zeitlang ihren

eigenen Kummer vergessen; und weil die Fröhlichkeit
schwacher Wesen wehmütig stimmt, gewann sie ihn
plötzlich lieb.

Fortan hatte sie ein neues und dauerndes Geheimnis vor der
Mutter, und bald war es dahin gekommen, daß sie der
Mutter überhaupt nichts mehr sagte. Und Gunlaug fragte
nicht; sie vertraute ganz, bis zu dem Augenblick, da sie
ganz mißtraute.

Aber auch vor Ödegaard hatte Petra fortan Geheimnisse;
denn sie nahm allerhand Geschenke von Pedro Ohlsen an.
Auch Ödegaard fragte nicht; der ganze Unterricht führte
von Tag zu Tag mehr auf ein unpersönliches Gebiet.

Petra war jetzt also zwischen Dreien geteilt. Bei keinem
sprach sie von den andern, und vor jedem hatte sie etwas
Besonderes zu verheimlichen.

Doch unterdessen war sie, ohne es selbst zu wissen, ein
erwachsenes Mädchen geworden, und eines Tages teilte
Ödegaard ihr mit, daß sie eingesegnet werden solle.

Diese Nachricht erfüllte sie mit großer Unruhe; denn sie
wußte, mit der Einsegnung hatte der Unterricht ein Ende,
und was sollte dann werden? Die Mutter ließ ein
Giebelstübchen ans Haus anbauen; Petra sollte nach ihrer
Einsegnung ein eigenes Zimmer haben. Das unablässige
Hämmern und Klopfen war ihr eine schmerzliche Mahnung.
Ödegaard sah, wie sie immer stiller und stiller wurde;
zuweilen merkte er sogar, daß sie geweint hatte. Der
Religionsunterricht machte in dieser Stimmung einen
starken Eindruck auf sie, obgleich Ödegaard mit großer
Sorgfalt alles vermied, was sie hätte aufregen können. Aus
eben diesem Grunde schloß er auch vierzehn Tage vor der
Einsegnung den Unterricht mit der kurzen Mitteilung ab,

heute sei die letzte Stunde gewesen. Er meinte damit die letzte Stunde bei ihm; denn er wollte natürlich noch weiter für sie sorgen, wenn auch durch andere. Aber wie festgenagelt blieb sie sitzen; alles Blut wich ihr aus dem Gesicht, die Augen hingen starr an ihm, so daß er, unwillkürlich gerührt, sich beeilte, einen Grund anzugeben: "Nicht alle jungen Mädchen sind ja bei ihrer Einsegnung schon erwachsen;—aber bei Dir ist es so. Das fühlst Du wohl selbst." Hätte sie im Schein eines flammenden Feuers gestanden—sie hätte nicht glühender rot werden können, als sie bei diesen Worten wurde. Ihr Busen wogte, die Augen flackerten unruhig und füllten sich mit Tränen, und wie gehetzt fügte er hinzu: "Oder wollen wir vielleicht doch noch weitermachen?" Erst hinterher wurde ihm klar, was er ihr da vorgeschlagen hatte; es war unrecht von ihm—er wollte es wieder zurücknehmen, aber schon erhob sie ihre Augen zu ihm; sie sagte nicht mit den Lippen "ja"; aber besser hätte sie es nicht sagen können. Um sich vor seinem eigenen Gewissen zu entschuldigen, suchte er nach einem Vorwand und fragte: "Du möchtest jedenfalls jetzt gern irgend etwas Bestimmtes ergreifen ... etwas, wozu Du"—er beugte sich zu ihr herüber—"den Beruf in Dir fühlst?" "Nein!" erwiderte sie so rasch, daß er errötete und, abgekühlt, in die eigenen, jahrelangen Grübeleien zurücksank, die ihre unerwartete Antwort wieder wachgerufen hatte.

Daß etwas Eigenartiges sich in ihr regte, daran hatte er nie gezweifelt, seit er sie als Kind singend an der Spitze der Straßenjugend des Städtchens hatte marschieren sehen. Aber je länger er sie unterrichtet hatte, desto weniger vermochte er aus ihrer Begabung klug zu werden. Vorhanden war sie in jeder Bewegung; alles, was sie dachte, was sie wünschte, verkündeten Geist und Körper zu gleicher Zeit, aus einer Fülle von Kraft heraus, umzittert

von einen Glanz der Schönheit. Aber in Worte gefaßt oder
gar zu Papier gebracht, waren es einfach lauter Kindereien.
Sie sah aus wie die verkörperte Phantasie—er freilich
empfand es vor allem als Unruhe. Sie war sehr fleißig; aber
ihr Fleiß hatte weniger den Zweck, etwas zu lernen, als
weiterzukommen; was auf der *nächsten* Seite stand,
beschäftigte sie immer am meisten. Sie hatte Sinn für
Religion, doch, wie der Propst sich ausdrückte, "keine
Anlage zu einem religiösen Leben"; und Ödegaard machte
sich oft schwere Sorgen um sie. Jetzt stand er an einem
Wendepunkt; unwillkürlich fühlte er sich im Geist
zurückversetzt vor die steinerne Treppe, wo er sie in sein
Leben aufgenommen hatte; er hörte die scharfe Stimme der
Mutter, die ihm die Verantwortung aufbürdete, weil er den
Namen des Herrn genannt hatte.

Nachdem er mehrmals im Zimmer auf und ab gegangen war,
raffte er sich zusammen. "Ich mache jetzt eine Reise ins
Ausland", sagte er mit einer gewissen Scheu. "Ich habe
meine Schwestern gebeten, sich inzwischen Deiner
anzunehmen, und wenn ich wiederkomme, wollen wir
weiter sehen. Leb' wohl... Wir sehen uns wohl noch, bis ich
reise!" Damit ging er ins Nebenzimmer, so rasch, daß sie ihm
nicht einmal mehr die Hand geben konnte.

Sie sah ihn wieder, wo sie es am wenigsten erwartet hatte—
im Pfarrstuhl neben dem Chor, ihr gerade gegenüber, als sie
in der Schar der Mädchen vor dem Altar stand, um
eingesegnet zu werden. Das regte sie so auf, daß ihre
Gedanken lange von der heiligen Handlung, auf die sie sich
in Demut und Gebet vorbereitet hatte, abgelenkt wurden.
Ja, sogar Ödegaards alter Vater stutzte und blickte lange auf
den Sohn, als er vor den Altar trat, um zu beginnen. Gleich
darauf sollte Petra noch einen zweiten Schrecken erleben in
der Kirche; denn etwas weiter hinten saß Pedro Ohlsen in

einem neuen, steifen Anzug. Er reckte gerade den Hals, um
über die Köpfe der Jungens hinweg zu der Mädchenschar,
zu ihr herüberzusehen! Er tauchte sogleich wieder unter;
aber immer wieder sah sie seinen dünn behaarten Kopf sich
emporstrecken, um gleich darauf wieder unterzutauchen.
Das zog ihre Gedanken ab; sie wollte nicht hinsehen, und
sah doch hin, und da—gerade als alle die andern tief
ergriffen waren, manche in Tränen aufgelöst—sah Petra zu
ihrem Entsetzen, wie Pedro sich erhob, starr, mit offenem
Mund und stieren Augen, versteinert, unfähig, sich wieder
zu setzen oder sich zu rühren; denn ihm gegenüber stand
Gunlaug, hoch aufgerichtet, in ihrer vollen Größe. Ein
Schauder durchrann Petra beim Anblick der Mutter; denn
sie war so weiß wie das Altartuch. Ihr schwarzes krauses
Haar schien sich zu sträuben, während in ihre Augen
plötzlich eine Kraft der Abwehr kam, als wollten sie sagen:
"Laß sie in Ruh'! Was hast Du mit ihr zu schaffen?" Wirklich
sank er auch unter dem Eindruck dieses Blickes auf der
Bank zusammen und eine Weile darauf schlich er zur Kirche
hinaus.

Nun legte sich Petras Unruhe, und je weiter die heilige
Handlung fortschritt, desto mächtiger fühlte sie sich
mitgerissen. Und als sie ihr Gelübde abgelegt hatte und
wieder zurücktrat und, durch Tränen, hinüber blickte zu
Ödegaard als zu dem Manne, der allen ihren guten
Vorsätzen am nächsten stand, da gelobte sie in ihrem
Herzen, daß sie seinen Glauben nicht zu schanden machen
wolle. Sein treues Auge, das so leuchtend zu ihr
herüberschaute, schien dasselbe zu erbitten; aber als sie
wieder auf ihrem Platz stand und ihn noch einmal mit dem
Blick suchte, war er verschwunden. Bald darauf ging sie
heim mit der Mutter, die unterwegs nur sagte: "Jetzt hab' ich
das meinige getan;—nun mag unser Herrgott das seine
tun!"

Als sie dann, allein, miteinander zu Mittag gegessen hatten,
sagte sie wieder, indem sie vom Tisch aufstand: "Dann
werden wir jetzt wohl zu ihm hinübergehen müssen—zu
dem Pfarrerssohn. Wenn ich auch nicht weiß, wozu das
taugen soll, was er treibt,—gut gemeint hat er's jedenfalls.
Mach' Dich fertig, Kind!"

Der Weg zur Kirche, den die beiden so oft miteinander
gegangen waren, führte oben über der Stadt herum; auf der
Straße hatten sie sich bis jetzt noch nie zusammen sehen
lassen; die Mutter war seit ihrer Rückkehr überhaupt kaum
in der Stadt gewesen. Heute jedoch bog sie nach der Straße
zu ab; heute wollte sie die ganze Straße hinuntergehen, die
ganze Straße, an der Seite ihrer erwachsenen Tochter!

Am Nachmittag des Einsegnungstages ist so eine kleine
Stadt auf der Wanderung, entweder von Haus zu Haus,
zum Gratulieren, oder Straßen auf und ab, um zu gucken
und sich begucken zu lassen. Auf Schritt und Tritt bleibt
man stehen und grüßt, tauscht Händedrücke aus und sagt
einander ein paar freundliche Worte. Die Kinder der Armen
präsentieren sich in den abgelegten Kleidern der Reichen
und werden vorgeführt, um sich zu bedanken. Die Seeleute
in fremdländischem Staat, die Mütze schief auf dem Ohr, die
Stutzer des Städtchens, die Handlungsgehilfen, zogen, nach
allen Seiten grüßend, in Scharen vorüber; die
halbwüchsigen Lateinschüler, jeder seinen Busenfreund am
Arm, schlenderten voll altkluger Kritik hinterdrein; aber alle
fühlten sie sich heute im stillen ausgestochen von dem
Löwen der Stadt, dem reichsten Mann der Stadt, dem
jungen Kaufherrn Yngve Vold, der soeben aus Spanien
heimgekehrt war, fix und fertig, von morgen ab das große
Fischgeschäft seiner Mutter zu übernehmen. Mit seinem
hellen Hut auf dem hellen Haar, glänzte er in allen Gassen,
so daß die jungen Konfirmanden fast in Vergessenheit

gerieten; alle hießen ihn willkommen, mit allen unterhielt er
sich, allen lachte er zu—an allen Ecken und Enden sah man
den hellen Hut auf dem hellen Haar und hörte das helle
Lachen. Als Petra und ihre Mutter die Straße herabkamen,
war er der erste, auf den sie stießen; und wie wenn sie
tatsächlich "auf ihn gestoßen" hätten, so fuhr er zurück, als
er Petra sah. Er erkannte sie nicht wieder.

Sie war groß, nicht so groß wie die Mutter, aber doch größer
als die meisten andern Mädchen—anmutig, fein und keck,
die Mutter und doch auch wieder nicht die Mutter, in
ständigem Farbenspiel. Selbst der junge Kaufmann, der
ihnen folgte, vermochte die Blicke der Vorübergehenden
nicht mehr auf sich zu ziehen; die beiden, Mutter und
Tochter zusammen, waren doch noch ein fremdartigerer
Anblick. Sie gingen rasch, ohne zu grüßen, da sie selbst
kaum von andern als von Seeleuten gegrüßt wurden. Aber
noch eiliger kamen sie die Straße wieder zurück; denn sie
hatten gehört, Ödegaard habe soeben das Haus verlassen
und sei zum Dampfer hinuntergegangen, der in wenigen
Minuten abgehen sollte. Besonders Petra drängte mehr und
mehr; sie mußte—mußte ihn noch einmal sehen, mußte ihm
danken, eh er aufbrach. Unrecht war es von ihm, so von ihr
zu gehen! Sie sah niemand von all denen, die sie ansahen—
sie sah nichts als den Dampferrauch über den Dächern,—ihr
war, als entferne der Rauch sich. Als sie zur
Landungsbrücke kamen, stieß der Dampfer gerade vom
Lande ab, und—die Kehle zugeschnürt von Tränen—eilte sie
weiter, hinaus in die Allee; sie sprang mehr als daß sie ging,
und die Mutter stapfte hinter ihr her. Da der Dampfer Zeit
gebraucht hatte, um im Hafen zu wenden, kam sie noch
eben zurecht, um hinunter zu springen auf den Strand, auf
einen Stein zu klettern und mit dem Taschentuch zu
winken. Die Mutter blieb oben in der Allee stehen. Petra
winkte—immer höher und höher schwenkte sie ihr Tuch;

aber—keiner winkte zurück.

Da konnte sie sich nicht mehr halten; vor lauter Tränen
mußte sie den oberen Weg nach Hause gehen. Die Mutter
folgte stumm.—Ihr Giebelstübchen, das die Mutter ihr
geschenkt hatte, in dem sie diese Nacht zum erstenmal
geschlafen und heut morgen so voller Freude ihr neues
Kleid angezogen hatte, betrat sie jetzt, am Abend, aufgelöst
in Tränen, ohne einen Blick um sich zu werfen. Hinunter
wollte sie nicht—da saßen Matrosen und andere Gäste; sie
zog ihr Konfirmationskleid aus und saß auf ihrem Bett bis
tief in die Nacht hinein. Erwachsensein—das schien ihr das
Unglückseligste auf der ganzen Welt!

Viertes Kapitel

Eines schönen Tages, bald nach der Konfirmation, ging
Petra zu Ödegaards Schwestern hinüber; aber sie merkte
gleich, daß das ein Fehlgriff von ihm gewesen war. Der
Propst tat, als sei sie Luft, und die Töchter, beide älter als
Ödegaard, waren mehr als steif. Sie begnügten sich damit,
ihr kurz und knapp mitzuteilen, was der Bruder über sie
bestimmt habe. Sie solle den ganzen Vormittag in einem
Haus außerhalb der Stadt die Haushaltung erlernen, und
nachmittags in die Nähschule gehen; schlafen, frühstücken
und Abendbrot essen solle sie zu Hause. Sie tat, wie ihr
befohlen war, und schickte sich ganz gut darein, solang ihr
die Sache neu war, aber nach und nach, und besonders als
es Sommer wurde, fing das Ding sie zu langweilen an. Sonst
um diese Zeit hatte sie ganze Tage lang droben im Walde
gesessen und in ihren Büchern gelesen, den Büchern, die sie
jetzt schmerzlich vermißte, wie sie Ödegaard selbst und den
Verkehr mit ihm vermißte. Die Folge war, daß sie sich ihren

Verkehr suchte, wo sie ihn eben fand. Um diese Zeit nämlich trat in die Nähschule ein junges Mädchen ein, das Lise Let hieß; das heißt Lise hieß sie—aber nicht Let; Let hieß ein junger Seekadett, der in den Weihnachtsferien zu Hause gewesen war und sich beim Schlittschuhlaufen mit ihr verlobt hatte, als sie noch ein Schulmädel war. Lise wollte Gift drauf nehmen, daß das nicht wahr sei, und fing zu weinen an, sobald man überhaupt darauf anspielte; aber trotzdem blieb der Name an ihr hängen: Lise Let. Die kleine zierliche Lise Let weinte oft und lachte oft; doch ob sie weinte oder lachte—immer ging ihr Liebe im Kopf herum. Ein Bienenschwarm von Gedanken, neuen, seltsamen Gedanken, füllte bald die Nähschule. Streckte eine Hand sich nach der Zwirnrolle aus—gleich war es ein Heiratsantrag und die Rolle sagte entweder ja oder gab einen Korb; die Nadel verlobte sich mit dem Faden, und der Faden opferte sich, Stich um Stich, für die Grausame; wer sich stach, vergoß sein Herzblut; wer die Nadel wechselte, war treulos. Flüsterten zwei Mädchen miteinander, so hatten sie sich immer etwas ganz Besonderes zu sagen; bald flüsterten noch zwei und noch zwei; jede hatte ihre Vertraute,—tausend Heimlichkeiten schwebten in der Luft; es war nicht auszuhalten.

Eines Nachmittags in der Dämmerung, in einem ganz feinen Regen,—Rieselregen nennt man ihn—war Petra mit einem großen Umschlagtuch überm Kopf vor der Tür ihres Hauses und lugte in den Flur hinein, wo ein junger Matrose stand und einen Walzer pfiff. "Du—Gunnar—wollen wir einen Spaziergang machen?"—"Es regnet doch!"—"Bah, das bißchen Regen!"—Sie gingen bis zu einem kleinen Haus oben am Berge. "Kauf' mir ein paar Kuchen—von denen mit Schlagsahne drauf—ja?"—"Immer willst Du auch Kuchen!"—"Mit Schlagsahne drauf!"—Er ging und holte ihr ein paar. Sie streckte die eine Hand unter dem Tuch hervor,

nahm die Kuchen und ging schmausend weiter. Als sie hoch
oben über der Stadt standen, bot sie ihm ein Stück Kuchen
an und sagte: "Du, Gunnar, wir zwei haben uns doch
immer so gern leiden mögen; immer hab' ich Dich am
liebsten mögen von all den Jungens. Glaubst es nicht?
Doch, ganz sicher, Gunnar! Und jetzt bist Du zweiter
Steuermann und führst vielleicht schon bald ein eigenes
Schiff. Ich finde, Du müßtest Dich jetzt verloben... Nanu?
Magst Du keinen Kuchen?"—"Danke! Ich kaue lieber
Tabak."—"Also—was sagst Du dazu?"—"Oh, das hat keine
Eile!"—"Keine Eile? Übermorgen gehst Du doch wieder
fort!"—"Na ja ... ich komm' doch wieder!"—"Aber ob ich
dann Zeit hab', ist ziemlich zweifelhaft; wer weiß, wo ich
dann bin!"—"Also mit Dir soll ich mich verloben?"—"Aber
natürlich, Gunnar. Mit wem denn sonst? Du bist wirklich
zu dumm, darum bist Du auch nichts als ein
Matrose!"—"Tut mir gar nicht leid! Matrose sein, das ist
famos!"—"Freilich—Deine Mutter hat ja ein Schiff. Na, was
sagst Du also? Schrecklich, wie schwerfällig Du bist!"—"Was
soll ich denn sagen?"—"Was Du sagen sollst? Hahaha!...
Willst mich am Ende gar nicht? Was?"—"Ach, Petra! das
weißt Du ja nur zu gut! Aber ich glaube—man kann sich
nicht auf Dich verlassen!"—"Doch, doch, Gunnar! Ich bin
Dir ganz, ganz gewiß treu!"—Er blieb einen Augenblick
stehen: "Laß Dich mal ansehen, Petra!"—"Warum?"—"Ich
will sehen, ob Du es auch wirklich meinst."—"Denkst Du
etwa, ich mache Unsinn?" Sie schlug erzürnt ihr Tuch
zurück.—"Ja, Petra—wenn es also ganz im vollen Ernst
gelten soll, dann gib mir einen Kuß drauf. Da weiß man
doch, was man hat."—"Bist Du verrückt?" sie schlug das
Tuch wieder zusammen und ging weiter.—"So warte doch,
Petra! Das verstehst Du nur nicht. Wenn wir wirklich
Liebesleute sind—"—"Ach, Blödsinn!"—"Na, hör' mal, da
muß *ich* doch wohl wissen, was der Brauch ist, scheint mir;
denn was Lebenserfahrung anbelangt—da bin ich Dir

zwanzigmal über. Wenn Du bloß bedenkst, was ich alles
gesehen habe—"—"Bah, Du hast gesehen wie ein Schafskopf
sieht, und schwatzt, wie Du gesehen hast!"—"So? Und was
verstehst denn Du unter Liebesleuten, wenn man fragen
darf? Was? Bergauf und bergab hintereinander herrennen,
darin besteht's doch wahrhaftig nicht!"—"Nein, das stimmt!"
lachte sie und blieb stehen. "Also hör' mal zu, Du! Während
wir uns ein bißchen verschnaufen—puh!—will ich Dir
sagen, wie Liebesleute sich benehmen. Solang Du hier bist
in der Stadt, mußt Du jeden Abend vor der Nähschule auf
mich warten und mich heimbegleiten bis zur Haustür, und
wenn ich sonst irgendwo bin, mußt Du auf der Straße
warten, bis ich komme. Wenn Du wieder fort bist, mußt Du
mir schreiben und mir hübsche Sachen kaufen und
schicken. Und—ja, richtig: ein paar Ringe, der eine mit
meinem und der andere mit Deinem Namen und mit
Jahreszahl und Datum müssen wir uns schenken; aber ich
habe kein Geld, also mußt Du sie alle beide kaufen."—"Das
will ich schon, aber—"—"Was gibt's denn nun wieder für
ein Aber?"—"Herrgott, ich meine ja nur—dazu muß ich
doch das Maß von Deinen Fingern haben."—"Schön! Das
sollst Du gleich haben." Sie riß einen Grashalm ab, maß und
biß ab. "Da! wirf ihn aber nicht weg!"—Er legte den Halm in
ein Stückchen Papier und das Papier in sein Notizbuch; sie
sah zu, bis das Buch wieder sicher eingesteckt war.—"So,
jetzt wollen wir gehen; das Herumgestehe hier hab' ich
satt!"—"Hör' mal, Petra, ich finde wirklich, die Geschichte ist
ein bißchen—dürftig!"—"Gut, wenn Du nicht willst, mein
Junge, mir soll's egal sein!"—"Natürlich will ich! So hab'
ich's nicht gemeint;—aber darf ich denn nicht einmal
wenigstens Deine Hand nehmen?"—"Wozu denn?"—"Damit
es gewiß ist, daß wir nun wirklich verlobt sind."—"Solch ein
Blödsinn! Ist es denn darum gewisser, wenn man einander
bei der Hand faßt?—Übrigens—Du kannst meine Hand
schon haben! Da ist sie! Nein, mein Junge—nicht drücken—

das bitt' ich mir aus!"—Sie versteckte ihre Hand wieder unter dem Tuch; aber dann hob sie plötzlich das Tuch mit beiden Händen, so daß das Gesicht ganz zum Vorschein kam: "Wenn Du's einer Menschenseele erzählst, Gunnar, so sag' ich, es ist nicht wahr! Daß Du's nur weißt!" Und sie lachte und lief den Berg hinunter. Nach einer Weile blieb sie stehen und sagte: "Morgen ist die Nähstunde erst um neun Uhr aus. Dann kannst Du mich hinterm Garten erwarten, hörst Du?"—"Schön."—"So, und jetzt mußt Du gehen."—"Willst Du mir nicht einmal zum Abschied die Hand geben?"—"Ich weiß gar nicht, was Du nur immer mit der dummen Hand willst! Nein, jetzt kriegst Du sie erst recht nicht.—Adieu!" und sie lief davon.

Am nächsten Abend wußte sie es so einzurichten, daß sie als die letzte die Schule verließ. Es war fast zehn Uhr, als sie ging; wie sie jedoch vor den Garten kam, — —kein Gunnar! Auf alles mögliche Pech hatte sie sich gefaßt gemacht; nur nicht darauf. Sie war so beleidigt, daß sie jetzt selber wartete, bloß damit sie's ihm ordentlich "geben" konnte, wenn er endlich kam. Übrigens hatte sie Unterhaltung genug, während sie hinter dem Garten auf und ab spazierte. Der kaufmännische Gesangverein hatte nämlich soeben in einem benachbarten Haus bei offenen Fenstern seine Probe begonnen. Die Klänge eines spanischen Liedes lockten in der milden Abendluft ihre Gedanken so lange, bis sie selbst in Spanien war und von offenem Altan herab ihr Lob singen hörte. Spanien war ihre ganze Sehnsucht; Sommer für Sommer lagen im Hafen die dunklen spanischen Schiffe, klangen auf den Gassen spanische Lieder, und in Ödegaards Zimmer hingen an der Wand viele schöne Bilder von Spanien. Wer weiß—vielleicht war er jetzt gerade dort, und sie war bei ihm! Aber sie wurde sehr plötzlich wieder heimgerufen; denn dort hinter dem Apfelbaum kam endlich Gunnar hervorgestürzt; sie eilte auf ihn zu—und da war es

gar nicht Gunnar, sondern der von Spanien zurückgekehrte
helle Hut auf dem hellen Haar. "Hahaha!" lachte das helle
Lachen. "Sie haben mich wohl für jemand anders gehalten?"
Sie leugnete hastig, voll Eifer, und rannte wütend davon.
Aber er lief ihr nach, wobei er während des Laufens
unausgesetzt auf sie einredete, und zwar ungemein schnell
und mit der halb verwischten Aussprache, wie sie Leuten,
die gewöhnt sind, mehrere Sprachen zu sprechen, eigen ist.
"Oh, ich komme schon mit! Ich bin ein ausgezeichneter
Läufer! Es hilft Ihnen gar nichts,—ich *muß* mit Ihnen reden.
Heut ist's der achte Abend, daß ich hier auf Sie
warte!"—"Der achte Abend!"—"Ja, der achte Abend...
Hahaha!... Und ich würde mit Freuden noch acht Abende
hier warten: denn wir beide sind wie für einander
geschaffen, nicht wahr? Es hilft Ihnen nichts. Ich lasse Sie
nicht fort, denn jetzt sind Sie müde, das sehe ich!"—"Nein,
ich bin nicht müde!"—"O doch!"—"Nein!"—"Doch!"— ... "So
sagen Sie doch was, wenn Sie nicht müde
sind!"—"Hahaha!"—"Hahaha! Das nenn' ich nicht: etwas
sagen!"—Und dann blieben sie stehen. Ein paar rasche
Worte flogen hin und her—halb im Scherz, halb im Ernst;
darauf stimmte er ein Loblied auf Spanien an, ein Bild jagte
das andere. Zuletzt schimpfte er auf das elende Nest hier.
Dem ersten folgte Petra mit leuchtenden Augen, das zweite
sauste an ihren Ohren vorüber, während ihre Blicke an
einer goldenen Kette auf- und abglitten, die er doppelt um
den Hals geschlungen trug. "Ja, die," sagte er rasch und zog
das Ende der Kette, an dem ein Kreuz befestigt war, hervor.
"Sehen Sie, die hab' ich heut Abend umgetan, um sie im
Gesangverein zu zeigen; die ist aus Spanien. Ich muß Ihnen
ihre Geschichte erzählen." Und er erzählte: "Als ich in
Südspanien war, besuchte ich einmal ein Schützenfest und
gewann die Kette als Preis. Überreicht wurde sie mir mit
folgenden Worten: Nehmen Sie diese Kette mit nach
Norwegen und übergeben Sie sie als ehrerbietige Huldigung

spanischer Kavaliere der schönsten Frau ihrer Heimat!
Beifallsrufe und Fanfaren, Fahnen schwenken —, die
Kavaliere klatschen und ich empfange den Preis!"—"Gott,
wie entzückend!" rief Petra. Vor ihren Augen erstrahlte
sofort das spanische Fest mit seinen spanischen Farben und
Liedern; braun standen die Spanier in der Abendsonne
unter den Weinlauben und sandten ihre Gedanken aus zur
schönsten Frau der Schneelande. Trotz seiner Einbildung
und wunderlichen Wichtigtuerei war er ein gutmütiger
junger Kerl; er blieb neben ihr stehen und fuhr fort, zu
erzählen. Jedes neue Bild steigerte ihre Sehnsucht; ganz
entrückt in jenes Land der Wunder, begann sie, das
spanische Lied zu summen, das sie vorhin gehört hatte, und
ganz allmählich die Füße im Takt dazu zu bewegen. "Wie!
Sie können spanische Tänze tanzen?" rief er aus. "Ja!"
summte sie im Rhythmus des Tanzes und knipste mit den
Fingern, um die Kastagnetten nachzuahmen; so hatte sie die
spanischen Matrosen tanzen sehen. "Ihnen gebührt der
Preis der spanischen Kavaliere!" rief er, wie von einem
lichten Gedanken entflammt. "Sie sind das schönste Weib,
das ich je gesehen habe!" Und eh sie noch begriff, was er
meinte, hatte er die goldene Kette vom Hals genommen und
sie leichthändig mehrere Male um den ihren gewunden. Als
sie dann zur Besinnung kam, war ihr Gesicht von tiefer
Schamröte übergossen und die Tränen wollten
hervorstürzen, so daß jetzt ihn, der von einem Staunen ins
andere gefallen war, die größte Beschämung ergriff über das,
was er getan hatte. Er wußte nicht, was er eigentlich wollte,
er fühlte nur, daß er gehen mußte, und er ging.

Noch um Mitternacht stand sie am offenen Fenster ihres
Dachstübchens, die Kette in der Hand. Weich lag die
Spätsommernacht über Stadt und Fjord und den fernen
Bergen. Von der Straße herauf tönte wieder das spanische
Lied; der Verein hatte Yngve Vold nach Hause begleitet.
Wort für Wort war zu hören; es handelte von einem
schönen Kranz. Nur zwei Stimmen sangen die Worte, die
andern summten mit dem Mund die Guitarrebegleitung
dazu:

>   Nimm hin den Kranz, er ist für dich,
>   Nimm hin den Kranz und denk an mich!
>   Hier ist das innigste
>   Grün für die Minnigste,
>   Knospe, die zärteste,
>   Für die Begehrteste,
>   Blüte, die prächtigste,
>   Hier für die Mächtigste,
>   Seltene Stengelein
>   Hier für das Engelein.
>   Nimm hin den Kranz, er ist für dich,
>   Nimm hin den Kranz und denk an mich!

Als sie am andern Morgen die Augen aufschlug, kam sie aus
einem über und über von Sonne durchleuchteten Wald, alle
Bäume waren ein Goldregen, und überall hingen die langen,
lichten Dolden herab, und berührten sie fast, wenn sie
vorüberstrich. Sofort fiel ihr die Kette ein; sie nahm die Kette
und hing sie sich übers Hemd. Dann legte sie ein schwarzes
Tuch über das Hemd und die Kette darüber; denn von
Schwarz hob sie sich besser ab. Aufrecht im Bett sitzend,
spiegelte sie sich in einem kleinen Handspiegel: ob sie
wirklich so schön war? Sie stand auf, um ihr Haar zu
flechten und dann wieder in den Spiegel zu sehen, aber da
fiel ihr die Mutter ein, die von allem noch nichts wußte, und

sie beeilte sich, fertig zu werden; sie mußte doch schnell
hinunter und erzählen. Doch als sie fertig war und sich
eben die Kette um den Hals hängen wollte, fuhr ihr der
Gedanke durch den Kopf, was wohl die Mutter sagen
würde, was überhaupt die Leute sagen würden, und was sie
antworten solle, wenn man sie frage, woher sie die kostbare
Kette habe. Die Frage war das natürlichste Ding von der
Welt, und sie fiel ihr darum schwer und immer schwerer
aufs Herz, schließlich holte sie eine kleine Schachtel hervor,
legte die Kette hinein, steckte die Schachtel in die Tasche —
und fühlte sich zum erstenmal in ihrem Leben arm.

An diesem Vormittag ging sie nicht in die Nähstunde.
Oberhalb der Stadt, an der Stelle, wo sie die Kette bekommen
hatte, setzte sie sich hin, die Kette in der Hand und mit
einem Gefühl, als habe sie die Kette gestohlen.

Am Abend wartete sie hinterm Garten noch länger auf
Yngve Vold, als sie am Abend vorher auf Gunnar gewartet
hatte; sie wollte ihm die Kette zurückgeben. Aber wie das
Schiff, mit dem Gunnar fuhr, am Tage vorher unerwartet die
Anker gelichtet hatte, weil ihm in der Nachbarstadt eine
besonders gute Fracht angeboten war, so hatte auch Yngve
Vold, dem das Schiff gehörte, in derselben Angelegenheit
heute verreisen müssen. Da er gleichzeitig noch ein paar
andere Geschäfte abzuwickeln hatte, blieb er drei Wochen
fort.

Während dieser drei Wochen war die Kette nach und nach
aus der Tasche in die Kommodenschieblade, von dort in
einen Briefumschlag und der Briefumschlag in ein geheimes
Fach gewandert. Und Petra selbst war von einer
demütigenden Entdeckung zur andern gelangt. Zum ersten
Male war sie sich in vollem Umfang des Abstandes bewußt,
der sie von den vornehmen Damen der Stadt trennte. Die
hätten die Kette tragen können, ohne daß irgendeiner sie

nach dem Warum und Woher gefragt hätte. Aber einer solchen Dame hätte Yngve Vold die Kette gar nicht anzubieten gewagt, ohne ihr zugleich seine Hand anzubieten; so etwas wagte er eben nur dem Fischermädel gegenüber. Wenn er ihr etwas schenken wollte, warum da nicht etwas, das sie gebrauchen konnte? Aber er hatte sie nur um so bitterer verhöhnen wollen, indem er ihr etwas gab, das sie überhaupt nicht tragen konnte. Die Geschichte mit der "Schönsten" war natürlich erdichtet; denn hätte er ihr die Kette aus diesem Grunde zuerkannt, so wäre er nicht heimlich, bei Nacht und Nebel, gekommen.—Zorn und Scham bohrten sich um so tiefer in ihr fest, als sie es sich längst abgewöhnt hatte, sich einem Menschen anzuvertrauen. Kein Wunder daher, daß sie beim erstenmal, als sie den Menschen wieder traf, diesen Menschen, um den diese empörten und beschämenden Gedanken kreisten, so heftig errötete, daß er es mißdeuten *mußte*, und dann—eben *weil* sie das fühlte—noch tiefer errötete. Sie lief eiligst wieder nach Hause, riß die Kette aus dem Versteck und setzte sich, obgleich es noch helllichter Tag war, oben über der Stadt hin, um ihn zu erwarten. Jawohl, jetzt sollte er sie wiederhaben!

Sie war ganz sicher, daß er kommen werde; denn auch er war, als er sie sah, rot geworden, und dabei war er die ganze Zeit über fort gewesen. Aber bald begannen gerade diese Gedanken zu seinen Gunsten zu reden. Wenn sie ihm gleichgültig gewesen wäre, wäre er nicht so rot geworden. Wenn er früher nach Hause gekommen wäre, so wäre er auch schon eher dagewesen.

Es begann sachte zu dämmern; in diesen letzten drei Wochen waren die Tage schnell kürzer geworden. Mit der Dunkelheit aber wandeln sich oft unsere Gedanken. Sie saß dicht überm Weg, zwischen den Bäumen; sie konnte sehen,

ohne daß man sie sah. Als das eine Weile so fortgegangen
war, und er immer noch nicht kam, wollten widerstreitende
Empfindungen in ihr auflodern; bald zornig, bald angstvoll
lauschte sie. Sie hörte jeden, der vorüberging, hörte ihn
lang, eh sie ihn sah. Er war es nie. Jeder Vogel, der im
Halbschlummer zwischen den Blättern hin- und
herschlüpfte, erschreckte sie—so voll Spannung lauschte sie.
Jeder Laut von der Stadt her, jeder Ruf lockte sie. Ein großes
Schiff lichtete, beim Klang eines Matrosenliedes, die Anker;
noch zur Nacht sollte es hinausbugsiert werden, um die
erste Morgenbrise zu benützen. Oh, wenn sie hätte mit
hinaus können, aufs weite Meer, wohin ihr Sehnen stand!
Das Matrosenlied wurde ihr eigenes Lied—die klingenden
Rucke am Spill hoben sie empor—wozu? wohin?—Da stand
der helle Hut mitten im Weg, gerade vor ihr! Sie sprang auf
und lief ohne weiteres davon, und während sie lief, fiel ihr
ein, sie hätte nicht davonlaufen sollen. Fehler auf Fehler! Sie
blieb stehen. Als er zwischen den Bäumen, wo sie stand, auf
sie zukam, atmete sie heftig, so daß er jeden Atemzug hören
konnte, und durch dieselbe Macht, die sie das erstemal in
ihrer Ausgelassenheit über ihn gehabt hatte, beherrschte sie
ihn jetzt in ihrer Furcht. Er sah sehr verlegen, ja verwirrt
aus und flüsterte: "Haben Sie keine Angst!"

Aber er sah, wie sie zitterte. Da wollte er sie zutraulich
machen, indem er sie fest bei der Hand ergriff; aber bei der
ersten Berührung seiner Hand sprang sie auf wie von einer
Flamme verbrannt,—und wieder war sie fort, während er
stehen blieb.

Weit lief sie nicht; die Luft ging ihr aus. In ihren Schläfen
hämmerte und brannte es, die Brust wollte ihr zerspringen
—sie preßte die Hände dagegen und lauschte. Sie hörte
Tritte im Gras, ein Rascheln im Laub,—er kam, kam gerade
auf sie zu—er sah sie—nein, er sah sie nicht!—Doch, er sah

sie!… Nein, er ging vorüber! Sie hatte keine Angst, — das war es nicht; aber alles an ihr war in Aufruhr, und als sie sich in Sicherheit fühlte, verlor sie mit der Spannung auch ihre Kraft und sank erschöpft und todesmatt um.

Erst nach geraumer Zeit erhob sie sich wieder und schritt langsam den Berg hinab, bald stehenbleibend, bald weiter gehend, als habe sie kein Ziel. Als sie den Weg wieder erreicht hatte, saß er da und wartete geduldig. Jetzt stand er auf, sie hatte ihn nicht gesehen; sie ging wie im Nebel, nicht ein Wort entschlüpfte ihr, sie regte sich auch nicht; sie tat bloß die Hände vor die Augen und weinte. Das überwältigte Yngve Vold derart, daß seine sonst so rührige Zunge stillstand. Und dann sagte er mit eigentümlicher Bestimmtheit: "Heut noch spreche ich mit meiner Mutter; morgen muß alles in Ordnung sein. In ein paar Tagen gehst Du ins Ausland, und nachher wirst Du meine Frau." Er wartete auf eine Antwort, er wartete wenigstens, sie werde aufblicken; aber sie blickte nicht auf. Er deutete das auf seine Weise: "Du antwortest nicht? Kannst nicht? Gut! Verlaß Dich auf mich; denn fortan bist Du mein! Gute Nacht!" Und er ging.

Sie blieb zurück, wie in einem Nebel; eine leise Angst wollte sich dazwischen drängen und den Nebel zerteilen; aber wieder schloß er sich.

So stark Yngve Vold diese drei Wochen hindurch ihre Gedanken beschäftigt hatte, so bereit war sie jetzt, in plötzlicher Wandlung dieses neue Wunder in eine neue Phantasiekette einzureihen. Er war der reichste Mann der Stadt, aus der ältesten Familie, und er wollte sie über alle Rücksichten hinweg zu sich emporheben! Das war etwas, so überraschend verschieden von dem, was sie sich in einer langen Zeit des Leidens und der Empörung gedacht hatte, daß schon allein das sie glückselig machen mußte! Aber

immer strahlender wurde ihr Glück, je mehr sie sich die
neuen, in jeder Beziehung fabelhaften Verhältnisse klar
machte. Sie sah sich allen andern gleichgestellt und am Ziel
ihres unklaren Sehnens. Und als Höchstes sah sie Yngve
Volds größtes Schiff an ihrem Hochzeitstage als Flaggschiff
im Hafen liegen; sie sah, wie es unter Ehrensalven und
Feuerwerk das junge Paar an Bord nahm und es nach
Spanien trug, wo die Hochzeitssonne glühte.

* * * * *

Als sie am andern Morgen erwachte, kam das Mädchen
herein und sagte, es sei halb Zwölf. Petra empfand einen
gewaltigen Hunger; sie aß, aß immer noch mehr, der Kopf
tat ihr weh, sie war todmüde und schlief wieder ein. Als sie
gegen drei Uhr nachmittags aufs neue erwachte, fühlte sie
sich wohler. Die Mutter kam herauf und meinte, sie habe
sich wahrscheinlich eine Krankheit weggeschlafen; so sei
auch sie selbst immer gewesen. Aber jetzt müsse sie
aufstehen, es sei Zeit für die Nähstunde. Petra setzte sich im
Bett auf und stützte den Kopf auf den Arm; ohne
aufzublicken, antwortete sie, sie gehe nicht mehr in die
Nähstunde. Sie wird noch ein bißchen fiebrig sein! dachte
die Mutter und ging hinunter, um ein Paket und einen Brief
heraufzuholen, die ein Schiffsjunge soeben gebracht hatte.
Also schon Geschenke! Petra, die sich wieder hingelegt
hatte, fuhr hastig in die Höhe und öffnete, sobald sie allein
war, mit einer gewissen Feierlichkeit zuerst das Paket. Es
enthielt—ein Paar Pariser Damenstiefelchen! Ein bißchen
enttäuscht wollte sie die Dinger gerade wegstellen, als sie
merkte, daß sie sich vorn an den Zehen schwer anfühlten.
Sie fuhr mit der Hand hinein und zog aus dem einen ein
kleines, in Seidenpapier gewickeltes Päckchen:—ein goldenes
Armband!—aus dem andern ebenfalls ein sorgfältig
umhülltes Päckchen—ein Paar Pariser Handschuhe! Und

aus dem rechten Handschuh zog sie wiederum ein
Papierknäuel, das zwei glatte goldene Ringe barg. "Schon!"
dachte Petra. Ihr Herz klopfte; sie sah nach der Inschrift der
Ringe und las auch wirklich in dem einen: "Petra", samt
Jahreszahl und Datum, und in dem andern —"Gunnar". Sie
erbleichte, warf die Ringe und das ganze Paket zu Boden, als
habe sie sich daran verbrannt, und riß den Brief auf. Er war
aus Calais datiert und lautete:

"Liebe Petra!

Nachdem wir hier angekommen sind, vom 51. bis zum 54.
Breitegrad mit günstigem Wind, und später die ganze Fahrt
über bis hierher in den Hafen mit heftigem Beißwind, was
ungewöhnlich ist sogar für bessere Schiffe als das unsere,
das ein stolzer Segler ist. Aber jetzt sollst Du hören, daß ich
den ganzen Weg über an Dich gedacht habe und an das,
was zwischen uns beiden vorgefallen ist, und ist recht
ärgerlich, daß ich nicht ordentlich Abschied nehmen konnte
von Dir, weshalb ich vor Ärger an Bord ging, habe Dich
aber seitdem nie vergessen, außer ab und zu einmal; denn
ein Seemann hat es schwer. Aber jetzt sind wir hier und ich
habe meine ganze Heuer für Geschenke für Dich
ausgegeben, wie Du mir gesagt hast, und auch das Geld, das
Mutter mir gegeben hat; jetzt habe ich also nichts mehr.
Aber wenn ich Urlaub bekomme, bin ich ebenso schnell bei
Dir wie die Geschenke; denn so lang es heimlich ist, ist man
nie sicher vor anderen, besonders vor den jungen Burschen,
von denen sich viele rumtreiben. Aber ich will meiner Sache
sicher sein, daß keiner eine Entschuldigung hat, sondern
weiß, daß er sich vor mir in acht nehmen muß. Du könntest
freilich was Besseres kriegen als mich; denn Du kannst jeden
kriegen, den Du willst; aber einen treueren kriegst Du nie;
und das bin ich. Jetzt will ich schließen, denn ich habe

schon zwei Bogen voll geschrieben, und meine Buchstaben
werden so groß; Briefschreiben ist mir das Schrecklichste,
was ich weiß, aber ich schreibe trotzdem, wenn Du es willst.
Und nun will ich Dir zum Schluß nur sagen, daß es mir
Ernst war; denn wenn es nicht Ernst ist, so war es eine
große Sünde, und kann viele Menschen ins Unglück
stürzen.

Gunnar Ask,

  Untersteuermann auf der Brigg
  'Die norwegische Verfassung.'"

Eine heftige Angst packte sie; im Handumdrehen war sie aus
dem Bett und angezogen. Es trieb sie ins Freie, als ließe sich
draußen irgendwo Rat finden; alles war plötzlich unklar,
ungewiß, gefahrdrohend geworden. Je mehr sie grübelte,
desto mehr verwirrten sich ihre Gedanken; irgend jemand
mußte sie entwirren, sonst wurde sie nicht damit fertig.
Aber wem sollte sie sich anvertrauen? Da gab es nur einen
Menschen—die Mutter. Als sie nach langem inneren Kampf
vor ihr in der Küche stand, angstvoll, dem Weinen nah,
aber fest in ihrem Entschluß, volles Vertrauen zu zeigen, um
volle Hilfe zu empfangen, sagte die Mutter, ohne sich
umzudrehen und daher auch ohne Petras Gesichtsausdruck
zu bemerken: "Eben ist er hier gewesen;—er ist wieder
da."—"Wer?"—flüsterte Petra und griff nach einer Stütze;
war Gunnar wirklich schon wieder da, so war es mit aller
Hoffnung vorbei. Sie kannte Gunnar; er war schwerfällig
und gutmütig; wenn er aber einmal in Wut geriet, war er
wie rasend. "Du sollst gleich hinkommen, hat er
gesagt."—"Hinkommen?" wiederholte Petra zitternd; sie
dachte sich sofort, daß er seiner Mutter alles gesagt habe;
und was sollte nun werden?—"Ja, ins Pfarrhaus!" sagte die

Mutter.—"Ins Pfarrhaus? Ödegaard ist wieder da?"—Jetzt
drehte sich die Mutter um. "Freilich—wer denn
sonst?"—"Ödegaard!" jubelte Petra, und ein Sturm der
Freude blies in einem Nu die Luft rein. "Ödegaard ist wieder
da, Ödegaard! O Gott im Himmel, er ist wieder da!" Und
schon war sie zur Tür hinaus und über alle Berge. Sie
stürmte davon, sie lachte, sie schrie. Er war es, er allein, der
ihr not tat! Wäre er daheim gewesen, das ganze Unheil wäre
nicht geschehen! Bei ihm war sie geborgen. Beim bloßen
Gedanken an seine edlen, klaren Züge, seine milde Stimme,
oder auch nur an die stillen, bilderreichen Zimmer, Räume,
die er bewohnte, kam sie in friedlicheren Takt und fühlte
sich wieder sicher. Sie ließ sich Zeit und sammelte sich. Stadt
und Land erstrahlten im sinkenden Herbstabend; zumal der
Fjord lag in wunderbarem Glanz; draußen im Sund wirbelte
der letzte ferne Rauch des Dampfers, der Ödegaard gebracht
hatte. Ach, nur die Gewißheit, daß er wieder da sei, machte
sie gut, gesund, stark! Sie betete zu Gott, ihr zu helfen, daß
Ödegaard sie nie mehr verlassen möge! Und gerade als sie
sich in dieser Hoffnung gehoben fühlte, sieht sie ihn
lächelnd auf sich zukommen. Er hatte gewußt, welchen Weg
sie kommen würde, und war ihr entgegengegangen! Das
rührte sie; sie sprang auf ihn zu, faßte seine beiden Hände
und küßte sie. Er wurde verlegen. Als er weiter hinten
jemand schreiten sah, zog er sie vom Weg hinauf unter die
Bäume. Er hielt ihre Hände zwischen den seinen, und sie
sagte nur immerzu: "Wie herrlich, daß Sie wieder da sind!
Ich kann's gar nicht glauben, daß Sie's wirklich sind! Oh,
Sie dürfen nie, nie wieder fort! Verlassen Sie mich nicht
wieder, ach bitte, verlassen Sie mich nicht!" Dabei stürzten
ihr die Tränen aus den Augen. Er zog sanft ihren Kopf an
sich, wie um ihre Tränen zu verdecken und sie zu
beruhigen; ihm selber war es eine Notwendigkeit, daß sie
ruhiger wurde. Sie aber schmiegte sich an ihn wie der Vogel
unter den Flügel, der sich über ihn breitet, und wollte gar

nicht wieder heraus. Überwältigt von diesem Vertrauen,
legte er den Arm um sie, wie um ihr den Schutz, den sie
suchte, zu gewähren; kaum jedoch fühlte sie das, so hob sie
ihr verweintes Gesicht zu ihm empor, ihre Augen
begegneten den seinen, und was in einem Blick wechseln
kann, wenn Reue begegnet der Liebe, Dankbarkeit begegnet
der Freude des Gebers und das Ja dem Ja,—das blitzte in
rascher Reihenfolge auf. Er nahm ihren Kopf zwischen seine
beiden Hände und drückte seine Lippen auf die ihren. Er
hatte früh seine Mutter verloren; er küßte zum erstenmal in
seinem Leben, und auch bei ihr war es so. Keins vermochte
sich vom andern zu lösen, und als es dennoch geschah, war
es nur, um wieder einander entgegenzusinken. Er bebte, sie
aber strahlte und glühte, sie warf die Arme um seinen Hals
und hing sich an ihn wie ein Kind. Und als sie sich setzten,
und sie seine Hände, sein Haar, seine Brustnadel, sein
Halstuch, alles was sie sonst nur ehrfurchtsvoll aus der
Ferne betrachtet hatte, anrühren durfte, und als er sie bat,
"Du" zu sagen und nicht "Sie", und sie das nicht konnte,
und als er ihr erzählen wollte, wie reich sie sein armes Leben
vom ersten Augenblick an gemacht habe, wie lange er
dagegen angekämpft habe, um sie nicht zu hemmen, um
sich nicht auf diese Weise bezahlt zu machen, und als er
entdeckte, daß sie nicht imstande sei, auch nur ein Wort von
dem, was er sagte, zu fassen oder zu begreifen, und er selbst
auch keinen Sinn und Verstand mehr darin fand; als sie
dann auf der Stelle mit ihm gehen wollte, und er sie lachend
bitten mußte, noch ein paar Tage zu warten, dann wollten
sie zusammen weit fort ziehen, weg von allem hier—da
fühlten sie, wie sie so zwischen den Bäumen saßen, vor sich
Fjord und Berg im Abendsonnenglanz, während fern ein
Waldhorn sang und klang—da fühlten sie, da sprachen sie
es aus: das ist das Glück.

Der ersten Begegnung Süßigkeit,

Sie ist wie ein Sang auf den Fluten,
Sie ist wie ein Sang auf grüner Heid',
Wie der Sonne letztes Gluten, —
Sie sind wie ein Waldhorn auf öder Flur,
Die tönenden Augenblicke,
In denen ein Wunder die Natur
Verschmelzt mit unserm Geschicke.

Fünftes Kapitel

Am nächsten Morgen saß Petra halb angekleidet in ihrem
Stübchen; weiter kam sie den ganzen Tag über nicht. So oft
sie auch den Versuch machte, immer wieder sanken ihr die
Arme in den Schoß. Wie vollreife Ähren, wie schwere
Glockenblumen auf dem Feld beugten sich ihre Gedanken.
Stille, Sicherheit und wogende Luftgebilde schwebten über
den lichten Schlössern, in denen sie hauste. Wieder
durchlebte sie die gestrige Begegnung, jedes Wort, jeden
Blick, jeden Händedruck, jeden Kuß. Sie wollte sich den
ganzen Verlauf, von der ersten Begegnung bis zum
Abschied, wieder vergegenwärtigen, aber sie kam nie damit
zu Ende. Denn jede einzelne Erinnerung verdämmerte in
blauen Traum, und alle Träume kamen mit neuer
Verheißung zurück. Und so süß diese Verheißung auch war,
Petra mußte sie zurückdrängen, um den Faden der
Erinnerung da wieder aufzunehmen, wo er ihr entglitten
war; aber kaum hatte sie ihn, verlor sie sich wieder ins
Wunderbare.

Da sie nicht herunterkam, dachte die Mutter, sie habe, nun
Ödegaard zurückgekehrt war, ihre Studien wieder
aufgenommen. Sie schickte ihr das Essen hinauf, damit sie
den ganzen Tag in Ruhe oben bleiben konnte. Erst gegen

Abend stand Petra auf, um sich fertig zu machen. Jetzt ging es ihrer Liebe entgegen! Sie schmückte sich mit dem Besten, was sie hatte, ihrem ganzen Konfirmationsstaat. Glänzend war er nicht; aber das empfand sie erst heute; das eine Stück machte das andere häßlich, bis sie die passenden Stücke zusammengefunden hatte; und dann war das Ganze trotzdem nicht hübsch! Was hätte sie heute nicht darum gegeben, die schönste zu sein. Mit diesem Wort stieg eine Erinnerung in ihr auf, die sie mit einer Handbewegung von sich wies; nichts, nichts durfte ihr heute nahen, was sie beunruhigen konnte! Sie selbst bewegte sich ganz still; leise ordnete sie dies und jenes in ihrem Stübchen; denn noch war die Stunde nicht da. Sie öffnete das Fenster und sah hinaus; rote, warme Wolken lagerten auf den Bergen, aber ein kühlender Luftstrom zog herein und brachte Botschaft vom nahen Wald. "Ich komme, ich komme!" Noch einmal trat sie vor den Spiegel, um ihr bräutliches Glück zu grüßen.

Da hörte sie drunten bei der Mutter Ödegaards Stimme, hörte, wie man ihn nach ihrem Zimmer wies. Er kam, sie zu holen! Eine schamhafte Freude umglühte sie; sie sah sich um, ob auch alles in Ordnung sei, für ihn! Dann ging sie auf die Tür zu.

"Herein!" antwortete sie leise auf das leise Klopfen und trat ein paar
Schritte zurück.

Am selben Morgen hatte man Ödegaard, als er um den Kaffee klingelte, gemeldet, der Kaufmann Yngve Vold habe heute früh schon zweimal nach ihm gefragt. Daß seine Gedanken sich gerade jetzt mit den Ansprüchen eines Fremden befassen sollten, verstimmte ihn; aber ein Mensch, der ihn so früh aufsuchte, mußte wohl ein wichtiges Anliegen haben. Er war auch wirklich kaum angekleidet, als

Yngve Vold eintrat. "Sie werden sich wohl wundern, was? Tu' ich selber. Guten Morgen!" Die beiden begrüßten sich, und er legte seinen hellen Hut hin. "Schlafen Sie aber lang! Zweimal bin ich schon hier gewesen. Ich habe etwas Wichtiges auf dem Herzen; ich muß mit Ihnen reden."—"Bitte, nehmen Sie Platz!" Und Ödegaard setzte sich selbst in einen Lehnstuhl. "Danke, danke! Ich gehe lieber auf und ab. Ich kann nicht sitzen—bin zu aufgeregt. Seit vorgestern bin ich rein wie von Sinnen—rein verrückt, nicht mehr und nicht weniger! Und daran sind Sie schuld!"—"Ich?"—"Ja, Sie! Sie haben das Mädchen ausgegraben. Kein Mensch hätte an das Mädel gedacht, kein Mensch hätte es beachtet, wenn Sie nicht gewesen wären. Aber so—in meinem ganzen Leben hab? ich so was—so was Unvergleichliches nicht gesehen,—nie, so wahr ich hier stehe—so was—Sie wissen schon! So was verflixt Kraushaariges, Wunderbares—was? Keine Ruhe hat's mir gelassen! Ich war rein verhext! Wo ich ging und stand— immer war sie da. Ich bin auf Reisen gegangen und bin wiedergekommen—es war mir unmöglich—was? Wußte erst überhaupt nicht, wer sie war—'das Fischermädel', hieß sie. Spanierin, Zigeunerin,—Hexe wäre richtiger gewesen—! Einfach Feuer—Augen, Busen, Haar—was? Funkelt, sprüht, tanzt, lacht, trällert, errötet—Teufelsweib!... Renne ihr nach, verstehen Sie, oben im Wald zwischen den Bäumen—stiller Abend—sie steht da, ich steh' da—dann ein paar Worte, Gesang, Tanz—und da, na ja, da gab ich ihr meine Kette. Hatte, so wahr ich lebe, eine Minute vorher noch mit keinem Gedanken daran gedacht! Das nächste Mal wieder an derselben Stelle, wieder dasselbe Gerenne; sie hatte Angst, und ich,—ja, wollen Sie's glauben?... ich brachte kein Sterbenswörtchen heraus, traute mich nicht, sie anzurühren! Aber als sie dann wiederkam—können Sie sich denken, Mensch?—da macht' ich ihr einen Heiratsantrag! Und eine Sekunde vorher hatt' ich mit keinem Gedanken

daran gedacht! Gestern hab' ich mich dann selbst geprüft, —
wollte von ihr wegbleiben—aber auf Ehr' und Seligkeit, ich
bin verrückt! Ich *kann* einfach nicht, ich *muß* bei ihr sein!
Wenn ich das Mädel nicht krieg', so schieß' ich mir ohne
weiteres eine Kugel vor den Kopf! Sehen Sie, so steht's mit
mir. Um meine Mutter scher' ich mich den Teufel, um die
Stadt auch—ein Lumpennest, ein elendes Krähwinkel! Sie
muß heraus, sehen Sie, heraus, hoch über dies Nest hinaus!
Comme il faut soll sie werden, ins Ausland soll sie—
Frankreich—Paris—! Ich bezahl's und Sie arrangieren die
Sache. Ich könnte ja auch selber mit fort, mich irgendwo
draußen festsetzen, weg aus diesem Loch. Aber—der Fisch!
Ich möchte was machen aus der Stadt,—das liegt ja und
schläft, denkt nicht, spekuliert nicht; aber—der Fisch! Man
versteht den Fisch nicht zu behandeln; Spanien, das ganze
Ausland beklagt sich; die Sache muß anders angefaßt
werden—andere Trocknung, andere Verpackung, alles
anders,—das Nest soll in die Höhe—Zug muß ins Geschäft
kommen—Millionen soll der Fisch schaffen!—Wo bin ich
stehen geblieben? Richtig—Fisch—Fischermädel—das paßt
zusammen: Fisch—Fischermädel—hahaha! Also ich zahle,—
Sie arrangieren's! Sie wird meine Frau, und dann——"

Weiter kam er nicht. Er hatte während seiner langen Rede
gar nicht auf Ödegaard geachtet, der jetzt totenblaß
aufsprang und sich mit einem biegsamen spanischen Rohr
in der Hand über ihn warf. Das Erstaunen des andern war
nicht zu beschreiben; den ersten Schlägen wich er aus.
"Nehmen Sie sich in acht! Sie könnten mich treffen!" sagte
er.—"Jawohl! Ich treffe! Sehen Sie: spanisch, spanisches Rohr
—das paßt auch zusammen!" und die Hiebe regneten auf
Schultern, Arme, Hände, das Gesicht herab, wo sie gerade
hintrafen. Der andere schoß umher: "Sind Sie verrückt?
Mensch, sind Sie toll?" rief er. "Ich will sie ja heiraten! Hören
Sie? heiraten!"—"Hinaus!" schrie Ödegaard, als sei er mit

seiner Kraft am Rande. Und der Blondkopf stürzte zur Tür
hinaus, die Treppe hinunter, fort von diesem Wahnsinnigen;
—gleich darauf stand er unten auf der Straße und brüllte
hinauf nach seinem hellen Hut. Der wurde ihm durchs
Fenster nachgeworfen. Dann war alles still.

"Herein!" antwortete Petra am Abend auf das leise Klopfen
und trat ein paar Schritte zurück, um den Geliebten besser
sehen zu können, während er eintrat. Wie wenn ein eisiger
Wasserstrahl sich über sie ergösse, wie wenn die Erde unter
ihren Füßen wiche, so wirkte auf sie das Gesicht, das da in
der Tür erschien. Sie taumelte zurück und tastete nach dem
Bettpfosten; aber ihr Denken, von Abgrund zu Abgrund
gestürzt, versagte; in weniger als einer Sekunde war sie von
der Höhe der glückseligsten Braut zur Tiefe der größten
Sünderin auf Erden herabgestürzt. Sie hörte es donnern aus
diesem Antlitz: in alle Ewigkeit konnte er ihr nicht
vergeben!—

"Ich seh' es—Du bist schuldig!" flüsterte er kaum hörbar. Er
lehnte sich gegen die Tür und hielt sich an der Klinke fest,
als müsse er sonst umsinken. Seine Stimme bebte, und die
Tränen rannen ihm übers Gesicht, obwohl sein Antlitz ganz
ruhig war.

"Weißt Du auch, was Du getan hast?" Und seine Augen
schmetterten sie zu Boden. Sie antwortete nicht—nicht
einmal mit Tränen, Ohnmacht—völlige, hoffnungslose
Ohnmacht lähmte sie. "Einmal in meinem Leben habe ich
meine Seele hingegeben, und er, dem ich sie gab, starb durch
meine Schuld. Aus diesem Schmerz konnte nichts mich
wieder aufrichten als ein Menschenkind, das mir ganz
gehörte und mir eine ganze Seele zurückgab. Das hast Du
getan,—und hast es zum Schein getan!" Er hielt inne. Ein
paarmal versuchte er vergebens wieder anzusetzen; dann
fuhr er mit plötzlichem Ausdruck des Schmerzes fort: "Und

Du konntest es übers Herz bringen, alles, was ich in diesen
langen Jahren, Gedanken für Gedanken, aufgebaut habe,
niederzureißen, als sei es ein Bild von Ton! Kind, Kind!
konntest Du nicht verstehen, daß ich in Dir mich selbst
wieder aufrichtete? Jetzt ist es vorbei!" Er versuchte seinen
Schmerz zu beherrschen.

"Nein, Du bist zu jung, um es zu fassen," begann er wieder.
"Du weißt nicht, was Du getan hast.—Aber daß Du mich
betrogen hast, das mußt Du doch verstehen.—Sag' mir, was
hab' ich Dir getan, daß Du etwas so Grausames fertig
bringen konntest? Kind, Kind! Hättest Du es mir
wenigstens gestern gesagt! Warum—warum hast Du mich
so fürchterlich belogen?"

Sie hörte alles, und alles, was er sagte, war Wahrheit.—Er
war nach einem Stuhl am Fenster geschwankt, um seinen
Kopf auf den Tisch daneben stützen zu können. Dann stand
er wieder auf; es schluchzte in ihm vor Schmerz, und wieder
setzte er sich nieder, ganz still. "Und ich, der nicht einmal
dazu gut ist, seinem alten Vater zu helfen!" flüsterte er vor
sich hin. "Ich kann nicht, ich fühle in mir nicht den Beruf
dazu! Darum soll auch mir niemand helfen. Alles soll mir
unter den Händen zerbrechen, alles."—Er konnte nicht
mehr; sein Haupt sank in seine rechte Hand; die linke hing
schlaff herab; er sah aus, als könne er sich überhaupt nicht
mehr rühren. Und so blieb er sitzen, ohne ein Wort zu
sagen. Da fühlte er etwas Warmes auf seiner
herabhängenden Hand. Erschrocken fuhr er zusammen; es
war Petras Atem. Sie lag mit gesenktem Kopf neben ihm auf
den Knien; jetzt faltete sie die Hände und sah mit einer
unbeschreiblichen Gebärde, die um Barmherzigkeit flehte,
zu ihm empor. Er blickte zu ihr nieder; keins wandte den
Blick ab. Da hob er wie abwehrend die Hand gegen sie, als
fühle er bei diesem Blick in seinem Innern eine Stimme der

Überzeugung, der er nicht Gehör schenken wollte, und jäh, heftig bückte er sich nach seinem Hut, der zu Boden gefallen war, und eilte zur Tür. Aber noch schneller vertrat sie ihm den Weg, warf sich nieder, umklammerte seine Knie und bohrte ihre Augen in seine—alles ohne einen Laut; aber er sah und fühlte, sie kämpfe um ihr Leben. Da wurde die alte Liebe zu mächtig in ihm; noch einmal sah er sie an mit einem vollen, schmerzlichen Blick, noch einmal umfaßte er mit beiden Händen ihr Haupt. Aber in seiner Brust schluchzte und sang es wie in der Orgel nach dem letzten Zug der Register, wenn nur noch Luft, aber kein Ton mehr in ihr ist. Dann zog er seine Hände zurück und zwar in einer Weise, daß sie fühlen mußte, was er dabei dachte: es war für immer. "Nein, nein!—Du kannst Dich hingeben; aber Du kannst nicht lieben!" Es überwältigte ihn. "Unglückliches Kind, Deine Zukunft kann ich nicht schützen! Gott verzeih Dir, daß Du meine vernichtet hast!" Er ging an ihr vorbei, sie rührte sich nicht. Er öffnete die Tür und schloß sie; sie blieb stumm,—sie hörte ihn die Treppe hinuntergehen, sie hörte seine letzten Schritte auf der Haustreppe, auf dem Wege—da brach der Bann. Sie stieß einen Schrei aus, einen einzigen;—aber darauf eilte die Mutter herbei.

Als Petra wieder zu sich kam, fand sie sich in ihrem Bett, entkleidet und wohl verwahrt; und vor ihr saß die Mutter, die Arme auf die Knie gestemmt, den Kopf in beide Hände gestützt und die Glutaugen fest auf die Tochter gerichtet. "Hast Du jetzt genug bei ihm studiert?" fragte sie. "Hast Du jetzt was gelernt… Was soll denn nun aus Dir werden, he?"—Petras Antwort war ein Strom von Tränen. Lange, sehr lange saß die Mutter da und hörte das Weinen mit an; dann sagte sie—seltsam feierlich: "Gott der Herr verdamme ihn!"—Petra fuhr auf. "Mutter, Mutter! Nicht ihn, nicht ihn! *Mich*, mich—nicht ihn!"—"Oh, ich kenn' das Pack! Ich weiß

schon, wer's verdient!"—"Nein, Mutter! er ist betrogen—
betrogen durch mich—*ich, ich* hab' *ihn* betrogen!" Und hastig
und schluchzend erzählte sie alles. Keinen Augenblick
durfte ein Verdacht auf ihm ruhen! Sie erzählte von Gunnar,
was sie von ihm verlangt hatte, ohne es zu verstehen, von
Yngve Volds Unglückskette, in der sie sich verfangen hatte,
zuletzt von Ödegaard, und wie sie bei seinem Anblick alles
andere vergessen hatte. Sie begriff auch jetzt noch nicht, wie
es zugegangen war; aber daß sie eine ungeheure Sünde
begangen habe an allen dreien, und vor allem an ihm, der
sie zu sich emporgezogen und ihr alles gegeben hatte, was
ein Mensch dem andern geben kann, das begriff sie.
Nachdem die Mutter lange schweigend dagesessen hatte,
sagte sie: "Und an mir hast Du Dich nicht versündigt? Wo
bin denn ich die ganze Zeit gewesen, daß Du mir kein
Sterbenswort von alledem gesagt hast?"—"Oh, Mutter, hilf
mir! Sei nicht hart gegen mich jetzt! Ich fühle ja, daß ich
mein ganzes Leben lang dafür büßen muß; aber ich will
Gott auch bitten, daß er mich bald sterben läßt!—Lieber,
lieber Gott!" fing sie sofort an und hob die gefalteten Hände
zum Himmel, "lieber, lieber Gott, erhöre mich! Ich hab' mein
Leben zerstört; es hat für mich keinen Reiz mehr,—ich bin
nicht fürs Leben geschaffen—ich versteh' das Leben nicht.
Lieber Gott, darum laß mich sterben!" Es lag eine so
ergreifende Innigkeit in diesem Gebet, daß Gunlaug die
harten Worte, die ihr schon auf der Zunge lagen,
hinunterschluckte. Sie legte ihre Hand auf den zum Gebet
erhobenen Arm des Mädchens und drückte ihn hernieder.
"Mäßige Dich, Kind! Man soll Gott nicht versuchen. Wir
müssen leben, vielleicht gerade weil's uns hart ankommt!"—
Dann stand sie auf, und von Stund an setzte sie ihren Fuß
nicht mehr in die Giebelstube.

Ödegaard war schwer erkrankt, und die Krankheit drohte
eine gefährliche Wendung zu nehmen. Während dieser Zeit

zog der alte Vater zu seinem Sohn hinauf und richtete sich sein Studierzimmer unmittelbar neben dem Krankenzimmer ein. Wer ihn bat, sich zu schonen, erhielt immer dieselbe Antwort; er könne nicht; seine Pflicht sei, über seinen Sohn zu wachen, so oft dieser Sohn einen verloren habe, den er mehr geliebt habe als den Vater.

So standen die Dinge, als Gunnar zurückkehrte.

Seiner Mutter jagte er einen Todschrecken ein, als sie ihn plötzlich vor sich sah, lange eh das Schiff, auf dem er fuhr, angekommen war; sie glaubte, es sei sein Geist. Und nicht viel anders erging es seinen Bekannten. Auf alle verwunderten Fragen gab er nur kurzen Bescheid. Bald jedoch wußte man mehr als genug. Denn noch am selben Tag, an dem er zurückgekehrt war, wurde er bei Gunlaug zum Haus hinausgeworfen, und zwar von ihr eigenhändig. Von der Treppe aus schrie sie ihm nach, daß es durch den ganzen Hohlweg dröhnte: "Daß Du Dich hier nicht wieder blicken läßt! Von der Sorte haben wir genug!" Er war noch nicht weit gegangen, als ein Mädchen mit einem Paket hinter ihm drein gerannt kam. Das Mädchen hatte noch ein zweites Paket mit und gab ihm das falsche; und so kam es, daß Gunnar im Paket eine dicke goldene Kette fand. Er blieb stehen, wog die Kette in der Hand und betrachtete sie. War ihm Gunlaugs Wut schon vorhin rätselhaft erschienen — daß sie ihm jetzt eine goldene Kette nachschickte, das war ihm noch unbegreiflicher. Er rief das Mädchen zurück; sie müsse sich geirrt haben. Jetzt gab sie ihm das andere Paket und fragte, ob *das* vielleicht das richtige sei. Und wirklich — das Paket enthielt seine Geschenke für Petra. — — Ja, das sei das richtige. Aber wem sie denn das andere, das mit der goldenen Kette, bringen solle? "Dem jungen Herrn Vold!" erwiderte das Mädchen und ging. Gunnar blieb zurück und dachte nach. "Der junge Vold? Macht *der* ihr Geschenke?

Also *der* hat sie mir gestohlen, —Yngve Vold, —na, dem will ich —!" Seine Spannung, seine Erbitterung *mußte* sich Luft machen, —irgend etwas *mußte* er zerschlagen. —Also —Yngve Vold.

Und zum zweitenmal wurde der unglückselige Fischhändler höchst unerwartet attakiert, und zwar auf seiner eigenen Haustreppe. Er flüchtete vor dem Wahnwitzigen ins Kontor, aber Gunnar setzte ihm nach. Sämtliche Kontoristen fielen über den Ruhestörer her; der schlug und wehrte sich nach allen Seiten. Stühle, Tische, Pulte wurden über den Haufen geworfen; Briefe, Rechnungen, Zeitungen stoben nur so durch die Luft. Schließlich rückten —von Yngve Volds Warenschuppen her —Hilfstruppen an, und Gunnar wurde, nach heißem Kampf, auf die Straße befördert. Aber da ging es erst recht los. Im Hafen lagen gerade zwei Schiffe —ein ausländisches und ein einheimisches. Es war gerade Mittagspause, und die Matrosen nahmen diesen Jux nur zu gern mit. Sofort war die Rauferei in schönstem Gange, Mannschaft gegen Mannschaft, Ausländer gegen Einheimische. Neue Truppen wurden herbeibeordert und zogen in Sturmschritt heran; Arbeiter schlenderten herbei, alte Weiber, Gassenjugend; schließlich wußte kein Mensch mehr, weshalb oder mit wem man raufte. Vergebens fluchten die Schiffer, vergebens befahlen ehrsame Bürger, den einzigen Polizeidiener des Städtchens herbeizuholen; der lag just in aller Gemütsruhe draußen auf dem Fjord und fischte. Man lief zum Stadtschultheiß; aber der war zugleich Postmeister, hatte sich gerade mit der neuesten Briefpost in seinem Bureau eingeschlossen und rief zum Fenster heraus, er könne nicht fort, sein Gehilfe sei bei einem Begräbnis; sie müßten warten. Da man aber mit dem gegenseitigen Totschlagen unmöglich warten konnte, bis die Post sortiert war, so schrien einige, vor allem ein paar geängstigte Weiber, man solle den Grobschmied Arne holen. Dem stimmten die ehrsamen Bürger zu, und seine eigene Frau lief, ihn zu holen, "weil die Polizei nicht daheim sei." Er kam—zum Jubel der Schuljugend—, fuhr ein paarmal in den Knäuel hinein, langte sich einen gelenkigen Spanier heraus und hämmerte mit dem nach rechts und links auf die andern los.

Als alles vorbei war, kam der Stadtschultheiß mit seinem Spazierstock. Er fand noch ein paar alte Weiber und Kinder auf der Walstatt. Diesen gebot er mit gestrenger Miene, nach Hause zu gehen zum Mittagessen—was er selbst ebenfalls tat.

Am Tag darauf begann er ein Verhör anzustellen; das dauerte eine geraume Zeit, obwohl kein Mensch auch nur eine Ahnung davon hatte, wer eigentlich gerauft hatte. Bloß darin stimmten alle Aussagen überein—Arne, der Grobschmied, war dabei gewesen; alle hatten sie ihn mit dem Spanier auf die andern loshauen sehen. Also wurde über diesen Arne eine Strafe von einem Speziestaler verhängt, wofür seine Frau, die ihn in den Handel verwickelt hatte, die Prügel einheimste. Am elften Sonntag nach Trinitatis. Sie hatte Ursache, an den Tag zu denken! Das war die einzige gerichtliche Folge, die die Rauferei hatte.

Aber sie hatte andere. Die kleine Stadt war keine stille Stadt mehr; das Fischermädel hatte sie in Aufruhr versetzt. Die seltsamsten Gerüchte liefen um. Zunächst war es eifersüchtiger Groll, daß sie den klügsten Kopf der Stadt und die beiden besten Partien an sich gelockt und außerdem noch "mehrere" in petto hatte; denn aus Gunnar wurden im Handumdrehen "mehrere junge Männer". Bald aber erhob sich ein allgemeiner Sturm sittlicher Entrüstung. Die ganze Schande, an einer großen Straßenrauferei schuld zu sein und über drei der besten Familien der Stadt Kummer gebracht zu haben, lastete auf dem jungen Mädchen, das vor kaum einem halben Jahr eingesegnet worden war. Drei

Verlobungen auf einmal,—und die eine obendrein mit ihrem
Lehrer, ihrem Wohltäter, dem sie alles verdankte—nein! Das
brachte die Empörung zum Überlaufen! War sie nicht von
kindauf ein Ärgernis gewesen für die Stadt? Hatte man
nicht trotzdem,—als Ödegaard sich ihrer angenommen
hatte, die schönsten Erwartungen auf sie gesetzt? Und hatte
sie nicht alle Leute zum Besten gehabt, ihn zugrunde
gerichtet und sich, ihrer zügellosen Natur folgend,
rückhaltlos einem Leben in die Arme geworfen, das sie zu
einem Abschaum der Menschheit machen und am Ende ins
Zuchthaus bringen mußte? Die Mutter war
selbstverständlich mitschuldig—in *ihrer* Matrosenkneipe
hatte das Kind den Leichtsinn gelernt! Aber man werde das
Joch, das Gunlaug der Stadt aufbürdete, nicht länger
tragen, man werde sie nicht länger unter sich dulden, weder
Mutter, noch Tochter. Und so kam man überein—sie aus der
Stadt zu jagen.

Eines schönen Abends versammelten sich Matrosen, die
Gunlaug Geld schuldig waren, versoffene Arbeiter, denen sie
keinen Dienst verschaffen wollte, junge Bursche, denen sie
nichts borgen mochte, oben vor ihrem Hause—angeführt
von Bürgern der "besseren" Stände. Sie pfiffen, sie heulten,
sie brüllten nach dem "Fischermädel", nach der "Fischer-
Gunlaug". Bald flog ein Stein gegen die Haustür; dann ein
zweiter oben durchs Giebelfenster. Erst nach Mitternacht
verlief sich die Rotte. Hinter den Fenstern war alles dunkel
und still.

Am nächsten Tag ließ sich bei Gunlaug kein Mensch
blicken. Nicht einmal ein Kind ging mehr am Berghang
vorbei. Doch abends derselbe Auflauf; nur daß heute alle
mittaten, ohne Unterschied. Sie trampelten alles nieder, sie
zertrümmerten die Fenster, sie rissen den Gartenzaun um
und knickten die jungen Obstbäume ab, und dabei sangen

sie:

> Mutter, ich hab' einen Seemann gefischt!
>   "So, hast du das?"
> Mutter, ich hab' einen Kaufmann erwischt!
>   "Ja, hast du das?"
> Mutter, ein Geistlicher sitzt an der Schnur.
>   "Lang' ihn dir nur!" —
>   O kling und klang,
>   Die Nase wird lang!
> Die großen Fische beißen fruchtlos an,
> Wenn in das Boot man sie nicht ziehen kann.
>
> Mutter, der Seemann, der hat sich gedrückt!
>   "Ja, hat er das?"
> Mutter, der Kaufmann ist ausgerückt!
>   "So, ist er das?"
> Mutter, nun will auch der Geistliche fliehn!
>   "Lange dir ihn!"
>   O kling und klang,
>   Die Nase wird lang!
> Die großen Fische beißen fruchtlos an,
> Wenn in das Boot man sie nicht ziehen kann.

Besonders laut schrien sie nach Gunlaug. Gar zu sehr hätte man sich gefreut, sie toben zu hören in ihrer ohnmächtigen Wut.

Gunlaug saß drinnen und hörte jedes Wort; aber sie blieb stumm. Man muß schon etwas dulden können für sein Kind.

Sechstes Kapitel

Den ersten Abend, als das Schreien, Pfeifen und Johlen anfing, war Petra auf ihrem Zimmer. Sie flog auf, als stände das Haus in Flammen, oder als wolle alles über ihr zusammenbrechen. Wie von glühenden Ruten gepeitscht, lief sie in ihrem Zimmer umher. In ihrer Seele schmerzte und brannte es, ihre Gedanken jagten nach einem Ausweg. Aber zur Mutter hinunter traute sie sich nicht, und draußen, vor ihrem Fenster, standen *sie!* Ein Stein kam durchs Fenster gesaust und fiel auf ihr Bett. Sie stieß einen Schrei aus, lief in den Winkel hinter die Gardine und verkroch sich zwischen ihren alten Kleidern. Da hockte sie, zusammengekauert, flammend vor Scham, zitternd vor Furcht. Bilder voll unerhörten Entsetzens jagten an ihr vorüber, die Luft war voll wimmelnder Gesichter—gaffender, grinsender Gesichter! Ganz nah kamen sie;—Feuer regnete es rings um sie—Hu! es war gar kein Feuer, Augen waren es—überall regnete es Augen, große glühende, kleine sprühende Augen, die reglos glotzten, Augen, die unablässig rollten,—Herr Jesus, Herr Jesus, erbarme Dich!—

Oh, welch ein Aufatmen, als die letzten Schreie in der Nacht erstarben und alles ganz still wurde und ganz dunkel. Sie wagte sich hervor; sie warf sich auf ihr Bett und vergrub den Kopf in die Kissen; doch die Gedanken wollten nicht weichen. Sie sah die Mutter drohend, ungeheuerlich, wie ein Sturmgewölk, das sich über den Bergen zusammenballt;— denn, was mußte die Mutter nicht erdulden—um ihretwillen! Kein Schlaf kam in ihre Augen, kein Friede in ihre Seele. Der Tag dämmerte herauf. Linderung brachte er ihr nicht. Auf und ab wanderte sie, auf und ab, und dachte bloß daran, wie sie fliehen könne. Aber sie traute sich der Mutter nicht unter die Augen; hinaus traute sie sich auch nicht, solang es Tag war, und mit dem Abend kamen sie jedenfalls wieder! Trotzdem mußte sie warten; denn vor Mitternacht zu fliehen, war noch gefährlicher. Und überhaupt—wohin? Sie hatte kein Geld, sie wußte keinen Weg.—Aber irgendwo mußte es doch barmherzige Menschen geben, wie es einen barmherzigen Gott gab! Er wußte—was sie auch verbrochen hatte—Schlechtigkeit war es nicht gewesen. Er kannte ihre Reue, er kannte auch ihre Hilflosigkeit! Sie horchte auf den Schritt der Mutter drunten; aber sie hörte nichts; sie zitterte, daß sie die Treppe heraufkommen könne; aber sie kam nicht. Das Dienstmädchen mußte wohl davongelaufen sein; denn niemand brachte ihr das Essen herauf. Sie selbst wagte sich nicht hinunter, nicht einmal ans Fenster; draußen konnte ja einer stehen und ihr auflauern. Durch das zertrümmerte Fenster zog es kalt herein, besonders als es wieder Abend wurde. Sie hatte sich ein kleines Bündel mit Kleidungsstücken zusammengeschnürt und sich warm angezogen, um bereit zu sein. Aber erst mußte sie den wütenden Haufen abwarten und über sich ergehen lassen, was kommen mochte.

Richtig, da waren sie wieder! Pfeifen, Gejohle, Steinewerfen —schlimmer, viel schlimmer als am Abend vorher! Sie verkroch sich in ihren Winkel, faltete die Hände und betete, betete! Wenn bloß die Mutter nicht zu ihnen hinausginge! Wenn sie bloß nicht das Haus stürmten! Jetzt fingen sie zu singen an; es war ein Schmählied; und obwohl jedes Wort ihr wie ein Messer ins Herz schnitt, mußte sie doch zuhören, lauschen! Aber als sie hörte, daß sie die schamlose Ungerechtigkeit hatten, auch die Mutter mit zu beschimpfen, da sprang sie auf, da stürzte sie hervor; sie wollte zu dem feigen Gesindel reden, wollte sich auf sie herabstürzen; aber da kam ein Stein und noch einer und dann ein ganzer Hagel von Steinen durchs Fenster geflogen; die Glassplitter stoben, die Steine sausten im Zimmer herum, und sie kroch wieder in ihren Winkel. Der Schweiß brach ihr aus, als säße sie in der glühendsten Sonne; aber sie weinte nicht, sie fürchtete sich auch nicht mehr.

Allmählich legte sich der Lärm. Sie wagte sich hervor, und
als sie nichts mehr hörte, wollte sie ans Fenster und
nachsehen. Aber sie trat überall auf Glasscherben, und ging
deshalb wieder zurück. Dabei trat sie wieder auf Steine; so
blieb sie stehen, um nicht gehört zu werden; denn nun galt
es, sich fortzuschleichen. Nachdem sie noch eine gute halbe
Stunde gewartet hatte, zog sie ihre Schuhe aus, ergriff ihr
Bündel und öffnete leise die Tür. Wieder wartete sie etwa
fünf Minuten und schlich dann still die Treppe hinunter. Es
tat ihr weh, die Mutter, der sie solchen Kummer bereitet
hatte, nun auch noch ohne Abschied verlassen zu müssen;
aber das Entsetzen peitschte sie vorwärts. "Leb' wohl,
Mutter! Leb' wohl, Mutter!" flüsterte sie bei jedem Schritt,
den sie auf der Treppe machte, vor sich hin. "Leb' wohl,
Mutter!" Jetzt war sie unten. Sie holte ein paarmal schwer
Atem und nun—zur Haustür! Da packte jemand sie von
hinten am Arm. Sie stieß einen leichten Schrei aus und
drehte sich um. Es war die Mutter. Gunlaug hatte oben die
Tür gehen hören; augenblicklich begriff sie, was Petra
vorhatte, und erwartete sie nun hier unten. Petra fühlte, sie
werde ohne Kampf nicht an ihr vorüberkommen.
Erklärungen nützten hier nichts; was für Worte sie auch
finden werde, die Mutter würde ihr doch nicht glauben.
Nun, so hieß es eben kämpfen! Schlimmer als das
Schlimmste konnte ja in der Welt nichts sein, und das
Schlimmste hatte sie hinter sich. "Wo willst Du hin?" fragte
leise die Mutter. "Fort!" antwortete sie ebenso leise, mit
klopfendem Herzen.—"Und wohin?"—"Ich weiß nicht—nur
fort von hier!" Und sie drückte ihr Bündel fest an sich und
tat einen Schritt vorwärts. "Komm mit!" versetzte die
Mutter, die ihren Arm nicht losgelassen hatte; "ich habe
schon für alles gesorgt."—Augenblicklich gab Petra nach,
wie ein Mensch, der eine allzu schwere Last fallen läßt, und

überließ sich der Mutter. Diese ging voran in ein kleines, fensterloses Kämmerchen hinter der Küche, wo Licht brannte; hier hatte sie versteckt gesessen, während die draußen lärmten. Der Verschlag war so eng, daß sie sich kaum darin umdrehen konnten. Die Mutter zog ein Bündel hervor, etwas kleiner als Petras, öffnete es und zog einen Matrosenanzug heraus. "Zieh das an!" flüsterte sie. Petra wußte sofort, weshalb sie das sollte; aber daß die Mutter es nicht in Worten aussprach, das rührte sie. Sie zog sich aus und legte den Matrosenanzug an, die Mutter half ihr, und als sie dabei dem Lichtkreis nahe genug kam, um ihr Gesicht deutlich sehen zu können, da sah Petra, daß Gunlaug alt war. War sie's in diesen letzten Tagen geworden, oder hatte Petra es nur vorher nicht gesehen? Die Tränen des Kindes flossen auf die Mutter hernieder, aber die Mutter blickte nicht auf, so daß sie kein Wort herausbrachte. Als letztes reichte die Mutter ihr einen Südwester, und als Petra ihn aufgesetzt hatte, nahm ihr die Mutter ihr Bündel ab, blies das Licht aus und flüsterte: "Jetzt komm!"

Wieder gingen sie durch den Flur, aber nicht zur Haustür; Gunlaug riegelte die Hoftür auf und schloß sie nachher wieder ab. Sie gingen durch den zerstampften Garten, über die ausgerissenen Bäume, den zertrümmerten Zaun. "Sieh Dich noch einmal um!" sagte die Mutter, "Du wirst schwerlich jemals wieder hierherkommen!"—Petra zuckte zusammen; sie sah sich nicht um. Sie gingen den oberen Weg, am Walde hin, da, wo sich ihr halbes Leben abgespielt, wo sie jenen Abend mit Gunnar, die Abende mit Yngve Vold und jenen letzten Abend mit Ödegaard verlebt hatte. Sie gingen durch fahles Laub, das der Herbst von den Bäumen gefegt hatte; die Nacht war kalt, und Petra fror in ihrer ungewohnten Kleidung. Jetzt bog die Mutter ab, auf einen Garten zu; Petra erkannte ihn augenblicklich, obwohl sie hier an seiner oberen Seite nicht wieder gewesen war seit jenem Tage, da sie ihn als Kind gestürmt hatte; es war Pedro Ohlsens Garten. Die Mutter hatte den Schlüssel dazu und schloß auf.

Es war Gunlaug nicht leicht gefallen, Ohlsen am Vormittag aufzusuchen; es fiel ihr auch jetzt nicht leicht, mit der unglücklichen Tochter zu ihm zu kommen, der sie selbst keine Heimat mehr zu bieten vermochte. Aber es mußte sein, und was sein mußte, das konnte Gunlaug. Sie klopfte an die Verandatür, und fast im selben Augenblick hörten sie Tritte und sahen Licht. Gleich darauf wurde geöffnet, und Pedro, blaß und angstvoll, stand im Reiseanzug und hohen Stiefeln vor ihnen. Er hielt ein Talglicht in der Hand; und als er Petras vom Weinen geschwollenes Gesicht erblickte, seufzte er. Sie sah zu ihm auf; aber da er sie nicht zu kennen wagte, so wagte auch sie nicht ihn zu kennen. "Der Mann da hat versprochen, Dir von hier fortzuhelfen", sagte die Mutter, wobei sie weder Petra noch Ohlsen ansah, sondern den beiden voran durch den Flur und in Pedros Zimmer auf der andern Seite des Hauses ging. Das Zimmer war klein und niedrig; eine eigentümlich dumpfe Luft schlug ihnen entgegen, die Petra ganz übel machte—seit mehr als vierundzwanzig Stunden hatte sie weder geschlafen noch gegessen. Von der Mitte der Decke hing ein Bauer mit einem Kanarienvogel. Man mußte im Bogen drum herumgehen, wollte man nicht daran stoßen. Die alten schweren Stühle, ein mächtiger Tisch, ein paar große Bauernschränke, die bis an die Decke reichten, drückten so auf das Zimmer, daß es noch niedriger erschien. Auf dem Tisch lagen Noten und eine Flöte. Pedro Ohlsen schlurfte in seinen großen Stiefeln geschäftig hin und her. Aus dem Hinterzimmer erklang eine schwache Stimme: "Wer ist da? Wer ist in der Stube?" worauf er noch eiliger umhertrappte und dabei murmelte: "Oh, es ist —hm, hm—es ist nur ... hm, hm..." Darauf verschwand er in der Stube, aus der die Stimme gekommen war.

Gunlaug saß am Fenster, die Ellbogen auf die Knie
gestemmt, den Kopf in die Hände gestützt, und starrte vor
sich hin auf den Sand, mit dem der Fußboden bestreut war.
Sie sprach kein Wort; aber von Zeit zu Zeit entrang sich
ihrer Brust ein schwerer Seufzer. Petra lehnte an der Tür, die
Beine dicht zusammengepreßt, beide Hände auf die Brust
gedrückt; sie fühlte sich ganz krank. Eine alte Wanduhr
hackte die Zeit in Stücke; das Talglicht auf dem Tisch tropfte
mit langer Schnuppe. Die Mutter fühlte, sie müsse einen
Grund für ihre Anwesenheit in diesem Haus angeben, und
sagte: "Ich hab' diesen Mann mal früher gekannt."

Kein Wort weiter. Es kam auch keine Antwort. Pedro blieb
noch immer fort. Das Talglicht tropfte, und die Uhr hackte.
Die Übelkeit übermannte Petra mehr und mehr—und
dazwischendurch summten unablässig die Worte der
Mutter: "Ich hab' diesen Mann früher mal gekannt." Die Uhr
griff es auf und fing an zu ticken: "Ich hab'—diesen Mann—
mal früher—gekannt." So oft ihr später in ihrem Leben
einmal eingeschlossene Luft entgegenschlug, stand ihr die
Stube und ihre eigene Übelkeit und die Uhr mit ihrem: "Ich
hab'—diesen Mann—mal früher—gekannt—" vor Augen.
So oft ihr an Bord eines Dampfers der Ölgeruch, der
Gestank des fauligen Meerwassers unter der Kajüte, der
Dunst des Essens entgegendrang,—augenblicklich wurde sie
seekrank, und durch die Seekrankheit hindurch hörte sie bei
Tag und bei Nacht ticken: "Ich hab'—diesen Mann—mal
früher—gekannt."

Als Pedro wieder eintrat, hatte er eine wollene Mütze auf
und einen altmodischen steifen Mantel um, der ihm bis über
die Ohren reichte. "Ja, also ich wär' fertig," sagte er und
streifte sich Fäustlinge über, als solle er in den dicksten
Winter hinaus. "Jetzt dürfen wir nicht vergessen, den
Mantel für—für—" er wandte sich um—"den Mantel für—"

Er blickte zu Petra hinüber und von ihr zu Gunlaug, die
jetzt nach einem blauen Umhang griff, der über einem Stuhl
hing, und ihn Petra umlegte. Petra jedoch—als sie ihn von
nahem roch, empfand den eigentümlichen Dunst der Stube
so heftig, daß sie bat, man möge sie an die frische Luft
lassen. Die Mutter sah, daß ihr schlecht wurde, machte
schnell die Tür auf und führte sie in den Garten hinaus.
Hier sog sie in der kühlen Nacht die klare Herbstluft in
langen, vollen Zügen ein.—"Wo soll ich hin?" fragte sie, als
sie sich wieder etwas erholt hatte. "Nach Bergen!" erwiderte
die Mutter und half ihr den Mantel zuknöpfen. "Das ist eine
große Stadt, wo keiner Dich kennt." Als sie fertig war, stellte
sie sich vor die Haustür. "Du kriegst hundert Taler mit,"
fuhr die Mutter fort; "so hast Du, wenn es irgendwie schief
geht, einen Notpfennig. Der—der hier—borgt Dir das Geld,"
"—schenkt—schenkt—" flüsterte Pedro, der eben an ihnen
vorbei auf die Straße heraustrat. "Borgt Dir das Geld,"
wiederholte die Mutter, als habe er nichts gesagt; "ich werd'
es ihm zurückzahlen." Sie nahm ihr Halstuch ab, band es
Petra um und sagte: "Sobald es Dir gut geht, schreibst Du.
Eher nicht."—"Mutter!"—"Und jetzt bringt er Dich an Bord;
das Schiff liegt draußen vor Anker."—"O Gott,
Mutter!"—"So, das wäre wohl alles. Weiter gehe ich nicht
mit."—"Mutter! Mutter!"—"Gott behüte Dich! Leb'
wohl!"—"Mutter! Verzeih mir, Mutter!"—"Und erkälte Dich
nicht auf dem Wasser!" Damit hatte sie Petra behutsam zur
Gartenpforte hinausgeschoben und schloß jetzt hinter ihr
zu.

Petra stand draußen und blickte auf die verschlossene
Pforte. Sie fühlte sich so elend, so ausgestoßen, wie nur je
ein Menschenkind sich fühlen kann. Und doch—gerade aus
diesem Gefühl des Verstoßenseins, aus all dem Unrecht, den
Tränen stieg eine Ahnung auf, ein Glaube; wie ein
Flammenschein war es—, der aufglüht und wieder erlischt,

hochaufsprühend in alle Lüfte und wieder in Asche
gesunken; und doch—einen Augenblick lang alles sieghaft
überstrahlend—. Sie hob die Augen. Und stand wieder im
tiefen Dunkel.

Still—langsam—durch die öden Gassen der kleinen Stadt,
vorbei an den ungastlichen, entblätterten Gärten, vorbei an
den verschlossenen, erloschenen Häusern glitt sie dahin,
hinter dem Mann, der in seinen großen Stiefeln und dem
Mantel, vornübergeneigt, gewissermaßen ohne Kopf,
voranstapfte. Sie kamen in die Allee, wieder schritten sie
durch raschelndes Laub und sahen gespenstisch
emporgereckte und verlangende Äste, die nach ihnen
haschten. Sie krochen den Berg hinunter, zum gelben
Schuppen, wo das Boot lag; er machte sich sofort daran, es
auszuschöpfen; dann ruderte er sie hinaus, am Land
entlang, das jetzt dalag zu einem schwarzen Klumpen
geballt, auf den sich schwer der Himmel niedergesenkt hatte.
Feld und Wald, Häuser und Hügel, alles war ausgelöscht.
Nichts mehr erblickte sie von alledem, was sie von Kindheit
an bis gestern Tag für Tag vor Augen gehabt hatte; alles
hatte sich verschlossen—wie die Stadt; wie die Menschen
sich vor ihr verschlossen, in der Nacht, da sie
hinausgestoßen wurde; und kein Lebwohl begleitete sie.

Auf dem Schiff, das dicht am Strand vor Anker lag und auf
die Morgenbrise wartete, ging ein Mann auf und ab. Sobald
er die zwei unter den Dillen sah, ließ er die Schiffstreppe
hinab, half ihnen an Bord und benachrichtigte den Kapitän,
der sofort auf Deck kam. Petra kannte beide, und beide
kannten sie; aber ohne eine Frage, ohne Mitleid, nur wie
eine ganz alltägliche Sache wurde ihr gesagt, was gesagt
werden mußte—wo ihre Koje sei, und was sie zu tun habe,
wenn sie irgendetwas wünsche oder seekrank würde.
Letzteres wurde sie auch fast augenblicklich, als sie in ihre

Kabine trat, und sie ging darum, sobald sie sich umgekleidet
hatte, wieder auf Deck. Da oben roch es—jawohl—nach
Schokolade! Sie verspürte einen entsetzlichen Hunger; es
bohrte, es zerrte geradezu in ihrem Magen, und da kam
auch schon der Mann, der ihr an Bord geholfen hatte, mit
einer großen Kanne aus der Schiffsküche; und dazu Kuchen!
Ihre Mutter schicke ihr das, sagte er. Während sie aß und
trank, berichtete er, die Mutter habe auch eine Kiste mit
ihren besten Kleidern und mit leinenem und wollenem
Unterzeug an Bord geschickt, auch Eßwaren und allerhand
Leckereien. Und in diesem Augenblick stieg plötzlich die
Erinnerung an die Mutter gewaltig in ihr auf—ein Bild,
großzügig, wie sie es bisher noch nie empfunden hatte, das
ihr aber von Stund an ihr Leben lang blieb. Und vor dem
Bild, sicher und doch wehmutsvoll, eine Verheißung, ein
Gebet, daß sie dereinst der Mutter all das Leid, das sie über
sie gebracht hatte, mit ein klein bißchen Freude vergelten
dürfe.

Pedro Ohlsen saß neben ihr, wo sie saß, und ging neben ihr,
wo sie ging—stets eifrig darauf bedacht, ihr nie und
nirgends im Weg zu sein, und darum fortwährend und
überall im Weg auf dem mit Frachtstücken überfüllten Deck.
Sie sah nichts von seinem Gesicht als die große Nase und die
Augen, und nicht einmal diese deutlich; doch immer merkte
man ihm an, daß er bedrückt wurde von etwas, das er gern
sagen wollte, und doch nicht sagen konnte. Er seufzte, er
setzte sich, stand auf, ging um sie herum und setzte sich
wieder; aber kein Wort kam aus seinem Munde, und auch
sie blieb stumm. Zuletzt konnte er es nicht länger aushaken;
linkisch zog er ein Ungeheuer von einer ledernen Brieftasche
hervor und flüsterte ihr zu: da seien die hundert Taler—und
noch ein bißchen drüber. Sie streckte die Hand aus und
bedankte sich; und dabei kam sie seinem Gesicht so nahe,
daß sie bemerkte, wie seine Augen in feuchtem Glanz an den

ihren hingen. Denn mit ihr schwand ja der letzte Rest von Leben, der seinem dahinsiechenden Dasein noch geblieben war. Er hätte ihr so gern noch etwas gesagt, das ihm eine freundliche Erinnerung gesichert hätte, wenn er nun bald nicht mehr da sei; aber das war ihm verboten; und obwohl er es trotzdem gern getan hätte, wagte er es doch nicht; sie kam ihm so gar nicht zu Hilfe! Petra war müde, so müde. Und der Gedanke, er sei der Anlaß gewesen, daß sie damals die erste Sünde an ihrer Mutter begangen habe, wollte gerade jetzt nicht von ihr weichen. Sie konnte ihn nicht mehr gern haben; und je länger er da saß, desto schlimmer wurde es; denn wenn man müde ist, wird man leicht ungeduldig. Der Ärmste fühlte das; es blieb ihm also nichts anderes übrig, als sich zu verabschieden; und während er seine dürre Hand aus dem Fausthandschuh zog, brachte er schließlich ein geflüstertes Lebewohl heraus. Sie legte ihre warme Hand in die seine, und beide standen auf. "Vielen Dank,—und grüß' Mutter!" sagte sie. Er stieß einen Seufzer aus oder eine Art Glucksen—einmal und noch ein paarmal; dann ließ er ihre Hand los, wandte sich ab und kletterte rücklings, still, die Schiffstreppe hinunter. Sie trat an die Reling; er sah noch immer herauf, grüßte, setzte sich und ruderte langsam davon. Sie blieb stehen, bis er im Dunkel verschwunden war. Dann aber ging auch sie gleich nach unten; sie war so müde, daß sie sich kaum mehr auf den Füßen halten konnte; und obwohl sie sofort seekrank wurde, so hatte sie doch kaum den Kopf aufs Kissen gelegt und die zwei oder drei ersten Bitten des Vaterunsers gebetet, als sie auch schon schlief.

* * * * *

Droben neben dem gelben Bootschuppen saß zu derselben Stunde die Mutter. Sie war ihnen langsam den ganzen Weg gefolgt, und hatte sich, gerade als die beiden vom Lande stießen, hinter den Schuppen gesetzt. Von derselben Stelle aus war Pedro Ohlsen in alten Zeiten oft mit ihr hinausgerudert; es war lange, lange her; aber als er jetzt mit ihrem Kinde davonruderte, mußte sie daran denken.

Sobald sie ihn allein zurückkehren sah, stand sie auf und ging; sie wußte jetzt, daß die Tochter wohlbehalten an Bord war. Sie ging nicht nach Hause, sondern ins Land hinaus. Dort fand sie im Dunkeln den Pfad, der in die Berge führte; den schlug sie ein. Über einen Monat blieb ihr Haus in der Stadt leer und halb zertrümmert stehen; sie wollte nicht eher wieder heim, als bis sie gute Nachricht von der Tochter hatte.

Aber inzwischen hatte sich auch die feindliche Stimmung geklärt. Alle niedrigen Naturen finden eine aufreizende Freude darin, sich zur Verfolgung eines Stärkeren zusammenzutun; aber nur, solange dieser Widerstand leistet. Sobald sie sehen, daß er sich ruhig mißhandeln läßt, beschleicht sie ein Gefühl der Scham, und ihre ganze Wut wendet sich nun gegen den, der es wagt, noch einen Stein zu werfen. Man hatte sich darauf gefreut, Gunlaugs mächtige Stimme durch den Hohlweg dröhnen zu hören; man hatte gedacht, sie werde ihre Matrosen zu Hilfe rufen und zum Straßenkampf aufbieten. Als der dritte Abend kam, und sie sich noch immer nicht sehen ließ, war der Haufen kaum zu bändigen; man wollte hinein, wollte die beiden Weibsbilder herauszerren, sie auf die Straße werfen, sie zur Stadt hinausjagen! Die Scheiben waren seit dem vorigen Abend noch nicht wieder eingesetzt; unter dem Halloh der Menge krochen zwei Männer durchs Fenster, um die Tür zu öffnen, und hinein stürmte die ganze Bande! Sie durchsuchten alle Räume, oben und unten; sie sprengten Türen, sie zerschlugen alles, was im Wege stand; sie durchstöberten jeden Winkel, bis hinab zum Keller, nach

Mutter und Tochter; keine Menschenseele war zu finden! Die Verfolger wurden plötzlich ganz mäuschenstill, als ihnen diese Entdeckung zum Bewußtsein kam. Einer nach dem andern kamen sie alle, die drinnen waren, wieder heraus und versteckten sich hinter den übrigen. Nicht lange, und der Platz vor dem Hause war leer.

Bald wurden in der Stadt Stimmen laut, die erklärten, ein derartiges
Vorgehen zwei wehrlosen Frauen gegenüber sei einfach unwürdig gewesen.

Man besprach das Ereignis, den Vorfall so lange, bis man zu dem Schluß kam—was auch das *Fischermädel* verbrochen hatte—Gunlaug hatte keine Schuld, und ihr war also schweres Unrecht geschehen. Die Stadt vermißte sie schmerzlich. Schlägereien und Straßenhändel zwischen Betrunkenen waren bald an der Tagesordnung: die Stadt hatte ihre Polizei verloren. Auch ihre mächtige Gestalt unter der Tür vermißte man, wenn man am Hause vorüberging. Besonders aber vermißten die Matrosen sie. Nirgends sei es so wie bei ihr, behaupteten sie. Bei ihr war jeder nach Verdienst behandelt worden, jeder hatte seine bestimmte Rangordnung in ihrem Vertrauen inne gehabt und bei ihr Hilfe gefunden in allen Lebenslagen. Weder Matrosen noch Schiffer, weder Arbeitsherren noch Hausmütter hatten gewußt, was sie allen war, bis sie auf einmal nicht mehr da war.

Darum lief es wie eine einzige Freudenbotschaft durch die ganze Stadt, als jemand sie wieder in ihrem Hause sitzen und kochen und braten gesehen wie zuvor. Jeder einzelne mußte hinauf und sich selbst davon überzeugen, daß die Tür wieder ganz war und neue Scheiben hatte, und der Rauch aus dem Schornstein stieg. Ja, wirklich, es war so! Da war sie wieder! Man kletterte an der andern Seite des

Hohlwegs hinauf, um besser sehen zu können. Da saß sie—
vor dem Backofen; sie blickte weder auf noch hinaus—die
Augen folgten der Hand, und die Hand arbeitete. Denn sie
war zurückgekehrt, um wieder zu verdienen, was sie
verloren hatte, vor allem die hundert Taler, die sie Pedro
Ohlsen schuldete. Anfangs begnügte man sich damit, zu ihr
hineinzugucken; man getraute sich nicht ins Haus—des
bösen Gewissens wegen! Aber so nach und nach kamen sie
doch wieder; zuerst die Hausmütter, die lieben, guten! Aber
sie fanden keinerlei Gelegenheit, von anderem zu reden als
von Geschäften; Gunlaug hörte einfach auf nichts anderes.
Dann kamen die Fischer, dann die Kaufleute und Schiffer,
die Leute dingen und sich bei ihr Auskunft holen wollten,
und endlich, am nächsten Sonntag, auch die Matrosen. Die
mußten sich verabredet haben; denn gegen Abend war das
Haus mit einem Male so überfüllt, daß nicht nur die beiden
Stuben besetzt waren, sondern daß man auch noch die
Tische und Stühle, die im Sommer im Garten standen,
hervorholen und im Flur, in der Küche, im Hinterzimmer
aufstellen mußte. Niemand, der diese Versammlung gesehen,
hätte ahnen können, mit welchen Gefühlen diese Leute hier
saßen; denn mit dem Augenblick, da sie Gunlaugs Schwelle
wieder überschritten, hatte diese Frau stillschweigend
wieder das Kommando übernommen, und die breite
Sicherheit, mit der sie jedem das seine verabfolgte,
unterdrückte jeden Willkommgruß, jede Frage. Sie war ganz
wie sonst, nur daß ihr Haar nicht mehr schwarz und ihr
Wesen ein bißchen stiller war. Aber als die Matrosen
anfingen, lustig zu werden, konnten sie sich nicht länger
halten; so oft Gunlaug und das Mädchen draußen waren,
schrien sie dem Bootsmann Knud zu, der immer ihr Liebling
gewesen war: er möge doch ein Hoch auf sie ausbringen,
wenn sie wieder hereinkomme. Doch selbst er fand nicht
eher den Mut dazu, als bis ihm die Hitze ein bißchen zu
Kopf gestiegen war. Da endlich, als sie hereinkam, um leere

Gläser und Flaschen abzuräumen, stand er auf und sagte:
"Es sei man schön, daß sie wieder da sei. Denn —
wahrhaft'gen Gott — es — es sei man schön, daß sie wieder da
sei!" und alle fanden das gut gesprochen und erhoben sich
und riefen: "Ja, das is man schön! Das is man schön!" Und
die im Flur und in der Küche und in den andern Stuben
standen ebenfalls auf, und drängten herein und stimmten
mit ein, und der Bootsmann gab Gunlaug ein Glas in die
Hand und schrie Hurra! Und nun ließen sie alle ein paar
Hurras los, als ob das Dach auffliegen und in die Wolken
fahren sollte. Bald hörte man einen laut verkünden: sie
hätten ihr schmählich unrecht getan, dann schwur ein
anderer dasselbe, und schließlich schwur und fluchte die
ganze Gesellschaft: ihr sei das schmählichste Unrecht
widerfahren. Als endlich Stille eintrat, weil es alle nach
einem Wort Gunlaugs verlangte, dankte sie ihnen: "aber",
fügte sie hinzu und sammelte ihre Gläser und Flaschen
ruhig weiter ein, "solange *ich* nicht davon rede, braucht Ihr's
auch nicht. Verstanden?" Dann, nachdem sie so viele Gläser
und Flaschen beisammen hatte, als sie tragen konnte, ging
sie hinaus, um gleich darauf die übrigen zu holen. Von
diesem Augenblick an war ihre Macht unerschütterlich.

Siebentes Kapitel

Es war Abend und dunkel, als das Schiff im Hafen von
Bergen Anker warf. Noch halb taumelnd von der
Seekrankheit wurde Petra im Kapitänsboot durch das
Gewimmel von großen und kleinen Schiffen und dann
weiter durch das Lärmen und Toben der Bootsleute auf den
Brücken und der Bauern und Straßenjungen in den engen
Winkelgassen geführt, durch die der Weg ging. Vor einem

kleinen hübschen Haus machten sie Halt, und dort nahm
auf die Bitte des Kapitäns eine ältere Dame sich Petras
liebevoll an. Sie fühlte Hunger und Müdigkeit, und beide
Bedürfnisse konnte sie hier befriedigen. Gegen Mittag des
folgenden Tages wachte sie frisch und munter auf, zu neuen
Lauten, neuem Sprachklang und—als sie die Gardine
aufzog, zu einer neuen Natur, zu einer neuen Stadt mit
neuen Menschen. Ja, sie selbst war wie neugeboren, fand sie,
als sie vor den Spiegel trat. Dies Gesicht war nicht das alte
mehr; worin die Veränderung bestand, darüber konnte sie
sich freilich selbst nicht Rechenschaft geben; sie wußte nicht,
daß in ihrem Alter Leid und Gemütsbewegung die Züge
verfeinern und vergeistigen; aber sie mußte doch, als sie sich
im Spiegel sah, wieder an die letzten Nächte denken, und sie
bebte noch bei diesem Nachhall. Darum beeilte sie sich,
fertig zu werden, damit sie hinunter konnte zu all dem
Neuen, das ihrer wartete. Unten traf sie ihre Wirtin und
einige Damen, die sie zunächst einmal gründlich von allen
Seiten betrachteten und ihr dann versprachen, sich ihrer
anzunehmen. Als erstes wollten sie ihr die Stadt zeigen. Da
sie allerlei einzukaufen hatte, lief sie hinauf zu ihrer
Brieftasche. Weil sie sich jedoch schämte, das plumpe dicke
Ding mit hinunterzunehmen, öffnete sie es, um Geld
herauszunehmen. Sie fand nicht hundert, sondern
dreihundert Taler darin! Also wieder Pedro Ohlsen, der
gegen der Mutter Wissen und Willen Geld schenken wollte!
So wenig verstand sie vom Wert des Geldes, daß sie sich
über die Größe der Summe nicht einmal wunderte; es kam
ihr darum auch gar nicht in den Sinn, über den Grund
dieser großen Freigebigkeit weiter nachzudenken. Statt eines
freudestrahlenden Dankbriefes voll ahnungsvoller Fragen
überbrachte Gunlaug Pedro Ohlsen ein Schreiben von Petra
an sie selbst, worin die Tochter mit schlecht verhehltem
Ärger ihren Wohltäter verriet und fragte, was sie mit dem
eingeschmuggelten Geschenk anfangen solle.

Der erste Eindruck, den Petra von der Stadt empfing, war ein starker Natureindruck. Sie konnte das Gefühl nicht los werden, als umdrängten die Berge sie so dicht, daß sie sich vor ihnen in acht nehmen müsse. So oft sie das Auge erhob, fühlte sie sich bedrückt, und dann wieder trieb es sie, die Hand auszustrecken und an den Stein zu pochen. Bisweilen war ihr, als gebe es hier keinen Ausgang mehr. Sonnenverlassen und finster standen die Berge, die Wolken hingen schwer darauf nieder oder jagten darüber weg; Wind und Regen in unaufhörlichem Wechsel; von den Bergen kam es, die Berge sandten es hernieder auf die Stadt. Aber die Menge Menschen rings um sie her hatte gar nichts Bedrücktes. Sie wurde bald froh unter ihnen; denn in ihrer Geschäftigkeit lag eine Freiheit, eine Leichtigkeit, eine Heiterkeit, wie sie sie gar nicht kannte, und die ihr nach allem, was sie erlebt hatte, wie ein Lächeln, ein Willkommgruß erschien.

Als sie am nächsten Tag beim Mittagessen äußerte, sie möchte am liebsten irgendwohin, wo recht viele Leute seien, schlug man ihr vor, ins Theater zu gehen; da könne sie Hunderte von Menschen in einem einzigen Haus beieinander sehen. — Jawohl, da wollte sie hin! Man besorgte ihr ein Billet, das Theater lag ganz in der Nähe, und zur bestimmten Zeit begleitete man sie hin und wies ihr einen Platz in der ersten Reihe des Balkons an. Da saß sie, in strahlender Beleuchtung, unter Hunderten fröhlicher Menschen, ringsum leuchtende Farben und Geplauder, das von allen Seiten über sie hereinbrauste wie das Rauschen des offenen Meeres.

Was es hier eigentlich zu sehen gab, davon hatte Petra keine
Ahnung. Ihr Wissen beschränkte sich auf das, was
Ödegaard ihr gesagt, und was ihr zufälliger Verkehr sie
gelehrt hatte. Aber das Theater hatte Ödegaard mit keinem
Worte je erwähnt.

Die Matrosen hatten von einem Theater gesprochen, wo es
wilde Tiere gab und Kunstreiter; und die jungen Burschen
der Stadt kamen gar nicht auf den Gedanken, vom
Schauspiel zu reden, wenn sie auch von der Schule her ein
bißchen davon wußten; denn das Städtchen selbst hatte
kein Theater, nicht einmal ein Gebäude, das den Namen
führte. Reisende Tierbändiger, Seiltänzer und Clowns
trieben ihre Künste entweder in einer Strandbude oder auf
freiem Feld. Ihre Unwissenheit war so groß, daß sie nicht
einmal imstande war, zu fragen; sie saß da und erwartete
naiv irgend etwas Merkwürdiges, etwa Kamele oder Affen.
Allmählich beherrschte diese Vorstellung sie so, daß sie
anfing, in jedem Gesicht um sich her ein Tier zu sehen —
Pferde, Hunde, Füchse, Katzen, Mäuse; das machte ihr Spaß.
Und so kam es, daß sich das Orchester versammelte, ohne
daß sie es merkte. Erschrocken schnellte sie auf; denn mit
einem kurzen, scharfen Gedröhne von Pauken, Trommeln,
Posaunen und Hörnern setzte die Ouvertüre ein. Sie hatte
ihrer Lebtag noch niemals mehr als ein paar Geigen und
vielleicht eine Flöte zusammen gehört. Vor dieser
brausenden Herrlichkeit erbleichte sie; die hatte etwas von
einer kalten, schwarzen Sturzwelle; sie zitterte vor der
nächsten; vielleicht würde die noch schlimmer werden — und
doch, sie wünschte sich, daß es nicht aufhören möge. Bald
strömten sanftere Harmonien Licht aus, bald öffneten sich
Ausblicke, wie sie sie nie geträumt hatte. Melodien wiegten
sie hinaus, empor, Spiel und Leben schwirrten rings durch
die Luft, mit langem Flügelschlag schwang sich der ganze

Zug aufwärts, senkte sich leise, sammelte sich wuchtig, teilte
sich voll Übermut, in sprühendem Gewimmel, bis ein großes
Dunkel sich niedersenkte und alles deckte; es war, als ob
alles hinwegwirbele im Braus eines tosenden Sturzbachs.
Dann wieder ein vereinzelter Ton, wie ein Vogel auf nassem
Zweig über der Tiefe: wehmutvoll, furchtsam stimmte er an,
aber während seines Sangs klärte sich über ihm die Luft, ein
Sonnenschimmer brach hervor, und wieder lagen die
weiten, blauenden Fernen voll jenes seltsamen Wogens und
Flatterns hinter den Sonnenstrahlen. Eine Weile währte das
fort—dann—o Wunder! verklang es in mildem Frieden. Die
jubelnden Scharen zogen ferner und immer ferner, nichts
mehr war da als die Strahlen, die durch die Luft sickerten
und schmolzen; über der ganzen unendlichen Fläche nichts
als Sonne, still, lichtdurchwoben alles—und in dieser
Seligkeit träumte das Ganze aus. Sie erhob sich
unwillkürlich, als es zu Ende war; denn sie selbst war auch
am Ende. O Wunder—da ging die schöne gemalte Wand
gerade vor ihr in die Höhe, bis an die Decke. Sie war in einer
Kirche, einer Kirche mit Bogen und Pfeilern, einer Kirche
voll Orgelbraus und Festesglanz, und Menschen in
Gewändern, wie sie sie nie gesehen hatte, schritten herein,
auf sie zu und redeten,—ja, wirklich, sie redeten in der
Kirche! Und in einer Sprache, die sie nicht verstand. Wie?
Hinter ihr redeten sie auch? "Setzen!" sagte jemand. Aber da
war doch gar nichts zum Hinsitzen; und die beiden in der
Kirche blieben auch ganz ruhig stehen; und je länger sie
hinsah, desto klarer wurde es ihr, daß diese Trachten
dieselben waren, die sie auf einem Bild von Olaf dem
Heiligen gesehen hatte. Und da,—da nannten sie ja auch
den Namen des heiligen Olaf!—"Setzen!" tönte es wieder
hinter ihr. "Setzen!" riefen jetzt mehrere Stimmen. Vielleicht
ist dahinten auch irgend etwas, dachte Petra und drehte sich
hastig um. Ein Haufen zorniger Gesichter, manche darunter
geradezu drohend, starrte ihr entgegen. Alles das geht nicht

mit rechten Dingen zu! dachte sie und wollte gehen. Da
zupfte eine alte Dame, die neben ihr saß, sie sachte am Rock.
"So setzen Sie sich doch, Kindchen!" flüsterte sie. "Die hinter
Ihnen können ja nichts sehen." Im Nu war sie wieder auf
ihrem Platz. Natürlich—das da vorn ist das Theater, und
wir sind die Zuschauer,—natürlich, das Theater! Und sie
wiederholte das Wort, wie um es sich selbst ins Gedächtnis
zurückzurufen. Und wieder blickte sie in die Kirche. Aber so
viel Mühe sie sich auch gab, sie konnte den Menschen, der
da redete, nicht verstehen. Erst als sie so nach und nach
dahinter kam, daß es ein Mann war, jung und hübsch, fing
sie ab und zu ein Wort auf. Und als sie begriff, daß er von
Liebe redete, daß er verliebt war, da verstand sie so ziemlich
alles. Jetzt kam ein Dritter hinzu, der sofort ihre ganze
Aufmerksamkeit auf sich lenkte; denn von Abbildungen her
wußte sie, daß das ein Mönch sein mußte; und einen Mönch
zu sehen, das war schon immer ihr sehnlichster Wunsch
gewesen. Der Mönch ging auf so leisen Sohlen, bewegte sich
so still, zeigte ein so frommes Gebaren; er redete so
treuherzig, sprach so langsam, daß sie jedem seiner Worte
folgen konnte. Da auf einmal drehte er sich um und sagte
just das Gegenteil von dem, was er vorher gesagt hatte.—
Herrgott! Das ist ja ein Bösewicht! Hört Ihr nicht? Ein
Bösewicht ist er! Man sieht es ihm ja auch an! Daß der junge
hübsche Mann das nicht merkt! Aber hören könnt' er's
doch wenigstens! "Er hintergeht Sie!" flüsterte sie halblaut.
"Psst!" sagte die alte Dame. Aber nein, der junge Mann hört
nichts. Er geht fort, ganz vertrauensvoll; alle gehen sie fort.
Ein alter Mann kommt jetzt herein. Ja, was ist denn das?
Wenn der Alte spricht, so ist es, als spräche der Jüngling.
Und dabei ist es doch ein alter Mann. Und plötzlich,—o
Gott, o Gott! Ein leuchtender Zug von weißgekleideten
Jungfrauen, die zwei und zwei langsam durch die Kirche
ziehen. Noch lange, nachdem sie verschwunden waren,
blickte sie ihnen nach, und in ihrer Erinnerung stieg eine

ähnliche Erscheinung aus ihrer Kindheit auf. An einem
Wintertag war sie mit ihrer Mutter übers Gebirge gegangen;
und wie sie durch den frischgefallenen Schnee gewatet
waren, hatten sie unversehens einen Schwarm junger
Schneehühner aufgescheucht, die mit einem Schlag die Luft
vor ihnen gefüllt hatten; weiß waren sie gewesen, und weiß
der Schnee, weiß der Wald, —noch lange nachher streiften
alle Gedanken weiß an ihr vorüber… Und in diesem
Augenblick hatte sie dasselbe Gefühl.

Aber eine der weißgekleideten Jungfrauen tritt allein vor,
mit einem Kranz in der Hand, und kniet nieder. Der Alte ist
ebenfalls auf die Knie gesunken; und sie redet mit ihm; er
hat Botschaft für sie und einen Brief, —aus fremden Landen.
Er zieht den Brief heraus, —ha, man sieht es ihr an, der Brief
ist von einem, den sie lieb hat. Wie himmlisch! Alle lieben sie
einander hier! Sie macht den Brief auf, —aber es ist gar kein
Brief—es ist alles lauter Musik, —und sieh doch, sieh! Der
Brief ist ja er selber! Der Greis ist der Jüngling, der Jüngling,
den sie liebt! Sie sinken einander in die Arme, —Himmel! Sie
küssen sich! Petra fühlte, wie sie feuerrot wurde; sie barg ihr
Gesicht in den Händen, während sie weiter zuhörte. Horch',
—da erzählt er ihr, daß sie auf der Stelle Hochzeit halten
wollen, und sie zupft ihn lächelnd am Bart und sagt, er sei
ein Barbar geworden; und er sagt, sie sei ganz wunderschön
geworden, und gibt ihr einen Ring und verspricht ihr
Scharlach und Sammet, goldene Schuhe und einen goldenen
Gürtel. Dann nimmt er fröhlich Abschied und geht zum
König, um die Hochzeit auszurichten. Die Braut sieht ihm
nach, leuchtend, strahlend; doch wie sie sich wieder
umwendet, da ist es leer—leer.

Jetzt gleitet ganz schnell die Wand wieder herab. Wie? Schon
zu Ende? Nachdem es eben erst angefangen hat? Glühend
wendet sie sich der alten Dame zu: "Ist es aus?"—"Nein,

nein, Kindchen! Das war ja nur der erste Akt. Fünf sind es. —Fünf Akte", wiederholte sie seufzend, "fünf Akte!"—"Immer das Gleiche?" fragte Petra.—"Wie denn?"—"Ich meine, kommen immer die gleichen Leute wieder, und geht es immer weiter?"—"Sie sind wohl noch nie im Theater gewesen, was?"—"Nein."—"Freilich; ein Theater gibt's nicht überall; es ist ja auch so teuer."—"Aber was ist denn das eigentlich alles?" fragte Petra erregt, atemlos, als könne sie die Antwort kaum erwarten. "Was sind denn das für Menschen?"—"Das ist die Truppe des Direktor Naso, eine ganz ausgezeichnete Truppe; er ist wirklich ein tüchtiger Kerl."—"Hat er denn das alles erfunden? Ja? Ach Gott! So sagen Sie mir's doch!"—"Aber Kindchen, wissen Sie denn gar nicht, was ein Schauspiel ist? Wo kommen Sie denn her?"—-Doch als Petra an ihre Vaterstadt dachte, fiel ihr auch gleich ihre ganze Schande, ihre Flucht wieder ein; sie schwieg und getraute sich nicht, weiter zu fragen.

Der zweite Akt kam, und mit ihm der König. Wirklich, der König! Jetzt sah sie endlich einmal den König! Sie hörte nicht, was er sagte, sie sah nicht, mit wem er sprach, sie sah nur des Königs Kleider, des Königs Gebaren, des Königs Mienen. Sie wachte erst wieder auf, als der Jüngling auftrat. Und jetzt zogen sie alle davon, um die Braut einzuholen.— Also hieß es wieder warten.

In der Pause beugte die alte Dame sich zu ihr hinüber. "Sie spielen doch wundervoll, nicht?" sagte sie. Petra blickte sie voll Erstaunen an. "Spielen? Wie denn?" Sie merkte gar nicht, daß alle, die in ihrer Nähe saßen, sie beobachteten; daß die alte Dame sie nur ausfragen wollte. Sie merkte nicht, daß man sich über sie lustig machte.—"Aber sie reden ja ganz anders wie wir?" fragte sie, als sie keine Antwort erhielt.—"Es sind doch Dänen!" antwortete die Dame und fing zu lachen an. Jetzt begriff sie, daß die Gute über ihr vieles Fragen lachte, und fortan schwieg sie; sie sah nur unverwandt nach dem Vorhang hin.

Als der wieder aufging, wurde ihr die große Freude zuteil, einen Erzbischof zu sehen. Wieder erging es ihr wie vorhin: sie verlor sich so gänzlich in seinen Anblick, daß sie von dem, was er sagte, überhaupt kein Wort hörte. Aber jetzt erklang Musik—leise, leise—aus weiter Ferne. Sie kam näher —Gesang von Frauenstimmen—ein Spiel von Flöten und Geigen und einem Instrument, das nicht Guitarre war und doch wie viele Guitarren, bloß weicher, voller, mit schwingenden Tönen—die ganze Harmonie flutete zu langen, schwebenden Wellen zusammen. Und als alles zu wogenden Farben geworden war, da kam der Zug,— Soldaten mit Hellebarden, Chorknaben mit Weihrauchfässern, Mönche mit brennenden Kerzen, der König mit der Krone auf dem Haupt und an seiner Seite der Bräutigam, im weißen Gewand—hinter ihnen wieder die weißen Jungfrauen; singend streuten sie Rosen vor der Braut, die in weißer Seide, mit einem roten Rosenkranz im Haar, einherschritt. An ihrer Seite ging eine hohe Frauengestalt in golddurchwirktem, langschleppendem Purpurgewand, auf dem Haupt eine schmale, funkelnde Krone; das mußte die Königin sein. Die ganze Kirche war voll Musik und Farben, und alles, was nun geschah, vom Augenblick an, da der Bräutigam die Braut zum Brautschemel führte, auf dem sie niederkniete, während das ganze Brautgefolge im Kreis um sie kniete, bis der Erzbischof an der Spitze der Klosterbrüder erschien,—das alles waren bloß Verschlingungen in der bunten Harmonienkette.

Aber als nun die Trauung vor sich gehen sollte, da erhob der Erzbischof plötzlich seinen Stab und gebot Einhalt. Ihre

Vermählung sei wider die heiligen Vorschriften, nie und
nimmer dürften sie einander angehören. O himmlischer
Vater, erbarme dich! Die Braut sank in Ohnmacht; und Petra
fiel mit einem durchdringenden Schrei auf ihren Platz
zurück; denn sie hatte zuletzt wieder gestanden.

"Wasser! Wasser!" rief es um sie her. "Nicht nötig!" erwiderte
die alte Dame. "Sie ist ja gar nicht bewußtlos." "Still!" rief es
vom Parkett herauf. "Ruhe da oben!" "Ruhe da unten!" tönte
es vom Balkon zurück. —"Sie müssen sich's nicht so zu
Herzen nehmen", flüsterte die alte Dame. "Es ist doch alles
bloß erdichtet und erfunden! Aber Frau Naso spielt wirklich
brillant!"

"Still!" rief nun auch Petra. Sie war schon wieder ganz in der
Handlung. Der diabolische Mönch war wieder da, mit einem
Schwert in der Hand. Die beiden Liebenden mußten ein
Tuch zwischen sich halten, und er schnitt es in der Mitte
durch, wie die Kirche schneidet, wie der Schmerz schneidet,
wie das Schwert über der Pforte des Paradieses schnitt an
jenem ersten Tag. Weinende Frauen nahmen der Braut den
roten Kranz vom Haar und setzten ihr einen weißen auf;
damit war sie fürs Leben dem Kloster geweiht. Und er, dem
sie angehörte für Zeit und Ewigkeit, er sollte sie am Leben
wissen und sie dennoch nimmermehr sein eigen nennen,
sollte sie hinter Klostermauern wissen und sie nimmer
wiedersehen. Wie herzzerreißend war dies letzte Lebewohl!
Keine größere Not gab es auf Erden als ihre! —

"Du lieber Gott!" flüsterte die alte Dame, als der Vorhang fiel,
"so seien Sie doch nicht so närrisch! Es ist doch bloß Frau
Naso, dem Direktor seine Frau!" Petra riß die Augen auf und
starrte die brave Frau an. Die muß verrückt sein! dachte sie.
Und da die alte Dame von Petra schon längst dasselbe
gedacht hatte, redeten sie nun überhaupt nicht mehr
miteinander, sondern warfen sich nur von Zeit zu Zeit

scheue Blicke zu.

Als der Vorhang wieder aufging, kam Petra nicht mehr so recht mit. Sie sah nur noch die Braut hinter den Klostermauern und den Bräutigam, der Tag und Nacht voller Verzweiflung draußen umherirrte; sie litt ihre Qualen mit, sie betete mit ihnen ihre Gebete; das, was sich vor ihren Augen abspielte, glitt farblos an ihr vorüber. Da plötzlich wurde sie durch eine mahnende Stille in die Gegenwart zurückgerufen. Der leere Kirchenraum wird weit und groß, die zwölf Schläge der Mitternachtsstunde hallen durch den Raum. Das Gewölbe erdröhnt, die Mauern erbeben; der heilige Olaf, im Totengewand, erhebt sich aus seinem Sarge, hoch und dräuend; den Speer in der Hand, kommt er geschritten; die Wache flieht,—ein Donnerschlag—und der Mönch sinkt, vom Speer durchbohrt, nieder. Dann wird alles dunkel, die Erscheinung ist verschwunden. Nur der Mönch liegt noch da wie ein Haufen Asche auf der Stelle, wo der Blitz niederfuhr.

Petra hatte sich unwillkürlich an die alte Dame angeklammert, der es unter diesem krampfhaften Griff höchst unbehaglich zumute war, und die nun, als sie das Mädchen immer blasser werden sah, rasch sagte: "Du meine Güte, Kind, es ist doch nur Knutsen; es ist die einzige Rolle, die er spielen kann, mit seiner heiseren Stimme!"—"Nein, nein, nein, nein! Ich hab' Flammen rings um ihn gesehen!" sagte Petra, "und die Kirche hat gezittert unter seinen Tritten!"—"Ruhe!" ertönte es von verschiedenen Seiten. "Wer nicht still sitzen kann,—'raus!"—"Heda! Ruhe da oben!" klang es vom Parkett. "Ruhe!" klang es vom Balkon zurück. Petra war ganz in sich zusammengekrochen, als wolle sie sich verstecken; aber gleich darauf hatte sie alles um sich her vergessen. Denn plötzlich waren die beiden Liebenden wieder da,—der Blitz hat ihnen den Weg gebahnt,—sie wollen fliehen. Sie haben sich wieder, —sie sinken sich in die Arme, —o Gott im Himmel, beschütze sie!

Da erhebt sich ein Lärm—Geschrei und Hörnerklang—der Bräutigam wird von ihrer Seite gerissen, —es gilt den Kampf —den Kampf fürs Vaterland. Er wird verwundet, und sterbend sendet er der Geliebten seinen letzten Gruß!— — Petra faßt erst, was geschehen ist, als die Braut still hereintritt und—seine Leiche erblickt. Und da ist es, als sammelten alle Wolken des Schmerzes sich über einem einzigen Punkt; aber ein Blick zerteilt sie: die Braut blickt auf von des Toten Brust und fleht zum Himmel, daß er auch sie sterben lasse. Und der Himmel öffnet sich diesem Blick, ein Leuchten senkt sich nieder, droben wartet der Hochzeitssaal—lasset die Braut ein! Schon sieht sie den Himmel offen; von ihren Augen strahlt ein Friede gleich dem Frieden hoher Gipfel. Ihre Augenlider schließen sich, dem Kampf erblüht eine erhaben-edlere Lösung, ihrer Treue eine herrlichere Krone; sie sind vereint.

Lange saß Petra regungslos da; ihr Herz war im Glauben erhoben, die Macht des Großen erfüllte sie. Sie schwang sich empor über alles Kleine; sie schwang sich empor über Furcht und Schmerz; sie schwang sich empor, mit einem Lächeln für alle: denn alle waren Brüder und Schwestern. Das Böse, das da trennt, war nicht mehr, —es war zerschmettert vom Donner. Die Leute lachten sie an, —das war ja das Mädel, das sich während der Vorstellung so verrückt benommen hatte. Sie aber sah in ihrem Lächeln nichts anderes als den Wiederschein des Sieges Jubels, der in ihr selber war. Und in dem Glauben, daß die anderen mit ihr lächelten, lächelte sie so strahlend zur Antwort, daß die anderen alle lächeln mußten mit ihrem Lächeln. Sie schritt die breite Treppe hinab zwischen zwei auseinanderweichenden Reihen von Menschen, die ihr Freude von ihrer Freude, Schönheit von

der Schönheit zurückgaben, die über ihr leuchtete. Der
Glanz unseres Innern kann oft so mächtig werden, daß wir
alles um uns her in Klarheit tauchen, ob wir es selbst auch
nicht sehen. Das ist der größte Triumphzug der Welt,
angekündigt, getragen und geleitet zu werden von unseren
eigenen leuchtenden Gedanken.

Als sie, ohne zu wissen wie, zu Hause angelangt war, fragte
sie, was das alles denn eigentlich gewesen sei. Einige der
Anwesenden verstanden sie auch und gaben ihr hilfreich
Auskunft. Und als sie nun genau Bescheid wußte, was ein
Schauspiel ist, und was große Schauspieler vermögen, da
stand sie auf und sagte: "Das ist das Größte auf Erden; das
will ich werden."

Zur Verwunderung aller zog sie ihren Mantel wieder an und
ging noch einmal aus; sie mußte allein sein und im Freien.
Sie ließ die Stadt hinter sich und wanderte im heftigen Wind
hinaus auf die nächste Landzunge. Unter ihr brauste das
Meer; die Stadt aber lag zu beiden Seiten der Bucht, in einem
Lichtnebel, hinter dem die zahllosen einzelnen Flammen mit
vereinigten Kräften arbeiteten, ohne doch mehr zu
erreichen, als den Flor zu durchleuchten, den sie nicht
heben konnten. Das wurde ihr zum Bild ihrer eigenen Seele.
Das große Dunkel zu ihren Füßen gab mit seinem dumpfen
Tosen Kunde von einer undurchdringlichen Tiefe; es galt,
entweder hinabzusinken oder sich emporzuheben und zu
versuchen, mitzuleuchten. Sie fragte sich, warum ihr früher
nie solche Gedanken gekommen waren, und sie antwortete
sich selbst: weil immer nur der Augenblick über sie Macht
gehabt hatte. Jetzt aber fühlte sie: auch sie hatte Macht über
den Augenblick. Jetzt sah sie es: so viele Lichter dort drüben
funkelten, so viele Augenblicke würden ihr gegeben werden,
und sie bat Gott um die Kraft, sie alle voll auszunützen,
damit er keinen vergebens entzündet hätte. Sie stand auf;

denn es wehte ein eisiger Wind. Sie war nicht lange draußen gewesen; aber als sie wieder nach Hause ging, da wußte sie, wohin sie ging.

* * * * *

Am nächsten Tage stand sie vor der Tür des Direktors. Heftiges Schelten tönte ihr von drinnen entgegen. Die eine Stimme schien ihr Ähnlichkeit mit der Stimme der Liebhaberin von gestern Abend zu haben. Freilich ging sie jetzt aus einer andern Tonart, aber Petra erbebte doch bei ihrem Klang. Sie wartete lange; als es immer noch kein Ende nehmen wollte, klopfte sie an. "Herein!" schrie eine wütende Männerstimme. "Oh!" kreischte eine Frauenstimme, und als Petra öffnete, sah sie das fliehende Entsetzen eines Nachtgewandes und aufgelösten Haares durch eine Seitentür verschwinden. Der Direktor, ein langer Mensch mit unfreundlichen Augen, die er eiligst hinter einer goldenen Brille versteckte, lief aufgeregt im Zimmer hin und her. Seine lange Nase beherrschte das Gesicht so gänzlich, daß alles übrige nur ihretwegen da zu sein schien; die Augen guckten wie zwei Gewehrläufe hinter diesem Wall hervor, der Mund war der Graben und die Stirn eine leichte Brücke vom Wall hinüber zu dem Wald oder dem "Verhau". —"Was wünschen Sie?" Er blieb mit einem Ruck stehen. "Sind Sie die Dame, die gern Choristin werden möchte?" setzte er eilfertig hinzu.—"Choristin? Was ist das?"—"Nanu —das wissen Sie gar nicht? So, so! Na, was wollen Sie denn sonst?"—"Ich will Schauspielerin werden."—"So, Schauspielerin wollen Sie werden—und wissen nicht, was eine Choristin ist. Hm, hm. Aber Sie reden ja Dialekt!"—"Dialekt? Was ist das?"—"So, also das wissen Sie auch nicht. Und dabei wollen Sie Schauspielerin werden. Hm, hm. Ja, das ist wieder mal echt Norwegisch. Dialekt— das will sagen, daß Sie nicht so sprechen wie wir."—"Ja, aber

ich hab' mich den ganzen Morgen darin geübt."—"So,
wirklich? Schau', schau'! Also schießen Sie mal los!"—Und
Petra stellte sich auf und deklamierte wie die Liebhaberin
gestern Abend: "Un so wist Deine Valborg Du verlaten!"[2]
"Na, aber,—Himmelkreuzdonnerwetter! Sind Sie etwa
hergekommen, um sich über meine Frau lustig zu machen?"
Aus dem Nebenzimmer ertönte schallendes Gelächter. Der
Direktor öffnete die Tür und rief, augenscheinlich ohne die
leiseste Erinnerung daran, daß sie sich den Augenblick
vorher noch auf Leben und Tod gezankt hatten: "Da ist eine
kleine Norwegerin, die Dich karikieren will! Komm doch
mal und sieh sie Dir an!" Ein Damenkopf mit
ungekämmtem, trotzig schwarzem Haar, dunkeln Augen
und einem großen Mund schaute herein und lachte. Petra
aber eilte augenblicklich auf sie zu; das *mußte* die Heldin sein
von gestern Abend—oder nein, ihre Mutter, dachte sie, als
die Dame näher kam. Petra sah sie an und sagte: "Ich weiß
nicht—sind Sie's … oder sind Sie ihre Mutter?" Jetzt lachte
auch der Direktor. Der Frauenkopf hatte sich wieder
zurückgezogen, aber aus dem Nebenzimmer tönte noch
immer das Lachen. Petras Verlegenheit malte sich so lebhaft
in Stellung, Gesicht, Mienenspiel, daß der Direktor
aufmerksam wurde. Er betrachtete sie eine Weile; dann griff
er nach einem Buch und sagte so ganz beiläufig: "Kommen
Sie mal her, Kind, und lesen Sie. Aber lesen Sie einfach so,
wie Sie für gewöhnlich sprechen." Petra las.—"Nein, nein—
das ist ja Unsinn! Hören Sie zu!" Und er las ihr vor, und sie
las ihm nach, genau so, wie er gelesen hatte. "Nein doch,
nein! So lesen Sie doch norwegisch—den Teufel noch mal—
norwegisch!" Und Petra las wieder wie vorhin. "Nein doch,
sag' ich! Das ist ja der helle Blödsinn! Begreifen Sie denn
nicht, was ich meine? Sind Sie dumm!"—Er versuchte es
wieder und wieder; dann gab er ihr ein anderes Buch. "Da,
—hier haben Sie was anderes: etwas Komisches. Also los!"
Und Petra las. Aber wieder war es dieselbe Geschichte, bis er

endlich gelangweilt ausrief: "Ach was, nein doch, nein! So
hören Sie endlich einmal auf! Was, Teufel, wollen Sie denn
eigentlich beim Theater? Was wollen Sie denn spielen zum
Kuckuck?"—"Das, was ich gestern gesehen hab', will ich
spielen."—"Aha! Na ja, selbstverständlich! natürlich! Na—
und...?"—"Ja," sagte sie ein bißchen verlegen, "es war ja auch
wirklich so wunderschön gestern; aber ich hab' mir heut
doch gedacht,—noch viel schöner wäre es, wenn es gut
ausginge. Das möcht' ich gern machen."—"So, also das
möchten Sie.—Hm, na ja, genieren Sie sich nur nicht! Der
Dichter ist tot. Der steht natürlich heutzutage nicht mehr
auf der Höhe; und darum wollen Sie, die weder lesen noch
schreiben kann, ihn umdichten;—echt Norwegisch!"—Petra
begriff kein Wort; nur das begriff sie—ihre Sache stand
schlecht. Und ihr wurde ängstlich zumute. "Also ich darf
nicht?" fragte sie leise. "I, aber natürlich! Durchaus nichts im
Wege! Bitte! Hören Sie!" sagte er in ganz verändertem Ton,
während er dicht an sie herantrat, "vom Komödienspielen
verstehen Sie so wenig wie eine Katze. Und Talent haben Sie
keins, weder fürs Komische, noch fürs Tragische; ich hab'
Sie jetzt in beidem geprüft. Weil Sie ein hübsches Frätzchen
haben und eine hübsche Figur, haben die Leute Ihnen in
den Kopf gesetzt, Sie seien die geborene Schauspielerin,
natürlich eine viel bessere als meine Frau! Und dazu suchen
Sie sich auch gleich die größte Rolle im ganzen Repertoir aus
und dichten sie noch obendrein um. Jawohl! Echt
Norwegisch! Die können ja alles!"—Petras Atem ging
schneller und schneller; sie schluckte und schluckte und
endlich wagte sie zu flüstern: "Also ich darf wirklich
nicht?"—Der Direktor stand am Fenster und sah hinaus. Er
hatte gedacht, sie sei schon längst fort. Erstaunt wandte er
sich um. Aber als er ihre Erregung sah und die wunderbare
Kraft, die sich dadurch ihrem ganzen Wesen aufprägte,
stand er einen Augenblick still, griff dann plötzlich aufs
neue nach dem Buch und sagte mit einer Stimme und einem

Gesichtsausdruck, in denen alles Vorhergegangene wie weggeblasen war: "Da, lesen Sie mal das da, ganz langsam, —damit ich einmal Ihr Organ höre. Na, los!" Aber sie konnte nicht lesen. Die Buchstaben tanzten ihr vor den Augen. "Na, nur nicht so verzagt!" Endlich fing sie an, aber kalt, farblos. Er ließ sie die Stelle wiederholen—"mit mehr Gefühl". Es wurde nur noch schlechter. Da nahm er ihr das Buch ruhig aus der Hand und sagte: "Ich habe Sie jetzt nach jeder Richtung hin geprüft; mehr kann ich nicht tun. Ich versichere Ihnen, mein bestes Fräulein, ob ich meinen Stiefel auf die Bühne schicke oder Sie—es würde genau denselben Eindruck machen, nämlich einen höchst sonderbaren. Und damit wollen wir's genug sein lassen!" Mit letzter Aufbietung ihrer Kräfte stotterte Petra flehend: "Ich glaube, ich versteh' es doch, wenn ich bloß—" "Natürlich! Selbstredend! Jedes lumpige Fischernest versteht ja mehr davon als wir. Das norwegische Publikum ist das gebildetste der ganzen Welt. Na, wenn Sie nicht gehen wollen, so geh' ich!" Sie wandte sich zur Tür und brach in Tränen aus. "Sagen Sie mal—" rief er; denn bei ihrer heftigen Erregung ging ihm plötzlich ein Licht auf. "Sie sind doch nicht etwa die Person, die gestern abend solchen Skandal im Theater gemacht hat?"—Sie wandte sich feuerrot um und sah ihn an. "Natürlich sind Sie's! Jetzt weiß ich, wer Sie sind! Das 'Fischermädel'! Ich war nach dem Theater mit einem Herrn aus Ihrem Heimatort zusammen; mit einem, der Sie 'gut kannte!' So, also darum möchten Sie so gern zum Theater! Sie möchten Ihre Künste dort probieren—aha! Wissen Sie was: mein Theater ist ein anständiges Institut, und ich verbitte mir jeglichen Versuch, es zu reformieren. Machen Sie, daß Sie fortkommen! Aber etwas plötzlich, wenn ich bitten darf!"—Und laut aufschluchzend rannte Petra zur Tür hinaus, die Treppe hinunter und auf die Straße. Schluchzend, weinend lief sie so, mitten unter allen Menschen. Eine Dame, die am hellichten Tag weinend durch

die Straßen läuft, mußte, wie man sich denken kann, großes
Aufsehen erregen. Leute blieben stehen, Gassenjungen
rannten hinter ihr drein, erst einige, dann mehrere. Und in
diesem Lärm hinter sich her hörte Petra wieder das Toben
und Branden jener Nächte in ihrem Giebelstübchen—sah
wieder all die Gesichter in der Luft—und rannte, rannte!
Aber wie hinter ihr der Lärm, so wuchs mit jedem Schritt
auch die Erinnerung, und als sie das Haus erreicht, die
Haustür hinter sich zugeschlagen, sich auf ihr Zimmer
geflüchtet und den Schlüssel umgedreht hatte, da mußte sie
sich niederwerfen in einen Winkel und die Gesichter
abwehren; mit den Händen schlug sie danach—stieß
Drohungen aus.—Schließlich sank sie erschöpft zusammen,
—ihre Tränen flossen ruhiger,—sie war gerettet.

[2] Aus Adam Oehlenschlägers Schauspiel "Axel und
Valborg."

* * * * *

Noch am Abend desselben Tages verließ sie Bergen und fuhr
landeinwärts. Sie wußte selbst nicht wohin. Sie wollte nur
irgendwohin, wo man sie nicht kannte. Sie saß im Karriol,
ihr Koffer war hinten aufgeschnallt, und obendrauf saß der
Postbub. Es regnete in Strömen; sie saß zusammengekauert
unter einem großen Regendach und blickte voll Bangen bald
an der Bergwand empor, bald in den Abgrund auf der
andern Seite hinab. Der Wald vor ihr war eine einzige
brütende Nebelmasse, voll Gespenster. Im nächsten
Augenblick mußte sie mitten drin sein. Aber immer wieder
wich der Nebel zurück, mit jedem Schritt, den sie in den
Wald hineintat. Ein mächtiges Dröhnen, das immer
gewaltiger wurde, verstärkte in ihr das Gefühl, als bewege
sie sich in einem geheimnisvollen Kreis, in dem alles seine
eigene Bedeutung, seinen dunkeln Zusammenhang hatte
und in dem der Mensch nichts war als ein furchtsamer

Wandersmann, der eben sehen mußte, wie er weiter kam.
Das Dröhnen rührte von den Sturzbächen her, die durch
die Regengüsse zu Riesen angeschwollen waren und nun
unter Brüllen und Tosen stoßweise von Fels zu Fels in die
Tiefe sprangen. Wo der Weg ging, führten schmale Brücken
hinüber; sie sah es unter sich brodeln in den hohlen
Kesseln. Bald ging es in Krümmungen und Windungen
abwärts; da und dort ein vereinzeltes Stück Ackerland, ein
paar torfbedeckte Hütten auf einem Klumpen. Dann wieder
aufwärts, dem Wald und dem Rauschen entgegen. Sie war
durchnäßt, sie fror. Aber sie wollte weiter, solang es Tag
war, weiter auch am nächsten Tag, —immer tiefer ins Land
hinein, bis sie eine Stätte fand, wo sie geborgen war. Und
dazu würde er ihr helfen, er, der Allmächtige, der sie jetzt
leitete durch Dunkel und Sturm.

Achtes Kapitel

Ein mildes Spätjähr kann manchmal gerade in den
fruchtbaren und geschützten Gebirgstälern des Stiftes
Bergen noch tief im Herbst die reinsten Sommertage
bringen. Da läßt man über Mittag das Vieh wieder auf die
Weide, auch wenn es schon zur Winterfütterung
eingebracht ist. Und die Tiere sind wohlgenährt und
übermütig um diese Zeit und bringen, wenn sie am Abend
heimgetrieben werden, Leben genug auf den Hof.

So kamen sie gerade den Viehsteig herunter, auf ein großes
Gehöft zu—Kühe, Schafe und Ziegen, brüllend, blökend
und tanzend … als Petra vorüberfuhr. Der Tag war hell; das
lange weiße Gutshaus leuchtete mit seinen Fenstern in der
Sonne, und über dem Haus stieg das Gebirge auf, so
vollgepackt von Föhren, Birken, Faulbäumen und

Ebereschen, von Heckenrosen und allen Ausläufern, daß die
Gebäude darunter wie eingebettet lagen. Vor dem
Hauptgebäude, am Weg, war ein Garten; darin standen
üppige Äpfel-, Kirsch- und Morellenbäume; und an den
Wegen und am Zaun wuchsen Stachelbeer-, Johannisbeer-
und Himbeerbüsche. Über alles hin ragten ein paar große
alte Eschen mit breiten Kronen. Das Haus sah wie ein
verstecktes Nest zwischen den Ästen hervor, ein Nest, in das
niemand drang, als die Sonne. Aber gerade dieses Versteckte
erregte Petras Sehnsucht. Und weil die Sonne aus den
Scheiben funkelte, und die Herdenglocken so fröhlich
lockten, und sie hörte, daß das ein Pfarrhof sei, griff sie
hurtig in die Zügel: "Halt! Hier muß ich hinein!" Und bog
seitwärts ab, am Garten entlang.

Ein paar Wolfshunde stürzten ihr wütend entgegen, als sie
in den Hof fuhr. Der Hof war ein großes, eingebautes
Viereck. Dem Wohnhaus gegenüber der Kuhstall, rechts ein
Flügel des Wohnhauses, links Waschhaus und
Gesindewohnung. Der ganze Hof war gerade voll von Vieh.
Mitten unter den Tieren stand eine Dame, ziemlich groß und
sehr schlank. Sie trug ein eng anschließendes Kleid und
über dem Kopf ein kleines seidenes Tuch. Rings um sie
herum und an ihr hinauf sprangen Ziegen, weiße, braune,
scheckige, schwarze, alle mit kleinen Glocken, die im
Dreiklang abgestimmt waren. Und für jede Ziege hatte sie
einen Kosenamen und einen Leckerbissen in einer Schüssel,
die die Milchmagd immer wieder füllte. Auf der niedrigen
Treppe, die vom Wohnhaus auf den Hof führte, stand der
Propst mit einer Schüssel Salz, und vor der Staffel standen
die Kühe und leckten ihm das Salz aus der Hand und von
den Steinfließen, auf die er es streute, Der Propst war kein
großer, aber gedrungener Mann, mit kurzem Hals und
niederer Stirn. Die buschigen Brauen beschatteten ein Paar
Augen, die nicht gern geradeaus, sondern nur ab und zu

seltsam funkelnd von der Seite blickten. Das kurzgeschnittene dichte Haar war grau und sträubte sich nach allen Seiten; es wuchs den Nacken hinab fast ebenso stark wie auf dem Kopf; er trug keine Krawatte, das Hemd war mit mit einem Knopf zusammengehalten und stand vorn offen, so daß die behaarte Brust sichtbar war; auch die Hemdärmel waren nicht zugeknöpft und hingen lose über den kleinen kräftigen, augenblicklich klebrigen Händen, mit denen er das Salz austeilte. Hände und Arme waren dicht behaart. Er warf von der Seite her einen scharfen Blick auf die fremde Dame, die da ausgestiegen war und sich durch die Ziegen den Weg zu seiner Tochter gebahnt hatte. Was die beiden miteinander redeten, konnte er vor dem Lärm, den Kühe, Hunde und Schellen machten, nicht hören; aber jetzt blickten die beiden zu ihm herüber und kamen, umringt von den Ziegen, auf die Treppe zu. Ein Hirtenjunge trieb auf einen Wink des Propstes die Kühe fort. Und Signe, die Tochter, rief jetzt... Petra empfand voll Behagen den Wohllaut der Stimme: "Vater, da ist eine fremde Dame, die gern einen Tag bei uns ausruhen möchte!"—"Sie ist mir herzlich willkommen!" rief der Propst zurück; dann gab er das Salzfaß einer Magd und ging in sein Studierzimmer rechts vom Hausflur, um sich zu waschen und zurechtzumachen. Petra folgte dem Fräulein in den Hausflur, der eigentlich ein Vorzimmer war, so hell und so geräumig war er. Der Postjunge wurde abgelohnt, ihr Gepäck wurde ins Haus geschafft, in einem der Studierstube gegenüberliegenden Nebenzimmer machte sie sich ein bißchen zurecht und trat dann wieder hinaus in den Flur, um sich von dort ins Wohnzimmer führen zu lassen.

Was für ein helles großes Zimmer! Fast die ganze Wand nach dem Garten zu bestand aus Fenstern; das mittlere war zugleich eine Gartentür. Die Fenster waren breit und hoch und reichten beinah bis auf den Fußboden; aber sie standen

ganz voll Blumen. Blumen auf Ständern bis tief ins Zimmer
herein, Blumen auf den Fensterbrettern, und statt der
Gardinen schlangen sich Efeuranken aus zwei kleinen
Blumenhecken hoch oben am Fensterrahmen bis auf die
Erde. Und da auch draußen Sträucher und Blumen standen,
unter dem Fenster, an beiden Seiten, um die Scheiben
herumgerankt und auf dem Rasenplatz davor, so glaubte
man in ein Treibhaus zu treten, das mitten in einem Garten
lag. Und doch, — kaum war man einige Augenblicke im
Zimmer, so sah man die Blumen gar nicht mehr; man sah
nur noch die Kirche, die frei auf einer Anhöhe zur Rechten
lag, und das blauschimmernde Wasser, das ihr Bild aufnahm
und flimmernd dahinströmte, bis tief in die Berge hinein, so
tief, daß man nicht wußte, war es ein Binnensee oder ein
Meeresarm, der sich hereinschlängelte. Und dann die Berge
selbst! Kein einzelner Berg, nein, ganze Ketten von Bergen,
ein Bergrücken immer gewaltiger hinter dem andern
emporragend, als sei hier die Grenze der bewohnten Welt!

Als Petras Blicke sich endlich von diesem Bilde lösten, war
alles im Zimmer wie geweiht durch den Anblick da draußen;
rein und anmutig schlang es sich als ein Blumenrahmen um
das großzügige Gemälde. Ihr war, als umgebe sie ein
Unsichtbares, das auf ihr Tun, auf ihr Denken Acht hatte;
ohne sich dessen bewußt zu sein, ging sie prüfend im
Zimmer umher und berührte die einzelnen Gegenstände. Da
sah sie über dem Sofa an der langen Wand dem Licht
gegenüber das lebensgroße Bild einer Frau, die auf sie
herablächelte. Sie saß mit leicht geneigtem Haupt und
gefalteten Händen da; der rechte Arm ruhte auf einem Buch,
dessen Rücken in deutlichen Lettern die Inschrift:
"Sonntagsbuch", trug. Blond von Haar und licht von Farbe,
strahlte sie hernieder und verlieh Sonntagsruhe allem, was
sie bestrahlte. Ihr Lächeln war Ernst, aber der Ernst war
Hingebung; es war, als ziehe sie alles und alle in Liebe an

sich; denn es war, als verstehe sie alles, weil sie in allem nur das Gute sah. Ihr Antlitz trug das Gepräge krankhafter Zartheit; aber diese Schwäche mußte ihre Stärke sein; denn den Menschen, der dieser Schwäche hatte wehtun können, den gab es sicherlich nicht. Um den Rahmen hing ein Immortellenkranz; sie war also tot.

"Das war meine Mutter!"—hörte Petra hinter sich eine sanfte Stimme sagen; sie wandte sich um und sah die Tochter des Hauses vor sich stehen, die vorhin hinausgegangen und jetzt wieder eingetreten war. Aber das ganze Zimmer war fortan ausgefüllt von dem Bilde; alles leitete zu ihm hinan, alles erhielt von ihm sein Licht, alles war nur des Bildes wegen da, und die Tochter war sein stiller Abglanz. Ein bißchen schweigsamer erschien die Tochter, ein bißchen zurückhaltender. Die Mutter zog den Blick auf sich und gab ihn voll zurück; die Tochter hielt den ihren gesenkt. Aber dabei dieselbe Klarheit, dieselbe Milde. Auch die Gestalt der Mutter hatte sie; doch ohne eine Spur von Kränklichkeit. Die lebhaften Farben ihres festanliegenden Kleides, ihrer Schürze, der kleinen Krawatte, die von einer römischen Nadel zusammengehalten war, gaben im Gegenteil ihrem Gesicht etwas Frisches und ließen eine Anmut und einen Sinn für Anmut ahnen, die sie zur Tochter des Bildes dort oben und zum guten Genius des Hauses stempelten. Und wie sie das Mädchen so zwischen den Blumen der Mutter umhergehen sah, stieg eine große Sehnsucht nach ihr in Petra auf. Im Umgang mit dieser Frau, in diesem Hause mußte alles Gute gedeihen. Wenn sie nur Einlaß fände! Sie empfand ihre Verlassenheit doppelt. Unverwandt folgten ihre Blicke Signe, wo diese ging und stand; Signe fühlte es und suchte auszuweichen; vergebens. Zuletzt wurde sie ganz verlegen und beugte sich über ihre Blumen. Endlich wurde Petra sich ihrer Aufdringlichkeit bewußt; sie schämte sich und hätte gern um Verzeihung gebeten. Aber etwas an

diesem sorgfältig geordneten Haar, der feinen Stirn, dem eng
anliegenden Kleid mahnte sie zur Vorsicht. Sie blickte auf
zur Mutter; oh, die hätte sie auf der Stelle umarmen können!
War es nicht, als ob sie sie willkommen hieße? Durfte sie
wirklich hoffen? So hatte noch kein Mensch sie angesehen!
In diesem Blick stand geschrieben: alles weiß ich; ich kenne
dich, du Verirrte,—und ich verzeihe dir! Und sie brauchte
diese Nachsicht,—sie konnte den Blick nicht abwenden von
diesen gütigen Augen. Sie neigte das Haupt, wie die Frau
auf dem Bilde, sie faltete die Hände,—und fast ohne es selber
zu wissen, wandte sie sich um: "Lassen Sie mich hier
bleiben!" Signe richtete sich auf und sah sie an; sie war so
erstaunt, daß sie gar nicht antworten konnte. "Lassen Sie
mich hier bleiben!" bat Petra wieder und ging auf sie zu.
"Hier ist es schön!" Und ihre Augen füllten sich mit Tränen.

"Ich will meinen Vater holen!" sagte das junge Mädchen.
Petra folgte ihr mit den Augen, bis sie hinter der Tür des
Studierzimmers verschwunden war. Aber sobald sie wieder
allein war, überfiel sie eine Angst vor dem, was sie getan
hatte; und als sie in der Tür das erstaunte Gesicht des
Propstes sah, zitterte sie. Er trat ein, etwas sorgfältiger
gekleidet als vorhin, im Munde die Pfeife, die er mit festem
Griff umklammert hielt. So oft er den Rauch einsog, ließ er
sie aus den Lippen gleiten, und stieß dann den Rauch in drei
Absätzen wieder heraus, wobei er jedesmal leise paffte. Das
wiederholte er einige Male, während er mitten im Zimmer
gerade vor Petra stehen blieb, ohne sie anzusehen, aber als
erwarte er, daß sie etwas sagen solle. Sie getraute sich nicht,
diesem Mann gegenüber ihre Bitte zu wiederholen; er sah so
streng aus. "Sie möchten hier bleiben?" fragte er und streifte
sie mit einem langen, leuchtenden Seitenblick. Die Angst
verlieh ihrer Stimme etwas Bebendes. "Ich weiß nicht, wo
ich sonst hin soll." "Wo sind Sie her?" Petra nannte leise
ihren Geburtsort und ihren Namen. "Wie kommen Sie denn

hierher?"

"Ich weiß nicht—ich möchte—ich will gern bezahlen—ich—
ich weiß nicht—" Sie wandte sich ab; eine Weile konnte sie
überhaupt nicht mehr sprechen, dann faßte sie wieder Mut
und sagte: "Ich will ja alles tun, was Sie von mir verlangen,
—wenn ich bloß hier bleiben darf und nicht weiter muß,—
und nicht noch einmal ein zweites Mal bitten—" Die Tochter
war mit dem Vater wieder hereingekommen, war aber beim
Kamin stehen geblieben und fingerte dort, ohne
aufzublicken, in den gedörrten Rosenblättern herum. Der
Propst erwiderte nichts. Man hörte nur sein Pfeifenpaffen,
während er abwechselnd bald Petra, bald die Tochter, bald
das Bild ansah. Nun kann ein und derselbe Gegenstand
einen ganz verschiedenen Eindruck hervorrufen. Während
Petra innerlich flehte, das Bild möge ihn günstig stimmen,
schien es dem Propst, als flüstere es ihm zu: "Schütze unser
Kind! Nimm niemand Fremdes zu ihr ins Haus!" Mit einem
scharfen Seitenblick wandte er sich zu Petra und sagte:
"Nein! Sie können nicht bleiben."

Petra erblaßte, seufzte tief auf, blickte sich unsicher um und
stürzte ins Nebenzimmer, dessen Tür halb offen stand. Dort
warf sie sich kopfüber auf einen Tisch und überließ sich
haltlos ihrem Schmerz und ihrer Enttäuschung!—Vater und
Tochter sahen einander an.

Solch ein Mangel an Lebensart—ohne weiteres in ein
fremdes Zimmer zu stürmen und sich einfach gehen zu
lassen—das hatte wirklich nur seinesgleichen in der Art, wie
sie von der Landstraße hereingeschneit war, gebeten hatte,
hier bleiben zu dürfen, und dann, als man ihr das abschlug,
laut zu heulen anfing. Der Propst ging ihr nach, nicht um
mit ihr zu reden, sondern um die Tür hinter ihr
zuzumachen. Mit feuerrotem Gesicht kam er zurück und
sagte leise zur Tochter, die noch am Ofen stand: "Hast Du

jemals so was von Frauenzimmer gesehen? Wer ist sie denn?
Was will sie?" Die Tochter antwortete nicht gleich; aber als
sie endlich antwortete, sprach sie noch leiser als der Vater:
"Sie führt sich ja freilich verdreht auf. Aber etwas
Besonderes hat sie doch an sich." Der Propst ging im
Zimmer auf und ab und blickte immer wieder zur Tür.
Zuletzt blieb er stehen und flüsterte: "Sie muß nicht ganz
richtig im Kopf sein!" Und als Signe nichts erwiderte, trat er
näher auf sie zu und wiederholte bestimmter: "Sie ist
verrückt, Signe. Einfach verrückt. Das ist das Besondere an
ihr!" Wieder fing er an, auf und ab zu gehen; schließlich
kam er auf andere Gedanken; und fast hatte er schon
vergessen, was er eben gesagt hatte, als die Tochter flüsternd
antwortete: "Das glaub' ich nicht. Aber sehr unglücklich
muß sie sein!" Und sie beugte sich über die welken
Rosenblätter, mit denen ihre Finger noch immer spielten.
Der Klang der Stimme sowie dies Spielen hätte für einen
Fremden nichts Auffallendes gehabt; aber der Vater wurde
sofort aufmerksam. Er ging, das Bild an der Wand
betrachtend, ein paarmal durchs Zimmer und sagte endlich
sehr leise: "Meinst Du, weil sie unglücklich aussieht—würde
—Mutter ihr erlaubt haben, zu bleiben?"—"Mutter hätte mit
ihrer Antwort überhaupt ein paar Tage gewartet!" flüsterte
die Tochter und beugte sich noch tiefer über die Rosen. Die
leiseste Erinnerung an sie da droben konnte, wenn die
Tochter sie ihm zu Gemüte führte, den buschigen
Löwenkopf zahm machen wie ein Lamm. Er fühlte sogleich
die Wahrheit ihrer Worte und stand da wie ein Schuljunge,
der beim Lügen ertappt wird; er vergaß seine Pfeife, er
dachte nicht mehr ans Gehen, und erst nach einer langen
Weile flüsterte er: "Soll ich sie bitten, ein paar Tage bei uns
zu bleiben?" "Du hast ihr ja schon geantwortet."

"Nun ja,—aber sie ganz bei uns aufnehmen oder sie ein paar
Tage behalten,—das ist zweierlei." Auch Signe schien zu

überlegen. Endlich sagte sie: "Tu, was Du für das Beste hältst!"

Der Propst schien sich diesen Vorschlag doch noch näher zu überlegen. Er ging wieder verschiedene Male im Zimmer auf und ab und stieß dicke Rauchwolken aus. Endlich blieb er stehen. "Willst Du zu ihr hinein—oder soll ich—?" "Es wird schon das beste sein, Du gehst zu ihr!" sagte die Tochter mit einem weichen Blick.

Der Propst hatte schon die Hand an der Türklinke, als von drinnen ein schallendes Gelächter ertönte. Dann wieder Stille—und aufs neue eine wahre Lachsalve. Der Propst war zurückgeprallt; jetzt ging er wieder auf die Tür los; die Tochter hinter ihm her. Das Mädchen da drin mußte krank geworden sein.

Als die Tür aufging, sahen sie Petra noch an derselben Stelle sitzen, wo sie sich vorhin hingeworfen hatte. Vor ihr lag ein aufgeschlagenes Buch, über das sie sich, ohne zu wissen, was sie tat, hergemacht hatte. Ihre Tränen waren auf die Blätter des Buchs gefallen und sie hatte sie abwischen wollen. Da war ihr Blick auf einen der saftigen Ausdrücke gefallen, deren sie sich aus den Tagen ihres Straßenjungenlebens her noch so gut erinnerte, und die sie nie im Leben für druckfähig gehalten hatte. Vor lauter Entsetzen vergaß sie zu weinen; saß nur und starrte in das Buch! Um Gotteswillen … was war denn das? Sie las weiter, mit offenem Mund. Es wurde immer ärger, furchtbar derb, aber so unwiderstehlich komisch, daß sie gar nicht anders konnte: sie mußte immer weiter lesen. Und sie las, bis sie überhaupt nichts mehr wußte, las über Kummer und Tränen, über Zeit und Raum hinweg—mit dem alten Vater Holberg. Denn kein anderer war es als er! Sie lachte, sie schüttelte sich vor Lachen. Und noch als der Propst und seine Tochter schon vor ihr standen, merkte sie gar nicht,

wie ernst sie waren, dachte gar nicht mehr an ihr eigenes
Anliegen, sondern lachte nur und lachte und fragte: "Was
ist denn das? Was in aller Welt ist denn das?" Und dabei
schlug sie das Titelblatt auf...

Plötzlich wurde sie blaß; sie sah zu den beiden auf, sah
wieder in das Buch, auf die wohlbekannten Schriftzüge. Es
gibt Dinge, die einen ins Herz treffen, wie eine Kugel, Dinge,
von denen man sich hunderte von Meilen entflohen wähnt,
und die man auf einmal dicht vor sich sieht. Da—auf dem
ersten Blatt—stand geschrieben: "Hans Ödegaard."
Flammendrot rief sie: "Gehört *ihm* das Buch?—Kommt *er*
hierher?" Und sie stand auf. "Ja, versprochen hat er's",
erwiderte Signe. Und Petra entsann sich, daß er im Ausland
mit einer Pastorenfamilie aus dem Stift Bergen
zusammengewesen war. Sie selbst war nur im Ring
herumgefahren, sie war geradenwegs auf ihn zugereist.
"Kommt er bald? Ist er etwa gar hier?" Sie schickte sich auf
der Stelle an, davonzulaufen.—"Nein, er ist ja doch krank",
sagte Signe.—"Ach, richtig, er ist ja krank!" wiederholte
Petra schmerzlich und sank zusammen.

"Sagen Sie mal," rief Signe, "Sie sind doch nicht etwa—?"
"Das
Fischermädel?" vollendete der Propst. Petra sah flehend zu
ihnen auf.
"Ja, ich bin das Fischermädel", sagte sie.

Die war ihnen gar wohl bekannt; Ödegaard hatte ja von
nichts anderem gesprochen. "Das ändert freilich die Sache!"
sagte der Propst; er fühlte, hier war etwas Zerbrochenes—
hier tat die Hilfe von Freunden not. "Bleiben Sie einstweilen
hier!" sagte er.

Petra sah auf; sie bemerkte den Blick, mit dem Signe ihm
dankte, und das tat ihr so wohl, daß sie zu Signe hinging,

ihre beiden Hände faßte—mehr getraute sie sich nicht—und,
allerdings in Verlegenheit, sagte: "Ich will Ihnen alles
erzählen, sobald wir allein sind."

Eine Stunde später kannte Signe Petras ganze Geschichte,
die sie sofort ihrem Vater mitteilte. Auf seinen Rat schrieb sie
noch am selben Tag an Ödegaard, und damit fuhr sie fort,
solange Petra bei ihnen im Hause war.

Petra aber, als sie sich an diesem Abend in den mächtigen
Daunenkissen zur Ruhe legte, in einem gemütlichen
Zimmer, wo im Ofen die Birkenscheiter knisterten und wo
auf dem weißen Nachttisch zwischen den zwei Kerzen das
Neue Testament lag, griff nach dem Buch und dankte ihrem
Gott für alles, Gutes und auch Böses...

* * * * *

Der Propst hatte als junger Mann von feuriger Seele und
großer Rednergabe den Wunsch gehabt, Geistlicher zu
werden. Seine wohlhabenden Eltern waren dagegen
gewesen; sie hätten es lieber gesehen, wenn er das gewählt
hätte, was sie eine "*unabhängige* Lebensstellung" nannten.
Aber ihr Widerstand spornte seinen Eifer noch mehr an,
und als er fertig war, ging er ins Ausland, um dort weiter zu
studieren. Auf der Durchreise lernte er in Dänemark eine
Dame kennen; sie gehörte einer Glaubensrichtung an, die
ihm nicht streng genug und darum verwerflich erschien. Er
suchte ununterbrochen auf sie einzuwirken; aber die Art,
wie sie ihn dabei ansah und ihn zum Schweigen brachte,
konnte er später während seines ganzen Aufenthaltes im
Ausland nicht vergessen. Als er zurückkam, suchte er sie
sogleich auf. Sie verkehrten viel zusammen und gewannen
einander immer mehr lieb, bis sie sich schließlich verlobten
und gleich darauf heirateten. Nun aber stellte es sich heraus,
daß jedes von ihnen dabei einen Nebengedanken gehabt

hatte. Er hatte sich vorgenommen, sie mit all ihrer
Lieblichkeit zu sich hinüberzuziehen in seine düstere Lehre,
und sie hatte sich wie ein Kind in der Sicherheit gewiegt,
seine Kraft und Beredsamkeit für den Dienst ihrer
Glaubensgemeinschaft gewinnen zu können. Sein erster,
ganz leiser Versuch stieß auf *ihren* ersten, ganz leisen.
Enttäuscht, mißtrauisch zog er sich zurück. Sie war klug
genug, das sofort zu merken, und von diesem Tag an lauerte
er nun immer auf einen weiteren Versuch *ihrerseits* und sie
auf einen zweiten Versuch *seinerseits*. Aber keins von ihnen
machte einen zweiten; denn beiden war angst geworden. Er
hatte Angst vor seiner eigenen leidenschaftlichen Natur,
und sie hatte Furcht, sie würde sich durch einen verfehlten
Versuch jede Aussicht verscherzen, ihn zu sich
herüberzuziehen. Denn diese Hoffnung gab sie nie auf; die
war ihr zur Lebensaufgabe geworden. Nie aber kam es zum
Kampf; denn wo sie war, da gab es keinen Kampf. Irgendwie
jedoch mußte er seinem arbeitenden Willen, seiner
zurückgedrängten Leidenschaft Luft machen; und das
geschah jedesmal, wenn er auf der Kanzel stand und sie
unter sich sitzen sah. Wie in einem Wirbel riß er dann die
Gemeinde mit sich fort; bald erhitzte er seine Zuhörer, bald
erhitzten sie ihn. Sie sah es mit an und ließ ihr geängstigtes
Herz ausruhen in Wohltätigkeit, und später, als sie Mutter
wurde, bei ihrem Kinde, das sie in körperlichem und
geistigem innigsten Umfangen an ihren stillen Stunden
teilnehmen ließ. Da gab sie, da empfing sie, da wiegte sie ihr
eigenes großes Kind in der Unschuld des Kindes, da feierte
sie ein Fest der Liebe, von dem sie zu ihm, dem Strengen,
zurückkehrte mit aller vereinten Milde des Weibes und des
Christentums; und ihm war es dann natürlich nicht
möglich,—etwas zu sagen, was nicht liebreich gewesen
wäre. Er *mußte* sie ja lieben, über alles auf der Welt, aber um
so schmerzlicher war es ihm, um so heftiger blutete ihm das
Herz, daß er ihr nicht helfen konnte bei ihrer Seele Seligkeit.

Mit dem stillschweigenden Recht der Mutter entzog sie auch
das Kind seiner religiösen Unterweisung. Die Liedchen des
Kindes, die Fragen des Kindes wurden ihm bald eine neue
und tiefe Quelle des Schmerzes. Und hatte ihn dann auf der
Kanzel seine leidenschaftliche Gemütsbewegung bis zur
Härte aufgestachelt, so begegnete ihm, wenn sie miteinander
heimgingen, sein Weib nur mit um so größerer Milde; die
Augen redeten; der Mund redete nie ein Wort. Und die
Tochter nahm seine Hand und sah zu ihm auf mit Augen,
die die Augen der Mutter waren.

Über alles wurde gesprochen in diesem Hause, nur über das
eine nicht, das die Wurzel ihres ganzen Denkens war. Aber
eine so aufreibende Spannung war auf die Dauer nicht zu
ertragen. Wohl lächelte die Frau noch; aber nur, weil sie
nicht wagte, zu weinen. Als die Zeit herannahte, wo die
Tochter zur Einsegnung vorbereitet werden sollte, und er
sie also kraft seines Amtes jetzt ebenso stillschweigend in
seine Richtung hätte hinüberziehen können, wie die Mutter
sie seither in der ihren gehalten hatte, da stieg die Spannung
bis aufs äußerste. Und nach dem Sonntag, an dem die
Namen der Konfirmanden von der Kanzel verlesen waren,
wurde die Mutter krank; etwa so, wie man sonst müde
wird. Lächelnd sagte sie, sie könne nicht mehr gehen; und
ein paar Tage darauf—noch immer lächelnd—sie könne
nicht mehr sitzen. Die Tochter wollte sie immer um sich
haben, obgleich sie nicht mehr mit ihr reden konnte; sehen
konnte sie ihr Kind doch wenigstens. Und die Tochter
wußte, was die Mutter am liebsten mochte. Sie las ihr vor
aus dem Buch des Lebens, sie sang ihr die Choräle ihrer
Kinderzeit, die neuen, lebenswarmen ihrer eigenen
Glaubensgemeinschaft vor. Der Propst konnte lange nicht
fassen, was sich hier vorbereitete; aber als er es endlich
begriff, da verlor er jede Richtschnur; nur ein Wunsch
beherrschte ihn noch: sie noch einmal zu sich reden, sie nur

ein paar Worte noch sagen zu hören. Aber sie hatte nicht
mehr die Kraft; sprechen konnte sie nicht mehr. Er stand am
Fußende des Bettes und sah sie an und flehte. Und sie
lächelte ihm zu, bis er auf die Knie fiel und die Hand der
Tochter nahm und sie in die Hand der Mutter legte, als
wollte er sagen: "Da, behalte sie! Bei Dir soll sie bleiben in
alle Ewigkeit!" Und da lächelte sie, wie sie noch nie gelächelt
hatte; und in diesem Lächeln verschied sie.

Lange Zeit schloß sich der Propst von allem Umgang ab.
Ein anderer übernahm die Sorge für die Gemeinde; er selber
wanderte von Zimmer zu Zimmer, von Ort zu Ort, als suche
er etwas. Er trat leise auf; wenn er sprach, sprach er mit
gedämpfter Stimme; und nur dadurch, daß sie ganz auf diese
stille Art einging, vermochte die Tochter allmählich wieder
einen Verkehr mit ihm herzustellen. Jetzt half sie ihm
suchen. Jedes Wort der Mutter wurde wieder hervorgeholt;
alles, was sie gewollt hatte, wurde zur Richtschnur, nach
der sie fortan lebten. Das Zusammenleben der Mutter mit
der Tochter, bei dem der Vater bisher außen gestanden hatte,
wurde jetzt erst so recht durchlebt. Vom ersten Augenblick
an, dessen sie sich als Kind entsinnen konnte, wurde alles
wieder vorgenommen; ihre Lieder wurden gesungen, ihre
Gebete gebetet; die Predigten, die sie am liebsten gehört
hatte, wurden eine nach der anderen vorgelesen, und alle
ihre Worte und Auflegungen treulich ins Gedächtnis
zurückgerufen. Also in Wirksamkeit gesetzt, empfand er
bald das Verlangen, das Land wiederzusehen, wo er sie
gefunden hatte, um auch dort auf dieselbe Weise ihren
Spuren nachzugehen. Sie gingen auf Reisen. Und dadurch,
daß er so ihr ganzes Leben ungeteilt in sich aufnahm,
gesundete er wieder. Ihm, der selbst wieder Anfänger wurde,
ging der Sinn auf für alles um ihn her, was da in seinen
Anfängen lag, —für die großen nationalen, für die kleineren
politischen Ideen: und das gab ihm ein Stück seiner eigenen

Jugend wieder. Seine Kräfte kamen zurückgeströmt, und mit ihnen all die heißen Hoffnungen von ehedem. Jetzt wollte er das Wort Gottes verkünden, und zwar so, daß es zum Leben vorbereitete und nicht nur zum Tode!

Doch bis er sich wieder mit dieser seiner neuen geliebten Tätigkeit in seiner Bergheimat einschloß, wünschte er noch einen weiteren, tieferen Blick in das zu tun, was draußen sich regte. So waren sie also noch weiter in der Welt herumgefahren, und lebten jetzt ihren großen Erinnerungen.

Unter diesen Menschen lebte Petra.

Neuntes Kapitel

Drei Jahre später, an einem Freitag kurz vor Weihnachten, saßen die beiden jungen Mädchen in der Dämmerstunde beisammen. Eben war der Propst mit seiner Pfeife eingetreten. Der Tag war verflossen, wie so ziemlich jeder Tag dieser letzten zwei Jahre—morgens ein Spaziergang, nach dem Frühstück eine Stunde Musizieren, Klavierspiel und Gesang, darauf Sprach- und anderer Unterricht und zuletzt ein bißchen Haushaltungsarbeit. Nachmittags beschäftigte jeder sich auf seinem Zimmer; Signe heute gerade wieder mit einem Brief an Ödegaard, nach dem Petra übrigens niemals fragte, wie sie überhaupt niemals von der Vergangenheit hören mochte. In der Dämmerung waren sie Schlitten gefahren, und jetzt saß man zusammen, um zu plaudern oder zu singen oder später vorzulesen. Dazu fand sich der Propst stets ein. Er las ausgezeichnet, und ebenso Signe. Petra lauschte beiden ihre Art und Weise und besonders ihre Aussprache ab. Signes Aussprache und

Tonfall hatten für ihr Ohr einen solchen Wohllaut, daß es
noch, wenn sie allein war, in ihr nachklang. Überhaupt
schwärmte Petra so für Signe, daß ein Mann schon den
vierten Teil für die glühendste Liebe gehalten hätte; Signe
wurde auch oft ganz rot dabei. Bei diesen abendlichen
Vorlesungen — Petra selbst war nie zum Lesen zu bewegen —
hatte man die Hauptdichter der norwegischen Literatur
durchgenommen und war nach und nach weiter in die
große Weltliteratur geraten. Am liebsten lasen sie
dramatische Werke. Eben als man die Lampen anzünden
und anfangen wollte, kam die Köchin herein und sagte,
draußen sei jemand, der Petra einen Gruß ausrichten wolle.
Es stellte sich heraus, daß es ein Matrose aus ihrer Vaterstadt
war, den ihre Mutter beauftragt hatte, Petra aufzusuchen, da
er zufällig in die Gegend kam. Er war über eine Meile zu Fuß
gewandert und mußte schleunigst wieder umkehren, weil
sein Schiff gleich darauf unter Segel ging. Petra begleitete
ihn ein Stück, um ein bißchen länger mit ihm zu plaudern;
er war ein ehrlicher Mensch, den sie von früher her kannte.
Der Abend war ziemlich finster; auch auf dem Pfarrhof
waren alle Fenster dunkel, außer im Waschhaus, wo große
Wäsche war. Auf der Landstraße war kein einziges Licht zu
sehen, kaum daß man den Weg selbst sah; denn der Mond
hatte sich noch nicht über die Berge emporgeschlängelt.
Trotzdem ging Petra tapfer mit, sogar bis in den Wald
hinein, obwohl es zwischen den Bäumen unheimlich düster
war. Besonders eine Nachricht hatte sie interessiert. Der
Matrose hatte ihr nämlich erzählt, Pedro Ohlsens Mutter sei
gestorben, und er habe sein Haus verkauft und sei
hinaufgezogen zu Gunlaug, wo er in Petras Giebelstube
hause. Das war nun schon fast zwei Jahre her, und dabei
hatte die Mutter dies mit keinem Wort erwähnt. Jetzt endlich
ging Petra ein Licht auf, wer die Briefe für die Mutter
schrieb; vergebens hatte sie sie immer wieder danach gefragt;
denn in jedem Brief stand am Schluß: "Auch einen Gruß

von dem, der den Brief geschrieben hat." Der Matrose war
von der Mutter beauftragt, zu fragen, wie lange Petra noch
im Pfarrhause bleiben wolle und was für Absichten sie für
später habe. Auf die erste Frage antwortete Petra, das wisse
sie nicht, und als Erwiderung auf die zweite Frage ließ sie
der Mutter sagen, es gäbe in der Welt nur eins, was sie gern
möchte, und wenn sie das nicht werden könne, so sei sie
unglücklich fürs ganze Leben; sie könne aber vorläufig
noch nicht sagen, was es sei.

Während Petra mit dem Matrosen schwatzte, saßen der
Propst und Signe im Wohnzimmer und sprachen von Petra,
an der sie beide ihre Herzensfreude hatten. Da kam der
Großknecht herein, und nachdem er den Tagesbericht
erstattet hatte, fragte er, ob die Herrschaft eigentlich wisse,
daß die fremde Jungfer nachts an einer Strickleiter aus ihrem
Fenster und wieder hinauf klettere. Er mußte es dreimal
wiederholen, bis einer von den beiden begriff, was er da
sagte; er hatte ebensogut erzählen können, sie klettere an
den Mondstrahlen auf und ab. Es war dunkel im Zimmer,
und jetzt wurde es ganz still; nicht einmal des Propstes
Pfeife war zu hören. Endlich fragte der Propst mit einem
gewissen dumpfen Klang in der Stimme: "Wer hat das
gesehen?"—"Ich hab's gesehen. Ich war gerade auf und
fütterte die Pferde; es mag wohl so um eins 'rum gewesen
sein."—"An einer Strickleiter ist sie
hinuntergeklettert?"—"Und wieder hinauf."—Abermals
lange Pause. Petras Zimmer lag im Oberstock,—das
Eckzimmer, das auf die Einfahrt hinausging. Sie war die
einzige, die oben schlief; niemand außer ihr wohnte nach
dieser Seite zu. Ein Mißverständnis konnte also nicht
obwalten. "Sie wird's im Schlaf getan haben", sagte der
Knecht und wollte sich davonmachen.—"Aber die
Strickleiter—die kann sie doch nicht im Schlaf gemacht
haben", sagte der Propst. "Das dacht' ich mir eben auch; und

darum sagt' ich mir: es wird schon das beste sein, ich sag's dem Hausvater; sonst hab' ich keinem davon gesagt."—"Hat es außer Dir noch jemand gesehen?"—"Nein; aber wenn der Hausvater mir nicht glaubt, so muß die Strickleiter mein Zeuge sein; wenn sie die nicht oben liegen hat, dann werd' ich ja wohl falsch gesehen haben."—Der Propst stand sogleich auf. "Vater!" bat Signe. "Mach' Licht!" antwortete der Propst in einem Ton, der keinen Widerspruch zuließ. Signe zündete selbst das Licht an. "Vater!" bat sie noch einmal, als sie es ihm reichte. "Solange sie in meinem Hause ist, bin ich auch ihr Vater. Es ist meine Pflicht, die Sache zu untersuchen." Der Propst ging mit dem Licht voran. Signe und der Großknecht hinterdrein. In dem kleinen Zimmer war alles in Ordnung; nur auf dem Nachttisch lag ein ganzer Stapel von Büchern, das eine aufgeschlagen über dem andern. "Liest sie des Nachts?"—"Ich weiß nicht; aber vor eins macht sie nie das Licht aus." Der Propst und Signe sahen einander an. Um zehn, halb elf abends ging man im Pfarrhaus auseinander, und um sechs, sieben Uhr versammelte man sich morgens. "Weißt Du davon?" Signe antwortete nicht. Aber der Großknecht, der in einer Ecke kniete und kramte, sagte: "Sie ist doch nicht allein."—"Was sagst Du da?" "Freilich, es ist immer einer bei ihr, mit dem sie redet; manchmal machen sie einen Heidenlärm; ich hab' oft gehört, wie sie gebettelt und gedroht hat. Wahrscheinlich hat irgendein Kerl sie in seiner Gewalt, das arme Wurm!" Signe wandte sich ab; der Propst war totenblaß geworden.

"Und da ist auch die Leiter", fuhr der Großknecht fort. Er zog sie hervor und stand auf. Zwei Wäscheleinen, zusammengehalten durch eine dritte, die an die eine geknotet war, dann quer zur anderen hinüberlief, dort ebenfalls festgeknotet war und so, in der Breite von etwa einer halben Elle, stufenweise fort, bis die Leiter fertig war. Alle betrachteten sie aufmerksam. "War sie lange fort?" fragte

der Propst. Der Großknecht sah ihn an. "Wie denn
fort?"—"Ich meine, ob sie lange fortblieb, nachdem sie die
Leiter hinuntergeklettert war?" Signe zitterte vor Angst und
Kälte. "Sie ist doch gar nicht weggegangen; sie ist gleich
wieder hinaufgeklettert."—"Wieder hinauf? Wer ist denn
weggegangen?"—Signe machte eine Bewegung und brach in
Tränen aus. "Den Abend war keiner da; das ist gestern
gewesen."—"Also war sonst keiner auf der Strickleiter? Bloß
sie?"—"Ja, sonst keiner."—"Und sie ist hinuntergeklettert
und gleich wieder hinauf?"—"Ja."—

"Sie hat sie also nur probieren wollen", sagte der Propst und
es war, als atme er ein bißchen erleichtert auf. "Jawohl, bis
sie jemand anders dran 'raufklettern läßt", fügte der Knecht
hinzu. Der Propst sah ihn an. "Du meinst, dies wäre nicht
die erste, die sie gemacht hat?"—"Nein. Wie sollte denn sonst
jemand zu ihr herauf kommen?"—"Hast Du schon lange
gewußt, daß jemand zu ihr kommt?"—"Erst seit diesem
Winter, als sie immer so spät in die Nacht hinein Licht hatte;
vorher ist mir's nie eingefallen, nachzusehen." Der Propst
fragte streng: "Also den ganzen Winter hast Du es schon
gewußt? Weshalb hast Du mir's nicht schon eher
gesagt?"—"Ich hab' geglaubt, es wär' jemand vom Haus, der
bei ihr sei. Aber wie ich sie gestern Nacht auf der Leiter sah,
da kam ich erst drauf, daß es jemand anders sein
müsse."—"Ja, es ist leider kein Zweifel—sie hat uns alle
getäuscht." Signe blickte flehend auf. "Sie müßte vielleicht
nicht so weit weg von den andern schlafen", meinte der
Großknecht, während er die Strickleiter zusammenwickelte.
"Sie sollte eigentlich überhaupt nicht mehr in diesem Hause
schlafen!" sagte der Propst und ging. Die anderen folgten
ihm. Aber als sie wieder unten waren, und er das Licht
hingestellt hatte, warf Signe sich an seine Brust. "Ja, mein
Kind, das ist eine arge Enttäuschung!"

Eine Weile darauf saß Signe in der Sofaecke, ihr Taschentuch vor die Augen gepreßt; der Propst hatte seine Pfeife angesteckt und ging unruhig auf und ab. Da hörten sie aus der Küche ein Geschrei, ein hastiges Laufen auf der Treppe und Getrappel oben im Flur. Sie eilten beide hinaus. In Petras Zimmer brannte es. Von der Kerze war ein Funken in die Ecke gefallen — denn dort war das Feuer entstanden — hatte sich im Nu die Tapete entlang gefressen, das Holzwerk am Fenster erreicht, und dort hatte ein Vorübergehender es bemerkt und war sofort ins Waschhaus gerannt, wo die Mägde bei der Wäsche waren. Das Feuer war bald gelöscht. Aber auf dem Lande, wo alles jahraus, jahrein seinen gleichmäßigen Gang geht, bringt die geringste Störung die Gemüter in Aufruhr. Das Feuer ist ihr schlimmster und gefährlichster Feind, an den sie beständig denken, und wenn er wirklich eines Nachts kommt, sein Haupt aus dem Abgrund emporreckt und mit gierigen Zungen zischend nach Beute leckt, da erbebt alles und findet wochenlang keine Ruhe mehr, ja, manche ihr ganzes Leben lang nicht mehr.

Als der Propst und seine Tochter wieder im Wohnzimmer waren, wo jetzt die Lampen brannten, da war es beiden ganz unheimlich zumute, daß Petras Zimmer so rasch geräumt und jede Erinnerung an sie verbrannt war. Im selben Augenblick hörten sie Petras klare Stimme fragen und rufen; sie sprang die Treppe hinauf und wieder herunter, lief vom Boden in den Hausflur, vom Flur in die Küche und kam dann, noch in Hut und Mantel, in die Wohnstube gestürmt. "Gott, es hat ja in meinem Zimmer gebrannt!" Niemand antwortete; aber sie fuhr in einem Atem fort: "Wer ist oben gewesen? Wann ist es denn geschehen? Wie ist das Feuer ausgekommen?" Er selbst sei oben gewesen, antwortete jetzt der Propst, er habe etwas gesucht; dabei sah er sie scharf an. Aber Petra verriet nicht

durch das mindeste Zeichen, daß sie dabei etwas
Auffallendes finde, zeigte auch keinerlei Besorgnis, daß man
irgend etwas gefunden haben könne. Sie schöpfte nicht
einmal Verdacht, als Signe gar nicht von ihrer Sofaecke
aufblicken wollte. Sie glaubte, es sei noch der Schreck vom
Brande her, und fragte in einem fort, wie es entdeckt und
gelöscht worden sei, wer es zuerst gesehen habe, und als ihr
nicht rasch genug Bescheid wurde, stürzte sie wieder
hinaus, wie sie hereingekommen war. Bald kam sie wieder
dahergestürmt, diesmal ohne Hut und Mantel, und erzählte
dem Propst und Signe, wie alles zugegangen und daß sie
selber den Feuerschein gesehen und furchtbar schnell
gelaufen sei; aber jetzt sei sie nur froh, daß es nicht
schlimmer sei. Währenddem legte sie vollends ab, trug die
Sachen hinaus, kam wieder herein und setzte sich auf ihren
Platz am Tisch, ununterbrochen berichtend, was der gesagt
und jener getan hatte; das ganze Haus stand ja auf dem
Kopf, und das machte ihr den größten Spaß. Als die andern
immer noch stumm blieben, klagte sie, daß ihnen nun der
ganze Abend verdorben sei; sie hätte sich doch so
schrecklich auf "Romeo und Julia" gefreut, was sie eben
lasen; gerade heut abend habe sie Signe bitten wollen, die
Szene, die ihr am besten gefiele vom ganzen Stück, nämlich
Romeos Abschied von Julia auf dem Balkon, noch einmal zu
lesen. Mitten in ihrem Redestrom erschien ein Mädchen aus
der Waschküche, um zu sagen, es fehlten Wäscheleinen; ein
ganzes Bund sei fortgekommen. Petra wurde puterrot und
sprang auf: "Ich weiß, wo sie sind; ich hole sie." Sie machte
ein paar Schritte auf die Tür zu; da fiel ihr der Brand ein; sie
blieb stehen und errötete noch tiefer: "Ach Gott, die sind
gewiß verbrannt! Sie lagen in meinem Zimmer!" Signe hatte
sich nach ihr umgewandt; der Propst blickte sie von der
Seite durchdringend an. "Wozu brauchst Du denn
Wäscheleinen?" Sein Atem flog; er konnte kaum sprechen.
Petra sah ihn an; sein furchtbarer Ernst machte ihr beinahe

Angst; im nächsten Augenblick jedoch reizte er sie zum
Lachen. Ein paar Sekunden kämpfte sie dagegen an, aber als
sie ihn dann noch einmal ansah, brach sie in ein so
herzhaftes Gelächter aus, daß sie überhaupt nicht mehr
aufhören konnte; von bösem Gewissen war darin so wenig
wie in einem rieselnden Bach. Signe hörte das am Klang und
schnellte vom Sofa auf: "Was ist denn? Was ist denn?" Petra
wandte sich ab, lachte, hüpfte, duckte sich und wollte zur
Tür hinaus. Aber Signe vertrat ihr den Weg: "Was ist es,
Petra? So rede doch!" Petra versteckte sich hinter ihr, als
wolle sie sich ganz verkriechen, lachte aber immer weiter,
ganz maßlos. Nein, so benimmt sich die Schuld nicht, das
wurde doch auch jetzt dem Propst klar. Und er, der noch
eben auf dem Sprung gewesen war, sich in ein Toben der
Wut hineinzusteigern, stürzte sich statt dessen kopfüber ins
Lachen; und Signe mit ihm. Nichts in der Welt ist so
ansteckend, wie Lachen, und vor allem ein Lachen, das so
ganz unfaßlich ist. Die vergeblichen Versuche, die bald der
Propst, bald Signe machten, zu ergründen, worüber sie
eigentlich lachten, steigerte die Heiterkeit bis ins
Ausgelassene. Die Magd, die noch immer wartete, fing
zuletzt ebenfalls an, mitzuwiehern; sie hatte das sonderbare
Grubenlachen, das immer wie ein Aus-der-Tiefe-
Emporwinden und -Keuchen klingt; und da sie selber
fühlte, daß es nicht recht unter so feine Möbel und
Menschen paßte, machte sie, daß sie zur Tür hinauskam, um
in der Küche erst recht loszuplatzen. Natürlich steckte sie
die draußen auch an; bald wälzte sich eine wahre Sturmflut
von Gelächter auch zur Küche heraus, in der man noch
weniger wußte, worüber man eigentlich lachte, und das
entfachte wiederum das Gelächter im Zimmer aufs neue.

Schließlich, als alle schon ganz krank vor Lachen waren,
machte Signe einen letzten Versuch, endlich hinter die
Ursache dieser Heiterkeit zu kommen. "Jetzt aber mußt Du's

mir sagen!" rief sie und hielt Petra bei den Händen fest.
"Nicht um alles in der Welt!"—"Ach Du, ich weiß schon, was
es ist!" rief Signe wieder. Petra sah sie an und schrie auf; aber
Signe rief: "Und Vater weiß es auch!" Diesmal schrie Petra
nicht mehr; sie brüllte und riß sich los, kam auch glücklich
bis zur Tür; aber da erwischte Signe sie wieder. Petra drehte
sich um, um mit ihr zu ringen; sie wollte fort, um jeden
Preis. Sie lachte, während sie miteinander kämpften; aber an
ihren Wimpern hingen Tränen. Da ließ Signe sie los. Petra
stürzte hinaus, Signe hinter ihr drein, und beide
verschwanden in Signes Zimmer. Dort fiel Signe Petra um
den Hals, und die umschlang sie mit beiden Armen. "O
Gott, so wißt Ihr es?" flüsterte sie. Und Signe flüsterte
zurück: "Ja, wir waren oben mit dem Großknecht; er hat
Dich gesehen. Und wir haben die Strickleiter gefunden!"
Abermaliges Aufschreien und abermalige Flucht; aber
diesmal bloß in die Sofaecke, wo sie sich versteckte; gleich
war Signe bei ihr, und sich halb über sie neigend, berichtete
sie Petra flüsternd von der ganzen Entdeckungsreise samt
ihren brenzlichen Folgen. Was sie vor kurzem noch Tränen
der Angst gekostet hatte, erschien ihr jetzt so komisch, daß
sie es voller Humor erzählte. Petra hörte, hielt sich die
Ohren zu, blickte auf und versteckte sich wieder. Als Signe
fertig war und beide wieder im Dunkeln
nebeneinandersaßen, flüsterte Petra: "Weißt Du, was ich
gemacht hab'?... Ich kann unmöglich schon um zehn Uhr,
wenn wir auf unser Zimmer gehen, schlafen; dazu hat das,
was wir gelesen haben, noch viel zu viel Macht über mich.
Und so lern' ich es auswendig; alles, was mir am besten
gefällt. Ganze Szenen kann ich auswendig; und die sag' ich
ganz für mich laut her. Als wir 'Romeo und Julia' lasen, da
hatte ich das Gefühl, als gäb' es überhaupt auf der ganzen
Welt nichts Schöneres; rein toll und verrückt war ich ... ich
mußte die Sache mit der Strickleiter probieren; nie ist mir
vorher der Gedanke gekommen, daß man an einer

Strickleiter auf- und abklettern kann. Ich erwischte ein paar
Wäscheleinen... Und dabei steht der Spitzbub unten und
guckt mir zu!... Ja, es ist gar nicht zum Lachen, Du!
Schrecklich unweiblich ist es. Ich bleib' überhaupt mein
Lebtag ein Junge! Und natürlich bin ich morgen das
Gespött der ganzen Nachbarschaft!" Aber Signe, die aufs
neue in einen Lachkrampf geraten war, fiel mit Küssen und
Streicheln über sie her und stürzte dann davon: "Das muß
ich Vater erzählen!"—"Bist Du verrückt, Signe?" Und so
kamen sie, eine nach der andern, wieder ins Zimmer
gestürmt, wie sie hinausgestürzt waren. Fast rannten sie
den Propst über den Haufen, der gerade hinaus wollte, um
zu sehen, was aus den beiden geworden war. Signe fing zu
erzählen an, Petra schrie auf und stürzte wieder hinaus,
wobei ihr dann einfiel, daß sie gerade hätte bleiben müssen,
um Signe am Erzählen zu verhindern. Also wollte sie
wieder hinein; aber der Propst hielt die Tür zu. Keine
Möglichkeit, sie zu öffnen. Sie trommelte mit beiden Fäusten
dagegen, sie sang, sie trampelte mit den Füßen, um Signe zu
übertäuben, die nur umso lauter sprach; und als der Propst
endlich alles gehört und ebenso herzlich und lustig wie
Signe über diese neue Methode, Klassiker zu lesen, gelacht
hatte, machte er die Tür auf; aber nun rannte Petra davon.

Nach dem Abendessen, zu dem Petra sich wieder eingestellt hatte, und bei dem sie vom Propst reichlich geneckt worden war, sollte sie zur Strafe alles aufsagen, was sie auswendig konnte. Und da zeigte es sich, daß sie wirklich alle die berühmtesten Szenen kannte; nicht bloß eine Rolle darin, sondern alle. Sie sagte sie her, als ob sie sie abläse; manchmal war es, als wolle sie Feuer fangen; aber sofort dämpfte sie es wieder. Kaum merkte das der Propst, als er auch schon mehr Ausdruck verlangte; aber sie wurde nur immer scheuer. Stundenlang ging das so weiter; sie konnte alle komischen Szenen und alle tragischen, neckische und ernsthafte. Ihr Gedächtnis war zum Bewundern und zum Lachen; sie selber lachte mit und verlangte, man solle sie nur weiter examinieren.

"Man könnte wirklich wünschen, die armen Schauspieler hätten bloß den zehnten Teil Deines Gedächtnisses!" sagte Signe.—"Gott verhüte, daß sie je Schauspielerin wird!" versetzte der Propst und wurde plötzlich ernst. "Aber, Vater! Wie kannst Du glauben, daß Petra an so was denkt!" erwiderte Signe lachend. "Ich kam bloß zufällig darauf, weil ich immer wieder gefunden habe, daß ein Mensch, der von Jugend auf sozusagen aufwächst mit der Poesie seiner Sprache, nie das Verlangen hat, zur Bühne zu gehen. Während einer, der nie viel gewußt hat von Poesie, bis er erwachsen ist, dafür schwärmt. Die so ganz plötzlich erwachte Sehnsucht ist es, die ihn verführt."—"Gewiß ist das wahr", versetzte der Propst. "Ein wirklich gebildeter Mensch geht wohl selten zur Bühne."—"Und noch seltener ein poetisch Gebildeter."—"Freilich. Und wenn es geschieht, so spielt irgendein Mangel an Charakter mit, der Eitelkeit und Leichtsinn die Oberhand gewinnen läßt. Ich habe viele Schauspieler gekannt, in meiner Studienzeit und auf Reisen; aber einen Schauspieler, der ein echt christliches Leben

geführt hätte, den hat wohl noch kein Mensch gesehen. Zur
Religion hingezogen können sie sich fühlen; das hab' ich
selbst erlebt. Aber es ist in ihrem Beruf zu viel Unruhiges,
Aufreibendes; sie können sich nicht konzentrieren, auch
wenn sie schon längst die Bühne verlassen haben. So oft ich
auch mit einem darüber gesprochen habe—jeder hat es
zugegeben und es beklagt; aber gleich darauf hieß es: Wir
müssen uns eben damit trösten, daß wir auch nicht
schlimmer sind als wer weiß wie viele andere! Bloß, daß man
das einen schlechten Trost nennen muß. Ein Leben, das sich
nach keiner Richtung hin auf den Christen in uns aufbaut,
das ist ein sündiges Leben.—Der Herr helfe ihnen und
bewahre jedes reine Herz vor ihnen!"

* * * * *

Am Tag darauf, es war Sonnabend, war der Propst wie
gewöhnlich schon vor sieben Uhr auf, machte seine
Morgenrunde zu seinen Arbeitern und noch ein bißchen
weiter hinaus und kam heim, als es eben hell werden wollte.
Da sah er, gerade als er am Hause vorbei in den Hof
einbiegen wollte, an der Erde etwas wie ein aufgeschlagenes
Schreibheft, das man wahrscheinlich gestern aus Petras
Fenster geworfen und nicht wieder gefunden hatte, weil es
dieselbe Farbe hatte wie der Schnee. Er hob das Heft auf und
ging damit in sein Studierzimmer. Als er es
auseinanderklappte, um es zu trocknen, sah er, daß es ein
verabschiedetes französisches Aufsatzheft war, in das jetzt
Verse geschrieben waren. Es fiel ihm gar nicht ein, die Verse
zu lesen; da fiel sein Blick auf das Wort "Schauspielerin", das
an allen Ecken und Enden, kreuz und quer geschrieben
stand,—auch in den Versen stand es da. Er setzte sich
ordentlich hin, um sich die Sache genauer anzusehen. Nach
allerhand Ansätzen und durchstrichenen Zeilen fand er
folgende Reimerei, die trotz vieler Verbesserungen zu

entziffern war:

> Eines, du Trauter, bekenn' ich dir still,
> Und das ist, was ich werden will.
> Schauspielerin, das möcht' ich werden,
> Zeigen der Welt in Wort und Gebärden
> Möcht' ich die Frau, wie sie lacht vor Spott,
> Leidet und liebt und betet zu Gott,
> Wie sie ist, wenn sie reizend blickt,
> Wie sie ist, wenn in Sünde verstrickt.
> Vater im Himmel, ach, hilf mir zu werden,
> Was mein einziger Wunsch auf Erden!

Und ein bißchen weiter unten:

> Darf ich denn, o Gott, nicht sein dein eigen?
> Willst du nicht Erhörung mir bezeigen?

Dann, wahrscheinlich als Randglosse zu einer Dichtung, die
sie vor ein paar Monaten gelesen hatten:

> O, zu gehn nach Elfenweise,
>   Elfenweise,
> Mondenschein und Nebelkreise,
>   Nebelkreise,
> Vorwärts huschen, rückwärts rauschen,
>   Rückwärts rauschen,
> Töten den, der sucht zu lauschen,
>   Sucht zu lauschen —
> Nein, 's war' sündhaft, lirum, larum, la!

Und nach unzähligen Änderungen, Streichungen,
Kritzeleien und Noten:

> Hopsasa, — hopsasa,
> Tanzen mit allen, doch niemals gefangen!
>   Tralala, — tralala,

Stets Nummer eins, doch an niemandem hangen.

Dann, deutlich und sauber, folgender Brief:

Mein Herzens-Heinrich!

Deucht Dich nicht, daß Du und ich die Weisesten sind in der
ganzen Comoedia? Wohl tuet man uns großen Verdruß an,
hat aber nichts zu sagen. Ich *engrassiere* Dich, mich morgen
abend auf die mascarade zu führen; denn ich war noch
niemals auf solcher, und mich verlangt nach einer rechten
Narretei; hier im Hause ist es gar still und trübselig!

Du bist ein rechter Schelm, Heinrich—wo schwärmst Du
wieder umher?
Ach, hier sitzt einsam

Deine Pernille.

Endlich stand da, mit großen Buchstaben, deutlich und
mehrmals wiederholt, folgende Strophe, die sie irgendwo
aufgestöbert haben mußte und hatte auswendig lernen
wollen:

  Ach, dem Großen gilt mein Drängen;
  Schier die Brust will mir's zersprengen.
  Höchstes Denken kühn zu wagen,
  Kraft, um's kraftvoll vorzutragen,
  Die verborgnen Quellen finden,
  Balder lösen, Loke binden—
  Dies in deiner Gnade gib
  Du, der mir verlieh den Trieb!

Noch vieles andere stand da; aber der Propst las nicht

weiter.

Also um Schauspielerin zu werden, war sie in sein Haus
gekommen und hatte sich von seiner Tochter unterrichten
lassen. Um dieses heimlichen Zieles willen hatte sie Abend
für Abend so begierig gelauscht und nachher selber
auswendig gelernt. Zum besten gehabt hatte Petra sie die
ganze Zeit. Noch gestern, da sie ihnen alles zu offenbaren
schien, hatte sie etwas verheimlicht; während sie am
herzlichsten lachte, hatte sie gelogen.

Und dieses heimliche Ziel! Was der Propst so oft in ihrer
Gegenwart verdammt hatte, schmückte sie zu einem
göttlichen Beruf aus und wagte, Gott um seinen Segen dazu
zu bitten! Ein Leben voller Äußerlichkeit und Eitelkeit, voll
Eifersucht und Leidenschaft, voll Trägheit und Sinnlichkeit,
voll Lüge und zunehmender Charakterlosigkeit, das alle
Geier umkreisten wie ein Aas,—einem solchen Leben sich zu
weihen, das war ihr Sehnen, das ihr Gebet zu Gott! Und
dazu sollten er und sein Kind ihr verholfen haben, hier, in
ihrem stillen Pfarrhause, unter der strengen Obhut einer
erweckten Gemeinde.

Als Signe eintrat, klar, leicht wie der Wintermorgen, um
dem Vater guten Tag zu sagen, fand sie das Studierzimmer
ganz voll Rauch. War dies schon immer ein Zeichen von
Gemütsverstimmung, so war es das doppelt so früh am
Morgen. Er sagte auch kein Wort, sondern gab ihr nur das
Heft. Sie sah sogleich, daß es Petra gehörte. Die Erinnerung
an den Verdacht und den Kummer von gestern abend
durchzuckte sie; sie mochte gar nicht hineinsehen; ihr Herz
klopfte so heftig, daß sie sich setzen mußte. Doch dasselbe
Wort, das der Propst zuerst wahrgenommen hatte, fiel auch
ihr auf, sprang auch ihr in die Augen; sie mußte näher
hinsehen; und dann las sie. Ihr erstes Gefühl war Scham,
nicht für Petra, sondern weil der Vater das auch gelesen

hatte.

Bald aber empfand sie die tiefe Demütigung, die darin liegt,
sich von jemand, den man lieb hat, getäuscht zu sehen.
Einen Augenblick will uns der Mensch, der das fertig
gebracht hat, größer, klüger, erfinderischer als wir
erscheinen, ja, er streift geradezu ans Geheimnisvolle. Bald
aber sammelt sich die Seele wieder in Empörung; die
Ehrlichkeit gewinnt Macht durch Kräfte, die, wenn auch
unsichtbar, doch nicht geheimnisvoll sind; man fühlt in sich
die Stärke, mit einem Schlag hundert kleinliche Ausflüchte
zu zermalmen; man *verachtet* das, wodurch man sich eben,
noch gedemütigt fühlte. Drin im Wohnzimmer hatte Petra
sich ans Klavier gesetzt, und eben hörte man sie singen:

> Auf ist der Tag und die Freude entbrannt,
> Und des Mißmuts Wolkenburg stürmisch berannt,
> Über den glühenden Bergen im Klaren
> Lagern in Zelten des Lichtkönigs Scharen.
> "Auf nun! Auf nun!" Vogel im Hag,
> "Auf!" was singen und jubeln mag,
> Auf zum Licht, meine Hoffnung!

Dann jagte es wie ein Sturm übers Klavier, und mitten
heraus brauste ein zweites Lied:

> Gut ist dein Rat!
> Doch auf lockendem Pfad
> Treib' ich mein Boot hinaus
> In der Brandung Gebraus.
> Und führt auch die Fahrt durch des Todes Tor —
> Laßt mich kosten, was nie ich gekostet zuvor.
>
> Nicht bloß zum Spiel
> Such' ich mein Ziel, —
> Will mit Sturmwogen ringen —

Will das Weltmeer bezwingen—
Will sehn, wie der Kiel sich zur Seite legt—
Muß versuchen, wie weit und wie lang er mich trägt!

Nein! Jetzt wurde es dem Propst zu bunt! Er riß im
Vorbeigehen Signe das Heft aus der Hand; er stürmte nach
der Tür; und diesmal hielt sie ihn nicht zurück. Er fuhr wie
ein Pfeil auf Petra los, schleuderte das Heft vor sie hin aufs
Klavier, machte Kehrt und rannte durchs ganze Zimmer auf
und ab. Als er wieder umdrehte, war sie aufgestanden. Sie
hielt das Heft an die Brust gepreßt und sah sich mit
verstörten Blicken nach allen Seiten um. Er blieb vor ihr
stehen, um ihr klaren Wein einzuschenken; aber sein Zorn,
die Erbitterung, daß er über zwei Jahre lang sich von diesem
verschlagenen jungen Ding hatte mißbrauchen lassen, und
vor allem darüber, daß sie sein eigenes, warmherziges,
hingebendes Kind zum besten gehabt hatte, empörte ihn so,
daß er nicht gleich Worte fand. Und als er sie endlich fand,
da fühlte er selber, daß sie zu hart waren. Als er noch einmal
durchs Zimmer gestürmt war und ihr wieder gegenüber
stand, mit blutrotem Gesicht, da wandte er ihr einfach den
Rücken und ging ohne eine Silbe zu sagen in sein
Studierzimmer zurück. Als er hinkam, war Signe fort.

Den ganzen Tag blieb jedes auf seinem Zimmer. Der Propst
aß allein zu Mittag; keins der Mädchen erschien. Petra hielt
sich im Zimmer der Wirtschafterin auf, das man ihr nach
dem Brand vorläufig angewiesen hatte. Vergebens hatte sie
Signe überall gesucht, um ihr alles zu erklären; Signe schien
überhaupt gar nicht im Hause zu sein.

Petra fühlte—sie stand vor einer Entscheidung. Ihres Lebens
heimlichster Gedanke war ihr entrissen, und man wollte
sich einen Einfluß erzwingen, den sie nicht dulden konnte.
Sie fühlte selbst am besten—wenn sie dies ihr Lebensziel
aufgab, so war sie allen Winden des Zufalls preisgegeben. Sie

konnte froh sein mit den Fröhlichen, vertrauensvoll mit den Vertrauenden; immer und überall sicher, —aber alles nur kraft jenes geheimen Ziels: einmal all das zu erreichen, dem ihre Fähigkeiten in heißem Sehnen entgegenwuchsen. Sich noch einmal jemand anvertrauen, nach jenem ersten, mißglückten Versuch in Bergen — nein, das konnte sie nicht, nicht einmal Ödegaard; sie mußte es allein in sich tragen, bis es so stark geworden war, daß es jedem Zweifel standzuhalten vermochte.

Aber jetzt war alles anders geworden. Unablässig stand das feuerrote Gesicht des Propstes vor ihrem aufgeschreckten Gewissen. Jetzt galt es, sich zu retten! Sie suchte Signe, immer hastiger, immer aufgeregter; aber schon war es Nachmittag, und immer noch war Signe nicht da. Je weiter ein Mensch, den wir suchen, sich uns entzieht, desto mehr vergrößern wir uns selbst die Ursache der Trennung; und so kam es, daß ihr endlich klar wurde: es war ein Verrat gewesen an Signe, ihre Freundschaft heimlich zu etwas zu mißbrauchen, was Signe für eine große Sünde hielt. Gott, der Allwissende, war ihr Zeuge, daß eine solche Auffassung der Dinge ihr bisher überhaupt nicht in den Sinn gekommen war. Wie eine große Sünderin kam sie sich vor.

Genau wie damals zu Hause fühlte sie sich wie zerschmettert und hatte doch noch kurz vorher überhaupt keine Ahnung davon gehabt! Daß dies Entsetzliche sich wiederholen konnte, daß sie noch keinen Schritt weitergekommen war, das steigerte ihre unsichere Angst bis zum Grausen. Aber in dem Maß, wie ihre eigene Schuld wuchs, wuchs das Bild Signes an Seelenreinheit und großherziger Hingebung. Ja, Signe hatte in Wahrheit glühende Kohlen auf ihr Haupt gesammelt. Am liebsten hätte sie sich ihr zu Füßen geworfen, sie angerufen, sie angebettelt, hätte nicht abgelassen mit Flehen, bis Signe ihr wieder einen einzigen guten Blick geschenkt!

Es war dunkel geworden. Jetzt *mußte* Signe doch endlich
wieder da sein, wo sie auch sonst gewesen war! Petra lief
hinunter, durch den Gang im Flügel, wo Signes Zimmer lag;
die Tür war verriegelt. Also mußte sie drin sein! Ihr Herz
klopfte, während sie nochmals die Klinke niederdrückte und
bettelte: "Signe! Ich muß mit Dir reden! Ich halt' es nicht
aus, Signe!"—Im Zimmer kein Laut. Petra bückte sich,
horchte, klopfte. "Signe, Signe! Wenn Du wüßtest, wie
unglücklich ich bin!"—Keine Antwort. Langes Horchen.
Nichts. Wenn man lang gar keine Antwort erhält, so fängt
man zuletzt zu zweifeln an, ob überhaupt jemand da ist,
selbst wenn man es weiß; und wenn es dazu noch dunkel
ist, so wird man noch ängstlich dabei. "Signe! Signe! Bist
Du da? So hab' doch Erbarmen! Antworte doch!—Signe!" Es
war und blieb still. Sie begann zu zittern und zu frösteln.
Da ging die Küchentür auf mit einem breiten Lichtstreifen;
leichte lustige Schritte liefen über den Hof. Das gab ihr einen
Plan ein. Sie wollte ebenfalls auf den Hof, wollte auf den
Vorsprung an der Steinmauer klettern, wo der Seitenflügel
lag, und dann auf diesem Sims entlang um das ganze
Gebäude gehen bis auf die andere Seite, wo es sehr hoch
war. Und dann wollte sie in Signes Zimmer hineingucken!

Es war ein klarer Sternenabend; Berge und Häuser standen
in scharfen Umrissen; sonst war nichts zu sehen; nur diese
Umrisse. Der Schnee schimmerte; die dunkeln Pfade
zwischendurch hoben seine Helle nur noch schärfer hervor.
Von der Landstraße klang Schlittengeläut; das eilige Sausen,
der Glanz wirkten ermunternd; Petra sprang auf den Sims.
Sie wollte sich an den vorstehenden Balken der
Holzverkleidung festhalten; aber sie verlor das
Gleichgewicht und fiel wieder herunter. Jetzt holte sie eine
leere Tonne und rollte sie an die Mauer, stieg hinauf und

von der Tonne auf den Sims. Dort kroch sie auf Händen
und Füßen ruckweise weiter, jedesmal etwa ein Viertelmeter.
Es gehörten die starken Finger einer starken Hand dazu, um
sich festzuhalten; denn die Balken sprangen kaum einen
Zoll vor. Auch hatte sie Angst, man könne sie entdecken;
denn natürlich würde man das gleich wieder mit der
Strickleiter in Verbindung bringen. Wenn sie bloß erst von
der Seite, die auf den Hof hinausging, weg und auf der
Querwand war! Aber als sie endlich dort anlangte, drohte
neue Gefahr: die Fenster waren nicht verhangen, und sie
mußte sich ducken, während sie, in steter Angst zu fallen,
vor den Fenstern vorüberkroch. An der Längswand wurde
es immer höher; darunter, die ganze Mauer entlang, stand
eine Stachelbeerhecke, die sie jedenfalls aufnehmen würde,
wenn sie fiel. Aber sie hatte keine Angst mehr. Ihre Finger
brannten, ihre Sehnen zitterten, der ganze Körper bebte;
aber sie kletterte weiter. Jetzt nur noch ein paar Schritte und
das Fenster war erreicht. Bei Signe brannte kein Licht, und
der Vorhang war nicht herabgelassen. Der Mond schien voll
ins Zimmer—sie mußte bis in den äußersten Winkel sehen
können! Auch das gab ihr neuen Mut. Sie erreichte den
Fenstersims, konnte sich endlich mit der Hand fest
anklammern und ausruhen; denn nun, da sie am Ziel war,
fing ihr Herz so heftig zu klopfen an, daß es ihr fast den
Atem benahm. Aber je länger sie zauderte, desto schlimmer
wurde es; also hieß es kurzen Prozeß machen... Und so
beugte sie sich rasch entschlossen in voller Höhe gegen das
Fenster. Ein gellender Schrei aus dem Zimmer war die
Antwort. Signe hatte in der Sofaecke gesessen; jetzt stand sie
mit einem Satz mitten im Zimmer, wehrte die grauenhafte
Erscheinung in wildem Entsetzen ab und flüchtete. Diese
Gestalt vor dem Fenster im Schein des Monds, diese
rücksichtslose, widerwärtige Derbheit, das Gesicht, scharf
vom Mond umrissen, erhitzt, funkelnd,—Petra begriff selbst
mit Blitzesschnelle, daß ihr unglückseliger Einfall Signe

nichts als Abscheu hatte einjagen können, ja, daß fortan ihr
Bild vielleicht immer ein Schreckgespenst bleiben würde für
Signe. Sie verlor das Bewußtsein und fiel mit einem
durchdringenden Schrei hinunter. Die Leute im Hause
waren auf Signes Ruf herbeigestürzt, hatten jedoch niemand
gefunden. Da hörten sie wieder einen solchen Schrei; der
ganze Hof lief zusammen, man suchte, man rief, ohne etwas
zu finden; es war ein bloßer Zufall, daß der Propst aus
Signes Fenster hinausblickte und im Mondschein Petra in
den Büschen liegen sah. Eine große Angst überkam alle. Es
kostete Mühe, sie von den Dornen loszumachen und
hinaufzutragen. Man brachte sie in Signes Zimmer, weil die
Stube der Wirtschafterin nicht geheizt war; man zog sie aus
und brachte sie zu Bett, man wusch ihr Hals und Hände,
die tüchtig zerkratzt waren, während wieder andere es recht
warm und hell und behaglich im Zimmer machten. Als sie
wieder zu sich gekommen war und sich umsah, bat sie, man
möge sie allein lassen. Die ruhige Behaglichkeit des
Zimmers, das feine Weiß, womit Fenster, Toilettentisch, Bett
und Stühle behängt waren, mahnten unendlich wehtuend
an Signe. Petra dachte an ihre reine Lieblichkeit, ihre stille
Stimme, die einen so milchweißen Klang hatte, ihr feines
Gefühl für die Denkart anderer, ihre weiche Güte. Und all
das hatte sie selbst jetzt verscherzt. Bald mußte sie wieder
aus diesem Zimmer, wie wohl überhaupt aus dem Hause.
Und dann—wohin? Zum drittenmal wird man mich nicht
von der Landstraße auflesen, und selbst wenn es geschähe—
sie selber wollte nicht mehr. Es würde ja doch nur wieder
dasselbe Ende nehmen. Kein Mensch konnte Zutrauen zu
ihr fassen; was auch der Grund sein mochte … sie fühlte, es
war so. Sie war ja auch noch keinen Schritt weiter
gekommen; nie würde sie überhaupt einen Schritt weiter
kommen. Denn ohne das Vertrauen der Menschen ging es
nicht. Oh, wie sie betete, wie sie weinte! Sie wälzte und
wand sich in ihrer Seelenqual, bis sie ganz erschöpft war

und einschlief.

Und im Schlaf wurde sofort alles schneeweiß und allmählich auch seltsam hoch. Nie in ihrem Leben hatte sie eine solche Höhe und ein so lichtes Funkeln von Millionen Sternen gesehen.

Zehntes Kapitel

Noch als sie aufwachte, war sie dort oben; die Gedanken des Tages, die sofort auf sie einstürmten, wollten nach, wurden aber eingefangen und fortgetragen von etwas, das die ganze Luft erfüllte—von dem Glockengeläut des Sonntagmorgens. Sie sprang auf und zog sich an, holte sich aus der Speisekammer etwas Frühstück, packte sich warm ein und machte sich eilig auf den Weg,—so gedürstet nach Gottes Wort hatte sie noch nie! Als sie hinkam, hatte der Gottesdienst gerade angefangen, und die Tür war verschlossen; es war ein kalter Tag, und die Finger erstarrten ihr, als sie den Schlüssel anfaßte und umdrehte. Der Pfarrer stand gerade am Altar, sie blieb an der Tür stehen, bis er fertig war und der Küster ihm das Meßgewand abgenommen hatte; dann ging sie hinüber nach dem sogenannten Bischofsstuhl, der im Chor stand und mit Vorhängen versehen war. Der eigentliche Pfarrstuhl lag auf der Empore; wollte man aber aus irgendeinem Grunde lieber versteckt und allein sitzen, so nahm man seine Zuflucht zu dem Bischofsstuhl. Als sie gerade hineinschlüpfen wollte, sah sie Signe schon darin sitzen, in der äußersten Ecke. Sie trat einen Schritt zurück, aber gerade da drehte der Propst sich um, um vom Altar an ihr vorbei in die Sakristei zu gehen; sie ging eilig wieder in den Stuhl hinein und setzte sich ganz hinten in eine Ecke; Signe hatte ihren Schleier

heruntergelassen. Das tat Petra weh. Sie schaute über die
Gemeinde hin: in hohem Holzgestühl saßen rechts die
Männer, links die Frauen eng nebeneinander; ihr Atem lag
wie zitternder Nebel über ihnen, an den Fenstern war das
Eis zolldick; die plump geschnitzten Holzstatuen, der
schleppende, eintönige Gesang, die vermummten Menschen
—das alles harmonierte miteinander; es war hart und
unnahbar; ihr fiel der Eindruck ein, den die Natur an jenem
Nachmittage, als sie Bergen verließ, auf sie gemacht hatte;
sie war auch hier nur ein furchtsamer Wanderer.

Der Propst bestieg die Kanzel; auch er machte ein strenges
Gesicht. Er betete: Führe uns nicht in Versuchung! Wir
wissen, daß alle Gaben, die Gott uns verliehen hat, eine
Versuchung bergen; er möge gnädig sein und uns nicht
über unsere Kraft versuchen; wir sollen nie vergessen, ihn
darum zu bitten; denn nur, wenn wir unsere Fähigkeiten
ihm unterordnen, gereichen sie uns zum Heil. Die Predigt
behandelte dieses Thema weiter, indem sie von unserer
doppelten Lebensaufgabe ausging, daß erstens ein jeder
seinen Lebensberuf da ausfüllen müsse, wohin ihn seine
Fähigkeiten und seine Verhältnisse gestellt hätten,—und
zweitens, daß man Christentum heranbilden müsse in sich
selbst und in denen, die unserer Obhut anvertraut seien.
Man müsse vorsichtig sein in der Wahl seines Lebensberufs,
denn es gebe leider Berufe, die in sich selbst sündig seien, es
gebe auch welche, die uns zur Sünde werden könnten, weil
sie entweder nicht für uns paßten, oder doch unseren bösen
Gelüsten allzusehr entgegenkämen. Weiter: so gewiß ein
jeder versuchen müsse, nach seinen Fähigkeiten zu wählen,
so gewiß könne eine solche Wahl, auch wenn sie richtig und
gut sei, uns doch zur Versuchung werden, wenn wir, weil
der Beruf uns zusage, unsere ganze Zeit und unsere ganzen
Gedanken in seinen Dienst stellten. Das Christentum in uns
dürfe nicht vernachlässigt werden, so wenig wie unsere

Elternpflichten gegen unsere Kinder. Wir müßten uns in uns selbst konzentrieren können, damit der Heilige Geist ständig in uns wirke. Wir müßten die gute Saat des Christentums in unsere Kinder pflanzen und sie pflegen können. Es gebe keine Pflicht, keinen Vorwand, der uns hiervon zu befreien vermöchte, auch wenn die Gelegenheit abgewartet werden müsse.

Und dann ging er weiter, — ging auf die Berufe derer ein, die da saßen, ging in ihre Häuser, behandelte ihre Verhältnisse, ihre Ansichten. Dann führte er Beispiele aus anderen Lebensbedingungen an, aus höheren Wirkungskreisen, die ihre Streiflichter hierherwarfen. Der Propst war allen, die ihn im täglichen Leben kannten, ganz fremd von dem Augenblick an, da er auf der Kanzel auftauchte. Auch in seinem Äußern war er anders; sein verschlossenes, energisches Gesicht hatte sich geöffnet und ließ die Flut der Gedanken durchscheinen; sein Auge war lebhaft, es schaute fest und zielbewußt und brachte erhabene Kunde; all das Zottige, das wie zusammengerollt in seiner Natur lag, trat jetzt hervor gleich der Mähne eines Löwen; seine Stimme rollte wie ein langgezogener Donner dahin oder in kurzen, heftigen Wendungen, sank zuweilen auch einmal zu sanften Tönen herab, aber nur, um gleich wieder die Höhe zu erklimmen. Er konnte im Grunde nur in einem großen Räume reden, und wenn er für seine Gedanken die Unendlichkeit hatte; denn seine Stimme hatte keinen Wohllaut, bis sie laut sprach, sein Gesicht keine Klarheit, seine Gedanken keine treffende Deutlichkeit, bis sie in Feuer gerieten. Nicht als ob er das Thema dann erst gefunden hätte; nein, so gewiß wie der Schmerz große Schätze in diese Seele zusammengetragen hatte, so gewiß hatten das auch die Gedanken getan; er war ein strenger, verschlossener Arbeiter. Aber er war nicht immer gerüstet, er konnte im Gespräch keine Gedanken prägen; er mußte allein das Wort

haben, mußte wenigstens auf und ab laufen können. Ein
Wortgefecht mit ihm anzufangen, kam fast einem Überfall
auf einen Wehrlosen gleich, war aber doch gefährlich; denn
seine Überzeugung stand sofort und mit solcher Heftigkeit
fest, daß er keine Zeit hatte, sie zu begründen; zwang man
ihn doch dazu, so konnte zweierlei geschehen: entweder er
übersprühte seinen Gegner so, daß dem Gegner ganz bange
werden konnte, oder er schwieg eigensinnig, weil er sich
selbst nicht traute. Keiner war leichter zum Schweigen zu
bringen als dieser energische, beredte Mann.

Petra war erzittert, als der Propst sein Gebet begonnen,
denn sie fühlte, woher er es genommen hatte. Je weiter er im
Text kam, desto näher rückte er ihr; sie kroch in sich
zusammen, und sie sah, wie Signe dasselbe tat. Aber
unbarmherzig legte der Gewaltige los; der Löwe war auf
Beute aus; sie kam sich wie von allen Seiten verfolgt, wie
umzingelt und eingefangen vor,—aber was in Strenge
angepackt wurde, hielt die Hand des Erbarmens milde fest.
Es war, als werde sie—ohne ein Wort der Verdammung—
von der allgütigen Liebe in den Arm genommen. Und da
betete sie und weinte, und sie hörte Signe dasselbe tun und
hatte sie lieb deswegen!

Als der Propst von seinem Thron der Wahrheit
herunterkam, um sich in die Sakristei zu begeben, lag noch
der Glanz der Begegnung mit dem Höchsten auf seinem
Gesicht. Seine Augen fielen forschend gerade auf Petra, aber
als sie ihn groß ansah, da glitt ein Strahl von Milde zu ihr
hin; im Weitergehen blickte er rasch nach der Ecke, wo seine
Tochter saß.

Signe erhob sich gleich darauf; den Schleier hatte sie vorm
Gesicht, so daß Petra nicht zu folgen wagte. Deshalb ging
sie später. Aber heute saßen sie wieder alle drei bei Tisch; der
Propst sprach ab und zu, Signe aber war scheu. Sobald der

Propst, der augenscheinlich die Rede auf das Vorgefallene
bringen wollte, die leiseste Andeutung machte, wich Signe
so schüchtern und zart aus, daß der Propst an ihre Mutter
erinnert wurde,—er verstummte und wurde allmählich
schwermütig. Dazu gehörte sehr wenig.

Nun gibt es nichts Peinlicheres als einen mißglückten
Versöhnungsversuch. Man stand auf, ohne sich in die
Augen blicken und sich gesegnete Mahlzeit wünschen zu
können. Im Wohnzimmer wurde die Stimmung schließlich
so gedrückt, daß sie alle drei gern hinausgegangen wären,—
aber niemand mochte zuerst gehen;—Petra für ihr Teil hatte
das Gefühl: wenn sie jetzt gehe, so gehe sie für immer. Sie
konnte Signe nicht wiedersehen, wenn sie sie nicht
liebhaben durfte; sie konnte es nicht ertragen, den Propst
traurig zu sehen um ihretwillen. Aber mußte sie fort, dann
ohne Abschied; denn wie hätte sie von diesen Menschen
Abschied nehmen können? Schon der Gedanke peitschte sie
in eine Erregung hinein, die sie nur mit äußerster
Anstrengung zurückzuhalten vermochte.

Jede Minute, die eine solche drückende Stille verlängert, in
der wir aufeinander warten, macht sie unerträglicher. Man
kann sich nicht rühren, weil man fühlt, es wird bemerkt;
jeder Seufzer ist zu hören; man hört sogar, wenn einer ganz
ruhig ist; denn das hört sich an wie Härte. Man kommt in
Spannung, weil nichts gesagt wird, und man zittert davor,
daß etwas gesagt werden wird.

Jeder fühlte, dieser Augenblick komme nie wieder. Die
Mauern, die man zwischen sich aufbaut, wachsen, unsere
eigene Schuld wächst, die der andern wächst auch, wächst
mit jedem Atemzuge; bald sind wir verzweifelt, bald empört;
denn wer sich so gegen uns benimmt, ist unbarmherzig, ist
schlecht; wir ertragen es nicht, wir können es ihm nicht
verzeihen,—Petra hielt es nicht länger aus, entweder mußte

sie aufschreien oder davonlaufen!

Da klang Schlittengeläut auf der Straße; bald sah man einen Mann im Wolfspelz auf einem Rennschlitten, auf dem hinten der Postillon saß, am Garten vorbei und in den Hof hineinsausen. — Alle atmeten erleichtert auf und lauschten der Erlösung entgegen! Sie hörten den Ankömmling auf dem Flur, wo er die Reisestiefel und den Pelz ablegte und mit dem Mädchen sprach, das ihm behilflich war; der Propst stand auf, um ihm entgegenzugehen, — kehrte aber wieder um, weil er die beiden Mädchen nicht allein lassen wollte; — wieder sprach der Fremde auf dem Flur, jetzt schon mehr in der Nähe, so daß beim Klang dieser Stimme alle drei aufsahen, Petra aber sich erhob und die Augen auf die Tür heftete. — Es klopfte; — "herein!" sagte der Propst aufgeregt, — ein Mann mit einem lichten Gesicht und einer Brille stand in der Tür, Petra stieß einen Schrei aus und sank wieder auf ihren Stuhl: — das war ja Ödegaard.

Er kam dem Propst und Signe nicht unerwartet; man hatte auf sein Kommen zu Weihnachten gerechnet, obwohl niemand Petra etwas davon gesagt hatte; aber daß er gerade jetzt kam, war eine Fügung des Schicksals, — das empfanden sie alle.

Petra sah und hörte nichts, bis er vor ihr stand und ihre Hand gefaßt hatte. Er hielt sie lange in seiner, sagte aber kein Wort, auch sie nicht; sie konnte nicht einmal aufstehen. Aber während sie ihn anschaute, liefen ihr zwei Tränen die Backen herunter. Er war sehr blaß, sonst aber ganz ruhig und gütig; er zog seine Hand wieder zurück und ging dann durch das Zimmer auf Signe zu, die sich zwischen den Blumen ihrer Mutter in der äußersten Fensterecke verkrochen hatte.

Petra sehnte sich, allein zu sein; deshalb zog sie sich zurück.

Signe hatte im Hause zu tun, so daß sich der Propst mit
Ödegaard in sein Arbeitszimmer zu einem Glase Wein setzen
konnte, das dem Reisenden not tat. Hier erfuhr er in Kürze,
was die letzten Tage gebracht hatten; er wurde sehr
nachdenklich, äußerte sich aber nicht darüber. Sie wurden
übrigens auf seltsame Weise unterbrochen.

* * * * *

Am Fenster kamen zwei Frauen und drei Männer vorbei, je
einer hinter dem andern, und kaum sah der Propst sie, als er
aufsprang: "Da sind sie wieder!—Jetzt heißt's Geduld
haben."—Herein kamen zuerst die Frauen, dann die
Männer, langsam und schweigend. Sie stellten sich an der
Wand unter dem Bücherregal auf, gerade gegenüber dem
Sofa, auf dem Ödegaard saß. Der Propst setzte ihnen Stühle
hin und holte noch ein paar aus dem andern Zimmer; sie
setzten sich auch alle mit Ausnahme eines städtisch
gekleideten jungen Menschen, der dankte und sich mit
einem etwas trotzigen Gesicht, beide Hände in den
Hosentaschen, an die Tür lehnte. Nach einer langen Pause,
während der Propst seine Pfeife stopfte und Ödegaard, der
nicht rauchte, die Leute sich näher betrachtete, begann
schließlich eine blasse, blonde Frau von vielleicht vierzig
Jahren das Gespräch. Ihre Stirn war sehr schmal, ihre
Augen groß, aber scheu; sie wußten nicht recht, wo sie
hinsehen sollten. Sie sagte: "Der Herr Pfarrer hat heute
solch schöne Predigt gehalten; sie paßte so gut zu unsern
Gedanken;—denn wir auf dem Hof haben letzthin viel von
der Versuchung geredet."—Sie seufzte; ein Mann mit einem
etwas kurz geratenen Untergesicht und einem großen,
breiten Oberkopf seufzte auch: "Herr, bewache unsere Wege!
Wende meine Augen ab, daß sie nicht auf eitle Dinge
schauen!"—Und Else, dieselbe, die zuerst gesprochen hatte,
seufzte wieder und sagte: "Herr, wie soll ein junges

Menschenkind seinen Pfad rein halten, daß es wandelt nach
Deinem Worte?"—Das klang in ihrem Munde etwas seltsam,
denn sie war nicht mehr jung. Ein Mann in mittleren Jahren
aber, der den Kopf schief hielt und sich in einem fort hin
und her wiegte, wobei er seine Augenlider nie ganz
aufschlug, sagte wie im Halbschlaf:

"Jedwedem, dem der Name Christ
Durch Jesu Tod gegeben,
Dem folget Satans Trug und List
Wohl durch sein ganzes Leben."

Der Propst kannte sie zu gut, um nicht zu wissen, daß dies
bloß die Einleitung war; deshalb wartete er, als sei nichts
gesagt worden, obwohl wieder eine lange Pause eintrat, die
nur von Seufzern unterbrochen wurde.

Eine kleine Frau, die noch kleiner dadurch wurde, daß sie
gebückt dasaß, und die in so unglaublich viele Tücher
eingemummt war, daß sie wie ein Bündel aussah—ihr
Gesicht war völlig verdeckt—fing jetzt an, auf ihrem Stuhl
hin und herzurutschen, und gab schließlich ein paar "Hm,
hm!" von sich. Sofort schrak die blonde Frau auf und sagte:
"Auf dem Öyhof ist jetzt Schluß mit allem Spiel und Tanz;—
aber——" sie hielt wieder inne, Lars dagegen, der Mann mit
dem großen Oberkopf und der kurzen unteren
Gesichtshälfte, fuhr fort: "—aber einer, der Spielmann Hans,
der will nicht Schluß machen."—Als auch Lars über das
weitere nachgrübelte, kam der junge Mensch ihm zu Hilfe:
"Denn er weiß, daß auch der Herr Propst ein Instrument
hat, nach dem hier im Pfarrhaus getanzt und gesungen
wird."—"Das kann für ihn wohl keine größere Sünde sein
als für den Herrn Propst", sagte Lars.—"Es liegt so, daß das
Spielen beim Herrn Propst die andern in Versuchung führt",
sagte Else behutsam, wie um ihnen vorwärts zu helfen. Der
junge Mensch aber fügte kräftiger hinzu: "Es ärgert die

Unmündigen, wie geschrieben steht: Wer aber ärgert dieser
Geringsten einen, die an mich glauben, dem wäre besser,
daß ein Mühlstein an seinen Hals gehängt, und er ersäufet
würde im Meer, da es am tiefsten ist." Und Lars löste ihn ab:
"Unser Anliegen an Dich ist also, daß Du Dein Instrument
forttust oder es verbrennst, damit es nicht zum Ärgernis
wird—"—"Für Deine Pfarrkinder", fügte der junge Mensch
hinzu.

Der Propst dampfte und paffte und sagte schließlich in dem
sichtbaren Bemühen, seine Ruhe zu bewahren: "Mir ist dies
Spiel keine Versuchung, mir ist es eine Erquickung und eine
Befreiung.—Nun wißt Ihr aber, daß alles, was unsern Geist
frei machen kann, uns empfänglicher und verständnisvoller
macht; deshalb glaube ich ganz gewiß, daß diese Musik mir
eine Hilfe ist."—"Und ich weiß, es gibt Pfarrer, die nach Pauli
Wort trotzdem darauf verzichten würden, wenn ihre
Pfarrkinder sie darum bäten", sagte der junge Mensch.
—"Vielleicht habe ich früher seine Worte auch in diesem
Sinne aufgefaßt," antwortete der Propst, "aber jetzt nicht
mehr. Man kann wohl auf eine Gewohnheit oder auf einen
Genuß verzichten; aber man soll sich hüten, einseitig und
beschränkt zu werden mit den Einseitigen und
Beschränkten. Ich handle dadurch nicht allein unrecht an
mir selbst, sondern auch an den Menschen, denen ich ein
Beispiel geben soll; denn ich gebe ihnen ja ein falsches
Beispiel, ein Beispiel gegen meine Überzeugung." Der Propst
brachte selten außerhalb seiner Kanzel eine so lange
Auseinandersetzung zustande. Er fügte hinzu: "Ich werde
mein Instrument nicht weggeben und nicht verbrennen; ich
will es noch oft hören, weil ich oft das Bedürfnis danach
habe, und ich möchte wünschen, daß auch Ihr bisweilen in
aller Unschuld Euren Geist freimachtet durch Gesang,
durch Spiel und Tanz; denn ich halte das für gut und
richtig."

Der junge Mensch beugte den Kopf zur Seite, "Pfui!" er
spuckte aus.

Der Propst wurde blutrot im Gesicht, und es entstand eine
Pause. Da setzte der Hin- und Herwiegende mit lauter
Stimme ein:

"O Herr, wie schwach ist dieser Leib,
Denn nur mit Angst und Zagen
Kann arm und reich, kann Mann und Weib
Sein Kreuz geduldig tragen.
Denn Fleisch und Blut gebrechlich sind,
Das müssen wir alle sagen."—

Und dann Lars mit sanfter Stimme: "Also Du sagst, Spiel
und Tanz sei richtig,—na!——Also es ist richtig, den Satan
durch die Sinne aufzuwecken, na!—Also das sagt unser
Herr Pfarrer,—na, dann wissen wir es ja!——Na, also er
sagt, alles, was in Müßiggang und Sinnlichkeit geschieht, ist
zur Erlösung und zur Hilfe da,——alles, was einen in
Versuchung führt, ist richtig!"—Jetzt mischte sich aber
Ödegaard ein, denn er sah dem Propst an, daß die Sache
schief gehen würde: "Sag' mal, guter Mann, was führt uns
denn nicht in Versuchung?"

Alle sahen dahin, woher diese sicheren, schneidigen Worte
kamen. Die Frage an sich war so unerwartet, daß Lars im
Handumdrehen nicht wußte, was er antworten sollte, auch
die andern nicht. Da klang es wie aus einem Brunnen oder
aus einem Keller heraus: "Das ist die Arbeit."—Die Stimme
kam von den vielen Tüchern her; es war Randi, die zum
erstenmal auch ein Wort sagte. Ein triumphierendes
Schmunzeln zog über Lars' kurzes Untergesicht, die blonde
Frau blickte zuversichtlich zu ihr hin, selbst der junge
Mensch an der Tür verlor für einen Augenblick die
spöttische Wölbung der Lippen. Ödegaard war es klar, daß

dies das Haupt sein mußte, trotzdem es nicht zu sehen war.
Er wandte sich deshalb an sie: "Wie muß denn die Arbeit
beschaffen sein, damit sie uns nicht in Versuchung führt?"
Sie wollte hierauf nicht antworten; der junge Mensch aber
entgegnete: "Der Fluch lautet: im Schweiße Deines
Angesichts sollst Du Dein Brot essen; sie soll aber Schweiß
und Mühe bringen."—"Und außer Schweiß und Mühe
nichts? Zum Beispiel keinen Vorteil?"—Hierauf wollte auch
er nicht antworten; aber nun fühlte sich das kurze
Untergesicht berufen: "Doch, soviel Vorteil wie
möglich."—"Aber dann muß doch auch in der Arbeit eine
Versuchung liegen, nämlich die Lockspeise eines zu großen
Vorteils." Bei dieser Umzingelung kam Entsatz aus der Tiefe:
"So ist es der Vorteil, der uns versucht, und nicht die
Arbeit."—-"Ja, aber was will das sagen, wenn die Arbeit um
des Vorteils willen übertrieben wird?" Sie verkroch sich
wieder; Lars aber wagte sich heraus: "Was heißt die Arbeit
übertreiben?"—"Na, wenn sie Dich zu einem Tier macht,
wenn sie Dich in Sklaverei bringt."—"Sklaverei muß sein",
sagte der, der den Schweiß des Angesichts haben wollte.
—"Aber kann Sklaverei zu Gott führen?"—"Arbeit ist
Gottesdienst!" rief Lars.—"Kannst Du das von Deiner
ganzen Arbeit sagen?" Lars schwieg.—"Nein, sei vernünftig
und gib mir zu, daß um des Vorteils willen die Arbeit so
übertrieben werden kann, *als ob wir nur dafür lebten*. Also
liegt auch in der Arbeit eine Versuchung."—"Ja, eine
Versuchung liegt in allem, Kinder,—eine Versuchung liegt in
allem!" entschied jetzt der Propst, indem er aufstand und, als
wolle er der Sache ein Ende machen, seine Pfeife ausklopfte.
In den vielen Umschlagtüchern seufzte es, aber eine
Antwort kam nicht.

"Seht," begann Ödegaard wieder,—und der Propst stopfte
sich eine neue Pfeife,—"wenn nun die Arbeit einen Vorteil,
das heißt Frucht bringt, so haben wir doch wohl das Recht,

702

diese Frucht zu genießen? Wenn sie uns Reichtum bringt, haben wir doch wohl das Recht, diesen Reichtum zu genießen?"—Das erregte großes Bedenken; einer blickte den andern an. "Ich will antworten, während Ihr darüber nachdenkt", sagte er. "Gott hat uns die Möglichkeit gelassen, seinen Fluch in Segen zu verwandeln; denn er selbst leitete die Patriarchen und sein ganzes Volk zum Genuß des Reichtums an."—"Die Apostel durften nichts besitzen", warf der junge Mensch siegessicher ein.—"Ja, das stimmt; denn die wollte er über alle menschlichen Lebensbedingungen stellen, damit sie nur Gott schauen sollten;—sie waren berufen!"—"Wir sind alle berufen!"—"Aber nicht im gleichen Sinne; bist Du zum Apostel berufen?"—Der junge Mensch wurde leichenblaß, seine Augen unter der Stirnmauer verdüsterten sich; er mußte seinen Grund haben, sich das zu Herzen zu nehmen.

"Aber der Reiche soll auch arbeiten", meinte Lars; "denn Arbeit ist ein Gebot."—"Gewiß soll er das, wenn er auch andere Mittel und andere Aufgaben hat; jeder hat seine. Aber sag', soll der Mensch unaufhörlich arbeiten?"—"Er soll auch beten", fiel die blonde Frau ein und faltete die Hände, als komme ihr jetzt zum Bewußtsein, daß sie es zu lange versäumt habe.—"Also: immer wenn ein Mensch nicht arbeitet, soll er beten?—Kann ein Mensch das?—Was wäre das für ein Beten, und was wäre das für ein Arbeiten?—Soll er nicht auch ausruhen?"—"Wir sollen erst ausruhen, wenn wir nicht mehr können; dann werden wir nicht von bösen Gedanken versucht,—ja, dann werden wir nicht in Versuchung geführt!" sagte Eise wieder, und der Psalmist fiel ein:

"So gehet ein, ihr Müden,
In Jesu süßen Frieden,
Die Arbeit war so groß.

Die Zeit ist nicht mehr weit,
Da man für euch bereit't
Ein Bettlein in der Erde Schoß!"— —

"Still, Erik, und hör' zu," sagte der Propst. Ödegaard aber
zog jetzt die Schlinge zusammen: "Seht Ihr, die Arbeit trägt
ihre Frucht und braucht ihre Rast. Nun aber ist meine
Ansicht von Geselligkeit, von Sang und Spiel und
dergleichen, daß sie nicht nur eine süße Frucht der Arbeit
sind, sondern daß sie zugleich auch dem Geist eine
erquickende Muße bieten."

Hier entstand eine Bewegung im Lager; alle sahen zu Randi
hin, denn jetzt mußten die Haupttruppen heranrücken; sie
wackelte und wackelte und schließlich kam es langsam und
still heraus: "Weltlicher Sang und Spiel und Tanz sind keine
Muße, denn das entfacht das Fleisch zu sündiger Begierde.
Eine Frucht der Arbeit kann auch wohl so etwas nicht sein,
das die Arbeit vergeudet und das verweichlicht."—"Ja, in so
etwas liegt eine große Versuchung!" sagte die blonde Frau
seufzend. Dabei fiel Erik der Vers ein:

"Mit Schmerz erkennen wir,
Daß ständig wachsen hier
Die Laster und Begierden,
Geschmückt gleich Tugendzierden,
Die leise uns umringen
Und sich zum Himmel schwingen—"

"Sei still, Erik!" sagte der Propst; "Du verwirrst uns
nur."—"Ach ja, das mag wohl sein", sagte Erik und fing
wieder an:

"Wenn euch mit heuchlerischem Sinn
Ein anderer will führen hin
Zum breiten, glatten Sündenpfad,

Den wählt euch nicht als Kamerad——"

"Nun hör' aber auf, Erik!—Das Lied ist ja recht schön, aber
alles zu seiner Zeit und am rechten Ort."—"Ja, ja, Herr
Pfarrer, das stimmt,—alles zu seiner Zeit und am rechten
Ort:

"Schenk' jede Stunde heute
Dem Höchsten früh und spät
Ein jeder Herzschlag läute
Wie Glocken zum Gebet—"

"Nein, nein, Erik, dann würde ja auch das Gebet zur
Versuchung; Du müßtest Katholik werden und ins Kloster
gehen!"—"Gott behüte!" sagte Erik und riß die Augen weit
auf, machte sie dann wieder zu und fing an:

"Wie Staub und Schlacken zu echtem Gold
Ist kathol'sch—"

"Hör' mal, Erik, wenn Du nicht ruhig sein kannst, so geh
gefälligst mit dem Rest hinaus.—Wo waren wir denn stehen
geblieben?" Ödegaard aber hatte mit großem Behagen Erik
angehört und wußte es nicht mehr. Da kam es friedlich aus
den vielen Tüchern heraus: "Ich sagte, es könne doch keine
Muße und keine Frucht der Arbeit in etwas sein, das
—"—"Jetzt erinnere ich mich: das eine Versuchung in sich
trägt,—und dann kam Erik und bewies uns, daß auch im
Gebet eine Versuchung liegen kann.—Wir wollen also
überlegen, was jene Dinge sonst für Folgen haben können.
Ist Euch aufgefallen, daß fröhliche Menschen besser arbeiten
als schwermütige? Woher kommt das?"

Lars merkte, worauf das hinausging, und sagte deshalb:
"Fröhlich macht der Glaube."—"Ja, wenn es ein heller
Glaube ist; aber weißt Du nicht, daß der Glaube so finster

machen kann, daß die Welt um uns her zu einem
Zuchthause wird?"

Die blonde Frau seufzte unaufhörlich, so daß die vielen
Tücher dadurch in Bewegung kamen; Lars blickte sie auch
scharf an, und da schwieg sie.—Ödegaard fuhr fort: "Ein
ewiges Einerlei, sei es Arbeit, Gebet oder Vergnügen, macht
dumm und finster. Du kannst den Acker umgraben, daß Du
zu einem Tier wirst, beten, bis Du ein Gewohnheitsmönch
bist, spielen, bis Du eine schlappe Spielpuppe bist. Aber
mische es einmal! Der Wechsel stärkt Sinn und Gedanken;
dabei gedeiht Deine Arbeit, und Dein Glaube wird
licht."—"Wir wollen uns also jetzt aufs Fröhlichsein
verlegen!" sagte der junge Mensch und lachte.—"Ja, dann
würdest Du für Dein Teil eine Gemeinschaft mit andern
Menschen finden; denn erst in der Freude sieht man das
Gute bei andern und liebt es. Man kann aber Gott nur
lieben, wenn man seinen Nächsten liebt."

Da nicht sogleich ein Widerspruch erfolgte, versuchte
Ödegaard zum zweitenmal die Schlinge zusammenzuziehen
und sagte: "Die Dinge, die *freimachen*, also daß der Heilige
Geist in uns wirken kann,—denn in den Gefesselten kann er
nicht wirken,—die Dinge, die uns helfen, müssen einen
Segen in sich tragen,—und das tun diese Dinge." Der Propst
stand auf, er hatte seine Pfeife schon wieder auszuklopfen.

In der Pause, die jetzt folgte, und in der kein Seufzer zu
hören war, merkte man, wie die vielen Tücher sich
abmühten, und schließlich hörte man ein zaghaftes: "Es
steht geschrieben: Was Du aber tust, das tu zu Gottes Ehre;
—sind aber weltlicher Gesang, Spiel und Tanz zu Gottes
Ehre?"

"Ohne weiteres nicht;—aber können wir dieselbe Frage nicht
beim Essen, beim Schlafen, beim Anziehen stellen? Und

doch *müssen* wir das alles tun. Es kann also nur gemeint sein, daß man nichts tun soll, was Sünde ist."—"Ja, ist das denn aber keine Sünde?"

Zum erstenmal wurde Ödegaard ein bißchen ungeduldig. Er beschränkte sich deshalb darauf, zu sagen: "Wir lesen in der Bibel, daß Gesang, Spiel und Tanz Brauch waren."—"Ja, zu Gottes Ehre."—"Nun ja, zu Gottes Ehre. Aber daß die Juden immer und in allem den Namen Gottes im Munde führten, geschah aus dem Grunde, weil sie wie Kinder die Dinge noch nicht eingeteilt hatten. Den Kindern ist jeder fremde Mensch, der Mann",—auf die Frage des Kindes: "Woher kommt dies, woher kommt das?' antworten wir immer dasselbe: 'von Gott'; aber als Erwachsene Erwachsenen gegenüber nennen wir zugleich das Zwischenglied, wir nennen nicht bloß den Geber, Gott. So kann zum Beispiel ein schönes Lied von Gott handeln oder zu Gott führen, auch wenn Gottes Name nicht genannt ist; denn gar vieles führt zu ihm hin, wenn auch nicht auf dem direkten Wege. Unser Tanz, wenn in Wahrheit gesunde, unschuldige Menschen ihre Freude an ihm haben, preist—wenn auch nicht direkt—ihn, der uns die Gesundheit schenkte, und der das Kind in uns liebt."

"Merkt Euch das, merkt Euch das!" sagte der Propst; er war sich klar, daß er lange Zeit diese Dinge mißverstanden und sie andern falsch ausgelegt hatte.

Lars aber hatte lange nachdenklich dagesessen. Jetzt war er fertig. Das Samenkorn hatte sich von der hohen Stirn zu dem kurzen, knorrigen Untergesicht herabgesenkt; hier war es ausgedroschen und gemahlen worden und kam jetzt heraus: "All die Märchen und Erzählungen und Geschichten, all die Gedichte und das erfundene Zeug, wie es heutzutage die Bücher füllt,—ist das auch erlaubt? Steht nicht geschrieben: Jedes Wort, das aus Deinem Munde gehet, sei Wahrheit?"

"Es freut mich, daß Du darauf kommst.—Siehst Du, mit den Gedanken ist es genau wie mit dem Hause, in dem Du wohnst. Wäre es so eng, daß Du kaum mit dem Kopf hineinkönntest und nur eben die Beine ausstrecken, so müßtest Du es auch wohl ausbauen. Und die Dichtung erhebt die Gedanken und baut sie aus. Wäre das Maß der Gedanken, das über das Allernotwendigste hinausgeht, Lüge, so würden bald auch die allernotwendigsten Gedanken Lüge werden. Sie würden Dich so einklemmen in Dein Erdenhaus, daß Du nie die Ewigkeit erreichtest, und doch geht Dein Weg dahin, und die Gedanken sollten Dich im Glauben dahin führen."—"Aber etwas Erdichtetes ist doch etwas, was nicht gewesen ist, und dann ist es doch Lüge?" sagte Randi nachdenklich.—"Nein, es zeigt uns oft eine größere Wahrheit, als die Dinge, die wir sehen", antwortete Ödegaard. Jetzt blickten ihn alle zweifelnd an, und der junge Mensch warf ein: "Ich habe bis jetzt nicht gewußt, daß in den Sagen von Askelad mehr Wahrheit ist, als in dem, was ich mit meinen Augen sehe!"—Alle lachten leise.—"So sage mir, ob Du immer den Zusammenhang dessen begreifst, was Du vor Augen siehst?"—"Ich bin wohl nicht gelehrt genug?"—"Oh, ein Gelehrter begreift ihn gewiß noch viel weniger! Ich meine nämlich solche Dinge des täglichen Lebens, die uns Kummer und Herzeleid machen, und über die wir grübeln, bis wir schwarz werden, wie man so sagt. Kommt so etwas nicht vor?"—Er antwortete nicht; aus den vielen Tüchern heraus aber ertönte es in tiefem Ernst: "Doch, sehr oft."—"Wenn Du nun aber eine erfundene Geschichte hörtest, die Deiner eigenen so gliche, daß Du Deine Geschichte verständest, wenn Du die andere hörtest? Würdest Du von der Geschichte, die Dir Deine eigene klar macht, die Dir den Trost und die Festigung gibt, die im Verständnis liegen,—nicht sagen, die Geschichte habe

für Dich größere Wahrheit als Deine eigene?" Die blonde
Frau sagte: "Ich habe einmal eine Geschichte gelesen, die mir
über einen großen Kummer so hinweggeholfen hat, daß das,
was mich bisher so bedrückt hatte, mir fast eine Freude
wurde." Aus den Tüchern heraus erscholl ein Räuspern;
—"ja, es ist doch wahr", fügte sie ängstlich hinzu.

Der junge Mensch aber wollte es nicht zugeben: "Können
die Sagen von Askelad einem Menschen zum Trost
gereichen?"—"Nun, je nachdem. Der Humor hat große
Macht, und jene Sagen zeigen lustig, daß einer, von dem die
Welt am wenigsten hält, oft am weitesten kommt,—daß alles
dem beisteht, der selbst guten Muts ist, und daß der Mann
vorwärts kommt, der es von ganzem Herzen will. Meinst
Du nicht, es ist für viele Kinder gut, wenn sie daran erinnert
werden, und für viele Erwachsene auch?"—"Aber es ist doch
Aberglauben, wenn man an den Teufel und an Hexerei
glaubt."—"Wer hat gesagt, daß Du daran glauben sollst?
Das ist Bilderschrift."—"Aber es ist uns verboten, Bilder und
Zeichen zu gebrauchen, weil jeglicher Schein dem Teufel
zugehört."—"So; wo steht das?"—"In der Bibel."—Hier fiel
der Propst ein: "Nein, das ist ein Mißverständnis; denn die
Bibel gebraucht selbst Bilder."—Alle blickten zu ihm auf. "Sie
gebraucht auf jeder Seite Bilder, wie das überhaupt den
morgenländischen Völkern eigen ist. Wir haben selbst auch
Bilder in unserer Kirche, wir haben Bilder in unserer
Sprache, in Holz, auf Leinwand, in Stein, und wir können
uns die Gottheit nur durch Bilder vorstellen. Nicht genug
damit: Jesus wendet Bilder an; hat Gott der Herr selbst nicht
mancherlei Gestalt angenommen, wenn er sich den
Propheten offenbarte? Kam er nicht in Gestalt eines
Wanderers zu Abraham nach Mamre und aß mit ihm an
seinem Tisch? Kann aber die Gottheit mancherlei Gestalten
annehmen und Bilder gebrauchen, so können die Menschen
es auch."—Man mußte ihm beipflichten. Ödegaard aber

stand auf und schlug den Propst leicht auf die Schulter: "Schönen Dank, da haben Sie eben ganz prächtig aus der Bibel bewiesen, daß das Schauspiel zulässig ist!"—Der Propst blieb erschrocken stehen: der Rauch, den er im Munde hatte, quoll ganz von selbst langsam heraus.

Ödegaard ging dann durch die Stube auf die Frau mit den vielen Umschlagtüchern zu und bückte sich, um eine Spur ihres Gesichts zu entdecken, allein vergeblich. "Möchtest Du noch mehr wissen?" fragte er; "denn Du scheinst über dies und jenes nachgedacht zu haben."—"O Gott sei mir gnädig, ich denke wohl nicht immer das richtige."—"Ja,—in der ersten Zeit nach der Gnade der Bekehrung ist man so erfüllt von diesem Wunder, daß einem alles andere zwecklos und unrichtig erscheint. Man ist wie ein Liebhaber, der nur nach seiner Geliebten Sehnsucht hat."—"Ja, aber sieh die ersten Christen an, die sollen uns doch ein Beispiel sein."—"Nein, ihre strengen Lebensbedingungen mitten unter den Heiden sind nicht mehr die unseren; wir haben andere Aufgaben, wir müssen das Christentum in unserem heutigen Leben unterbringen."—"Aber im Alten Testament stehen so viele Worte, die dem, was Du sagst, widersprechen", sagte der junge Mensch zum erstenmal ohne Bitterkeit.—"Ja, denn jene Worte sind jetzt tot, sie sind abgeschafft', wie der Apostel Paulus sagt: *Welcher auch uns tüchtig gemacht hat, das Amt zu führen des Neuen Testaments; nicht des Buchstabens, sondern des Geistes,*—und weiter: *Wo aber der Geist des Herrn ist, da ist Freiheit.* Und: *Ich habe es alles Macht,* sagt Paulus weiter, doch er fügt hinzu: Es frommt aber nicht alles.—Nun sind wir so glücklich, das Leben eines Mannes vor Augen zu haben, das uns zeigt, was Paulus gemeint hat. Luthers Leben. Von Luther glaubt Ihr doch, daß er ein guter, aufgeklärter Christ war?" Ja, das glauben sie.—"Luthers Glaube war ein lichter Glaube, es war der Glaube des Neuen Testamentes! Er hatte von dem finsteren Glauben die

Ansicht, dahinter liege der Teufel am liebsten auf der Lauer. Er hatte von der Furcht vor der Versuchung die Ansicht, daß der am wenigsten versucht wird, der sich am wenigsten fürchtet. Er nutzte alle Gaben, die Gott ihm gegeben hatte, auch die Fähigkeit, sich zu freuen, er nahm das Leben als Ganzes. Wollt Ihr Beispiele? Der fromme Melanchthon schrieb einmal so eifrig an einer Verteidigung der reinen Lehre, daß er sich die Zeit zu den Mahlzeiten nicht gönnte. Da nahm Luther ihm die Feder aus der Hand. 'Man dient Gott nicht allein durch Arbeit,' sagte er, 'sondern auch durch Ruhe und Erholung; deshalb hat Gott das dritte Gebot gegeben und den Sabbat eingesetzt,' Und weiter: Luther wandte in seiner Rede viele Bilder an, scherzhafte und ernste durcheinander, und er steckte voll von guten, oft sehr lustigen Einfallen. Er übersetzte auch alte, schöne Volkssagen in seine Muttersprache und sagt in der Vorrede, daß er nächst der Bibel kaum bessere Ermahnungen kenne als diese. Er spielte, wie Ihr vielleicht wißt, die Laute, und sang mit seinen Kindern und seinen Freunden, —nicht bloß Choräle, nein, auch alte, fröhliche Lieder; er liebte Gesellschaftsspiele, spielte Schach und ließ die Jugend in seinem Hause tanzen; er verlangte nur, daß alles in Zucht und Ehren geschehe. Dies hat ein alter, treuherziger Schüler Luthers, nämlich der Pfarrer Johann Mathesius, aufgezeichnet und seinen Pfarrkindern von der Kanzel herab erzählt. Er betete, er möge ihnen die Wege weisen, — und wir wollen nun das gleiche beten!"

Der Propst stand auf: "Liebe Freunde, jetzt wollen wir es für heute genug sein lassen!" Alle erhoben sich. "Hier ist manches Wort zur Aufklärung gesprochen worden; möge Gott seinen Segen zu dieser Aussaat geben!—Liebe Freunde, Ihr wohnt an abgelegenen Stätten; Ihr wohnt hoch oben auf den Höhen, wo der Frost das Korn häufiger mäht als die Sichel. Solche Einöden sollte man wieder den Sagen und

dem weidenden Vieh überlassen. Das geistige Leben gedeiht
spärlich da oben und wird kümmerlich wie die Kräuter. Das
Vorurteil drückt auf das Leben wie die Berge, unter denen es
heranwächst; sie werfen ihre Schatten darauf und treten
trennend dazwischen. Der Herr sammle, der Herr erleuchte
Euch!—Ich danke Euch für heute, meine Freunde! Auch mir
hat dieser Tag zu größerer Klarheit verhelfen." Er gab jedem
von ihnen die Hand, und selbst der junge Mensch streckte
ihm seine Hand freundlich hin, ohne jedoch aufzublicken.

"Ihr müßt über die Berge;—wann kommt Ihr denn nach
Hause?" fragte der Propst, als sie gehen wollten.—"Ach, in
der Nacht wohl," antwortete Lars; "es hat sich jetzt viel
Schnee angesammelt, und wo der fortgeweht ist, liegt
Höckereis."—"Ja, liebe Freunde, es ist aller Ehren wert, unter
solchen Umständen zur Kirche zu kommen. Möget Ihr jetzt
auf dem Wege nicht zu Schaden kommen!"—Erik antwortete
leise:

"Ist Gott für mich, so trete
Gleich alles wider mich,
So oft ich ruf und bete,
Weicht alles hinter sich!"

"Das stimmt, Erik,—diesmal hast Du's getroffen!" "Ja, wartet
mal", sagte Ödegaard, als sie sich zum Gehen wandten; "es
ist nicht zu verwundern, daß Ihr mich nicht kennt; aber ich
dürfte auf den Ödhöfen doch wohl Verwandte haben." Alle
wandten sich nach ihm um, selbst der Propst, der es wohl
gewußt, aber völlig vergessen hatte. "Ich heiße Hans
Ödegaard, der Sohn von Knut Hansen Ödegaard, dem
Propst, der damals mit dem Ränzel auf dem Rücken von
Euch fortzog."—Da klang es aus den vielen Tüchern heraus:
"Herr Gott,—das ist ja mein Bruder."—Sie waren alle stehen
geblieben, aber keiner wußte, was er sagen sollte. Schließlich
fragte Ödegaard: "Also bin ich damals, wo ich als kleiner

Bursch Vater hinaufbegleitete, bei Dir gewesen?"—"Ja, bei mir."—"Und eine Zeitlang auch bei mir", sagte Lars; "Dein Vater ist mein Schwesterkind."—Randi aber sagte wehmütig: "Also Du bist der kleine Hans;—ja, ja, die Zeit vergeht."—"Wie geht es Eise?" fragte Ödegaard.—"Dies ist Eise", sagte Randi und zeigte auf die blonde Frau.—"Du bist Eise!" rief er. "Du hattest damals einen Liebeskummer; Du wolltest den Dorfspielmann haben; hast Du ihn gekriegt?" Niemand antwortete. Obwohl es schon dämmerig war, sah er, wie Eise sehr rot wurde, und wie die Männer zur Seite oder zu Boden blickten,—ausgenommen der junge Mensch, der Eise fest ansah. Ödegaard merkte, daß er etwas Törichtes gefragt hatte; der Propst kam ihm zu Hilfe: "Nein, der Spielmann Hans ist unverheiratet geblieben; Eise hat Lars' Sohn bekommen; aber jetzt ist sie wieder frei, sie ist Witwe."—Wieder wurde sie glühend rot, der junge Mensch sah es und lächelte spöttisch.

Randi aber sagte: "Ja, Du hast wohl weite Reisen gemacht? Du hast viel gelernt, wie ich gehört habe."—"Ja, bis jetzt habe ich studiert oder bin gereist, aber nun will ich im Lande bleiben und mich nützlich machen."—"Ach ja, so geht's—manche reisen weit und kommen zum Licht und zur Gelehrsamkeit; andere kleben an der Scholle." Und Lars fügte hinzu: "Die heimische Erde ist oft schwer zu brechen. Bringt sie aber einen Mann hervor, der Hilfe leisten kann, so zieht er von dannen."—"Der Beruf ist verschieden; jeder muß dem seinen folgen", sagte der Propst.—"Mit unsers Herrgotts Hilfe wird schon Arbeit mehrend zu Arbeit kommen", sagte Ödegaard; "meines Vaters Wirksamkeit wird Euch vielleicht auch noch einmal zugute kommen, so Gott will."—"Ach ja, das mag wohl sein", sagte Randi sanft; "aber das Warten fällt oft schwer; denn es dauert so lange."

Sie schieden; der Propst stellte sich an das eine, Ödegaard an

das andere Fenster, um ihnen nachzuschauen; denn jetzt
mußten sie über die Berge; der junge Mensch ging hinterher.
Ödegaard erfuhr, er stamme aus der Stadt, wo er alles
mögliche getrieben habe, doch immer mit den Leuten in
Streit geraten sei. Er glaubte sich zu etwas Großem berufen,
vielleicht zum Apostel, war aber seltsamerweise auf den
Ödhöfen hängen geblieben, — manche meinten aus Liebe zu
Eise. Er war ein Feuerkopf, der viele Enttäuschungen erlebt
hatte und dessen noch mehr harrten.

Sie kamen jetzt auf dem Berge zum Vorschein; das Dach des
Kuhstalls verdeckte sie nicht mehr. Sie arbeiteten sich
mühselig empor, verschwanden hinter Bäumen und kamen
wieder heraus, immer höher und höher. Es führte kein Weg
durch den tiefen Schnee, die Bäume waren die Wegweiser in
der Wüste, und zur Seite zeigten die Firnen ihnen die
Richtung nach ihrer Wohnstätte.

Drinnen aus der Stube aber kamen ein paar trillernde
Akkorde und dann:

> Mein Lied ist dem Frühling ergeben,
> Bevor er erwachte zum Leben.
> Mein Lied ist dem Frühling ergeben,
> Wie Sehnsucht ihn sehnet herbei,
> Da schließen ein Bündnis die zwei,
> Zu locken die Sonne zum Siege,
> Damit ihr der Winter erliege,
> Das Murmeln der Bäche zu wecken,
> Damit sie im Chor ihn erschrecken
> Zu bannen ihn flugs aus den Lüften
> Mit stetigen Blumen duften. —
> Mein Lied ist dem Frühling ergeben!

Elftes Kapitel

Seit diesem Tage war der Propst sehr wenig mit den andern
zusammen; teils nahm ihn das Weihnachtsfest in Anspruch,
teils konnte er nicht zur Klarheit kommen, ob das
Schauspiel den Christen erlaubt sei oder nicht; sowie sich
Petra nur sehen ließ, wurde er unruhig.

Während der Propst so in seinem Arbeitszimmer saß, seine
Predigten oder eine christliche Ethik vor sich, saß Ödegaard
bei den jungen Mädchen, zwischen denen er ständig
Vergleiche ziehen mußte. Petra sprühte und war, sich nie
gleich; wer ihr folgen wollte, wurde wie bei einem Buch in
steter Spannung gehalten. Signe dagegen war so wohltuend
in ihrer gleichmäßigen Innigkeit; ihre Bewegungen waren
nie überraschend; denn sie spiegelten ihr Wesen wieder.
Petras Stimme konnte jede Färbung annehmen, grelle und
weiche, und jeden Stärkegrad. Signes Stimme hatte einen
eigenen Wohllaut, war aber nicht wechselnd,—außer für
den Vater, der meisterlich die Nuancen unterscheiden
konnte. Petra blieb bei einer Sache; war sie bei mehr Dingen,
so geschah's, um zu beobachten, nicht um zu helfen. Signe
hatte auf alles und auf alle ein Auge und verteilte sich, ohne
daß man es merkte. Sprach Ödegaard mit Petra über Signe,
so hörte er eine hoffnungslos Liebende klagen, sprach er
aber mit Signe über Petra, so wurde sie ziemlich einsilbig.
Miteinander plauderten die Mädchen häufig und
ungezwungen; aber immer nur über Gleichgültiges.

Er hatte gegen Signe große Verpflichtungen; denn ihr
verdankte er das, was er "seinen neuen Menschen" nannte.
Der erste Brief, den er in seinem großen Schmerz von Signe
bekam, hatte ihm wie eine weiche Hand über die Stirn
gestrichen. So schonend erzählte sie, Petra sei zu ihnen
gekommen, mißverstanden und mißhandelt. So fein war

ihre Auslegung, daß dies zufällige Kommen wie eine
Fügung Gottes erschien, "weil nichts zerbrechen soll", ihm
klang es wie fernes Locken aus einem Walde, wenn man
noch steht und über den Weg nachsinnt, den man gehen
soll.

Signes Briefe folgten ihm überall, wohin er reiste; sie waren
der Faden, der ihn hielt. Jede ihrer Zeilen hatte den Zweck,
Petra direkt in seine Arme zu führen, und doch erreichte sie
gerade das Gegenteil; denn Petras Künstlernatur trat ihm
durch diese Briefe klar vor Augen; den Mittelpunkt ihrer
Begabung, den er selbst vergebens gesucht, hatte Signe
unbewußt stets vor Augen, und sowie er das einsah, sah er
auch ihren und seinen Irrtum ein und wurde
gewissermaßen ein neuer Mensch dadurch.

Er hütete sich wohl, Signe von dem zu schreiben, was ihre
Briefe ihn gelehrt hatten. Das erste Wort durfte nicht von
Petras Umgebung kommen, sondern von ihr selbst, damit
nichts überstürzt werde. Aber von dem Augenblick an, da
ihm dies klar geworden war, hatte er auch Petra in einem
neuen Licht gesehen. Natürlich: diese ewig sich jagenden
Impulse, von denen jeder einzelne voll empfunden war, alle
aber in einem großen Widerspruch zueinander standen, das
mußte ja der Anfang eines Künstlertums sein. Es hieß also,
dies alles zu einer starken Wesenseinheit zu sammeln; sonst
würde alles Stückwerk und ihr Leben selbst nur Kunst.
Also: nicht zu früh hinein in die Bahn! Solange wie möglich
schweigen, ja Widerstand.

Von all dem ganz erfüllt, merkte er selbst nicht, daß Petra
wieder unausgesetzt seine Seele beschäftigte, — diesmal
jedoch mit einem fremden Ziel. Er nahm die Kunst um sich
herum aufs Korn, besonders aber die Künstler und unter
ihnen vor allem die Schauspieler. Er sah vieles, was einen
Christenmenschen abschrecken mußte. Er sah die

ungeheuren Mißstände. Aber sah er dasselbe nicht überall, sah er es nicht auch in der Kirche? Weil da hohle Pfaffen standen, nannte man ganz dasselbe groß und ewig. Wenn das Streben nach Wahrheit, das überall sich regte, im Leben und in der Dichtung Macht bekam, — konnte es dann nicht auch bis zum Theater vordringen?

Er war allmählich seiner Sache sicher geworden. Mit großer Freude sah er aus Signes Briefen, daß Petra sich sehr heranbildete und daß Signe die rechte war, ihr dabei zu helfen. Jetzt war er gekommen, um diesen Schutzgeist, der selbst nicht wußte, was er ihm gewesen war, zu sehen und ihm zu danken.

Aber er war auch gekommen, um Petra wiederzusehen. Wie weit war sie vorgeschritten? Das Wort war ausgesprochen, er konnte also offen mit ihr darüber reden; das war ihnen auch beiden willkommen; dann brauchten sie ja doch nicht von der Vergangenheit zu sprechen.

Indessen, sie wurden bald durch Gäste aus der Stadt gestört, gebetene und ungebetene! Die Dinge standen da aber schon so, daß ein einziger, wohlgenutzter Zufall Klarheit bringen konnte, — und dazu verhalfen die Gäste. Es wurde nämlich eine große Gesellschaft veranstaltet, und auf dieser Gesellschaft, gleich nach Tisch, als die Herren im Arbeitszimmer saßen, kam das Gespräch auf die Schauspielkunst; denn ein Stiftskaplan hatte auf dem Schreibtisch eine christliche Ethik aufgeschlagen gesehen und war auf das entsetzliche Wort "Schauspiel" gestoßen. Es entspann sich ein heftiges Wortgefecht, und mitten hinein kam der Propst, der nicht mit bei Tisch hatte sein können, weil er zu einem Kranken gerufen worden; er war sehr ernst gestimmt, er aß nicht, er nahm auch nicht an dem Gespräch teil, aber er stopfte seine Pfeife und hörte zu. Sowie Ödegaard merkte, daß der Propst still da saß und dem

Gespräch folgte, mischte er sich hinein, versuchte aber lange
vergeblich, Zusammenhang in die Sache zu bringen; denn
der Stiftskaplan hatte die Angewohnheit, so oft ein Glied in
der Beweiskette geknüpft werden sollte, zu rufen: "Ich
leugne!" (er wollte nicht sagen: verleugne), und dann mußte
das, was beweisen sollte, erst selbst bewiesen werden; es
ging infolgedessen rückwärts; man war vom Schauspiel
schon auf die Schiffahrt gekommen und wollte, um in der
Schiffahrt einen Beweis führen zu können, eben zum
Ackerbau übergehen.

Nun, da ernannte Ödegaard den Propst zum Wortführer.
Außer ihm waren noch einige Pfarrer anwesend, sowie der
Kapitän, ein kleiner schwarzhaariger Mann mit einem
riesigen Bauch und ein paar kleinen Beinen darunter, die
wie Trommelschlägel wirbelten. Ödegaard erteilte dem
Stiftskaplan das Wort, damit er alles vorbringen könne, was
er gegen das Schauspiel einzuwenden habe. Der Stiftskaplan
nahm das Wort:

"Schon rechtschaffene Heiden waren gegen das Schauspiel
wie Plato und Aristoteles, weil es die Sitten verderbe.
Sokrates sah sich freilich ab und zu ein Schauspiel an, will
aber jemand daraus den Schluß ziehen, daß er es billigte, so
leugne ich das, denn man muß vieles sehen, was einem nicht
gefällt. Die ersten Christen wurden eindringlich vor dem
Schauspiel gewarnt, siehe Tertullian! Seitdem das Schauspiel
in neuerer Zeit wieder aufgelebt ist, haben ernste Christen
dagegen gesprochen und geschrieben. Ich nenne Namen wie
Spener und Francke; ich nenne einen christlichen Ethiker
wie Schwarz, ich nenne Schleiermacher. ('Hört, hört!' rief
der Kapitän, denn diesen Namen kannte er.) Die letzten
beiden räumen die Zulässigkeit dramatischer Dichtung ein,
Schleiermacher ist sogar der Ansicht, in Privatgesellschaften
dürfe von Dilettanten eine gute Dichtung aufgeführt

werden; er verurteilt aber den Schauspielerberuf. Der Stand der Schauspieler hat für einen Christen so mannigfaltige Versuchungen, daß er ihn meiden soll. —-Aber ist es nicht auch für die Zuschauer eine Versuchung? Von erdichtetem Leiden gerührt, von erdichtetem Tugendheldentum erhoben zu werden, dessen man sich beim Lesen leichter erwehren kann, verlockt zu dem Glauben, man selbst sei das, was man sieht; das schwächt den Willen, die Arbeit an sich selbst, das zieht uns herab zu Hörlust, Schaulust und Phantasterei. Habe ich nicht recht? Wer ist hauptsächlich in der Komödie zu finden? Müßiggänger, die sich unterhalten wollen, Wollüstige, die aufgereizt, Eitle, die selbst gesehen werden wollen, Phantasten, die aus dem wirklichen Leben, mit dem sie's nicht aufzunehmen wagen, hierherflüchten. Sünde hinter dem Vorhang, Sünde vor dem Vorhang! Ich habe nie einen ernsthaften Christen anders reden hören!"

Der Kapitän: "Da kann einem ja angst und bange vor einem
selbst werden. Bin ich immer, wenn ich in der Komödie war,
in so einer Wolfshöhle gewesen, dann soll der Teufel
—"—"Pfui, Herr Kapitän", sagte ein kleines Mädchen, das
mit ins Zimmer geschlüpft war; "Du darfst nicht fluchen,
denn sonst kommst Du in die Hölle!"—"Ja, mein Kind,
natürlich, natürlich."—Ödegaard aber nahm das Wort:

"Plato hatte gegen die Dichtung dieselben Einwendungen
wie gegen das Schauspiel, und die Ansicht des Aristoteles
steht nicht fest. Ich lasse diese beiden also aus dem Spiel. Die
ersten Christen aber taten gut daran, sich den heidnischen
Schauspielen fernzuhalten, — sie übergeh' ich ebenfalls. Daß
ernsthafte Christen in neuerer Zeit ihre Bedenken auch
gegen die Schauspiele gehabt haben, die christliche Stoffe
behandeln, kann ich verstehen; ich habe selbst Bedenken
gehabt. Aber wenn man zugibt, daß dem Dichter erlaubt
sein soll, ein Drama zu schreiben, dann muß dem
Schauspieler auch erlaubt sein, es zu spielen. Denn was tut
der Dichter beim Schreiben anders, als daß er es spielt, — in
seinen Gedanken, feurig, mit Lust, und 'wer ein Weib
ansieht ihrer zu begehren' usw. — Ihr kennt Christi eigene
Worte. Wenn Schleiermacher sagt, das Drama dürfe nur
privatim und von Ungeübten gespielt werden, dann sagt er,
daß die Gaben, die wir von Gott bekommen haben,
vernachlässigt werden sollen, während es doch Gottes Wille
ist, daß sie zur größtmöglichen Vollkommenheit gebracht
werden; denn dazu haben wir sie erhalten. Wir alle
schauspielern tagtäglich, indem wir andere nachmachen
oder im Scherz oder Ernst eine fremde Meinung annehmen.
Die Sache überwiegt bei einzelnen Menschen alle andern,
und da möchte ich doch sehen, wenn man es unterließe, dies
Talent zu pflegen, ob sich nicht bald von selbst herausstellen
würde, daß gerade in der Unterlassung die Sünde liegt.

Denn wer seinem Beruf nicht nachgeht, wird untauglich zu andern Dingen, wird unredlich, wankelmütig, —kurz, fällt allen Versuchungen viel leichter zur Beute, als wenn er seinem Berufe folgt. Wo die Arbeit und die Freude daran zusammenfallen, wird manche Versuchung ausgeschaltet. — Aber, mag man sagen, der Beruf ist an sich voller Versuchungen. Ja, darüber läßt sich streiten. Für mich liegt in dem Beruf die größte Versuchung, der einem den Glauben vorspiegelt, man sei selbst gerecht, weil man Kunde bringt von dem Allgerechten, —den Glauben, man selbst sei gläubig, weil man zu dem Glauben anderer redet, oder deutlicher: für mich liegt in dem Priesterberuf die größte Versuchung." (Großer Lärm: Ich leugne! Richtig! Ich leugne! Stimmt! Ruhe!) Der Kapitän: "Das habe ich noch nie gehört, daß die Pfarrer schlimmer sind als die Schauspieler!" Gelächter und Rufe von allen Seiten: "Nein, das hat er nicht gesagt." Der Kapitän: "Doch, zum Teufel—"—"Aber, Herr Kapitän, jetzt kommt der Teufel gleich!"—"Gut, mein Kind, schon gut!" Ödegaard nahm den Faden wieder auf: "All die Versuchung, sich vom Augenblick hinreißen zu lassen, in Hörlust und Phantasterei herabzusinken, ohne Arbeit an sich das Leben von Tugendhelden zu seinem eigenen zu machen, all das ist wahrhaftig auch in der Kirche zu finden!" (Derselbe fürchterliche Lärm.)

Die Damen aber konnten diesen wiederholten Lärm nicht hören, ohne dabei sein zu wollen. Jetzt wurde die Tür geöffnet. Ödegaard sah Petra zwischen den andern stehen und sagte mit lauterer Stimme: "Freilich gibt es Schauspieler, die sich auf der Bühne rühren lassen und von dort in die Kirche rennen und sich da auch rühren lassen, —und doch schlecht bleiben. Freilich gibt es Schauspieler, die hohle Sprachrohre sind, die sonst im Leben zu nichts zu gebrauchen gewesen wären, in diesem Beruf sich aber doch wenigstens als Sprachrohr nützlich machen. Aber meist ist

es so, daß die Schauspieler gleich den Seeleuten oft in den
bittersten Nöten stecken,—denn die Augenblicke vor dem
Auftreten können entsetzlich sein!—und daß sie oft zu
einem Werkzeug Gottes berufen sind, so oft dem
Unerwarteten, dem Großen gegenüberstehen, daß sie in
ihrem Herzen eine Furcht und eine Sehnsucht tragen, ein
großes Gefühl des eigenen Unwertes, und wir wissen, daß
Christus zu den Zöllnern und zu den reuigen Sünderinnen
am liebsten kam. Ich gebe ihnen keinen Freibrief; wirklich, je
größer die Aufgabe ist, die sie meines Erachtens im Lande
haben,—was auch daraus erhellt, daß in einem Volke nicht
viele große Schauspieler auf einmal leben!—desto größere
Schuld laden sie auf sich, wenn ihr Wirken sie zur
Gehässigkeit hinreißt oder sie in einen schlappen Leichtsinn
hineinschleudert. Aber gleichwie es keinen Schauspieler
gibt, der nicht aus einer Reihe von Enttäuschungen gelernt
hat, wie nichtssagend Beifall und Schmeichelei sind, obwohl
die meisten sich den Anschein geben, als glaubten sie daran,
—so sehen wir wohl ihre Fehltritte und ihre Schwächen,
aber wir kennen nicht ihr Verhältnis zu ihnen, und darauf
kommt es doch an."

Viele meldeten sich zum Wort, sie fingen auch alle zugleich
zu reden an, aber:

"Ich mag wohl vierzehn Jahre gewesen sein—" klang es vom
Klavier her, und alles strömte ins andere Zimmer; denn
Signe sang, und Signes schwedische Volkslieder waren das
entzückendste, was man sich denken konnte. Ein Lied folgte
dem andern, und als nun diese schönsten Volkslieder der
Welt, die treulich Kunde bringen von der Seele eines großen
Volkes, alle in erwartungsvolle Weihestimmung versetzt
hatten, da stand Ödegaard auf und bat Petra, ein Gedicht
vorzutragen. Sie mußte darauf vorbereitet sein, denn sie
wurde feuerrot. Aber sie trat sogleich vor, obwohl sie so

zitterte, daß sie sich an einer Stuhllehne festhalten mußte,
dann wurde sie leichenblaß und fing an:

Ihm ward nicht verstattet, zu fahren hinaus;
Sein Vater war alt, seine Mutter war schwach,
Und die Wirtschaft ward größer allgemach: —
"Was brauchen ihn Wikingerfahrten zu scheren?
Hier hat er, was immer sein Herz kann begehren."

Doch der Bursch sah sehnend die Wolken fliehn,
Sah reisige Recken zur Walstatt ziehn;
Und sehnend gewahrt' er im Sonnenstrahl
Den König in seinem prangenden Saal.
Er stand, er vergaß der täglichen Pflichten,
Er stand und gedachte der alten Geschichten.

Ein Morgen kam, wo die Flucht er ergriff
Zur äußersten Klippe, zum offenen Meer,
Zu schaun auf das Spiel um Strand und Riff,
Zu lauschen dem Dröhnen der Brandung umher.
Es war ein Tag in des Lenzes Beginn,
Wo der Sturmwind ruft übers Land dahin:
Du sollst nicht mehr schlafend im Eise stocken! —
Da mußt' ihn ein Bild zum Wagnis verlocken.

Da lag ein Langschiff in stahlgrauer Bucht,
Ausruhend von feindlicher Stürme Wucht.
Die Segel gerefft vor Anker lag's,
Schien aber sich wenig zu freuen des Tags;
Denn die Segel zuckten, der Mast war gebogen,
Und den schaukelnden Bug umschäumten die Wogen.

Man gönnte sich kurze Rast an Bord;
Wer grade nicht schmauste, der schlummerte dort.
Da hörten sie rufen herab von den Klippen —
Fast klang's wie ein Wort von des Wahnsinns Lippen —:

"Ist keinem auf haushohen Wogen geheuer,
Mich drängt es danach;—drum gebt mir das Steuer!"

Empor zu dem Berghang blickten ein paar;
Sonst wandte sich keiner herum von der Schar,
Und keiner ließ sich die Eßlust rauben.
Da fiel ein Stein; zwei mußten dran glauben.

Auf sprang man von Deck; die Schüsseln waren
Im Nu verschwunden, die Waffen erhoben;
Es schwirrten die Pfeile;—jedoch der droben
Stand ruhig und sagte mit festem Gebaren:
"Hauptmann, magst willig dein Schiff du mir geben
Oder drum kämpfen auf Tod und Leben?"

Für Scherz nur nahm es der wilde Hauf,
Ein Pfeilschuß war die Antwort darauf.
Der traf ihn nicht. Er sagte gelassen:
"Noch will mich des Todes Haus nicht fassen.
Du, der die sämtlichen Meere durchpflügte,
Kannst dorthin gehn oder heim dich trollen.
Was immer sich deiner Herrschaft fügte,
Muß mein sein; denn jetzt begann mein Wollen.
Du sammeltest mir zu Nutz und Frommen!
Man wartet auf mich; meine Zeit ist gekommen."

Stolz lachte der andre in klirrenden Waffen:
"Ernennt dich dein Sehnsuchtstraum zum Sieger,
Sollst Frieden du haben. Komm, sei mein Krieger!"—
"Ich kann nicht; ich bin zum Hauptmann geschaffen.
Mich weist mein Weg, als Herrscher zu schalten;
Das Neue kann nimmer gehorchen dem Alten."

Vergeblich nach Antwort sein Ohr sich spannte.
Da sprang er hinunter die Felsenkante:
"Ihr Helden, am Hauptmann ist es, zu zeigen,

Wem Walvater siegverleihend erschienen.
Dem Sieger sollen die Mannen sich neigen.
Schmach denen, die nicht dem Größten dienen!"

Der Hauptmann erglühte vor Zorn; vom Schiff
Ins Wasser sprang er und schwamm zum Lande:
Der andere lief hinab zum Strande
Und zog ihn herauf mit markigem Griff.

Der Hauptmann sah ihm ins Aug', und klar
Erkannt' er, wie hohen Sinnes er war.
"Werft schnell ihm herüber die fehlenden Waffen,"
So rief er zum Schiff. "Wirst Sieg du erraffen,
Dir reichte das Schwert, kannst du dann sagen,
Er selber, den du damit erschlagen."
Und am Bergfuß strafften im Kampf sich die Glieder;
Auf jeglichen Streich folgt' ächzendes Dröhnen.
Vom Meer scholl zornig des Drachen Stöhnen;
Bald sank sein Hauptmann getroffen darnieder.

Ein Schrei zum eisgrauen Felsen klang,
Von Steven zu Steven hinab in die Fluten
Stürmten die Mannen in Rachegluten
Und standen bald oben am Klippenhang.
Da hob der Gefallene, schon am Rand
Des Todes, gebietend noch einmal die Hand:
"Ein Mann muß fallen vorm Lebensreste!
Denn groß soll enden ein Heldengesang.
Nehmt ihn zum Hauptmann; er ist der Beste!"

Da ward ihm für immer Schweigen geboten;
Die Recken umringten einen Toten.
An Odins Tisch war bereitet sein Platz;
Vorm Scheiden wies er den rechten Ersatz.

Der neue Hauptmann säumte mit nichten.

Er trat auf den Stein und sprach mit Bedacht:
"Erst sollt ihr dem Helden ein Grabmal errichten,
Des Großen gedenkend, das er vollbracht.
Doch gilt's noch vor Abend die Ruder zu stemmen:
Der Tod darf die Reise des Lebens nicht hemmen."

Und das Mal ward gebaut und die Segel gezogen,
Bald schwankte der Drache auf zackigen Wogen.
Zu ihm auf der Toteninsel zieht
Zurück übers Meer ein Weihelied,
Ein Willkommgruß für den jungen Streiter;
Kühn steuernd führt er das Fahrzeug weiter.

Doch als er die Heimatküste berührt,
Wo alle sich hastig am Strande scharen,
Um staunenden Blicks den Mann zu gewahren,
Der Oegers seestarkes Schiff nun führt, —
Fällt rötlich der Abendsonne Strahl
Auf Segel und Schiff und den Helden zumal.

Er steuert so mutig, daß rings im Rund
Sie angstvoll rufen: "Er geht zu Grund!"
Er lenkt das Schiff in den wildesten Braus,
Hinlächelnd zu ihnen: "Darf jetzt ich hinaus?"

Das Gedicht wurde mit bebender Stimme, feierlich und ohne
eine Spur von Ziererei vorgetragen. Alle standen da, als sei
zwischen ihnen ein hoher, hoher Lichtstrahl aus der Erde
hervorgebrochen im Regenbogenglanz. Keiner sprach,
keiner rührte sich; — der Kapitän aber konnte es nicht lange
aushaken, er sprang auf, schnaufte, reckte sich und sagte:
"Ja, ich weiß nicht, wie es Euch andern ergeht; aber wenn
ich auf die Art angefaßt werde, dann muß ich, der Teufel
hol's — " — "Herr Kapitän, nun hast Du wieder geflucht",
sagte das kleine Mädchen und drohte ihm mit dem Finger;
"nun kommt der Teufel gleich und holt Dich!" — "Ja, das ist

mir ganz egal, Kind, laß ihn nur kommen, denn jetzt muß
ich, hol's der Teufel, ein patriotisch Lied hören!" Ohne
weiteres setzte sich Signe ans Klavier, und die frohe
Gesellschaft sang:

> Ich will schützen mein Land,
> Ich will bauen mein Land,
> Will es lieben in meinem Gebet, meinem Kind,
> Will ihm mehren die Macht,
> Will es wissen bewacht
> Bis hinaus zu dem Fischer in Wellen und Wind.
>
> Hier ist Sonne genug,
> Hier ist Saatgrund genug,
> Wenn nur uns es, nur uns es an Liebe nicht fehlt.
> Hier ist schöpfrischer Drang,
> Der des Werkeltags Gang,
> Wenn wir einig ihm folgen, beschwingt und beseelt.
>
> Wir befuhren das Meer
> Und die Ströme umher,
> In den Landen rings ragt manch normannischer Turm.
> Doch noch weiter fliegt heut
> Unser Banner und beut
> Seine purpurne Brust immer stärkerem Sturm.
>
> Und noch vor uns liegt viel;
> Denn wir haben ein Ziel,
> Und dies Ziel ist der Tag, der drei Stämme verschweißt.
> Was du tust, sei ein Zoll
> An ein heiliges Soll,
> Sei ein Quell in den Strom, der die Dämme zerreißt.
>
> Diese Scholle ist mein
> Und wird teuer mir sein,
> Wie sie's ist, wie sie's war, so in Drangsal wie Glück.

Und wie sie uns geliebt,
Diese Heimat, so gibt
Unser dankbares Herz ihr nun Liebe zurück.

Signe stand vom Klavier auf, trat auf Petra zu, legte den
Arm um sie und zog sie in das Arbeitszimmer, wo weiter
niemand war.—"Petra, wir wollen wieder Freunde
sein!"——"O Signe, endlich verzeihst Du mir!"—"Jetzt kann
ich alles tun, was ich soll! Petra, liebst Du Ödegaard
nicht?"——"O Gott, Signe!"—"Petra, das habe ich vom ersten
Tage an geglaubt,—und ich habe gedacht, er sei jetzt endlich
gekommen, um———bei allem, was ich seit zweieinhalb
Jahren für Euch gedacht und getan habe, habe ich dies vor
Augen gehabt, und Vater hat es auch geglaubt; er hat jetzt
sicher auch mit Ödegaard darüber gesprochen."—"Aber,
Signe—!"—"Schscht!" sie legte die Hand auf den Mund und
lief aus dem Zimmer; man hatte sie gerufen; man wollte zu
Tisch gehen.

Bei der Abendtafel gab es Wein, weil der Propst beim
Mittagessen nicht zugegen gewesen war. Aber der Propst,
der die ganze Zeit über sehr ernst und sehr still gewesen
war, saß auch jetzt da, als sei außer ihm kein Mensch im
Zimmer, bis man von Tisch aufstehen wollte. Da schlug er
an sein Glas und sagte: "Ich habe eine Verlobung zu
verkünden!"—Alle blickten zu den jungen Mädchen hin, die
nebeneinander saßen, und die beiden wären vor Schreck fast
vom Stuhl gefallen.

"Ich habe eine Verlobung zu verkünden", fing der Propst
wieder an, als werde es ihm schwer, in Fluß zu kommen.
"Ich will zugeben, daß sie mir im Anfang nicht nach dem
Herzen gewesen ist";—alle Gäste blickten Ödegaard in
großer Verblüffung an; diese Verblüffung wuchs ins
Grenzenlose, als er ganz ruhig dasaß und den Propst ansah.
"Ich dachte, offen gestanden, er sei ihrer nicht würdig."—

Jetzt wurden die Gäste so verlegen, daß niemand mehr aufzusehen wagte, und da die jungen Mädchen das schon lange nicht mehr gewagt hatten, so konnte der Propst nur noch zu einem einzigen Gesicht sprechen, zu Ödegaards, der freilich mit der größten Seelenruhe zuhörte. "Aber jetzt," fuhr der Propst fort, "jetzt, da ich ihn näher kennen gelernt habe, ist es so gekommen, daß ich nicht weiß, ob sie seiner würdig ist, so groß erscheint er mir jetzt; denn es ist der Künstlerberuf, die erhabene Schauspielkunst, und die Braut ist meine Pflegetochter Petra, mein geliebtes Kind; möge es Euch gut ergehen miteinander! Ich zittere um Euch, aber was Gott zusammengefügt, das soll der Mensch nicht scheiden. Gott sei mit Dir, meine Tochter!" Sie war im Nu bei ihm und lag an seiner Brust.

Da keiner sich wieder hinsetzte, so verließ die ganze Gesellschaft natürlich die Tafel. Petra aber ging auf Ödegaard zu, der gleich mit ihr in die äußerste Fensternische trat; er hatte ihr etwas zu sagen, aber sie kam ihm zuvor: "Ihnen verdanke ich alles!"—"Nein, Petra; ich bin Dir ein treuer Bruder gewesen; es war eine große Sünde von mir, daß ich Dir mehr sein wollte; denn wäre es geschehen, dann wäre Deine ganze Laufbahn vernichtet worden."—"Ödegaard!"— Sie hatten sich die Hände gereicht, sahen sich aber nicht an; nach einer Weile ließ er sie los und ging. Sie aber sank auf einen Stuhl und weinte.

Am Tage darauf reiste Ödegaard ab.

* * * * *

Gegen den Frühling erhielt Petra einen großen Brief mit einem mächtigen Amtssiegel; sie bekam ordentlich Furcht und brachte ihn dem Propst, der ihn öffnete und las. Er war von dem Amtsvorsteher ihrer Heimatstadt und lautete:

"Pedro Ohlsen, der gestern mit Tode abgegangen ist, hat ein
Testament folgenden Wortlauts hinterlassen:

'Alles, was sich nach meinem Tode vorfindet und genau
aufgezeichnet ist in dem Kontobuch, das in der blauen
Truhe liegt, die in meinem Zimmer im Hause von Gunlaug,
der Tochter Aamunds am Berge, steht, und zu der eben diese
Gunlaug den Schlüssel hat, wie sie allein auch über alles
Bescheid weiß, —hinterlasse ich hiermit, sofern Gunlaug,
Tochter Aamunds, ihre Zustimmung dazu gibt, die sie nicht
geben kann, wenn sie nicht zuläßt, daß eine Bedingung, die
ich daran geknüpft habe und welche sie allein, die die
einzige ist, die sie kennt, erfüllen kann, erfüllt wird—der
Jungfrau Petra, der Tochter der erwähnten Gunlaug, der
Tochter Aamunds, das heißt, wenn Jungfer Petra es nicht
für unter ihrer Würde hält, sich eines alten, kranken
Mannes zu erinnern, dem sie viel Gutes erwiesen hat,
obwohl sie nichts davon wußte, was sie ja auch nicht
konnte, und dessen einzige Freude in seinen letzten
Lebensjahren sie gewesen ist, wofür er ihr auch einmal eine
kleine Freude hat machen wollen, die sie nicht verschmähen
möge. Gott sei mir armen Sünder gnädig!

Pedro Ohlsen'

und ich erlaube mir die Anfrage, ob Sie selbst sich deswegen
an Ihre Mutter wenden wollen, oder ob ich es tun soll."

Die nächste Post brachte einen Brief von der Mutter, den
Propst Ödegaard geschrieben hatte, der einzige, dem sie sich
anzuvertrauen gewagt hatte; darin stand, daß sie ihre
Zustimmung gebe und die Bedingung erfülle, Petra
mitzuteilen, wer Pedro war.

Die Nachricht und das Geld versetzten sie in eine eigene
Stimmung; es schien, als komme jetzt alles ins

Gleichgewicht; es war eine Mahnung mehr, abzureisen.

Also für ihr Künstlertum hatte der alte Per Ohlsen sich auf Hochzeiten und bei Tanzereien sein erstes Geld zusammengefiedelt, dafür hatten er, sein Sohn und sein Enkel sich auf alle Art gemüht und geplagt. Die Summe war nicht groß, aber sie reichte aus, Petra ein Stück weiter in die Welt hineinzutragen und damit auch schneller vorwärts.

Hell wie die Sonne aber stieg der Gedanke in ihr auf, jetzt könne ihre Mutter zu ihr kommen, jetzt könne sie tagtäglich ihrer Mutter Freude bereiten, — sie könne ihr alles vergelten! Sie schrieb an jedem Posttag einen langen Brief an sie und konnte kaum die Antwort erwarten. Als sie kam, brachte sie eine große Enttäuschung; denn Gunlaug dankte ihr, meinte aber, "jeder bleibe am besten für sich". Da versprach der Propst zu schreiben, und als Gunlaug dessen Brief bekam, da konnte sie es nicht länger bei sich behalten, sie mußte ihren Matrosen und ihren andern Bekannten erzählen, aus ihrer Tochter werde etwas Großes, und sie wolle sie zu sich nehmen. Dadurch wurde die Angelegenheit zu einer ziemlich brennenden Frage; sie wurde am Hafen und auf den Schiffen und in allen Küchen erörtert. Gunlaug, die bis dahin ihre Tochter nie erwähnt hatte, sprach jetzt von nichts anderem als von "meiner Tochter Petra", wie auch die andern fortan über nichts anderes mehr mit ihr sprachen.

Aber als Petras Abreise schon bevorstand, hatte Gunlaug noch immer keine Nachricht gegeben, worüber ihre Tochter sehr betrübt war. Dagegen versprachen ihr der Propst und Signe feierlich, beide hinzukommen, wenn sie zum erstenmal auftreten würde.

* * * * *

731

Der Schnee auf den Bergen begann zu schmelzen, auf den
Feldern schimmerte es grün. Das Leben, das zu Beginn des
Frühlings in den Bergtälern erwacht, ist mächtig, wie die
Sehnsucht mächtig war; die Menschen werden flinker, die
Arbeit geht leichter von der Hand, die Wanderlust schaut
über die Berge hinweg. Aber obwohl Petra sich
hinaussehnte, hatte sie doch nie diese Stätte und alle Dinge
so lieb gehabt wie jetzt, da sie von ihnen Abschied nehmen
mußte; ja, es war ihr, als habe sie alles bis dahin gering
geschätzt, weil sie es erst jetzt verstand. Nur noch wenige
Tage blieben ihr; sie ging mit Signe überall herum und sagte
allen und allem Lebewohl, — zumal den Stätten, die ihnen
zusammen lieb geworden waren. Da erzählte ihnen ein
Bauer, Ödegaard sei oben auf den Öyhöfen und
beabsichtige, sie aufzusuchen. Die Mädchen wurden beide
ganz verlegen und stellten ihre Ausgänge ein.

Doch als Ödegaard kam, war er so sonnig und fröhlich, wie
man ihn nie zuvor gesehen hatte. Er war mit dem Vorhaben
ins Dorf gekommen, eine Volkshochschule zu gründen und
sie in der ersten Zeit, bis er einen passenden Lehrer
gefunden habe, selbst zu leiten; später wollte er noch
mancherlei anderes ins Werk setzen. Auf die Weise, sagte er,
bezahle er etwas von der Schuld seines Vaters an das Dorf
ab, und sein Vater habe versprochen, zu ihm zu ziehen,
sobald das Haus fertig sei. Der Propst wie Signe freuten sich
ungeheuer über diese Nachbarschaft; Petra auch, aber es
befremdete sie doch, daß er sich gerade jetzt hier ansiedelte,
wo sie fortging.

Der Propst wünschte, daß sie am Tage vor Petras Abreise
zusammen das heilige Abendmahl nähmen. Dadurch
breitete sich eine stille Feierlichkeit über die letzten Tage, und
wenn sie zusammen sprachen, taten sie es halblaut. Im
Schein dieser Stimmung redete alles, was Petra zum

letztenmal ansah, eine gar ernste Sprache zu ihr. Alles
Erlebte mußte noch einmal durchdacht werden; sie hielt
große Abrechnung, denn bis jetzt hatte sie nie zurück, nur
immer vorwärts geschaut. Jetzt rückte alles zusammen, von
der Kindheit an bis heute; wieder ertönten die ersten
lockenden spanischen Lieder, all die Verirrungen einer
verworrenen Sehnsucht, die ihre Kindheit und ihre Jugend
in ihr aufgespeichert hatten, nahm sie sich vor, Stück für
Stück, wie man alte Kostüme anprobiert. Vergaß sie eins, so
erinnerte irgend etwas in ihrer Umgebung sie gleich daran;
denn beim Anblick dieses oder jenes Gegenstandes hatte sie
einmal an irgend etwas gedacht, und fortan waren
Gegenstand und Gedanke eins geworden. Besonders das
Klavier brachte überwältigend viele Erinnerungen. Sie blieb
daran sitzen, ohne doch den Mut zu haben, die Tasten
anzurühren, und spielte Signe, so konnte sie es kaum im
Zimmer aushalten. Sie war auch am liebsten allein;
Ödegaard und Signe verstanden das und hielten sich
zurück; alle Leute sahen sie mit wehmütiger Freundlichkeit
an, und der Propst ging in diesen Tagen nie an ihr vorbei,
ohne ihr übers Haar zu streichen.

Endlich kam der Tag. Es war ein halbklarer, gedämpfter Tag;
es taute auf den Bergen und grünte auf den Äckern. Die vier
blieben jeder auf seinem Zimmer, bis die Stunde kam, da sie
zusammen zur Kirche gehen sollten. Außer ihnen waren
nur der Küster und ein fremder Pfarrer zugegen; der Propst
wollte selbst das heilige Abendmahl nehmen; zugleich aber
wollte er die Predigt halten, denn er hatte der Scheidenden
besonders ein paar Worte zu sagen. Er sprach so, wie wenn
sie an einem Heiligen Abend oder einem Geburtstag daheim
bei Tisch säßen. Es werde sich bald herausstellen, meinte er,
ob die Zeit, die sie heute mit einem Gebet um Gnade
abschließe, einen Grundstein gelegt habe. Kein Mensch sei
ganz er selbst, bis er zu seinem richtigen Wirken gekommen

sei. Es sei ein Beruf der Verkündigung, der ihr geworden sei,
und wer die Wahrheit bringe und sich selber dessen wert
erhalte, der ernte die reichsten und dauerndsten Früchte.
Gott bediene sich ganz gewiß oft auch der Unwürdigen, so
gewiß wie wir im höheren Sinne alle unwürdig seien; er
bediene sich unserer Sehnsucht. Aber es gebe eine
Verkündigung, die kein Mensch aus seiner Sehnsucht allein
schöpfen könne, und die wolle sie doch wohl zu erreichen
trachten; alle müßten danach streben, das Höchste zu
erreichen. Er bat sie, zu ihnen zurückzukehren, denn das sei
der Sinn einer Gemeinde, daß Gemeinschaft im Glauben
helfe und stärke. Wenn sie fehlgreife, werde sie hier
Barmherzigkeit finden, und wenn sie selbst nicht wisse, daß
sie vom Wege abgekommen sei, so würden sie ihr das in
aller Güte sagen dürfen.

Sie gingen nach der heiligen Handlung zusammen
heimwärts, so wie sie gekommen waren; den Rest des Tages
aber verbrachte jeder für sich. Nur Petra und Signe waren
abends lange auf Petras Zimmer zusammen.

Für den nächsten Morgen war die Abreise angesetzt. Bei der
letzten Mahlzeit nahm der Propst sehr zärtlich von ihr
Abschied. Er sei mit ihrem Freunde einig darin, sagte er, daß
sie so beginnen müsse, wie sie nun einmal sei, und allein
beginnen. In dem Kampf, der ihr bevorstehe, werde sie
erfahren, wie gut es tue zu wissen, daß da irgendwo ein
paar Menschen beieinander säßen, auf die sie sich verlassen
könnte. Schon mit Bestimmtheit zu wissen, daß sie
beständig für sie beteten, —das allein würde schon helfen,
werde sie sehen!—Nach den Abschiedsworten an Petra bot
er Ödegaard einen Willkommengruß. "In Liebe zu einem
Menschen vereint zu sein, sei die schönste Einleitung,
einander zu lieben." Der Propst dachte bei diesem
Trinkspruch ganz gewiß nicht an das, was bei diesen

Worten erst Signe und dann Petra erröten ließ; ob auch
Ödegaard errötete, wußten sie nicht, denn keine wagte ihn
anzusehen.

Aber als die Pferde vor der Tür standen und die drei
Freunde das junge
Mädchen und alle Mägde und Knechte den Wagen
umringten, da flüsterte
Petra, als sie Signe zum letztenmal umarmte: "Ich weiß, ich
werde bald
eine große Neuigkeit von Euch hören; Gott segne Euch!"

Eine Stunde später zeigten ihr nur noch die weißen Gipfel,
wo die Stätte war.

Zwölftes Kapitel

Eines Abends, kurz vor Weihnachten, war das Theater der
Hauptstadt ausverkauft; eine neue Schauspielerin sollte
auftreten, von der alles mögliche erzählt wurde. Aus dem
Volke stammend—ihre Mutter sei eine arme Fischerfrau—sei
sie mit Unterstützung anderer, denen ihre Fähigkeiten
aufgefallen seien, jetzt soweit gediehen und solle zu den
größten Hoffnungen berechtigen. Das Publikum tuschelte
sich, bis der Vorhang aufging, mancherlei in die Ohren. Sie
solle eine schreckliche Range und, seit sie erwachsen war,
mit sechs Leuten auf einmal verlobt gewesen sein, und das
ein halbes Jahr lang durchgeführt haben. Sie habe unter
polizeilichem Schutz aus ihrem Heimatsort geleitet werden
müssen, weil um ihretwillen die Stadt in hellen Aufruhr
geraten sei; es sei merkwürdig, daß die Direktion eine solche
Person auftreten lasse. Andere behaupteten, es sei kein
Körnchen Wahrheit daran; sie sei von ihrem zehnten Jahre

an bei einer stillen Pfarrerfamilie im Stifte Bergen erzogen
worden; sie sei ein gebildetes, liebenswürdiges Mädchen, sie
kennten sie genau, sie müsse ein unvergleichliches Talent
haben; sie sei doch so hübsch.

Es gab aber Leute, die mehr wußten. Zunächst der über das
ganze Land bekannte Fischgrossist—Yngve Vold. Er war
ganz zufällig auf einer Geschäftsreise hier; man sagte
freilich, die glutvolle Spanierin, mit der er verheiratet war,
mache ihm zu Hause die Hölle so heiß, daß er nur reise, um
sich abzukühlen. Heut hatte er sich die größte Loge des
Theaters genommen und seine zufälligen Tischgenossen aus
dem Hotel eingeladen, sich mal "was ganz Höllisches"
anzusehen. Er war in glänzender Stimmung, bis er—war er
das denn wirklich?—in einer Loge des zweiten Ranges,
inmitten einer ganzen Schiffsmannschaft,—nein! doch!—ja
natürlich, das war Gunnar Ask! Gunnar Ask, der mit dem
Gelde seiner Mutter Eigentümer und Kapitän der
"Norwegischen Verfassung" geworden war, hatte bei der
Ausfahrt aus dem Fjord neben einem Schiff hergesegelt, das
den Namen "Dänische Verfassung" führte; da kam es
Gunnar vor, als wolle dies Schiff ihn überholen, und das
konnte doch nicht gut angehen; er hißte alle Segel, die er
hatte, es krachte in der alten Verfassung, und die Folge war,
daß er, um so lange wie möglich den Wind auszunützen,
das Fahrzeug an einer ganz ungeeigneten Stelle auf Grund
rannte. Jetzt lag er unfreiwillig in der Stadt, während "Die
norwegische Verfassung" geflickt wurde. Er hatte in der
Stadt eines Tages Petra getroffen, die hinter ihm herkam und
diesmal und später auch so lieb und nett zu ihm war, daß er
nicht nur seinen Groll vergaß, sondern sich selbst das
größte Hornvieh nannte, das aus ihrer gemeinsamen
Vaterstadt je hervorgegangen sei, weil er sich habe einbilden
können, er habe ein Mädchen wie die Petra verdient. Er
hatte heute für seine ganze Schiffsmannschaft Billets zu

erhöhten Preisen gekauft und saß nun da mit dem stillen
Vorsatz, sie zwischen jedem Akt zu traktieren, und die
Matrosen, die alle aus Petras Heimatstadt und in der
Wirtschaft ihrer Mutter, diesem Paradies auf Erden,
wohlgelitten waren, empfanden Petras Ehre als ihre eigene
und nahmen sich gegenseitig das Versprechen ab, so zu
klatschen, wie kein Mensch es je gehört habe.

Unten im Parkett aber sah man das harte, dichte Haar des
Propstes. Er saß in aller Gemütsruhe da; er hatte ihre Sache
einem Höheren anvertraut. Neben ihm saß Signe, jetzt
Signe Ödegaard. Ihr Mann, sie und Petra waren gerade von
einer dreimonatlichen Auslandsreise zurückgekommen; sie
sah sehr glücklich aus und saß und lächelte zu Ödegaard
hinüber; denn zwischen ihnen saß eine alte Frau mit
schlohweißem Haar, das wie eine Krone über dem braunen
Gesicht lag. Sie überragte alle Umsitzenden, sie konnte vom
ganzen Hause gesehen werden, und bald waren auch alle
Gläser auf sie gerichtet; denn man sagte, dies sei die Mutter
der jungen Schauspielerin. Sie, die einen männlichen Namen
führte, machte auch jetzt einen so gewaltigen Eindruck, daß
sie ein Licht des Friedens auf die Tochter warf. Junge
Menschen sind voller Erwartung; sie haben den Glauben an
die Urkräfte ihrer Natur, und der Anblick dieser Mutter
weckte den Glauben.

Sie selbst sah nichts und niemand; was das alles für
Geschichten waren, kümmerte sie wenig; sie wollte bloß
gern mit dabei sein, um zu wissen, ob die Leute gut gegen
ihre Tochter seien oder nicht.

Jetzt mußte es gleich beginnen; das Geplauder erstarb in
einer Spannung, die nach und nach alle erfaßte und sie
gütig stimmte.

Mit einem starken Paukenschlag, mit Trommeln und

Hörnern zugleich setzte die Ouvertüre ein. Adam
Oehlenschlägers "Axel und Valborg" wurde gegeben, und
Petra hatte selbst um diese Ouvertüre gebeten. Sie saß hinter
einer Kulisse und hörte zu. Vor dem Vorhang aber saß der
kleine Teil ihrer Landsleute, den das Haus fassen konnte,
voll Sorge um sie, wie immer vor einem Anfang, der uns
erwartungsvoll macht, weil er einen köstlichen Besitz
offenbaren soll. Es war, als müsse jeder von ihnen selbst vor
die Rampe; in solchen Augenblicken steigen viele Gebete
empor, auch aus Herzen, die sonst selten beten.

Die Ouvertüre ebbte ab; Friede breitete sich über die
Harmonien, allmählich verschmolzen sie wie im
Sonnenschein. Die Ouvertüre war zu Ende, eine bange Stille
trat ein.

Und der Vorhang ging auf.

www.ingramcontent.com/pod-product-compliance
Lightning Source LLC
Chambersburg PA
CBHW020505110726
47899CB00004B/1063